찰스 디킨스(1812~1870) 조지 허버드 왓긴스. 1858.

▲찰스 디킨스 박물관(블룸즈버리의 집) 거실　디킨스는 이곳에서《올리버 트위스트》외 여러 작품을 집필했으며, 그 필력으로 온 도시에 자신의 이름을 알렸다.

◀▼ 내부 도서관과 실내 정경

▲갯즈 힐 저택 영국 로체스터에 있는 이 저택은 1858년부터 디킨스가 세상을 떠난 1870년까지 살던 곳이다.

▶디킨스의 두 딸 케이트와 메리

▼디킨스의 서재 갯즈 힐 저택이 일반에 공개되는 날 촬영되었으며, 그가 살아 있을 때 찍힌 유일한 저택 서재 사진이다.

▲ 웨스트민스터 사원　영국 런던

◀ 웨스트민스터 사원 시인코너

▼ 찰스 디킨스 무덤

세계문학전집069
Charles John Huffam Dickens
GREAT EXPECTATIONS

위대한 유산

찰스 디킨스/한명남 옮김

동서문화사

위대한 유산
차례

주요 등장인물

핍 누나의 손에 자란 고아. 유년기와 사춘기의 정신적·심리적 갈등을 한몸에 지닌 주인공으로, 상류사회를 동경하나 끝내 현실적 처지를 깨닫고 삶의 진실을 겪게 된다.

조 부인 핍의 누나. 장부의 기질을 지닌 여인. 자신의 성격이 원인이 되어 타박상을 입고 일찍 세상을 떠난다.

조 가저리 시골 대장장이로 핍의 매부. 우직한 하층계급민으로서 핍에게 남성적 사랑과 우정을 일깨워 준다.

펌블추크 허세와 위장을 주 무기로 스스로 나서서 핍의 후견인 노릇을 하는 씨앗 장수. 겉과 속이 다른 성격을 지니고 있다.

미스 해비샴 실연당한 뒤 시간과 기억을 멈추어 놓고 독선과 자만 속에서 마녀와 같은 삶을 살아가는 여인.

에스텔라 미스 해비샴의 양녀. 아름다움과 부에 대한 우월감을 핍에게 심어 줌. 해비샴의 남성에 대한 복수의 도구가 된다.

허버트 몰락한 신사 매슈 포켓의 아들. 미래에 대한 허황한 꿈을 핍의 도움으로 성취하게 된다.

재거스 변호사. 전형적인 런던 신사로서, 공적인 인간관계만을 강조하는 도시인의 전형.

웨믹 재거스 변호사의 서기. 몽상적인 생활을 즐기나 자기 이익 추구에는 조금의 양보도 없다.

프로비스 본명 아벨 매그위치. 19세기 영국사회 구조적 모순의 희생물로 부와 권력, 상류사회에 대한 보복을 핍을 통하여 실현하려 한다. 그러나 일생을 범죄자로 보내다 끝내 옥사한다.

제1장

아버지의 성(姓)은 피립(Pirrip)이고, 내 세례명은 필립(Philip)이었다. 그러나 어린 내 혀가 핍 이상 길거나 더 분명하게 발음할 수 없었으므로 나는 그냥 자신을 핍(Pip)이라고 불렀다. 따라서 다른 사람들도 나를 핍이라고 부르게 되었다.

아버지의 성이 피립이라는 것은 아버지의 묘비와 누이의 말에 근거를 둔 것이다—누이는 대장장이 조 가저리와 결혼했다. 아버지와 어머니의 얼굴을 본 기억이 없고, 그들과 비슷한 사람조차도 본 적이 없으므로(부모님은 사진기가 발명되기 이전에 돌아가셨다), 나는 엉뚱하게도 부모님의 비문을 읽고 그들의 모습을 마음대로 상상했다. 아버지 비문의 글자체를 보고 이상하게도 나는 아버지가 네모난 얼굴에 건장한 체격이었으며, 살결은 가무잡잡한 편이고, 검은 곱슬머리였으리라 생각했다. "위 사람의 부인 조지아나, 또한 여기 누워 잠들다." 그 비문의 글자체와 구절을 보고는 어머니가 주근깨투성이에 병약했을 거라는 어린아이 같은 결론을 내렸다. 아버지와 어머니의 무덤 바로 옆에는 저마다 1피트 반 길이의 한 줄로 잘 정돈된 조그마한 마름모꼴 석관 다섯 개가 놓여 있었다. 내 동생 다섯의 죽음을 추도하기 위한 석관이었다. 동생들은 인류생존경쟁에서 너무 일찍 생명을 포기했던 것이다. 이 조그만 비석들을 보면 나는 그들이 모두 바지 주머니에 손을 찔러 넣은 채 똑바로 누운 상태에서 태어났으며, 살아 있는 동안 주머니에서 손을 뺀 적이 없었으리라는 굳은 신념을 갖게 되었다.

우리 마을은 굽이진 강 하류 늪지대로, 바다에서 20마일쯤 떨어져 있었다. 내가 주위의 사물에 처음으로 폭넓고 생생한 인상을 받은 것은 어느 잊지 못할 추운 초저녁이었다. 그때 나는 쐐기풀로 뒤덮인 이 음산한 곳이 교회 묘지이며, 이 교구의 신도였던 필립 피립과 그의 부인 조지아나가 죽어서 매장되어 있다는 사실을 그리고 그들의 어린 자식 알렉산더, 바톨로뮤, 에이브러햄, 토비

아스, 로저도 세상을 등지고 여기 묻혀 있다는 사실을 똑똑히 깨달았다. 또한 둔덕과 수로와 수문이 교차하는 교회 마당 너머 소들이 흩어져 풀을 뜯는 어둡고 평평한 황야가 늪지대이고, 그 너머 낮은 납빛 수평선은 템스강이며, 세찬 바람이 불어오는 저 멀리 동굴처럼 보이는 게 바다라는 사실을 깨달았다. 이어 내가 잔뜩 겁을 집어먹고 울음을 터트리기 시작했다는 것도.

"소리 내지 마!" 끔찍한 목소리와 함께 웬 사나이가 교회 현관 옆으로 늘어선 무덤 사이에서 튀어나왔다. "꼼짝 마라, 요 작은 악마야! 조용히 하지 않으면 네 모가지를 잘라 버릴 테다!"

힘상궂게 생긴 사나이는 발목에 커다란 쇠고랑을 차고, 허름한 잿빛 옷을 입고 있었다. 모자를 쓰지 않은 머리에는 낡은 헝겊 조각을 동여매었으며, 구두는 밑창이 다 해져 있었다. 온몸이 물에 흠뻑 젖어 진흙투성이였으며, 돌부리에 발이 채여 상처를 입은 채였다. 옷은 쐐기풀에 찔리고 가시덤불에 긁혀 다 찢어져 있었다. 그는 절뚝거리고, 몸을 벌벌 떨면서, 눈을 부라린 채 고함을 질러댔다. 그가 내 멱살을 잡았을 때는 그의 이가 딱딱 부딪치는 소리가 들렸다.

"제발 목숨만 살려 주세요." 나는 겁에 질려 애원했다. "살려주세요. 아저씨!"

"네놈 이름을 말해! 어서!"

"핍입니다."

"다시 한 번 말해!" 나를 노려보며 그가 말했다. "큰 목소리로 말이야!"

"핍이에요, 핍."

"사는 곳이 어디야? 어느 쪽인지 손으로 가리켜봐!"

나는 가지를 쳐낸 나무와 오리나무 숲 사이로 보이는, 교회에서 1마일쯤 떨어진 연안 마을 쪽을 가리켰다. 남자는 나를 잠깐 노려보더니 내 몸을 거꾸로 들어 호주머니를 뒤졌다. 빵 한 조각 말고는 아무것도 없었다. 교회가 제 모습으로 다시 보였을 때—어마어마한 힘으로 단숨에 들려 올라가는 바람에 순식간에 교회가 뒤집어지고 뾰족탑이 발밑으로 보였던 것이다—아무튼 교회가 바로 보였을 때, 나는 높다란 묘비 위에 앉혀져 게걸스럽게 빵을 먹고 있는 남자를 벌벌 떨면서 쳐다 보았다.

"요 강아지 같은 녀석 좀 봐라. 뺨에 포동포동하게 살이 잘 올랐구나."

남자가 혀로 입술을 핥으며 지껄였다.

묘지의 무서운 사나이

그때 나는 나이에 비해 몸집이 작고 허약했지만, 두 볼만은 통통했었던 것 같다.

"맛있어 보이는군. 아니, 정말로 뜯어먹고 싶은 볼이야." 위협을 하듯 머리를 살랑살랑 흔들면서 남자가 말했다.

나는 제발 살려달라고 진심으로 애원하면서, 앉아 있던 묘석에 더욱 착 달라붙었다. 묘비 위에서 떨어지지 않기 위해서이기도 하고 울음을 참기 위해서이기도 했다.

"네 어머니는 어디 있느냐?" 남자가 물었다.

"저기요."

남자는 깜짝 놀라 얼마간 도망가다가 이내 멈춰 서서는 어깨 너머로 나를 돌아보았다.

"저기 말이에요." 나는 부들부들 떨며 말했다. "'위 사람의 부인 조지아나.' 그게 우리 어머니예요."

"아아!" 그는 돌아왔다. "그래, 위에 쓰여 있는 자가 네 아버지냐?"

"네. 아버지도 저기에 계세요. 이 교구에서 살았었지요."

"흠." 그는 중얼거리며 생각에 잠겼다. "그럼 넌 누구랑 같이 살고 있지? 아직 살려줄지 말지 결정하지 못했지만, 만일 내가 살려준다면 말이야?"

"누나하고 살아요. 조 가저리 부인이요. 대장장이 조 가저리 부인 말이에요."

"대장장이라고?" 그는 자신의 발을 내려다보았다.

침통한 얼굴로 자신의 다리와 나를 몇 번 번갈아 쳐다보더니 묘비로 다가와 내 두 팔을 잡고서 내가 떨어지지 않을 정도까지만 나를 밀었다. 그의 눈은 내 눈을 매섭게 쏘아 보았고, 내 눈은 매우 힘없이 그의 눈을 들여다보았다.

"잘 들어. 네 목숨이 달린 일이니까. 너 줄칼이 뭔지 알지?"

"네, 알아요."

"그럼 음식은?"

"그것도 알아요."

한 가지를 물을 때마다 남자는 나를 조금씩 더 뒤로 밀었다. 나는 더욱 저항할 힘을 잃고 아슬아슬한 자세가 되었다.

"줄칼을 가져와라." 이렇게 말하며 남자는 다시 내 몸을 조금 더 뒤로 젖혔다.

"그리고 음식도 가져오란 말이야." 그는 한 번 더 밀었다. "그 두 가지를 모두 가져와야 해." 그러고는 한 번 더 밀었다. "안 가져오면 네놈의 간과 심장을 도려낼 줄 알아라." 그리고 다시 좀더 뒤로 젖혔다.

나는 매우 겁이 나고 어지러워서 두 손으로 그에게 매달려 애원했다. "제발 날 좀 똑바로 앉혀주세요. 그러면 어지럽지 않아서 아저씨 이야기를 더 잘 들을 수 있을 거예요."

남자는 나를 거꾸로 들고 한 바퀴 돌렸다. 교회당 건물이 지붕 풍향계를 뛰어넘는 듯이 보였다. 그리고 나서 그는 내 두 팔을 붙잡아 묘비 위에 똑바로 앉혀놓고는 무시무시한 말을 계속했다.

"내일 아침 일찍 줄칼과 음식을 가져와라. 나는 저쪽에 있는 옛 포대(砲臺) 자리에 있을 거다. 여기서 나를 만났다는 말은, 아니, 사람을 만났다는 이야기는 누구에게도 해선 안 돼. 아는 체도 하지 않는다면 널 살려주겠다. 하지만 그렇게 하지 않고 내 말을 조금이라도, 알겠나, 아주 조금이라도 어긴다면 네놈의 간과 심장을 도려내 구워 먹고 말 거야. 똑똑히 들어. 지금 내가 혼자인 줄 알겠지만 그렇지 않다. 젊은 친구가 하나 더 숨어 있지. 그놈에게 비하면 나는 천사 같은 사람이야. 녀석은 지금 내가 하는 말을 모두 듣고 있다. 녀석에게는 특기가 있는데, 어린 사내 녀석에게 몰래 다가가 간과 심장을 도려내는 거지. 꼬마가 아무리 발버둥 쳐봐야 그놈에게서 몸을 숨기는 일은 불가능해. 문을 걸어 잠그고 따뜻한 침대 속에 들어가 머리 위까지 이불을 뒤집어쓰고 있으면서 자기는 안전하다고 생각하겠지. 그런데 웬걸, 그 젊은 친구는 살금살금, 아주 살금살금 다가가 너를 갈가리 찢어놓을 거야. 나는 지금도 녀석이 네게 덤벼들지 못하도록 애를 쓰며 보호해 주고 있는 거란 말이다. 네 내장을 끄집어내고 싶어 안달이 난 녀석을 말리는 것은 너무나 어려운 일이지. 자, 어떻게 할 테냐?"

나는 내일 아침 일찍 줄칼과 먹을 것을 구할 수 있는 대로 가지고 포대 자리로 가겠다고 대답했다.

"만일 그렇게 하지 않으면 하느님이 너를 죽일 거라고 말해!"

나는 맹세를 했고, 그는 나를 내려주었다.

"자, 약속을 잘 기억해 둬라. 내 친구녀석에 대한 일도. 알았으면 어서 집으로 꺼져!"

"아, 안녕히 주무세요." 나는 더듬더듬 말했다.

"이런 곳에서 참도 안녕히 자겠다!" 남자는 춥고 습한 늪지대를 둘러보며 말했다. "차라리 개구리나 뱀장어라면 좋겠군!"

그렇게 말하며 그는 후들후들 떨리는 몸뚱이를 두 팔로 감싸 안고는 교회당 낮은 담 쪽으로 절뚝거리며 걸어갔다. 쐐기풀과 푸른 무덤을 에워싸고 있는 가시덤불 사이를 지나가는 그의 모습이, 어린 내 눈에는 죽은 사람들이 슬그머니 손을 내밀어 그의 발목을 낚아채 그를 무덤 속으로 끌어당기기라도 할까 봐 그 손을 피해 움직이는 것처럼 보였다.

교회 담에 이르렀을 때, 남자는 무감각하고 뻣뻣해 보이는 다리를 들어 겨우 그 담을 넘었다. 그런 뒤 내 쪽을 돌아보려고 했다. 나는 그가 몸을 돌리는 순간 걸음아 날 살려라 집으로 내달렸다. 한참을 달리다 어깨 너머로 뒤를 돌아보니, 남자가 여전히 두 팔로 몸을 감싼 채, 강으로 걸어가는 것이 보였다. 늪지대에는 장마 때나 밀물이 들었을 때 징검다리로 쓰기 위해 커다란 바위를 군데군데 놓아두었다. 그는 그 사이로 아픈 발을 질질 끌며 갔다.

그가 아직도 거기에 있는지 살펴보려고 걸음을 멈추었을 때, 늪지대는 그저 길고 검은 지평선이었다. 늪지대만큼 검거나 넓지는 않았지만, 강 또한 한 가닥 수평선에 지나지 않았다. 하늘도 성난 듯한 기다란 붉은 횡선과 굵은 검은 횡선이 뒤섞인 줄에 불과했다. 시선이 닿는 범위 안에서 똑바로 서 있는 것은 강기슭에 희미하게 보이는 두 개의 검은 물체뿐이었다. 하나는 바다에 나간 뱃사람들이 이정표로 삼는 표식인데 테두리가 빠진 술통을 기둥에 올려놓은 듯한 모양으로, 가까이 다가가서 자세히 보면 아주 흉했다. 또 하나는 쇠사슬이 매달려 있는 교수대로, 옛날에 어느 해적이 거기서 처형을 당했다고 한다. 남자는 이 교수대를 향해 절뚝거리면서 걸어가고 있었다. 마치 그 해적이 살아나 교수대에서 내려왔다가 자기 발로 다시 교수대로 올라가는 것처럼 보였다. 그런 생각을 하자 몸서리가 쳐졌다. 그를 볼 때마다 고개를 쳐들던 소들도 그런 생각을 했을까? 나는 혹시 그 잔인하기 이를 데 없다는 젊은 친구가 어디에 있나 주위를 둘러보았으나 그런 기색은 전혀 없었다. 하지만 또다시 무서운 생각이 들어서 쉬지 않고 집으로 곧장 달려갔다.

제2장

조 가저리 부인은 나보다 스무 살이나 많은 누이로, 나를 "손수 길렀다"는 이유로 이웃들 사이에서 평판이 매우 좋았다(누나도 이 점에서는 자부심을 갖고 있었다). 그 무렵 이 표현의 의미를 아무도 가르쳐 주지 않았다. 덕분에 나는 누나의 손이 매섭고 강하다는 사실과 그 손을 나뿐만 아니라 자기 남편에게도 대는 버릇이 있다는 사실에서 나와 매형인 조 가저리는 둘 다 누나가 "손수 기른" 사람이라고 짐작했었다.

누나는 미인이 아니었다. 따라서 나는 누나가 조로 하여금 손수 매형이 자기와 결혼하지 않을 수 없게 만들었을 거라고 생각했다. 조는 살결이 희고, 매끈한 얼굴에는 곱슬곱슬한 황갈색 구레나룻이 양쪽으로 늘어져 있었다. 흐리멍덩한 파란 눈동자는 왠지 흰자위와 섞인 것처럼 보였다. 성격은 온순하고 친절하고 다정하며, 태평스럽고 어리석어 보이는 사나이였다. 헤라클레스처럼 힘이 셌지만 누구보다 착하기도 했다.

조 부인은 검은 머리에 검은 눈동자를 가졌으며, 살결은 전체적으로 붉은빛이었다. 비누 대신 육두구를 강판에 갈아서 온몸을 씻는 게 아닌가 싶은 생각이 들 정도였다. 누나는 키가 크고 깡말랐으며, 언제나 엉성한 천으로 만든 앞치마를 두르고 있었다. 등에는 그 앞치마 끈을 동여매느라 생긴 두 개의 둥근 리본이 있었고, 앞판에는 핀이며 바늘이 수두룩하게 꽂힌 정사각형의 튼튼한 받침이 달려 있었다. 누나는 이 앞치마를 늘 두르는 것이 자신의 커다란 공적이라는 말로 조에 대한 비난을 표현했다. 그러나 처음부터 누나가 왜 그 앞치마를 해야 했는지, 또 그것을 입었다면 왜 벗을 수 없는지, 지금 생각해도 그 까닭을 도무지 알 수가 없다.

조의 대장간은 우리집에 붙어 있었다(우리집은 그때 그 고장의 많은 집들이, 아니 집들이 흔히 그랬듯 목조건물이었다). 내가 교회에서 뛰어 돌아왔을 때, 대장간에는 자물쇠가 채워져 있고 조는 혼자서 부엌에 앉아 있었다. 우리는 같은 고행자로서 서로 믿고 속을 털어놓는 사이였다. 나는 부엌문 빗장을 벗기고, 살짝 안을 들여다보다가 문 맞은편 굴뚝 한쪽 구석에 앉아 있던 조와 눈이 마주쳤다.

"누나가 널 찾아 벌써 열두 번이나 나갔었다, 핍. 방금 또 나갔으니 열세 번째로구나."

"정말요?"

"그래, 핍. 게다가 이번엔 티클러까지 들고 나갔단다."

이 불길한 소식을 듣고, 나는 조끼에 달린 하나뿐인 단추를 잡아 비틀며 절망의 구렁텅이에 잠겨 난롯불만 바라보았다. 티클러는 끝에 밀랍을 발라놓은 회초리로, 하도 많이 맞아서 반질반질하게 닳아 있었다.

"의자에 앉았다 섰다 안절부절못하더니 티클러를 움켜쥐고 엄청나게 성이 나서 뛰쳐나갔다." 조는 벽난로 앞에 쳐진 쇠창살 아래 틈으로 부지깽이를 넣어 불을 뒤적이더니 그 불씨를 가만히 들여다보며 말했다. "화가 이만저만 난 게 아니다, 핍."

"나간 지 오래됐어, 조?" 나는 늘 그를 덩치 큰 어린애로 여기고는 또래 친구처럼 대했다.

"글쎄." 조가 벽시계를 바라보며 말했다. "마지막 출격은 5분쯤 전이다, 핍. 누나가 오고 있어! 얼른 문 뒤로 숨어서 두루마리 수건으로 막아!"

나는 조의 충고를 따랐다. 누나는 문을 홱 열다가 문 뒤에 무언가 있는 것을 발견하고는 곧 그 원인을 간파하고서 더 자세히 조사하기 위해 티클러를 사용했다. 그러고는 결국 나를 조에게 내동댕이쳤다―나는 가끔 부부 사이를 날아다니는 미사일 역할을 했던 것이다. 조는 어떤 상황에서든지 기꺼이 나를 잡아주었다. 그는 나를 잡아 굴뚝 안에 밀어넣고는, 커다란 발을 조용히 뻗어 앞을 막아주었다.

"이 장난꾸러기 녀석아! 대체 어디를 싸돌아다니는 거야?" 조 부인이 발을 탕탕 구르며 말했다. "내가 이렇게 안달하고, 놀라고, 걱정하는 동안 도대체 어디서 뭘 했는지 사실대로 말해. 그렇지 않으면 너 같은 놈이 50명이든 가저리 같은 사람이 5백 명이든 간에 그 구석에서 잡아 꺼낼 테다!"

"묘지에 갔을 뿐이야." 나는 등받이 없는 의자에 앉아 울면서, 눈물을 참으려고 눈을 꾹꾹 누르면서 대답했다.

"묘지라고! 내가 없었더라면 너는 벌써 오래전에 그 무덤에 들어가 있을 거다. 지금도 들어 있을 테고! 널 손수 기른 사람이 대체 누군 줄이나 아니?"

"누나지."

"그래, 내가 왜 그런 고생을 했는지 누가 좀 가르쳐 줬으면 좋겠다!"

"난 몰라." 나는 훌쩍거리면서 말했다.

"나도 모르겠다! 하지만 다신 그런 일 없을 거다. 그것만은 확실해. 정말이지 네가 태어난 뒤로 한 번도 이 앞치마를 벗어보지 못했다. 대장장이 마누라가 된 것만으로도 충분히 불행한데, 그 대장장이가 가저리고, 그것도 모자라 네 엄마 노릇까지 해야 하다니 말이야."

나는 우울한 심정으로 난롯불을 바라보며 그 문제와는 거리가 먼 다른 생각을 하고 있었다. 늪지대에서 만난 족쇄를 찬 탈주자와 정체를 알 수 없는 그의 젊은 친구, 줄칼, 음식, 나를 보호해 주는 이 지붕 아래서 도둑질을 하기로 한 두려운 맹세 따위가 복수심으로 이글거리는 듯한 석탄불[1] 속에서 떠올랐기 때문이다.

"흥!" 조 부인이 티클러를 제자리에 갖다놓으며 말했다. "묘지라고! 두 사람 모두 잘도 묘지라는 말을 지껄이네요(참고로 우리 가운데 한 사람은 '묘지'의 'ㅁ'자도 꺼내지 않았다). 당신들 덕분에 조만간 나도 묘지 신세를 져야 할 판이에요. 내가 없이는 단둘이서 아무것도 못하는 주제에!"

누나가 차를 준비하는 동안, 조가 다리 너머로 나를 내려다보았다. 지금 막 예언된 한탄스러운 사태가 벌어졌을 때 과연 우리가 어떤 2인조가 될 것인지 어림하는 듯이 보였다. 그러고는 이렇게 폭풍우가 한바탕 휩쓸고 지나갈 때면 으레 그렇듯, 자신의 오른쪽 황갈색 곱슬머리와 구레나룻을 만지작거리며 푸른 눈으로 부인의 눈치를 살폈다.

누나는 늘 맹렬한 기세로 빵을 썰었다. 먼저 왼손으로 빵 덩어리를 붙잡고 가슴팍에다 단단히 고정시켰다(이때 바늘이며 핀이 빵에 꽂혔다가 나중에 우리 입

---

1) 셰익스피어 《헨리 6세 제2부》 5막 2장에 나오는 구.

안으로 들어갔다). 그다음 '듬뿍'이라고는 말할 수 없는 양의 버터를 칼로 잘라 마치 약제사가 고약을 바를 때처럼 빵에 발랐다. 즉, 칼 양면을 사용하여 버터를 솜씨 좋게 빵 가장자리까지 최대한 펼쳐 바르고는 나머지를 깨끗이 긁어냈다. 마지막으로 고약 통 모서리에 칼을 쓱 훔친 다음, 매우 두껍게 썰리도록 빵에 칼집을 넣었다. 이것을 빵 덩어리에서 완전히 떼어내기 전에 반으로 잘라 나와 조에게 한 쪽씩 주었다.

그날 나는 배가 고팠지만, 빵을 먹을 엄두가 나지 않았다. 그 무서운 사나이와 그보다 더 무시무시한 청년에게 가져다 줄 먹을 것을 챙겨야 했다. 조 부인은 매우 알뜰한 살림꾼이었으므로, 먹을 것을 훔치기 위해 찬방을 뒤진다 해도 아무것도 없을 것이 뻔했다. 그래서 나는 내 몫의 빵을 바짓가랑이 속에다 감추어 두기로 마음먹었다.

이 계획을 실행할 결심을 하는 데에는 대단한 노력이 필요했다. 그것은 마치 높은 건물 지붕에서 뛰어내리거나 깊은 바다속으로 뛰어들겠다는 마음을 굳히는 것과 마찬가지였다. 더구나 아무것도 모르는 조 때문에 그 일은 한층 어려워졌다. 앞서 말한 고행자 동지로서의 은밀한 결속과 그의 착한 동료의식에서 비롯된 결과로 우리는 저녁마다 빵 먹는 모습을 견주는 습관이 있었던 것이다. 이따금 잠자코 상대의 감탄을 자아낼 만큼 크게 빵을 베어 먹었으며, 그것은 서로에게 새로운 도전을 하게 하는 자극제가 됐다. 그날 저녁에도 조는 빠르게 작아지는 빵을 몇 번이고 들어 보이며, 여느 때처럼 우호적인 경쟁으로 나를 이끌었다. 그러나 그때마다 그는 내가 한쪽 무릎에 노란색 머그잔을, 다른 한쪽 무릎에 손도 대지 않은 빵을 올려놓은 채 꼼짝 않고 앉아 있는 모습을 볼 뿐이었다. 드디어 계획을 실행에 옮겨야 할 때가 왔다—그것도 이 상황에서 가장 그럴듯한 방식으로. 나는 결단을 내렸다. 나는 조가 내 모습을 살피고 시선을 되돌린 순간을 노려 빵을 바짓가랑이에 숨겼다.

내가 식욕이 없는 줄로 착각한 조는 근심스러운 얼굴로 자신도 입맛이 없다는 듯이 빵을 한 입 물어뜯었다. 그러더니 평소보다 오래도록 빵을 씹으며 생각에 잠겼다가, 약이라도 삼키듯 억지로 넘겼다. 또 한 입 베어 물려고 할 때였다. 빵을 막 입에 갖다 대려고 고개를 기울인 순간 나를 바라본 그는 내 빵이 사라진 것을 발견했다.

빵을 먹으려다 말고 놀라 당황하는 조의 표정을 누나가 놓칠 리가 없었다.

"왜 그래요?" 누나가 찻잔을 내려놓으며 날카롭게 물었다.

"녀석도, 참!" 조가 나를 바라보며 심각한 얼굴로 질책하듯 머리를 좌우로 흔들면서 말했다. "핍, 이 녀석아! 그런 짓을 하면 몸에 해롭다. 어딘가에 걸린다니까. 꼭꼭 씹어 삼켜야지."

"이젠 또 무슨 일이에요?" 누나가 더 험악하게 말했다.

"조금이라도 뱉어낼 수 있겠거든 그러는 게 좋다, 핍." 조가 몹시 놀랐다는 듯이 말했다. "식탁 예절도 중요하지만, 건강이 더 중요하니까."

이제 짜증이 머리 꼭대기까지 치솟은 누나가 조에게 달려들어 그의 구레나룻을 움켜쥐고 머리를 뒤쪽 벽에 콩콩 박아댔다. 나는 구석에 앉아 죄지은 심정으로 눈치만 보고 있었다.

"자, 무슨 일인지 말해 보구려. 죽은 돼지처럼 멍청히 있지만 말고!" 숨을 헐떡거리며 누나가 말했다.

조는 무기력한 얼굴로 누나를 바라보다가 힘없이 빵을 씹으며 다시 나를 바라보았다.

"핍." 조는 여전히 마지막 빵 조각을 씹으며, 그 자리에 우리 둘밖에 없는 듯이 허물없는 투로 말했다. "나와 넌 언제나 친구야. 그러니 고자질 따위는 절대로 하지 않을 거다. 하지만 그렇게……." 그는 의자를 옮겨 우리 둘 사이의 마룻바닥을 살펴보았다. 그리고 다시 나를 바라보며 말했다. "그렇게 음식을 씹지 않고 삼키지는 마라!"

"얘가 빵을 씹지 않고 삼켰군요!" 누나가 소리를 질렀다.

"핍." 조는 여전히 누나가 아니라 나를 보며 빵을 입에 가득 넣은 채 말했다. "나도 너만큼 어렸을 때는 자주 음식을 그냥 삼켰단다. 그 또래 아이들이 그러는 것도 많이 보았지. 하지만 너처럼 통째로 삼키는 건 처음 봤구나. 그렇게 먹고도 죽지 않은 것은 하느님의 은총이다."

누나가 나에게 달려들어 머리카락을 움켜쥐고 내 몸을 끌어올렸다. 누나 입에서 나온 말은 "따라와서 약 먹어!" 뿐이었지만, 그것은 무시무시한 대사였다.

그즈음 어떤 몹쓸 의사가 타르 성분이 들어간 물약을 특효약이라며 떠들고 다녔다. 그 고약한 맛이야말로 효험이 있다는 증거라고 믿는 조 부인은 그 약을 항상 찬장 안에 갖춰두고 있었다. 평소 건강할 때조차 이 영험한 약을 만능 강장제라며 수시로 먹였으므로, 나는 막 칠을 끝낸 울타리 같은 냄새를 풍기며 다녔다. 그날 저녁은 내 상태로 보아 그 물약이 1파인트 정도는 필요하다는 진단이 내려졌다. 조 부인은 부츠 벗는 기구에 부츠를 끼울 때처럼 내 머리를 겨드랑이 밑에 꼭 끼우고, 내가 건강을 되찾도록 그 약을 목구멍에 들이부었다. 조는 반 파인트로 용서받았다. 벽난로 앞에 앉아 생각에 잠긴 채 천천히 빵을 씹던 그도 "당신도 놀라 속이 울렁거릴 테니"라는 이유로 그 약을 마셔야 했던 것이다. 내 경험으로 미루어 판단하건대, 조는 그때까지 아무렇지 않았다 해도 약을 먹은 다음에는 틀림없이 속이 안 좋아졌을 것이다.

어른이나 아이나 양심의 가책에 시달리는 건 끔찍한 일이다. 그 양심의 비밀스럽고도 무거운 짐이 바짓가랑이에 감춰둔 또 다른 무거운 짐과 힘을 합치면, (내가 증명할 수 있듯이) 아이가 감당하기에는 너무나도 큰 고통이 된다. 조 부인의 것을 훔친다는 죄의식과 더불어(집안 재산이 조 것이라고는 생각하지 않았으므로 그의 것을 훔친다는 생각은 들지 않았다), 앉아 있을 때는 물론이고 부엌 근처로 이런저런 심부름을 다닐 때조차 한 손으로 빵을 붙들어야 했으므로 나는 정말이지 미칠 것만 같았다. 또한 늪지대에서 불어온 바람이 난롯불을 활활 타오르게 할 때면 밖에서 목소리가 들려오는 듯했다. 내게 비밀 맹세를 하게 한 그 족쇄를 찬 사나이가 "내일까지 먹을 것 없이 기다릴 순 없다, 참을 수 없어, 뭔가 음식을 가져와, 당장!"이라고 외치던 그 목소리였다. 또 어떤 때는, 내 내장을 끄집어내고 싶은 걸 억지로 참고 있는 그 청년이 초조함을 견디다 못해 욕망에 지면 어쩌나, 아니면 시간을 착각하고서 내일이 아니라 오늘 밤 내 간과 심장을 도려내겠다고 위협하면 어쩌나 하는 생각도 들었다. 두려움 때문에 머리카락이 곤두서는 일이 정말로 가능하다면, 그때 내 머리카락은 틀림없이 곤두선 상태였으리라. 물론 실제로 머리카락이 쭈뼛 섰다는 사람은 아무도 없지만 말이다.

그날은 크리스마스이브였으므로, 다음 날 먹을 푸딩을 7시부터 8시까지 구리봉으로 휘저어야 했다. 나는 다리에 무게를 실어 푸딩을 저어보려 했지만(그러자 그 사나이 발에 채워진 무거운 짐이 다시금 생각났다), 몸을 움직일 때마다 자꾸 빵이 발목 밖으로 빠져나오려고 해서 견디기 어려웠다. 다행히 나는 몰래 빠져

나가 내 다락방 침대에 양심을 찌르는 그 부담을 내려놓았다.

푸딩을 다 저은 뒤, 잠자리에 들기 전 마지막으로 굴뚝 한쪽 구석에서 몸을 녹이고 있을 때였다. "들어봐, 조! 저게 대포 소리야?" 나는 흥분해서 물었다.

"응, 또 죄수인가 보다."

"그게 무슨 뜻이야?"

언제나 조의 말을 받아 설명하는 누나가 "탈주라고, 탈주" 하며 타르 물약을 먹일 때와 똑같이 퉁명스러운 말투로 설명했다.

누나가 바느질을 하느라 시선을 떨어뜨리고 있는 동안 나는 목소리를 내지 않고 입 모양만으로 "죄수가 뭐야?"라고 조에게 물어보았다. 그러나 그의 입 모양이 너무도 복잡해서 "핍"이라는 단어밖에 읽어낼 수가 없었다.

"어제 저녁 시간을 알리는 대포 소리가 난 뒤에 죄수가 한 명 도망쳤단다. 그래서 경고 대포가 울렸지. 지금 건 아무래도 다른 한 명이 또 도망쳤다는 경보 같은데." 조가 소리 내어 말했다.

"누가 쏘는 건데?" 내가 물었다.

"거참 시끄럽네." 누나가 바느질거리에서 고개를 들고 나를 노려보았다. "어쩜 그렇게 질문이 많니? 그렇게 꼬치꼬치 캐묻지 않아야 꾸며낸 대답을 들을 일도 없는 법이야."

그 논리에 따른다면 내 많은 질문에 답을 하는 누나는 거짓말쟁이가 된다. 그것은 누나 자신에게 무례한 발언이 아닌가. 하긴 손님이라도 없으면 누나는 예의와는 담을 쌓은 사람이었다.

그때 조가 무진장 애를 쓰며 입을 움직여 무슨 말을 하려는 것을 보고 나는 잔뜩 호기심이 생겼다. 그 입 모양이 "골났다"고 말하는 것처럼 보였으므로 나는 마땅히 조 부인을 가리키며 "누나?"라는 입 모양을 해 보였다. 그러나 조는 내 말을 강하게 부정하는 몸짓을 보이더니 다시 입을 크게 벌려 매우 강한 느낌의 단어를 한 마디 내뱉었다. 그러나 나는 그 뜻을 도무지 알아들을 수가 없었다.

나는 하는 수 없이 마지막 수단으로 누나에게 말을 걸었다. "누나, 가르쳐 줘, 귀찮지 않다면. 저 대포는 어디에서 쏘는 거야?"

"하느님, 부디 이 애에게 자비를 내리소서!" 누나는 이렇게 소리 질렀지만, 사실은 그 반대를 의미하는 듯했다. "감옥선에서지!"

"아하." 나는 조를 돌아보았다. "감옥선이구나."

조는 나무라듯이 헛기침을 했다. "내가 그렇게 말했잖니?"라고 말하듯.

"그런데 감옥선이 뭔데?" 내가 물었다.

"얘가 이렇다니까!" 누나는 내게 실 꿴 바늘을 들이대고 고개를 절레절레 흔들며 외쳤다. "한 가지를 대답해 주면 열 가지 질문을 쏟아낸단 말이야. 감옥선이란 습지(meshes) 너머에 있는, 죄인을 실은 배란다(우리 고장에서는 marshes를 meshes라고 발음했다)."

"누가 그런 곳에 들어가지? 왜 들어가는 거야?" 나는 그저 알고 싶은 마음에 누구에게랄 것 없이 지나가는 말로 조용히 물었다.

조 부인은 더는 참을 수가 없었던 모양인지 벌떡 일어났다. "잘 들어라. 난 다른 사람들의 생활이나 캐물으라고 힘들게 널 기른 게 아니야. 그랬다면 세상 사람들이 날 칭찬하기는커녕 비난만 했을 거다. 감옥선에 들어가는 건 사람을 죽이거나 물건을 훔치거나 위조지폐를 만들거나 하는 나쁜 짓을 저지른 사람들이야. 그런데 그런 나쁜 짓들은 남에게 질문하는 것에서 시작하지. 자, 이제 잠자리로 가거라!"

침실로 갈 때는 촛불을 들고 갈 수 없었으므로 나는 어두컴컴한 계단을 그냥 올라갔다. 누나가 자러 가라는 말을 하면서 골무 낀 손으로 내 머리를 탬버린 대신 사용한 탓에 머리가 얼얼했다. 그 얼얼한 머릿속에 때마침 감옥선이 나를 기다리고 있다는 생각이 떠올라 무서워졌다. 나는 확실히 감옥선을 향해 가고 있었다. 남에게 질문을 하는 것에서 시작해서 그다음으론 누나의 물건을 훔치려 하고 있었으니까.

그날 이후(지금으로부터 꽤 오래전 일이지만) 나는 두려움에 벌벌 떠는 어린 아이들의 가슴속에 얼마나 큰 비밀이 있는지 아는 어른은 거의 없다고 가끔 생각한다. 아무리 터무니없는 공포라 할지라도, 아이에게는 똑같은 공포심이다. 내 간과 심장을 노리는 그 젊은 친구가 나는 죽을 만치 무서웠으며, 발에 쇠고랑을 찬 그 사나이가 죽을 만치 무서웠다. 터무니없는 약속을 해버린 나 자신이 너무 무서워 공포에 떨고 있었다. 누나는 절대 권력을 가지고 있었지만 번번이 나를 내쳤으므로 그녀에게 도움을 구할 수는 없는 노릇이었다. 이렇게 공포가 낳은 비밀스러운 고독 속에서 자칫 내가 무슨 짓을 저질렀을지 상상하면 몸서리가 쳐진다.

　그날 밤은 잠을 이루지 못했다. 깜빡 잠이 들어도, 세찬 강 물살을 타고 감옥선으로 떠내려가는 도중에 교수대 앞을 지나는데 유령 해적이 확성기에 대고 "너는 당장 상륙해서 여기에 목을 매달아야 한다, 얼른 이리 오너라!"라고 소리 지르는 꿈을 꾸고는 눈이 번쩍 떠졌다. 자고 싶어도 무서워서 잠이 오지 않았다. 날이 밝자마자 먹을 것을 훔쳐야 했기 때문이다. 쉽게 불을 손에 넣을 수가 없었으므로 밤에는 아무것도 할 수 없었다. 쇠와 부싯돌로 불을 일으켜야 하지만, 그런 짓을 했다가는 해적이 쇠고랑을 덜그렁거리는 소리만큼이나 요란한 소리를 내고 말 것이었다.

　작은 커튼 뒤에 달린 커다랗고 검은 벨벳 장막이 잿빛으로 바뀌자마자 나는 벌떡 일어나 계단을 내려갔다. 한 계단 한 계단 내려갈 때마다 내 뒤에서 널빤지며 그 널빤지의 갈라진 틈새들이 "게 서라, 이 도둑놈!" 또는 "조 마님, 일어나세요!"라고 말하는 것 같았다. 크리스마스 때인 만큼 찬방에는 여느 때보다 먹을 것이 훨씬 많이 저장되어 있었다. 거꾸로 매달린 산토끼를 보고 흠칫 놀랐다. 반쯤 등을 돌렸을 때, 그 토끼가 내게 한쪽 눈을 찡긋 해 보인 듯한 기분이 들었다. 일일이 확인해서 고를 시간 따위는 없었다. 1초도 헛되이 보내서는 안 되었다. 결국, 빵과 치즈, 민스미트[2] 반 병, 사기병에 든 브랜디, 고기가 얼마 붙어 있지 않은 뼈다귀, 동그스름하고 속이 꽉 찬 돼지고기 파이를 훔쳤다(민스민트는 간밤에 꼬불쳐둔 빵과 함께 손수건에 쌌고, 브랜디는 스페인 감초수라 불리는 독한 술[3]을 만들기 위해 내 방에 감추어 두었던 유리병으로 옮겨 담고 나서, 브랜디 병에는 식기 찬장에 있던 항아리 속 내용물로 채워 넣었다). 돼지고기 파이는 훔치지 않고 나갈 뻔했다. 그런데 뚜껑 달린 질그릇에 담긴 채 선반 구석에 소중히 보관되어 있는 게 대체 뭔지 확인하고 싶은 충동을 느꼈다. 그게 파이라는 걸 알고는 그것을 꺼내면서, 그게 금방 식탁에 내놓으려고 만든 게 아니기를, 따라서 당분간 없어진 게 들키지 않기를 바랐다.

　부엌에는 대장간과 바로 통하는 문이 있었다. 나는 자물쇠를 열고 빗장을 푼

---

2) 다진 고기에 사과, 건포도, 지방, 향료 따위를 섞은 것.
3) 핍의 농담. 감초에 알코올 성분은 없음.

다음 조의 연장통에서 줄칼을 하나 꺼냈다. 그런 뒤에 문을 원래대로 잠근 뒤에 대문을 열고서(지난밤 묘지에서 돌아왔을 때 이 문으로 들어왔었다), 안개 자욱한 늪지대로 달려갔다.

제3장

　서리가 내려 매우 눅눅한 아침이었다. 마치 도깨비가 밤새 창가에서 울면서 창을 손수건 대신 사용하기라도 한 듯, 내 방 작은 창문 바깥쪽에는 습기가 잔뜩 고여 있었다. 앙상한 나무울타리며 헐벗은 풀밭에 서리가 내려 이슬방울이 성긴 거미줄처럼 가지에서 가지로 잎에서 잎으로 매달려 있었다. 철책이며 문마다 습기가 끈적끈적하게 배어 있었다. 늪지대에서 피어오르는 안개는 너무 짙어서, 우리 동네 쪽을 가리키는 기둥 위에 붙어 있는 나무 화살표는 아주 가까이 다가갈 때까지 보이지 않았다(마을로 아무도 찾아오지 않는 걸 보면 이 표지판을 믿는 사람은 없는 것 같았다). 이슬방울이 뚝 떨어져 위를 쳐다보았더니, 양심의 가책에 시달리는 내 눈에는 그 나무 화살표가 감옥선으로 가는 길을 가리키는 유령처럼 보였다.

　늪지대로 나오자 안개는 더욱 짙어졌다. 내가 달려가고 있는 게 아니라 다른 것들이 날 향해 달려오고 있는 것만 같았다. 죄책감에 시달리는 사람에게는 아주 불쾌한 기분이었다. 수문이며 제방이며 강둑이 안개 너머에서 불쑥불쑥 나타나 "돼지고기 파이를 훔친 꼬마가 있다! 붙잡아라!" 외치며 달려들었다. 소들도 불쑥 나타나 나를 노려보고는 콧김을 뿜으며 "꼬마 도둑놈, 안녕!"이라고 말했다. 목덜미에 흰 반점이 있는 검정소가(양심에 시달리는 내게는 목사처럼 보였다) 집요하게 나를 쏘아보았다. 그 시선을 피해 지나가려 하자 나무라듯이 그 둥근 머리를 휘두르기에 나는 그만 "어쩔 수가 없었어요! 날 위해 훔친 게 아니에요!"라고 말해 버렸다. 그러자 검정소는 고개를 숙이고 희뿌연 구름 같은 콧김을 내뿜으며 뒷다리를 차고는 꼬리를 휘휘 저으며 안개 속으로 사라졌다.

　나는 강쪽으로 쉬지 않고 내달렸으나, 아무리 빨리 뛰어도 발은 따뜻해지지 않았다. 그 사나이 발에서 쇠고랑이 떨어지지 않듯이, 차가운 냉기가 내 발에서도 떨어지지 않는 듯했다. 포대로 가는 길은 똑똑히 기억하고 있었다. 어느 일요일 조와 함께 가본 적이 있기 때문이다. 조는 낡은 대포 위에 걸터앉아서, 내가 정식으로 그의 제자가 되면 쉬는 날 다시 이곳으로 와 재미난 시간을 보내자고 말했었다. 그러나 짙은 안개 속이라 길을 헷갈렸는지, 나는 오른쪽으로 너무 많이 갔다는 걸 깨달았다. 조수 차이를 표시하는 말뚝과 진흙 위로 드러난 흔들리는 바위 둑길로 강변을 끼고 걸어온 길을 되돌아가야 했다. 전속력으로 내달리다 보니 어느덧 포대 근처에서 본 적이 있는 수로를 지났다. 그 너머에 있는 제방으로 허둥지둥 오르자, 한 남자가 앞에 앉아 있는 것이 보였다. 그는 내게 등을 돌리고 있었는데 팔짱을 낀 채 잠에 취한 듯 계속 고개를 끄덕거리고 있었다.

예상치 못한 방식으로 아침식사를 맞는 편이 더 기쁘리라 생각한 나는 살그머니 다가가 그의 어깨를 만졌다. 순간 그는 펄쩍 뛰었다. 그런데 그는 다른 사람이 아닌가!

그렇지만 그 남자도 엉성한 천으로 된 잿빛 옷을 입고, 발에 쇠고랑을 차고 있었다. 절름거리고, 쉰 목소리에다, 추위에 떨고 있는 게 내가 알고 있는 남자와 모든 면에서 비슷했다. 다만 얼굴 생김새가 다르고 넓은 챙에 춤이 낮은 펠트 모자를 쓰고 있었다. 이 모든 걸 본 건 한순간이었고, 이 모든 일은 순간적으로 일어났다. 그는 내게 욕설을 퍼부으면서 나를 치려고 덤벼들었다. 하지만 팔을 휘둘렀는데 힘이 없어서인지 내 몸에 맞지 않는 바람에 균형을 잃고 오히려 그가 내동댕이쳐질 뻔했다. 그 뒤 남자는 두 번이나 발을 헛디디며 안갯속으로 사라졌다.

"그 젊은 친구라는 사람이었어!" 그런 생각이 들자 나는 심장이 쿡쿡 쑤셔오기 시작했다. 그때 간이 어디에 달렸는지 알았더라면 아마 그곳에도 아픔을 느꼈을 것이다.

곧 나는 포대에 다다랐고, 이번에는 틀림없는 그 사나이가 있었다. 몸을 감싸 안은 듯한 자세로 앞뒤로 휘청거리며 나를 기다리고 있었다. 밤새도록 그러고 있었던 듯한 모습이었다. 그는 몹시 추워 보였다. 내 앞에서 거꾸러져 얼어 죽지나 않을까 하는 생각이 들 정도였다. 그의 눈은 몹시 굶주려 보였다. 내게서 받아든 줄칼을 풀밭에 내려놓았는데, 내 보따리를 보지 않았더라면 풀이라도 뜯어먹었을 것이다. 이번에는 원하는 것을 털기 위해 나를 거꾸로 들거나 하지 않았으므로, 나는 똑바로 선 채 보따리를 풀고 호주머니를 비웠다.

"병에 들어 있는 것은 뭐냐?" 그가 물었다.

"브랜디예요."

남자는 이미 민스미트를 목구멍에 쑤셔넣고 있었다. 정말 이상한 방식이었는데, 음식을 먹는다기보다 어딘가로 서둘러 감추는 느낌이었다. 그는 잠시 먹기를 멈추고 브랜디를 마셨다. 그러는 동안에도 어찌나 심하게 몸을 떠는지, 병주둥이를 물고 있지 못하고 그저 이 사이에 대는 게 그가 할 수 있는 전부였다.

"학질에 걸리셨나봐요." 내가 말했다.

"그런 것 같다."

"이곳은 건강에 나빠요. 늪지대에 누워 계셨던 것 같은데, 그러면 학질에 걸리기 쉬워요. 류머티즘도 그렇고요."

"그런 것들로 죽기 전에 아침을 먹어야겠다. 아침을 먹은 뒤라면 저기 저 교수대에 목이 달린대도 여한이 없어. 아무튼, 먹어야겠다. 그래서 오한을 날려버리는 거야. 옳지!"

남자는 민스미트, 살이 붙은 뼈다귀, 빵, 치즈, 돼지고기 파이를 한꺼번에 게걸스럽게 먹었다. 그러나 그렇게 먹는 동안에도 의심스러운 눈빛으로 주위를 둘러보다가 이따금 머리를(그리고 턱의 움직임조차) 멈추고는 귀를 쫑긋 세웠다. 강에서 첨벙 하는 소리가 나거나 늪지대에서 동물들이 내뱉는 숨소리가 들리는지, 아니면 들렸다고 착각을 했는지, 그는 움찔했다. 그러고는 느닷없이 이렇게 말했다.

"너, 날 속이는 건 아니겠지? 누굴 데려온 건 아니겠지!"

"네! 절대로요!"

"나중에 경찰이 따라오는 건 아니겠지?"

"그럼요!"

"널 믿어 주마. 만일 너처럼 어린 녀석이 죽음과 똥 더미 사이로 쫓겨다니는 나처럼 불쌍한 인간쓰레기를 추적하는 걸 돕는다면, 넌 정말 고약한 새끼 사냥개밖에 안 될 거야!"

그의 목구멍에서 딸각하는 소리가 났다. 몸 안에 시계 같은 게 있어서 막 시간을 알리려고 추를 때린 것 같았다. 그는 너덜거리는 거친 소매로 눈가를 훔쳤다.

그의 비참함에 동정심이 생겨, 그가 천천히 파이를 먹기 시작했을 때 용기를 내어 말해 보았다. "맛있게 드시니 다행이에요."

"뭐라고 했냐?"

"맛있게 드시는 것 같아 기쁘다고요."

"고맙다, 꼬마야. 정말 맛있구나."

나는 우리집에서 키우던 큰 개가 먹는 것을 자주 구경한 적이 있었다. 그리고 지금, 그 개와 이 남자가 먹는 방식이 매우 비슷하다는 사실을 알아차렸다. 남자는 개처럼 갑작스럽게 음식을 한 입 가득 덥석 물고는 순식간에 삼켜버렸다. 그리고 어딘가에서 누군가가 튀어나와 파이를 빼앗아 가지나 않을까 염려된다는 듯이, 먹는 동안에도 주위를 두리번거렸다. 그 정도로 안절부절못한다면 맛이고 뭐고 알 리가 없을 것이다. 누군가를 초대해서 같이 먹는다면 분명히 그 손님 앞에서도 물어뜯었으리라. 이런 모든 면에서 그는 우리집 개와 똑같았다.

"그 사람 몫은 남지 않겠군요." 나는 실례가 되지나 않을까 잠시 생각한 뒤 머뭇거리며 말했다. "먹을 걸 더 가져올 수는 없어요." 그것은 틀림없는 사실이었기에 굳이 말한 것이었다.

"그 사람 몫? 그 사람이라니, 누구 말이냐?" 파이 껍질을 우적우적 씹다 말고 내 친구가 물었다.

"아저씨가 얘기했던 청년이요. 함께 숨어 있다던."

"아아!" 남자는 걸걸한 목소리로 웃으며 대답했다. "그 사람? 그래, 그랬지! 그놈한테는 음식이 필요 없다."

"하지만 필요해 보이던걸요."

남자는 먹기를 멈추고 몹시 놀란 표정으로 나를 뚫어져라 바라보았다.

"보이다니? 언제 말이냐?"

"조금 전이요."

"어디서?"

"저기서요." 나는 손가락으로 가리켰다. "저쪽에서 졸고 있었어요. 난 아저씬 줄로만 알았죠."

그가 내 목덜미를 움켜쥐고 어찌나 매섭게 쏘아 보는지, 내 목을 자르겠다던 그 생각이 다시 떠오른 것은 아닌가 싶었다.

"아저씨하고 똑같은 옷을 입고, 모자를 쓰고 있었어요. 그리고…… 그리고……" 나는 벌벌 떨면서 설명했다. 어떻게든 거슬리지 않는 표현을 찾으려고 애썼다. "그리고…… 그런 차림이었으니 아저씨처럼 줄칼을 원하겠구나 생각했죠. 지난밤에 대포 소리 못 들으셨어요?"

"그렇다면, 그게 대포 소리였어!" 그는 혼잣말처럼 중얼거렸다.

"아저씨는 못 들었을 수도 있어요. 우리집은 여기서 훨씬 멀고, 게다가 창문도 닫혀 있었는데도 똑똑히 들렸는걸요."

"꼬마야, 배가 고파서 머리가 흐리멍덩해진 채 추위와 굶주림으로 죽어가면서 혼자 이 늪지대에 있으면 밤새 대포 소리와 누군가를 부르는 소리밖에 들리지 않아. 어디 들리기만 하냐? 보이기까지 한단다. 붉은 코트를 입은 군인들이 횃불을 들고 점점 다가오는 모습이. 게다가 녀석들이 내 죄수번호를 부르며 '단념해라' 따위의 말을 외쳐대고, 철포에 포탄을 집어넣는 소리가 들리지. '준비! 받들어 총! 일제 사격!' 명령하는 소리도 들리며, 손을 머리 위에 올리고 납작하게 엎드려 있지만 정신을 차려보면 아무도 없지. 아무렴, 간밤에 명령에 따라 쿵쿵 소리를 내며 다가오는 추격대를 보았다면, 백 번도 더 봤을 거야. 그렇군, 대포란 말이지! 그러고 보니 날이 밝고 나서 대포 소리에 안개가 흔들리는 것을 보았지……." 그때까지 내가 그 자리에 있다는 사실을 잊은 듯이 혼자 떠들던 그가 문득 내게 물었다. "그런데 말이다, 내 친구 녀석, 뭐 눈에 띄는 건 없더냐?"

"얼굴이 심하게 멍들었었어요." 그런 것을 기억하리라고는 나 자신도 그때까지 의식하지 못했다.

"여기 아니더냐?" 남자가 손바닥으로 자기 왼쪽 뺨을 사정없이 때리며 큰 소리로 말했다.

"네, 바로 거기예요!"

"녀석이 지금 어디 있느냐?" 남자는 먹다 남은 음식들을 잿빛 웃옷 가슴팍에 쑤셔 넣었다. "놈이 어느 쪽으로 갔는지 가르쳐다오. 사냥개처럼 쫓아가 주지. 어이쿠, 발이야. 이 지긋지긋한 쇠고랑. 꼬마야, 줄칼을 내놔라."

나는 그 사람이 안갯속으로 사라진 방향을 가리켰다. 그러자 남자는 잠깐 그쪽을 바라보고는 젖은 풀밭에 주저앉아 미친 듯이 쇠사슬에 줄질을 했다. 나는 안중에도 없는 것 같았다. 아니, 자신의 발조차 안중에 없는 것 같았다. 쇠사슬에 쓸려 벗겨진 부위에서 피가 나고 있는데도 그는 줄칼 말고는 아무것도 느끼지 못하는 사람처럼 다리를 거칠게 다루었다. 그런 조급하고 우악스러운 모습을 보자 다시 나는 그가 무서워졌다. 또한 집을 오랫동안 비웠다는 사실도 무서워졌다. 이제 가봐야겠다고 말해 보았지만, 그는 들은 체도 안 했다. 나는 슬그머니 사라지는 편이 낫겠다 싶었다. 마지막으로 그를 보았을 때, 그는 머리를 무릎 바로 위까지 숙이고서 자기 다리와 족쇄에 초조한 듯이 저주를 퍼부으며 죽을힘을 다해 줄질을 하고 있었다. 마지막으로 안개 속에서 걸음을 멈추고 귀를 기울였을 때에도 줄질하는 소리는 여전히 들려왔다.

제4장

집에 돌아가면, 경찰이 나를 잡으려고 부엌에서 기다리고 있으리라고 생각했다. 그러나 경찰은커녕 아직 도둑질도 들키지 않은 채였다. 누나는 크리스마스 파티를 준비하느라 정신이 없었고, 조는 쓰레받기에 쓸려 들어가지 않으려 부엌 문간 계단에 서 있었다. 누나가 부산스럽게 바닥을 청소할 때면 조는 쓰레받기로 향하는 운명에 처하곤 했던 것이다.

내가 양심의 가책을 느끼며 부엌에 모습을 드러냈을 때였다. "너, 도대체 어디 갔었니?" 누나의 크리스마스 인사였다.

내가 캐럴을 들으러 갔다고 대답하자 누나가 말했다. "그래? 교회라면 좀 낫지. 더 나쁜 곳도 많으니까." 누나는 조금도 날 의심하지 않는 눈치였다.

"만일 대장장이 마누라가 아니었던들(뭐든 마찬가지였겠지만), 그리고 생전 앞치마를 벗을 수 없는 노예가 아니었던들 나도 크리스마스 캐럴을 들으러 갔을 거다. 난 캐럴을 좋아하거든. 어쩌면 찬양대원으로 캐럴을 불렀을지도 모르지. 그게 바로 내가 절대로 캐럴을 듣지 않는 가장 큰 이유야."

쓰레받기가 우리 앞에서 사라지자 조가 내 뒤를 따라 부엌으로 들어왔다. 누나가 쏘아보자 그는 분노를 가라앉히라는 뜻으로 손등으로 코를 문질러 보였다. 그러고는 누나가 그에게서 눈을 돌리자 나를 보며 집게손가락으로 X자를 만들어 보였다. 누나가 성이 나 있다는 표시였다. 누나는 항상 골이 나 있는 탓에, 조와 나의 손가락은 종종 불멸의 십자군 병사들의 다리와 같은 상태로 몇 주씩이나 있곤 했다.

그날은 절인 돼지고기 다리에 채소, 배를 잔뜩 채워 구운 닭고기 두 마리가 나오는 호화로운 식사가 예정되어 있었다. 어제 아침에 미리 만들어 놓은 훌륭한 민스파이(그래서 민스미트가 없어진 것이 아직 발각되지 않은 것이었다)도 있었다. 푸딩은 벌써 끓고 있었다. 이렇게 거창하게 파티를 준비하느라 아침식사는 대충 때워야 했다. "오늘은 할 일이 산더미처럼 많아. 제대로 차려서 뱃속에 집어넣고 게다가 설거지까지 할 시간이 없다고!" 이것이 조 부인의 설명이었다.

그래서 조와 나는 집에서 식사하는 어른과 아이라기보다는 강행군에 나선 2천 명의 군인들처럼 빵 몇 조각만 먹었다. 그리고 우리는 자못 미안한 표정으로 찬장에 든 항아리에서 우유와 물을 따라 마셨다. 그동안 조 부인은 깨끗하게 손질해둔 흰 커튼을 달고, 넓은 벽난로를 덮고 있던 주름 장식을 새 꽃무늬 장식으로 바꿔 달았으며, 복도 끝에 있는 자그마한 응접실 가구를 덮은 종이를 걷어냈다. 이 응접실 가구는 크리스마스 날 말고는 일 년 내내 은종이로 덮여 있었다. 벽난로 선반 위에 올려진 까만 코를 가지고 입에는 꽃바구니를 물고 있는 하얀 도자기 푸들 네 마리도 마찬가지였다. 조 부인은 아주 깔끔한 주부였지만, 그녀에게는 청결함을 불결함보다 불쾌하고 불안한 것으로 느끼게 하는 특기가 있었다. 청결은 신앙심 다음으로 중요하다고들 하는데, 어떤 사람은 종교 때문에 청결을 중요시하는 것과 같다.

누나는 할 일이 너무나 많아서 예배에는 대리를 보내기로 했다. 그 말은 바로, 조와 내가 교회에 갔다는 말이다. 작업복을 입은 조는 건장한 전형적인 대장장이였지만, 나들이옷을 입으면 아무리 봐도 허풍선이 허수아비였다. 작업복 이외에는 도무지 어울리지 않고 빌려 온 옷으로밖에 보이지 않았다. 어떤 옷이든 그와 어울리지 않았다. 그날도 교회 종소리가 즐겁게 울려 퍼질 때 방을 나온 조는, 민망하게도 고백성사 할 때 입는 정장을 입고 나온 듯했다. 나로 말할 것 같으면, 누나는 내가 범죄자라는 생각을 어렴풋이 가지고 있었던 게 틀림없었다. 내가 태어난 날 나를 받아낸 경찰이 나를 체포한 뒤, 법의 준엄함을 어긴 자이니 엄중히 다루어야 한다고 신신당부하며 누나에게 나를 넘긴 것 같았다. 그 뒤 나는 이성과 종교와 도덕이 명하는 바를 거스르며, 내 절친한 친구들의 만류에도 불구하고 기어이 태어난 인간 취급을 받은 것이다. 옷을 새로 맞출 때에도 재단사는 내가 자유롭게 손발을 놀릴 수 없도록, 이른바 소년원 제복처럼 옷을 만들라는 지시를 받은 듯했다.

이런 연유로, 교회로 향하는 조와 나는 동정심이 많은 사람의 눈에 상당히 측은한 꼴로 보였을 것이다. 그러나 겉으로 드러난 고통은 내면의 괴로움에 비하면 아무것도 아니었다. 집에서 조 부인이 찬방에 가까이 가거나 방에서 나올 때마다 내가 느낀 공포는 내 손으로 저지른 일에 대한 후회에 견줄 만큼 대단한 것이었다. 이 사악한 비밀의 무게에 짓눌린 나는, 만일 죄를 고백한다면 그 무시무시한 탈주자의 복수로부터 나를 보호해 줄 만한 힘이 교회에 있는지 곰곰이 생각해 보았다. 나는 목사님이 결혼예고문을 낭독하며 "반대하는 사람은 손을 드십시오" 할 때 재빨리 일어나 "제의실에서 단둘이서 할 이야기가 있습니다"라고 말하는 것을 상상했다. 그날이 크리스마스가 아닌 일요일이었다면, 나는 정말로 그 묘한 수를 써서 우리 교구의 얼마 안 되는 교인들을 놀라게 했을 것이다.

우리와 함께 식사하기로 한 사람은 교회 서기인 웝슬 씨, 수레 목수인 허블 씨와 그의 부인, 그리고 가까운 마을에 사는 부유한 잡곡상으로 전용 마차를 가진 펌블추크 아저씨였다(실제로는 조의 아저씨인데, 누나가 자기 아저씨로 만들어 버렸다). 식사 시간은 한 시 반이었다. 조와 내가 집에 돌아왔을 때는 이미 식탁이 차려져 있고, 조 부인은 깔끔한 드레스를 입고 있었으며, 요리도 드레싱을 뿌리기만 하면 되는 상태였다. 손님들이 들어올 수 있도록(평소에는 반드시 빗장이 걸려 있었다) 정면 현관문 빗장이 풀어져 있는 등 모든 준비가 완벽했다. 그리고 도둑맞았다는 소리는 아직 한 마디도 없었다.

마음을 놓을 수는 없었지만 시간이 지나갔고, 손님들이 도착했다. 웝슬 씨는 매부리코와 번쩍번쩍 훤히 벗겨진 이마, 그리고 몹시 자랑스레 여기는 굵은 목소리를 가진 사람이었다. 실제로 그를 아는 사람들은, 그에게 기회만 주어진다면 목사에게도 지지 않을 만큼 훌륭한 솜씨로 성경을 낭독하리라 생각했다. 그 자신도 교회라는 조직이 '개방'된다면, 즉 시험을 쳐서 누구나 목사 자리에 오를 수 있다면 자신에게도 활약할 기회가 없진 않으리라며 말하고 다녔다. 그러나 교회가 '개방'되지 않았기 때문에, 앞서 말한 대로 서기 노릇을 면치 못했다. 그렇지만 그는 있는 힘을 다해 "아멘"을 외쳤다.[1] 시편을 낭독할 때는—언제나 시 한 편을 다 읽었다—먼저 신도들을 빙 둘러봤는데, "당신들은 지금 높은 곳에 계신 분[2]이 말하는 것을 들었습니다. 이번에는 제 설교 솜씨를 한번 들어보십시오!" 하고 말하는 듯한 눈초리였다.

---

1) 서기의 역할 중 하나는 목사가 설교할 때 구절구절마다 "아멘"을 외치는 일이었음.
2) 높은 설교단에서 말하는 목사를 가리킴.

나는 평소에도 현관문을 사용한다는 듯한 자연스러운 태도로 손님들에게 문을 열어주었다. 먼저 웝슬 씨에게 열어 주고, 그다음에는 허블 씨 부부, 맨 마지막에는 펌블추크 아저씨였다. 한 가지 주의사항이 있었는데, 본디 나는 그를 '아저씨'라고 부르면 엄벌을 받게 되어 있었다. 그것은 절대 해서는 안 되는 일이었다.

펌블추크 아저씨는 몸집이 크고 씩씩거리며 숨 쉬는 굼뜬 중년 남자였다. 게슴츠레한 퉁방울눈과 붕어처럼 생긴 입에 꺼칠꺼칠한 머리카락이 곤두서 있어서, 숨 막혀 죽을 뻔한 사람이 겨우 숨을 되돌린 듯한 인상을 주었다. "조 부인, 크리스마스를 축하하는 뜻으로 셰리 와인과 포트와인 한 병씩 가져왔습니다." 그가 말했다.

이렇게 그는 크리스마스 때마다 자기가 귀한 손님이나 된다는 듯이 아령처럼 술병 두 개를 들고 매번 똑같은 대사를 내뱉으며 나타났다. 그리고 크리스마스 때마다 누나는 지금과 똑같은 말로 대꾸했다. "어머나! 펌블추크 아저씨! 정말로 친절도 하셔라!" 그러면 그는 또 지금 대답한 것처럼 말을 받았다. "이 정도는 가져와야지. 그래, 모두 건강하신가? 반 페니짜리 동전은?" 이것은 나를 뜻하는 말이었다.

우리집에서 이런 모임을 할 때면 부엌에서 식사를 하고, 응접실로 자리를 옮겨 견과류, 오렌지, 사과 등의 후식을 먹었다. 이 과정은 조가 작업복을 벗고 주일 나들이옷으로 갈아입는 것과 매우 흡사했다. 이날 누나는 유난히 쾌활했다. 특히 허블 부인이 있을 때는 다른 사람과 함께 있을 때보다 더욱 상냥했다. 내 기억에 남아 있는 허블 부인은 하늘색 옷을 입고, 몸집이 자그마하며, 곱슬머리에 예민한 사람이었다. 그녀는 늘 어린애처럼 굴었는데, 얼마나 오래전 일인지는 몰라도 남편보다 훨씬 어린 나이에 결혼한 까닭이었다. 허블 씨는 건장하고 치켜 올라간 어깨에 허리가 구부정한 노인으로, 그에게선 톱밥 냄새가 났다. 그는 유난히 다리를 크게 벌리고 걸었는데, 내 키가 작았을 무렵에는 그가 저쪽에서 걸어오면 그 가랑이 사이로 몇 마일 앞까지 내다보였다.

이런 훌륭한 손님들 틈에 끼어 있으면, 먹을 것을 훔치지 않았더라도 그리 편한 마음은 들지 않았을 것이다. 그것은 식탁보가 뾰족하게 꺾이는 모퉁이에 끼어 앉아 식탁 모서리가 가슴팍에 닿고, 펌블추크 아저씨 팔꿈치가 눈을 찌르고, 입을 여는 것도 금지당한 채(말하고 싶지도 않았지만), 닭다리 끝에 달린 껍질이나 돼지 자신조차 살아생전에 아무런 긍지도 가지지 않았을 이름 없는 부위만 받아먹었기 때문만은 아니었다. 이런 것들은 아무래도 좋았다. 그들이 나를 내버려 두기만 했더라면 말이다. 그러나 그들은 나를 가만히 두려 하지 않았다. 그들은 이따금 내게 교훈을 주지 않으면 안된다고 느끼는 것 같았다. 나는 스페인 투우장 안에 갇힌 불행한 어린 소처럼 그들이 휘두르는 도덕적 잣대에 이곳저곳을 사정없이 찔렸다.

그 공격은 모두가 식탁에 앉기가 무섭게 시작되었다. 웝슬 씨가 아주 과장된 말투로 기도를 올리고—지금 생각하면 그 기도는 햄릿의 유령과 리처드 3세를 종교적으로 합쳐서 만들어낸 것 같은 내용이었다—하느님께 감사를 드린다는 엄숙한 말로 끝맺었다. 누나는 나를 바라보며 꾸중하듯이 나지막한 목소리로 이렇게 말했다. "들었지? 감사할 줄 알아야 한다."

"특히 너를 손수 길러 준 분들에게 감사해라." 펌블추크 씨가 한술 거들었다.

허블 부인은 고개를 가로저으며, 내가 장래에 아무짝에도 쓸모없는 사람이 될 거라는 어두운 예감으로 나를 응시하면서 물었다. "어째서 어린애들은 고맙게 여길 줄 모를까요?" 이 물음은 모두에게 너무나도 풀기 어려운 도덕상의 수수께끼인 것 같았지만, 허블 씨의 한마디로 결론이 났다. "천성이 못돼서 그렇지요." 모두들 "그 말이 맞네요!" 하고 중얼거리며, 비난하는 듯한 매우 불쾌한 시선을 내게 던졌다.

조의 지위와 영향력은 손님이 없을 때보다 있을 때 더욱 미약했다(그런 일이 가능하다면). 그럼에도 조는 가능한 한 자기 나름대로 나를 돕고 위로해 주었다. 그는 식사 때마다 내게 고깃국물을 덜어주는 것으로 나를 위로했다. 그날은 고깃국물이 넉넉히 있었으므로 조는 내 접시에 반 파인트는 넘게 떠주었다.

얼마쯤 식사를 들고 나자 웝슬 씨는 그날의 설교를 통렬하게 비평하고, 평소처럼 교회가 '개방'된다는 가정하에 자기라면 어떤 설교를 했을 거라는 것을 암시한 뒤 몇 가지 논점을 제시했다. 그러고는 그날 목사가 설교주제를 잘못 선택했다고 말하며, 지금 세상에 거론해야 할 주제가 그토록 많은 걸 생각하면 용서할 수가 없다고 덧붙였다.

"옳은 말씀입니다!" 펌블추크 아저씨가 끼어들었다. "정곡을 찌르셨어요! 힘들이지 않고 다룰 수 있는 주제야 얼마든지 있지요. 우리에게 필요한 것도 바로 그런 것들입니다. 찾아내는 방법만 알고 있다면 주제는 주변에 널려 있지요." 그렇게 말하고 조금 생각한 뒤 이어서 다시 말했다. "이 돼지를 보세요. 여기에도 주제가 있습니다. 주제를 찾고 싶으면 이 돼지를 보면 됩니다!"

"정말 그렇군요. 거기에서 많은 교훈을 이끌어낼 수 있겠어요." 웝슬 씨가 다음 말을 잇기 전에, 나는 그가 나를 예로 들리라는 것을 직감했다. "젊은이를 위해."

"잘 들어둬!" 누나가 엄한 목소리로 내게 속삭였다.

조는 내게 고깃국물을 더 떠 주었다.

"돼지는," 마치 그것이 내 이름이기라도 한 것처럼 웝슬 씨는 얼굴이 빨개진 나를 포크로 가리키며 특유의 묵직한 목소리를 한껏 높였다. "돌아온 탕아의 친구였습니다.[3] 돼지의 식탐이 젊은이들을 위한 본보기로 우리 앞에 놓였습니다(살이 토실토실 올라 아주 맛있어 보인다고 칭찬하던 그의 입에서 그런 말이 나오니 더욱 우스웠다). 돼지에게 혐오를 느낄 만한 것이 사내아이에게 있다면 더욱 경멸스러운 일이죠."

"여자아이도요." 허블 씨가 말했다.

"물론 여자아이도 그렇지요, 허블 씨." 웝슬 씨가 조금 신경질적으로 대답했다. "그렇지만 이 자리엔 여자아이가 없질 않습니까."

펌블추크 씨가 갑자기 나를 돌아보며 말했다. "넌 감사해야 한다. 생각해 보렴. 만일 네가 꿱꿱 울어대는 새끼로 태어났었더라면—"

"그랬어요! 정말로 이 애는 꿱꿱 울어대기만 했다니까요." 누나가 힘주어 말하며 끼어들었다.

조는 또 나에게 고깃국물을 주었다.

"아, 내가 말하는 건 네 발 달린, 그러니까 돼지 새끼로 태어났다면 지금 이 자리에 네가 있겠니?"

"이런 꼴이 아니고서는." 웝슬 씨가 고개를 기울여 요리를 가리켰다.

"그런 뜻으로 얘기한 게 아닙니다." 누가 말 중간에 끼어드는 것을 싫어하는

---

3) 누가복음 15장 15절.

펌블추크 씨가 대꾸했다. "손윗사람들과 즐겁게 대화를 나누고, 그들과의 대화를 통해 자신을 향상시키며, 이렇게 호사스럽게 살 수 있겠느냐는 거지요. 대답은 '아니올시다'입니다. 그럼 어떤 운명이 기다리고 있었을까?" 그는 다시 나를 바라보며 말했다. "너는 시장원리에 따라 고작 몇 실링에 팔려나가 짚더미 속에서 쿨쿨 잠이나 잤을 거다. 그러면 백정 던스터블이 찾아와 너를 왼팔에 끼고 오른팔로 작업복 소매를 걷어 올린 다음 조끼 주머니에서 칼을 꺼내 네 피를 빼내고 죽였겠지. 손수 기르는 일이 있을 수나 있었겠냐!"

조가 고깃국물을 더 권했으나, 나는 무서워서 그것을 받을 정신이 없었다.

"얘가 정말 말썽을 많이도 부렸지요?" 허블 부인이 누나에게 동정의 말을 건넸다.

"말썽이요?" 누나가 되풀이했다. "말썽이라고 하셨어요?" 그러더니 내가 걸린 온갖 질병부터 시작해서 잠 못 들게 괴롭힌 일이며, 내가 어떻게 높고 낮은 곳을 굴러다녔는지, 그리고 내가 어떻게 상처를 입은 채 돌아다녔으며, 죽어 없어지기를 간절히 바랐건만 어찌 그렇게 되지 않았는지를 하나하나 늘어놓았다.

고대 로마인들은 매부리코 때문에 서로 괴롭혔을 것이 분명하다. 어쩌면 그 코 때문에 그토록 침착하지 못하고, 다른 나라를 침략했는지도 모르겠다. 어쨌든 내 비행 목록이 낭독되는 동안 웝슬 씨의 로마인 같은 매부리코가 어찌나 신경에 거슬리던지, 그가 비명을 지를 때까지 그 코를 잡아당기고 싶었다. 그러나 이때까지 참고 견뎌왔던 것은, 누나의 일인극이 끝나고 잠시 침묵이 흐르는 동안 어른들이 나를 분노와 혐오가 가득한 눈빛으로 바라볼 때(나는 이것을 뼈저리게 의식했다)의 그 끔찍한 기분에 비하면 아무것도 아니었다.

"그런데 말입니다." 펌블추크 씨가 천천히 화제를 원래대로 돌렸다. "돼지도 삶으면 풍부한 영양분이 되지 않습니까?"

"브랜디 좀 드세요, 숙부님." 누나가 말했다.

아, 드디어 때가 온 것이다! 그는 브랜디 맛이 연하다는 것을 눈치채고 누나에게 말할 것이다. 그러면 나는 끝장이다! 나는 식탁보 밑의 식탁 다리를 두 손으로 꼭 붙들고, 운명의 순간을 기다렸다.

누나가 사기 병을 가지러 자리에서 일어났다가, 그것을 가지고 돌아와서는 그에게 브랜디를 따라주었다. 다른 손님들은 마시지 않았다. 하지만 이 꼴 보기

싫은 인간은 술잔을 만지작거리며 높이 들었다가, 불빛에 비춰 보았다가, 다시 내려놓아 나의 괴로움을 질질 끌었다. 그동안 누나와 조는 파이와 푸딩을 내놓기 위해 식탁을 재빨리 정리하고 있었다.

나는 펌블추크 씨에게서 눈을 뗄 수가 없었다. 두 손과 두 발은 식탁 다리를 꼭 붙든 채로, 그 인간이 술잔을 만지작거리다가 들어 올렸다가 이내 미소를 짓고는 고개를 뒤로 젖히며 브랜디를 꿀컥 삼키는 모습을 지켜보았다. 그 바로 뒤에 모두는 말을 잃을 정도로 놀랐다. 그가 벌떡 일어나더니 무섭게 기침을 해대며 춤이라도 추듯이 빙글빙글 돌면서 문으로 달려나갔기 때문이다. 그리고는 앞으로 고꾸라져 맹렬한 기세로 토악질하더니 마치 정신 나간 사람처럼 무시무시한 표정으로 변한 것이 창문 너머로 보였다.

누나와 조가 그에게 달려가는 동안에도 나는 꼼짝 않고 있었다. 어떻게 했는지는 알 수 없으나, 하여간 내가 그를 죽인 게 분명하다고 생각했다. 그런 끔찍한 상황에서 두 사람이 그를 데리고 돌아왔을 때는 나도 모르게 가슴을 쓸어내렸다. 그는 자기의 말에 우리가 동의하지 않았다는 듯이 둘러본 뒤 의자에 앉더니 "타르야!"라는 의미심장한 한 마디를 던졌다.

나는 브랜디 병에 타르 물약을 채워 놓았던 것이다. 이제 그는 점점 속이 안 좋아질 것이다. 나는 요즘 유행하는 가짜 심령술사처럼 보이지 않는 손으로 식탁을 흔들었다.[4]

"타르라고요?" 누나가 놀라서 외쳤다. "도대체 타르가 어떻게 그 병에 들어갔을까요?"

그러나 지금 부엌에서 절대 권력을 쥐고 있던 펌블추크 아저씨는 그 말, 아니 그 화제에조차 귀를 기울이려 하지 않고 손을 휘휘 내젓더니, 뜨거운 물에 진을 타서 달라고 청했다. 걱정스러울 정도로 생각에 빠져들던 누나는 진과 뜨거운 물, 설탕과 레몬껍질을 준비하고는 그것들을 조합하는 일에 몰두했다. 그것으로 잠깐 동안은 꾸중을 면했다. 나는 여전히 식탁 다리에 매달려 있었지만 이제는 감사를 절실히 느끼고 있었다.

차차 마음이 진정되었으므로, 나는 손을 놓고 푸딩을 먹을 수 있었다. 펌블

---

4) 당시 심령술 붐이 일어난 것에 대한 비아냥.

추크 씨도 푸딩을 먹었다. 모두 푸딩을 먹었다. 식사가 끝나자 펌블추크 씨는 뜨거운 물에 탄 진을 마신 덕분에 기분이 좋아져서 다시 빙글빙글 웃기 시작했다. 이렇게 오늘은 그럭저럭 넘어가나 보다 싶던 때였다. 누나가 조에게 말했다. "차갑고 깨끗한 접시를 가져와요."

나는 긴장한 나머지 즉시 식탁 다리를 붙잡았고, 마치 그것이 가장 소중한 친구라도 되는 양 가슴에 끌어안았다. 그리고 앞으로 닥칠 일을 예견하고서, 이번에야말로 달아날 때임을 느꼈다.

"여러분, 맛보셔야 할 것이 또 있어요." 누나가 아주 우아한 태도로 손님들에게 말했다. "펌블추크 숙부님이 주신 멋지고 맛있는 선물을 맛보는 걸로 마무리해야 해요."

꼭 그래야만 할까? 제발 모두 맛보지 않겠다고 말해 줘요!

"아시겠지만, 파이랍니다. 맛있는 돼지고기 파이요."

사람들이 저마다 칭찬의 말을 속삭였다. 자신이 친구들에게 감사를 받을 충분한 자격이 있다고 생각한 펌블추크 아저씨는 쾌활하게 말했다. "허허, 마땅한 선물을 했을 뿐입니다. 그럼 모두 파이를 한 조각씩 먹어 볼까요?"

누나는 파이를 가지러 갔다. 찬방으로 향하는 누나의 발소리가 들렸다. 펌블추크 씨가 칼을 바로 잡고, 웝슬 씨의 매부리코 콧구멍에 다시 식욕이 돌아오는 것이 보였다. 허블 씨가 말했다. "맛있는 돼지고기 파이라면 아무리 많이 먹은 다음이라도 또 들어가지요. 문제없어요." 조가 "너도 먹을 거지, 핍?"이라며 권하는 소리가 들렸다. 나는 무서워져서 비명을 질렀다. 다만, 모두에게 들리도록 정말로 소리 내어 비명을 질렀는지, 마음속으로만 절규했을 뿐이었는지는 확실치 않지만 말이다. 어쨌든 더는 견딜 수가 없어 도망을 가야겠다 생각하고 끌어안고 있던 식탁 다리를 놓고서는 죽어라 달음질을 쳤다.

그러나 대문까지밖에 가지 못했다. 거기서 소총을 든 군인들에게 부딪쳤기 때문이다. 그중 한 사람이 내게 수갑을 내밀면서 말했다. "이런, 잘 보고 다녀야지. 일어나거라!"

제5장

줄 지어 나타난 군인들이 총알을 잰 소총 개머리판을 문턱에 철컥하고 내려놓자, 식탁에 둘러앉아 있던 사람들이 헐레벌떡 일어났다. 빈손으로 부엌에서 돌아와 "정말이지 대체 어디로 간 거지? 파이가!" 하며 수상쩍다는 투로 내뱉던 조 부인도 말을 멈추고는 놀란 눈을 휘둥그레 뜰 뿐이었다.

누나가 놀라 쳐다보았을 때 하사관과 나는 부엌에 있었다. 이 위기에 맞닥뜨리자 그제야 정신이 어느 정도 돌아왔다. 하사관은 조금 전 내게 말을 건 군인이었다. 그는 오른손에는 여봐라는 듯 수갑을 들고 왼손은 내 어깨에 올려놓은 채 모두를 둘러보았다.

"실례합니다, 여러분. 이 어리고 영리해 보이는 소년에게 문간에서 말했듯이 (사실 그는 아무 말도 하지 않았다) 우리는 국왕 폐하의 명으로 도주범을 추적 중입니다. 그래서 대장장이를 좀 만났으면 하는데 말입니다."

"대장장이에게 무슨 볼일이죠?" 조에게 볼일이 있다고 하자 누나가 발끈 성을 내며 대들었다.

"부인, 제 생각 같아선 그의 훌륭한 부인과 친해지는 영광과 기쁨을 위해서라고 말씀드리고 싶지만, 국왕 폐하 입장에서 말씀드리자면, 한 가지 일을 부탁하기 위해서입니다."

사람들은 하사관의 재치 있는 대답을 호의적으로 받아들였다. 펌블추크 씨도 감탄해서 하사관에게 들릴 정도로 한마디 했다. "말솜씨 한번 똑 부러지는군!"

"대장장이 양반." 하사관은 조가 대장장이라는 것을 알아보고 말했다. "이놈이 영 이상해요. 고장이 나서 잘 맞물리질 않아요. 당장 써야 하니 좀 봐주시오."

조는 수갑을 흘끔 보고는, 대장간에 불을 지피고 일을 시작하려면 한 시간은 턱도 없고 두 시간 가까이 걸릴 거라고 대답했다. "그래요? 그럼 바로 일을 시작하시죠, 대장장이 양반." 하사관이 그 자리에서 결정을 내렸다. "국왕 폐하의 일에 필요한 거니까요. 부하들이 도울 일이 있으면 뭐든 말씀하시오." 그가 부르자 군인들이 차례차례 부엌으로 들어와 무기를 한구석에 내려놓았다. 그런 뒤에 군인들이 으레 그렇듯이 차렷자세로 똑바로 서 있었다. 시간이 지나자 그들은 손을 몸 앞쪽에서 가볍게 깍지 끼기도 하고, 무릎이나 어깨의 긴장을 풀기도 했다. 그리고 시간이 좀더 지나자 허리띠나 탄대를 느슨하게 풀었다. 그러더니 마침내 문을 열고서는 높은 옷깃 위로 간신히 목을 빼고 마당에 침을 뱉기도 했다.

이 모든 광경이 눈에는 들어왔으나, 나는 그것을 보고 있다는 사실도 깨닫지 못했다. 머릿속이 걱정으로 가득했기 때문이었다. 그러나 수갑이 나를 체포하기 위한 것이 아니고, 군인들 때문에 파이 문제가 뒤로 미뤄졌음을 알아차리고 다소 마음을 진정시킬 수 있었다.

"지금 몇 시입니까?" 하사관이 펌블추크 씨에게 물었다. '당신처럼 분별 있게 보이는 사람은 틀림없이 시간을 알고 있을 겁니다'라는 듯한 말투였다.

"두 시 반이 막 지났습니다."

"그럼 그리 나쁘지 않군요." 하사관이 뭔가를 생각하며 말했다. "두 시간 가까이 여기에 발이 묶인다 해도 괜찮겠어요. 늪지대에서 여기까지 거리로 얼마나 됩니까? 1마일쯤 되나요?"

"꼭 1마일입니다." 조 부인이 말했다.

"그럼 됐습니다. 어둑어둑할 무렵에 녀석들에게 접근해야겠어요. 이동 명령은 해지기 전에 내려야겠지만 그렇게 하면 될 겁니다."

"죄수들 말입니까?" 웁슬 씨가 침착한 말투로 물었다.

"예! 두 명입니다. 아직 늪지대에 숨어 있는 걸로 아는데, 어두워지기 전에는 놈들이 움직이지 못할 테니까요. 혹시 여기 계신 분들 중 수상한 자를 본 사람은 없습니까?"

나를 뺀 모두가 보지 못했다고 자신 있게 대답했다. 나를 염두에 두는 사람은 아무도 없었다.

"좋아요! 놈들이 예상보다 빨리 포위됐다는 걸 알게 될 겁니다. 자, 대장장이 양반! 준비가 됐으면 얼른 국왕 폐하의 명령에 따르시죠."

조는 넥타이를 풀고 조끼와 웃옷을 벗어 던진 뒤, 가죽 앞치마를 두르고 대장간으로 갔다. 군인 한 사람이 대장간의 목제 창문을 열고, 다른 한 사람이 불을 지폈으며, 또 다른 한 사람은 풀무질을 했다. 나머지는 순식간에 활활 타오른 불 주위에 뺑 둘러섰다. 조는 망치를 치켜들었다가 내리치고, 다시 치켜들었다가 내리쳤다. 사람들 모두가 그 모습을 지켜보았다.

이윽고 시작될 추적에 모두의 관심이 쏠렸다. 덕분에 누나는 너그러워졌다. 맥주통에서 주전자 한가득 맥주를 퍼다가 군인들에게 돌리고, 하사관에게는 브랜디를 잔에 따라 내밀었다. 그러자 펌블추크 씨가 황급하게 말했다. "포도주를 드리지 그래요, 부인. 포도주에는 타르가 들어가지 않았을 테니까." 하사관이 대꾸했다. "부인, 고맙습니다만, 저도 타르가 섞이지 않은 술이 더 좋군요. 똑같은 수고를 들이는 거라면 이왕이면 포도주가 좋겠습니다." 포도주를 받아들자 그는 "국왕 폐하 만세! 즐거운 크리스마스를!" 그렇게 외친 다음 단숨에 들이켜고서 입맛을 쩝쩝 다셨다.

"좋은 술이지요?" 펌블추크 씨가 말했다.

"사실 전 이 술은 선생님께서 가져온 거라고 예상했지요."

"오호! 어떻게 그걸 아셨지요?" 펌블추크 씨가 느끼하게 웃으면서 말했다.

"당신은 뭘 좀 아시는 분 같거든요." 하사관이 그의 어깨를 탁탁 두드렸다.

"그렇게 생각하십니까?" 펌블추크 씨는 다시 똑같은 웃음소리를 냈다. "자, 한 잔 더 드십시오."

"그럼 같이 들지요. 건배! 제 잔 주둥이와 선생님 잔 다리, 선생님 잔 다리와 제 잔 주둥이를 챙 부딪치고, 또 한 번 챙 이거야말로 글라스 하모니카[1]가 연주하는 최고의 소리! 선생님의 건강과 만수무강을 위해! 선생님의 정확한 판단력이 흐려지지 않기를!"

하사관은 다시 술잔을 단숨에 비웠다. 금방이라도 다시 한 잔 들이켤 기세였다. 대접하느라 정신이 팔린 펌블추크 씨는 그 포도주가 자기가 선물한 것이라는 사실을 까맣게 잊고, 누나에게서 병을 빼앗더니 기분이 좋아 어쩔 줄 모르

---

1) 크기가 다른 유리잔을 늘어놓고 손가락으로 잔 가장자리를 문질러 소리를 내는 악기.

며 모두에게 돌렸다. 더군다나 나까지도 조금 얻어 마셨다. 무척 인심이 후해진 그는 들고 있던 포도주가 떨어지자 나머지 한 병마저 가지고 오게 하더니 마찬가지로 사람들에게 기분 좋게 따라 주었다.

　모두가 대장간 주위에 모여 즐거워하는 모습을 보자 무시무시한 생각이 들었다. 늪지대에 있는 내 도망자 친구가 이 식사에 풍미를 더하는 좋은 양념이 되었다는 생각이 든 것이다. 그가 그날 파티에 자극을 주기 전과 비교해 사람들은 그 네 배는 즐거워 보였다. 그리고 지금 모두가 '두 악당 놈'이 체포되기를 기대하며 흥미진진해 하고 있었다. 도망자들을 잡기 위해 풀무가 숙숙 소리를 내고 불길이 타오르며, 그들을 재빨리 따라잡을 수 있도록 연기가 피어오르고 있었다. 그들을 잡기 위해 조가 망치를 쳐들었다가 내리치고, 불길이 이글거리며 시뻘건 불꽃이 날아올랐다가 사라질 때마다 벽에 비친 검은 그림자가 흔들거리며 그들을 위협하는 듯이 보였을 때, 동정심으로 가득찬 어린 마음에는 푸르스름한 오후의 하늘도 불쌍한 두 사람 때문에 파랗게 질려가는 것이라고 생각했다.

　마침내 조가 일을 끝냈다. 망치 소리와 불이 활활 타오르던 소리도 멈추었다. 조는 코트를 입더니 대담하게도 우리도 군인들을 따라가 죄수들이 체포되는 모습을 끝까지 지켜보자고 제안했다. 펌블추크 씨와 허블 씨는 파이프 담배와 숙녀들을 핑계로 거절했지만, 웝슬 씨는 조가 간다면 자기도 가겠다고 말했다. 조는 그럼 함께 가자고 대답하며, 누나가 허락한다면 나도 데려 가겠노라고 말했다. 이 사건이 어떻게 끝날지 알고 싶은 호기심이 없었더라면 누나는 절대로 허락하지 않았을 것이다. 단지 누나는 한 가지 조건을 내걸었을 뿐이었다. "소총에 이 애 머리통이 날아가더라도, 돌아와서 나더러 그걸 다시 맞춰 달라고 부탁하지 마세요."

　하사관은 숙녀들에게 정중히 작별인사를 하고, 펌블추크 씨와는 친구와 헤어질 때처럼 각별한 인사를 나누었다. 술이 들어가지 않았을 때도 술을 마셨을 때처럼 하사관이 이 신사의 미덕에 감탄할지는 의심스러웠다. 군인들이 총을 들고 정렬했다. 웝슬 씨와 조와 나는 행렬 꽁무니에 따라와야 하며, 늪지대로 들어가면 아무 말도 하지 말라는 엄명을 받았다. 차가운 공기 속으로 나와 목적지를 향해 걸음을 옮기던 중, 나는 일행의 기대를 저버리는 말을 속삭였다.

"조, 도망 중인 사람들이 발견되지 않았으면 좋겠어." 조가 귓속말로 대꾸했다. "끝까지 도망 다닐 수 없을 거라는 데에 1실링을 걸겠다, 핍."

우리 일행에 끼려는 마을 사람은 한 명도 없었다. 날씨가 춥고 으스스한 데다 발 디딜 곳이 마땅찮을 정도로 길은 질척하고 음산했다. 날도 어두워졌으며 사람들은 난롯가에 모여 크리스마스 파티를 하고 있었기 때문이다. 몇몇 사람들이 불빛이 비치는 창가로 다가와 우리의 행렬을 지켜보기는 했지만, 아무도 밖으로는 나오지 않았다. 우리는 표지판을 지나 교회 마당을 향해 똑바로 걸었다. 교회에 도착하자 하사관의 손짓에 따라 잠시 멈추었다. 군인 몇 명이 무덤 사이와 현관을 구석구석 살폈다. 그들은 아무것도 찾아내지 못한 채 돌아왔다. 우리는 교회 옆문을 지나 넓은 늪지대로 나갔다. 살을 에는 듯한 진눈깨비가 동풍에 실려와 내리기 시작하자, 조는 나를 등에 둘러업었다.

이리하여 8, 9시간 전에 내가 이곳에서 숨어 있던 두 사람을 보았으리라고는 아무도 상상하지 못할 음침하고 황량한 들판으로 나왔다. 그러자 만약 그들과 맞닥뜨린다면, 그 죄수들이 내가 군인들을 데려왔다고 하지 않을까 하는 생각이 떠올랐다. 그는 내게 자기를 속이고 있는 것 아니냐고 물은 적이 있지 않았던가. 추적을 돕는다면 정말 고약한 새끼 사냥개밖에 안 될 거라고 말하지 않았던가. 사람이나 속이는 몹쓸 녀석인 내가 냉혹하게도 그를 배신했다고 믿어버리지나 않을까?

이제 와서 그런 질문을 해봐야 소용없었다. 나는 이미 조의 등에 업힌 채 그곳에 와 있는 것이었다. 조는 나를 업고서 사냥꾼처럼 수로를 뛰어넘었고, 웝슬 씨는 넘어져서 매부리코가 다치지 않도록 주의하면서 우리를 따라왔다. 앞서 가는 군인들은 서로 일정한 거리를 두고 한 줄로 퍼졌다. 우리는 그날 아침 내가 잘못 들었던(그 길에서 안갯속을 헤맸다) 길로 들어갔다. 안개는 아직 걷히지 않았고, 바람도 그대로였다. 저물어 가는 붉은 석양 아래, 항로표식과 교수대며 포대가 놓인 흙 둔덕과 강 맞은편 기슭이 모두 흐릿한 납빛을 띠었지만 똑똑히 보였다.

내 심장이 대장간에서 본 망치처럼 조의 넓은 어깨를 쾅쾅 두드렸다. 죄수들을 찾으려 주위를 둘러보았지만 아무것도 보이지 않고, 아무 소리도 들리지 않았다. 웝슬 씨의 거친 숨소리에 놀란 적이 한두 번이 아니었지만, 그때는 이미 그 소리에 익숙해져 죄수들이 내는 소리와 분명히 가려들을 수가 있었다. 아직도 줄질하는 소리가 들린 것 같아 내 심장은 덜컹 내려앉았지만, 잘 들어 보니 양의 목에 달린 방울 소리였다. 양들은 풀 뜯기를 멈추고, 겁먹은 듯이 우리를 쳐다보았다. 바람과 진눈깨비를 피하기 위해 고개를 돌린 소들은 우리 때문에 날씨가 성가셔졌다고 생각하는지 성난 눈으로 노려보았다. 그러나 이들 무리와 해 질 무렵 풀잎들이 한 장 한 장 떠는 소리를 빼고는 늪지대의 황량한 적막을 깨는 것은 아무것도 없었다.

군인들은 옛 포대 쪽으로 나아가고, 우리는 조금 떨어져서 따라갔다. 그러다가 갑자기 모두가 발을 멈추었다. 바람과 비를 타고 어디선가 기다란 외침이 들려왔기 때문이다. 그 외침은 한 번 더 되풀이되었다. 동쪽 멀리서 들려오는, 길고도 커다란 외침이었다. 아니, 그 뒤섞인 듯한 소리로 판단하건대 최소한 두 사람 이상이 한꺼번에 외치는 것 같았다.

우리가 다가가자, 하사관과 그의 옆에 있던 부하들이 작은 목소리로 속닥거렸다. 잠시 귀를 기울이더니 (판단력이 뛰어난) 조는 그 생각에 동의했고, (판단력이 좋지 않은) 웝슬 씨도 동의했다. 결단력 있는 하사관이 그 외침에 응답하지 말고 진로를 바꾸어 '2열로' 소리 나는 방향으로 전진하라고 명령했다. 우리는 오른쪽으로(그쪽이 동쪽이었다) 사선을 그으며 이동했다. 조가 어찌나 빠르게 내달리던지 나는 그의 등에서 떨어지지 않도록 필사적으로 단단히 붙잡고 있어야 했다.

이제는 걷고 있는 것이 아니라 뛰고 있었다. 조는 "심장이 터질 것 같다"고 말했다(그것이 그가 내뱉은 유일한 말이었다). 둔덕을 내려갔다가 다시 올라가고 수문을 넘어가고, 철벅거리며 수로를 건너 거친 골풀 사이를 지났다. 어디를 어떻게 가고 있는지 아무도 개의치 않았다. 외침이 가까워질수록, 목소리를 내는 것이 한 사람이 아님이 점점 확실해졌다. 가끔 외침이 뚝 끊길 때가 있었는데, 그럴 때면 군인들도 발을 멈추었다. 다시 목소리가 들리면 군인들은 전보다 더 빠른 속도로 달려갔고, 우리도 그 뒤를 더 빨리 따랐다. 얼마쯤 지나자 한 사람이 "살인이야!" 외치고, 다른 목소리가 "죄수다! 탈옥이다! 경비병! 탈옥수가 여기 있다!" 소리가 똑똑히 들리기 시작했다. 몸싸움이 벌어진 듯한 소리에 목소리가 막혔다가 다시 들려왔다. 이제 군인들은 사슴처럼 잽싸게 달려갔고 조도 그에 못지않게 빨리 달려갔다.

소리 나는 곳에 도착하자마자 하사관이 먼저 두 사람을 향해 뛰어들었고, 부하 두 명이 그 뒤에 바짝 붙어 있었다. 우리가 모두 다다랐을 때, 그들은 총의 공이치기를 당기고 사격 자세를 취하고 있었다.

"두 놈 모두 여기 있다!" 하사관은 수로 바닥에서 격투를 벌이느라 헐떡대면서 말했다. "얌전히 항복하시지! 짐승 같은 짓은 그만두지 못할까! 이놈들, 떨어지지 못해!"

물방울이 마구 튀기며, 진흙이 날아다니고, 욕설이 오가면서, 주먹질이 난무하는 가운데, 군인 몇 명이 하사관을 돕기 위해 도랑으로 뛰어 내려가 내가 아는 죄수와 또 다른 사나이를 한 사람씩 끄집어 올렸다. 두 죄수 모두 피를 철철 흘리고, 헐떡거리고, 욕설을 퍼부으며 발버둥쳤다. 나는 한눈에 그들을 알아보았다.

"알아 두시오!" 내가 아는 죄수가 너덜너덜한 소매로 얼굴에 묻은 피를 닦고, 손가락에 엉겨붙은 머리카락을 잡아 빼며 말했다. "내가 저놈을 잡았소! 그리고 내가 당신들한테 그를 넘겨준 거요! 그 점을 잘 기억해 두란 말이오!"

하사관이 대꾸했다. "그런 것에 집착해 봤자 별 의미는 없을걸. 너도 같은 죄를 지었으니 딱히 좋을 것도 없지. 자, 어서 수갑을 채워라!"

"내게 유리할 거라고는 기대하지 않소. 지금보다 큰 만족은 필요 없지." 내가 아는 죄수가 탐욕스럽게 웃으면서 말했다. "내가 저놈을 잡았어. 놈은 그걸 알지. 그걸로 충분해."

또 다른 죄수는 새파랗게 질려 있었다. 왼쪽 뺨에 있던 상처에 다른 상처들까지 더해져 온몸이 상처투성이로 보였다. 두 사람에게 각각 수갑이 채워질 때까지 그는 숨이 차서 말도 못하고, 군인들에게 기대지 않으면 쓰러져 버릴 것만 같았다.

"잘 감시하시오, 경비병. 저자가 나를 죽이려 들었소." 이것이 그가 처음으로 내뱉은 말이었다.

"죽이려 했다고?" 내가 아는 죄수가 경멸스럽다는 듯이 말했다. "죽이려다 실패했다는 뜻인가? 잘 들으시오. 나는 저놈을 잡았고, 당신들에게 넘겼소. 그게 내가 한 일이오. 저놈이 늪지대에서 도망가려는 걸 붙잡아서 여기까지 끌고 왔소. 도로 데리고 온 거란 말이오. 당신들은 저 악당을 신사라고 생각할지 모르겠지만, 내 덕에 이 신사가 감옥선으로 돌아온 거지. 그런데 내가 죽으려고 해? 확실히 그것도 해 볼 만하지만 도로 끌고 오는 편이 저놈한텐 훨씬 괴로운 일인걸."

또 다른 죄수는 아직 헐떡이고 있었다. "저놈이……날……죽이려……했소. 증인이……되어……주시오."

"이것 보시오!" 내가 아는 죄수가 하사관에게 말했다. "나는 혼자서 감옥선에서 도망쳐 나왔소. 죽기 아니면 살기로 한 거라고. 마음만 먹으면 혼자서 이 빌어먹은 추운 늪지대에서 빠져나갈 수도 있었소. 여기서 이놈을 발견하지 못했더라면 그랬을 거란 말이오. 내 다리를 보시오. 쇠고랑이 없는 것이 보이지? 그런데 날 또 이놈의 도구 취급을 하겠다고? 또? 안 될 말이지, 당치도 않지. 만일 내가 저 바닥에서 죽었더라도," 그는 수갑 찬 손을 도랑을 향해 흔들어 강조했다. "놈을 놓지 않았을 거요. 당신들은 놈이 내 손에 단단히 잡혀 있는 장면을 목격하게 되었을 거요."

또 다른 죄수는 그를 몹시 두려워하는 기색이 역력했다. 그가 다시 같은 말을 되풀이했다. "저놈이 날 죽이려 했소. 당신네가 안 왔으면 난 죽었을 거요."

"거짓말 마!" 내가 아는 죄수가 사나운 기세로 말했다. "저놈은 타고난 거짓말쟁이요. 죽을 때도 거짓말쟁이로 죽을걸. 저놈 낯짝을 좀 보시오. 저기 똑똑히 씌어 있지 않소? 저놈의 얼굴을 돌려 날 똑바로 쳐다보게 해보시오! 날 똑바로 쳐다보게 해보란 말이오!"

또 다른 죄수는 경멸의 웃음을 띠려고 애썼지만 입 주위의 근육이 잘 움직여지지 않아 어떤 분명한 표정도 만들 수가 없었다. 그는 군인들을 쳐다본 뒤 늪지대와 하늘을 훑어보았으나, 내가 아는 죄수의 말대로 그를 똑바로 쳐다보지는 못했다.

"보시오." 내가 아는 죄수가 말을 이었다. "저놈이 얼마나 악한인지 알겠지요? 비굴하게 이리저리 굴리는 저 눈동자가 보이지 않소? 법정에서 함께 재판을 받을 때도 저랬소. 놈은 한 번도 나를 똑바로 바라보지 않았소."

다른 죄수는 바짝 마른 입술을 끊임없이 움직이면서 불안한 눈초리로 주변과 먼 곳으로 계속 시선을 돌렸다. 그러더니 드디어 내가 아는 죄수를 흘끔 바라보고 "네놈에게 볼거리가 있어야 쳐다보지" 하더니 어설프게 빈정거리는 시선을 그의 묶인 손으로 던졌다. 그 말을 듣자 내가 아는 죄수는 미친 듯이 화를 냈다. 군인들이 말리지 않았더라면 그에게 달려들었을 것이다. "내가 말했지요? 이놈은 틈만 나면 나를 죽이고 싶어 한다니까요." 남자가 두려움에 떨고 있다는 것은 누가 봐도 알 수 있었다. 그의 입가에는 가랑눈 같은 기묘한 흰색 거품이 일고 있었다.

"담판은 그만 됐다. 횃불을 켜라!" 하사관이 단호하게 명령을 내렸다.

총 대신 바구니를 들고 있던 한 병사가 무릎을 꿇고 바구니를 막 열려는 참이었다. 내가 아는 죄수가 처음으로 주위를 둘러보다가 나를 보았다. 나는 그곳에 도착하자마자 조의 등에서 내려와 쭉 수로 가장자리에 서 있었다. 그가 내 쪽으로 눈을 돌렸을 때, 나는 그를 간절한 눈으로 쳐다보면서 두 손과 고개를 살랑살랑 흔들어 보였다. 그가 붙잡힌 것이 내 탓이 아님을 이해시키기 위해, 그가 날 보기를 줄곧 기다렸던 것이다. 그러나 그가 내 의도를 이해했는지 아닌지는 전혀 알 수 없었다. 그는 내가 이해할 수 없는 눈빛을 아주 짧은 순간 보내왔을 따름이니까. 그러나 그의 진지한 표정은 내 눈에 똑똑히 박혔다. 그가 한 시간, 아니 종일 나를 바라보았다 하더라도 그보다 강렬한 인상은 받지 못했을 것이다.

바구니를 연 군인이 얼른 불을 붙여 횃불 서너 개를 만들고는 하나는 자기가 들고 나머지는 다른 군인들에게 나누어 주었다. 그전까지는 어둑어둑한 정도였으나 이제는 완전히 캄캄해졌고, 곧 완벽한 어둠이 내렸다. 그곳을 떠나기에 앞서 병사 네 명이 동그랗게 둘러서서 허공을 향해 총을 두 방씩 쏘았다. 곧 저 멀리 뒤쪽과 강 맞은편 기슭에 있는 늪지대에서도 횃불이 타오르는 것이 보였다. "좋아, 출발!" 하사관이 지시를 내렸다.

얼마 못 가서, 우리 앞에서 귀청이 터질 것 같은 요란한 대포소리가 들렸다. "너희가 체포된 것을 알렸으니 감옥선이 기다리고 있을 거다. 꾸물대지 말고 바싹 붙어서 따라와." 하사관이 내가 아는 죄수에게 말했다.

두 죄수는 따로 떨어져, 각기 다른 경비병들에 에워싸여 걸어갔다. 나는 조의 손을 잡고 있었고, 조는 나머지 손에 횃불을 들고 걸었다. 웝슬 씨가 그만 돌아가자고 했지만 조가 끝까지 지켜보자며 군인들을 따라갔다. 이제 길은 제법 편평해졌고, 대부분 강기슭을 따라 난 길은 작은 물레방아와 진흙투성이 수문이 있는 곳마다 몇 갈래 길로 갈라졌다. 주위를 둘러보니 다른 횃불들도 우리를 따라오는 것이 보였다. 우리 횃불에서 길 위로 떨어진 커다란 불똥이 계속 타오르며 희미한 불꽃을 피워 올렸다. 그것 말고는 새까만 어둠이었다. 송진 냄새를 풍기는 횃불이 주위 공기를 덥혀 주었다. 소총에 둘러싸여 비틀비틀 걷고 있는 두 죄수는 그것을 고마워하는 것 같았다. 그들이 절름거리며 걷는 탓에 행진 속도는 느렸다. 게다가 그들은 녹초가 되어 있었기 때문에 중간에 쉬어야 했으므로, 우리는 두세 번 멈춰야 했다.

이렇게 한 시간쯤 걷자, 허름한 목조 막사가 있는 선착장에 다다랐다. 막사 앞에 서 있던 보초가 암호를 대라고 말하자 하사관이 대답했다. 그러고서 우리는 담배 냄새와 회반죽 냄새가 뒤범벅된 막사 안으로 들어갔다. 활활 타오르는 벽난로, 등불, 총걸이, 북, 낮은 나무침대가 있었다. 이 침대는 안이 텅 빈 거대한 탈수기같이 생겼는데, 한꺼번에 열 명 이상은 족히 잘 수 있을 정도로 컸다. 그 위에 병사 서너 명이 외투를 입은 채 자고 있었는데, 우리에게 별다른 관심을 보이지 않았다. 머리를 들어 졸린 눈으로 이쪽을 바라보고는 이내 다시 누워 버렸다. 하사관이 뭐라고 보고를 하고 장부에 필요한 사항을 써 넣자, 이윽고 아까 말한 '또 다른 죄수'가 경비병에게 이끌려 먼저 작은 배에 올랐다.

내가 아는 죄수는 앞서 말한 그때를 빼고는 나를 다시 바라보지 않았다. 막사 안에 있는 동안 그는 벽난로 앞에 서서 생각에 잠긴 눈으로 불길을 바라보기도 하고, 벽난로 앞에 댄 격자에 발을 번갈아 올리고는 조금 전까지 혹사당한 것을 동정하듯이 발을 가만히 내려다보았다. 갑자기 그가 하사관을 돌아보고 이렇게 말했다.

"나 때문에 이 일과 무관한 사람에게 혐의가 씌워지지 않도록, 이번 도주에 대해서 이야기해 둘 것이 있소."

"맘대로 해." 하사관은 팔짱을 낀 채 그를 차갑게 노려보면서 대답했다. "하지만 지금 여기서 모든 걸 말할 필요는 없다. 앞으로도 말할 기회, 들을 기회는 얼마든지 있으니까."

"알고 있소만 이건 다른 이야기요. 사람은 음식 없이는 살 수 없소. 적어도 난 그렇소. 그래서 음식을 실례했지. 저기 어떤 마을, 늪지대 바로 옆에 교회가 세워져 있는 마을 말이오."

"훔쳤다는 거군?" 하사관이 말했다.

"그렇소. 어디서 훔쳤느냐 하면, 대장장이 집에서였소."

"어렵쇼?" 하사관이 조를 바라보았다.

"어라? 핍!" 조가 나를 쳐다보았다.

"먹다 남은 음식이었소……. 그래, 먹다 남은……. 그리고 브랜디 조금과 파이였소."

"혹시 댁에서 파이가 없어진 일이 있소?" 하사관이 조에게 은밀히 물었다.

"당신네가 우리집에 들어왔을 때, 마침 집사람이 그런 말을 했었소. 그렇잖니, 핍?"

"그랬군." 내가 아는 죄수는 내 쪽은 바라보지도 않고 무뚝뚝하게 조를 바라보았다. "그럼 당신이 대장장이요? 미안하오. 내가 당신 파이를 훔쳐 먹었소."

"그런 건 상관 안 합니다…… 그게 제 것이었다면요." 조는 누나를 떠올리며 덧붙였다. "당신이 무슨 짓을 저질렀는지는 모르지만, 그것 때문에 굶어 죽는다면 너무 불쌍하지 않소. 그렇잖니, 핍?"

남자의 목구멍에서 전에도 들었던 딸각하는 소리가 났다. 그는 등을 돌렸다. 배가 돌아왔고 경비병은 그를 데려갈 준비가 되어 있었다. 우리는 나무와 돌로 만들어진 엉성한 선착장까지 그를 따라가서, 그가 배에 오르는 것을 지켜보았다. 배를 젓는 사람은 그와 같은 죄수들이었다. 그를 보고도 놀라거나, 흥미를 보이거나, 기뻐하거나, 슬퍼하거나, 말을 거는 사람은 한 명도 없었다. 누군가가 개에게 소리 지르듯이 "자, 가자!" 고함을 질렀다. 노를 저으라는 신호였다. 횃불에 시커먼 감옥선이 바닷가 진창에서 조금 떨어진 곳에 악당들만 타는 노아의 방주처럼 정박해 있는 것이 보였다.

내 어린 눈에는 녹슬고 두꺼운 사슬에 붙잡아 매인 채 해안에서 차단되어 격리된 감옥선이 죄수들처럼 쇠고랑을 찬 것 같이 비쳤다. 우리는 배가 감옥선 뱃전에 닿자, 그가 끌어 올려져 어디론가 사라지는 모습을 지켜보았다. 물속으로 던져진 횃불이 사나이의 최후를 알리듯 쉬익 소리를 내며 사그라졌다.

제6장

　이리하여 뜻밖의 사건 덕분에 도둑질은 추궁 당하지 않고 넘어갔다. 모든 사실을 솔직하게 털어놓은 건 아니었지만, 내 마음 밑바닥에 조금의 양심은 남아 있었다.

　도둑질한 것이 드러나면 어쩌나 하는 두려움이 사라졌다고 해서 내가 조 부인에게 양심의 가책을 느낀 기억은 없다. 그러나 나는 조를 사랑했고—다만 그때에는 그 다정다감한 사람이 내게 잘 해준다는 것 말고 다른 이유는 없었다—따라서 그를 볼 때면 내심 마음이 불편했다. 조에게는 진실을 고백해야 한다는 마음이 강하게 들었다(특히 그가 줄칼을 찾는 걸 처음으로 봤을 때). 그러나 나는 사실을 말하지 않았다. 그가 나를 실제보다 더 나쁜 놈으로 여길까 봐 두려웠기 때문이다. 조의 신뢰를 잃은 뒤에 밤마다 난롯가 한 구석에 앉아, 영원히 마음이 떠나 버린 동지이자 친구를 괴로운 심정으로 바라봐야만 한다고 상상하니 두려움에 입이 떨어지지가 않았다. 조가 이 사실을 안다면, 그 뒤에 그가 부드러운 구레나룻을 만지작거리며 난롯가에 앉아 있는 것을 볼 때마다 나는 그가 틀림없이 그 사건을 생각하고 있으리라고 믿게 될 것이다. 전날 식탁에 올랐던 고기요리나 푸딩이 다시 식탁에 오른다면 (아무렇지 않은 척할 테지만), 그것을 본 조는 내가 찬방에 들어갔는지 아닌지를 분명히 의심하게 될 것이다. 우리가 함께 사는 동안 그가 맥주 맛이 싱겁다거나 진하다고 말한다면, 나는 그가 타르가 들어 있는지를 의심한다고 믿고서는 얼굴을 붉힐 것이다. 요컨대 나는 너무 겁쟁이여서 옳지 못한 일을 해야만 했던 것처럼, 너무 겁쟁이였기 때문에 옳은 일을 할 수도 없었다. 그 무렵 나는 세상 물정을 몰랐을 뿐 누구를 흉내내 그런 식으로 행동한 건 아니었다. 타고난 재능을 발휘하여, 누가 가르쳐 주지 않았어도 내 행동 방침을 스스로 깨우친 것이다.

　나는 감옥선에서 집으로 돌아오는 길에 곧 잠이 쏟아져 조의 등에 업혀 돌아왔다. 조에게는 진저리나는 여정이었을 것이다. 웝슬 씨는 녹초가 되어 기분이 몹시 안 좋았다. 교회가 개방되어 있었더라면, 아마도 그는 조와 나를 비롯해 이 수색대원 모두를 파문했을지 모른다. 그러나 평신도로서 그가 할 수 있는 거라곤 축축한 땅바닥에 어리석으리만치 오래도록 주저앉아 있는 것뿐이었다. 만일 이것이 극형에 해당하는 죄였다면, 집에 돌아와 부엌 불에 말리려고 웃옷을 벗었을 때 '젖은 바지'라는 명백한 증거가 발견되어 그는 교수대로 보내졌을 것이다.

집에 도착했을 때 나는 어린 주정꾼처럼 부엌에서 비틀거렸다. 푹 잠들어 있던 차에 갑자기 내려진 데다, 환한 방에서 모두가 시끄럽게 떠들어대는 소리에 눈을 떴기 때문이다. 겨우 정신이 들었을 때에(누나가 내 등을 찰싹 때리며 "정말이지 이렇게 속 썩이는 애는 처음 본다니까!" 하고 소리친 게 효과가 있었다) 조가 죄수의 고백을 들려주는 참이었다. 손님들은 죄수가 부엌에 침입한 방법에 대해 저마다 가설을 내놓았다. 펌블추크 씨는 집 안을 주의 깊게 둘러본 뒤 도둑은 먼저 대장간 지붕으로 올라갔다가 집 지붕으로 건너와, 침대보를 찢어 만든 밧줄을 타고 부엌 굴뚝으로 내려왔을 거라고 주장했다. 무척 자신만만한 말투였던 데다 그 자리에 있던 다른 사람들과는 달리 그는 자가용 마차를 가진 사람이었으므로, 이 가설은 모두의 동의를 얻었다. 그러나 피곤한 사람이 종종 그러듯, 웝슬 씨만은 다소 짜증을 내며 사납게 외쳤다. "아닙니다!" 그러나 그의 말은 그럴듯한 논리도 없었고 웃옷도 걸치지 않고 있었으므로 완전히 무시되었다. 바지를 말리기 위해 난로 앞에 서 있는 그의 엉덩이에서 김이 모락모락 피어오르는 모습 또한 신뢰를 높이는 데에 도움이 되지는 않았다.

그게 그날 밤 내가 누나의 우악스러운 손에 떠밀려 잠자리에 들기 전에 들은 이야기의 전부였다. 계단을 올라갈 때 누나가 어찌나 억센 손아귀 힘으로 나를 잡아끌던지, 꼭 내 발에 부츠 오십 켤레가 신겨져 있어 층계를 오를 때마다 계단 모서리에 부딪히는 듯한 소리가 났다. 이 장 앞머리에서 말했던 나의 심리상태는 그날 아침 눈을 뜨기 전에 시작되어, 이 화제가 흥미를 잃고 특별한 때를 빼고는 얘기도 나오지 않은 훗날까지도 이어졌다.

제7장

    교회 묘지에 서서 우리 가족의 묘비명을 읽을 무렵, 나는 겨우 글자를 읽을 줄 아는 정도였다. 나는 간단한 문장의 의미조차 제대로 해석하지 못했다. "위 사람의 아내"라는 문구를 아버지가 저 세상에 간 것에 대한 칭찬을 나타내는 말이라고 생각했다. 그러므로 죽은 친척의 묘비에 "아래 사람"이라고 쓰여 있었더라면, 나는 그 사람을 분명히 몹시 경멸했을 것이다. 교리 문답에 대한 신학적 이해도 참으로 엉뚱했다. 지금도 생생히 기억하는데, "평생 한결같이 걸어갈 것."[1]이라는 맹세를 한 이래, 집에서 나와 마을을 지나갈 때는 어김없이 똑같은 길로만 걸어 다녔다. 수레 목수네 집에서 꺾어지거나 물레방앗간 옆으로 올라가거나 하는 것은 절대로 안 된다고 생각했다.

    나는 어느 정도 나이가 들면 조의 제자로 들어갈 예정이므로, 그 영광스러운 지위를 얻기 전까지는 결코 제멋대로 굴어서는 안 되었다(누나는 이것을 "지멋대로"라고 말했다). 나는 대장간에서 잡일을 하거나, 근처에서 새를 쫓거나, 돌을 나르는 일 등을 했다. 그러나 가저리 가문의 사회적 지위가 실추되지 않도록, 내가 번 돈은 모두 부엌 난로 선반 위에 놓인 저금통으로 들어간다고 이웃에 널리 알려져 있었다. 거기에 모인 돈은 궁극적으로 국가의 빚을 청산하는 데 쓰일 예정이라고 했다. 아무튼, 내가 그 돈을 용돈으로 쓰지 못하리란 점은 분명했다.

    우리 마을에는 웝슬 씨의 대고모가 운영하는 야간학교가 있었다. 솔직히 말하자면, 그녀는 아는 것은 별로 없고, 병은 무한대로 많은 우스꽝스러운 노파였는데, 매일 저녁 6시부터 7시까지 곯아떨어지는 버릇이 있었다. 그러고 보면 고맙게도 학생들은 그 모습을 보기 위해 매주 2펜스씩을 내고 있는 셈이었다.

---

1) 본디는 "하나님의 길"을 걷겠다는 의미.

그녀는 아담한 작은 집에 세 들어 살았고, 웝슬 씨는 그 집 2층에서 살았다. 우리 학생들에게는 그가 아주 위엄 있고 멋있게 큰 소리로 책 읽는 소리라든가, 이따금 발로 마룻바닥을 쿵쿵 울리는 소리가 들려왔다. 웝슬 씨는 석 달에 한 번씩 학생들을 '시험'했다. 이런 때에 그가 하는 일은 소매를 걷어붙이고 머리카락을 위로 잡아 세운 뒤, 카이사르의 시체를 앞에 두고 읊은 마르쿠스 안토니우스의 연설을 들려주는 것이었다. 그 다음에는 늘 콜린스의 〈열정에 부치는 송시〉[2]가 이어졌다. 나는 특히 피 묻은 칼을 집어던지고 침울한 표정으로 전쟁을 비난하는 트럼펫을 부는 '복수'에 대한 구절을 좋아했다. 그러나 나중에 열정이 무엇인지를 깨닫고나자, 콜린스나 웝슬 씨의 열정은 그에 비하면 무척 빛바래 보였다.

웝슬 씨의 대고모는 이 교육기관과 같은 공간에서 작은 잡화상도 운영했다. 그녀는 자기 가게에 무엇이 놓여 있으며, 물건 값이 얼마인지 따위는 전혀 몰랐다. 서랍에 기름때 묻은 작은 수첩이 들어 있었는데, 거기에 적힌 가격표를 보고 비디가 가게의 모든 업무를 처리했다. 비디는 웝슬 씨 대고모의 손녀였다. 비디와 웝슬 씨가 몇 촌 관계에 있는지는 솔직히 전혀 알 수 없었다. 그녀는 나처럼 고아였다. 그리고 나처럼 손수 키워졌다. 생각해 보면, 그녀의 특징은 팔다리에서 잘 드러났다. 즉 머리카락은 늘 헝클어져 있었고, 손은 언제나 더러웠으며, 구두는 발꿈치를 꺾어 신어서 늘 어딘가 수리가 필요했다. 단, 이러한 묘사는 평일에만 해당한다. 일요일이면 그녀는 한껏 모양을 내고 교회에 갔다.

나 자신도 노력하긴 했지만, 나는 웝슬 씨의 대고모보다는 비디의 도움을 받아 어렵사리 알파벳을 깨쳤다. 가시덤불을 헤쳐나갈 때처럼 알파벳이라는 숲을 한 글자 지날 때마다 온통 온몸을 긁혀가며 앞으로 나아갔다. 그 다음에는 숫자에 부딪혔다. 이것은 밤마다 다르게 변장하고 나타나는 귀찮은 아홉 명의 도적 같아서 지금 보고 있는 게 전에 본 게 맞는지 알쏭달쏭했다. 그러나 마침내는 어둠 속을 더듬거리는 식이긴 했지만 최소한 읽고 쓰기와 산수는 그럭저럭 해낼 수 있게 되었다.

어느 밤 나는 난롯가에 앉아 석판을 붙들고 낑낑대며 조에게 편지를 썼다.

---

2) 1746년 작. 다양한 열정이 의인법으로 표현됨.

늦지대로 수색을 나갔던 때로부터 꼬박 1년이 지난 때였나 보다. 시간이 꽤 흐른 데다, 심한 서리가 내리고 추운 겨울이었던 걸 생각하면 말이다. 난로 앞 발치에 알파벳 표를 놓고 참고해 가면서 한두 시간을 씨름한 끝에 아래와 같은 편지를 썼다.

> 친애하는 조, 나는 당신이 글시를 잘 쓰기를 바랍니다. 내가 곳 당신을 가르질 수 이쓸 거예요. 조, 그러면 우리는 매우 기브겟찌요. 내가 당신의 재자가 되면 재믹게 가치 일하자. 날 밋어주세요. 친구 핍.

조는 내 옆에 앉아 있었고 집에는 우리 둘뿐이었기에 굳이 그에게 편지로 알릴 필요는 없었다. 그러나 나는 이 편지를 석판째 조에게 넘겼고, 그는 그것이 매우 심오한 학식의 기적적인 결과라도 되는 듯 받아 들었다.

"세상에, 핍!" 조가 푸른 눈을 휘둥그레 뜨면서 외쳤다. "너 정말 유식하구나! 그렇잖니?"

"유식해지고 싶긴 해요." 나는 그의 손에 들려 있는 석판을 바라보며 말했다. 글씨가 점점 올라간 것이 신경 쓰였다.

"어디 보자, 여기 J가 있구나. 그리고 여기에 멋진 O가 있구나! J랑 O야, 핍. J랑 O를 합치니까 '조'가 되는구나."

나는 여태껏 조가 이 한 음절보다 긴 단어를 읽는 것을 들어 본 적이 없었다. 지난주 일요일, 나는 교회에서 우리가 함께 보는 기도책을 거꾸로 들고 말았는데, 조는 아무런 불편을 느끼지 않았다는 사실을 깨달은 참이었다. 조에게 읽고 쓰기를 가르치려면 기초부터 시작해야 하는지 어떤지 이 기회에 알아두어야겠다는 생각이 들어 말했다. "나머지도 읽어봐, 조."

"나머지 말이냐, 핍?" 그가 눈으로 석판을 천천히 훑으며 대답했다. "하나, 둘, 셋. 아하, 여기에 J자가 세 개 있고, O자도 세 개 있구나. J랑 O가 세 개씩 있으니 '조'가 세 개로구나, 핍!"

나는 조를 향해 몸을 숙이고 집게손가락으로 하나하나 글자를 짚으면서 편지를 끝까지 읽어주었다.

"대단해! 넌 정말 유식하구나!" 내가 편지를 다 읽자, 조가 말했다.

"가저리는 어떻게 쓰지, 조?" 나는 조심스럽게, 그러나 조금 으스대며 물었다.

"못 쓰는데."

"써야 한다면?"

"그럴 수 없는 거야. 그래도 읽는 건 좋아하긴 해."

"그래, 조?"

"엄청나게 좋아하지. 따뜻한 난로 앞에서 좋은 책이나 신문을 읽을 수 있다면 그 이상 바랄 게 없지!" 조는 살짝 무릎을 문지르더니 덧붙였다. "J랑 O가 나오면 '이것 봐라, 드디어 J와 O를 찾았다. 조다!' 하는 거야. 책 읽기는 정말 즐겁단다!"

이 말을 듣고 나는 조의 교육 수준이 증기기관차[3]처럼 아직 초기 단계에 머물러 있음을 깨달았다. 나는 조금 더 깊이 파헤치기 위해 물었다.

"조는 나처럼 어렸을 때 학교에 안 다녔어?"

"안 다녔다."

"나처럼 어릴 때 왜 학교엘 안 다녔는데?"

"글쎄, 핍." 조는 부지깽이를 집어 들더니, 생각에 잠길 때의 버릇대로 그것을 벽난로 아래 격자 사이로 집어넣고 천천히 불을 쑤셨다. "말해 주지. 우리 아버지는 술주정꾼이었단다. 술에 취하면 어머니를 마구 두들겨 팼지. 정작 대장간에서 쇠를 두드려야 하는데, 그 일은 나 몰라라 했어. 나도 자주 얻어맞았단다. 아버지는 나를 두들겨 팰 때면 아주 성실해졌단다. 쇠를 두드리기 싫어 게으름을 피우려고 용쓸 때만큼 성실했지. 듣고 있니, 핍? 내 말을 알아듣겠어?"

"응, 알아."

"그 때문에, 나와 우리 어머니는 아버지에게서 여러 번 도망쳤단다. 어머니가 돈을 벌러 다니시며 '조, 이젠 제대로 공부해야지' 하시고는 나를 학교에 보내셨다. 그런데 아버지는 사실 여린 사람이라서 우리와 헤어져 사는 걸 견디질 못하셨어. 그래서 우르르 사람들을 몰고 와, 나와 어머니가 사는 집 앞에서 소동을 벌였지. 우리는 그 집에서 쫓겨나 다시 아버지와 함께 살게 되었단다. 그리고 집으로 돌아와서 아버지한테 또 두들겨 맞았어. 이래서 말이다, 핍," 조는

---

3) 18세기 말 영국에서 처음 발명됨.

불을 긁어모으던 손을 멈추고 생각에서 깨어나 나를 바라보았다. "내 공부는 더 이어지지 못했단다."

"그렇구나, 가엾은 조!"

"하지만 핍." 조는 판사가 의사봉을 탕탕 치듯 격자를 부지깽이로 탁탁 치고서 말했다. "인간에게 저마다 죄를 지우고 모두를 공정하게 심판한다면, 우리 아버지는 마음씨 착한 분이셨다. 이해하겠지?"

나는 이해할 수 없었으나, 입 밖으로는 내지 않았다.

"누군가가 돈을 벌지 않으면 먹고 살 수가 없잖니. 그렇지, 핍?"

이 말은 이해가 갔으므로, 그렇다고 말했다.

"아버지는 내가 일하러 가는 건 반대하지 않으셨다. 그래서 난 지금 내가 하고 있는 일을 배우러 갔고, 우리 아버지도 일을 계속하셨더라면 대장장이가 되셨을 거야. 나는 정말 열심히 일했단다, 핍. 이윽고 아버지를 모실 만큼 벌이가 생겼지. 결국 아버지가 뇌졸중으로 돌아가실 때까지 내가 모셨다. 그리고 묘비에는 이렇게 새길 예정이었지. '이 묘비를 읽는 자여, 잊지 말지어다. 그는 수많은 죄를 지었지만, 마음속 깊은 곳은 분명한 선인이었도다.'"

조가 이 문구를 자랑스러워하는 기색이 역력하고 조심스럽지만 분명히 발음했으므로, 나는 그것이 직접 생각해낸 문구냐고 물었다.

"그래, 내가 생각했지. 이 머리로 말이야. 순식간에 생각해냈지. 망치질 한 번에 편자가 떡하니 완성된 것 같았어. 생전에 그렇게 놀라 본 적은 없었단다. 나한테 그런 머리가 있다니…… 정말이지 내 머리라고는 믿기 어려웠지. 아무튼 조금 전에도 말했듯이 그 문장을 묘비에 새길 생각이었다. 그런데 비문을 새기려면 글씨를 크게 새기든 작게 새기든 돈이 들었기 때문에 비문을 새겨드리진 못했지. 상여꾼 비용부터 시작해서 아낄 수 있는 돈은 죄다 어머니에게 필요했단다. 어머니는 무일푼인 데다 건강이 좋지 않았거든. 가엾은 어머니도 곧 아버지 뒤를 따라가셨지. 그제야 편안하게 잠들 수 있게 되신 거야."

조의 푸른 눈이 촉촉해졌다. 그는 부지깽이 끄트머리에 달린 둥근 손잡이를 이용해서 아주 불편한 자세로 두 눈을 번갈아 문질렀다.

"그때부터 이 집에서 혼자서 살기가 무척 쓸쓸하더구나. 그러다가 네 누나와 알게 되었단다. 잘 들어라, 핍." 조는 내가 동의하지 않으리라는 것이 훤히 보인다는 듯이 나를 뚫어져라 바라보며 말했다. "네 누나는 마음이 참 고운 여자란 다."

나는 의심스러운 생각에 조용히 난롯불만 쳐다보는 수밖에 없었다. "그 점에 대해 친척들이 어떻게 생각하건, 또 세상이 어떻게 생각하건, 핍, 네 누나는," 말을 멈출 때마다 조는 부지깽이로 격자 위를 탁탁 치며 말했다. "마음씨…… 착한……여성……이란다!"

"조가 그렇게 생각해 주니 기쁘네." 나는 이것 말고는 달리 생각나는 말이 없었다.

조가 그 말을 받아 말했다. "나도 기쁘단다. 나도 내가 그렇게 생각하는 게 기쁘다, 핍. 피부가 좀 벌겋게 된다거나 여기저기 멍이 좀 드는 것 따위는 내게 아무런 문제도 안 된다!"

나는 똑똑한 척을 하며 "조에게 문제가 안 된다면 된 거 아냐?"라고 말해 보았다.

"바로 그거다!" 조가 대답했다. "그래, 바로 그거야. 핍, 내가 네 누나를 알게 되었을 때, 누나가 너를 손수 길렀다는 소문이 마을에 자자했었다. 모두 네 누나는 매우 친절한 사람이라며 칭찬했고, 나도 거기에 맞장구쳤지. 너로 말할 것 같으면……." 조는 몹시 형편없는 것을 보는 듯한 표정으로 말을 이었다. "그때 네가 얼마나 보잘것없고 하찮은 존재였는지 안다면, 분명히 너는 네 자신이 진저리나게 싫어질 게다."

이것은 그다지 달가운 말이 아니었으므로 나는 "내 걱정은 안 해도 돼, 조" 하고 말했다.

"하지만 난 너를 걱정했었단다." 조는 순박하게 대답했다. "네 누나와 사귀고, 누나가 대장간에 와서 살 각오가 되어 있다는 걸 알고 나서, 교회에서 결혼 통지를 받을 일만 남았을 때 내가 말했단다. '그 가엾은 핍을 데리고 와. 신이시여, 그 어린애를 축복하소서. 대장간에는 그 애가 쓸 수 있는 방도 있으니까.'"

나는 참지 못하고 울음을 터뜨렸고 용서를 구하며 조의 목을 껴안았다. 그가 부지깽이를 내려놓고 나를 껴안으며 말했다. "우린 가장 친한 친구야, 그렇지? 울지 마라, 핍."

조는 잠시 중단했던 말을 다시 이었다.

"너도 알겠지 핍, 그래서 우리가 이렇게 함께 있는 거란다! 대강 이야기하자면 그런 거야. 그리고 우린 이렇게 함께 있잖아! 자, 이제 네가 내게 가르쳐 줄 차례다, 핍(미리 말해 두지만, 나는 머리가 둔하단다. 지독하게 둔하지). 네 누나에겐 우리가 하는 일을 모르게 하는 게 좋아. 다시 말하면, 누나 몰래 해야 한다는 거다. 왜냐고? 그 이유를 말해 주지."

그는 다시 부지깽이를 집어 들었다. 이 부지깽이가 없었다면 그의 이야기는 더 이어지지 못했을 것이다.

"네 누나는 관리(管理)를 좋아한단다."

"관리(官吏)를 좋아해?" 나는 놀랐다. 누나가 조와 헤어지고, 해군성이나 재무성 공무원과 결혼하는 건가 하는 어렴풋한 생각이 떠올랐기 때문이다(실제로 그런 기대도 있었다고 덧붙여 두어야겠다).

"관리, 즉 나와 너를 지배하는 것 말이다."

"아아!"

"누나는 이 집에 유식한 사람이 생기는 걸 좋아하지 않는다. 특히 내가 유식해 지는 걸 싫어하지. 내가 들고 일어날까 봐 두려운 거야. 반란군처럼 말이다. 이해하겠니?"

나는 반박하려고 "왜"까지 말을 꺼냈으나, 조가 내 말을 가로막았다.

"잠깐. 네가 무슨 말을 하려는지 안다, 핍. 잠깐 기다려! 네 누나가 우리에게 때때로 무굴 제국의 황제처럼 구는 건 사실이지. 우리를 집어던질 때도 있고, 시끄럽게 잔소리를 퍼붓기도 하잖니. 길길이 날뛰며 신경질적으로 발작을 일으킬 땐," 여기서 조는 목소리를 죽이고 문쪽을 흘깃 살폈다. "솔직히 폭탄같이 느껴진단다."

조는 이 단어를 'ㅍ'자가 열두 개는 달린 것처럼 힘주어 발음했다.

"왜 내가 들고 일어나지 않느냐고? 아까 이 말을 묻고 싶었던 거지, 핍?"

"응, 조."

"글쎄." 조는 부지깽이를 왼손으로 옮겨 쥐고, 오른손으로는 구레나룻을 쓰다듬었다. 그가 이렇게 조용히 이 자세를 취하면 이제 희망은 없었다. "네 누나는 배후 조종자야, 배후 조종자."

"그게 뭔데?" 나는 그를 명상의 세계에서 빠져나오게 하려고 질문을 던졌다.

그러나 조는 예상보다 빨리 그 단어의 정의를 생각해냈다. 그로써 나는 더 이상 손쓸 도리가 없어졌다. 그가 나를 똑바로 바라보며 "배후 조종자는 누나야" 하는 순환논법으로 대답했기 때문이다.

"나는 배후 조종자가 아니야." 조가 내게서 눈을 떼고 다시 구레나룻을 만지작거리며 말했다. "핍, 마지막으로 이건 진지하게 말해 두고 싶구나. 나는 어머니가 정말로 노예처럼 일하면서도 슬픈 일만 당하고 생전에 마음 편할 날이 없었던 것을 쭈욱 봐왔단다. 그래서 나도 우리 아버지처럼 아내에게 지독한 화풀이를 하는 잘못을 저지르지나 않을까 걱정이었단다. 그래서 그럴 바엔 반대로 내가 조금 들볶이는 게 낫다고 생각하는 거야. 다만, 들볶이는 건 나 하나였으면 좋겠구나. 핍, 우리집에 티클러가 있는 게 너에겐 정말 안 된 일이다. 차라리 날 대신 때려도 난 전혀 상관없는데 말이다. 하지만 현실이 그러니, 부족한 점은 있겠지만 못 본 체하고 넘어가 주면 좋겠다."

나는 어렸지만, 그날부터 내 마음에는 조에 대한 새로운 존경심이 싹텄다. 전부터 그랬듯이 우리는 그 뒤로도 동등했다. 그러나 그날 이후로 조를 바라보며 가만히 앉아 있노라면 새삼 그에게 존경심이 솟아오르는 것이 느껴졌다.

조는 장작을 지피기 위해 일어나며 말했다. "8시가 다 됐는데도 누나가 돌아오지 않는구나! 펌블추크 숙부님의 말이 얼음에 미끄러져 넘어진 게 아니라면 좋겠는데."

누나는 장날이면 펌블추크 아저씨와 함께 장에 가서 물건을 골라 주곤 했다. 집에서 쓸 물건을 살 때는 여자의 판단이 필요하지만, 펌블추크 아저씨는 홀아비인 데다 가정부를 믿지 못했다. 그날은 누나가 동행한 장날이었다.

조가 불을 피우고 난로 근처를 쓸었다. 우리는 마차 소리를 들을 수 있도록 문가로 갔다. 쓸쓸하고 추운 밤이었다. 매서운 바람이 부는 탓에 서리가 하얗게 얼어붙었다. 이런 밤에 늪지대에 나가면 얼어 죽겠지. 그리고 별을 올려다보았다. 저 반짝이는 무수한 별을 쳐다보며 그 속에서 아무런 도움도 동정도 받지 못한 채 얼어 죽는 건 얼마나 끔찍한 일일까 생각했다.

"저기 마차가 오는구나." 조가 말했다. "말발굽 소리가 꼭 종소리 같은데!"

말편자가 평소보다 빠른 걸음으로 딱딱한 길에 닿을 때마다 나는 소리가 정말로 음악처럼 들렸다. 우리는 누나가 마차에서 내릴 때 디디도록 의자를 밖으로 내놓았다. 그리고 그들이 밝은 창을 볼 수 있도록 불을 더 피우고, 부엌이 잘 정돈되어 있는지 마지막 점검을 했다. 우리가 모든 준비를 끝마치자, 그들은 담요로 눈언저리까지 휘감고서 도착했다. 누나가 재빨리 먼저 내리고, 펌블추크 아저씨도 뒤따라 내렸다. 말 등에 헝겊을 덮어 준 뒤 모두 부엌으로 들어갔다. 찬 기운을 몰고 우르르 몰려가자 난롯불이 열기를 잃은 것처럼 보였다.

누나는 흥분해서 서둘러 외투를 벗고 모자를 뒤로 젖혔다. 끈 달린 모자가 어깨에서 대롱거렸다. "정말이지 오늘 밤 감사하지 않는다면 이 애는 죽을 때까지 평생 감사할 줄 모르게 될 거예요."

나는 왜 그래야 하는지 영문도 모른 채, 세상의 그 어떤 소년보다 감사해하는 표정을 지어 보였다.

"이 애가 지멋대로 굴지 않기를 바랄 뿐이에요. 과연 그럴지 의심스럽지만."

"그녀는 그렇게 두지 않을 겁니다." 펌블추크 씨가 말했다. "알아서 잘 할 거예요."

그녀라고? 나는 입술과 눈썹을 움직여 "그녀?" 하고 물으며 조를 바라보았다. 조도 입술과 눈썹을 움직여 "그녀?"라고 물어보았다. 누나가 그 신호를 수상쩍은 눈으로 바라보자, 그는 회유할 때 하는 버릇대로 손등으로 코를 문지르며 그녀의 눈치를 살폈다.

"뭐예요? 뭘 빤히 바라보는 거죠? 집에 불이라도 났어요?" 누나가 퉁명스레 물었다.

"누군가가 '그녀'라고 해서……." 조가 넌지시 말했다.

"그럼 그녀가 그녀지 뭐란 말이에요? 미스 해비샴이 남자는 아니잖아요? 당신, 그렇게까지 덜떨어진 사람은 아니겠죠?"

"윗마을에 사는 미스 해비샴 말이야?"

"그럼 아랫마을에도 미스 해비샴이 있어요?" 누나가 대꾸했다. "그 여자가 이 애더러 자기 집에 와서 놀아줬으면 한다는군요. 물론 보낼 거예요. 거기서 노는 게 좋을 거예요." 누나는 내 기분을 북돋우기라도 하는 듯이 나를 향해 고개를 설레설레 흔들면서 말했다. "그렇지 않다면 내가 손을 쓸 테니까."

윗마을의 미스 해비샴에 대해 들어 본 적이 있었다. 이 주위 반경 수십 리 내에 사는 사람이라면 누구나 윗마을의 미스 해비샴에 대해 들은 적이 있었다.

그녀는 굉장히 부유하고 소름 끼치게 생긴 여자로, 도둑이 들어오지 못하도록 쇠창살을 친 음침한 저택에서 은둔 생활을 한다는 소문이었다.

"이거 놀라운걸!" 조가 말했다. "미스 해비샴이 어떻게 핍을 알지?"

"바보 같긴! 그 여자가 핍을 안다고 누가 그래요?"

"누군가가 그 여자가 이 애더러 자기 집에 와서 놀아줬으면 했다기에……." 조가 다시 넌지시 암시를 주었다.

"맙소사, 그럼 그 여자가 펌블추크 숙부님께 집에 와서 놀 만한 아이가 없겠느냐고 물어보지도 못한단 말이에요? 펌블추크 숙부님이 그 여자의 땅을 빌리고 가끔—당신한테는 석 달에 한 번인가 반년에 한 번인가까지 자세하게는 가르쳐 줄 수 없지만—임차료를 내러 가는 일이 있을 순 없을까요? 그때 그 여자가 숙부님께 자기 집에 와서 놀 아이가 없느냐고 물어보는 일도 없단 말이군요? 당신은 그렇게 생각하지 않을지도 모르지만 숙부님은 고맙게도 늘 우리 가족들을 걱정해 주시니까, 조제프(그가 배려심이라고는 눈곱만큼도 없는 조카라는 듯이 엄하게 꾸짖는 말투로), 그럼 폴짝폴짝 날뛰는 우리집 아이는 어떻겠냐고(나는 결코 폴짝폴짝 뛰어다닌 일이 없다) 말씀해 주신 거라고요. 내가 지금껏 기꺼이 노예처럼 봉사해 온 저 애 말이에요!"

"그럼, 그렇고말고!" 펌블추크 아저씨가 큰 소리로 말했다. "말 한번 잘하네! 정말로 훌륭해! 아주 적절한 지적이야! 어떠냐, 조제프, 이제 사정을 알겠지?"

"아니요, 조제프." 누나는 비난을 계속했다. 조는 미안하다는 듯이 손등으로 코를 연신 문질렀다. "당신은 아직도 사정을 몰라요, 그렇게 생각 안 할지도 모르지만. 안다고 생각하겠지만 모른다고요, 조제프. 숙부님은 어쩌면 이 애가 미스 해비샴네 집에 가면 운이 트이지나 않을까 생각하셔서 오늘 밤 전용 마차에 애를 태우고 갔다가 내일 아침 손수 미스 해비샴 집까지 데려다 주실 예정이라는 걸 당신은 몰랐겠죠. 그런데 맙소사!" 누나가 그렇게 소리 지르고는 갑자기 절망적이라는 듯이 모자를 집어던졌다. "펌블추크 아저씨가 기다리고 계신 데다 말이 밖에서 떨고 있는데, 내가 이 얼간이들하고 얘기만 하고 있었네! 그런데 얘는 머리부터 발끝까지 먼지투성이에 때투성이니 이 일을 어쩌면 좋아!"

그녀는 그렇게 말하더니 독수리가 양에게 달려들듯이 내게 덤벼들었다. 그

조 부인의 귀가

러고는 내 얼굴을 싱크대 나무통에 처박고, 머리를 수도꼭지 밑에 들이밀었다. 내 몸은 마구 비누칠해서 주물러지고, 수건으로 북북 닦이고, 찰싹 맞으며 시달리고 긁혀대는 통에 혼이 쏙 빠져버리는 것 같았다(참고로 나는 결혼반지가 사람의 얼굴 위를 무자비하게 문지르고 지나갈 때 얼마나 아픈지 나보다 더 잘 아는 사람은 없을 거라는 말을 꼭 해두고 싶다).

목욕재계가 끝나자 누나는 내게 어린 참회자처럼 뻣뻣하고 깨끗한 리넨 셔츠를 입혔다. 그리고 몸에 꼭 끼면서도 가장 끔찍한 정장으로 내 온몸을 단단히 조여 놓았다. 이윽고 나는 펌블추크 아저씨에게 넘겨졌고, 그는 행정관처럼 거드름을 피우며 훈시를 늘어놓았다. 그가 이 순간을 고대하고 있었다는 것이 훤히 들여다보였다. "얘야, 가족들 모두에게 감사해야 한다. 특히 너를 손수 길러 준 분에게는 더욱 고마워해야 해!"

"안녕, 조!"

"신의 가호가 있기를 바란다, 핍!"

나는 그때까지 조와 떨어져 지낸 적이 없었다. 그래서 그때의 내 기분과, 눈에 들어간 비눗물 때문에 마차에 막 올랐을 때는 별이 보이지 않았다. 그러나 별은 곧 하나 둘 반짝거리기 시작했다. 그러나 어째서 내가 미스 해비샴네 집으로 놀러 가야 하며, 가서 무엇을 하고 놀아야 하는가에 대해서는 아무런 희망도 던져주지 않았다.

제8장

읍내 번화가에 있는 펌블추크 씨네 집은 잡곡상과 종묘상을 하는 집답게 마른 후추 열매와 곡식 가루로 넘쳐났다. 가게에 이렇게나 많은 작은 서랍을 가지고 있다니, 그는 무척 행복한 사람이 틀림없었다. 아래쪽 서랍을 한두 개 열어 보니 갈색 종이 봉지들이 들어 있었다. 씨앗과 알뿌리들이 언젠가 이 감옥같은 서랍에서 하루빨리 나와 꽃 피울 날을 기다리고 있는 것 같았다.

이런 공상을 즐긴 것은 도착한 다음 날 이른 아침이었다. 지난밤에는 도착하자마자 천장이 경사진 다락방에서 자야 했다. 침대는 구석에 놓여 있었는데, 천장이 어찌나 낮은지 내 이마와 지붕 사이는 한 자도 안 될 것 같았다. 그날 아침 나는 꽃씨와 코듀로이의 신기한 유사점을 발견했다. 펌블추크 씨는 코듀로이 옷을 입었고, 점원도 코듀로이 옷을 입었다. 그런데 코듀로이에는 어딘지 모르게 대체로 꽃씨의 분위기와 냄새가 감돌고, 꽃씨에서는 전체적으로 코듀로이의 분위기와 냄새가 감돌았다. 어느 게 어느 것인지 구별을 못 할 정도였다. 그러나 동시에 깨달은 것이 있다. 펌블추크 씨가 장사하는 이유는 건너편 마구상을 관찰하기 위해서이고, 마구상이 장사하는 이유는 마차 장인이 일하는 모습을 지켜보기 위해서였다. 마차 장인은 주머니에 손을 찔러 넣은 채 빵집 주인을 유심히 쳐다보는 것으로 살아가는 것처럼 보였다. 그러면 빵집 주인은 팔짱을 끼고서 식료품상을 바라보고, 식료품상은 문간에 서서 하품하면서 약사를 감시하는 것이었다. 한편 시계 장인은 눈에 돋보기를 끼고서 책상 위를 들여다보고, 유리창 너머에서는 작업복을 입은 무리가 그 모습을 주시했다. 즉 그 시계 장인이 번화가에서 유일하게 자기 일에 몰두하는 사람이었다.

8시가 되자 펌블추크 씨와 나는 가게 뒤에 있는 응접실에서 아침을 먹었다. 점원은 가게 콩 자루 위에 앉아 차와 빵을 먹었다. 나는 펌블추크 씨가 야비한 사람이라고 생각했다. 그는 내가 먹는 음식에는 금욕과 참회의 성질이 들어 있어야 한다는 누나의 가르침을 덮어놓고 믿었다. 빵 껍질 부위에 최대한 버터를 얇게 발라 주었을 뿐만 아니라, 우유에는 뜨거운 물을 어찌나 많이 섞는지 차라리 우유를 타지 않는 편이 정직하지 않은가 하는 생각이 들 정도였다. 게다가 그의 대화는 숫자로만 이루어졌다. 내가 공손히 아침 인사를 하자, 그는 거드름을 피우며 "7 곱하기 9는 얼마냐?" 물었다. 그러나 위장이 텅 빈 채로 낯선 곳에서 그런 식으로 질문을 받고 제대로 대답을 할 수가 있겠는가! 나는 배가 고파 죽을 지경인데, 빵 한 조각을 입에 넣기도 전에 그는 덧셈 문제를 냈다. 그것이 아침식사 내내 이어졌다. "7 더하기 4는?" "더하기 8은?" "더하기 6은?" "더하기 2는?" "더하기 10은?" 등등. 계산 하나가 끝나고 빵을 한 입 베어 먹거나 차를 한 모금 마시자마자 다음 문제가 들이닥쳤다. 그동안 그는 편안히 앉아서 따뜻한 롤빵과 베이컨을 게걸스럽게 (이런 표현이 용서된다면) 입에 쑤셔 넣었다.

따라서 10시가 되어 미스 해비샴의 집으로 출발하게 되었을 때 나는 대단히 기뻤다. 물론 그 집에서 어떻게 행동해야 좋을지 걱정이 되어 여전히 불안하긴 했다. 15분도 못 되어 도착한 미스 해비샴 저택은 오래된 벽돌집이었는데, 음산하고 쇠창살이 많았다. 창문 중 일부는 담으로 막아놓았고,[1] 나머지 창문 중 아래층은 모조리 녹슨 창살이 달려 있었다. 집 앞에는 마당이 있었는데, 이것도 울타리로 바깥세상과 격리해 놓았다. 종을 친 뒤, 사람이 나오기를 기다리는 동안 문틈으로 안을 엿보니(그 와중에도 펌블추크 씨는 "더하기 14는?" 하고 물어봤지만 나는 못 들은 체했다), 집 옆에 커다란 양조장이 있었다. 지금은 술을 빚는 것 같지 않았으며 꽤 오랫동안 사용된 낌새가 없었다.

창문 하나가 올라가더니 맑은 여자 목소리가 들렸다. "누구시죠?" 내 보호자가 대답했다. "펌블추크란 사람이오." 맑은 여자 목소리가 대답했다. "네, 알았어요." 창문이 다시 닫히고, 어린 숙녀가 열쇠를 들고 마당을 가로질러 왔다.

"이 애가 핍이라오." 펌블추크 씨가 말했다.

"이 애가 핍이군요?" 어린 숙녀가 말했다. 매우 예쁘고 도도해 보였다. "들어와, 핍."

펌블추크 씨가 따라 들어가려 하자, 그 아이가 그 앞에서 문을 닫았다.

---

1) 당시는 창에 세금이 매겨졌음.

"오! 미스 해비샴을 만나고 싶으세요?"

"미스 해비샴이 나를 만나고 싶어 한다면." 당황한 펌블추크 씨가 대답했다.

"아, 네. 그런데 미스 해비샴은 당신을 만나고 싶어 하지 않으세요."

그녀는 결국 논란의 여지가 없도록 단호하게 말했고, 펌블추크 씨는 체면이 구겨졌지만 뭐라고 대꾸할 수도 없었다. 그는 내가 그에게 무슨 잘못이라도 저지른 것처럼 나를 노려보고는 꾸짖는 말투로 내뱉고 돌아갔다. "얘야! 너를 손수 길러 준 사람들의 얼굴에 먹칠하지 않도록 행동해야 한다!" 나는 그가 되돌아와 대문 창살 틈으로 "더하기 16은?" 묻는 건 아닌가 걱정했으나 그러지는 않았다.

나의 안내를 맡은 소녀는 문을 잠그고는 나를 데리고서 마당을 가로질렀다. 자갈이 깔린 마당은 깨끗이 비질이 되어 있었으나, 자갈 틈새마다 잡초가 얼굴을 내밀고 있었다. 양조장으로 통하는 좁은 길에는 나무문이 열린 채로 있었다. 양조장의 모든 문도 활짝 열려 있어서 건물 건너편으로 높다란 담장이 보였다. 안은 텅 비어 있고 전혀 사용한 흔적이 없었다. 그곳은 대문 밖보다도 더 세게 찬바람이 지나가는 것 같았다. 바람이 양조장을 빠져나가며 날카롭게 울부짖는 소리를 냈다. 마치 바다로 나간 배의 삭구에 부딪치는 바람 소리처럼.

소녀는 내가 양조장을 쳐다보는 걸 보고 말했다. "저기서 만든 독한 맥주는 몽땅 마셔도 몸을 상할 걱정이 없어."

"그럴 것 같네요." 나는 수줍게 대답했다.

"이제 저기서는 맥주를 만들지 않는 게 좋아. 신 맥주밖에 안 나올 테니까. 그렇게 생각지 않니?"

"그럴 것 같군요, 아가씨."

"아무도 만들 생각을 안 하지만. 저 양조장은 이제 끝났어. 허물어질 때까지 그냥 서 있을 뿐이지. 하지만 매너 하우스 지하실에는 독한 맥주가 넘칠 만큼 저장되어 있지."

"그게 이 집 이름인가요, 아가씨?"

"이름 중 하나야."

"그럼, 이름이 더 있단 말인가요?"

"하나 더 있어. 사티스라고 하지. 그리스어인가 라틴어인가 히브리어인가, 아니면 그 세 가지 모두인가. 뭐 어느 쪽이건 나한텐 마찬가지지만. 아무튼, '충분하다'란 의미지."[2]

"충분한 집! 참 특이한 이름이군요."

"그래. 하지만 또 다른 의미가 있어. 그 이름이 붙여졌을 때는, 이 집을 가진 사람은 누구든 더는 바랄 게 없다는 뜻이었어. 아마 옛날에는 쉽게 만족했나 보지. 그런데 너 말야, 너무 꾸물대지 마."

그녀는 호의적이라고는 말하기 어려운 말투로 나를 몇 번이나 무례하게 "너"라고 불렀지만, 내 나이 또래로 보였다. 물론 여자인 데다 아름답고 침착했기 때문에 나보다 훨씬 어른스러워 보였다. 마치 그녀는 성년이 된 여왕님이라도 되는 듯한 태도로 나를 업신여겼다.

우리는 옆문으로 집에 들어갔는데—거대한 정문 현관에는 바깥쪽에서 두 줄로 쇠사슬이 채워져 있었다—처음 눈에 들어온 것은 어두컴컴한 복도와 그녀가 그곳에 켜놓았던 촛불이었다. 그녀가 촛불을 집어 들었다. 우리는 복도를 몇 개 더 지나 계단으로 올라갔다. 여전히 컴컴했고, 촛불만이 우리를 비춰주었다.

마침내 어떤 방문 앞에 이르자 그녀가 말했다. "들어가."

나는 공손하다기보다는 부끄러워서 "먼저 들어가세요, 아가씨"라고 대답했다.

"바보 같은 소리 마. 난 안 들어가." 그녀는 코웃음을 치더니 돌아가버렸다. 게다가 더 안 좋은 일은 촛불까지 가지고 간 것이었다.

나는 매우 불안해지고, 얼마간은 무서웠다. 그러나 다른 할 일이 없었으므로 문을 두드렸다. 안으로 들어오라는 목소리가 들렸다. 들어가 보니 안은 꽤 널찍한 방으로 촛불이 환하게 켜져 있었다. 햇빛이라고는 구경조차 할 수 없었다. 가구들로 짐작하건대(대부분은 어린 나로서는 형태도 용도도 익숙지 않은 것이었지만) 그곳은 드레스 룸이었다. 특히 금색 거울이 달리고 헝겊을 씌워 놓은 탁자가 눈길을 끌었고 나는 곧 그것이 귀부인이 쓰는 화장대라는 것을 알 수 있었다.

---

2) 사티스(satis)는 라틴어.

그것을 깨달은 것은 거기에 귀부인이 앉아 있었기 때문이다(그렇지 않았더라면 그렇게 빨리 알아내지 못했을 것이다). 이제껏 본 적 없고 앞으로도 볼 일이 없을 것 같은 이상하게 생긴 여인이 안락의자에 앉아 한쪽 팔꿈치를 화장대 위에 올리고 그 손으로 머리를 받치고 있었다.

그녀는 공단, 레이스, 비단과 같은 호사스러운 소재로 만든 새하얀 드레스를 입고 있었다. 구두도 새하얀 색이었다. 머리에는 길고 하얀 베일을 늘어뜨렸다. 신부가 꽂는 꽃으로 머리를 장식했으나 머리카락은 백발이었다. 그녀의 목과 손에서 보석이 번쩍거렸고, 화장대 위에도 다른 보석이 반짝이며 놓여 있었다. 절반쯤 채워진 여행 가방과 그녀가 입고 있는 드레스보다는 덜 화려한 옷가지가 아무렇게나 널브러져 있었다. 그녀는 아직 완전히 몸단장을 마친 상태가 아니었다. 구두는 한 짝밖에 신지 않았고, 다른 한 짝은 화장대 위 그녀 손 옆에 올려져 있었다. 베일도 반쯤밖에 정리되어 있지 않고, 시계와 팔찌는 아직 끼지 않았으며 가슴에 다는 레이스와 같은 장신구, 손수건, 장갑, 꽃, 기도서 따위가 거울 주위에 마구 흩어져 있었다.

물론 처음부터 이 모든 것을 알아차린 것은 아니었지만 대부분 사람이 생각하는 것보다는 많은 것을 보았다. 내 눈에 보이는 새하얀 모든 것이 지금은 광택을 잃고 색이 바래 노르스름해졌다는 것을 알았다. 웨딩드레스를 입은 신부도 그 드레스처럼, 또 꽃처럼 시들었으며, 움푹 꺼진 눈에서 나오는 빛 말고는 그녀에게서는 그 어떤 생기도 발견할 수 없었다. 본디 통통한 젊은 처녀가 입었을 드레스가 이제는 뼈와 가죽만 앙상하게 남은 몸에 헐렁하게 걸쳐져 있는 모습을 볼 수 있었다.

언젠가 박람회에 갔다가 소름 끼치는 밀랍인형을 본 적이 있다(번듯하게 차려입은 채 누워 있는, 어느 유명한 사람의 인형이었다). 또 언젠가는 늪지대 교회당 복도 아래에서 파낸 해골도 보러 간 일이 있다(재로 변한 값비싼 드레스를 입고 있었다). 지금 이 순간, 그때의 밀랍인형과 해골처럼 보이는 새까만 눈동자를 뒤룩뒤룩 굴리며 나를 바라보고 있었다. 나는 할 수만 있다면 큰 소리로 비명을 지르고 싶었다.

"누구냐?" 화장대 앞에 앉은 여인이 물었다.

"핍이에요."

"핍?"

"펌블추크 씨가 데려다 주셨어요. 여기서 놀라고요."

"가까이 오너라. 얼굴 좀 보자. 가까이 와봐."

나는 그녀 앞으로 가 섰으나, 시선은 피했다. 그제야 주위의 물건들을 자세히 볼 수가 있었다. 그녀의 시계는 9시 20분 앞에서 멈추어 있었고, 방 안 벽시계도 9시 20분 앞에서 멈추어 있었다.

"나를 보아라." 미스 해비샴이 말했다. "네가 태어난 이래로 오늘날까지 그 긴 세월 동안 한 번도 햇빛을 보지 못한 여자가 무섭지 않니?"

나는 유감스럽게도 "아니요"라는 엄청난 거짓말을 하는 것이 무섭지도 않았다.

그녀가 왼쪽 가슴 위에 두 손을 포개 얹고서 물었다. "이 손 밑에 무엇이 있는 줄 아느냐?"

"네, 알아요(나는 늪지대에서 만난 젊은 남자가 떠올랐다)."

"뭔데?"

"심장이요."

"짓밟힌 심장이지!"

그녀는 간절한 눈빛으로 기묘한 미소를 띤 채, 힘주어 말했다. 그녀는 한동안 두 손을 그곳에 대고 있다가 이윽고 무거워지기 시작했는지 천천히 가슴에서 내려놓았다.

"나는 지쳤단다. 기분전환이 필요해. 이제 어른은 지긋지긋하구나. 자, 놀아봐라."

아무리 논쟁을 좋아하는 독자라고 해도, 이 상황에서 불행한 소년에게 그녀가 내린 주문처럼 어려운 일은 없으리란 점은 인정할 것이다.

"난 가끔 엉뚱한 생각을 떠올리지. 노는 모습을 보고 싶구나. 자, 어서 놀아봐." 그녀가 오른손 손가락을 신경질적으로 움직이며 말했다. "어서 놀아! 놀라니까!"

순간 누나가 나를 혼내는 모습이 떠올라 나는 자포자기의 심정으로 펌블추크 씨의 마차 흉내를 내며 방 안을 빙빙 돌까 생각했다. 그러나 도저히 똑같이 할 자신이 없어 포기하고서, 미스 해비샴을 바라보며 우두커니 서 있었다. 그녀에게는 나의 이 행동이 고집스러워 보인 것 같았다. 서로 한참 동안 뚫어져라 쳐다본 뒤에 그녀가 물었다.

"너, 무뚝뚝하고 고집 센 아이니?"

"아닙니다, 부인. 죄송합니다. 그런데 못하겠어요. 누나한테 절 나쁘게 말씀하시면 제가 혼날 테니까, 할 수 있다면 뭔가 하고 싶어요. 하지만 이 집은 너무 새롭고, 낯설고, 아주 훌륭하고…… 또…… 어딘가 모르게 우울하고……." 나는 말을 더 할까 봐, 또는 이미 너무 많이 말했을까 봐 두려워 입을 다물었다. 우리는 다시 서로 바라보았다.

이윽고 그녀는 눈을 돌려 자기가 입고 있는 드레스, 화장대, 거울에 비친 자기 모습을 바라보며 다시 입을 열었다.

"나에겐 이렇게 해묵은 것이 너에겐 생소하구나. 나에겐 익숙한 것이 너에겐 낯설고. 우울한 건, 우리 둘 다 우울해! 에스텔라를 불러라."

그녀는 여전히 거울을 들여다보고 있었으므로 나는 그녀가 혼잣말을 하는 줄 알고 가만히 있었다.

"에스텔라를 불러." 그녀가 나를 바라보며 다시 말했다. "그쯤은 할 수 있겠지. 에스텔라를 불러라. 문간에 가서."

낯선 집의 괴이한 복도에 서서, 모습도 보이지 않고 대답도 하지 않는 거만한 계집애를 향해 커다란 목소리로 "에스텔라!" 외치는 것은 매우 무례한 것 같은 기분이 들었다. 따라서 그런 식으로 그녀의 이름을 부르는 명령에 따라 놀기만큼이나 싫었다. 하지만 드디어 대답이 들렸고, 그녀가 든 촛불이 어두운 복도에서 별처럼 빛나며 다가왔다.

미스 해비샴은 그녀에게 가까이 오라고 손짓하는 화장대에서 보석을 하나 꺼내어 그녀의 아름다운 갈색 머리카락과 여리고 흰 가슴에 대보았다. "언젠가는 모두 네 것이 될 거야. 소중히 써라. 자, 이 애랑 카드놀이 하는 모습을 보여주렴."

"이 애랑요? 이런 천박한 일꾼 꼬마랑요?"

"그게 어떻다는 거니? 이 애의 마음을 짓밟아 주어라." 미스 해비샴이 이렇게 대답한 듯이 들렸지만, 설마 그럴 리는 없었다.

"너, 뭘 할 줄 알지?" 에스텔라가 최대한 업신여기는 표정으로 물었다.

"'알거지 만들기[3]'밖에 할 줄 모릅니다, 아가씨."

"그럼 이 아이를 알거지로 만들어봐." 미스 해비샴이 에스텔라에게 말했다. 우리는 카드놀이를 시작했다.

그제야 방 안의 모든 물건이 시계처럼 아주 오래전에 멈추었다는 사실을 깨달았다. 미스 해비샴이 보석을 원래 자리에 정확히 갖다놓았다는 사실도 알아차렸다. 에스텔라가 카드를 나누는 동안 나는 화장대를 다시 바라보았다. 그 위에 놓인, 옛날엔 흰색이었으나 지금은 누렇게 변한 구두는 단 한 번도 신은 흔적이 없었다. 흘긋 내려다보니, 구두를 신지 않은 발이 보였다. 예전엔 새하얀색이었지만 지금은 누렇게 변한 실크 스타킹이 닳아 누덕누덕해져 있었다. 이렇게 모든 게 멈춰 있고 창백하게 쇠퇴한 이 모든 것이 머물러 있다는 인상을 주기 때문에, 깡마른 몸에 걸친 웨딩드레스며 기다란 베일이 그토록 강렬하게 수의(壽衣)를 연상시켰던 것이리라.

미스 해비샴은 우리가 카드놀이를 하는 동안 시체처럼 앉아 있었다. 웨딩드레스 자락에 달린 주름과 장식은 흙빛으로 바랜 채 종이처럼 흐느적거렸다. 그때 나는 태곳적에 묻어 둔 시체가 갑자기 강렬한 햇빛을 받으면 순식간에 가루로 변해 버린다는 사실을 몰랐다. 그 사실을 알게 된 뒤에 이따금 그때를 되새겨 보는데, 그녀가 햇빛을 받았다면 틀림없이 먼지로 변해 버렸을 것이다.

"이 애는 네이브를 잭이라고 불러요!" 에스텔라가 첫 판이 끝나기도 전에 나를 깔보듯이 말했다. "그리고 저 거친 손 좀 보세요! 저 투박한 부츠도!"

나는 내 손을 부끄럽게 생각한 적이 없었지만 이제는 매우 볼썽사납게 생각되기 시작했다. 나에 대한 그녀의 경멸이 너무나도 가혹해서 나에게까지 옮아온 것이었다.

그녀가 이겼으므로 이번엔 내가 카드를 나눌 차례였다. 내가 실수하기를 그녀가 기다리고 있다는 걸 안 순간 나도 모르게 카드를 잘못 나누었다. 그녀는 나를 멍청하고 서툰 일꾼 꼬마라고 놀렸다.

"넌 아무 말도 안 하는구나." 지켜보던 미스 해비샴이 나에게 말했다. "에스텔라는 네게 아주 심한 소리를 하는데 너는 잠자코 있네. 넌 저 애를 어떻게 생

---

3) beggar-my-neighbour. 두 명이서 상대방의 카드를 모두 딸 때까지 계속하는 카드 놀이.

각하니?”

“말씀드리고 싶지 않습니다.” 나는 우물거렸다.

“내 귀에다 대고 말해 보렴.” 그러면서 그녀는 내 쪽으로 몸을 구부렸다.

“아주 도도한 것 같아요.” 나는 귓속말로 대답했다.

“그리고?”

“아주 예쁜 것 같아요.”

“또?”

“나를 아주 무시하는 것 같아요(이때 그녀는 나를 아주 혐오스러운 눈길로 쳐다보았다).”

“그리고 또?”

“집에 가고 싶어요.”

“에스텔라를 다신 보지 않겠느냐? 저렇게 예쁜데?”

“다시 보고 싶지 않은 건 아니지만, 지금은 집에 가고 싶어요.”

“곧 보내 주마.” 미스 해비샴이 큰 소리로 말했다. “하던 카드놀이나 마저 해라.”

처음에 보인 그 기묘한 웃음이 없었더라면, 나는 미스 해비샴은 웃을 수 없는 사람이라고 생각했을 것이다. 그녀는 경계하고 곰곰이 생각하는 표정을 하고 있었고—주변 사물이 정지한 때부터 그런 표정이었던 것이다—무슨 일이 일어나건 그 속에서 다시 솟아오르는 일은 없을 듯 보였다. 그녀의 가슴도 가라앉았으며, 그 탓에 등은 구부정했다. 목소리도 낮게 가라앉고 갈라졌다. 주위에는 죽음 같은 고요가 떠돌았다. 전체적으로 육체와 영혼 그리고 외면과 내면에 어떤 심한 타격을 받고 무너진 듯한 모습을 하고 있었다.

카드놀이의 승부가 갈리고, 그녀는 나를 완전히 알거지로 만들었다. 에스텔라는 내게서 따낸 카드들을 멸시하듯 그것을 모두 탁자 위에 집어던졌다.

“다음엔 언제 올래?” 미스 해비샴이 물었다. “어디 보자······.”

내가 오늘이 수요일이라고 말하려는데, 그녀는 조금 전처럼 오른손 손가락을 신경질적으로 움직여 나를 저지했다.

“잘 들어라! 나는 요일 따위 모른다. 날짜도 몰라. 엿새 뒤에 다시 오너라. 알아들었니?”

"네, 부인."

"에스텔라, 이 애를 데리고 가라. 먹을 것을 좀 주렴. 먹으면서 집을 돌아다닐 수 있게 해줘. 그만 가보아라, 핍."

나는 촛불을 따라 계단을 올라왔듯이, 이번에는 촛불을 따라 계단을 내려 갔다. 복도에 들어섰을 때 그녀는 촛불이 놓였던 자리에 다시 촛불을 세워 놓 았다. 그녀가 옆문을 열기 전까지 나는 별생각 없이 벌써 밤이 되었을 거로 여 겼다. 그래서 그곳에서 갑자기 햇빛이 들어오자 어안이 벙벙했다. 그 이상한 방 에서 촛불을 켜고 있은 지 벌써 여러 시간이 지난 느낌이 들었던 것이다.

"넌 여기서 기다려." 에스텔라가 말하고, 문을 닫고는 사라졌다.

이렇게 마당에 홀로 남겨지자 나는 내 거친 손과 투박한 부츠를 천천히 살 펴보았다. 이 부속품들에 대한 나의 견해는 결코 호의적이지 않았다. 그전에는 전혀 신경 쓰이지 않았지만, 지금은 아주 저속하고 조잡한 물건들로 보여 괴로 웠다. 네이브라고 불러야 할 카드를 어째서 잭이라고 가르쳐 주었는지 조에게 물어볼 작정이었다. 조가 더 교양 있게 자랐더라면 좋았을걸. 그랬다면 나도 더 교양 있게 컸을 텐데.

에스텔라가 빵과 고기와 작은 맥주잔을 가지고 돌아왔다. 그녀는 맥주잔을 마당의 돌 위에다 올려놓더니 내 쪽은 바라보지도 않은 채 빵과 고기를 내밀 었다. 내가 비위에 안 맞는 개라도 된다는 듯 무례한 태도였다. 나는 모욕당하 고 상처받고 무시당하고 불쾌하고 화나고 분해서—아무리 늘어놓아도 그 쓰 라린 마음을 정확하게 표현할 말이 떠오르지 않는다(아마도 신만이 아시리라)— 마침내 눈물이 핑 돌았다. 그 순간 그녀는 나를 바라보고, 자기가 나를 울렸다 는 사실을 재빨리 알아차리고는 기뻐했다. 그러나 그것은 도리어 눈물을 삼키 고 그녀를 똑바로 바라볼 힘을 내게 주었다. 그녀는 잔뜩 경멸하는 눈으로 나 를 쳐다보고는—내게 상처를 줬다는 확신을 가진 것 같았다—떠나버렸다.

그녀가 가버리자 나는 얼굴 가릴 곳을 찾아 주위를 둘러보았다. 그리고 양 조장으로 가는 좁은 통로에 있는 문 뒤로 가서, 팔을 벽에 기대고 이마를 그 위 에 대고서 울었다. 울면서 벽을 차고 머리카락을 쥐어뜯었다. 너무 속이 상하고 뭐라고 형언할 수 없는 분노가 치밀어 분풀이할 상대가 필요했다.

누나 손에 자라서 나는 감수성이 예민한 성격이었다. 누구의 손에서 길러지

건, 어린아이란 그의 작은 세계 안에서 무엇보다 불공평함을 민감하게 알아차리는 법이다. 어린애가 경험하는 불공평함은 하찮은 것일는지 모른다. 그러나 어린이는 작고, 그가 사는 세계도 작다. 장난감 흔들목마는 어린아이와 어른의 키에 비례하여 뼈대 굵은 아이리쉬 헌터[4]만큼 커 보인다. 나는 갓난아기 때부터 늘 마음속에서 불공평함과 싸워 왔다. 말을 할 수 있게 되면서부터 누나의 변덕스럽고 난폭한 강요가 불공평하다고 생각해 왔다. 아무리 손수 길렀다고는 하나, 그녀에게는 나를 폭력으로 키울 권리가 없다는 확신을 품어 왔다. 벌받고 모욕당하며 잠 못 드는 밤을 보내고 굶는 등 회개라는 구실로 행동을 거듭하면서도, 나는 이 신념을 굳혀 왔다. 겁 많고 예민한 성격이 된 것은, 누구의 보살핌도 받지 않는다는 고독함 가운데서 이 신념을 오랜 시간 공들여 다져온 탓이리라.

나는 양조장 담을 발로 차고 머리카락을 쥐어뜯음으로써 내 상한 감정을 잠시나마 잊을 수 있었다. 그런 다음 소매로 눈물을 닦고, 문 뒤에서 나왔다. 빵과 고기는 먹을 만했고, 맥주는 따뜻하고 짜릿했다. 이내 주위를 둘러볼 기분이 되었다.

과연 그곳은 마당에 있는 비둘기장에 이르기까지 스산한 곳이었다. 비둘기장은 거센 바람을 맞아 기둥 위에서 비뚤어진 채로 매달려 있었다. 줄기차게 흔들리는 그 안에 비둘기가 들어 있었다면, 자기네가 바다 위에 떠 있다고 생각했을 것이다. 그러나 비둘기장에 비둘기는 한 마리도 없고, 마구간에는 말이 없으며, 돼지우리에도 돼지가 보이지 않았다. 창고에 엿기름은 구경할 수도 없고, 나무통이나 솥에서는 곡물이나 맥주 냄새가 나지 않았다. 양조장의 냄새도 용도도, 이곳에서 피어오른 마지막 증기와 함께 사라져 버린 것 같았다. 잡풀이 제멋대로 자란 앞마당 한구석에는 빈 술통들이 산더미처럼 쌓여 있었다. 거기에서는 호화로웠던 지난날을 떠올리고 기분이 상해 버린 듯한 정취가 감돌았다. 다만 거기에 떠도는 냄새는 한때 술통 안에 들어 있던 맥주가 남긴 흔적이라 하기에는 너무나도 시큼했다. 그런 점에서 지금 돌이켜 보면, 세상을 등진 그 술통들은 세상을 등진 사람과 매우 비슷했다.

---

4) 몸집이 커다란 사냥용 말.

양조장 끄트머리 너머에는 낡은 담이 있고, 또 그 너머에는 잡초가 무성한 정원이 있었다. 담은 그리 높지 않았으므로, 그럭저럭 매달려 담 너머를 빼꼼히 엿볼 수가 있었다. 그곳은 본채에 딸린 정원이었다. 온통 잡초가 엉켜 있고, 푸르고 노란 길에는 사람이 이따금 지나간 흔적이 있었다. 그때 에스텔라가 그곳을 지나가는 것이 보였다. 그녀는 어느 곳에나 존재하는 것 같았다. 산더미처럼 쌓인 술통을 타고 싶은 유혹에 못 이겨 그 위를 걷고 있을 때에도 양조장 앞마당 구석에서 그녀도 그 위를 걷고 있었던 것이다. 그녀는 내게 등을 보인 채 아름다운 갈색 머리를 양손으로 부채처럼 펼쳤다. 그리고 돌아보지도 않고 내 시야에서 금세 사라졌다. 같은 일이 양조장 본채—즉 예전에 맥주가 만들어지고 아직도 양조용 기구가 놓여 있는, 자갈이 깔리고 천장이 높으며 넓은 곳—안에서도 일어났다. 내가 처음 그곳에 발을 디디고 그 음울함에 압도되어 문간에 우두커니 선 채 주위를 둘러보고 있을 때, 그녀가 꺼진 화로 사이를 지나 철제 계단을 올라가서는 내 머리보다 훨씬 높은 곳에 있는 복도를 통해 승천하듯 밖으로 나가는 것이 보였던 것이다.

그때 그곳에서 나는 실로 신기한 환영을 보았다. 돌이켜 볼수록 더욱 신기한 사건이었다. 싸늘한 빛을 올려다보느라 조금 침침해진 눈을 내 오른손 가까이 우묵한 구석에 있는 목제 대들보로 돌렸는데, 거기에 누군가가 목을 맨 채 대롱대롱 매달려 있는 것이 보였다. 온통 누렇게 뜬 흰색 드레스, 한 짝만 신은 구두, 흙색 종이 같은 빛바랜 주름 장식, 그리고 미스 해비샴의 얼굴, 그 얼굴 전체가 나를 부르는 것처럼 보였다. 이 모습을 본 공포심과 조금 전까지는 틀림없이 그 모습이 없었다는 공포심 때문에 나는 일단 죽어라 내달렸다. 그러다 그 모습이 있던 곳으로 되돌아와서 그곳에 아무것도 없음을 확인했을 때의 공포심은 절정에 달했다.

상쾌한 하늘의 차가운 빛과 대문 쇠창살 너머로 지나가는 사람들의 모습을 보고, 빵과 고기와 맥주를 마저 위 속으로 흘려 넣어 기운을 북돋우지 않았더라면 정신을 되찾지 못했을 것이다. 아니 그것들의 도움이 있었더라도, 에스텔라가 나를 내보내기 위해 대문 열쇠를 들고 나타나지 않았더라면 그렇게 빨리 평정을 회복하지 못했을 것이다. 내가 겁에 질린 모습을 본다면 나를 대놓고 경멸할 것이기에 그런 핑계거리를 주어서는 안 되었다.

에스텔라는 내 앞을 지나치며 의기양양한 시선을 나에게 던졌다. 내 손이 거칠거칠하고 내 부츠가 매우 투박한 것이 몹시 흡족한 눈초리였다. 그녀는 대문을 열고 나서도 그걸 계속 붙들고 서 있었다. 내가 시선을 피하며 밖으로 나가려고 하자, 에스텔라가 조롱하듯이 손으로 내 앞을 가로막았다.

"너 왜 안 우니?"

"울기 싫으니까."

"웃기네. 좀 전에 눈이 퉁퉁 부어 앞이 잘 안 보일 때까지 울었잖아. 지금도 또 울고 싶으면서."

그녀는 깔보듯이 웃어대며 나를 밖으로 밀치고 대문을 잠갔다. 나는 곧장 펌블추크 씨네 집으로 갔다. 그리고 그가 집에 없다는 사실에 크게 안도했다. 다음에는 언제 미스 해비샴네 집을 방문할 예정인지 점원에게 알려준 다음, 대장간까지 4마일이나 되는 거리를 걸어서 돌아갔다. 걷는 내내 오늘 보았던 모든 것들을 곰곰이 생각해 보았다. 그리고 내가 천박한 일꾼인 데다 손은 거칠고 부츠는 투박하며 네이브를 잭이라고 부르는 상스러운 버릇이 있고, 어젯밤 생각했던 것보다 나는 훨씬 더 무식하며, 형편없이 비천한 삶을 살고 있다고 생각했다.

제9장

　내가 집에 도착하자, 누나는 미스 해비샴에 굉장한 호기심을 보이며 내게 많은 질문을 해댔다. 곧 나는 목덜미며 등을 마구 쥐어박히고, 얼굴이 부엌 벽에 꼴사납게 짓뭉개지는 꼴을 당해야 했다. 누나의 질문에 성실하게 대답하지 않았기 때문이다.

　어린아이의 마음속에 남에게 이해받지 못하리란 두려움이 예전 내 마음에 있던 두려움만큼 크게 자리잡고 있다면—나만 기형적으로 그런 두려움을 품었을 거라고 믿을 특별한 이유가 없으므로, 그렇게 가정해도 좋으리라—그것이야말로 어린아이의 입을 꾹 다물게 하는 자물쇠가 된다. 미스 해비샴을 본 대로 묘사한다 해도 그들은 결코 나를 이해하지 못했을 것이다. 나뿐만 아니라 미스 해비샴도 이해하지 못했을 게 분명하다. 그녀는 내게 불가사의한 존재였지만(에스텔라는 말할 것도 없고), 그녀를 본 그대로 묘사하는 것은 몹시 무례할 뿐 아니라 그녀에 대한 배신이라는 생각이 들었다. 따라서 나는 되도록 말을 아꼈고, 그 결과 부엌 벽에 얼굴이 짓이겨졌던 것이다.

　내가 보고 들은 것을 알고 싶어 안달이 난 거드름쟁이 펌블추크 씨는 자세한 이야기를 듣기 위해 차 마시는 시간에 맞추어 자가용 마차를 타고 달려왔다. 나는 이것이 무엇보다 싫었다. 흐리멍덩한 눈에 붕어처럼 입을 떡 벌린 채 호기심으로 잔뜩 곤두선 황갈색 머리카락과, 암산 문제를 쏟아내고 싶어서 숨을 씩씩거리느라 조끼가 올라갔다 내려갔다 하는 모습을 본 순간, 나는 심술궂게도 입을 굳게 다물었다.

　펌블추크 아저씨가 벽난로 바로 옆 귀빈석에 자리를 잡고 앉기가 무섭게 입을 열었다. "그래 얘야, 그 집에서 노는 건 어땠니?"

　"그럭저럭 좋았어요." 내가 대답하자, 누나가 나를 향해 주먹을 흔들어 보였다.

"그럭저럭 좋았다고?" 펌블추크 씨가 되풀이했다. "그건 대답이 아니다. 그게 무슨 뜻인지 설명해 보아라."

이마에 백색 도료가 묻으면 인간의 머리는 돌처럼 굳어 버리는지도 모른다. 여하튼 나는 부엌 벽에서 이마에 백색 도료를 묻힌 뒤로 꿈쩍도 하지 않았다. 나는 잠시 생각하다가, 새로운 표현이라도 떠오른 듯 대답했다. "꽤 좋았다는 뜻이죠."

누나가 참다못해 악을 쓰며 내게 달려들려 했지만(조는 대장간에서 일하고 있었으므로 내게는 아무런 방어 수단도 없었다), 펌블추크 씨가 "됐습니다! 화내지 마세요. 이 애는 내게 맡기세요, 부인. 내게 맡겨요" 하며 누나를 제지했다. 그러고서 그는 내 머리라도 깎으려는 듯 나를 자기 쪽으로 돌려세우더니 이렇게 말했다.

"먼저 생각을 정리하기 위해 묻겠다. 43펜스는 몇 실링이지?"

4백 파운드라고 대답하면 어떻게 될까 생각해 봤지만, 결코 득이 되지는 않으리라고 판단했다. 나는 최대한 정답이라고 생각하는 숫자를 말했다. 내 대답은 8펜스가량 정답에서 벗어났다. 펌블추크 씨는 "12펜스는 1실링"부터 시작해서 "40펜스는 3실링 4펜스"까지, 펜스와 실링의 환산법을 내게 복습시키고는 나를 완벽하게 이해시켰다는 듯이 의기양양하게 물었다. "그럼! 43펜스는 몇 실링이지?" 나는 한참 생각한 끝에 대답했다. "모르겠는데요." 나는 매우 화가 나 있었으므로, 어쩌면 정말로 정답을 몰랐는지도 모른다.

펌블추크 씨는 내게서 대답을 짜내기 위해 머리를 쥐어짰다. "그럼 43펜스가, 예를 들면, 7실링 6펜스 3파든[1]이란 말이냐?"

"네!" 내가 대답했다. 즉시 누나에게 귀싸대기를 얻어맞았지만, 펌블추크 씨가 내 대답에 농담하고 싶은 기분이 사라져 입을 꽉 다물게 된 건 정말 기쁜 일이었다.

이윽고 마음을 가다듬은 펌블추크 씨가 팔짱을 단단히 끼고, 대답을 쥐어짜 내려고 질문을 시작했다. "애야! 미스 해비샴이 어떻게 생겼던?"

"키가 매우 크고, 까무잡잡했어요."

---

1) 1파든은 4분의 1페니. 펜스는 페니의 복수형.

"그래요, 숙부님?" 누나가 물었다.

펌블추크 씨가 그렇다는 뜻으로 한쪽 눈을 찡긋해 보였다. 그 즉시 나는 그가 미스 해비샴을 본 적이 없다는 사실을 알아챘다. 그녀는 내가 말한 것과 아주 거리가 멀었으니까.

"좋아!" 펌블추크 씨가 우쭐거리며 말했다. "이 애가 말을 듣게 하려면 이렇게 하면 되는 거야! 이제 좀 우리 뜻대로 되어가는 것 같죠, 부인?"

"정말이지 숙부님께서 늘 이 애를 데리고 계셨으면 좋겠네요. 얘 다루는 법을 아주 잘 알고 계시니까요." 누나가 대꾸했다.

"그래, 얘야! 오늘 네가 방문했을 때 미스 해비샴은 무얼 하고 있던?"

"마차의 새까만 벨벳 좌석에 앉아 있었어요."

펌블추크 씨와 누나가 휘둥그런 눈으로 서로 쳐다보았다—그럴 만도 했지만—그리고 함께 되풀이했다. "새까만 벨벳 좌석?"

"네. 그리고 미스 해비샴의 조카인 것 같았는데, 미스 에스텔라가 마차 창문으로 황금 쟁반에 담긴 케이크와 포도주를 갖다 주었어요. 나는 마차 뒤로 가서 그것을 먹었죠. 미스 해비샴이 그렇게 하라고 했거든요."

"거기에 다른 사람도 있었니?" 펌블추크 씨가 물었다.

"개 네 마리요."

"큰 개, 아니면 작은 개?"

"무지무지하게 큰 개였어요. 은 바구니에 담긴 송아지고기 커틀릿을 먹으려고 서로 으르렁대면서 싸웠어요."

펌블추크 씨와 누나는 또다시 경악하며 서로 바라보았다. 나는 완전히 제정신이 아니었다. 마치 고문을 받고 자포자기한 증인처럼 마음만 먹으면 입에서 나오는 대로 말했을 것이다.

"그래, 그 마차는 대체 어디에 있었는데?" 누나가 다시 물었다.

"미스 해비샴 방에요." 그들은 다시 마주 보았다. "그렇지만 말은 매여 있지 않았어요." 나는 얼른 이렇게 덧붙였다. 사실은 호화로운 마구를 갖춘 네 마리 경주마라며 말하고 싶은 충동을 간신히 떨쳐 버렸다.

"그게 가능한 일이에요, 숙부님? 이 애가 무슨 말을 하는지 모르겠군요."

"내가 일러 주지요, 부인. 내 생각에 그건 가마입니다. 그 여자는 엄청난 괴짜라서 가마에서 내려오질 않는 거예요."

"숙부님은 그 여자가 가마를 탄 걸 본 적이 있으세요?"

"그걸 내가 어떻게 보겠소?" 그는 마침내 그렇게 인정하지 않을 수 없었다. "그 여자를 본 일도 없는데. 이 눈으로 본 일이 없다니까!"

"세상에, 숙부님! 하지만 그분과 얘기를 나누었잖아요?"

"그건," 펌블추크 씨가 퉁명스럽게 말했다. "그 집에 가면 나는 방문 밖에 서 있고, 그 여자는 문을 살짝 열어놓은 채 안에서 말을 하지. 뭐 어쨌든, 이 애는 그 집으로 놀러 간 거잖아. 그래서 얘야, 뭘 하고 놀았니?"

"깃발을 가지고 놀았어요." 내가 대답했다(이때 내가 한 거짓말을 돌이켜 생각하면 나 자신도 놀라움을 금할 수 없다).

"깃발이라고?" 누나가 되물었다.

"응. 에스텔라는 푸른 깃발, 난 빨간 깃발, 미스 해비샴은 마차 창문으로 온통 황금색 작은 별이 박힌 깃발을 흔들었어. 그런 다음 다 같이 칼을 휘두르며 만세를 불렀어."

"칼이라고!" 누나가 외쳤다. "대체 그런 게 어디서 났니?"

"찬장에서 꺼내왔지. 거기에는 총도 있었고, 잼하고 약도 있었어. 방 안에는 햇빛이 하나도 안 들어와서 촛불을 켜놨어."

"그건 사실이오, 부인." 펌블추크 씨가 심각한 표정으로 고개를 끄덕이며 말했다. "바로 그런 상태였어요. 그것까지는 내 눈으로 보았으니까." 두 사람은 나를 바라보았다. 나는 짐짓 순진한 표정을 하고서 그들을 바라보며 오른손으로 오른쪽 바짓가랑이의 주름을 잡았다.

만약 그들이 거기서 질문을 더 했다면 틀림없이 거짓말한 게 들통 나고 말았을 것이다. 마당에 열기구가 있었다고 말할 참이었던 것이다. 열기구가 있었다고 말할까 양조장 안에 곰이 있었다고 말할까 갈팡질팡했기에 망정이지 그러지 않았더라면 그만 말하고 말았을 것이다. 다행히 나는 위기를 모면할 수 있었다. 그들이 내 입에서 나온 놀라운 증언들을 가지고 토론을 하느라 정신이 없었기 때문이다. 그 와중에 조가 차를 마시기 위해 들어왔다. 그를 만족시키기 위해서라기보다 답답한 마음을 풀기 위해, 누나는 내가 꾸며낸 이야기를 조에게 전했다.

조가 깜짝 놀라 푸른 눈을 동그랗게 뜨고 부엌을 한 바퀴 둘러보았을 때, 나는 죄책감에 휩싸였다. 다만 조에게만 미안했을 뿐 나머지 두 사람에게는 전혀 미안하지 않았다. 미스 해비샴을 알게 되고 그녀의 호의를 받음으로써 내게 어떤 행운이 찾아올 것인가에 대해 그들이 토론하고 있을 때, 나는 조에게만 내가 작은 괴물이 되었다고 느꼈다. 그들은 미스 해비샴이 나에게 "무언가 해주리란" 점을 의심치 않았다. 그 "무언가"가 어떤 형태로 나타날 것이냐를 궁금해했다. 누나는 재산이라고 말했고, 펌블추크 씨는 체면이 서는 직업(예를 들면 잡곡상이나 종묘상)에 수습공으로서 들어갈 수 있을 두둑한 사례금이라고 말했다. 조는 송아지고기 커틀릿을 놓고 싸웠던 개들 중 한 마리가 고작일 거라는 기발한 견해를 내놓아 톡톡히 면박을 당했다. "당신의 텅 빈 머리로는 그런 생각밖에 해낼 수가 없겠죠. 차라리 대장간으로 돌아가 일이나 마저 하세요!" 누나가 말했다. 조는 그 말에 따랐다.

펌블추크 씨가 마차를 타고 사라지고 누나가 부엌에서 설거지를 시작하자 나는 조용히 대장간으로 들어가, 조가 그날 일을 마칠 때까지 곁에 있었다. 그러고서 말을 꺼냈다. "조, 불 끄기 전에 할 말이 있어."

"할 말? 마땅히 들어 줘야지, 핍. 뭔데?" 조가 편자 만들 때 앉는 의자를 불가마 옆으로 끌어당기며 대꾸했다.

나는 그의 걷어붙인 셔츠 소매를 잡고, 엄지와 검지로 그 소매를 비틀면서 물었다. "아까 미스 해비샴네 집에 대해서 내가 한 얘기, 기억해?"

"기억하느냐고? 당연하지! 정말 놀라운 이야기던걸!"

"황당하겠지만, 그거, 사실이 아니야."

"엥? 무슨 뜻이지, 핍?" 깜짝 놀라 뒤로 자빠지며 조가 말했다. "설마 그 이야기가……."

"응. 거짓말이야, 조."

"하지만 모두 거짓말은 아니겠지? 까만 벨벳 좌석이 달린 마차가 없었니?" 나는 고개를 가로저었다. "하지만 개들은 있었겠지? 응, 핍?" 조는 어떻게든 그렇다는 대답을 이끌어내려고 애썼다. "송아지고기 커틀릿은 없었다고 쳐도, 적어도 개는 있었지?"

"아니, 조."

"한 마리도? 강아지도 없었어? 응?"

"없었어, 조. 그런 건 없었어."

나는 힘없이 조를 바라보고, 조는 멍하니 나를 바라보았다. "얘야, 핍, 보통 일이 아니구나. 잘못하다간 지옥에 떨어진다."

"큰일을 저지른 거지, 그렇지?"

"큰일이냐고?" 조가 외쳤다. "아주 무서운 일이다! 무엇에 홀렸기에 그런 거짓말을 한 거냐?"

"나도 잘 모르겠어, 조." 나는 그의 셔츠 소매를 놓고 고개를 푹 숙인 채 그의 발치에 떨어진 재 위에 주저앉았다. "내게 카드에 있는 네이브를 잭이라고 가르쳐 주지 않았더라면 좋았을걸. 또 내 부츠가 이렇게 투박하지 않고, 내 손이 이렇게 거칠지 않았더라면 좋았을걸."

그러고 나서 나는 내가 느꼈던 그 비참한 심정을 조 부인과 배려심이라고는 눈곱만큼도 없는 펌블추크 씨에게는 도저히 고백할 수가 없었노라고 말했다. 또한 미스 해비샴네 집에는 아주 예쁜 여자아이가 있는데 그 애는 아주 거만하고 나를 깔봤다는 것, 내가 천하게 태어나지 않았더라면 좋았을 뻔했다는 것, 거짓말이 나도 모르는 사이에 제멋대로 튀어나왔다는 것 따위를 털어놓았다.

이 형이상학적 문제는 적어도 나에게만큼이나 조에게도 어려운 문제였다. 그러나 조는 이 문제를 형이상학의 영역에서 완전히 벗어나게 함으로써 해결했다.

그는 잠시 생각한 뒤 이렇게 말했다. "확실한 게 딱 한 가지 있다. 거짓말은 거짓말이라는 거지. 동기야 어떻건 거짓말은 하지 말았어야 했어. 거짓은 거짓을 낳는다고 하지 않니? 알겠니, 핍, 다시는 절대로 거짓말을 하지 마라. 그런 식으로 품격을 높인다 한들 아무런 득도 되지 않는단다. 게다가 어째서 그렇게 자신을 비하한단 말이냐? 너한테는 단연 훌륭한 점이 몇 가지나 있다. 너는 매우 귀엽고, 유식하잖니."

"아니, 난 무식하고 촌스러워, 조."

"어젯밤에 네가 썼던 편지를 봐라! 멋들어진 활자체로 썼잖니! 훌륭한 신사 중에서도 그렇게 깔끔하게 쓰는 사람을 나는 본 적이 없다."

"난 배운 것도 거의 없어. 조가 나를 높이 평가하고 있을 뿐이라고."

"흠, 그럴지도 모르고, 아닐지도 모르지. 하지만 일류 학자가 되기 전에는 누구나 삼류 학자였단다! 왕관을 쓰고 왕좌에 앉은 국왕도 지금은 의회에서 통과한 법조문을 깔끔한 글자로 쓰지만, 어린 왕세자 시절에는 알파벳부터 시작했을 것 아니니. 그렇지!" 여기서 조는 의미심장하게 고개를 흔들고 말을 이었다. "A에서 시작해서 Z자까지 간 거야. 험난한 여정이지. 나는 가 보지 않았지만."

이 지혜로운 의견에 담긴 얼마간의 희망 덕분에 나는 기운이 조금 났다.

조가 생각하면서 말을 이었다. "가난하고 신분이 천한 사람은 신분이 높은 사람과 어울리기보다 자기와 비슷한 처지인 사람들과 사귀는 편이 좋은가 아닌가 하는 것은…… 참, 갑자기 생각나서 말인데, 깃발은 있었겠지?"

"아니."

"아쉽구나, 핍. 그건 그렇다 치고, 그래서 누구랑 사귀는 게 좋으냐, 지금 여기서 느긋하게 그런 생각이나 하다간 네 누나가 폭발해 버리겠지. 일부러 그런 무시무시한 사태를 만들지는 말자꾸나. 잘 들어라, 핍. 너의 진정한 친구의 의견이라 생각하고 잘 들어봐. 똑바른 길을 걸어도 훌륭한 사람이 될 수 없다면, 비뚤어진 길을 지나면서 그런 사람이 되기란 불가능한 일이란다. 그러니 이제 이런 이야기는 그만두자, 핍. 올바르게 살다가 행복하게 죽는 게 제일이다."

"나한테 화나지 않았어, 조?"

"왜 화를 내겠니. 하지만 송아지고기 커틀릿이라거나 싸우는 개 같은 말은 터무니없는 거짓말이었다는 걸 깨닫고, 오늘 밤 침대에서 곰곰이 반성해야 한다. 진심으로 널 생각하는 사람으로서 충고하는 거야. 이상이다, 핍. 이제 그런 거짓말을 해선 안 된다."

나는 내 작은 침실로 가서 기도를 드릴 때에 조의 충고를 잊지 않았지만, 내 어린 마음은 혼란스럽고 못마땅했다. 나는 잠자리에 들어서도 오랫동안 이런저런 생각을 했다. 분명히 에스텔라는 고작 대장장이인 조를 비천하다 여길 테고, 그의 부츠는 투박하고 그의 손은 거칠거칠하다고 생각할 것이다. 지금 조와 누나는 부엌에 앉아 있고 나는 부엌에 앉아 있다가 침실로 올라왔지만, 미스 해비샴과 에스텔라는 결코 부엌에는 앉지 않을 것이며, 그런 천박한 행동과는 거리가 먼 훨씬 고상한 세계에 산다 등등. 나는 내가 미스 해비샴네 집에서 했던 일들을 떠올리면서 잠이 들었다. 그것들은 바로 오늘이 아니라 아주 오래전에 일어났던 일처럼 느껴졌다. 몇 시간이 아니라 몇 주, 아니 몇 달은 지난 것 같은 기분이었다.

　그날은 내게 커다란 변화를 가져온 잊을 수 없는 날이었다. 하지만 누구의 인생이라도 마찬가지일 것이다. 어떤 하루를 꼽아 보고, 그 하루로 인생이 어떻게 바뀌었을지를 상상해 보라. 현명하신 독자 여러분이여, 부디 읽기를 잠시 멈추고, 당신을 옭아매었던 쇠나 황금, 또는 가시나 꽃으로 만들어진 기다란 사슬에 대해 잠시 생각해 보시라. 그 잊을 수 없는 지난날에 그 첫 번째 사슬 고리가 만들어지지 않았더라면, 그 기다란 사슬이 당신을 옭아매는 일은 없었을 것이다.

제10장

그로부터 며칠 지난 아침 눈을 떴을 때, 비천한 나를 바꾸려면 비디가 아는 모든 것을 배우는 것이 최선이라는 묘안이 떠올랐다. 이런 생각을 실행에 옮기기 위해, 그날 저녁 웹슬 씨네 대고모가 운영하는 학교에 갔을 때 나는 비디에게 부탁했다. 성공해야 할 사정이 생겼으니 그녀가 아는 모든 것을 내게 전수해 달라고 한 것이다. 아주 친절한 비디는 그 자리에서 흔쾌히 승낙하고, 정말로 5분 뒤에는 그 약속을 실행에 옮겼다.

웹슬 씨네 대고모가 만들어낸 교과 과정, 또는 교육 방법은 다음과 같은 것이었다. 먼저 학생들이 사과를 먹고, 서로의 등에다 지푸라기를 마구 던지며 논다. 이윽고 기운을 차린 웹슬 씨네 대고모가 느릿느릿 비틀대며 걸어 나와 회초리를 마구잡이로 휘두른다. 이 갑작스러운 공격을 비웃으며 맞아준 뒤, 학생들은 나란히 앉아 와글와글 떠들며 너덜너덜한 책 한 권을 순서대로 돌려본다. 그 책에는 알파벳 말고도 도형 몇 개와 표, 단어의 철자법이 조금 적혀 있다. 아니, '적혀 있었다'고 말하는 편이 옳다. 이 책을 돌려 보기가 무섭게 웹슬 씨네 대고모는 수마(睡魔) 또는 류머티즘 발작에서 비롯된 혼수상태에 빠진다. 그러면 학생들은 부츠 시험을 시작한다. 즉, 누가 가장 세게 남의 발을 밟을 수 있는가를 측정하는 것이다. 이 정신수양은 비디가 그 사이로 뛰어들 때까지 계속된다. 그녀는 지워져 잘 보이지도 않는 성경책 세 권을 나눠 준다. 이 성경책은 마치 어떤 덩어리에서 잘려 나온 듯한 모양을 하고 있다. 가장 깨끗한 부분이라 해봐야, 내가 본 어떤 희귀본보다도 인쇄 상태가 나쁘고 군데군데 녹이 묻어 있으며 책장마다 곤충의 여러 가지 표본이 으스러진 채 끼워져 있었다. 교과 과정이 이 단계에 이르면 으레 기분전환으로 고집스러운 학생과 비디 사이에 1대1 승부가 몇 차례 펼쳐진다. 싸움이 끝나면 비디가 쪽을 지정하고, 학생들은 자기가 읽을 수 있는 구절을—읽을 수 없는 구절도—형편없는 합창으로 낭독한다. 그녀는 그 합창을 단조롭지만 날카로운 목소리로 이끌어 나간다. 우리는 무엇을 읽는지도 모르는 채, 또 알려고 하지도 않은 채 무조건 따라 읽었다. 이 형편없는 소음이 얼마간 계속되면, 웝슬 씨네 대고모는 잠에서 깨어나 비틀비틀 걸어나온다. 그런 뒤 아무에게나 다가가 그의 귀를 잡아당겼는데 이 행동은 그날 저녁 수업이 끝났다는 신호이다. 그것을 계기로 학생들은 지성의 승리를 찬양하는 함성을 내지르며 밖으로 뛰어나간다. 공정을 기하기 위해 말하건대, 학생들이 석판이나 잉크(혹시 있다면)를 가지고 수업하는 것을 금지한 적은 없었다. 그러나 겨울에는 그런 수업도 여의치 않았다. 교실로 쓰는 잡화점—웝슬 씨네 대고모의 거실이자 침실이기도 했다—에는 빛이라곤 희미한 초한 자루뿐이어서 무척 어두침침했기 때문이다. 게다가 촛불 심지를 자르는 가위조차 없어 촛불이 무척 가물가물했다.

상황이 그러했기에 비천한 나를 바꾸는 데는 많은 시간이 걸릴 것 같았다. 그러나 나는 용감하게 도전하기로 했다. 비디는 바로 그날 저녁에 나와의 특별한 약속을 실행했다. 먼저 눅눅한 설탕 부대 앞에 붙은 상품 가격표에서 내게 몇 가지 지식을 가르쳐 주고, 집에서 베껴 오라며 커다랗고 오래된 영어사전을 빌려 주었다. 사전 앞에는 그녀가 신문 머리기사를 보고 베껴 쓴 D자가 있었는데, 설명을 듣기 전까지는 나는 그것이 허리띠 장식의 디자인인 줄 알았다.

마을에는 당연히 술집이 있었다. 조는 이따금 거기서 파이프 담배 피우기를 즐겼다. 그날 저녁 나는 누나의 엄명을 받았다. 학교에서 돌아오는 길에 그 '쾌활한 세 뱃사공' 술집에 들러 조를 데리고 오라는 것이었다(명령을 어겼다가는 가만두지 않겠다고 했다). 그래서 나는 쾌활한 세 뱃사공으로 발길을 돌렸다.

쾌활한 세 뱃사공 안에는 바가 있고, 문 옆 벽에는 놀랄 만큼 기다란 숫자[1]가 분필로 씌어 있었다. 그 숫자가 지워진 일은 한 번도 없었으리라고 생각한다. 그 숫자들은 내가 기억한 이래로 늘 거기에 있었는데, 내 키보다 빠른 속도로 자라났다. 우리 마을에는 분필이 아주 흔했으므로, 어쩌면 모두 그 분필을 유용하게 쓸 기회를 놓치고 싶지 않았는지도 모르겠다.

그날은 토요일 밤이었고 술집주인이 험상궂은 얼굴로 그 기록을 넌지시 바

---

1) 외상 기록.

라보고 있었다. 그러나 나는 그가 아니라 조에게 볼일이 있었으므로 간단히 인사만 하고 통로 끝에 있는 방으로 갔다. 벽난로에는 불이 환하게 타오르고, 조와 웝슬 씨가 낯선 사람과 함께 파이프 담배를 피우고 있었다. 조는 여느 때처럼 "어이, 핍" 하고 인사를 건넸다. 그 순간 그 낯선 사람이 고개를 돌려 나를 바라보았다.

그는 비밀을 지닌 듯한 사나이로, 나는 전혀 본 적이 없는 사람이었다. 고개를 한쪽으로 크게 기울이고 한쪽 눈은 반쯤 감겨 있어서, 보이지 않는 총으로 무언가를 겨누고 있는 것 같았다. 파이프를 물고 있다가 입에서 떼더니 천천히 연기를 내뿜었다. 그러면서도 줄곧 나를 바라보다가 이윽고 고개를 끄덕였다. 나도 따라 고개를 끄덕였다. 그는 다시 고개를 끄덕이고는 내가 앉을 수 있도록 자기 옆자리를 내주었다.

그러나 나는 이 술집에 올 때마다 조 옆자리에 앉았으므로 "괜찮아요." 말하고, 그의 맞은편 소파에 앉아 있는 조 옆으로 갔다. 사나이는 조를 흘끗 보더니 조의 관심이 다른 데 있다는 걸 알자, 자리에 앉은 나를 향해 다시 고개를 끄덕여 보였다. 그러고는 매우 이상한(나에게는 그렇게 보였다) 방식으로 자기 다리를 문질렀다.

그가 조에게 말을 건넸다. "당신, 대장장이라 하셨소?"

"네, 그렇게 말씀드렸죠." 조가 대꾸했다.

"그래, 뭘 마시겠소? 아, 그런데 이름을 묻지 않았군."

조가 이름을 말하자, 사나이는 바로 그 이름으로 조를 불렀다.

"가저리 씨, 뭘 마시겠소? 내가 한잔 사지요."

"아니요, 실은 남의 돈으로는 못 얻어 마시는 버릇이 있어서요."

"버릇? 이런, 한 번 정도야 괜찮지 않소? 게다가 토요일 밤이니까요. 자, 말씀해 보세요, 가저리 씨."

"너무 딱딱하게 굴고 싶지는 않으니, 그렇다면 럼주로."

"럼주요. 그 옆의 신사분도 함께 하시지 않겠소?"

"럼주로." 웝슬 씨가 대답했다.

"럼주 석 잔!" 사나이가 술집주인에게 외쳤다. "한 잔씩 돌리시오!"

"이쪽 신사분은 듣기에 좋은 말을 많이 알고 계십니다. 우리 교회의 서기입니다." 조가 웁슬 씨를 소개했다.

"오호라!" 사나이가 한쪽 눈썹을 치켜세우고 나를 보며 말했다. "주위에 묘지가 있는, 늪지대의 그 외로운 교회 말이로군요."

"그렇습니다." 조가 대답했다.

사나이는 파이프 위로 기분 좋은 듯 낮게 콧소리를 내고, 혼자 차지하고 앉은 소파 위로 다리를 포개 올렸다. 그는 챙이 넓은 팔랑거리는 여행 모자를 쓰고, 그 밑에는 손수건으로 머리를 한 바퀴 둘러매고 있었다. 그러므로 머리카락은 한 올도 보이지 않았다. 그가 불을 바라보고 있을 때, 그 얼굴에 교활한 표정과 곧이어 반쯤 비웃는 듯한 표정이 떠오른 것 같았다.

"이 고장에 대해서 아는 바는 없지만, 강 쪽은 꽤 쓸쓸해 보이더군요."

"늪지대라는 게 다 그렇죠, 뭐." 조가 대꾸했다.

"암요, 여부가 있겠습니까. 그 주변에서 집시나 부랑자나 방랑자를 본 일이 있소?"

"아니요. 가끔 죄수들이 도망쳐 나오지만, 그런 사람들을 발견하기란 쉽지 않아요. 그렇지요, 웁슬 씨?"

웁슬 씨는 자못 위엄스레 지난번의 쓸쓸한 기억을 떠올리면서 다소 냉담하게 동의했다.

"당신들, 전에 죄수를 찾으러 그곳에 간 적이 있소?"

"딱 한 번 있지요." 조가 대답했다. "그 사람들을 잡으러 간 건 아닙니다. 그저 구경하러 간 거지요. 저랑 여기 계신 웁슬 씨랑, 핍이랑요. 그렇지, 핍?"

"응, 조."

사나이가 나를 바라보았다. 한 쪽 눈썹을 올리고, 보이지 않는 총으로 나를 겨냥하기라도 하듯이. "깡마른 아이로구나. 이름이 뭐지?"

"핍이에요." 조가 대답했다.

"세례명이 핍인가요?"

"아니요. 세례명이 아닙니다."

"성이 핍인가요?"

"아니요. 집에서 부르는 애칭이지요. 어릴 적에 그렇게 부르던 게 그대로 굳은 겁니다."

"당신 아들이오?"

"글쎄요." 조가 생각에 잠기며 대답했다. 물론 생각할 필요가 있어서 그런 것은 아니었다. 쾌활한 세 뱃사공에서는 파이프를 물고 논쟁을 할 때면 모든 주제에 대해서 깊이 생각하는 것이 예사이기 때문이었다. "흠…… . 아닙니다. 내 아들이 아니에요."

"조카입니까?"

"글쎄요." 조는 여전히 심오한 생각이라도 하는 얼굴로 말했다. "아니오, 당신을 속이려는 게 아니고, 이 아이는 사실 조카가 아닙니다."

"그럼 도대체 뭐란 말이오?" 사나이가 물었다. 필요 이상으로 힘주어 묻는 것처럼 들렸다.

이 말에 웹슬 씨가 끼어들었다. 직업상 그는 남성이 몇 촌 이내의 여성까지 결혼해도 괜찮은지와 같은 친척관계를 잘 알았으므로, 나와 조의 관계에 대해 한바탕 연설을 늘어놓았다. 일단 말을 시작하자 그칠 줄을 모르고 《리처드 3 세》[2]의 한 구절을 낭랑하게 암송하고, "저 위대한 시인도 그렇게 말씀하셨죠"라는 말로 끝을 맺었다. 그러고서야 나와 조의 관계에 대해 충분한 설명을 했다는 표정을 지었다.

여기서 한 마디 해두고 싶다. 웹슬 씨는 나에 대해 이야기할 때마다 내 머리카락을 마구 헝클어뜨려 눈을 찌르게 했다. 우리집에 빈번하게 찾아오는 그와 같은 지위의 사람들은 어째서 하나같이 눈에 염증을 일으키는 체벌을 가하는지 나는 도무지 이해가 안 갔다. 아주 어릴 때 나는 가족 사교 모임에서 주목의 대상이 아니었지만, 어떤 손님이 커다란 손으로 내 눈의 염증을 일으키는 행동을 했었다.

그러는 동안 그 사나이는 보이지 않는 총으로 나를 쏘아 죽이기로 결심이라도 한 듯이 나를 빤히 바라보았다. 그러나 조금 전 힘주어 질문을 던진 뒤로는 럼주가 든 잔이 올 때까지 아무 말도 하지 않았다. 그러다 드디어 그가 총알을 쏘았다. 참으로 놀라운 발사였다.

그것은 일종의 무언극으로 숨김없이 그대로 나를 향한 거였다. 그는 물에 탄

---

2) 셰익스피어의 희곡. 주인공의 친척·혼인관계가 잘 묘사되어 있음.

쾌활한 세 뱃사공에 나타난 사나이

럼주를 나를 향해 섞었고, 나를 보며 마셨다. 게다가 럼주를 젓고 맛을 볼 때 사용한 것은 주인이 가져다준 숟가락이 아닌 줄칼이었다.

그는 나 말고는 아무도 눈치 채지 못하게 행동했으며, 무언극을 마치고는 줄칼을 닦아 가슴주머니 속에 넣었다. 나는 그것을 본 순간 그것이 조의 줄칼이며, 그는 내가 아는 죄수의 친구임을 깨달았다. 나는 홀린 듯이 그를 물끄러미 바라보며 앉아 있었다. 그러자 그는 의자에 기대어 앉아 내 쪽은 거들떠도 보지 않은 채 순무에 대해 이야기하기 시작했다.

우리 마을에는 토요일 밤이면 산뜻하게 새로운 삶을 시작하기 위해 조용히 신변을 정리하는 유쾌한 의식이 있었다. 조는 토요일이면 그 의식에 다른 날보다 30분 더 여유를 부렸다. 그 30분이 지나고 럼주도 바닥이 나자 조는 내 손을 잡고 자리에서 일어났다.

그러자 사나이가 말했다. "잠깐만요, 가저리 씨. 내 호주머니에 반짝거리는 새 동전이 있을 겁니다. 찾는다면 이 소년에게 주고 싶소."

그는 한 움큼이나 되는 잔돈 속에서 1실링을 찾아내어 구겨진 종이에 싸서 나에게 주었다. "네 것이다. 알겠느냐? 네 돈이란 말이다." 사나이가 강조했다.

나는 그 사나이에게 감사의 말을 하고 조에게 달라붙은 채 예의에 어긋날 정도로 오래도록 사나이를 바라보았다. 그는 우리와 함께 밖으로 나와 조와 웝슬 씨에게 인사하고, 겨냥하는 눈초리로 나를 흘끗 바라보았다. 아니, 바라보았다는 표현은 정확하지 않다. 그는 한쪽 눈을 감고 있었으니까. 그걸 감음으로써 한쪽 눈으로 놀라운 힘을 발휘하는 법이다.

집으로 가는 길에 내가 말할 기분이었다면 나만 떠들었을 뻔했다. 웝슬 씨는 쾌활한 세 뱃사공 앞에서 우리와 헤어졌고, 조는 럼주 냄새를 없애기 위해 걷는 내내 입을 크게 벌리고 공기를 마셔댔기 때문이다. 그러나 나는 이렇게 내 옛 비행과 옛 친구가 나타났다는 사실에 넋이 나가 다른 생각은 할 수 없었다.

우리가 부엌에 들어갔을 때 누나의 기분은 그리 나쁘지 않았다. 여느 때와는 다른 그 분위기에 힘을 얻은 조는 반짝이는 동전에 대해 이야기했다. 누나가 말했다. "보나마나 가짜겠죠. 그렇지 않다면 그런 걸 이 애한테 줄 리가 없잖아요! 어디 좀 보자."

나는 종이에서 동전을 꺼냈다. 조사 결과 진짜임이 밝혀졌다. "그런데 이게 또 뭐야?" 누나는 동전을 집어던지고, 그것이 싸여 있던 종이를 집어 들었다. "1파운드 지폐 두 장이잖아!"

그것은 이 근방에 있는 가축 시장을 죄다 돌아다니다 온 듯 꼬질꼬질한 1파운드 지폐 두 장이 틀림없었다. 조가 다시 모자를 쓰고, 주인에게 돌려주겠다며 쾌활한 세 뱃사공으로 달려갔다. 그가 돌아오기를 기다리는 동안 나는 평소에 앉는 내 의자에 앉아 멍하니 누나를 바라보았다. 사나이는 이미 그곳에 없으리란 확신이 들었다.

이윽고 조가 돌아왔다. 사나이가 보이지 않기에 쾌활한 세 뱃사공에 지폐에 대해 말해두었다고 했다. 누나는 지폐를 종이에 싸서 봉한 다음 거실장 위에 있는 장식용 찻주전자 안에다 넣고, 그 위를 마른 장미 꽃잎으로 덮었다. 그 두 장의 지폐는 그 뒤로 오랫동안 그곳에 있었는데, 그것이 나에게는 악몽 같았다.

그날 밤, 나는 자려고 했지만 잠이 오지 않아 괴로웠다. 보이지 않는 총으로 나를 겨누는 사나이와, (지금까지 잊고 있었던 내 비천한 경력인) 죄수와 비밀스러운 관계를 맺는다는 것이 얼마나 추잡하고 천한 일인가 따위를 생각했다. 그 줄칼도 머리에서 떠나지 않았다. 그것이 예기치 못한 곳에 나타나리란 공포심에 사로잡혔다. 다음 수요일에 방문하기로 한 미스 해비샴의 저택을 상상하면서 잠을 청하자, 누가 들고 있는지 보이지 않는 줄칼이 문에서 나와 내게 다가오는 꿈을 꾸었고, 나는 비명을 지르며 눈을 떴다.

제11장

약속한 날이 되자 나는 다시 미스 해비샴의 저택을 방문했다. 대문에서 머뭇거리며 종을 울리자 에스텔라가 나타났다. 그녀는 전처럼 나를 들여보내고 대문을 잠그더니, 촛불이 놓인 어두컴컴한 복도까지 앞장서 갔다. 그녀는 줄곧 나를 본 체도 안 하다가 초를 집어 들더니 뒤를 돌아보고 얕보는 말투로 말했다. "오늘은 이쪽이야." 그러고는 저택 앞쪽과는 전혀 다른 방향으로 나를 데리고 갔다.

엄청나게 긴 복도를 걸은 탓인지 나는 매너 하우스에 있는 복도란 복도는 다 돈 것 같은 기분이 들었다. 그러나 실제로는 정사각형의 한쪽 면만 걸은 것뿐이었다. 에스텔라는 그 끝에서 멈추어 서더니 초를 내려놓고 문을 열었다. 다시 햇빛이 비쳐들고, 우리는 돌이 깔린 자그마한 뒷마당으로 나왔다. 정면에 별채가 있었다. 옛날에 양조장 지배인이나 공장장이 살던 집 같았다. 그 집 바깥벽에는 시계가 있었는데, 미스 해비샴의 방에 있던 벽시계나, 그녀가 갖고 있던 손목시계처럼 9시 20분 바로 앞에서 멈추어 있었다.

우리는 열려 있는 문으로 들어가, 1층 뒤편에 있는 천장이 낮은 음침한 방으로 갔다. 그곳에는 다른 손님들이 와 있었다. 에스텔라가 내게 명령했다. "넌 저쪽으로 가서, 부를 때까지 서 있어." 나는 방을 가로질러 저쪽, 즉 창가로 가서 바깥을 내다보며 초조하게 서 있었다.

창문을 내다보니 잡풀이 제멋대로 자란 몹시 처량한 정원 한쪽 구석이 보였다. 그곳에는 썩은 양배추 줄기가 무성히 늘어서 있었다. 또 회양목 한 그루가 있었는데 아주 오래전에 가지가 잘려나가 푸딩 같은 원통 모양이었다. 꼭대기에 새로 자라난 부분은 형태가 망가지고 색도 달라서, 마치 푸딩 윗부분이 냄비에 들러붙어 새카맣게 타버린 것 같았다. 그 나무를 바라보고 있노라니 그런 소박한 생각이 떠올랐다. 밤새 눈이 조금 내리긴 했지만, 내가 아는 바로는 어디에도 쌓이지 않았다. 그러나 이 차가운 마당 그늘에는 아직 눈이 녹지 않고 있었다. 바람이 작은 소용돌이를 일으켜 창가로 눈을 흩날렸다. 내가 이 집에 온 것을 야단치기라도 하듯이.

그 방에 들어서는 순간, 사람들이 대화를 멈추고 나를 바라보고 있다는 것을 알았다. 창문에 번쩍이며 어른거리는 불빛 이외에는 아무것도 보이지 않았지만, 따가운 시선이 쏟아지는 것을 의식하는 순간 온몸의 뼈마디가 뻣뻣해졌다.

방에는 숙녀 세 명과 신사 한 명이 있었다. 창가에 서 있은 지 5분도 되지 않아서 나는 그들에게서 하나같이 아첨꾼이요 협잡꾼이라는 인상을 받았다. 그러나 그들은 서로가 그런 사람이라는 사실을 모르는 척했다. 아는 체하는 순간, 자기도 알랑방귀 뀌는 아첨꾼이라는 사실을 인정하는 꼴이 되기 때문이다.

그들은 모두 누군가 즐겁게 해주기를 기다리는 듯한 나른하고 따분한 분위기를 띠고 있었다. 그중에서 가장 수다스러운 여자조차 하품을 참기 위해 꽤 힘주어 이야기했다. 카밀라라는 이름의 그 여자를 보고 있노라면 나는 누나가 떠올랐다. 다만 그녀가 누나보다 나이가 많았으며, (얼굴을 보고 생각한 것인데) 더 무뚝뚝하게 생겼다는 거다. 정말로, 그녀를 좀 더 알게 되었을 때 나는 그 얼굴에 용케도 눈과 코가 달려 있다고 감탄했다. 그 정도로 그녀의 얼굴은 너무도 밋밋해서, 창문 없이 높기만 한 벽이 연상되었다.

"가엾게도!" 카밀라가 누나와 똑같은 무뚝뚝한 말투로 느닷없이 입을 열었다. "다른 사람 아닌 자기 자신이 원수라는 말이 있잖아요!"

"그보다는 남을 원수로 만드는 편이 훨씬 훌륭하고 자연스러운 일이지요." 신사가 말했다.

"레이먼드." 다른 숙녀가 말했다. "우리 모두 이웃을 사랑해야 해요."

"사라 포켓." 레이먼드가 대꾸했다. "가장 가까운 이웃은 자기 자신이 아닌가?"

사라 포켓은 웃었다. 그리고 카밀라도 웃으며 말했다(하품을 삼키면서). "참 엉뚱한 말씀을 하세요!" 그러나 모두 그것을 좋은 생각이라고 여기는 것처럼 보였다. 계속 침묵을 지키고 있던 마지막 한 사람이 진지하게 힘주어 말했다. "하지만 매우 옳은 말씀이에요!"

"가엾어라!" 이내 카밀라가 말을 이었다(그동안에도 나는 그들이 쭉 나를 바라보고 있다는 것을 의식하고 있었다). "정말 괴짜지 뭐예요! 자기 아내가 죽었을 때, 톰은 아이들에게 상복을 입혀야 한다는 것이 얼마나 중요한 일인지 도무지 이해하지 못했어요. 믿어지세요? '맙소사, 카밀라, 아이들이 검은 옷만 입으면 그걸로 되는 거지.' 이렇게 말하잖겠어요! 어처구니없는 이야기죠!"

"좋은 점도 있어요, 좋은 점." 레이먼드가 말했다. "그에게는 좋은 점도 있어요. 내가 그 점을 인정합니다. 하지만 그는 예의범절이란 걸 모르죠. 죽었다 깨어나도 모를 겁니다."

"나는요," 카밀라가 말했다. "단호한 태도를 보일 수밖에 없었답니다. 그래서 말했죠. '우리 가문의 명예를 위해서 그렇게 할 수는 없어요. 상복을 입지 않는 건 집안 망신이라고요.' 아침식사 때부터 저녁식사 때까지 종일 그 말을 했죠. 덕분에 나는 체하기까지 했다니까요. 마침내 그는 욕설을 퍼부으며 그 거친 말투로, '맘대로 해!' 소릴 질렀어요. 그래서 난 즉시 상복을 사러 쏟아지는 빗속을 달려갔죠. 그러길 잘했지 뭐예요. 그 일을 생각하면 지금도 마음이 후련하니까요."

"그런데 그가 돈을 냈나요?" 에스텔라가 말했다.

"얘야, 누가 돈을 냈는가는 문제가 아니란다." 카밀라가 대꾸했다. "내가 샀다. 한밤중에 눈이 떠졌을 때 그 일을 떠올리면 마음이 편안해지지."

멀리서 종이 울리고, 내가 지나온 복도에서 누가 외치는 것도 같고 부르는 것도 같은 소리가 들려와 대화가 중단되었다. 에스텔라가 "야, 너!" 하고 부르기에 뒤돌아보니, 그들은 모두 경멸 섞인 표정으로 나를 보고 있었다. 방을 나갈 때 사라 포켓이 "세상에 맙소사! 지금이 저 정도면 다음엔 어떻게 되는 거람!" 말하자, 카밀라가 분개해서 덧붙여 말했다. "저런 괴상한 변덕은 난생처음이야! 참 이상도 하지!"

내가 촛불을 들고 어두컴컴한 복도를 얼마쯤 걸어갔을 때였다. 갑자기 에스텔라가 멈춰 서서 나를 돌아보더니 얼굴을 바짝 들이대고는 조롱하듯 말했다.

"어때?"

"어때라뇨, 아가씨?" 나는 자칫 그녀 위로 넘어질 뻔했으나 가까스로 균형을 잡으면서 되물었다.

그녀는 나를 보며 서 있었다. 물론 나도 그녀를 보며 서 있었다.

"내가 예쁘니?"

"네, 아주 예쁘다고 생각해요."

"내가 무례하니?"

"지난번만큼은 아닌데요."

"그때만큼은 아니라고?"

"네."

그녀는 마지막 질문을 하면서 불같이 타올랐고, 내가 대답을 하는 순간 내 뺨을 힘껏 후려갈겼다.

"이건 어때? 천박한 괴물 같은 놈, 날 어떻게 생각하지?"

"말 안 할 거예요."

"2층에 가서 몰래 고자질하시겠다?"

"아니요, 안 그래요."

"왜 또 울지 그러니, 이 비열한 자식아?"

"이제 아가씨 때문에 울지 않기로 했으니까." 말은 그렇게 했지만, 이만큼 거짓된 선언도 없었으리라. 마음속으로는 이미 그녀 때문에 울고 있었고, 그 뒤로도 그녀 때문에 얼마나 고통스러웠는지 나는 잘 알고 있으니까.

우리는 계단을 올라가는 도중에 천천히 계단을 내려오는 신사와 마주쳤다.

"얘는 누구냐?" 신사가 멈춰 서서 나를 바라봤다.

"그냥 어린애예요." 에스텔라가 대답했다.

그는 살결이 검고 건장한 사나이로, 머리가 아주 크고 거기에 걸맞은 아주 커다란 손을 가지고 있었다. 그 큼지막한 손으로 내 턱을 붙잡고서, 촛불에 잘 보이도록 내 얼굴을 치켜들었다. 그의 머리 꼭대기는 일찌감치 벗겨져 있었고, 검고 짙은 눈썹은 얌전히 드러누워 있지 않고 삐죽삐죽 서 있었다. 움푹 꺼진 눈은 불쾌할 정도로 날카롭고 미심쩍은 눈초리를 하고 있었다. 다른 사람이라면 수염이 있을 자리에는 시커먼 점들이 또렷이 보였다. 그는 굵은 시곗줄을 차고 있었다. 그때 그는 내게 아무런 존재도 아니었고, 그가 내 인생과 어떤 관계를 맺게 되리라는 예측도 하지 않았지만, 나는 그 기회에 그를 자세히 관찰한 것이다.

"이 근처에 사느냐?" 그가 물었다.

"네, 그렇습니다."

"어떻게 여길 왔니?"

"미스 해비샴이 불렀습니다."

"흠! 얌전하게 행동해라! 나는 꽤 많은 꼬마들을 봐왔는데, 너희들만큼 말썽꾸러기가 없다. 내 말 알아듣겠느냐!" 그는 무서운 표정으로 커다란 집게손가락 옆을 물어뜯으며 말했다. "얌전하게 행동하란 말이다!"

그는 나를 놓아 주고—나는 고마웠다. 그 손에서 향수 비누 냄새가 지독하게 풍겼던 것이다—계단을 내려갔다. 그는 의사일까? 아니, 아닐 것 같다. 의사라면 더 차분하고 설득력 있어야 하니까. 그러나 그 생각에 골몰할 여유도 없이 곧 미스 해비샴의 방에 도착했다. 그녀도 그 주변의 사물들도 모두가 지난번 봤던 그대로였다. 에스텔라는 나를 문가에 세워두고 사라졌다. 나는 화장대 앞에 앉은 미스 해비샴이 이쪽을 바라볼 때까지 그곳에 서 있었다.

"그래, 날짜가 지난 게로구나." 그녀는 놀라는 기색도 없이 말했다.

"네, 오늘은……."

"됐다, 됐어!" 그녀는 신경질적으로 손가락을 움직였다. "요일 따위는 알고 싶지 않아. 그래 오늘은 놀 준비가 됐니?"

"아니요, 안 됐는데요." 나는 당황스러운 채로 그렇게 대답할 수밖에 없었다.

"카드놀이는?" 그녀가 나를 유심히 살펴보며 말했다.

"네, 그건 할 수 있어요. 하시라면."

"이 집이 낡고 음산하다고 했지?" 그녀가 신경질적으로 말했다. "게다가 놀생각도 없다? 그럼 일을 할래?"

이 물음에는 지금까지 받은 다른 질문보다 기쁜 마음으로 대답할 수 있었으므로 나는 그러겠노라고 대답했다.

"그럼 건너편 방으로 가거라." 그녀는 앙상한 손으로 내 뒤에 있는 문을 가리켰다. "내가 갈 때까지 거기서 기다려."

나는 층계참을 가로질러, 그녀가 가리킨 방으로 들어갔다. 그 방 역시 햇볕은 구경할 수도 없었고, 탁한 공기에서 역한 냄새가 났다. 눅눅한 구식 벽난로에서는 방금 막 지핀 불길이 깜빡거리고 있었는데, 불은 활활 타오르기보다는 꺼지려는 것처럼 보였다. 방 안 자욱하게 걸려 있는 연기는 늪지대의 안개처럼 맑은 공기보다도 차갑게 느껴졌다. 높다란 벽난로 선반에 놓인 겨울 나뭇가지처럼 생긴 촛불이 방을 희미하게 비추고 있었다. 희미하게 어둠을 흩뜨리고 있다는 표현이 더 옳을지 모르겠다. 방은 널찍하고, 옛날에는 호화로웠을 것이란 인상을 주었다. 그러나 지금 눈에 보이는 것은 모두 먼지와 곰팡이로 덮인 채 삭아 내리기 직전이었다. 가장 눈에 띄는 물건은 식탁보가 깔린 기다란 식탁이었는데, 이 집과 시계가 멈추었던 순간에는 잔치 준비를 하고 있었던 듯했다. 식탁 한가운데에는 무슨 장식 하나가 놓여 있었다. 형태를 가려낼 수 없을 만큼 거미줄에 잔뜩 뒤덮인 그것은 식탁보에서 자라난 검은 버섯처럼 보였다. 완전히 누렇게 변한 식탁보를 바라보고 있노라니, 다리에 반점이 있고 몸뚱이에도 얼룩점이 찍힌 거미들이 자신들의 세상에서 가장 중요한 행사라도 일어난 양 그 장식을 분주하게 들락거리고 있었다.

그 대사건이 자신들에게도 중요한 일이라는 듯이 병풍 뒤에서 생쥐가 부스럭거리는 소리도 들렸다. 그러나 근시에다 귀가 먹고 서로 사이좋지 않은 듯 보이는 바퀴벌레들은 이 소란에는 아랑곳하지 않고, 난로 주변을 느릿느릿하게 기어 다니고 있었다.

내가 이런 기어 다니는 것들에 완전히 정신을 빼앗겨 멀리서 그들을 가만히 관찰하고 있을 때, 미스 해비샴이 내 어깨에 손을 얹었다. 다른 손으로는 목발을 짚고 거기에 몸을 의지하고 있었다. 그녀는 이 저택에 사는 마귀할멈처럼 보였다.

그녀가 그 지팡이로 기다란 식탁을 가리키며 말했다. "내가 죽으면 누울 장소다. 모두 와서 내가 여기 누운 것을 볼 거야."

나는 그녀가 그 자리에서 당장 식탁 위로 올라가 죽음으로써, 박람회에서 본 음산한 밀랍인형처럼 변해버릴지 모른다는 막연한 불안감에 휩싸였다. 어깨에 놓인 그녀의 손 밑에서 나는 몸이 움츠러들었다.

"저게 뭐 같니?" 그녀가 다시 지팡이로 가리키며 물었다. "거미줄이 쳐진 저것 말이다."

"뭔지 잘 모르겠습니다, 부인."

"커다란 케이크란다. 웨딩케이크. 내 것이지!"

그녀는 온 방 안을 노려보듯이 휘둘러보고는 떨리는 손을 내 어깨 위에 기대며 말했다. "자, 나를 걷게 해다오. 걷게 해줘, 자, 어서."

이리하여 그녀가 말한 '일'이란 방 안에서 그녀를 걷게 하는 것임을 깨달았다. 나는 즉시 일을 시작했다. 그녀를 내 어깨에 기대게 하고(지난번에 번쩍 떠오른 생각에 기초해서) 펌블추크 씨의 마차 같은 속도로 걸었다.

몸이 그리 튼튼하지 않은 그녀는 잠시 지나자 "더 천천히!"라고 말했다. 그래도 우리는 변덕스럽고 불안정한 속도를 유지했다. 그녀는 걸으면서 내 어깨에 올려놓은 손을 움찔거렸다. 그리고 입을 줄기차게 움직거렸다. 그녀의 머릿속에 생각이 꼬리를 물고 떠올라, 거기에 맞추어 다리도 빨리 움직이는 거라고 나는 생각했다. 잠시 뒤 그녀가 말했다. "에스텔라를 불러 다오." 나는 층계참으로 나가 전과 같이 목청껏 그녀의 이름을 불렀다. 그녀가 든 촛불이 보이자, 나는 다시 미스 해비샴에게 돌아와 다시 방 안을 빙글빙글 걸었다.

에스텔라가 혼자만 와서 우리가 도는 꼴을 구경했다 하더라도 나는 충분히 동요했을 것이다. 그런데 그녀가 내가 아래층에서 본 숙녀 세 명과 신사 한 명과 함께 나타나자 나는 어찌할 바를 몰랐다. 예의상 걸음을 멈추고 싶었지만, 미스 해비샴이 어깨 위에서 손을 움찔거렸으므로 계속 걸었다. 그들이 이 상황을 내 탓으로 돌리리라고 생각하니 창피했다.

"미스 해비샴, 참으로 건강해 보이시는군요!" 사라 포켓이 말했다.

"건강은 무슨." 미스 해비샴이 대꾸했다. "빼빼 마르고, 살갗은 누렇게 떴는데."

사라 포켓이 핀잔을 받자 카밀라는 기뻐했다. 그녀는 슬픈 눈으로 미스 해비샴을 지켜보다가 말했다. "가엾은 사람! 건강해 보일 리가 없죠! 불쌍하기도 하지!"

"그래, 자네는 어떤가?" 미스 해비샴이 카밀라에게 물었다. 마침 카밀라에게 가까이에 와 있었으므로 나는 당연히 멈추려고 했다. 그러나 미스 해비샴은 정지하려 하지 않았다. 우리는 그냥 스쳐 지나갔다. 분명히 카밀라는 나를 무례한 꼬마라고 생각했을 것이었다.

"고맙습니다, 미스 해비샴." 그녀가 대답했다. "지금 상황에서 바랄 수 있는 한은 매우 잘 지냅니다."

"뭐야, 무슨 일이지?" 미스 해비샴이 날카롭게 말했다.

"굳이 말씀드릴 일은 아니에요. 제 감정을 떠벌리고 싶은 생각은 없거든요. 다만, 밤마다 당신을 걱정하느라 건강이 좀 안 좋아졌답니다."

"그렇다면 내 걱정을 그만두도록 해."

"말로 하기는 매우 쉽지요." 갸륵하게도 카밀라는 울음을 참으면서 말했다. 윗입술이 가늘게 떨리더니 마침내 눈물이 흘러내렸다. "정말로 저는 생강[1]과 각성제가 밤마다 잔뜩 필요합니다. 게다가 다리는 경련을 일으키고 있어요. 레이먼드가 증인이 되어줄 겁니다. 하지만 소중한 사람을 생각하느라 숨이 막히고 경련이 나는 것은 새삼스러운 일이 아니에요. 제가 이렇게 인정 많고 예민하지만 않다면 소화도 잘 되고 신경도 문제없겠죠. 틀림없어요. 하지만 밤에 당신 걱정하는 것을 그만두라니, 그런 심한 말씀을!" 이 대목에서 그녀는 눈물을 홍수라도 난 듯이 쏟아냈다.

그녀가 말하는 레이먼드란 아무래도 그곳에 있는 신사를 가리키는 것 같았다. 즉 카밀라의 남편이다. 그가 그녀를 거들기 위해, 위로하면서도 칭찬하는 목소리로 말했다. "사랑하는 카밀라, 당신이 가족을 걱정한 나머지 한쪽 다리가 짧아져 버린 것은 다들 아는 이야기요."

"난 몰랐는걸." 지금까지 한 번 밖에 입을 열지 않은 근엄한 부인이 대꾸했다. "네가 남을 걱정한다고 해서 그 사람이 너에게 커다란 은혜를 느낄 필요는 없는 것 같은데."

"그렇고말고요, 그럴 필요는 없죠." 사라 포켓도 그 의견에 동조했다. 그녀는 몸집이 왜소하고, 살결은 푸석하고 누런 주름투성이 노파였다. 호두 껍데기로 만들어진 것 같은 자그마한 얼굴과 고양이 같은 커다란 입을 갖고 있었다(수염은 없었지만).

"생각하기야 쉽지." 근엄한 부인이 말했다.

"생각만큼 쉬운 일이 어디 있나요?" 사라 포켓이 말했다.

"아뇨, 정말이라고요!" 카밀라가 소리쳤다. 그녀의 무르익은 감정이 다리에서 가슴으로 치받쳐 올라온 모양이었다. "이 정도로 인정이 많은 것은 확실히 제

---

[1] 당시 소화제로 쓰임.

결점이죠. 하지만 어쩔 수가 없는걸요. 그렇지 않았다면 저는 더 건강하고 팔팔했겠지요. 하지만 난 이대로가 좋아요. 천성이 이래서 괴로운 일도 많지만, 밤중에 눈이 떠졌을 때 나 자신이 그런 성격이라는 걸 떠올리면 위로가 되거든요." 여기서 또다시 눈물을 터뜨렸다.

그동안에도 미스 해비샴과 나는 줄곧 방 안을 돌았다. 방문객들의 치맛자락에 스치기도 하고, 그들이 이 음침한 방을 빙 둘러볼 수 있게 하면서.

"매슈 말이에요, 그는 친척들과 전혀 왕래를 안 해요." 카밀라가 말했다. "여기 와서 미스 해비샴에게 인사하는 일도 없죠! 나는요, 덕분에 기절해서 소파에 뉘였답니다. 코르셋 끈도 잘리고요. 머리는 소파에서 떨어질락 말락 하고, 머리카락은 죄다 헝클어져 내려오고, 발은 어디에 있었는지도 모르겠어요······."

"당신 머리보다 훨씬 높은 곳에 있었소." 카밀라 남편이 말했다.

"몇 시간이나 그런 상태였다고요. 매슈의 이상스럽고 설명할 수 없는 행동 덕분에요. 그런데 아무도 고맙다는 말 한마디 없었죠."

"없는 게 당연하지." 근엄한 부인이 말했다.

"저기 말이에요." 사라 포켓이 덧붙였다(그녀는 은근히 심술궂은 사람이었다). "생각 좀 해보세요. 대체 누구에게 고맙다는 말을 듣고 싶었던 거죠?"

"그런 건 기대도 안 하고 그런 꼴로 몇 시간을 누워 있었다고요. 레이먼드가 증인인데, 난 숨도 제대로 쉬지 못했어요. 생강도 전혀 효과가 없었죠. 내가 앓는 소리가 길 건너 피아노 조율사에게까지 들렸다더군요. 애들은 멀리서 비둘기가 우는 소리인 줄 알았대요. 그런데도 지금 이런 말을 들으니······." 여기서 카밀라는 목에 손을 가져다 댔다. 무르익은 감정이 드디어 목구멍까지 솟구쳐 올라 그곳에서 새로운 화학반응이라도 일으킨 것 같았다.

이 매슈라는 이름이 나오자 미스 해비샴은 나를 세우고 자신도 발을 멈추고서, 말하는 사람을 바라보았다. 이 변화는 커다란 영향을 가져왔다. 카밀라의 화학작용도 뚝 그쳤다.

미스 해비샴이 엄숙하게 말했다. "마침내 내가 이 식탁 위에 뉘여지면 매슈는 날 만나러 올 거다. 저기가 그가 있을 장소야. 바로 저기가(지팡이로 식탁을 두드리며). 바로 내 머리맡이지! 그리고 네 자리는 저기다! 네 남편은 저기고! 사라 포켓은 저기! 조지아나는 저기! 이제 죽은 나를 잡아먹는 축제를 벌이러 왔을 때 어디에 앉아야 할지 모두 알았겠지? 자, 이제 모두 꺼져!"

그녀는 그렇게 사람들 이름을 부를 때마다 각기 다른 자리를 지팡이로 두드린 뒤 내게 말했다. "자, 이제 나를 걷게 해다오. 걷게 해줘!" 우리는 다시 걷기 시작했다.

"아무래도 명령에 따라 그만 돌아가는 편이 좋을 것 같군요." 카밀라가 큰 소리로 말했다. "가족의 의무로써 애정을 쏟아야 할 분을 이렇게 짧은 시간이나마 뵐 수 있었던 것만으로도 다행이죠. 밤중에 눈이 떠졌을 때 오늘 일을 생각하면서 우울하게나마 만족해야겠어요. 매슈도 그런 기분을 느낄 수 있으면 좋을 텐데. 하지만 그는 반항적이니까요. 저는 제 감정을 과장되게 표현하지 않아요. 하지만 집안사람을 잡아먹는다니요! 우리가 식인 거인족도 아닌데 말이죠. 게다가 '꺼져'라니. 말씀이 너무 심하셨어요!"

카밀라가 격하게 고동치는 가슴에 손을 얹자 남편이 도움의 손길을 내밀었다. 그녀는 억지로 꾸민 듯한 의연한 태도로(이제 아무도 없는 곳으로 가서 졸도한 다음 숨을 헐떡거릴 예정이리라) 손을 뻗어 미스 해비샴에게 키스를 보내고 방 밖으로 부축 받으며 나갔다. 사라 포켓과 조지아나는 누가 끝까지 남을 것인가를 놓고 다퉜다. 만만한 상대가 아닌 영악한 사라가 건들대며 교묘하게 조지아나 주위를 맴돌자, 결국 조지아나가 먼저 방을 떠났다. 사라는 혼자서만 특별히 "안녕히 계세요, 미스 해비샴. 신의 은총이 있기를!"이라고 말할 기회를 잡은 뒤, 다른 사람들의 약점을 가련히 여기는 너그러운 웃음을 그 호두껍데기 같은 얼굴에 띠었다.

에스텔라가 촛불로 복도를 비추며 손님들을 현관까지 안내했다. 미스 해비샴은 여전히 내 어깨 위에 손을 얹은 채 전보다는 속도를 늦추면서 걸었다. 이윽고 그녀가 벽난로 앞에 멈춰 서서 잠시 불을 응시하며 뭔가를 중얼거리더니 불쑥 말했다.

"오늘은 내 생일이란다, 핍."

내가 생신을 축하한다고 말하려 하자 그녀가 목발을 쳐들어 저지했다.

"그 말은 금기야. 지금 여기 있던 사람들도, 아니, 다른 누구라도 그 말을 해선 안 되지. 모두 이날이 되면 날 찾아오지만, 그 말은 입에 담지 못 해."

물론 나도 그 이상 이 화제를 계속 끌지 않았다.

"네가 태어나기 훨씬 전 어느 해 이날, 이 썩은 더미가 운반됐다." 미스 해비샴은 식탁 위에 놓인 거미줄투성이 산을 향해 목발을 쑥 찔렀다. 그러나 실제로 거기에 닿지는 않았다. "나는 이것과 함께 썩어 왔다. 생쥐가 이것을 갉아 먹고, 생쥐의 이빨보다 날카로운 이빨이 나를 갉아 먹었지."

미스 해비샴은 목발을 가슴에 대고 식탁을 바라보았다. 한때는 새하얗던 그녀의 드레스는 온통 누렇게 뜨고 우글쭈글했으며, 한때는 희었던 식탁보도 이제는 누렇게 변해 있었다. 주변의 모든 물건을 만지면 바스러질 것 같은 상태였다.

그녀가 무서운 눈길로 말했다. "모든 것이 썩어 문드러지고 내가 웨딩드레스를 입고 신부의 식탁에 드러눕는 날―꼭 그렇게 될 것이다. 그것이 그 남자에 대한 마지막 저주다―그날이 오늘이었다면 딱 좋았을 텐데."

그녀는 그곳에 누워 있는 자신의 시체가 보인다는 듯이 식탁을 물끄러미 바라보았다. 나는 가만히 서 있었다. 에스텔라가 돌아왔다. 그녀도 가만히 서 있었다. 우리는 오랫동안 그러고 있었던 것 같다. 방 안의 탁한 공기와 저 멀리 구석에 스며든 깜깜한 어둠 속에서 나는 에스텔라와 나까지도 곧 썩기 시작하는 건 아닌가 하는 무시무시한 상상을 하고 말았다.

마침내 미스 해비샴이 그 멍한 상태에서―차츰이 아니라―갑자기 빠져나오더니 말했다. "너희 둘이서 카드놀이 하는 모습을 보여다오. 자, 어서." 그 말과 함께 우리는 그녀 방으로 돌아가 그전처럼 자리를 잡고 앉았다. 나는 다시 한 번 알거지가 되고 말았다. 그리고 그전처럼 미스 해비샴은 처음부터 끝까지 우리를 지켜보며, 내 관심을 에스텔라의 아름다움으로 기울게 했고, 자신의 보석을 에스텔라의 가슴이나 머리카락에 대봄으로써 내가 그녀의 아름다움을 더욱 신경쓰도록 애썼다.

에스텔라도 나를 전처럼 대했지만 이번에는 무례한 말은 하지 않았다. 카드놀이가 대여섯 번 끝나고 다음 방문일이 결정되자 나는 마당으로 안내되어 예전과 마찬가지로 먹이를 주는 듯한 방식으로 먹을 걸 건네받았다. 그리고 나는 또다시 마음대로 돌아다닐 수 있게 됐다.

지난번에 담장 너머를 엿보기 위해 기어 올라갔던 벽에 달린 문이 열려 있는지 닫혀 있는지는 중요한 일이 아니었다. 전에는 그 문을 보지 못했지만, 지금은 그것을 보았다는 점이 중요했다. 어쨌든 문은 열려 있었고, 에스텔라가 손님들을 내보내고는 손에 열쇠 꾸러미를 들고 돌아왔으니 손님들은 모두 돌아갔을 터였다. 나는 정원으로 들어가 한 바퀴 돌아보았다. 황폐한 가운데 오래된 멜론 받침대와 오이 받침대가 있었다. 다 말라죽은 덩굴에는 낡아 빠진 모자나 부츠 같은 열매들이 힘없이 달려 있었다. 찌그러진 스튜 냄비 같은 모양의 빈약한 가지도 군데군데 보였다.

쓰러진 포도 덩굴과 빈 병 몇 개밖에 들어 있지 않은 온실과 정원을 다 둘러보고, 조금 전 창문에서 바라봤던 음침한 구석으로 왔다. 이제 집이 텅 비어 있을 거라는 확신을 품고서 나는 다른 창문으로 방 안을 들여다보았다. 그때 불그스름한 눈두덩이에 옅은 금발머리를 한 파리한 어린 신사와 눈이 마주쳐 기겁을 했다.

어린 신사는 잠깐 사라졌다가 곧 내 옆에 나타났다. 나와 눈이 마주쳤을 때 그는 열심히 책을 읽던 중이었다. 그의 손은 잉크로 얼룩져 있었다.

"안녕, 어린 친구." 그가 내게 말했다.

"안녕"이라는 인사에는 그와 똑같은 말로 대꾸하는 것이 최선이기에, 나는 공손하게 "안녕"이라고 말했다. 다만 너무 친근하게 들리지 않도록 "어린 친구"라는 말은 빼버렸다.

"누가 들어오라고 했니?" 그가 물었다.

"에스텔라요."

"누가 마음대로 쏘다니라고 그랬니?"

"에스텔라요."

"나하고 한판 붙어볼래?" 창백하게 생긴 어린 신사가 느닷없이 제안했다.

그때 내가 그의 말을 따르는 것 말고 무엇을 할 수 있었을까? 그 뒤로 나는 몇 번이나 자문해 보았다. 실제로 무슨 일을 할 수 있었을까? 그의 말투에는 거부할 수 없는 힘이 있었다. 나는 그저 놀라서 주문에 걸린 듯이 그의 뒤를 따라갔다.

몇 발짝 가지 않아 그가 휙 뒤를 돌아보더니 말했다. "잠깐 서 봐. 뭔가 싸울 이유가 있어야지." 그러더니 "자, 받아라!" 하면서 묘하게 점잖은 자세로 두 손을 서로 탁탁 치고 품위 있게 발을 뒤로 찬 다음 내 머리카락을 잡아당겼다. 그리고 다시 손을 탁탁 치고 머리를 숙여 내 배를 향해 돌진해 왔다.

이 황소 같은 행동은 틀림없이 무례한 행동이었으며, 특히 빵과 고기를 먹은 바로 뒤라 더욱 불쾌하게 느껴졌다. 나는 그를 향해 주먹을 휘둘렀다. 또 한 대 치려고 하자 그가 "오호라, 그렇게 나오시겠다?" 하더니, 춤을 추듯 앞뒤로 왔다 갔다 하기 시작했다. 얼마 안 되는 내 싸움 경험에서는 처음 보는 방식이었다.

"게임의 법칙은!" 그는 이렇게 외치더니 왼발에서 오른발로 체중을 옮기며 폴짝 뛰었다. "일반적인 규칙 그대로야!" 오른쪽에서 왼쪽으로 폴짝. "마당으로 나와, 시합 전 준비 운동을 하자!" 그러더니 이번에는 몸을 앞뒤로 움직였다. 나는 어안이 벙벙할 뿐이었다.

그의 이러한 민첩한 동작을 보고 있노라니 나는 은근히 겁이 났다. 그러나 그의 옅은 금발머리는 처음부터 내 배를 스치지도 못할 것이며 앞서 말한 모습처럼 강제로 내 주의를 끄는 것은 적절하지 않다고 생각하는 것이 마땅한 권리임을 머리와 몸으로 확신했다. 그리하여 나는 말 한 마디도 없이 정원의 으슥한 구석으로 그를 따라갔다. 담과 담이 맞붙고 쓰레기더미가 앞을 가린 곳이었다. 그가 '이쯤이면 되겠느냐'고 묻기에 내가 좋다고 대답하자, 그는 어딜 좀 갔다 오겠다며 말하고는 사라졌다. 그리고 곧 물이 든 병과 식초에 적신 스펀지를 들고 돌아왔다. "우리 둘 다 사용할 수 있다." 그가 말하면서 그것들을 담에 기대놓았다. 그러더니 웃옷과 조끼는 물론이요 셔츠까지 신나게 훌훌, 그러면서도 호전적으로 벗어던졌다.

그는 여드름투성이에 입술도 터져 있어 그다지 건강해 보이지는 않았으나 이 두려운 준비 태세에 나도 모르게 몸이 움츠러들었다. 그는 내 또래였지만 키는 훨씬 컸으며, 몸을 휙휙 돌리는 모습은 자못 강해 보였다. 그것 말고는 그는 팔꿈치와 무릎, 손목, 발뒤꿈치가 다른 신체 부위에 비해 유난히 발달했을 뿐인, 잿빛 정장(싸우려고 옷을 벗기 전에)을 입은 어린 신사였다.

그가 나를 보고 기술상으로 매우 숙달되었음을 짐작하게 하는 공격 태세를 취하며, 어디를 어떻게 공격해야 할지 계획을 세우기라도 하듯 내 몸을 훑어 봤을 때 나는 꼼짝없이 죽은 기분이 들었다. 따라서 내 첫 번째 주먹에 그가 벌러덩 드러누워 코피를 흘리며 기죽은 표정으로 나를 바라봤을 때, 내 평생 그렇게 놀란 적은 없었다.

그러나 그는 곧 일어나서 스펀지로 코피를 능숙하게 닦아내고는 다시 공격 태세를 갖추었다. 그가 다시 벌러덩 자빠져 시퍼렇게 멍든 눈으로 나를 쳐다봤을 때, 나는 난생 두 번째로 크게 놀랐다.

나는 그의 근성에 크나큰 존경심이 들었다. 그는 전혀 기운이 없는 것 같았으며, 내게 한 방도 날려 보지 못하고 저만 자꾸 나자빠졌다. 그러나 그때마다 벌떡 일어나 형식에 따라 스스로 2위의 역할을 하는 데에 굉장한 만족감을 느끼며 스펀지로 얼굴을 닦고 물을 마셨다. 그러고는 내 쪽에서 먼저 포기해야 하나 싶을 정도로 다시 자신만만한 공격 태세로 덤벼 왔다. 그는 상당히 많은 상처를 입었다. 미안한 말이지만, 회를 거듭할수록 내가 점점 세게 때렸기 때문이다. 그런 식으로 또다시 다가오고 다가오고 하더니 그는 마침내 뒤통수를 담벼락에 부딪치고 말았다. 그러나 그 커다란 충격을 받고서도 다시 일어나, 내가 어디에 있는지도 모른 채 얼떨떨한 눈으로 주위를 휘휘 둘러보더니, 무릎을 꿇고 스펀지를 집어던지고는 헐떡대며 말했다. "이건 네가 이겼다는 뜻이야."

그가 용감한 데다 순진해 보였으므로, 싸움을 걸어온 것은 저쪽인데도 나는 그를 이기고서도 씁쓸한 만족감밖에 얻을 수 없었다. 옷을 입으면서 나는 내자신이 야만스러운 늑대나 다른 짐승의 새끼가 아닌가 하는 생각을 했다(그러기를 바라기까지 했다). 그런 착잡한 기분으로 옷을 입고 피묻은 얼굴을 닦으며 내가 말했다. "도와줄까?" 그는 "됐어"라고 대답했다. 내가 "잘 가"라고 말하자 그도 "잘 가"라고 대꾸했다.

안마당에 들어서니 에스텔라가 열쇠를 들고 기다리고 있었다. 그러나 그녀는 내가 어디에 있었는지, 내가 왜 이렇게 자신을 기다리게 했는지 묻지도 않았다. 뭔가 좋은 일이라도 있었는지 그녀의 얼굴은 상기되어 있었다. 그녀는 대문으로 곧장 가는 대신 다시 집 안으로 들어가더니 나를 손짓해 불렀다.

"이리 와! 나한테 입 맞추고 싶으면 해도 좋아."

그녀가 뺨을 내밀었으므로 거기에 입을 맞추었다. 그녀의 뺨에 입 맞추기 위해서라면 나는 그 어떤 희생이라도 기꺼이 했을 것이다. 그러나 그 입맞춤은 거칠고 천박한 소년에게 돈 한 푼 쥐어주듯 준 것이었으므로 아무런 가치도 없었다.

생일 축하객, 카드놀이, 싸움 같은 것들로 그날 방문은 무척 길어졌다. 내가 집에 가까워져 왔을 때는 늪지대 끄트머리 모래톱에 있는 횃불이 검은 밤하늘을 배경으로 어슴푸레 빛나고, 조의 용광로에서 나오는 불빛은 길 건너편에 길게 그림자를 드리우고 있었다.

제12장

그 창백한 어린 신사를 생각하면 자꾸 불안해졌다. 싸움에서 그가 여러 차례에 걸쳐 벌겋게 부어오른 얼굴로 뒤로 나자빠지던 것을 떠올릴 때마다 내게 불호령이 떨어질 것이라는 확신이 강해졌다. 나는 어린 신사의 피가 내 머리에 묻은 것처럼 느껴졌고, 법이 나를 응징할 것만 같았다. 어떤 처벌을 받을지는 분명치 않았다. 시골뜨기 소년이 귀족의 저택에 숨어들어, 열심히 공부하는 어린 영국 신사를 두들겨 패고도 엄한 처벌을 받지 않고 동네를 활보하고 다닐 수 없다는 것은 확실히 알고 있었다. 한동안 나는 집에 틀어박혀 지냈다. 심부름을 가야 할 때는, 교도소 직원에게 붙잡히지 않도록 세심한 주의를 기울여 부엌문간에서 바깥 동정을 살핀 뒤에 나갔다. 어린 신사의 코피가 내 바지에 얼룩져 있었으므로, 그 증거를 없애기 위해 한밤중에 빨래를 했다. 또 그의 이에 스쳐 손등에 상처가 났는데, 판사 앞에 불려 가면 그 불리한 상황을 설명해야 했으므로 그에 대비한 변명을 꾸며내기 위해 머리를 있는 대로 쥐어짰다.

난폭한 짓을 저지른 그곳으로 돌아갈 날이 되자 내 공포는 극에 달했다. 런던에서 특별히 파견된 정의의 심판관이 대문 뒤에 숨어서 기다리고 있지나 않을까? 미스 해비샴이 자기 집에서 일어난 폭행에 직접 복수하려고 무덤에서 나온 듯한 차림으로 나와 권총을 빼들고 나를 쏴 죽이는 건 아닐까? 돈을 받고 매수된 아이들이 무리지어 양조장에서 나를 덮쳐 죽을 때까지 주먹질을 하지나 않을까? 이런 상상을 하면서도, 그가 그런 복수에 관여하리란 생각을 전혀 하지 않았던 것은, 내가 그 창백한 어린 신사의 기백을 절대적으로 신뢰한다는 증거였다. 늘 내 상상 속에서는 두들겨 맞은 그의 얼굴에 연민을 느끼고, 가문 특유의 얼굴이 망가진 데에 분개한 그의 지각없는 친척들이 복수에 나서는 것이었다.

그래도 미스 해비샴의 집에는 가지 않을 수 없었다. 그런데 어찌된 일인가!

지난번 싸움에 대해 아무도 얘기하지 않았으며, 창백한 어린 신사도 보이지 않았다. 그때처럼 문이 열려 있었으므로 나는 정원을 샅샅이 뒤졌다. 별채 창문도 들여다보았으나, 모든 창에는 덧문이 내려져 있었고 인기척이 전혀 없었다. 다만 싸움을 했던 정원 구석에서만 어린 신사의 존재를 보여주는 증거를 찾을 수 있었다. 그가 흘린 핏자국이었다. 나는 그것이 남들 눈에 띄지 않도록 주변의 흙으로 덮어버렸다.

미스 해비샴의 방과 기다란 식탁이 놓인 방 사이에 있는 넓은 층계참에는 정원용 의자가 하나 놓여 있었다. 뒤에서 밀 수 있도록 바퀴가 달린 가벼운 휠체어였다. 지난번 방문 때부터 그곳에 놓인 것으로, 그 뒤 미스 해비샴이 내 어깨를 붙잡고 걷다가 지치면 그녀를 거기에 태우고 그녀의 방을 돌았다가 층계참을 건너 또 다른 방을 도는 것이 내 일이 되었다. 우리는 수도 없이 그것을 되풀이했으며, 세 시간이나 계속한 적도 있었다. 여기서 "수도 없이"라는 막연한 표현을 쓰게 된 것은, 이 일을 위해 이틀에 한 번씩 정오에 저택을 방문하게 되었기 때문이며, 더 나아가 나는 이제부터 적어도 여덟 달에서 열 달 사이에 일어난 일을 요약해서 말할 참이기 때문이다.

둘 사이가 점점 가까워지자 미스 해비샴은 나에게 이런저런 말을 건네게 되었고 "무엇을 배우고 싶으냐?", "무엇이 되고 싶으냐?" 따위의 질문을 던졌다. 나는 조의 도제가 될 예정이라고 대답했다. 지금은 아무것도 모르지만, 앞으로 많은 것을 배우고 싶다고 강조했다. 사실 그런 점에서 뭔가 도움을 받기를 기대했지만, 그녀는 아무것도 해주지 않았다. 오히려 내가 무식한 지금처럼 이대로 있는 편이 좋다고 생각하는 것 같았다. 그녀는 내게 용돈도 주지 않았으며(주는 거라곤 식사뿐이었다), 일에 대한 금전적인 보수가 있으리라는 암시도 전혀 하지 않았다.

에스텔라는 늘 저택에 있으며 나를 들여보내고 내보냈지만, 입 맞춰도 좋다는 말은 두 번 다시 하지 않았다. 그녀는 내게 때로는 차갑게, 때로는 겸손하게, 때로는 친숙하게, 때로는 날 미워한다고 암팡지게 말했다. 미스 해비샴은 이따금 귓속말로(단둘이 있을 때면 보통 목소리로) "에스텔라가 점점 예뻐지지?" 하고 물었다. 내가 그렇다고 대답하면(실제로 그녀는 점점 예뻐졌다) 미스 해비샴은 음흉하게도 그 말을 즐기는 것 같았다. 또한 우리가 카드놀이를 할 때면 변덕스러운 에스텔라의 기분을(어떤 기분이든) 마치 수전노가 자신이 모아 놓은 돈을 바라보는 눈빛으로 옆에서 지켜보았다. 에스텔라가 심하게 변덕을 부리며 방금 한 말을 뒤집고 엉뚱한 말을 내뱉을 때면 나는 혼란스러워 어찌할 바를 몰랐으나, 미스 해비샴은 그녀를 더없는 사랑으로 끌어안으며 "남자의 마음을 짓밟아야 한다. 너는 내 자랑이고, 내 희망이다. 가차 없이 마음을 짓밟아 버려!" 따위의 말을 그녀의 귓전에 속삭이는 것이었다.

조는 대장간에서 일할 때 "올드 클렘"이라는 구절이 반복되어 나오는 노래를 (띄엄띄엄이지만) 자주 콧노래로 불렀다. 이것은 수호성인에게 감사를 표하는 방식으로 예의 바른 것은 아니었다. 그러나 올드 클렘은 대장장이와 그런 관계에 있었다.[1] 이것은 쇠를 두들기는 박자에 맞추어 만들어진 노래로, 존경하는 올드 클렘의 이름은 형식적으로 붙어 있을 뿐이었다. "자, 모두 두드려라─올드 클렘! 탕탕 두드려라─올드 클렘! 내리쳐라, 내리쳐라─올드 클렘! 뚝딱뚝딱─올드 클렘! 불을 피워라, 불을 피워라─올드 클렘! 빨갛게 높게─올드 클렘!" 하는 식의 노래였다. 어느 날 미스 해비샴은 휠체어에 앉자마자 갑자기 신경질적으로 손가락을 움직이며 말했다. "그래, 그래, 노래 좀 불러 봐라!" 놀란 나는 의자를 밀면서 나도 모르게 이 대장장이의 노래를 흥얼거렸다. 마침 이것이 마음에 들었는지 그녀는 잠결에 노래하듯 나지막하게 우울한 목소리로 나를 따라 불렀다. 그 뒤 휠체어로 돌아다니면서 이 노래를 부르는 것이 습관이 되었다. 이따금 에스텔라도 같이 불렀다. 단, 잔뜩 억누른 목소리였으므로 세 명이 함께 불러도 그 음침하고 낡은 저택 안에서 우리의 노랫소리는 산들바람 소리보다 작게 들렸다.

이런 환경에서 내가 어떻게 자랐겠는가? 내 성격이 거기에 어떻게 영향을 받지 않을 수 있었겠는가? 안개 낀 듯 그 누르스름한 방에서 햇빛 사이로 나왔을 때 눈이 부시고 머리가 띵한 것이 이상한 일인가?

전에 그 엄청난 거짓말을 조에게 고백하지 않았더라면, 나는 그에게 창백한 어린 신사에 대한 이야기를 했을지도 모른다. 그러나 그런 고백을 한 이상 이제 이 이야기를 또 한다면 어린 신사도 검정 벨벳 마차에 걸맞은 승객 정도로 취

---

1) 성 클레멘트는 대장장이의 수호성인으로 알려져 있음.

급될 것이 뻔했다. 그래서 나는 조에게 아무 말도 하지 않았다. 더구나 미스 해비샴과 에스텔라를 화제로 삼고 싶지 않다는 처음 생각은 시간이 지나면서 더욱 강해졌다. 나는 비디 말고는 아무도 온전히 믿지 않았다. 그녀에게만은 모든 것을 털어놓았다. 왜 그렇게 하는 것이 자연스럽게 생각됐는지, 왜 그녀가 내 이야기에 깊은 관심을 보였는지, 그때는 알 수 없었지만 지금은 알 것 같다.

한편 우리집 부엌에서는 회의가 진행되어, 내 곤두선 신경을 견딜 수 없으리만치 긁어댔다. 그 심술궂은 펌블추크 씨는 밤이면 가끔 찾아와 내 장래에 대해 누나와 상담했다. 아아, 내 두 손이 그의 마차 바퀴에서 비녀장을 뺄 수 있다면 기꺼이 그렇게 했을 것이다(사실 후회하는 마음이 들어야 마땅하지만, 그 분한 심정은 지금도 변함없다). 그 가련한 사나이는 수술이라도 집도하듯 나를 자기 앞에 세워두지 않고는 내 장래에 대해 이야기할 수 없다는 확고한 신념을 지니고 있었다. 그는 구석에 조용히 앉아 있는 나를 대개는 목덜미를 붙잡아 일으켜 세우고 마치 요리라도 하려는 듯이 난롯불 앞으로 데려가 이렇게 말하는 것이었다. "자, 부인, 이 애 말입니다! 당신이 손수 기른 이 애요. 얘, 꼬마야, 고개를 들어라. 너를 그렇게 길러준 분들에게 평생 고마워해야 한다. 자, 부인, 이 애 앞에 펼쳐질 장래에 대해서 말입니다만!" 그러고는 내 머리카락을 마구 헝클어뜨리고서(앞서도 잠깐 언급했듯이, 내가 기억하는 한 누구에게도 그렇게 할 권리를 인정한 적이 없는데도) 내 소매를 붙잡고 나를 자기 눈앞으로 끌어당겼다. 이 바보 같은 광경에 어울리는 유일한 사람은 펌블추크 씨였다.

그런 다음 그와 누나는 둘이서 미스 해비샴에 대해, 그리고 미스 해비샴이 나를 어떻게 할 것이며 나를 위해 무엇을 해줄 것인지에 대해 얼토당토않은 억측을 쏟아냈다. 나는 분노의 눈물을 흘리며 펌블추크 씨에게 달려들어 흠씬 두들겨 패주고 싶었다(정말이지 매번 절실하게 그런 충동에 시달렸다). 누나는 나에게 이야기할 때마다 내 이를 비틀어 뽑기라도 하고 싶다는 듯 이를 악물며 말했고, 내 후원자를 자칭하는 펌블추크 씨는 업신여기는 눈빛으로 나를 바라보았다. 그는 마치 자기가 내 재산을 쌓아올리기 위한 건축가이며, 그것이 자신에게는 수지에 안 맞는 일이라고 생각하는 것 같았다.

조는 이런 회의에 끼지 않았다. 그러나 누나는 내가 대장간에서 끌려나오는 것을 그가 좋아하지 않는다는 이유를 내세워 이야기 중간마다 그에게 화살을 돌렸다. 나는 이제 조의 제자가 되기에 충분한 나이였다. 조가 부지깽이를 쥐고 무릎 꿇고 앉아 생각에 잠긴 채 그것을 벽난로 아래 격자 사이에 넣어 재를 고르고 있으면, 누나는 아무런 의미도 없는 이 무고한 행동을 반대의견의 표명이라 간주하곤 했다. 그래서 그에게 달려들어 부지깽이를 빼앗고 그를 마구 흔들어댄 다음 그것을 치웠다. 이러한 토론은 늘 매우 불쾌한 결말을 맞았다. 아무런 낌새도 없이 누나가 하품을 참으며 우연인 것처럼 날 쳐다보고는 갑자기 버럭 소리를 지르는 것이었다. "이리와! 이제 너라면 지긋지긋하다! 빨리 가서 자. 그만큼 골치를 썩였으면 오늘 밤은 이제 됐잖니!" 내가 먼저 그들에게 '제발 날 들볶아 주세요.' 부탁이라도 했다는 듯한 태도였다.

어쨌거나 오랫동안 이런 상태가 유지되었다. 그리고 앞으로도 오랫동안 이런 상태가 계속될 것 같다고 생각하던 어느 날이었다. 미스 해비샴과 함께 걷고 있을 때, 그녀가 갑자기 멈춰서더니 내 어깨에 기대어 조금 불만스럽다는 듯 말했다. "핍, 키가 꽤 컸구나!"

나는 생각에 잠긴 표정을 지어 보임으로써, 그것은 나로서도 어쩔 수 없는 상황임을 전달하는 것이 최선이라고 생각했다.

그녀는 더 이상 아무 말도 하지 않았다. 그러나 곧 다시 멈추어 서더니 나를 또 바라보았다. 얼마 뒤 같은 행동을 반복했다. 그런 뒤 다음 날, 늘 하던 대로 걷기를 끝내고 화강대 앞에 앉았다. 그녀는 신경질적으로 손가락을 움직이며, 돌아가려는 나를 불러 세웠다.

"너희 대장장이 이름이 뭐였더라? 다시 말해 보렴."

"조 가저리예요."

"네가 그 사람의 제자가 될 거랬지?"

"네, 미스 해비샴."

"그렇다면 얼른 제자가 되는 게 좋겠어. 가저리가 고용계약서를 가지고 너와 함께 올 수 있을까?"

그런 일이라면 그는 틀림없이 영광으로 생각할 거라고 나는 대답했다.

"그러면 오라고 해라."

"언제 오라고 할까요, 부인?"

"또, 또! 나는 시간 같은 건 몰라. 곧 네가 데리고 와."

그날 밤 집으로 돌아가 조에게 그 소식을 전하자 누나는 지금까지 그랬던 것보다 더 격렬하게 날뛰었다. 당신들은 나를 구두나 문질러 닦는 깔개로 아는 거예요? 잘도 나를 이런 식으로 취급하는군요? 어떤 사람이라야 나를 소개해도 좋다고 생각하는 거죠? 누나는 나와 조에게 이런 질문 공세를 퍼부었다. 그러다가 더 할 질문이 없어지자 조에게 촛대를 집어던지고 엉엉 울면서 쓰레받기를 꺼내더니(이것은 언제나 위험신호였다) 엉성한 천으로 만들어진 앞치마를 두르고 무서운 기세로 청소를 하기 시작했다. 비질만으로는 성에 차지 않는지 양동이와 수세미를 들고 와서 우리를 집 밖으로 쫓아냈으므로, 우리 두 사람은 뒷마당에서 벌벌 떨며 서 있어야 했다. 10시가 되어서 드디어 용기를 내어 몰래 집 안으로 들어가니, 누나는 조에게 왜 깜둥이 여자 노예랑 결혼하지 않았느냐고 물었다. 불쌍한 조는 아무 대꾸도 하지 않고 구레나룻을 쓰다듬으며 우두커니 서서, 맥없이 나를 바라보았다. 정말로 그러는 편이 나았을 거라고 생각한다는 듯이.

제13장

이틀 뒤, 나와 함께 미스 해비샴네 가기 위해 나들이옷을 차려입는 조를 보는 것은 고역이었다. 조는 이런 경우에는 예복이 어울린다고 판단했다. 하지만 나는 그에게 작업복을 입는 편이 훨씬 잘 어울린다는 말을 할 수가 없었다. 그가 그토록 꼭 끼는 차림을 한 것이며, 목깃 뒤쪽을 너무 높이 세운 탓에 정수리 머리털이 깃털 뭉치처럼 곤두선 것은 모두 나를 위해서라는 것을 알고 있었기 때문이다.

아침식사 때 누나는 읍내까지 같이 가겠노라고 잘라 말했다. 자기는 펌블추크 아저씨네 집에 있을 테니 "훌륭하신 숙녀"와 볼일을 다 마치고 나면 그리로 오라는 것이었다. 조는 이 말에서 최악의 사태를 예감한 눈치였다. 그날 대장간은 문을 닫았다. 조는 (그가 아주 드물게 일을 쉴 때 으레 그러듯이) 문에다 분필로 "외출 중"이라고 쓰고, 그 옆에다 자기가 가는 방향을 가리키는 화살표를 그려 놓았다.

읍내까지는 걸어서 갔다. 앞장서서 걷는 누나는 엄청나게 챙이 넓은 비버 모피 모자를 쓰고, 대법관 각하가 국새를 넣는 자루 같은, 밀짚으로 만든 바구니와 나막신, 예비 숄, 우산을 들고 갔다(맑은 날이었지만). 나는 이런 물건들이 과시를 위한 것인지 참회를 위한 것인지 알 수가 없었다. 굳이 따지자면 자기 소유물로서 과시하기 위한 것이었으리라. 클레오파트라나 또는 펄쩍 뛸 듯이 화가 난 어떤 여왕이 화려한 행렬로 자신의 부를 과시했던 것처럼.

펌블추크 씨네 집에 도착하자 누나는 우리를 놔두고 뛰어들어가듯 집 안으로 들어갔다. 정오에 가까운 시각이었으므로 조와 나는 곧장 미스 해비샴의 저택으로 갔다. 보통 때처럼 에스텔라가 문을 열어 주었다. 그녀가 모습을 드러낸 순간 조는 모자를 벗어들었다. 그리고 두 손으로 챙을 쥐고 그 무게를 재는 듯한 모습으로 서 있었다. 무게가 4분의 1온스라도 차이가 나면 큰일이라도 난다는 듯이 말이다.

에스텔라는 우리를 거들떠보지도 않으면서, 이미 내겐 익숙한 길을 안내했다. 내가 그녀 뒤를 따라가고, 내 뒤를 조가 따라왔다. 기다란 복도에서 조를 돌아보았을 때, 그는 여전히 최대한 신중을 기해 모자의 무게를 재며 성큼성큼 발끝으로 걷고 있었다.

에스텔라가 우리에게 함께 방으로 들어가라고 이르기에 나는 조의 옷소매를 잡고 그를 미스 해비샴 앞으로 끌고 갔다. 화장대 앞에 앉은 그녀는 곧 우리를 돌아보았다.

"아아! 당신이 이 애 누나의 남편이군요?"

나는 조가 그토록 다른 사람처럼 보일 줄은 상상도 못했다. 그는 벌레를 잡아먹으려는 새처럼 입을 딱 벌리고, 깃털 뭉치처럼 머리카락을 곤두세운 채 아무 말도 못하고 서 있었다.

"당신이 이 애 누나의 남편이군요?" 미스 해비샴이 다시 물었다.

어이없게도 조는 면담 내내 그녀가 아니라 나를 보고 이야기했다.

"그건 말이다, 핍." 조는 힘 있는 주장과 순수한 자신감과 정중함을 한꺼번에 표현하는 듯한 투로 말했다. "즉, 나는 네 누나와 결혼했단다. 그전에는, 나는 이른바, 네가 그렇게 부르고 싶다면, 총각이었지."

"오호!" 미스 해비샴이 말했다. "그래서, 이 아이를 당신 제자로 삼을 요량으로 길렀다, 그런 말인 게죠, 가저리 씨?"

"저기, 핍. 알겠니? 나와 넌 친구다. 네가 제자가 되어 둘이서 재미나게 일하자고 약속했잖니. 네가 이 일이 하기 싫다면—검댕이나 먼지나 뭐 그런 지저분한 것들과 함께 지내야 하니까—하지 않아도 돼."

"얘가 싫다고 한 적이 있었나요? 얘가 그 일을 좋아하나요?"

"너는 잘 알잖니, 핍." 조는 주장과 자신감과 정중함을 점점 강력하게 뒤섞었다. "그건 네 흔들림 없는 진심에서 우러나온 바람이란 것을(이 대목에서, 아버지 묘비명에 썼던 운을 응용하려는 생각이 불현듯 조의 머릿속에 떠오른 것이 눈에 훤히 보였다. 따라서 그가 다음에 무슨 말을 할지 짐작이 갔다). 네 마음에는 아무런 반대도 없고, 네 흔들림 없는 진심에서 우러나온 바람일 터이다!"

나는 조에게 미스 해비샴에게 말하라고 수없이 눈치를 주었지만 소용이 없

미스 해비샴에게 조를 소개하다

었다. 그런 몸짓이나 표정을 보이면 보일수록 그는 내게 더욱 자신 있게, 더욱 정중하게 말하는 것이었다.

"핍의 고용계약서를 가져왔나요?" 미스 해비샴이 물었다.

조는 그녀의 질문이 다소 못마땅하다는 듯이 대답했다. "저기 말이다, 핍, 내가 그것을 모자 속에 넣는 것을 보았잖니. 그러니 여기 있다는 것을 알 거 아니냐." 그러고는 계약서를 꺼내어 그녀가 아니라 내게 건넸다. 미안한 말이지만, 나는 이 오랜 착한 친구를 부끄러워했던 것 같다. 아니, 미스 해비샴의 의자 뒤에 서 있던 에스텔라의 눈이 심술궂게 웃는 것을 봤을 때는 틀림없이 부끄러웠다. 나는 계약서를 조의 손에서 받아 미스 해비샴에 건네주었다.

"핍에게서 수업료를 받을 생각은 없나 보군요?" 계약서를 보면서 그녀가 물었다.

"조!" 그가 아무 말도 안 하자 나는 그를 재촉했다. "대답을 해야지……."

"핍." 조는 마음이 상한 듯 내 말을 막았다. "나와 너 사이에 그런 건 대답 안 해도 알잖니. 너도 대답이 '없다'라는 것 정도는 알 거다. 그런데 어째서 굳이 대답해야 하지?"

미스 해비샴은 조가 어떤 사람인지 잘 알겠다는 눈빛으로 그를 물끄러미 바라보더니(조가 계속 그런 식이므로, 그녀는 내가 상상했던 것보다 그를 훨씬 잘 이해한 것 같았다) 옆에 있던 탁자에서 작은 봉투를 꺼내 들었다.

"핍은 그동안 여기서 일해서 수업료를 벌었어요. 자, 여기요. 이 봉투 안에 25기니가 들어 있죠.[1] 자, 이걸 네 스승님께 드려라, 핍."

마치 조는 미스 해비샴의 괴상한 모습과 이 이상한 방에 놀라 완전히 얼이 빠진 것처럼 이런 순간에도 나를 향해 말했다.

"핍, 넌 정말 너그럽구나. 고맙게 받겠다. 정말이지 조금도 기대하지 않았는데. 그럼, 내 오랜 친구." 나는 처음에는 얼굴이 화끈 달아오르다가 나중에는 얼어붙는 것 같은 기분이 들었다. 그 정다운 말투가 미스 해비샴에게 하는 말처럼 생각되었기 때문이다. "자, 그럼, 내 오랜 친구, 우리 의무를 다하자꾸나! 너와 나, 우리 둘이 서로에 대해 의무를 다하기를! 이 너그러운 선물……만족스러

---

[1] 1기니는 1파운드 1실링. 상류계급에서 사용된 화폐단위.

운……두 사람의……서로……조금도…….” 여기서 조는 뭐라고 표현을 해야 할지 전혀 갈피를 잡지 못했으나 “이런 건 결코”라고 외침으로써 그 난관에서 빠져나왔다. 이 말이 조에게 큰 영향력과 설득력을 가져다주었는지 그는 그 말을 두 번 반복했다.

“잘 가라, 핍.” 미스 해비샴이 말했다. “에스텔라, 이 두 사람을 배웅해라.”

“다시 또 찾아뵐까요, 미스 해비샴?” 내가 물었다.

“아니. 이제부터는 가저리가 네 스승이다. 가저리 씨! 한마디만 더 하지요!”

조가 방 밖으로 나오려는데 그녀가 조를 다시 불러 세웠다. 그녀가 단호하게 말했다. “이 애는 내 집에서 착하게 행동했어요. 그 돈은 그에 대한 보상이죠. 물론 당신은 정직한 사람이니 이 이상은 바라지 않을 거라 믿어요.”

어떻게 해서 조가 그 방을 나왔는지 나는 잘 모르겠다. 그러나 그가 방을 나오자마자 아래층으로 내려가는 대신 위층으로 올라갔던 것을 똑똑히 기억한다. 내가 아무리 소리를 질러도 듣지 못했으므로 나는 그를 쫓아가 옷을 잡아당겨야 했다. 정신을 차리고 나자 어느새 우리는 문밖에 있었고, 문은 잠겨 있었으며, 에스텔라는 없었다.

쏟아지는 햇빛 속에 우리 둘만 남게 되자 조는 담을 등지고 서서 말했다. “놀랍구나!” 오랫동안 그 자세를 유지한 채 얼마쯤 간격을 두고 “놀랍구나!”를 되풀이했으므로, 나는 그가 아직도 정신을 못 차린 걸로 생각했다. 마침내 그는 마지막으로 “핍, 정말로, 정말이지, 깜짝 놀랐단다!”라고 말하더니 조금씩 말수를 늘렸고 그래서 우리는 그곳을 벗어날 수 있었다.

미스 해비샴의 집에서 겪은 일로 조는 머리 회전이 빨라졌는지, 펌블추크 씨네로 가는 도중에 빈틈없고 교묘한 계획을 세운 모양이었다. 내가 이렇게 생각한 이유는 펌블추크 씨의 응접실에서 일어난 사건 때문이다. 우리가 그곳에 나타났을 때 누나는 그 밉살스러운 종묘상과 이야기를 하고 있었다.

“아니!” 누나가 우리 둘을 향해 말했다. “어떻게 된 거죠? 이런 초라한 사회로 다시 돌아온 걸 생색내고 싶으신 것 같은데!”

조가 무언가를 떠올리려는 듯 나를 물끄러미 쳐다보며 말했다. “미스 해비샴이 분명히 말씀하셨어. J. 가저리 부인에게 경의를 담아…… 경의였던가, 찬사였던가, 어느 쪽이지, 핍?”

"찬사."

"나도 그렇게 생각했지. 가저리 부인에게 찬사를 전해 달라더군."

"그런 말이 무슨 쓸모가 있죠?" 누나는 이렇게 말했지만 싫지 않은 표정이었다.

"그리고," 여기서 조는 또다시 기억을 더듬듯 나를 가만히 바라보았다. "자기 건강 때문에⋯⋯건강 때문이었지, 핍?"

"즐거움을 맛볼 수 없다고요." 내가 덧붙였다.

"맞아, 부인들과 어울려 얘기하는 즐거움을 맛볼 수 없어 유감이라고 말했어." 그렇게 말하고 조는 길게 숨을 내쉬었다.

"흥!" 누나는 한결 누그러진 얼굴로 펌블추크 씨를 바라보면서 말했다. "처음부터 그렇게 말하면 좋았을 것을. 하지만 아예 안 하는 것보다 뒤늦게라도 하는 편이 낫죠. 그래, 그 여자가 이 말썽꾸러기한테 뭐를 주던가요?"

"미스 해비샴은 핍에게 아무것도 주지 않았어."

누나가 버럭 화를 내려는 순간 조가 그것을 막았다.

"핍의 친구에게 주었지. '친구란 것은 J. 가저리 부인이란 뜻이에요.' 그렇게 말씀하셨어. 'J. 가저리 부인'이라고 말이야. 아마도." 조는 생각에 잠긴 듯한 투로 덧붙였다. "그 J가 조인지 조지인지까지는 몰랐던 모양이야."

누나가 펌블추크 씨를 바라보았다. 그는 그런 것쯤은 처음부터 알았다는 듯 목제 안락의자의 팔걸이를 어루만지면서 누나와 난롯불을 향해 고개를 끄덕였다.

"그래, 얼마나 줍디까?" 누나가 웃으면서 물었다. 정말로 웃으면서!

"10파운드 받았다면 어떻게 생각하지?" 조가 말했다.

"꽤 괜찮군요. 많은 액수는 아니지만 괜찮은 편이에요." 누나가 퉁명스럽게 대답했다.

"실은 더 많아."

지독한 사기꾼 펌블추크 씨가 이내 고개를 끄덕이고, 의자 팔걸이를 문지르며 끼어들었다. "더 많대요, 부인."

"세상에, 숙부님, 설마 그럼─" 누나가 말을 하려다 말았다.

"그래요, 부인." 펌블추크가 말했다. "하지만 좀 기다려 봅시다. 조제프, 계속하게. 자, 어서!"

"그럼 20파운드를 받았다면?"

"너그러우시기도 해라." 누나가 말했다.

"아, 실은 20파운드보다도 많아." 조가 말했다.

비열한 위선자 펌블추크 씨는 다시 고개를 끄덕이더니 잘난 척하는 웃음을 띠며 말했다. "더 많다는군요, 부인. 좋아, 자, 계속해 봐, 조제프!"

"그럼 뜸은 그만 들이죠." 조가 기쁜 표정으로 누나에게 봉투를 건넸다. "25파운드야."[2]

"25파운드래요, 부인." 조의 말을 반복하며 경멸스러운 사기꾼 펌블추크 씨가 일어나서 누나와 악수했다. "당신의 공로에 비하면 아무것도 아니지만(누가 내 의견을 물었을 때 내가 그렇게 말하지 않았소?), 아무튼 유용하게 잘 쓰길 바랍니다!"

이 악당이 여기서 말을 멈추었더라도 죄는 퍽 무거웠을 것이다. 그러나 그는 내 후원자 행세를 하며 나를 감독하면서, 그때까지 저지른 죄쯤은 아무것도 아닌 더 무거운 죄를 저질렀다.

"조제프, 그리고 부인," 펌블추크 씨가 내 팔을 잡더니 이렇게 말했다. "나는 한번 시작한 일은 끝장내야 하는 사람이오. 이 아이를 지금 당장 묶어둬야 해. 그게 내 방식이지. 즉시 계약을 마무리하자고요."

"세상에나, 펌블추크 숙부님." 누나가 돈을 그러쥐며 말했다. "저희는 이 은혜를 절대로 잊지 않을 거예요."

"당치 않은 말씀이십니다, 부인." 극악무도한 곡물상이 말했다. "진심으로 기쁘기 그지없소. 어쨌거나 이 아이의 계약은 끝맺어야지요. 내가 전에 분명히 그 일을 맡아서 하겠다고 말했었지요?"

치안판사가 근처 읍사무소에 있었으므로, 우리는 곧장 그리로 갔다. 판사 입회하에 나는 정식으로 조의 제자가 되었다. "갔다"고 표현했지만, 사실 나는 소매치기범이나 건초더미에 불을 붙인 방화범처럼 펌블추크 씨에게 떠밀려간 거나 다름없었다. 재판소에서는 모두 나를 현행범으로 붙잡혀온 하수인이라고

---

[2] 실제로는 25기니이지만, 조는 상류계급에서 쓰는 기니 단위에 익숙하지 않았던 것.

생각하는 모양이었다. 펌블추크 씨가 나를 앞세운 채 사람들을 헤치고 앞으로 걸어가자 "저 애는 무슨 짓을 저질렀을까?" 또는 "쪼끄만 게 못돼먹은 얼굴을 하고 있네?" 이런 소리가 들려왔다. 어떤 온화하고 인자해 보이는 남자는 내게 소책자를 주었다. 거기에는 푸줏간의 소시지같이 족쇄를 찬 젊은이를 그린 〈감옥에서 읽을 것〉이라는 제목의 목판화가 그려져 있었다.

재판소는 이상한 곳이었다. 좌석 등받이는 교회 의자보다 높아서, 사람들은 그 위로 목을 길게 빼고 앞을 바라보았다. 위엄 있는 판사들이—한 사람은 머리에 백분을 발랐다—팔짱을 끼고 몸을 한껏 젖히고 앉아 코담배를 맡거나 꾸벅꾸벅 졸거나 뭔가를 끼적이거나 신문을 보거나 했다. 벽에는 검고 반짝거리는 낡은 초상화들이 걸려 있었다. 그림을 볼 줄 모르는 어린아이의 눈에는 그것들이 아몬드를 넣은 사탕 과자와 반창고로 만들어진 것처럼 보였다. 그런 재판소 한쪽 구석에서 고용계약서가 증인 입회하에 서명되어 나는 정식으로 조의 제자가 되었다. 그러는 내내 펌블추크 씨는 내 팔을 붙잡고 놓지 않았기 때문에 사실은 우리가 교수대로 향하는 도중이고, 이것은 그 준비를 위한 사소한 절차에 지나지 않는 느낌이었다.

우리는 밖으로 나오자 먼저 주위에 몰려든 아이들을 쫓아낸 뒤(그들은 내가 사람들 앞에서 고문을 당할 것이라 생각하고 흥분해 있다가, 내가 함께 온 사람들에게 따뜻하게 둘러싸여 있을 뿐이라는 것을 알자 크게 실망했다), 펌블추크 씨 집으로 돌아갔다. 25기니라는 어마어마한 액수에 너무 흥분한 누나는 이 돈으로 '푸른 멧돼지'에 가서 저녁식사를 하자며 성화였다. 그리고 마차를 내어 허블 씨 부부와 웝슬 씨를 데려오라고 펌블추크 씨에게 부탁했다.

그 제안은 받아들여졌고 나는 매우 비참한 하루를 보냈다. 그들 사이에서 나는 오락을 즐길 줄 모르는 이상 체질로 통했기 때문이었다. 더 기분 나쁘게도 그들은 가끔(즉, 할 일이 없어지면) 내게 어째서 즐거워 보이지 않느냐고 물었다. 그럴 때마다 나도 즐겁게 잘 놀고 있다는 말밖에 무슨 말을 할 수 있었겠는가?

어쨌든 그들은 모두 어른이었으므로 저마다 나름대로 재미있게 즐겼다. 그 사기꾼 펌블추크 씨는 이번 일을 매듭지은 일등공신으로서 떠받들어져 상석을 차지했다. 그는 내가 조의 제자가 된 것에 대해 연설을 늘어놓으며, 논점을 명확히 하기 위해 나를 자기 옆 의자 위에 세워 두었다. 내가 카드놀이에 빠지거나 독주를 마신다거나 나쁜 친구와 어울리거나 그 밖에 (내 고용계약서가 필연적으로 대부분 보증해 준다는) 불미스러운 행동을 한다면 언젠가 교도소에 잡혀 들어가게 될 거라며 사악하게도 조와 누나에게 축하 인사를 건넸다.

이 잔치에 대해서는 그 밖에도 다음과 같은 기억이 남아 있다. 그들은 나를 재우지 않고, 내가 꾸벅꾸벅 졸면 일부러 깨워서는 즐겁게 놀라고 말했다. 밤이 제법 깊었을 무렵 웝슬 씨가 콜린스의 시를 암송하기 시작하더니 힘주어 "피묻은 번개 칼날을 휘두른" 장면의 효과까지 낸 탓에, 웨이터가 "아래층에 계신 사업가분들께서 찬사와 함께 이곳은 곡예장이 아니라는 말씀을 전하셨습니다"라고 말하러 오기도 했다. 모두가 기분 좋게 집으로 돌아가면서 〈아아, 아름다운 여인이여〉를 합창했다. 베이스를 맡은 웝슬 씨가 매우 묵직한 목소리로―저 호기심 많은 수다쟁이가 멜로디를 부르며 주제넘게도 남의 사생활에 꼬치꼬치 참견하는 것에 대한 응답으로―"나야말로 백발을 휘날리는 사나이, 가장 연약한 순례자일지니"를 노래했다.[3]

그리고 마지막으로 기억나는 것은 내 작은 침실에 들어갔을 때 나는 정말로 비참한 기분이 되어, 조가 하는 대장간 일을 결코 좋아하지 않으리라는 강한 확신이 들었다는 것이다. 전에는 물론 좋아했었다, 그러나 그것은 이미 지나간 일이었다.

---

3) 토머스 무어가 작사한 노래. 그는 어디로 가는가 하는 '호기심'과, '백발'의 '연약한 순례자'가 가사에 나옴.

제14장

　자기 집을 부끄러워하는 건 실로 비참한 일이다. 그것은 매우 배은망덕한 짓이며, 거기에 상응하는 벌을 받아야 마땅한 일인지도 모른다. 확실치는 않지만, 그것이 비참한 일이라는 것만큼은 몸소 체험했기에 단언할 수 있다.

　누나의 히스테리 때문에 우리집은 결코 즐거운 곳이 아니었다. 그러나 조는 우리집을 신성시해왔고, 나는 그것을 받들었다. 나는 우리집의 특별 응접실을 정말로 우아한 방이라고 믿었다. 현관문은 대신전으로 통하는 신비로운 문이며, 그 엄숙한 입구를 열려면 구운 닭고기를 제물로 바쳐야 한다고 믿었다. 부엌은 장엄하다는 할 수 없어도 정숙한 방이며, 대장간은 나를 남성다움과 독립된 어른으로 이끄는 찬란한 길이라고 믿었다. 그런데 1년 사이에 모든 것이 변했다. 이제는 그 모든 것이 미스 해비샴과 에스텔라에게는 절대로 보여 주고 싶지 않은 거칠고 천박한 것처럼 여겨졌다.

　이 배은망덕한 마음이 어디까지가 내 책임이고 어디까지가 미스 해비샴 또는 누나의 책임인지, 지금으로서는 나에게도 그 누구에게도 중요하지 않다. 다만 중요한 건 내게 변화가 생겼다는 거고, 싫든 좋든 용서가 되든 말든 그런 일이 생겼다는 것이다.

　예전에는 조의 제자가 되어 소매를 걷어붙이고 대장간에 들어가면 행복하고 특별한 존재가 될 거라고 생각했다. 그러나 현실을 인식한 지금 나는 석탄재가 묻은 지저분한 인간일 뿐이었다. 날마다 기분이 무거워졌다. 그 무게에 비하면 모루 따위는 깃털과도 같았다. 눈앞에 두꺼운 장막이 쳐 모든 관심사와 로맨스와는 인연을 끊고 오로지 지루함을 견뎌야 하는 시기가 뒷날에도 있었다(누구에게나 그런 경험은 있을 것이다). 그러나 조의 제자라는 길에 들어서서, 앞으로 인생은 그 길을 똑바로 걷기만 하면 된다고 생각했을 때처럼 두껍고 무거운 장막이 쳐진 적은 없었다.

'도제 시절' 후반에는 일요일 황혼녘이면 교회 묘지에서 멍하니 시간을 보내곤 했다. 바람 부는 늪지대의 풍경과 내 미래에는 공통점이 있는 듯이 보였다. 둘 다 낮고 평탄하며, 알려지지 않은 길과 어두운 안개와 바다가 있다. 그 무렵과 비슷한 정도로 수습 첫날은 몹시 실망스러웠다. 그러나 계약 기간 내내 조에게는 한 마디도 불평하지 않았다는 것은 참으로 기쁜 일이다. 이것이 그 시절 내가 기뻐할 수 있는 유일한 일이다.

이 기쁜 일에는 이제부터 말하려는 사건도 포함되어 있는데, 여기서 칭찬받아 마땅한 사람은 단연 조다. 내가 대장간에서 도망쳐 군인이나 뱃사람이 되지 않았던 것은 내 자신이 충실해서가 아니라 조가 충실했기 때문이었다. 내가 그나마 조금씩이라도 정열을 가지고 일한 것은 내 자신이 근면이라는 미덕을 강하게 의식해서가 아니라 조가 강하게 의식했기 때문이다. 다정하고 정직하며 의무에 충실한 한 노동자가 이 세상에 어디까지 영향을 미치는지를 측정하기란 불가능하다. 그러나 그 영향이 곁에 있는 한 사람에게 어떻게 작용하는지는 알 수 있다. 내가 도제 생활에서 얻은 장점은 꾸밈없이 만족할 줄 아는 조에게서 비롯된 것이지, 불안하게 야심에 휘둘리는 나 자신에게서 비롯된 것이 아님을 나는 너무도 잘 안다.

내가 무엇을 원했는지 누가 알겠는가? 나 자신도 몰랐던 것을 어떻게 말할 수 있겠는가? 내가 두려워했던 일은, 재수 없게도 내가 가장 더럽고 천박한 모습을 하고 있을 때 무심코 고개를 들면 대장간 나무창에서 에스텔라가 나를 엿보고 있는 것이었다. 나는 머지않아 에스텔라가 와서 시커먼 손과 얼굴을 한 내가 가장 고된 작업을 하고 있는 걸 보고 비웃지 않을까 하는 공포에 사로잡혀 있었다. 가끔 해가 진 다음 조를 위해 풀무질을 하면서 조와 함께 〈올드 클렘〉을 노래하노라면, 미스 해비셤네 집에서 그 노래를 불렀던 기억이 되살아나고 불길 속에서 에스텔라의 얼굴이 보이곤 했다(그녀의 아름다운 머리카락은 바람에 나부끼고, 그 눈은 나를 경멸하고 있었다). 그럴 때면 나는 밤의 장막에 떠오른 그림—대장간 나무창 너머의 어둠—을 바라보았다. 그리고 얼굴이 막 사라지려는 에스텔라를 본 상상을 하고, 마침내 그녀가 찾아왔다고 믿었다.

그러고 난 뒤 저녁 식탁에 앉으면 이곳과 요리가 지금까지보다 더 초라해 보였고, 배은망덕한 나는 그전보다 더 우리집이 부끄럽게 여겨졌다.

제15장

나는 웝슬 씨의 대고모가 운영하는 교실에 들어가기에는 너무 나이가 들었기 때문에 그 터무니없는 여자 밑에서 받는 교육을 끝냈다. 그때까지 비디는 상품 가격표에서 옛날에 자신이 반 페니를 주고 샀던 우스꽝스러운 시에 이르기까지 그녀가 아는 모든 것을 내게 전수해 주었다. 이 우스꽝스러운 시란 첫머리 부분만 겨우 뜻을 이해할 수 있는 것이었다.

> 내가 루논 마을에 갔을 때, 나리들
> 트룰룰루 트룰룰루
> 나는 감쪽같이 속고 말았죠, 나리들?
> 트룰룰루 트룰룰루

그래도 나는 영리해지고 싶다는 생각에 최선을 다해 이 노래를 머릿속에 집어넣고, 이 가사의 시적인 가치를 조금도 의심치 않았다. 단, "트룰룰루"라는 후렴이 조금 집요하게 느껴졌다(지금도 그렇게 생각한다). 지식에 굶주린 나는 웝슬 씨에게도 지식을 나누어 달라고 간청했고, 흔쾌히 승낙을 얻었다. 그러나 그의 속내는 자신의 연극 연습 상대로서 나를 이용하고 싶었을 뿐이었다. 내게 반론하고, 내 앞에서 울음을 터트리고, 나를 부둥켜안고, 괴롭히고, 꼬집고, 찌르는 온갖 기술로 나를 골탕먹이기만 했다. 결국 그의 시적인 격분을 실컷 맛본 뒤에 나는 그의 가르침을 받지 않기로 했다.

나는 내가 얻은 지식이라면 뭐든지 조에게 전해 주고자 했다. 이렇게 말하면 제법 그럴듯하게 들리므로, 양심상 설명을 덧붙여야겠다. 나는 무식하고 교양 없는 조가 조금이라도 수준이 높아져, 내가 추구하는 사회와 어울리기에 더 적합하고 에스텔라의 비난도 받지 않을 사람이 되기를 바랐을 뿐이었다.

늦지대에 있는 옛날 포대 자리가 우리의 공부방이었고, 깨진 석판과 몽땅한 점판암 조각이 공부 도구였다(조는 언제나 여기에 파이프 담배를 더했다). 조는 일주일 전 일요일에 배운 것을 다음 일요일까지 기억한 예가 없었고, 내 개인 지도 아래서 새로운 무언가를 배우는지도 잘 모르겠다. 그러나 그는 다른 어디에 있을 때보다도 똑똑한 척을 하며 담뱃대를 피워 물었다―유식한 척이라고 표현해도 좋을 것 같다―자신이 굉장히 진보하고 있다는 듯한 태도였다. 사랑스러운 사람! 지금은 그가 정말로 그렇게 생각했기를 바랄 따름이다.

그곳은 조용하고 기분 좋은 곳이었다. 흙으로 쌓은 강둑 너머로 강을 지나가는 돛단배가 보였는데, 썰물 때면 가라앉은 배가 강바닥을 떠내려가는 듯한 인상을 받곤 했다. 하얀 돛을 활짝 펼친 배가 바다로 나가는 것을 보고 있노라면 나는 왠지 모르게 미스 해비샴과 에스텔라 생각이 났다. 멀리서 햇살이 구름 위나 돛이나 푸른 산허리나 해안선에 비스듬히 비쳐들 때도 마찬가지였다. 미스 해비샴과 에스텔라와 그 이상한 집과 신비스러운 생활이 그 아름다운 풍경과 뭔가 연관이 있는 것처럼 생각되었다.

어느 일요일, 조가 파이프 담배를 몹시 즐기면서 자기가 "지독하게 머리가 나쁘다"는 것을 어찌나 자랑하던지 나는 그날 수업을 포기했다. 손으로 턱을 받치고 강둑 위에 엎드려 미스 해비샴과 에스텔라의 흔적을 하늘과 바다의 경치에서 찾아보았다. 그러다가 마침내 내 머리를 온통 차지하고 있는 그들에 대한 생각을 말하기로 했다.

"저기, 조. 미스 해비샴네 집을 한 번 찾아가는 게 좋지 않을까?"

조가 천천히 생각하며 대답했다. "흠, 뭣 때문에?"

"뭣 때문에냐니? 남의 집을 찾아갈 때는 언제나 이유가 필요한 거야?"

"그야, 그렇지 않은 때도 있겠지. 하지만 미스 해비샴 댁은 달라. 그 사람은 네가 뭔가를 바라고, 뭔가를 기대하고 찾아왔다고 생각할지 몰라."

"내가 그 때문에 찾아가려는 게 아니라는 걸 알잖아요."

"그야 그렇지, 핍. 미스 해비샴은 그 말을 믿을지도 몰라. 하지만 믿지 않을지도 모르지."

내가 그런 것처럼 조는 자기 의견을 분명히 말했다고 생각했고, 얼른 파이프 담배를 길게 빨았다. 같은 말을 반복해서 오히려 효과를 떨어뜨리는 것을 방지하기 위해서였다.

　그 위기를 넘겼다고 판단하자 조가 다시 말을 이었다. "핍, 너도 알겠지만 미스 해비샴은 네게 아주 잘 해주셨다. 네게 후한 대접을 했던 그날, 그 사람은 나를 다시 불러 그걸로 끝이라고 말했단다."

　"응, 나도 들었어."

　"끝이라고 말이야." 조가 그렇게 반복하며 강조했다.

　"알아, 나도 들었다니까."

　"다시 말하면, 핍. 그 사람이 말하고자 했던 것은 '이걸로 끝이다! 너는 본디 네 자리로 돌아가라! 나는 북쪽으로, 너는 남쪽으로! 각자의 길을 가는 거다!' 그런 뜻이야."

　나도 그렇게 생각했었다. 하지만 조도 같은 생각임을 아는 것은 썩 좋은 기분이 아니었다. 그것은 정말 그럴 가능성이 크다는 뜻이니까.

　"하지만 조."

　"뭐냐, 핍?"

　"나는 도제 생활을 한 지 1년이 다 돼 가는데 그동안 미스 해비샴에게 한 번도 고맙단 말을 하러 가지 않았을뿐더러, 안부도 묻지 않았고, 그녀를 잊지 않았다는 표시도 보이질 않았어."

　"그건 그래. 네가 말편자 한 벌을 만들어 선물하면…… 하지만 말이 없다면 편자가 아무짝에도 쓸모가 없구나……."

　"그런 뜻이 아니야. 선물 얘기를 하는 게 아니라고."

　그러나 조는 한번 선물 생각이 떠오르자 그 문제를 풀지 않고는 성에 차지 않는 듯했다.

　"아니면 현관문을 잠그는 사슬을 새로 만들던지 평소에 두루 사용할 수 있도록 상어 머리가 달린 나사못을 백 개쯤, 아니, 머핀을 구울 때 쓰는 손잡이가 긴 포크 같은 것들, 아니면, 청어를 구울 때 쓰는 석쇠라든가……."

　"선물 얘기가 아니라니까, 조." 나는 그의 말을 가로막으며 말했다.

　그러나 조는 내가 더 재촉했다는 듯이 여전히 선물 이야기만 늘어놓았다.

　"흠, 내가 너라면 선물하지 않겠다. 암, 절대로 안 하지. 그 집엔 이미 번듯한 현관문 사슬도 있고, 상어 머리가 달린 나사못으로는 오해받을지도 모르지.

머핀용 포크는 놋쇠로 만드는 거니 네 일이 아니고. 석쇠 만들기는 아무리 솜씨 좋은 장인에게라도 어려운 작업이지. 게다가 석쇠는 누가 만들어도 석쇠니까."

조는 내 그릇된 고정관념을 바로잡아 주기라도 하겠다는 듯이 지겹도록 선물 이야기를 했다.

"아무리 궁리해서 만든다 해도 석쇠는 석쇠야. 네가 좋든 싫든 관계없이 네가 어떻게 할 수 없는……."

"조!" 나는 격렬하게 그의 소매를 붙들고서 말했다. "요점이 빗나갔잖아. 나는 미스 해비샴에게 선물을 들고 가겠다고 생각한 적이 없다니까."

"그래, 그렇겠지." 조는 그것이야말로 자신이 주장해 오던 바라는 듯이 대답했다. "나도 그게 옳다고 생각한다."

"응, 조. 하지만 어쨌거나 지금은 일이 별로 바쁘지 않으니까 내일 한나절만 쉬게 해줘. 그러면 읍내로 가서 미스 에스테…… 해비샴에게 인사라도 하고 올게."

"그 사람, 에스테해비샴이란 이름이 아니었는데." 조가 진지한 표정으로 말했다. "개명한 거라면 몰라도."

"알아, 조. 잘못 말했어. 그래서, 어떻게 생각해?"

조의 결론은 내가 좋다고 생각한다면 그도 좋다고 생각한다는 것이었다. 다만, 내가 환대받지 못한다면—또는 그것이 내가 받은 은혜에 대한 감사를 말하기 위한 것이며 꿍꿍이가 없는 방문임에도 또 놀러 오라는 초대를 받지 못한다면—이번 한 번은 시험 삼아 가도 좋지만, 그 뒤엔 다시는 찾아가지 말라고 했다. 조는 이런 조건을 내걸었으며 나는 거기에 따르기로 했다.

조 밑에는 올릭이라는 이름의 직공이 주급 계약으로 일하고 있었다. 이 사나이는 자신의 세례명이 돌지라고 했다(하지만 그런 이름이 있을 리가 없다). 내 지레짐작이 아니라, 나는 이 사나이가 몹시 못되고 고집이 세며, 마을 사람들이 바보 취급하기 위해서 그 이름을 억지로 강요하는 것이라 믿었다. 그는 어깨가 넓고, 힘이 세며, 못생기고, 거무죽죽한 살결로, 언제나 몸을 앞으로 숙이고 느릿느릿 걸었다. 대장간에도 일을 하러 왔다기보다는 몸을 앞으로 숙이고 걷다 보니 우연히 도착했다는 느낌을 받게 했다. 식사하기 위해 쾌활한 세 뱃사공에

갈 때도, 밤에 집에 돌아올 때도, 방랑하는 유대인[1])이나 카인[2]처럼 어디로 가야 하는지도 모르고 돌아올 생각도 없는 사람처럼 구부정하게 걸었다. 그는 늪지대에 있는 수문지기네 집에서 하숙했다. 평일에는 그 은거지에서 호주머니에 손을 찔러 넣고, 끈에 매단 도시락을 목에 걸어 등에 축 늘어뜨린 채 구부정하게 걸어 나왔다. 일요일에는 대체로 수문 위에 누워 있거나 건초더미나 헛간에 기대 서 있었다. 그는 늘 몸을 앞으로 구부린 채 땅을 쳐다보면서 구부정하게 걸어 다녔다. 누가 말을 걸거나 얼굴을 들어야 할 때면 반은 화난 듯한, 반은 당황한 듯한 태도로 올려다보았다. 여태 머릿속에 떠오른 유일한 생각이 "내가 생각을 하지 않는다는 건 이상하고 불공평한 이야기이다"라는 듯이.

이 괴팍한 장인은 나를 싫어했다. 내가 어리고 매우 소심했을 때, 그는 내게 대장간 어두운 구석에 악마가 살고 있다고 가르쳐 주었다. 그리고 자기는 악마의 친구이며, 7년에 한 번꼴로 어린아이를 불에 넣어 악마에게 산 제물로 바쳐야 하니 나를 조만간 용광로에 쳐넣겠다고 말했다. 내가 조의 제자가 되자 그는 내가 조의 자리를 물려받을 거라는 두려움이 현실이 되었다고 생각했는지 나를 더욱 싫어하게 되었다. 단, 그는 어떤 말이나 행동으로 확실히 적개심을 드러내는 것은 아니었다. 내가 눈치챈 것은 그가 쇠를 두드릴 때면 으레 내 쪽으로 불꽃을 튀기고, 내가 〈올드 클렘〉을 부를 때면 어김없이 몇 박자 어긋나게 합창에 끼어든다는 것 정도였다.

다음 날 내가 조에게 한나절 휴가에 대해 재차 확인했을 때, 돌지 올릭도 대장간에서 일하고 있었다. 그때 그는 아무 말도 하지 않았다. 내가 풀무질을 하고, 그와 조는 둘이서 달궈진 쇠를 두드리기 시작한 참이었기 때문이다. 그러다 이윽고 언제나처럼 망치에 기대며 그가 입을 열었다.

"어르신! 우리 둘 중 한 사람만 편애하는 건 아니겠죠. 핍 도련님이 한나절을 놀면, 늙은 올릭도 똑같이 놀게 해주셔야지요." 그는 아마도 25세 정도였지만, 늘 자신을 늙은이라고 말했다.

"휴가를 받으면 뭘 하게?" 조가 대꾸했다.

"휴가를 받아 뭐하느냐고요? 저 녀석은 뭘 하는데요? 나도 저 녀석만큼 할

---

1) 형장에 끌려가는 그리스도를 조롱한 벌로 떠돌이 운명을 짊어졌다고 알려져 있음.
2) 창세기 4장 12절 참조.

일이 많은 놈이라고요.”

“핍은 읍내에 나갈 일이 있어.”

“그럼 늙은 올릭도 읍내에 가겠습니다. 둘이 같이 가지요. 꼭 혼자만 가란 법도 없으니까.” 올릭이 발끈해서 대답했다.

“그렇게 흥분하지 말라고.”

“발끈하건 말건 내 맘이죠.” 올릭이 흥분하여 소리쳤다. “읍내에 간다고? 흥, 웃기시네! 어르신! 어서요. 이 대장간에서 편애는 없어야 합니다. 공평하게 대해 주세요!”

조는 “네가 머리를 식힐 때까지 이 이야기를 하지 않겠다”고 말했다. 그러자 느닷없이 올릭이 용광로에서 새빨갛게 달구어진 쇠막대기를 꺼내어 내게 찌르는 시늉을 하더니 그것을 내 머리 위에서 휘두른 뒤 모루 위에 놓고 탕탕 두드리기 시작했다. 그것을 보고 있노라니, 그 쇠막대기가 나고, 사방으로 튀는 불꽃은 내 피인 것처럼 생각되었다. 마침내 그는 자신은 더워지고 쇠는 식을 때까지 탕탕 두드린 뒤 다시 망치에 기대어 말했다. “자, 어르신!”

“그래, 기분은 풀렸나?” 조가 물었다.

“네, 개운하군요.” 올릭이 걸걸한 목소리로 대답했다.

“좋아, 자네도 누구 못지않게 열심히 일했으니 오늘은 다 같이 한나절 쉬기로 하지.”

그 말을 마당에서 조용히 엿듣고 있었던 누나가—그녀는 가장 파렴치한 간첩으로, 엿듣기 선수였다—득달같이 유리창으로 대장간 안을 들여다보며 이렇게 외쳤다.

“바보 같기는! 참 당신답구려. 아무짝에도 쓸모없는 게으름쟁이들에게 휴가를 주다니. 돈을 그런 식으로 허비하다니, 정말이지 돈이 남아돌아 쓸 데가 없나 보죠? 내가 주인이었다면 그렇게는 안 할 거요.”

“원하신다면 온 세상 사람의 주인이라도 되시겠습니다.” 올릭이 심술궂은 웃음을 띠며 말했다.

“건드리지 말고 가만있어.” 조가 말했다.

누나가 단단히 화가 나서 말했다. “난 바보들이나 게으름뱅이들이 몇 명 달려들어도 거뜬해. 네 주인, 멍청이들의 왕 조 가저리 한 명쯤은 문제도 아니야.

게으름뱅이도 한꺼번에 몇 명이라도 상대해 주지. 영국과 프랑스를 합친 가운데서도 가장 게으른 너희들 따위는 우습다고."

"잔소리가 보통이 아닌데요, 가저리 부인." 올릭이 지껄여댔다. "잔소리 잘하는 것이 게으름뱅이를 재판할 자격이 된다면 면허는 떼 놓은 당상이겠네요."

"건드리지 말고 가만있으라고 했지!" 조가 말했다.

"뭐라고?" 누나가 소리 질렀다. "뭐라고 그랬냐고! 핍, 저 올릭이라는 작자가 나한테 뭐라는 거니? 내 남편이 버젓이 옆에 있는 데서 저 자식이 나에게 뭐라고 한 거야? 아이고! 아이고! 아이고!" 이 감탄사 하나하나는 비명에 가까운 외침이었다. 누나에 대해 한마디 언급해 두겠다. 다른 난폭한 여자들에게도 해당하는 말이지만, 내 경험에 비추어 봤을 때 히스테리는 성급한 행위를 설명하는 변명이 되지 못한다. 정신을 놓고 히스테리를 일으키는 것이 아니라 충분히 의도적으로, 일부러 애써가며 히스테리를 일으키고 정해진 단계를 거치며 맹목적인 분노에 이르기 때문이다.

"나를 보호하겠다고 맹세한 겁쟁이의 눈앞에서 저놈이 날 뭐라고 불렀어, 응? 아이고, 원통해라! 아이고!"

"아, 진짜!" 올릭이 이 사이로 나지막하게 말했다. "내 마누라였다면 펌프 밑으로 끌고 가서 물을 들이부어 저 잔소리하는 버릇을 뿌리 뽑는 건데."

"이봐, 내버려 두라니까." 조가 말했다.

"아이고! 저놈 말하는 것 좀 보게!" 누나가 손뼉을 치며 악을 썼다. 이것이 다음 단계였다. "저놈한테 그런 식으로 불리다니! 저 올릭이란 놈한테! 바로 내 집에서! 남편까지 있는 내가! 그 남편이 바로 옆에 있는데도! 아이고! 아이고!" 손뼉을 치며 고함을 지른 뒤에 누나는 손으로 가슴과 무릎을 치고, 모자를 집어 던지고, 머리카락을 풀어헤쳤다. 이것이 발작의 마지막 단계였다. 이리하여 발작이 폭발하는 데까지 완벽하게 성공했다. 누나는 완전하게 퓨리[3]로 변신하고서 대장간 문으로 돌진했다. 그러나 다행히도 그 문은 잠겨 있었다.

옆에서 조심스럽게 끼어들려 했던 조언이 모조리 무시당한 불쌍한 조는 이제 올릭을 겁도 없이 자기와 아내 사이에 끼어들었다고 다그치고, 남자라면 정

---

3) 그리스 신화에 나오는 복수의 여신.

정당당하게 덤비라고 도발하는 수밖에 없었다. 올릭도 맞서 덤비는 수밖에 다른 도리가 없다고 생각했는지 즉각 방어에 나섰다. 그리하여 그을음이 묻은 앞치마를 벗을 새도 없이 그들은 두 거인처럼 맞붙어 싸웠다. 그러나 이 근방에서 조와 맞서 오래 싸울 수 있는 사람은 아무도 없었다. 예전 그 창백한 어린 신사가 별것 아닌 상대였듯이, 올릭도 곧 석탄재에 파묻혀 쓰러진 채로 일어설 생각을 하지 않았다. 조는 문을 열고, 창문 가에서 의식을 잃고 쓰러진 누나를 안아 올린 다음(그녀는 그 싸움을 끝까지 지켜보다가 기절했으리라) 집 안으로 데려가서 침대에 눕혔다. 조가 안정을 취하라고 말했는데도, 그녀는 발버둥을 치며 조의 머리카락을 움켜쥐었다. 그리고 폭풍 뒤에 오는 기묘한 고요함과 침묵이 뒤따랐다. 그런 적막함에서 내가 늘 연상하는 그 막연한 느낌, 즉 오늘은 일요일이고 누군가가 죽었다는 느낌을 받으며 나는 위층으로 올라가 옷을 갈아입었다.

다시 아래층으로 내려왔을 때, 조와 올릭은 청소를 하고 있었다. 난투의 흔적이라곤 올릭의 코에 생긴 상처뿐이었다. 그 상처는 많은 이야기가 담긴 것도 아니었고, 영광스러운 훈장도 아니었다. 쾌활한 세 뱃사공에서 맥주가 배달되어 오자 그들은 평화롭게 그것을 나누어 마셨다. 고요함이 찾아온 덕분에 조는 차분하고 철학적이 되었다. 큰길까지 나를 따라나온 그는 헤어지기 전에, 내게 도움이 될 조언을 해주었다. "격정은 폭발했다가도 가라앉기 마련이지. 그것이 인생이란다, 핍!"

내가 미스 해비샴네 저택으로 가면서 품었던 우스꽝스러운 감정(어른에게 심각한 감정이 어린아이에게는 희극적으로 보이는 것이 세상 이치이다)에 대해 장황하게 설명할 필요는 없을 것이다. 종을 울릴 결심이 서기 전에 대문 앞을 수없이 왔다 갔다 했다는 것—종을 울리지 않고 그냥 돌아가는 편이 나을까 생각했던 것—돌아갔다 하더라도 시간만 넉넉히 있었다면 다시 돌아왔으리라는 것 등에 대해서도 마찬가지라는 생각이었다.

대문을 열러 나온 사람은 에스텔라가 아니고 사라 포켓이었다.

"어머나, 또 너니? 뭘 원하는 거지?" 그녀가 물었다.

미스 해비샴에게 인사를 드리러 왔을 뿐이라고 대답하자, 사라는 나를 그냥 보낼지 말지 고심하는 눈치였다. 그러나 책임을 지기가 싫었는지 먼저 대문

안으로 들어와 기다리라고 한 뒤, "올라오렴"이라는 짧은 전언을 가지고 돌아왔다.

변한 것은 아무것도 없었다. 미스 해비샴은 혼자 있었다. 그녀가 나를 물끄러미 바라보며 말했다. "그래, 뭘 바라고 온 건 아니겠지? 줄 건 아무것도 없단다."

"아니에요, 미스 해비샴. 덕분에 도제(견습생) 생활을 잘하고 있다는 걸 알려드리고 싶었을 따름이에요."

"그래, 그렇구나. 그럼 종종 얼굴을 보여주렴. 네 생일날 오너라." 그녀는 여느 때처럼 신경질적으로 손가락을 움직이며 말했다. 그러다가 갑자기 "아아!" 외치더니 내 쪽으로 의자를 돌려 앉으며 말했다. "너는 에스텔라를 찾고 있구나, 그렇지?"

사실 나는 에스텔라를 찾으면서 주위를 두리번거리고 있었다. 나는 그녀가 잘 지내기를 바란다고 더듬더듬 말했다.

"외국에 있단다. 숙녀가 되기 위한 공부를 하고 있지. 닿을 수 없는 먼 곳에서 전보다 더 아름다워지고 모두에게 숭배받고 있지. 어떠냐, 에스텔라를 잃어버렸다는 기분이 들어?"

이 마지막 말에는 악의에 찬 기쁨이 담겨 있었다. 게다가 그녀가 몹시 불쾌한 웃음소리를 냈으므로 나는 뭐라 대꾸할 말을 잃었다. 그러나 곧 그녀가 나더러 그만 가보라고 했으므로 나는 대꾸할 말을 생각하지 않아도 되었다. 호두 껍데기 같은 얼굴을 한 사라 포켓이 나를 내보내고 대문을 닫았을 때, 나는 우리집과 대장장이 직업과 내 인생의 모든 것에 대해 전보다 더 실망했다. 일부러 이렇게 찾아온 일에 대한 수확은 그것뿐이었다.

가게 유리창을 들여다보며, 만약 내가 신사라면 어떤 물건을 살까 상상하면서 한산한 번화가를 어슬렁거릴 때였다. 나는 마침 책방에서 나오던 웹슬 씨와 딱 마주쳤다. 손에는 6펜스를 투자해 방금 산 조지 반웰의 애절한 비극[4]을 들고 있었다. 이제부터 함께 차를 마실 펌블추크 씨의 머릿속에 그 책의 한 문장 한 구절을 빠짐없이 집어넣어 주려는 심사에서였으리라. 그는 나를 보자마자 희곡을 읽어 주라고 신께서 특별히 제자를 보내 주셨다고 생각한 모양이었다.

---

[4] 조지 릴로의 《런던의 상인》(1731년). 부지런한 도제 반웰이 창부 사라 밀우드의 유혹에 홀려, 주인에게서 돈을 강탈하고 유복한 숙부를 죽인 뒤 체포·처형된다는 내용.

웝슬 씨는 내 손을 잡더니 펌블추크 씨네 응접실로 함께 가자고 막무가내로 졸랐다. 나로서도 집에 돌아가 봤자 비참하기만 하고 밤길은 어둡고 쓸쓸했으므로, 혼자 가는 것보다야 누구든지 함께 가는 게 낫겠다 싶어 굳이 거절할 이유가 없었다. 이리하여 우리는 거리와 가게에 불빛이 들어오기 시작할 무렵 펌블추크 씨 집으로 향했다.

나는 조지 반웰 이야기를 한 번도 들어본 적이 없었으므로, 그것이 대충 얼마나 길지 짐작도 할 수 없었다. 어쨌거나 그날 밤 공연은 9시 반까지 이어졌다. 뉴게이트 교도소에 들어간 뒤로는 불명예스러웠던 주인공의 인생이 어느 단계보다도 이야기가 장황하게 늘어졌으므로, 그가 예정대로 교수대에 오를 수 있을지 걱정되었다. 더구나 그가 인생이 한창 꽃필 때 짧은 생을 어찌 마감하겠느냐고 말하는 대목은 참으로 이상했다. 막이 열린 뒤로 줄곧 그의 삶의 잎사귀는 말라가고 열매도 맺지 못할 뿐이었으니까. 길고 지루한 연극이었다. 단, 반웰의 험난한 인생 여정과 나의 죄 없는 인생이 정확히 일치하는 데에는 놀랐다. 그래서 반웰이 올바른 길을 벗어나기 시작하자 나는 내가 사죄해야 할 것만 같은 기분이 들었고, 펌블추크 씨의 화난 눈은 나를 매섭게 비난하고 있었다. 웝슬 씨도 나를 세상에서 가장 나쁜 놈으로 만들었다. 잔인하고 감상적인 나는 정상참작의 여지도 없이 숙부를 살해했고, 번번이 사라 밀우드에게 휘둘렸으며, 주인의 딸은 편집증적으로 내 일거수일투족을 간섭했다. 운명의 아침, 나는 헐떡거리면서도 쉬지 않고 지껄여 처형을 지연시키는데, 본인으로서는 그것이 나라는 인간의 연약한 성격에 어울리는 행동이라고밖에 말할 수가 없다. 내가 경사스럽게도 형장의 이슬로 사라지고 웝슬 씨가 책을 덮은 뒤에도 펌블추크 씨는 나를 노려본 채로 앉아 고개를 저으며 "알겠느냐, 이 이야기에서 교훈을 얻어야 한다!"고 말했다―어수룩한 친척이 있다면 그를 속여 알맹이만 쏙 빼먹은 다음 살해하리라는 꿍꿍이를 내가 품었다는 것 정도는 세상이 다 아는 사실이라고 말하고 싶은 듯했다.

낭독이 끝나고 웝슬 씨와 함께 집으로 걷기 시작했을 때는 캄캄한 밤이었다. 읍내로 나오자 축축하고 두껍게 내려앉은 짙은 안개가 깔려 있었다. 통행 요금소 불빛도 흐릿하게 떠올라 보일 뿐이어서 제자리에 있는 것 같지 않았다. 안갯속에서 비치는 그 불빛은 딱딱한 인상을 주었다. 그런 것을 의식하면서 우리가 이 안개는 바람 방향이 바뀐 탓에 늪지대에서 밀려왔나 보다라고 말할 때였다. 바람이 없는 요금소 뒤에서 구부정하게 몸을 굽히고 있는 사람이 눈에 들어왔다.

우리는 걸음을 멈추고 말을 붙였다. "저기요! 거기 올릭이에요?"

"응." 그가 구부정한 채 나와서 대답했다. "그냥 서 있었어. 잠깐, 누구 아는 사람 없을까 하고."

"너무 늦게 돌아가는 거 아니에요?" 내가 말했다.

"응? 너도 늦었잖냐." 그가 대꾸했다. 그런 말을 들으니 나는 할 말이 없었다.

"우리는 지적인 저녁 모임을 즐기고 오는 길이라오." 조금 전 연기에 아직도 취해 있는 웝슬 씨가 변명했다.

올릭은 알 바 아니라는 듯이 뭐라고 중얼거렸다. 우리 셋은 나란히 걷기 시작했다. 얼마쯤 걷다가 나는 그에게 오늘 한나절을 시내를 거닐며 보냈느냐고 물었다.

"그래, 쭉 시내에 있었지. 바로 네 뒤에 왔지. 너는 보이지 않았지만, 틀림없이 바로 네 뒤였다. 그건 그렇고, 또 대포 소리가 들렸단다."

"감옥선에서요?" 내가 물었다.

"그래, 새장에서 새가 도망갔거든. 날이 저물고 나서부터 계속 쏴대는구나. 곧 다시 들릴 거다."

정말로 몇 발자국 안 가서, 기억에도 생생한 그 대포 소리가 안개에 짓눌린 채 도망자들을 쫓아 위협하듯이 강가 낮은 지대를 따라 묵직하게 우리 쪽으로 전해져 왔다.

"탈주하기에는 안성맞춤인 밤이지." 올릭이 말했다. "도망친 죄수를 어떻게 잡을지 난 짐작도 안 가는구나."

나는 그 문제에 대해서 생각할 점이 많았으므로 잠자코 생각에 잠겼다. 조지 반웰의 불운한 숙부 생각에 빠진 웝슬 씨는 캠버웰의 정원에서 명상에 잠겼다. 올릭은 호주머니에 손을 찔러 넣은 채 내 옆에서 구부정하게 걸었다. 길은 매우 어둡고, 습하고, 진창투성이였으므로 우리는 흙탕물을 마구 튀기며 걸어갔다. 이따금 대포 소리가 우리 쪽으로 몰려왔다가 강줄기를 따라 음산하게 퍼졌다. 나는 외따로 계속 생각에 잠겨 있었다. 웝슬 씨는 캠버웰에서 기분 좋게 숨을 거둔 뒤, 보즈워스[5] 전장을 분주하게 뛰어다녔으며, 글래스턴베리[6]에서는 크나큰 고통을 맛봤다. 올릭은 가끔 "내리쳐라, 내리쳐라, 올드 클렘! 뚝딱 뚝딱, 올드 클렘!"이라고 낮게 중얼거렸다. 그는 술을 마신 모양이었는데, 취하지는 않았다.

이리하여 우리는 마을에 도착했다. 셋이서 쾌활한 세 뱃사공 앞을 지나며 보니, 11시였음에도 놀랍게도 그 안은 북적북적했다. 문이 활짝 열려 있고, 이런 늦은 시각에도 분주하게 들어 올려졌다 내려졌다 하는 등불의 불빛이 여기저기서 보였다. 죄수가 잡힌 줄 알고 상황을 파악하기 위해 잠깐 들어갔던 웝슬 씨가 곧 허둥지둥 뛰어나왔다. 그러고는 숨넘어가는 소리로 말했다. "너희 집에 무슨 일이 생겼나 보다, 핍. 얼른 가보자!"

"무슨 일인데요?" 그의 뒤를 쫓아가며 내가 물었다. 올릭도 내 옆에서 나란히 뛰었다.

"잘 모르겠어. 조 가저리가 집을 비운 사이에 누군가가 침입했다는 모양이야. 죄수 짓인지도 모르지. 누가 습격을 받고 다쳤다더라."

우리는 엄청난 속도로 달렸으므로 그 이상 말을 할 수 없었다. 멈추지도 않고 달려 우리집 부엌으로 들어가자, 그곳에는 사람들로 꽉 차 있었다. 온 마을 사람들이 부엌과 마당에 모여 있었다. 의사와 조, 한 무리의 여자들이 부엌 한가운데에 서 있었다. 구경꾼들이 나를 보더니 뒤로 물러서 길을 비켜 주었다. 누나가 보였다. 누나는 의식을 잃고 꼼짝도 않은 채 마룻바닥에 널브러져 있었다. 그녀는 난롯불을 보고 있을 때 괴한에게 뒤통수를 심하게 얻어맞고 쓰러진 것이었다. 그 뒤로 조 부인이 히스테리를 부리는 일은 두 번 다시 없었다.

---

5) 셰익스피어 《리처드 3세》 5막 4장.
6) 셰익스피어 《존왕》 마지막 장.

제16장

　내 머릿속은 조지 반웰로 가득 차 있었다. 처음에 나는 누나가 습격당한 것에 내가 어떤 식으로 관련되어 있다고 믿었다. 또는 그녀에게 은혜를 입었다고 널리 알려진 동생으로서 내가 가장 큰 의심을 받으리라고 생각했다. 그러나 다음 날 아침 밝은 햇살 아래 사람들이 내 주위에서 이 사건에 대해 이야기하는 것을 듣고 생각이 바뀌어, 더 그럴듯한 시각을 갖게 되었다.

　조는 쾌활한 세 뱃사공에서 8시 15분부터 9시 45분까지 파이프 담배를 피우고 있었다. 그가 그곳에 있을 때, 누나가 부엌 문간에서 농장 일꾼과 잘 자라는 밤 인사를 나누는 것을 본 사람이 있었다. 그 목격자는 그때가 9시 전이었다고만 말할 뿐, 그 이상은 자세한 시각을 몰랐다(기억하려고 애쓸수록 더 혼란스러워했다). 9시 55분에 집으로 돌아온 조는 누나가 마룻바닥에 쓰러져 있는 것을 발견하고 도움을 요청했다. 그때 난롯불은 잘 타고 있었으며, 촛불의 타오른 심지도 특별히 길지 않았다. 그러나 촛불은 꺼져 있었다.

　집에서 없어진 물건은 아무것도 없었다. 뿐만 아니라 꺼진 촛불과 누나의 혼절과 출혈을 빼고는 부엌에서 이상한 점은 발견되지 않았다(초는 누나와 문간 사이 놓인 탁자 위에 있었으며, 난로 앞에 섰던 누나가 뒤통수를 맞고 쓰러졌을 때에는 누나 뒤에 있었다). 그런데 현장에는 눈에 띄는 증거물이 하나 남아 있었다. 누나는 무거운 둔기로 머리와 등을 얻어맞고서 얼굴을 바닥에 대고 쓰러졌는데, 그런 그녀에게 뭔가 무거운 물건이 몹시 세게 던져진 것이다. 조가 누나를 안아 일으켰을 때, 그녀 옆 마룻바닥 위에는 줄칼로 잘라낸 죄수의 족쇄가 널브러져 있었다.

　전문가의 눈으로 족쇄를 살펴본 조는 꽤 오래전에 잘린 것이라고 단정했다. 감옥선으로 급보가 전해졌다. 그곳에서 달려온 이들도 조의 의견에 동조했다. 그 족쇄는 감옥선에 있던 게 틀림없지만, 언제 적 것인지는 모른다고 했다. 그러나 전날 밤 탈주한 두 죄수의 것은 확실히 아니라고 주장했다. 그중 한 명은 이미 붙잡혔는데, 족쇄는 그대로 찬 채였다고 한다.

나는 사람들이 모르는 사실도 알고 있었으므로 나름대로 추론한 결과 그것은 내가 아는 죄수의 족쇄임을 확신했다. 늪지대에서 그가 줄칼로 갈던 내가 본 그 족쇄였다. 그러나 그것을 마지막으로 사용한 사람이 그라고는 생각하지 않았다. 내가 생각하는 두 사람 중 한 사람이 그것을 손에 넣어 그런 잔혹한 방법으로 사용한 게 틀림없었다. 올릭이거나 아니면 내게 줄칼을 보여주었던 그 수수께끼의 사나이, 둘 중 하나일 것이다.

올릭은 요금소에서 우리랑 만났을 때 말했던 것처럼 확실히 그날 읍내에 갔었다. 그가 저녁 내내 읍내를 어슬렁대는 것을 본 사람들이 많았다. 그는 술집 몇 군데에서 사람들과 어울려 술을 마신 뒤, 나와 웝슬 씨와 함께 돌아왔다. 그를 의심하는 근거는 그 말싸움이었다. 그러나 누나는 올릭 말고도 주변의 모든 사람과 수천 번은 말다툼을 했다. 한편 그 수수께끼의 사나이가 지폐 두 장을 찾으러 왔다고 가정하더라도, 그 사건에서 말다툼이 일어났을 리 없다. 누나는 그 돈을 기꺼이 돌려줬을 테니까. 실제로 말싸움은 없었다. 범인은 순식간에 몰래 들어왔고, 그녀는 뒤를 돌아볼 겨를도 없이 나자빠진 것이었으리라.

의도한 바는 아닐지라도 내가 흉기를 제공한 꼴이 되었다는 것은 생각만으로도 끔찍한 일이었다. 그러나 아무리 애를 써도 그 생각이 머리에서 떠나지 않았다. 마침내 어린 시절의 주문에서 벗어나 조에게 모든 사정을 털어놓을까 수없이 고민하고 또 고민했다. 몇 달 동안 날마다 고백하지 말자고 결심했다가도 다음 날이 되면 다시 자문자답을 반복했다. 요지는 이런 것이었다. 그 비밀은 이제 해묵은 것으로 내 안에서 내 일부가 되었으므로 이제 도려낼 수가 없다. 게다가 그 비밀 때문에 이런 어마어마한 재난이 닥친 셈이니, 조가 내 말을 믿는다면 조와 나 사이가 그 어느 때보다 멀어지리라. 사실 그보다 두려운 건 그가 내 말을 믿지 않고, 송아지고기 커틀릿이나 개 이야기 같은 터무니없는 거짓말이라고 생각할지 모른다는 거였다. 나는 이러지도 저러지도 못하고, 자연히 결단을 미루었다. 올바른 선택과 그릇된 선택 사이에서 흔들릴 때 인간은 으레 그렇게 되지 않던가? 나는 범인을 잡는 데 도움이 될 만한 기회 같은 게 오면 모든 걸 털어놓기로 결심했다.

경찰들과 런던에서 온 형사들이 한두 주일이나 집 주변을 어슬렁댔다. 그 무렵은 아직 경찰관들이 빨간 조끼를 입던 때였다.[1] 그들은 그런 사건이 일어났을 경우에 그들과 같은 관료들이 어떻게 행동하는지에 대해 내가 읽고 들은 바대로 행동했다. 그들은 명백하게 아무 혐의 없는 사람들을 잡아 가두고는 엉뚱한 생각에 집착하고, 상황에서 추론을 이끌어내는 것이 아니라 추론을 상황에 끼워 맞추려고 애썼다. 또한, 뭔가 다 알면서도 숨기는 듯한 얼굴로 쾌활한 세 뱃사공 문간에 무리지어 서서 온 마을 사람들의 동경 대상이 되었다. 그리고 범인을 체포할 때와 같은 아리송한 태도로 술을 마셨다. 물론 그들이 범인을 잡는 일은 결코 없었다.

이 대단하신 양반들이 철수한 뒤에도 누나는 오랫동안 중태에 빠진 채 누워 있어야 했다. 시력이 나빠져서 한 물건이 여러 개로 보이는 바람에, 찻잔이나 포도주잔을 잡으려다 허공을 휘젓기도 했다. 청각도 매우 나빠지고, 기억력도 크게 떨어졌으며, 말투도 어눌해졌다. 마침내 부축을 받으며 아래층으로 내려올 수 있게 되었지만, 내 석판을 늘 곁에 두고 말 대신 그것으로 의사를 표시했다. 누나는 글씨도 아주 엉망인 데다가 철자법이 자주 틀렸고 조도 글을 잘 읽지 못했으므로 그들 사이에는 터무니없는 혼란이 생겼다. 그 사태를 해결하기 위해 늘 내가 불려 갔다. 약 대신에 양고기를 준다든가, 조와 차를 혼동하거나, 빵집과 베이컨을 착각하는 일은 내가 저지른 실수 가운데에서도 하찮은 것에 속했다.

그러나 누나는 더 이상 히스테리를 부리지 않게 되었으며 참을성도 많아졌다. 사지가 바들바들 떨리는 것이 그녀의 일상적인 생활의 일부가 돼버렸고, 두세 달에 한 번은 일주일 남짓 우울증에 빠져 두 손으로 머리를 감싸 쥔 채 있었다. 누나를 돌봐 줄 적당한 간병인을 구할 수 없을까 고민하던 차에 우연한 행운이 우리를 도왔다. 웝슬 씨네 대고모가 세상을 떠나는 바람에 비디가 우리 집 식구가 된 것이다.

누나가 다시 부엌에 얼굴을 비춘 지 한 달쯤 되었을 때, 비디가 자기의 모든 소지품을 넣은 작은 점박이 상자를 하나 들고 찾아와 우리집의 구세주가 되었

---

[1] 1829년 수도경찰 창설을 계기로 그 전신인 런던 경찰관 제도(보 스트리트 러너)가 폐지되었다. 그들 제복이 빨간 조끼라는 것은 디킨스의 착각.

다. 특히 그녀는 조에게 고마운 존재였다. 하루 내내 아내의 처량한 모습을 보느라 조도 슬픈 나날을 보내던 차였기 때문이다. 저녁에 그녀 옆에 앉아 있으면 조는 그 푸른 눈에 눈물을 머금고 내게 말하곤 했다. "정말로 한때는 좋은 여자였단다, 핍." 비디는 어릴 적부터 줄곧 누나를 관찰해 온 사람처럼 금세 누나의 마음을 읽고서 솜씨 좋게 시중을 들어 주었다. 덕분에 조는 전에 비해 확연히 조용한 삶을 어떻게든 즐길 수 있게 되었다. 때로는 기분전환을 하러 쾌활한 세 뱃사공을 찾기도 했다. 그에게는 정말 다행스러운 일이었다. 경찰들은 그들의 전형적인 사고방식에 따라 불쌍한 조를 의심하고—본인은 결코 눈치채지 못했지만—조만큼 속이 시커먼 녀석은 처음이라고 생각했다.

비디가 새 임무를 맡고 처음 올린 성과는, 내 두 손 두 발을 다 들게 만든 어려운 문제를 해결한 것이었다. 사실 나는 엄청난 노력을 쏟아 부었지만 모두 헛수고로 끝났었다.

누나는 몇 번이나 되풀이해서 석판에다 T자 같이 생긴 이상한 글자를 썼다. 그리고 최대한 노력해서 우리의 눈길을 끈 다음 그것을 특별히 원한다고 호소했다. 나는 T로 시작하는 것들을, 타르 물약부터 토스트, 욕조(tub)에 이르기까지 죄다 말해봤지만 소용이 없었다. 마침내 그 글자가 망치 같이 보인다는 사실을 깨닫고는 누나 귀에 대고 큰 소리로 '망치'라고 소리 질렀다. 누나는 탁자를 두들기며 맞다는 반응을 보였다. 나는 집에 있는 망치는 모조리 가져다 하나씩 보여 주었지만, 소용이 없었다. 다음으로 모양이 닮은 것 중 목발이 떠올라 마을에서 하나를 빌려 자신만만하게 누나에게 보여 주었지만, 그것을 본 순간 그녀는 세차게 고개를 내저었다. 어찌나 세차게 흔드는지, 지금같이 허약한 상태에서 목을 삐는 것은 아닌지 걱정이 될 정도였다.

누나는 비디가 자기의 마음을 재빨리 알아챈다는 것을 알자, 이 이상한 표시를 석판에 써서 보여주었다. 비디는 생각에 잠긴 채 그것을 바라보며 내 설명을 듣고는 누나를 유심히 바라보고 조를 물끄러미 응시했다(그는 석판 위에서 늘 J로 표시되었다). 그러더니 대장간으로 달려갔으며, 조와 나는 영문도 모르고 그 뒤를 따라갔다.

"그래, 이렇게 뻔한걸!" 비디가 활짝 웃는 얼굴로 외쳤다. "모르겠어요? 그를 말하는 거잖아요!"

올릭! 틀림없다! 누나는 그의 이름을 잊어버리고서, 망치를 그림으로써 그를 가리킨 것이었다. 우리는 그에게 부엌으로 좀 와달라고 말했다. 올릭은 천천히 망치를 내려놓고 팔로 이마의 땀을 훔친 다음 앞치마로 다시 이마를 닦고 나서, 부랑자처럼 기묘하게 무릎을 구부려 몸을 앞으로 숙인 그 독특한 자세로 대장간을 나왔다.

나는 누나가 그에게 사납게 욕할 것을 기대했으나 내 생각과는 달랐기에 적잖이 실망했음을 고백한다. 누나는 그와 친하게 지내고 싶다는 의사를 매우 강하게 표현하고, 마침내 자기 앞에 나타나 준 것에 대해 몹시 기뻐하며, 뭔가 마실 것을 가져다주라는 몸짓을 해 보였다. 누나는 이런 접대에 그가 만족해하는지를 확인하려는 듯 그의 표정을 찬찬히 살폈다. 그와 화해하고 싶다는 것이었다. 그녀의 모든 행동에는 엄한 선생님에게 어린아이가 보이는 겸허한 속죄의 마음이 담겨 있었다. 그날 뒤로 누나는 거의 날마다 석판에 망치 그림을 그렸고, 올릭은 몸을 구부정하게 하고서 찾아와 나처럼 무슨 영문인지도 모른 채 누나가 시키는 대로 그 앞에 서 있었다.

제17장

　나는 이제 도제 생활에 완전히 익숙해졌다. 마을과 늪지대 이외 장소에 외출하는 일은, 내 생일날 미스 해비샴네 저택을 방문했을 때 말고는 없었다. 저택에 도착하자 사라 포켓이 문을 열어 주었다. 미스 해비샴은 일 년 전과 똑같은 말을 한 건 아니었지만 같은 투로 에스텔라에 대해 말했다. 면회는 몇 분 만에 끝났다. 그녀가 헤어질 때 1기니를 주며, 다음 생일에 또 오라고 말했다(그렇다. 이것이 연중행사가 되었음을 여기서 밝혀 둔다). 처음에는 1기니를 안 받으려고 했으나, 그녀가 "더 많이 달란 말이냐?" 말하기에 더 이상 거절하지 않고 잠자코 받기로 했다.

　그 따분하고 오래된 저택, 어두컴컴한 방의 누런 불빛, 화장대 거울 앞 의자에 앉은 빛바랜 유령. 이 모든 것이 완벽한 그대로였다. 나와 저택 밖에 있는 모든 것은 나이를 먹는데, 시계가 멈추어 있듯 이 이상한 곳은 정말 시간이 멈추어 버린 것 같았다. 햇빛은 조금도 저택 안으로 비쳐들지 않았다. 내 머릿속에 있는 저택에도 빛은 들어오지 않았다. 그 결과 나는 어둠 속에서 당황한 채 마음 깊은 곳에서부터 우리집을 창피하게 여기고, 대장장이 일을 계속 싫어했다.

　그런데 나는 어느 사이에 비디에게 변화가 왔음을 알게 되었다. 구두 뒤축은 이제 밟히는 일이 없었고, 머리카락은 단정하고 윤기가 났으며, 손은 늘 깨끗했다. 비디는 결코 미인이 아니었지만—그녀는 수수해서 결코 에스텔라처럼은 될 수 없었다—명랑하고 건강하며 상냥했다. 그녀가 우리와 함께 산 지 1년이 못 되었을 때였다(그녀가 상복을 벗은 지 얼마 안 되었을 때로 기억한다). 어느 저녁 나는 그녀가 이상하리만치 사려 깊고 신중한 눈을 지니고 있다는 걸 알았다. 무척 아름답고 선량한 눈이었다.

　나는 책에서 문장 몇 개를 베껴 쓰고 있었다(읽기 쓰기를 한꺼번에 향상하려는 작전이었다). 문득 눈을 드니 비디가 내가 작업하는 것을 물끄러미 지켜보고 있었다. 나는 펜을 놓았고, 비디는 바느질감을 내려놓지는 않았으나 손을 멈추었다.

"비디, 넌 어쩜 그렇게 잘하는 걸까? 내가 엄청나게 돌머리던가, 비디가 엄청나게 머리가 좋던가 둘 중 하나야."

"뭘 잘한다는 거야? 모르겠네." 비디가 웃으면서 대답했다.

그녀는 모든 집안일을 도맡아 했다. 그 말이 하고 싶었던 것은 아니지만, 그 사실을 고려한다면 내가 말하고 싶었던 것은 더욱 놀라운 일이 되었다.

"대체 비디는 내가 배운 걸 언제 다 배우고 또 날 따라잡는 거지?" 나는 내 지식을 꽤나 뻐기고 있었다. 생일에 받은 1기니를 내 지식을 위해 쏟아 부었고, 용돈의 대부분 또한 그것을 위해 떼어 두었기 때문이다. 하기야 지금 돌이켜 보면, 나는 내 알량한 지식을 아주 과대평가하고 있었다.

"너야말로 어떻게 공부하는지 묻고 싶을 정도인걸." 비디가 말했다.

"내가 밤에 대장간 일을 마친 뒤에 공부한다는 건 누구나 보면 아는데, 뭘. 하지만 비디는 공부 같은 건 안하잖아?"

"아마 옮는 거겠지, 감기처럼." 그렇게 조용히 대꾸하더니 그녀는 다시 바느질을 계속했다.

한쪽으로 고개를 기울이고 바느질을 계속하는 비디를 바라보면서 나무의자에 기대어 생각을 계속하노라니, 점점 그녀가 비범한 인물처럼 보이기 시작했다. 생각해 보면 그녀는 대장장이들끼리 쓰는 용어에도 능통하고, 대장간에서 하는 수많은 작업의 이름이나 여러 도구의 이름도 모두 알았기 때문이다. 요컨대, 내가 아는 것은 그녀도 뭐든 다 알았다. 이론상 그녀는 이미 나만큼, 아니 나보다 솜씨 좋은 대장장이였다.

"기회가 오면 그 기회를 최대한 살리는 사람이 있지, 왜. 비디는 바로 그런 사람이야. 우리집에 오기 전엔 전혀 기회가 없었는데, 지금은 얼마나 발전했는지 봐!"

비디는 잠깐 나를 바라본 뒤 다시 바느질을 계속했다. "내가 너의 첫 선생님 아니었니?" 그녀가 바느질을 하며 물었다.

"비디! 왜 그래? 울고 있잖아!" 나는 놀라서 소리쳤다.

"아니." 그녀가 웃으며 얼굴을 들었다. "왜 그런 말을 하지?"

왜냐니, 물론 바느질감 위에 떨어진 눈물이 반짝였기 때문이었다. 나는 잠자코 앉아서, 웝슬 씨의 대고모가 돌아가시기 전까지(이 성공을 크게 배웠으면 하는 몇 명이 아직 남아 있다) 비디가 얼마나 힘들고 단조로운 생활을 해왔는가를 떠올려 보았다. 그녀가 그 볼품없는 작은 가게와 볼품없는 작고 시끄러운 야간 학교에서 그 볼품없고 무능력한 늙은이를 이끌며 짊어져야 했던 시절의 그 절망적인 환경을 떠올렸다. 그녀가 지금 싹 틔우고 있는 능력이 그 불행한 시절에도 잠재해 있었던 게 틀림없었다. 왜냐하면 내가 처음으로 불안과 불만을 느꼈을 때 나는 마땅한 듯이 그녀의 도움에 매달리지 않았던가. 비디는 조용히 바느질을 계속하며 앉아 있었다. 이제 눈물은 흘리지 않았다. 그녀를 바라보면서 상념에 빠져 있노라니, 문득 내가 그녀에게 충분히 고마워하지 않은 것 아닌가, 지금까지 붙임성 없이 대해 왔지 않은가, 내가 먼저 마음을 조금 더 열었어야 했지 않나 하는 따위의 생각이 떠오르기 시작했다(꼭 그와 똑같은 표현이 뇌리를 스친 것은 아니지만).

"그래, 비디가 내 첫 선생님이었지. 그때는 우리가 부엌에서 이렇게 함께 있으리라고는 상상도 못했었는데." 이런저런 생각이 끝나자 내가 그렇게 말했다.

"가엾기도 하지! 그건 슬프게도 정말이구나." 비디는 자리에서 일어나 누나 주위를 분주하게 돌아다니며 누나를 편하게 해주었다. 내 말을 누나와 연결 짓다니, 과연 남을 먼저 생각하는 그녀다웠다.

"우리 예전처럼 단둘이서 더 많은 이야기를 나누어야겠다." 내가 말했다. "그리고 난 전처럼 비디에게 좀더 상의할 일이 있어. 이번 일요일에 늪지대를 산책하며 천천히 이야기 나누자."

누나는 이제 혼자 둘 수가 없었다. 그러나 조가 일요일 오후에 기꺼이 누나를 돌봐 주겠다고 했으므로 비디와 나는 함께 밖으로 나갔다. 화창한 여름날이었다. 마을을 지나고 교회와 묘지도 지나고 늪지대로 나와, 강에 떠 있는 배의 돛이 보이기 시작하자 나는 여느 때처럼 그 위에 미스 해비샴과 에스텔라의 모습을 그려 보았다. 우리는 강둑에 앉았다. 물이 발목까지 와서 찰랑거리고, 그 소리 때문에 주위가 오히려 더 고요하게 느껴졌다. 나는 지금이야말로 비디에게 내 속내를 고백할 기회라고 생각했다.

"비디, 나는 신사가 되고 싶어." 나는 그녀에게 비밀을 지키겠다는 맹세를 시킨 뒤 그렇게 말했다.

"어머나, 나라면 그렇게 생각 안 할 텐데. 그게 과연 좋은 생각일까?"

"비디." 나는 조금 강한 어조로 말했다. "나에겐 신사가 되어야 할 특별한 이유가 있어."

"그거야 네가 가장 잘 알겠지. 하지만 넌 지금 이대로가 행복하다고 생각하지 않니?"

"비디." 나는 안달이 나서 소리를 높였다. "난 지금이 전혀 행복하지 않아. 지금 하는 일과 생활이 지긋지긋하다고. 계약에 묶인 뒤로 둘 다 전혀 마음에 들지 않아. 그런 터무니없는 소리 마."

"내가 터무니없는 소릴 했니?" 비디가 살짝 눈썹을 치켜세웠다. "그랬다면 미안해. 그럴 의도는 없었어. 난 그저 네가 성공해서 편안한 삶을 살면 좋겠다고 생각했을 뿐이야."

"그래, 그렇다면 똑똑히 알아 둬. 나는 지금과는 전혀 다른 생활을 하게 될 때까지 편안(최소한 비참하지 않은 상태)해지지 않을 것이고, 또 그렇게 될 수 없어."

"딱하기도 하지!" 비디는 측은한 표정으로 머리를 흔들었다.

그렇다. 나도 수없이 '딱하다'고 생각했었다. 따라서 늘 나 자신을 상대로 했었던 이 고독한 싸움에서 내가 하던 생각과 똑같은 생각을 비디가 말했을 때는 하마터면 눈물을 흘릴 뻔했다. 나는 비디 말이 옳다고 대꾸했다. 단, 옳다는 것은 알지만 유감스럽게도 거기에 동조할 수는 없다고 덧붙였다.

옛날에 내 울분을 머리카락을 쥐어 뜯어내고 양조장 담장을 냅다 걷어차며 풀었던 것처럼, 손에 닿는 짧은 풀을 있는 대로 뽑아내며 나는 말했다. "내가 이곳에서 안정된 생활을 하고, 어렸을 때 좋아하던 반만큼이라도 대장간을 좋아하는 편이 내게는 훨씬 이로우리란 것쯤은 알아. 그러면 너와 나 그리고 조는 더 이상 바랄 것이 없겠지. 내 도제 기간이 끝나면 조는 나를 동업자로 삼아 줄 거고, 어쩌면 나는 비디와 사귀게 될지도 몰라. 우리 둘 다 지금과는 전혀 다른 모습으로 화창한 일요일에 다시 이 강가에 앉아 있겠지. 내가 비디에게 부족하진 않겠지? 어때?"

비디는 멀어지는 배를 바라보며 한숨을 짓고는 대답했다. "그래, 난 남자를

"나는 불행해."

까다롭게 고르는 편은 아니니까." 썩 기분 좋은 대답은 아니었지만, 그녀가 좋다는 뜻으로 말한 것임은 알 수 있었다.

"그렇게 되는 대신에," 나는 풀을 더 잡아 뜯고, 뽑은 풀을 한두 줄기 씹으면서 말했다. "지금 내가 어떤지 봐. 불만투성이에다 뚱해 있고, 게다가…… 거칠고 천박해. 누가 말하지 않더라도 그렇다고!"

비디가 갑자기 얼굴을 내 쪽으로 돌리더니, 바다에 떠 있는 배를 볼 때보다 더 진지하게 나를 바라보았다.

"그건 사실도 아니고 무례한 말이야. 누가 그런 말을 했지?" 그녀가 다시 배로 눈길을 돌리고 그렇게 물었다.

나는 당황했다. 나조차도 무슨 말을 하려는지 정확히 파악하지 못한 채 이상한 방향으로 이야기를 끌고 가 버렸기 때문이다. 그러나 이제 와서 얼버무릴 수도 없는 노릇이었다. "미스 해비샴네 집에 있던 예쁜 여자애가 그랬어. 그렇게 예쁜 애는 처음 봐. 나는 그 애가 정말 좋아. 그 애 때문에 신사가 되고 싶은 거야." 이런 정신 나간 고백을 한 뒤 나는 잡아 뽑은 풀을 강으로 던지기 시작했다. 그것을 따라 강물에 뛰어들고 싶다는 듯이.

"그 애의 환심을 사기 위해 신사가 되고 싶다는 거니? 아니면 그 애에게 복수하기 위해?" 잠시 침묵하고는 비디가 조용히 물었다.

"모르겠어." 나는 우울한 얼굴로 대답했다.

"복수할 거라면(내 생각엔…… 하지만 네가 가장 잘 알겠지), 그 애 말을 무시하면 스스로 그 소원을 이룰 수 있지 않을까? 환심을 사기 위해서라면(내 생각엔…… 하지만 네가 가장 잘 알겠지), 그 앤 네가 마음을 얻을 만한 가치가 없는 것 같은데?"

그 말이 맞다. 나 자신도 수없이 했던 생각이며, 그 순간 나도 분명히 아는 사실이었다. 그러나 아무리 현명하고 훌륭한 어른이라도 쉽게 빠지곤 하는 그 이상한 자기모순을 아둔하고 가엾은 시골 소년이 어떻게 피할 수 있겠는가?

"비디 말이 모두 옳을지도 몰라. 하지만 난 그 애가 정말 좋아."

한마디로, 나는 그 말과 함께 푹 엎어져 양쪽 머리카락을 움켜쥐고 힘껏 비틀었다. 내 사랑이 매우 무모하며, 상대를 잘못 골랐다는 것을 알고 있었다. 따라서 그런 멍청이가 된 벌로 머리카락을 잡아당겨 고개를 쳐든 다음 자갈밭에 내동댕이치는 게 마땅하다고 생각했던 것이다.

비디는 현명한 여자였으므로 그 이상 나를 설득하려 하지 않았다. 그녀는 내 두 손 위에 자기 손을 얹고(일 때문에 거칠어지긴 했지만 포근한 손이었다), 머리카락을 쥐고 있는 내 손을 부드럽게 풀었다. 그러고는 위로하듯 내 어깨를 가만히 토닥거렸다. 나는 양조장에서 그랬던 것처럼 내 옷소매에 얼굴을 파묻고 울었다. 그리고 내가 누군가에게 또는 모두에게(어느 쪽인지는 알 수 없었다) 몹시 부당한 대우를 받고 있다고 어렴풋하게나마 확신했다.

"한 가지 기쁜 일은 네가 나에게 속내를 털어놓을 수 있다고 생각해 주었다는 점이야, 핍. 그리고 또 한 가지 있어. 내가 반드시 비밀을 지킬 것이고 그 점에서 늘 믿을 수 있는 사람이라는 것을 네가 알아주었다는 점이지. 너의 첫 선생님이(참 우습지, 정말 못 미더운 이야기야. 정작 나도 배울 게 잔뜩 있었는데!) 지금도 네 선생님이라면, 그 선생님은 네게 어떤 걸 가르쳐야 할지 잘 알고 있을 거야. 하지만 그건 깨우치기 힘든 가르침이지. 너는 이미 선생을 뛰어넘어서 이제 선생은 필요 없는걸." 이렇게 말하더니 비디는 나를 위해 조용히 한숨을 내쉬었다. 그러고는 강둑에서 일어나더니 목소리를 바꾸어 활기차고 명랑하게 물었다. "조금 더 산책할까? 아니면 그냥 집으로 돌아갈래?"

"비디에게는 항상 솔직하게 뭐든 말할게." 나는 일어나 그녀 목에 팔을 감고 입을 맞추었다.

"네가 신사가 될 때까지만."

"알다시피 난 못 될 게 뻔하잖아. 그러니까 쭉 그럴 거야. 하지만 별로 새로운 이야기는 없을 거야. 비디는 내가 아는 건 모두 알고 있으니까. 그전에도 우리집에서 그렇게 말했었지."

"아아!" 비디는 다시 배를 바라보면서 속삭이듯 한숨을 쉬었다. 그러고는 다시 한 번 밝은 목소리로 물었다. "더 산책할래, 집으로 돌아갈까?"

조금 걷자고 말했다. 우리는 산책을 계속했다. 여름날 오후 햇살도 누그러져 매우 아름다운 저녁이었다. 이런 환경에 있는 편이 시계가 멈춘 방 촛불 아래서 카드놀이를 하며 에스텔라에게 멸시받는 것보다 자연스럽고 건전한 게 아닌가, 나는 생각하기 시작했다. 이 머리에서 다른 기억이나 공상과 함께 에스텔라를 뽑아내 버릴 수 있다면, 그리고 내 일을 즐기기로 하고 거기에 전념하며 그 안에서 성실히 산다면 그것이 나에게 가장 좋은 일 아닌가. 바로 이 순간 비디 대신에 에스텔라가 내 곁에 있다면 그녀는 나를 비참한 기분으로 만들지 않았을까? 그 물음에 대한 답을 나는 정말로 모르는가? 아니, 틀림없이 알고 있었고 그것을 인정하지 않을 수 없었다. 나는 "핍, 넌 천하에 둘도 없는 바보야!" 혼잣말을 했다.

우리는 걸으면서 이런저런 이야기를 했다. 비디가 하는 말이 모두 옳게 느껴졌다. 그녀는 결코 남을 무시하거나 변덕도 부리지 않으며, 오늘은 비디지만 내일은 다른 사람처럼 행동하는 일도 없었다. 만일 나를 괴롭혔다면 그녀는 쾌락이 아니라 고통을 맛볼 것이다. 내 마음을 아프게 하기보다 자기 마음이 아픈 쪽을 선택할 것이다. 그런데 어째서 나는 두 여자 중에서 그녀를 더 좋아하지 않는 것일까?

"저, 비디." 집으로 돌아오며 내가 말했다. "날 제대로 된 사람으로 만들어 줘."

"내게 그런 능력이 있다면 얼마나 좋겠니!"

"만일 내가 너를 사랑할 수만 있게 된다면……. 우린 오랜 친구니까 이렇게 솔직하게 말해도 화 안 낼 거지?"

"화 안 내. 그런 걱정할 필요 없어."

"그럴 마음이 든다면, 그게 나한테는 가장 좋은 일이야."

"하지만 넌 절대 그렇게 되지 않을 거야." 비디가 말했다.

두세 시간 전이었다면 다르게 생각했겠지만, 이때는 그것이 전혀 가망 없는 일로만은 보이지 않았다. 그래서 나는 내 생각은 그렇게 단호하지 않다고 대답했다. 그러나 비디는 자신은 그렇게 되지 않으리란 걸 안다고 단언했다. 나도 마음속으로는 그녀가 옳다는 것을 알았지만, 그렇게까지 단호하게 잘라 말하니 조금 못마땅했다.

우리는 교회 묘지 근처까지 왔다. 거기서 강둑을 가로질러 수문 옆에 있는 나무문을 넘어야 했다. 그때 수문 뒤의 골풀 사이에선가, 아니면 늪지대에선가 (그의 음침한 평소 모습을 생각하면 그런 데서 튀어나왔다 해도 이상하지 않았다) 늙은 올릭이 불쑥 나타났다.

"안녕!" 그가 큰 소리로 우리를 불렀다. "두 사람, 어디로 가는 길이지?"

"어디긴요, 당연히 집으로 가죠."

"곧장 집으로 가지 않으면 혼날 줄 알아!"

저 "혼날 줄 알아"라는 말은 그의 입버릇이었다. 뭔가 특별한 의미가 있는 것이 아니라, 그의 괴상한 세례명과 마찬가지로 세상을 모욕하고 심각한 피해를 주겠다는 의도를 전하는 말이었다. 어릴 적 그가 저 말을 하며 내게 덤벼들 때는 날카롭게 휜 갈고리로 혼날 거라고 막연하게 생각했었다.

비디는 그가 따라오는 게 싫어서 내게 속삭였다. "그가 따라오지 못 하게 해. 난 저 사람이 싫어." 나도 그가 싫었으므로, 고맙지만 데려다 줄 필요 없다고 잘라 말했다. 올릭은 내 대답을 듣더니 껄껄 웃으며 물러났지만, 조금 거리를 두고 우리 뒤를 구부정한 자세로 따라왔다.

아직도 누나가 설명하지 못하는 그 끔찍한 사건에 대해 비디가 올릭을 의심하는지 알고 싶어서, 나는 그녀에게 왜 올릭을 싫어하느냐고 물었다.

"으응, 그건…… 그건 말이지, 저 사람이 날 좋아하는 것 같아서야." 비디가 고개를 돌려, 구부정하게 따라오는 그를 바라보면서 대답했다.

"저 사람이 그렇게 말했어?" 난 화가 나서 물었다.

"아니." 비디가 다시 뒤를 돌아보며 말했다. "직접 말한 적은 없어. 하지만 나랑 눈이 마주칠 때마다 나를 바라보며 춤을 추는걸."

어쨌든 몹시 참신하고 기묘한 애정표시 방법이었지만, 나는 그녀의 해석이 옳다고 믿어 의심치 않았다. 올릭이 비디를 좋아한다. 그의 뻔뻔함에 화가 치밀었다. 그가 내게 폭력을 행사한 것만큼이나 화가 났다.

"하지만 너하고는 상관없는 일이야." 비디가 침착하게 말했다.

"그래, 상관없어. 하지만 싫어. 용서할 수 없어."

"나도 용서할 수 없어. 하지만 그것도 너하고는 관계없는 일이야."

"그렇고말고. 하지만 저 사람이 춤을 추는 데도 네가 아무 말 안 한다면 나는 너를 좋게 볼 수 없을 거야."

그 뒤로 나는 올릭을 주의 깊게 감시했다. 그리고 그가 춤을 출 기회가 있어 보이면 그와 비디 사이에 서서 그 기묘한 시도를 방해했다. 올릭은 누나가 갑자기 호의를 보인 덕분에 조의 대장간에 뿌리를 내리게 되었다. 그렇지 않았더라면 나는 그를 쫓아내라고 졸랐을 것이다. 올릭도 나의 그런 호의적인 태도를 이해하고, 내게도 호의를 품었다. 나는 그 사실을 나중에 가서야 알게 되었다.

내 마음속에는 아직 혼란의 여지가 남아 있었다. 비디는 에스텔라보다 더 좋은 여자이고, 내가 태어난 이래 줄곧 겪어 온 소박하고 정직한 삶은 부끄러운 것이 아니다. 자존심과 행복을 충분히 가져다주는 것이 똑똑히 보이는 때가 종종 있었지만, 내 마음의 상태와 계절에 따라 혼란의 정도는 전보다 오만 배는 커졌다. 그럴 때마다 사랑하는 조와 대장간에 품었던 불만을 지워 버리고 조와 동업자가 된 다음 비디에게 구애하는 길을 차근차근 걸어가자고 결론 내렸다. 그러다가도 미스 해비샴네 갔던 기억이 되살아나면, 그 기억이 미사일처럼 작렬하여 내 머릿속은 순식간에 엉망진창이 되었다. 그리고 나서 흐트러진 정신을 다시 가다듬는 데는 시간이 오래 걸렸다. 그러나 내가 다시 정신을 차리기도 전에, 고용 기간이 끝나면 미스 해비샴이 내게 얼마간 재산을 떼어 주지 않을까 하는 해이한 생각이 문득 비집고 들어오곤 해서 머릿속은 다시 뒤죽박죽이 되어 버렸다.

그러므로 도제 기간이 끝나더라도 나는 여전히 극도의 혼란 상태에 있었을 것이다. 그러나 고용 기간이 끝나는 일은 일어나지 않았다. 이제부터 이야기할 어떤 사건 때문에 예정보다 일찍 중단되고 만 것이다.

제18장

조의 도제가 된 지 4년째 되던 해 어느 토요일 밤이었다. 쾌활한 세 뱃사공의 난롯가에 사람들이 둘러앉아 웝슬 씨가 읽어주는 신문 기사에 귀를 기울이고 있었다. 나도 그 자리에 있었다.

세상을 떠들썩하게 한 살인사건이 일어난 때였는데, 웝슬 씨는 눈썹까지 시뻘게지도록 핏대를 세우며 기사를 읽었다. 그는 기사에 나오는 몸서리쳐지는 형용사가 나올 때마다 흡족했으며, 검시 심문에 참석한 증인을 한 명씩 연기해 보았다. 희생자가 되었을 때는 "이걸로 끝이로구나"라면서 가느다랗게 신음했고, 살인자가 되었을 때는 "내 복수의 칼날을 받아라!" 하고 끔찍한 고함을 질렀다. 증인으로서 법정에 선 의사가 되자 우리 마을 의사 목소리를 흉내 냈고, 격투 소리를 들은 요금소 문지기 노인이 되자 날카로운 비명을 지르며 부들부들 떨다가 지쳐서 뻗고 말았으므로 우리는 이 증인의 이성을 의심했다. 웝슬 씨 손에 걸려들자 검시관은 아테네의 타이먼이 되었고, 교구 관원은 코리오레이너스[1]가 되었다. 웝슬 씨는 아주 기분이 좋았고, 다른 사람들도 무척 즐겁고 유쾌했다. 이 평안한 정신 상태에서 우리는 그 사건을 '고의적 살인'이라는 평결을 내렸다.

그제야 나는 낯선 신사가 내 맞은편 긴 나무 의자 등받이에 몸을 기대고 우리를 바라보고 있는 것을 알게 되었다. 그는 경멸이 가득한 표정을 띠고 사람들의 얼굴을 바라보며 자기의 커다란 집게손가락 옆을 물어뜯고 있었다.

웝슬 씨가 그 기사를 다 읽자 그가 말했다. "흠! 그래, 당신들은 사건 해결에 만족하는 모양이군?"

모두들 그가 살인자이기라도 한 듯이 놀라서 바라보았다. 사나이는 차갑고

---

1) 둘 다 셰익스피어 희곡의 주인공.

빈정거리는 태도로 모두를 둘러보았다.

"물론 유죄를 선언하시겠군? 응? 똑바로 말해 보시오!"

"어디 사는 뉘신지는 모르겠소만, 나는 유죄라고 생각하오." 웝슬 씨가 대답했다. 모두 이 발언에 용기를 얻어 일제히 동의한다고 중얼거렸다.

"그렇게 나올 줄 알았소." 사나이가 말했다. "역시 그렇군. 내 그렇다고 했잖소? 그런데 한 가지 묻겠소. 영국 법률에는 유죄가 입증될 때까지…… 입증되기 전까지는…… 누구나 무죄로 추정한다는 것은 아시겠지? 응, 어떻소?"

"저, 영국인의 한 사람으로서 나는……."

"잠깐!" 사나이가 웝슬 씨를 보고 집게손가락을 물어뜯으면서 말했다. "답변을 회피하시면 안 되지. 안다 모른다 둘 중 하나요. 자, 어느 쪽이오?"

사나이는 머리뿐 아니라 몸 전체를 한쪽으로 기울이고서 고압적인 심문조로 말했다. 그리고 그는 표적으로 고른 듯이 웝슬 씨에게 그의 집게손가락을 바짝 내밀었다가 다시 손가락을 물어뜯기 시작했다.

"자! 어느 쪽이오, 압니까, 모릅니까?"

"물론 아오." 웝슬 씨가 대답했다.

"물론 안다. 그렇다면 왜 처음부터 그렇게 말하지 않았소? 그럼 한 가지 더 묻지." 마치 웝슬 씨가 그의 소유물이고, 그는 그 소유권을 행사한다는 듯한 태도였다. "그 증인 중에 반대심문을 받은 사람이 아직 없다는 것을 아시오?"

웝슬 씨가 "내가 말할 수 있는 건 그저……"라고 말하기 시작하자, 사나이가 그것을 저지했다.

"뭐요? 또 내 질문에 대답하지 않을 셈이오? '그렇다' '아니다' 둘 중 하나로 답하란 말이오. 자, 다시 한 번 묻겠소." 그는 다시 웝슬 씨에게 삿대질했다. "내 말 잘 들으시오. 그 증인들이 아직 한 명도 반대심문을 받지 않았다는 사실을 아시오, 모르시오? 어느 쪽인지 대답하시오. 꼭 한 마디로. '그렇다' '아니다', 어느 쪽이지?"

웝슬 씨가 머뭇거리는 것을 보고 우리는 모두 그를 탐탁지 않게 여기기 시작했다.

"어서!" 사나이가 재촉했다. "그럼, 도와주지. 당신은 도움 받을 자격이 없지만 내가 도와주겠소. 당신, 그 손에 든 것이 무엇이오?"

"뭐냐니?" 웝슬 씨가 당황하여 그것을 바라보았다.

"그게 지금 당신이 읽었던 신문이오?" 사나이가 냉소적이고 의심스러운 태도로 말했다.

"그렇소만."

"그렇다. 그렇군. 그럼 그 신문을 펼치고, 변호사가 피고에게 묵비권을 행사하도록 지시했다고 명시되어 있는지 아닌지 가르쳐 주시오."

"지금 막 읽었는데." 웝슬 씨가 대답했다.

"당신이 지금 읽은 건 중요하지 않소. 지금 무슨 내용을 읽었는지 묻는 게 아니라고. 주기도문을 거꾸로 읽건 말건 그건 내가 알 바 아니야. 어쩌면 전에 그런 모독을 저질렀을지도 모르지만. 뭐, 아무튼, 신문을 펼치시오. 아니, 아니. 그 기사가 아니오. 아시잖소, 그 밑에 있는 기사요(우리는 웝슬 씨가 협잡꾼이라고 생각하기 시작했다). 그래, 이제 찾았소?"

"음, 여기 있군요."

"그럼 그 대목을 찬찬히 눈으로 따라 읽고, 변호사가 피고에게 묵비권을 행사하도록 지시했다고 명시되어 있는지 아닌지 가르쳐 주시오. 자, 어떻소?"

"그 말하고 똑같진 않은데요." 웝슬 씨가 대답했다.

"똑같진 않다고?" 사나이가 매섭게 대답했다. "그럼 주제는 똑같소?"

"그래요." 웝슬 씨가 말했다.

"그래요!" 사나이도 이 말을 반복하더니, 증인 웝슬 씨 쪽으로 오른손을 뻗으며 사람들을 둘러보았다. "그럼 당신들에게 묻겠소만, 기사에 그렇게 쓰여 있는데도 피고의 증언을 듣지도 않고 유죄를 선언한 다음 두 다리 쭉 뻗고 잘 수 있는 이 인물의 양심에 대해 어떻게들 생각하시오?"

우리는 웝슬 씨가 우리가 생각했던 만큼 유식한 사람이 아니며, 이제 본성이 드러났다고 생각하기 시작했다.

"바로 이 남자가," 사나이는 웝슬 씨에게 엄숙하게 손가락질하며 말을 이었다. "바로 이 남자가 이 사건 재판의 배심원으로서 출두할지도 모른단 말이오. 이런 편견을 가진 채, 국왕 폐하와 피고 사이에서 벌어지는 법적 문제를 증거에 따라 공평하고 성실하게 재판하겠다고 선서한 뒤 가족들 곁으로 돌아가 베개에 머리를 눕힌단 말이오!"

우리는 딱하게도 너무 우쭐해진 웝슬 씨가 무모하게 뛰어든 그 길에서 더 늦기 전에 되돌아와야 한다고 확신했다.

이 수수께끼 신사에게는 절대 권위가 연상되는 구석이 있었다. 그는 우리 한 사람 한 사람의 비밀을 다 알고 있으며 자신이 그 비밀을 폭로하려고만 들면 우리는 모조리 끝장이라는 듯한 태도로 의자 등받이 뒤에서 나왔다. 난롯불 앞에 선 채 왼손은 호주머니에 찔러 넣고, 오른손 집게손가락을 깨물었다.

"내가 얻은 정보로는," 움찔거리고 있는 우리를 둘러보며 수수께끼 사나이가 말했다. "이 중에 조제프, 또는 조 가저리라는 대장장이가 있을 텐데, 누굽니까?"

"전데요." 조가 대답했다. 사나이가 조에게 손짓하자 조가 일어섰다.

"당신에게 핍이라고 부르는 도제가 있나요? 그 핍이라는 사람이 여기 있소?"

"전데요!" 내가 말했다.

사나이는 나를 알아보지 못했다. 그러나 나는 그가 미스 해비샴네 집에 두 번째 갔을 때 계단에서 만났던 신사라는 것을 알았다. 그가 의자 등받이 너머로 엿보고 있을 때부터 나는 그를 알아보았다. 그가 내 어깨에 손을 얹고 나와 마주 서 있는 동안, 그의 커다란 머리, 거무칙칙한 얼굴, 움푹 꺼진 눈, 새까맣고 숱 많은 눈썹, 굵은 시곗줄, 거뭇한 수염 깎은 자국, 독한 비누 냄새가 나는 커다란 손에 이르기까지 나는 기억과 꼼꼼하게 대조해 보았다.

"나는 두 사람과 따로 할 이야기가 있소." 그는 나를 천천히 살펴보고 나서 말했다. "시간이 좀 걸릴 테니까, 장소를 옮겨 당신 집으로 가는 것이 좋을 듯하오. 여기서 얘기하긴 좀 곤란한 내용이라서요. 친구들에게는 나중에 자세히건 대충이건 맘대로 이야기하시오. 그건 내가 관여할 바가 아니니까."

우리는 조용히 모두가 궁금해하는 가운데 쾌활한 세 뱃사공에서 나와, 궁금해하며 조용히 집으로 향했다.

걸으면서, 수수께끼 신사는 가끔 나를 바라보았다. 그리고 때때로 손가락 옆을 물어뜯었다. 집에 가까워지자 조는 막연히 이것이 중요하고 어마어마한 기회라고 인식했는지 먼저 가서 현관문을 열었다. 우리는 촛불 하나로 희미하게 밝혀진 응접실에서 이야기를 나눴다.

신사는 먼저 식탁 앞에 앉아 촛불을 가까이 끌어당기고서, 수첩에 적힌 것을 들여다보았다. 그런 뒤 수첩을 치우고, 어두침침한 가운데 우리 두 사람을 각각 확인하기 위해 촛불을 우회하듯이 고개를 기울여 우리를 바라보고는 촛불을 옆으로 밀어놓았다.

"내 이름은 재거스요. 런던에서 변호사를 하고 있지. 내 이름은 꽤 알려져 있소. 실은 두 사람에게 조금 특별한 볼일이 있소. 먼저 이번 방문은 내 의사가 아니라는 점을 밝혀 두지요. 내가 자문만 부탁받은 것이었더라면 난 여기 오지도 않았을 거요. 하지만 자문만 부탁받은 게 아니기 때문에 여기 이렇게 있는 셈이지. 나는 어떤 사람의 비밀 대리인으로서 일하고 있소. 그 이상도 이하도 아니오."

그는 자신이 앉은 자리에서 우리가 잘 보이지 않는지, 자리에서 일어나 의자 등받이 너머로 발을 올려놓고 몸을 기댔다. 한 발은 의자에, 다른 한 발은 마룻바닥에 발을 딛고 서 있는 것이다.

"조제프 가저리 씨, 여기 있는 젊은이, 당신 제자와의 계약을 해제하는 제안을 전달하는 바요. 이 젊은이가 원한다면, 그리고 이 젊은이를 위하는 길이라면, 고용계약을 파기하는 데에 이견이 없겠지? 특별한 사례금을 바라는 건 아니겠지요?"

"핍의 출세를 위해서라면 하느님께 맹세코 사례 따위는 필요 없습니다." 조가 눈을 크게 뜨고 말했다.

"하느님께 맹세한다는 신앙심은 대단하지만, 요점은 빗나간 말이군요. 요점은 당신이 특별한 요구를 하느냐 안 하느냐입니다. 어떻게 생각하오?"

"아무것도 요구하지 않습니다." 조가 단호하게 대답했다.

재거스 씨는 조를 흘깃 바라보았다. 조의 사심 없는 태도를 깔보는 듯한 눈빛으로 보였지만, 나는 숨도 쉬어지지 않을 만큼 놀라고 호기심이 샘솟아, 그것이 사실인지 확신할 수가 없었다.

"좋소. 그럼 지금 그 대답을 똑똑히 머리에 넣어 두고 그 요점에서 벗어나지 않도록 했으면 좋겠군."

"누가 벗어나려고 한다는 겁니까?" 조가 쏘아붙였다.

"누구라고 콕 집어 말한 건 아니오. 당신, 개를 키우시오?"

"네, 키웁니다."

"그럼 기억해 두시오. 시끄럽게 짖어대는 개도 좋지만, 조용히 가만히 있는 개가 더 좋다는 사실을.[2] 그걸 명심하시오, 아시겠소?" 재거스 씨는 눈을 감고, 조를 용서한다는 듯이 그에게 고개를 끄덕여 보였다. "이제 이 젊은이 이야기로 돌아가 볼까요? 내가 전할 말은, 이 젊은이가 가는 길에는 위대한 유산이 기다리고 있을 거란 소식이오."

조와 나는 숨을 삼키고 얼굴을 마주 쳐다보았다.

"나는 이 젊은이가 꽤 많은 유산을 상속받게 될 거라는 말을 전하는 부탁을 받았소." 재거스 씨는 옆으로 서서 나를 손가락으로 가리켰다. "현재 그 재산을 소유하고 있는 분은 이 젊은이가 현재의 집과 생활에서 하루빨리 벗어나 신사로서, 즉 막대한 유산을 상속받는 젊은이로서 자라기를 바라시오."

내 꿈이 이루어졌다. 내 터무니없는 환상은 냉정한 현실마저 뛰어넘었다. 미스 해비샴이 내게 엄청난 부를 준 것이다.

"핍 군, 나머지 이야기는 자네에게 직접 하겠네. 먼저 내 의뢰인은 자네가 핍이라는 이름을 계속 쓰기를 원하시네. 매우 쉬운 조건이지만, 그것이 막대한 재산의 상속과 결부된다는 점에 이견은 없겠지? 이견이 있다면 지금 말해야 할 거다."

나는 심장이 빠르게 두방망이질하고 귀가 윙윙 울려 아무런 이견이 없다는 말도 가까스로 했다.

"그야 없겠지! 그럼 두 번째. 핍 군, 자네의 너그러운 은인의 이름은 본인이 직접 밝힐 때까지는 비밀에 부쳐질 것이네. 때가 되면 본인이 자기 입으로 자네에게 알릴 걸세. 그때까지는 대리인으로서 내게 말할 권리가 있네. 언제 어디서 그것이 실현될지는 나도 모르네. 아무도 모르겠지. 몇 년 뒤가 될지도 모르고. 분명히 이해해 두어야 할 점이 있네. 자네는 이 건에 대해 어떤 질문을 해서도 안 되고, 앞으로 나와 대화하면서 아무리 에두른 표현이라도 그 사람에 대한 암시나 언급의 흔적을 찾으려고 하지 말게. 짐작 가는 사람이 있더라도 자네 가슴에만 묻어 두게. 이 금칙이 어떤 이유로 부수되는지는 자네가 알 바 아니네. 강력하고 중대한 이유가 있는지도 모르고, 단순히 일시적인 변덕에서 비롯

---

2) Brag is a good dog, but Holdfast is a better. 영국 격언.

된 것인지도 몰라. 자네에겐 질문할 권리가 없네. 그것은 전제 조건이고, 자네는 그걸 따질 수 없어. 자네가 그 금칙들을 수락하고 엄격하게 준수하는 것이 의뢰인이 제시한 마지막 조건이네. 내게는 의뢰인의 지시를 전달하는 것 이상의 책임은 없네. 의뢰인은 자네에게 유산을 물려줄 사람이고, 그 사람이 누구인지는 본인과 나 이외에 아무도 모르네. 다시 한 번 말하겠지만, 이만한 유산을 상속받는 것치고 그리 까다로운 조건은 아니야. 하지만 만에 하나라도 이견이 있다면 지금 말하게. 자, 어떤가?"

나는 다시 한 번 이견이 없다고 더듬더듬 대답했다.

"그럴 테지! 그럼 핍 군, 조건에 대한 이야기는 이걸로 끝났네." 그는 나를 핍 군이라고 부름으로써 비위를 맞추려는 듯이 보였지만, 여전히 고압적인 불신감을 풍기고 있었다. 그리고 지금까지도 가끔 눈을 감고 손가락으로 나를 가리키면서 말했다. 내 평판을 낮출 만한 약점을 모조리 알고 있으며, 마음만 먹으면 얼마든지 까발릴 수 있다고 암시하는 듯한 태도였다. "그럼 세부사항으로 넘어가겠네. 눈치챘겠지만, 나는 '상속받을 유산'이라는 표현을 했네. 하지만 이건 상속의 가능성만 있다는 뜻이 아니네. 이미 나는 자네의 적절한 교육과 생활을 보장할 넉넉한 돈을 맡아 두었네. 그러니 나를 자네 후견인이라고 생각하게. 됐네(나는 그에게 고맙다고 말하려던 참이었던 것이다)! 분명히 말해 두지. 나는 이 일에 대해 보수를 받고 있네. 그렇지 않다면 이런 일을 할 리가 없지. 어쨌든 신분이 달라졌으니 더 좋은 교육을 받는 게 마땅해. 즉시라도 그 혜택을 받는 것이 중요하며 필요하다고 자네도 생각하겠지?"

나는 그것이야말로 내가 간절히 원하던 바라고 대답했다.

"자네가 그동안 어떤 걸 바라 왔는지는 아무래도 좋네, 핍 군." 그가 대꾸했다. "본론에서 벗어나지 말게. 지금 그것을 바라면 그걸로 충분해. 자네가 당장 적당한 가정교사를 원한다는 뜻으로 이해해도 좋겠지? 응, 어떤가?"

나는 그렇다고 우물우물 말했다.

"좋아. 그럼 다음으로 자네 의향을 묻겠네. 현명한 절차는 아니지만, 그렇게 하도록 지시를 받았으니까. 특별히 원하는 가정교사가 있나?"

나는 교사라고는 비디와 웹슬 씨의 대고모밖에 들어본 적이 없으므로, 없다고 대답했다.

"내가 좀 아는 교사가 있는데, 그러면 이 목적에 적합할지도 모르겠군. 아, 그를 추천하는 건 아니네. 난 절대로 누굴 추천하지 않아. 아무튼, 그는 매슈 포켓이란 신사일세."

아아! 나는 그 이름을 금세 기억해 냈다. 미스 해비샴의 친척이다. 카밀라 부부가 말했던 그 매슈인 것이다. 미스 해비샴이 죽어 웨딩드레스를 입은 채 축하연 식탁 위에 눕혀졌을 때 그녀의 머리맡에 서게 될 그 매슈다.

"그 이름을 아나?" 재거스 씨는 재빠르게 나를 쳐다보고는 눈을 감고 대답을 기다렸다.

나는 그 이름을 들은 적이 있다고 대답했다.

"오호라! 이름을 들은 적이 있군! 하지만 문제는 자네가 거기에 대해 어떻게 생각하느냐지."

나는 그 추천에 대단히 고맙다고 말했다. 아니, 말하려고 했다.

"됐네, 됐어!" 그가 커다란 머리를 천천히 흔들면서 말을 가로막았다. "다시 떠올려보기 바라네."

뭘 떠올리라는 건지 이해하지 못한 채, 나는 다시 그 추천에 대단히 감사한다고 말하려 했다.

"안 되겠군." 그가 머리를 흔들며 얼굴을 찌푸리는 동시에 웃으면서 다시 말을 가로막았다. "안 돼, 안 돼. 썩 교묘하지만, 그런 수엔 안 넘어가. 내 말에서 꼬투리를 잡기엔 자네는 아직 어리네. '추천'이 아니지 않은가, 핍 군. 다른 단어를 생각해 보게."

나는 말을 정정하여, 매슈 포켓 씨를 언급해 주어서 대단히 고마우며—

"그래, 그 표현이 좋겠군." 재거스 씨가 큰 소리로 말했다.

—기꺼이 그 신사를 채용해보고 싶다고 말했다.

"좋아. 그의 집에 가서 만나보는 게 좋겠군. 만날 약속은 내가 잡아 두지. 그의 아들이 런던에 있으니 먼저 그를 만나보게. 런던에는 언제 오겠나?"

나는 (꼼짝도 않고 서서 우리를 바라보고 있는 조를 흘긋 보며) 곧 갈 수 있을 것 같다고 대답했다.

"먼저 런던에 입고 갈 옷을 새로 맞추어야겠군. 작업복은 안 되네. 그러니 일주일 뒤로 하지. 돈이 좀 필요할 텐데, 20기니면 되겠나?"

그는 매우 침착한 태도로 기다란 지갑을 꺼내어 돈을 20기니를 세어 테이블에 올려놓고는 내 쪽으로 밀었다. 이때 처음으로 그가 발을 의자에서 내려놓았다. 그러고는 의자에 걸터앉아 내게 돈을 내밀고, 지갑을 흔들면서 조를 바라보았다.

"왜 그러죠, 조제프 가저리 씨? 입도 벙긋 못할 만큼 놀라신 것 같은데?"

"네, 그 정도로 놀라고말고요!" 조가 단호하게 말했다.

"당신은 아무것도 원하지 않는다는 데에 동의했었소, 기억하오?"

"동의했지요. 지금도 동의하고, 앞으로도 그럴 겁니다."

"그런데," 재거스 씨가 지갑을 흔들며 말했다. "내가 보상조로 당신에게 선물하라는 지시를 받았다면 어떻겠소?"

"무엇에 대한 보상 말입니까?"

"도제를 잃은 것에 대해서지요."

조가 여자처럼 부드럽게 내 어깨에 손을 얹었다. 그 뒤로 가끔 나는 조를 강함과 부드러움을 함께 지닌 존재로서—증기 망치처럼 사람을 박살 낼 수도 있지만 달걀 껍데기를 어루만질 수도 있는—떠올리곤 했다. 그가 이렇게 말했다. "핍이 돈과 명예를 얻을 수 있다면 나로선 이루 말할 수 없을 만큼 큰 기쁨입니다. 이 애가 제자를 그만두어도 좋아요. 하지만 당신, 대장간에서 나와 최고의 우정을 나눈 이 아이를 잃는 것에 대해 돈으로 보상할 수 있다고 생각한다면……."

아아, 사랑하는 착한 조! 사실 나는 그에게서 한시라도 빨리 떨어지고 싶었고, 그에게 감사하는 마음도 없었다. 지금 다시 그 모습이 눈앞에 아련히 떠오른다. 건장한 대장장이의 팔뚝으로 눈을 가리고, 격앙된 숨결에 넓은 가슴팍이 들썩거리고, 목소리마저 제대로 내지 못하는 그 모습. 아아, 따뜻하고 다정하며 착한 조. 내 팔을 감싼 조의 손이 사랑스럽게 떨리는 것을, 천사의 날갯짓 소리를 듣는 듯한 엄숙한 심정과 함께 나는 지금까지도 느낀다.

그러나 미래의 행복이라는 미로에서 길을 잃고, 둘이서 함께 걸어온 좁은 길을 망각한 나는 조를 부추겼다. 조에게 보상을 받으라고 간청한 것이다. 우리는 (그가 말했듯이) 가장 친한 친구였고, 앞으로도 쭉 그럴 테니까(나는 덧붙였다). 조는 자유로운 한쪽 손목으로 눈가를 자꾸만 눌렀다. 그리고 아무 말도 하지 않았다.

재거스 씨는 이 모습을 계속 지켜보고 있었다. 그의 눈에는 조가 바보이고 내가 그 보호자처럼 비쳤을 것이다. 조가 진정이 되자 그는 지갑 흔들기를 멈추고 그 무게를 가늠해보면서 말했다.

"조제프 가저리 씨, 이번이 당신의 마지막 기회요. 나는 어중간한 일은 하지 않소. 내가 당신에게 주도록 지시받은 선물을 받을 생각이 있으면 그렇게 말씀하시오. 그 선물은 당신 것이니. 반대로……." 이때 갑자기 놀랍게도 조가 공격적인 권투선수처럼 재거스 씨의 주위를 맴돌기 시작했다.

"요컨대, 남의 집에 와서 짐승 괴롭히듯 줄기차게 밉살맞은 말만 해댈 셈이면, 알겠소? 덤비시오! 남자라면 덤비란 말이오! 요컨대, 그러라는 말이오. 난 진심이라고!"

나는 조를 잡아끌었다. 그는 나에게는 온화한 말투로, 대결 상대에게는 정중한 충언으로서 "남의 집에 와서 줄기차게 밉살맞은 말만 하게 놔둘 순 없잖아"라고만 말했을 뿐, 금방 얌전해졌다. 재거스 씨는 조가 권투 자세를 취했을 때 얼른 의자에서 일어나 문간까지 뒷걸음질쳤다. 그리고 다시 들어올 낌새를 보이지 않고, 그곳에서 작별인사를 했다.

"핍 군, 신사가 되려면 이곳을 되도록 빨리 떠나는 게 좋겠네. 일주일 뒤 오늘이야. 그때까지 내 주소가 인쇄된 명함을 보내 주겠네. 역마차를 타고 런던에 도착하면 곧장 삯마차로 갈아타고 내 사무실로 오게. 분명히 말해 두네만, 나는 이 건에 대해 이렇다저렇다 할 의견을 절대 말하지 않겠네. 나는 보수를 받고 이 일을 맡았어. 그뿐이네. 알겠나, 마지막으로 이것을 똑똑히 명심해 두게. 똑똑히 말이야!"

그는 우리를 손가락으로 가리키며 말하더니 조가 위험한 인물이고 또 폭발할 것 같다고 생각했는지 그쯤에서 말을 멈추었다.

문득 어떤 생각이 떠올라 나는 재거스 씨 뒤를 쫓아갔다. 쾌활한 세 뱃사공에 전세마차를 두고 왔으므로 그는 그쪽으로 걸어가고 있었다.

"재거스 씨, 잠깐만요!"

"뭔가, 무슨 일이야?" 그는 뒤를 돌아보았다.

"실수하지 않도록 당신의 지시에 따르고 싶어요. 그래서 여쭙는 게 좋을 것 같았어요. 이곳을 떠나기 전에, 제가 아는 사람들에게 작별인사를 해도 괜찮을까요?"

"괜찮다마다." 그는 내 말이 이해되지 않는다는 표정이었다.

"이 마을뿐만 아니라 읍내에 사는 사람들에게도요?"

"그래, 마음대로 하렴."

나는 그에게 고맙다고 말하고는 다시 달려서 집으로 돌아왔다. 조는 이미 현관문을 잠그고 응접실에서 나와 부엌 난롯가에 앉아 있었다. 두 손을 무릎 위에 올리고, 타오르는 석탄을 물끄러미 바라보고 있었다. 나도 불 앞에 앉아 석탄을 가만히 바라보았다. 한참 동안 아무도 말을 하지 않았다.

누나는 구석에서 쿠션을 깐 의자에 앉아 있었고, 비디는 벽난로 앞에서 바느질을 하고 있었다. 조는 그녀 옆에, 나는 조 옆과 누나 맞은편에 앉아 있었다. 이글거리는 불을 바라볼수록 나는 조의 얼굴을 점점 보기가 어려워졌다. 그리고 침묵이 길어질수록 더욱더 말할 수 없을 것 같았다.

마침내 나는 입을 열었다. "조, 비디에게 얘기했어?"

"아니, 핍. 네가 말하는 편이 더 좋을 것 같아서." 조가 여전히 불을 쳐다보며 대답했다. 무릎이 탈주 계획을 세우고 있다는 비밀 정보라도 입수했는지, 그는 두 무릎을 꽉 붙잡고 있었다.

"조가 말해 주면 좋겠는데."

"그래? 그러지, 뭐. 핍이 돈 많은 신사가 될 것 같아. 하느님, 부디 그를 축복하소서!"

비디가 바느질감을 떨어뜨리고 나를 바라보았다. 조는 두 무릎을 감싼 채 나를 바라보았다. 나는 그들을 바라보았다. 잠시 뒤 그들은 진심으로 축하의 말을 건넸다. 그러나 그 축하 속에는 슬픔이 깃들어 있었으며, 나는 그것이 못마땅했다.

나는 내게 행운을 가져다준 사람에 대해서는 아무것도 알면 안 되고 아무 말도 해서는 안 된다는, 친구로서의 중대한 의무 사항을 비디에게(그리고 비디를 통해 조에게) 일러주려고 애썼다. 언젠가 때가 오면 밝혀지겠지만, 그때까지는 수수께끼 후원자에게서 막대한 유산을 물려받을 거라는 것 말고는 아무것도 말해서는 안 된다고. 비디는 불을 향해 앉아 생각에 잠긴 채 고개를 끄덕거리며, 매우 조심하겠노라고 대답했다. 조도 두 무릎을 꼼짝 못하게 구속한 채로 "그래, 나도 똑같이 주의할게"라고 말했다. 그리고 그들은 다시 축하의 말을 건넸다. 그들은 내가 신사가 된다는 것이 정말 믿기 어렵다는 표정을 지어 보였으므로 나는 다시 불쾌해졌다.

비디는 누나에게 이 뜻밖의 일을 어떻게든 전달하려고 무진 애를 썼다. 내가 아는 한에서는 이 노력은 완전히 허사로 돌아갔다. 누나는 웃으며 몇 번이고 고개를 끄덕였다. 그리고 비디의 말을 따라 '핍'과 '재산'이라는 단어를 되풀이했다. 그러나 그 말들은 선거공약만큼이나 의미가 없었다고 생각한다. 누나의 정신상태를 표현하기에 이보다 우울한 광경도 없을 것이다.

조와 비디가 안정을 되찾고 명랑해질수록 오히려 나는 우울해졌다. 내가 직접 경험하지 않았더라면 그런 일이 가능하리라고는 도저히 믿지 못했을 것이다. 물론 내 행운에 불만이 있었던 것은 아니다. 이유는 분명히 알 수 없지만, 나 자신에게 불만이 있었는지도 모른다.

어쨌든 나는 한 손으로 턱을 받치고, 그 팔꿈치를 무릎에 얹고서 불을 물끄러미 바라보았다. 조와 비디는 내가 집을 나가고 자기들만 남으면 어떻게 지낼까에 대해 얘기하고 있었다. 둘 중 한 사람과 눈이 마주치면(특히 비디가 자주 내 쪽을 바라봤다) 그들이 그다지 즐거워 보이지 않았음에도 나는 화가 났다. 그들이 나에 대한 불신감을 표명하고 있기라도 한 듯이. 물론 그들은 결코 그런 감정을 말이나 행동으로 표현하지 않았는데도 말이다.

이럴 때면 나는 일어나 문밖을 내다보았다. 우리는 여름밤이면 바람이 들어오도록 부엌문을 열어 놓았는데, 문 바로 밖에는 밤하늘이 펼쳐져 있었다. 유감스럽게도 내게는 그때 올려다본 별들조차 불쌍하고 초라해 보였다. 내가 태어나고 자란 이 촌구석 위에서 빛나고 있었으니까.

"토요일 밤인가." 빵과 치즈와 맥주로 저녁식사를 할 때 내가 말했다. "닷새만 더 지나면 대망의 그날 바로 전날이야. 금방 지나갈 거야."

"그렇구나, 핍. 금방 지나갈 거야." 조의 목소리가 맥주잔 속에서 공허하게 울렸다.

"정말로 금방 지나갈 거야." 비디가 말했다.

"조, 생각해 봤는데, 월요일에 읍내에 가서 새 양복을 주문할 때, 옷이 완성

되면 내가 가지러 간다고 말할까, 아니면 펌블추크 씨네 집으로 배달해 달라고 할까? 온 마을 사람이 뚫어져라 바라보는 건 싫거든."

"허블 씨 부부는 네가 점잖은 새 양복을 입은 모습을 보고 싶어 할 거다." 조가 치즈를 얹은 빵을 왼쪽 손바닥에 올려놓고 부지런히 자르면서 말했다. 그리고 입에 대지 않은 내 저녁식사를 힐끔 바라보았다. 빵 크기를 서로 비교하며 먹던 때를 회상하는 듯한 눈초리였다. "웝슬 씨도 그럴걸. 쾌활한 세 뱃사공 사람들도."

"그게 싫다는 거야, 조. 다들 거칠고 품위 없게 야단법석 떠는 걸 참을 수 없어."

"아아, 그런 뜻이었구나, 핍. 네가 참을 수 없다면……."

누나를 위해 접시를 들고 앉아 있던 비디가 끼어들었다. "가저리 씨랑 네 누나랑 나한테는 언제 보여 줄지 생각해 봤어? 우리한테는 새 옷 입은 모습을 보여 줄 거지?"

"비디는 머리 회전이 빨라서 금방 나보다 앞지른다니까." 나는 조금 화가 나서 말했다.

"비디는 언제나 머리가 빨리 돌아가지." 조가 말했다.

"안 그래도 새로 지은 옷을 가지고 집으로 올 거라고 말하려던 참인데. 아마도, 출발 전날 밤."

비디는 아무 말이 없었다. 나는 너그럽게 그녀를 용서하고, 그녀와 조에게 애정어린 밤 인사를 건넨 뒤 잠자리로 올라갔다. 침실에 들어와, 이제 내게는 어울리지 않는 이 보잘것없고 초라한 방과도 곧 영원히 안녕이라고 생각하면서 침대에 앉아 오래도록 주위를 둘러보았다. 그러나 이곳에는 아직도 생생한 옛 추억이 있었다. 그러자 이 방과 내가 앞으로 살게 될 더 훌륭한 방 사이에서 나는 마음이 두 갈래로 나뉘어 혼란스러워지기 시작했다. 지금까지 종종 대장간과 미스 해비샴네 저택 사이에서, 그리고 비디와 에스텔라 사이에서 괴로워했던 것처럼.

그날은 종일 해가 밝게 비추었으므로, 다락방인 내 방은 따뜻했다. 창문을 열고 바깥을 내다보니 마침 조가 뒷문으로 천천히 나오는 것이 보였다. 그는 바깥 공기를 마시며 한두 번 주위를 둘러보았다. 곧이어 비디가 파이프를 가지고 나와 불을 붙여 주었다. 조가 이렇게 늦은 시간에 파이프를 피우는 것은 처음이었다. 어떤 이유로든 위로가 필요한 것 같았다.

조는 내 방 바로 아래 문간으로 옮겨와 파이프를 피웠다. 비디도 거기에 서서 그에게 조용히 말을 건넸다. 그들이 나에 대해 이야기하고 있다는 사실을 알 수 있었다. 두 사람이 정답게 내 이름을 말하는 것이 여러 차례 들렸던 것이다. 더 오래도록 듣고 있을 수 있었지만, 더는 귀를 기울일 기분이 아니었다. 나는 창가에서 물러나, 침대 옆에 있는 의자에 앉았다(이 방에서 유일한 의자였다). 밝은 미래가 열린 그 밤이 내가 지내온 중 가장 쓸쓸한 밤이 된 것이 이상하게 느껴졌다. 그리고 슬펐다.

열린 창문으로, 조의 파이프에서 모락모락 올라오는 동그란 연기가 보였다. 나는 그것이 조가 내게 보내는 축복이라고 상상했다. 강요하는 것도 아니고 과시하는 것도 아니라, 둘이 함께 마시는 밤 공기에 스며들도록 보내온 축복이었다. 불을 끄고 침대로 파고들었다. 이제는 불편한 침대였다. 예전의 단잠이 찾아오는 일은 더는 없었다.

제19장

날이 밝자, 아침 햇살에 비추어 밝게 빛나는 내 앞날이 퍽 다르게 느껴졌다. 전날과 같다고는 생각되지 않을 정도였다. 그때 내 마음을 무겁게 짓누르고 있던 것은 출발까지 엿새나 남았다는 사실이었다. 그 사이에 런던에 무슨 일이 생기면 어떡하나, 내가 도착했을 때는 완전히 황폐해져 있는 것은 아닐까, 흔적도 없이 사라져 버리지는 않을까 따위의 걱정을 떨쳐 버릴 수가 없었다.

내가 이별이 가까웠다고 이야기하면 조와 비디는 매우 동정적이고 따뜻하게 대해 주었다. 그러나 그들이 이별을 화제로 삼는 것은 내가 그런 말을 꺼낼 때뿐이었다. 아침식사를 마치고 조는 거실 찬장에서 고용계약서를 꺼내와 불 속에 집어넣었다. 나는 해방된 기분이었다. 새로운 해방감에 젖은 채 나는 조와 함께 교회로 갔다. 그리고 목사가 모든 사정을 알고 있었다면, 부자와 천국에 대한 구절[1]을 읽지 않았을 거라는 생각을 했다.

여느 때처럼 이른 저녁을 먹은 뒤, 나는 혼자서 산책을 나섰다. 늪지대와 영원히 작별하기 위해서였다. 교회 앞을 지날 때(아침 예배 때도 그랬지만), 지금껏 매주 일요일마다 이곳에 왔다가 마지막에는 이곳의 낮고 푸른 무덤 아래에 이름없이 잠드는 운명을 진 불쌍한 사람들에게 나는 깊은 동정을 느꼈다. 나는 조만간 그들을 위해서 어떤 일을 해주겠다고 나 자신에게 약속했다. 구운 쇠고기, 자두 푸딩, 맥주 1파인트에 1갤런의 겸손을 더해 온 마을 사람에게 저녁을 대접해야겠다는 계획을 세웠다.

이 묘지 사이를 다리를 절름거리며 도망가던 그 탈주자와 함께 있었던 사실을 어쩐지 부끄럽게 상기하던 때가 지금까지도 종종 있었다. 그러나 그날, 족쇄를 차고 초라한 모습으로 벌벌 떨고 있던 사나이를 떠올렸을 때 나의 생각은

---

1) 마태복음 19장 24절. "낙타가 바늘귀를 통과하기가 부자가 하늘나라에 들어가기보다 쉽다."

완전히 다른 것이었다! 그 일은 벌써 아득히 오래전 사건이며, 그는 분명히 다른 곳으로 이송되었을 것이고, 그는 나에게 죽은 사람이나 마찬가지라는 생각, 어쩌면 진짜로 죽었을지도 모른다는 생각만이 위안이 되었다.

축축한 저지대, 둑길, 수문, 풀을 뜯는 소떼. 이제 모두 안녕이다(소들은 둔하게나마 예전보다는 정중한 태도를 보이며, 위대한 유산을 상속받은 자의 모습을 오래도록 눈에 담아 두기 위해 고개를 돌린 듯이 보였다)! 내 어린 시절의 따분한 친구들이여, 이제 나는 위대함을 향해 런던으로 떠날 것이다. 너희와 대장장이 수업과도 안녕이다! 나는 의기양양하게 포대 터로 왔다. 드러누워서 미스 해비샴이 나와 에스텔라를 결혼시키려는 것일까 생각하는 사이에 어느새 잠이 들고 말았다.

잠에서 깼을 때, 조가 파이프를 피우면서 옆에 앉아 있어서 나는 깜짝 놀랐다. 내가 눈을 뜨자 그가 활짝 웃었다.

"이게 마지막이니 너를 따라오고 싶었어, 핍."

"와줘서 기뻐, 조."

"고맙다, 핍."

"절대로 조를 잊지 않을 거야. 믿어 줘." 그와 악수한 뒤에 나는 이렇게 말했다.

"응, 믿고말고." 조가 쾌활하게 대답했다. "나는 믿는다. 정말로, 저, 핍, 이번 일을 받아들이기 위해 먼저 마음속으로 찬찬히 음미해 볼 필요가 있었어. 하지만 그러는 데는 시간이 좀 걸렸지. 너무 갑작스러운 변화였잖니, 그렇지?"

조가 그토록 쉬사리 내 마음을 믿는 것이 나는 어쩐지 못마땅했다. 더 감동하거나 "그렇게 말해 주다니, 넌 참 훌륭해, 핍"이라고 말해 주길 원했던 것이다. 그래서 거기에 대해서는 언급하지 않고, "갑작스러운 변화"에 대해서만 말했다. 확실히 느닷없는 제안이긴 하지만, 나는 오래전부터 신사가 되고 싶었고 그 꿈이 이루어진다면 어떻게 해야 할지 자주 상상하곤 했다고 대답했다.

"오오, 그랬었니? 놀랍구나!"

"여기서 함께 공부했을 때 조가 좀 더 많은 것을 배웠더라면 좋았을 텐데, 유감이야."

"흠, 글쎄다. 내가 너무 둔해서 대장장이 일밖에 몰라. 머리가 나쁜 건 유감이지만, 지금도 일 년 전에도 머리가 나쁜 건 변함이 없으니 더 유감스러울 것도 없지……. 그렇지 않니?"

내가 말하려던 건, 내게 재산이 생겨 조에게 뭔가를 해 줄 수 있게 되었을 때 그가 지금보다 높은 신분에 어울리는 수준이라면 그런 지위에 앉히기 쉬울 텐데 하는 의미였다. 그러나 그는 내 뜻을 전혀 눈치채지 못했다. 나는 비디에게 말해 두는 편이 훨씬 낫겠다고 생각했다.

집으로 돌아와 차를 마신 뒤, 나는 비디를 오솔길 옆 작은 정원으로 데리고 갔다. 먼저 그녀를 절대 잊지 않으리라는 뜻을 넌지시 내비쳐 위로한 뒤, 부탁이 있다고 말했다

"그게 말이지, 그러니까, 기회를 봐서 조를 좀 도와줬으면 한다는 거야."

"돕다니, 어떻게?" 비디가 물끄러미 나를 바라보면서 말했다.

"음, 조는 아주 착한 사람이야. 정말로 세상에서 가장 착한 사람이라고 생각해. 하지만 조는 어떤 점에서는 뒤떨어졌잖아. 예를 들면, 학습능력이라든가 예의범절이라든가."

나는 비디를 바라보며 말했다. 내가 말을 마쳤을 때, 그녀는 눈을 휘둥그레 뜨고 있었지만 나를 보지는 않았다.

"예의범절? 그럼 아저씨가 예의가 없다는 거니?" 비디가 까막까치밥나무 잎사귀를 한 잎 따면서 말했다.

"비디, 그건, 여기서는, 그걸로 충분하지만……."

"그럼 여기서는 그거면 되겠네." 비디가 손에 든 잎사귀를 자세히 보면서 내 말을 가로막았다.

"끝까지 들어봐. 하지만 내가 조를 더 높은 신분으로 데려 간다면—내가 재산을 모두 물려받으면 그럴 생각이거든—그렇게 되면, 그걸로는 충분하지 않아."

"그런 것쯤은 아저씨도 진작 알고 있다고 생각하지 않니?"

몹시 거슬리는 질문이었다(내 머리에 한 번도 떠오른 적이 없는 질문이었기 때문이다). 나는 퉁명스럽게 물었다.

"비디, 무슨 뜻이야?"

"아저씨에게도 자존심이 있다는 생각은 안 해 봤어?" 비디는 잎사귀를 두 손

으로 비벼 으깨면서 말했다(그 뒤로 나는 까막까치밥나무 잎사귀 냄새를 맡으면 이 오솔길 옆 작은 마당이 떠오른다).

"자존심?" 나는 그 단어를 경멸하듯이 힘주어 되풀이했다.

"자존심에도 여러 종류가 있어." 비디는 나를 똑바로 쳐다보고 머리를 가로저었다. "자존심은 한 가지가 아니야……."

"그래서? 왜 말을 하다 말지?"

"한 가지만 있는 게 아니야." 비디가 말을 이었다. "아저씨는 지금 신분으로도 훌륭하게 재능을 발휘해서 모두의 존경을 받고 계시잖아. 그러니까 자존심을 지니고 있고, 지금보다 높은 자리로 올라가고 싶지 않을지 몰라. 본심을 말하자면, 난 그럴 거라고 생각해. 주제넘은 생각일는지 모르겠다. 네가 아저씨를 더 잘 알고 있을 테니까."

"난 정말 유감이다. 비디에게 그런 면이 있다니. 상상도 못했어. 비디는 부러운 거야. 질투하는 거라고. 내가 부자가 되고 신분이 상승하는 게 못마땅한 거야. 어떻게 그런 마음을 드러낼 수 있지?"

"그런 못된 생각을 잘도 해내는구나. 하지만 그렇게 생각한다면 그렇게 말해. 몇 번이고. 그런 못된 생각이 든다면."

"그렇게 생각하는 건 비디잖아." 나는 잘나고 고상한 척 말했다. "내 탓으로 돌리지 마. 정말 유감이야. 그건…… 그건 인간 본성의 나쁜 면이야. 나는 내가 마을을 떠난 뒤에, 기회를 봐서 조를 어떻게든 변화시키도록 애써 달라고 부탁할 셈이었어. 하지만 지금 같은 말을 들은 이상 이제 됐어. 정말 유감이다, 비디에게 이런 면이 있다니. 맙소사." 나는 되풀이했다. "인간의 추한 면이야."

"넌 내 생각에 찬성할지도 모르고 비난할지도 몰라. 하지만 어쨌거나 내가 쭉 여기서 지내며 내가 할 수 있는 일을 할 거라는 점에서는 안심해 줬으면 해. 네가 나를 어떻게 생각하건 너에 대한 내 생각은 변하지 않을 거야. 하지만 네가 진짜 신사라면 올바른 판단을 하겠지." 비디는 그렇게 말하더니 고개를 돌렸다.

나는 다시 한 번 힘주어, 그건 인간의 추한 면이라고 되풀이했다(돌이켜 보면, 나의 그런 생각은 옳았다고 할 수 있다. 다만 그 적용 사례가 틀렸지만). 그리고 나는 비디를 남겨 두고 오솔길을 혼자서 걸었다. 비디는 집 안으로 들어갔고, 나는 정원 대문으로 나와 실망스러운 기분으로 저녁식사 때까지 산책했다. 밝은 미래가 열린 두 번째 밤이 첫날 밤처럼 다시금 쓸쓸하고 불만스러운 밤이 되었다는 것이 이상하고, 슬펐다.

그러나 아침이 되자 다시 세상이 밝아졌다. 비디에게도 너그러운 마음으로, 어제의 화제는 언급하지 않기로 했다. 나는 가장 좋은 양복을 입고, 가게가 막 문을 열 이른 시각에 읍내로 가서 양복장이 트라브 씨의 가게를 들여다보았다. 트라브 씨는 가게 뒤쪽 거실에서 아침식사를 하고 있었는데, 나를 위해 가게로 나오기보다는 나를 거실로 불러들였다.

"그래, 무슨 일이냐?" 그가 친근하게 인사를 건넸다.

트라브 씨는 뜨거운 롤빵을 푹신한 침대처럼 세 겹으로 납작하게 잘라서 버터를 담요처럼 끼워 넣으려고 했다. 그는 돈 많은 노총각이었다. 열린 창문으로는 잘 가꾼 작은 정원과 과수원이 보이고, 난롯가 벽에는 돈깨나 나가 보이는 철제 금고가 깊숙이 자리 잡고 있었다. 그 금고 안에는 그의 재산이 자루에 잔뜩 담긴 채 숨겨져 있을 것이 틀림없었다.

"트라브 씨, 제 자랑 같아서 말하기 거북하지만, 제가 상당한 유산을 물려받게 되었어요." 내가 입을 열었다.

그러자마자 트라브 씨에게 금세 변화가 일어났다. 그는 잠자리 사이에 끼운 버터도 내동댕이치고, 침대 옆에서 일어나더니 손가락을 식탁보로 닦으며 외쳤다. "오, 하느님 맙소사!"

"나는 런던에 있는 후견인을 만나러 갈 거예요." 나는 아무렇지 않은 듯이 호주머니에서 몇 기니를 꺼내어 그것들을 바라보며 말했다. "그래서 아주 멋있는 양복이 필요해요." 대금은 현찰로 지급하겠다고 덧붙였다. 그러지 않으면 그가 옷을 만드는 시늉만 할 것 같아서였다.

"손님." 트라브 씨는 경의를 담아 예를 표한 뒤, 넉살 좋게도 두 팔을 벌려 내 팔꿈치를 쓰다듬으며 말했다. "그렇게 말씀하시면 제 감정이 상합니다. 축하를 드려도 괜찮겠지요? 자, 가게로 자리를 옮길까요?"

트라브 씨 가게에서 일하는 소년은 그 근방에서 가장 뻔뻔스러운 녀석이었다. 내가 가게에 들어왔을 때 그는 비질을 하고 있었는데, 나를 쓸어내리는 것으로 일의 즐거움을 발견했다. 내가 트라브 씨와 함께 다시 가게로 들어갔을 때도 그는 비질을 하고 있는 중이었다. 이번에는 대장장이들과—그들이 살아 있건 죽어 있건—상대할 수 있다는 듯이(내게는 그렇게 보였다) 빗자루를 구석이란 구석, 장애물이란 장애물마다 죄다 부딪혀 소리를 냈다.

"조용히 해! 아니면 네 머리통을 날려 버리겠다!" 트라브 씨는 매우 엄격한 말투로 소년을 혼낸 뒤 "자, 앉으시지요." 내게 말했다. "자, 이것은" 그는 둘둘 말아 놓은 옷감을 꺼내어 카운터 위에다 펼쳐놓고 천 밑에 손을 넣어 광택을 보여 주었다. "아주 고급품이지요. 손님 목적에 걸맞은 옷감으로 추천합니다. 정말로 최고품이니까요. 하지만 다른 옷감도 보여 드리겠습니다. 이봐, 4번을 가져와!(마지막 말은 험악한 눈초리와 함께 소년에게 던져졌다. 그 악당 녀석이 내게 친한 척하거나 비질을 해댈 것이란 위험을 감지한 눈치였다)"

소년이 4번 옷감을 카운터 위에 펼쳐놓고 적당한 거리로 물러날 때까지 트라브 씨는 그 엄한 눈초리로 그를 줄곧 쏘아보았다. 다음으로 트라브 씨는 5번과 8번 옷감을 꺼내 오라고 지시했다. "못된 수작은 말아. 그랬다가는 평생 후회하게 해 주마, 이 못된 녀석."

트라브 씨는 4번 옷감 위로 몸을 구부리고, 경의를 담아 비밀스러운 정보를 제공한다는 듯한 태도로, 이것은 여름용으로 가볍게 나왔으며 귀족들과 신사들 사이에서 유행하는 옷감이라고 설명했다. 또 (그를 같은 고향 친구로 생각해도 좋다면) 같은 마을의 저명인사가 입어 주신 것을 대대로 명예롭게 생각할 옷감이라며 추천했다. 그러고는 소년에게 말했다. "이 녀석, 빨리 5번과 8번을 가져오지 못하겠느냐? 아니면 내가 먼저 너를 가게 밖으로 차 내버린 다음 내가 직접 꺼내 올까?"

나는 트라브 씨의 판단에 따라 양복감을 골랐다. 그런 다음 치수를 재기 위해 다시 거실로 들어갔다. 트라브 씨는 이미 내 치수를 알고 있었고, 전에는 그 치수로 완벽하게 만족했었으나 "이제 그 치수는 쓸 만한 것이 못 됩니다. 결코 안 되고말고요"라고 변명 조로 말하는 것이었다. 트라브 씨는 내가 광활한 땅이고 자기는 최고의 측량기사라도 되는 것처럼 나를 재고 계산하며 너무나도 애를 썼다. 이래서는 아무리 훌륭한 옷이 완성된다 한들 그의 노력에 보답할 수 있겠느냐는 생각이 들 정도였다. 드디어 작업을 끝내고, 목요일 저녁에 완성된 양복을 펌블추크 씨 집으로 보내기로 약속한 뒤 그가 거실 문고리에 손을 대고서 말했다. "런던 신사께서 시골에서 만든 양복을 사 가시기를 기대하기란 무리겠지만, 같은 마을 주민으로서 저희 가게를 가끔 들러 주신다면 진심으로 영광이겠습니다. 그럼 안녕히 가십시오. 대단히 고맙습니다. 이봐, 문 열어!"

마지막 말은 소년에게 던진 말이었지만, 그는 그것이 무슨 뜻인지 전혀 이해하지 못했다. 그러나 주인이 손바닥으로 내 등을 어루만지듯 하며 나를 내보냈을 때, 축 늘어진 그를 보았다. 이런 형태로 트라브 씨네 소년에게 미치는 작용을 보고서 나는 돈이 지니는 엄청난 위력을 처음으로 실감했다.

이 기억할 만한 사건이 있고 나서 나는 모자가게와 구둣방과 양품점에 들렀다. 이렇게 많은 가게의 신세를 져야 한다니, 나는 머더 허버드의 개[2]가 된 기분이었다. 그런 다음 역마차 사무실에 가서, 토요일 아침 7시 마차에 자리를 예약했다. 내가 큰 유산을 물려받게 되었다는 이야기를 곳곳마다 설명할 필요는 없었다. 그러나 내가 거기에 대해 뭔가를 말하면, 어느 상점에서건 나를 상대하던 점원들은 유리창 너머로 번화가를 구경하던 것을 멈추고 내게 온 신경을 집중했다. 나는 필요한 것을 모두 주문한 뒤 펌블추크 씨 집으로 향했다. 그 신사 가게로 다가가자, 그가 문간에 서 있는 것이 보였다.

그는 매우 초조하게 나를 기다리고 있었다. 아침 일찍 마차를 타고 대장간에 들렀다가 내 소식을 들은 것이다. 그는 조지 반웰의 응접실에 가벼운 식사를 준비해 놓았는데, 내 신성한 몸이 지나갈 때 점원에게 "길을 비켜라!" 명령했다.

"내 친애하는 친구," 식사를 앞에 두고 단둘이 되자 펌블추크 씨가 내 두 손을 붙잡고 말했다. "자네의 행운에 경축할 수 있게 해주시오. 정말이지 받아 마땅한 상이 아닙니까. 정말이지 받아 마땅한 상이에요!"

단도직입적이랄까, 이것은 현명한 의사표시 방법이라고 나는 생각했다.

"정말이지" 한동안 콧김을 내뿜으며 경의를 표한 뒤, 그가 말했다. "이번 행운이 찾아오는 데 조금이나마 제가 도움이 되었다는 걸 자랑스럽게 생각합니다."

그 점에 대해서는 어떤 말도 암시해서도 안 된다는 점을 명심해 달라고 나는 부탁했다.

"내 친애하는 젊은 친구여, 그렇게 부르도록 허락해 주신다면……."

---

2) 《Mother Hubbard's dog》. 사라 캐서린 마틴의 동화(1805). 동화에서 머더 허버드는 자기 개에게 입힐 옷을 구하느라 여러 상점을 쏘다님.

내가 괜찮다고 중얼거리자, 펌블추크 씨는 다시 내 두 손을 잡았다. 그의 조끼가 감동으로 떨렸다(그의 몸은 다른 사람보다 아래쪽에 있는 부위로 감정을 나타내는 듯했다). "친애하는 젊은 친구여, 그 점을 조제프 머릿속에 집어넣도록, 당신이 집을 비운 사이 제가 미약하나마 온 힘을 다하겠습니다. 아아, 조제프!" 펌블추크 씨는 그 맹세의 말에 동정을 듬뿍 담았다. "조제프!! 조제프!!!" 그리고 고개를 내젓고 머리를 가볍게 두드림으로써 조제프의 모자람에 대한 그의 생각을 표시했다.

"그런데 친애하는 친구여, 피곤하시겠군요. 시장도 하시겠고요. 좀 앉으십시오. 푸른 멧돼지에서 주문한 닭고기입니다. 이 소 혓바닥 요리와 이 가벼운 음식들도 푸른 멧돼지에서 주문한 거랍니다. 입맛에 맞으셔야 할 텐데요. 아아, 그런데" 펌블추크 씨는 앉기가 무섭게 다시 일어서며 말했다. "내 눈앞에 계시는 분이 정말로 그 행복한 어린 시절 나와 장난치던 그분이십니까? 저, 괜찮겠습니까……. 괜찮겠습니까?"

이 "괜찮겠습니까"란 말은 "악수를 청해도 괜찮겠습니까"란 뜻이었다. 나는 허락했다. 그는 내 손을 잡고 격렬하게 악수한 뒤 다시 앉았다.

"이 포도주로 건배합시다. 행운을 위하여. 앞으로도 행운의 여신이 올바른 판단으로 총애하는 자를 선택하기를 기원하며! 아아, 그런데" 그가 다시 일어서서 말했다. "내 눈앞에 계신 분…… 그분에게 건배를 올리기 전에, 먼저, 괜찮겠습니까……. 괜찮겠습니까?"

나는 괜찮다고 말했고, 그는 다시 내 손을 잡았다. 그러고는 잔을 비우고, 그것을 거꾸로 놓았다. 나도 그를 따라 했다. 물구나무를 서서 포도주를 마셨더라도 그렇게 빨리 취기가 돌지는 않았으리라!

펌블추크 씨는 닭고기 중에서 가장 맛있는 오른쪽 날개 부분과 혀의 가장 좋은 부분을 덜어 주었다(어느 부위인지도 모를 괴상망측한 돼지고기와는 천지차이였다). 상대적으로 말할 것 같으면, 그는 자기 접시에 전혀 고기를 덜지 않았다. "아, 닭고기야, 닭고기야!" 그는 접시 위의 닭에게 말을 걸었다. "넌 어렸을 때 네 앞길에 뭐가 기다리고 있는지 생각도 하지 않았겠지. 이 초라한 지붕 밑에서 먹히는 신세가 되리라고는 예상도 못 했을 거다. 그것도 바로 이분에게. 아아, 우둔한 늙은이라고 비웃어 주십시오." 펌블추크 씨가 다시 일어섰다. "괜찮겠습니

"괜찮겠습니까?"

까…… 괜찮겠습니까?"

괜찮다는 대답도 불필요해졌는지 그는 덥석 내 손을 잡았다. 그토록 자주 악수를 하면서도, 내가 들고 있는 칼에 그가 손을 다치지 않은 것이 신기할 정도였다.

"그리고 누나 말입니다." 그가 한동안 음식을 꾸역꾸역 먹은 뒤에 말했다. "당신을 손수 기르는 영광을 가지신 그 누나! 하지만 그녀가 이제 그 영광을 충분히 이해하지 못하게 된 건 정말로 슬픈 일입니다. 괜찮겠……."

그가 다시 악수하러 오려는 것을 보고 나는 그를 제지했다. "누나를 위해 건배!"

"아아!" 찬미하는 마음으로 몸에 힘이 풀린 펌블추크 씨가 의자에 깊숙이 기대어 앉아 외쳤다. "역시 귀하는 그런 면이 다르십니다(귀하가 누구인지 나는 알수 없었다. 나를 가리키는 것이라고는 생각되지 않았지만, 그 방에는 그와 나 말고는 아무도 없었다). 훌륭한 분은 그런 면이 달라요! 언제나 너그럽고, 배려가 깊죠." 이 추종자는 아직 입도 대지 않은 잔을 허둥지둥 식탁에 올려놓고 다시 일어섰다. "천박한 놈들에게는 끈질기다는 오해를 살지 모르지만…… 하지만…… 괜찮겠습니까?"

악수를 끝내자 그는 다시 앉아서 누나를 위해 건배했다. "그녀의 히스테리를 잊을 수야 없죠. 하지만 그것도 다 잘되라고 그런 것 아니었겠습니까."

이 무렵부터 그의 얼굴은 불그스름해지기 시작했다. 나는 온 얼굴에 포도주가 깊이 스며든 것 같았으며, 온몸이 아플 정도로 화끈거렸다.

펌블추크 씨에게 새로 지은 옷을 이 집으로 배달하면 좋겠다고 말하자, 그는 배달 장소로 자기 집이 선택된 것을 미친 듯이 기뻐했다. 마을 사람들이 뚫어지게 바라보는 것이 싫다고 이유를 설명했을 때는 내 심정을 극구 칭송했다. 자기만큼 마음을 털어놓기에 적당한 사람은 없다는 것이며 어릴 적에 했던 덧셈 놀이며, 함께 고용계약서를 만들러 갔던 일이며, 늘 나의 가장 좋은 친구로 선택됐었던 사람임을 기억하는지 따위를 그는 다정하게 물었다. 그때 마셨던 포도주의 열 배를 더 마셨다 해도 그와 그런 관계가 아니었다는 것을 알았을 것이고, 마음속에서 그런 생각을 지워버렸을 것이다. 그럼에도 나는 그를 오해하고 있었으며 그가 사실 지각 있고 현실적인 착한 사람이라고 믿고 싶은 기분이 들었다.

그는 점점 나를 신뢰하더니 마침내는 사업에 대한 조언을 구하기에 이르렀다. 그 이야기는 이런 것이었다. 이 가게를 확장하면, 인근은 물론 영국 내에 일찍이 없었던 큰 규모로 잡곡과 종묘 사업을 통합하여 독점할 기회가 생긴다. 그 거대한 부를 실현하는 데 부족한 건 자금뿐이다. 그러니까 그 자금을, 업무에 관여하지 않고 출자만 할 동업자를 이 큰 사업에 끌어들일 수 없을까? 그 동업자는 아무것도 안 해도 된다. 그 자신이나 대리인이 원하는 때에 와서 장부를 보기만 하면 된다. 예를 들어 일 년에 두 번씩 와서 이익금을 챙겨가면 된다. 그것도 절반씩이나. 그런 자금 운용은 재산을 손에 넣은 기개 있는 젊은 신사의 관심을 끌 만한 절호의 사업 기회가 아닌가? 어떻게 생각하는지 그가 물었다. 당신의 생각을 믿습니다만 어떻게 생각하시죠? "기다려 주세요." 나는 대답했다. 이 장대하고 명료한 견해에 그가 감동했다. 이제는 "악수해도 괜찮겠습니까" 대신 "꼭 악수해야겠습니다" 하며 내 손을 꽉 잡았다.

우리는 포도주를 남김 없이 마셨다. 펌블추크 씨는 그 점에 대해서 조제프에게 실수가 없도록 단단히 당부하겠노라고 수없이 되풀이했다(그 점이 뭘 가리키는지 나는 알 수 없었다). 또 나에게는 효율적이고 지속적인 봉사를 맹세했다(어떤 봉사를 말하는 건지도 알 수가 없었다). 또한, 자신이 지금까지 나에 대해 "그 애는 보통 애가 아니야. 틀림없이 그 애 장래에는 범상치 않은 운명이 기다리고 있어"라고 틈만 나면 말해 왔다는, 나로서는 전혀 생소한 정보를 제공했다. 그 비밀을 아주 훌륭하게 지켜온 셈이었다. 그는 지금 와서 생각하니 참으로 신기하다며 눈물 섞인 미소를 지으며 말했다. 나도 동감한다고 대답했다. 마침내 나는 밖으로 나왔다. 태양이 평소와 달리 수상쩍은 움직임을 보이는 듯한 기분이 들었다. 나는 어디를 걷는지도 모르는 채 반쯤 졸면서 통행 요금소까지 왔다.

그때 펌블추크 씨가 큰 소리로 부르는 바람에 정신이 번쩍 들었다. 그는 햇빛이 비치는 길 저 멀리서 나보고 멈추라는 몸짓을 하고 있었다. 내가 멈추자 그가 숨을 헐떡거리면서 달려왔다.

"아, 친애하는 친구여." 숨을 돌리며 그가 말했다. "절대로 안 되지요. 오늘이라는 이 기회에 자네의 따뜻한 마음을 다시 한 번 느껴보지 않고서는 자네를 보낼 수는 없어요. 괜찮겠습니까? 오랜 벗으로서, 자네의 행복을 비는 사람으로서, 괜찮겠습니까?"

이리하여 적어도 백 번은 악수한 뒤에 그는 젊은 마부에게 내 쪽에서 비켜서라고 호통을 쳤다. 그런 다음 나를 축복해 주고, 내가 길 모퉁이를 돌아갈 때까지 그 자리에 서서 손을 흔들었다. 나는 들판으로 가서 나무울타리 밑에서 오랫동안 낮잠을 잔 뒤 집으로 돌아갔다.

런던으로 가지고 갈 짐은 별로 없었다. 얼마 안 되는 소지품 가운데 새로운 신분에 걸맞은 물건 따위는 거의 없었기 때문이다. 그러나 나는 그날 오후에 짐을 싸기 시작했다. 한시가 급하다고 멋대로 생각하면서, 다음 날 아침에 필요한 줄 뻔히 아는 물건까지도 미친 듯이 꾸려 넣었다.

이렇게 화요일, 수요일, 그리고 목요일이 지나갔다. 금요일 아침, 나는 새 옷을 입고 미스 해비샴네 저택을 방문하기 위해 펌블추크 씨 집으로 갔다. 그는 자신의 방에 신경 써서 깨끗한 수건을 걸어놓고, 내가 옷을 갈아입도록 방을 비워두었다. 새 옷에는 물론 실망했다. 옷이라는 것이 세상에 출현한 이래, 몹시 기다렸던 새 옷은 반드시 그 기대를 밑돌게 되는 것이다. 그래도 약 30분 동안 펌블추크 씨의 작은 거울(아무리 용을 써도 허리 아래로는 보이지가 않았다) 앞에서 이런저런 자세를 취해보는 사이에 옷이 한결 잘 맞는 것 같았다. 10마일 정도 떨어진 이웃 마을에 장이 서는 아침이라 펌블추크 씨는 집에 없었다. 나는 그에게는 내가 언제 떠나는지 일러주지 않았었으므로, 출발 전에 악수하는 일은 없을 것 같았다. 나는 새 옷을 입고 밖으로 나왔다. 점원 앞을 지나기가 무척 부끄러웠다. 외출복을 입은 조처럼 어색해 보일까 봐 걱정되었던 것이다.

멀리 돌아가는 꼴이 되었지만, 나는 뒷길로만 걸어서 미스 해비샴네 저택에 도착했다. 장갑 손가락 부분이 뻣뻣하고 길어서 초인종을 누르는 데 애를 먹었다. 문을 열러 나온 사라 포켓이 다시 태어난 내 모습에 놀라 뒷걸음질쳤다. 호두 껍데기처럼 쭈글쭈글한 그녀의 누리끼리한 얼굴이 새파랗게 질렸다.

"너? 너 맞지? 세상에나, 무슨 일이니?"

"제가 런던으로 가게 되었어요. 그래서 그전에 미스 해비샴에게 작별인사를 하려고요."

내가 오기로 한 날이 아니었으므로, 미스 해비샴의 의향을 물으러 그녀는 본

채 안으로 돌아가고 나는 안뜰에서 기다렸다. 곧 그녀가 돌아와 나를 유심히 훑어보며 저택으로 데리고 들어갔다.

미스 해비샴은 기다란 식탁이 있는 방에서 지팡이에 기대어 걷고 있었다. 방에는 옛날과 똑같이 촛불이 켜져 있었다. 사라 포켓이 다가오는 소리를 듣자 그녀가 걸음을 멈추고 돌아보았다. 썩은 웨딩케이크 바로 옆이었다.

"사라, 거기서 기다려. 어쩐 일이냐, 핍?"

"제가 내일 런던으로 떠납니다, 부인." 나는 매우 신중하게 단어를 골랐다. "그래서 작별인사를 드리려고 왔습니다, 부인."

"아주 멋진 모습이구나, 핍." 그녀가 지팡이로 내 몸 여기저기를 훑으며 말했다. 나를 변신시킨 요정 대모가 변신을 완성할 마지막 선물이라도 주듯이.

"부인을 마지막으로 뵌 뒤에 저는 엄청난 행운을 만났습니다. 그것을 대단히 감사하게 생각합니다, 미스 해비샴!"

"그래, 그래!" 당황하면서도 부러워하는 사라 포켓을 즐겁게 바라보면서 그녀가 말했다. "재거스 씨를 만나서 나도 그 일에 대해 들었지. 그래, 내일 떠나느냐?"

"네, 부인."

"돈 많은 사람에게 입양됐다지?"

"네, 부인."

"이름은 모르고?"

"네, 부인."

"재거스 씨가 후견인이니?"

"네, 부인."

사라 포켓이 질투심에 어쩔 줄 모르는 것을 보고 미스 해비샴은 크게 만족했으며, 이 문답에도 매우 흐뭇해했다. "그렇다면 네 앞길은 이제 창창하겠구나. 착하게 굴어라. 그 행복에 어울리도록. 재거스 씨의 지시에 잘 따르도록 해." 그녀는 나를 보고, 다음으로 사라를 보았다. 사라의 벌레 씹은 듯한 표정이 눈에 들어오자, 그녀의 빈틈없는 표정이 잔혹한 미소로 바뀌었다. "잘 가라, 핍……. 넌 계속 핍이란 이름을 쓰겠지?"

"네, 부인."

"잘 가라, 핍!"

그렇게 말하고는 그녀가 손을 내밀었다. 나는 무릎을 꿇고 그 손에 입술을 갖다댔다. 난 미스 해비샴에게 어떤 작별인사를 해야 좋을지 생각해 두지 않았다. 흐름에 따르는 것이 자연스럽다고 생각했기 때문이다. 그녀는 그 신비로운 눈에 의기양양한 빛을 띠고 사라 포켓을 바라보았다. 이리하여 나는 희미하게 밝혀진 방 한가운데서 지팡이에 두 손을 얹은 채, 거미줄에 덮인 썩은 웨딩케이크 옆에 서 있는 요정 대모를 떠났다.

사라 포켓은 내가 얼른 쫓아내야 하는 유령이라도 되는 것처럼 아래층으로 안내했다. 그녀는 아직도 내 모습을 실감하지 못한 채 몹시 어리둥절해 있었다. "안녕히 계세요, 미스 포켓." 내 인사에도 그녀는 눈만 부릅뜰 뿐이었다. 내가 말을 건네도 모를 정도로 넋이 나간 듯 보였다. 저택을 떠나 나는 펌블추크 씨 집으로 급히 돌아갔다. 새 옷을 벗어 보따리에 싸고, 헌 옷으로 갈아입은 다음 집으로 향했다. 보따리를 들고 가야 했지만, 솔직히 그러는 편이 훨씬 편했다.

천천히 지나가리라고 생각했던 엿새가 순식간에 흘러가 버렸다. '내일'은 나를 초연히 기다리고 있었지만, 나는 '내일'을 똑바로 바라볼 수 없었다. 여섯 밤이 다섯, 넷, 셋, 둘로 줄어듦에 따라 나는 점점 조와 비디와 함께 있는 시간을 고맙게 생각하게 되었다. 마지막 저녁, 나는 그들을 기쁘게 해주기 위해 새 옷을 입고, 잠자리에 들 때까지 그 차림으로 앉아 있었다. 저녁으로는 축하하는 의미에서 오븐에 구운 따뜻한 요리를 먹었다. 구운 치킨에 후식으로는 플립[3]이었다. 모두 침울했다. 유쾌한 척하려 했지만, 전혀 흥이 나지 않았다.

나는 작은 여행 가방을 가지고 그 다음 날 새벽 5시에 마을을 떠날 예정이었다. 조에게는 혼자 걸어가고 싶다고 말해 두었다. 유감스럽게도, 정말로 유감스럽게도 조와 함께 마차를 타고 역까지 갔다가는 나와 조가 너무나도 비교되리란 우려에서였다. 나는 그런 대비책에 한 점 부끄러워할 이유가 없다고 나 자신을 타일렀다. 그러나 마지막 밤 침실에 들어서자, 그렇지 않다고 인정하고 싶은 충동이 밀려왔다. 다시 아래층으로 내려가서 조에게 다음 날 아침 함께 역까지 가달라는 부탁을 하고 싶어졌다. 그러나 나는 그렇게 하지 않았다.

---

3) 와인이나 리큐르에 달걀을 첨가하여 거품을 일으킨 음료.

밤새 꿈속에 마차가 나오는 바람에 잠을 설쳤다. 런던이 아닌 다른 곳으로 가는 마차였고, 게다가 그 마차를 끄는 것이 말이 아니라 개, 고양이, 돼지, 사람이었다. 날이 밝아 새들이 지저귈 때까지 계속 여행에 차질이 생기는 꿈에 시달려야 했다. 잠자리에서 나와 옷을 대충 걸치고 창가에 앉아 마지막으로 바깥 풍경을 눈에 담았다. 그러는 사이 나도 모르게 살포시 다시 잠이 들고 말았다.

비디는 내가 먹고 갈 아침식사를 준비하느라 바빴으며, 나는 창가에서 잠든 지 채 한 시간도 못 되어 부엌에서 올라오는 냄새에 눈이 떠졌다. 순간 늦은 오후가 된 건 아닌가 하는 생각에 심장이 덜컥했다. 그러나 한참 뒤, 찻잔이 달그락거리고 식탁이 거의 차려지는 소리가 난 다음에도 나는 좀처럼 아래층으로 내려갈지 어쩔지 결정을 못하고 있었다. 결국 여행 가방 자물쇠를 열고 끈을 풀고, 다시 끈을 매고 자물쇠를 잠그고 하면서, 비디가 늦겠다고 말하러 올 때까지 방에서 꾸물거렸다.

나는 맛도 느낄 새 없이 아침식사를 허둥지둥 끝냈다. 나는 지금 처음으로 시간을 깨달았다는 듯이 "자! 그럼 이만 가야겠는걸." 씩씩하게 말하고 자리에서 일어났다. 그리고 늘 의자에 앉아 웃으며 고개를 끄덕이고 온몸을 떠는 누나에게 입을 맞추고, 비디에게도 입을 맞춘 뒤, 조의 목에 팔을 둘렀다. 그러고 나서 여행 가방을 들고 밖으로 나갔다. 조금 걸어가는데 뒤에서 뭔가 소리가 나기에 돌아보니, 조가 낡은 편자를 내게 던지는 참이었다.[4] 비디도 편자를 던졌다. 나는 멈춰 서서 모자를 흔들었다. 사랑하는 조가 머리 위로 억센 오른팔을 흔들며 "잘 가!" 목멘 소리로 외쳤다. 비디는 앞치마로 얼굴을 가렸다.

작별은 생각했던 것보다도 쉬웠다. 번화가에서 모두가 지켜보는 가운데 역마차를 향해 낡은 편자가 날아왔더라면 어땠을까. 그런 생각을 하면서 나는 성큼성큼 걸어갔다. 휘파람을 불며 아무렇지도 않게 여행을 떠나려고 했다. 마을은 매우 평화롭고 고요했으며, 내게 세상을 보여 주겠다는 듯이 옅은 안개가 엄숙하게 걷히려 하고 있었다. 그 마을에서 나는 너무나 순진하고 어렸으며 보잘것없는 존재였다. 이제 저 너머에는 거대하고 낯선 세상이 있다는 생각을 하자

---

4) 행운을 기원하는 의미.

울음이 왈칵 터져 나왔다. 마침 마을 어귀의 이정표가 있었으므로 나는 그 위에 손을 얹고 속삭였다. "안녕, 내 친구야!"

하느님께서도 아시듯이, 전혀 우리는 눈물을 부끄러워할 필요가 없다. 눈물은 냉담한 심장을 뒤덮고 우리를 눈멀게 하는 흙먼지 위에 내리는 빗물이니까. 눈물을 흘리고 나니 기분이 한결 나아졌다. 전보다도 후회하고, 전보다도 자신의 무정함을 깨닫고, 전보다도 따뜻한 사람이 되었다. 만일 내가 더 빨리 울었더라면, 그때 나는 분명히 조와 함께 있었을 텐데.

이때 흘린 눈물과 조용히 걷다가 또다시 나온 눈물 때문에, 들떴던 마음이 갑자기 침울해졌다. 따라서 마차가 마을을 벗어나자 나는 아픈 가슴을 부여잡고 엉뚱한 생각을 했다. 말을 바꿀 때 마차에서 내려 걸어서 집으로 돌아간 뒤 하룻밤을 집에서 보내며 좀 더 나은 작별을 해야 한다는 생각이었다. 그러는 사이에 말을 교체할 때가 되었다. 나는 아직도 마음을 정하지 못했다. 마음을 편하게 먹기 위해, 다음에 말을 바꿀 때 내려도 걸어서 돌아갈 수 있으리란 생각을 했다. 이런 생각에 잠겨 있는 동안, 조와 꼭 닮은 남자가 길에서 마차 쪽으로 걸어오는 걸 보고 가슴이 마구 두근거렸다. 그런 일이 있을 리가 없는데!

다시 말을 바꾸었다. 그리고 또 한 번. 이제 돌아가기에는 늦을 만큼 너무 멀리 왔다. 나를 태운 마차는 계속 앞으로 달려갔다. 고요한 안개가 모두 걷히자, 내 앞에는 새로운 세상이 펼쳐져 있었다.

여기까지가 핍의 위대한 유산 첫 단계 이야기이다.

마을을 떠나는 핍

제20장

우리 읍내에서 런던까지는 약 5시간 거리였다. 내가 탄 사두마차는 런던 한 길에서 심한 정체에 걸렸다. 그 역마차가 길이 여러 갈래로 갈라진 크로스키스(우드 스트리트와 치프사이드의 교차점)[1]에 도착했을 때는 정오가 조금 지난 시간이었다. 그즈음 영국인들은 뭐든지 우리가 가진 게 으뜸이며, 또 우리가 최고라는 걸 의심하면 역적이라고 굳게 믿었다. 그렇지 않았더라면, 거대한 런던을 앞에 두고 겁을 먹었을 때 나는 처음에 이 도시가 꽤 추악하고 꾸불꾸불하며 비좁고 불결하다고 생각했을지도 모른다.

재거스 씨는 때 맞추어 내게 주소를 보내주었다. 주소는 리틀 브리튼이라는 거리였는데, 그는 자기 명함에다 "스미드필드를 나가자마자 마차 역에서 매우 가까운 곳"이라고 친필로 적어 놓았다. 나는 마부의 안내를 받아, 덜컹덜컹 소리를 내는 접이식 발판이 달린 삯마차에 올라탔다. 이 마부는 자기 나이만큼이나 많은 망토가 달린 기름때 묻은 외투를 걸치고 있었다. 그 모습을 보니, 지금부터 50마일은 더 달려가야 할 것만 같은 기분이 들었다. 그가 마부석에 앉는 데는 엄청난 시간이 걸렸다. 이 마부석은 빗물이 스며든 자국투성이였는데, 좀이 먹어 너덜너덜해진 황록색 천으로 덮여 있었다. 마차 자체는 훌륭했다. 문 바깥쪽에는 보석 박힌 왕관 여섯 개가 그려진 문장이 있었고,[2] 뒤쪽에는 셀 수 없이 많은 하인이 매달릴 수 있도록 손잡이와 발판이 달렸으며, 그 밑에는 풋내기 마부들이 그 손잡이를 잡고 싶은 유혹에 못 이겨 올라타는 걸 막기 위한 쇠꼬챙이[3]가 달려있었다.

마차 여행을 즐길 여유는 없었다. 마차 안이 지푸라기를 깔아놓은 가축우리

---

1) 런던과 영국 남동부를 잇는 역마차의 종점.
2) 전에는 귀족이 소유했던 마차임을 나타내는 증거.
3) 행인들이 마차에 공짜로 타는 것을 막도록 설치한 끝이 뾰족한 금속.

같았고 한편으로는 넝마 가게처럼 보이기도 했다. 말 목에 매다는 꼴망태가 어째서 마차 안에 있는지 따위를 생각할 겨를도 없이, 어느새 마부가 마차를 멈추고 내릴 준비를 하는 것이 보였다. 아나나 다를까 마차는 이내 멈추었다. 마차가 멈춘 곳은 음침한 거리였다. 눈앞에 사무실이 있고, 열린 문에는 "재거스 씨"라 쓰여 있었다.

"얼마죠?" 내가 마부에게 물었다. 마부가 재거스라는 이름을 흘긋 보고는 대답했다.

"1실링이요…… 더 주고 싶다면 그래도 되고요." 나는 당연히 더 주고 싶지 않다고 말했다. "그렇다면 1실링이지요. 난 말썽을 일으키고 싶지 않거든요. 나는 그 사람을 안다오!"

마부는 재거스 씨 이름이 쓰인 문패를 향해 음흉하게 한쪽 눈을 감고 머리를 흔들었다. 그가 1실링을 받아 들고 천천히 마부석으로 올라가 (안심했다는 듯이) 사라지자, 나는 여행 가방을 들고 사무실로 들어갔다.

"재거스 씨 계세요?"

"지금은 외출 중인데요. 재판소에 가셨어요." 사무원이 말했다. "핍 씨인가요?"

나는 그렇다고 대답했다.

"재거스 씨께 들었습니다. 방에서 기다리라고 하셨지요. 지금 재판 중인 사건이 언제 끝날지 모르거든요. 하지만 그분은 시간을 귀중히 여기니 그리 오래 걸리지는 않을 겁니다."

이 사무원은 그렇게 말하더니 문을 열고, 나를 건물 뒤쪽에 있는 작은 방으로 안내했다. 그곳에서는 면벨벳 재킷(아래는 반바지)을 입은 애꾸눈 신사가 신문을 읽고 있었다. 그는 우리를 보자 신문을 내려놓더니 옷소매로 코를 닦았다.

"밖에서 기다리게, 마이크." 사무원이 말했다.

방해가 된 건 아닌지 모르겠다고 내가 말하려는데, 사무원이 재빨리 이 신사를 쫓아내더니(사람을 그렇게 함부로 대하는 모습을 본 건 처음이었다) 그의 등에다 털가죽 모자를 휙 집어던지고 나를 혼자 남겨 두고 나갔다.

재거스 씨 방은 오직 천창으로 들어오는 햇빛으로만 밝힐 수 있었다. 무척 음침한 방으로 천창은 깨진 머리처럼 기이하게 끼워 맞춰져 있었다. 나를 훔쳐

보기 위해 몸을 뒤튼 듯한 모습으로 옆집이 일그러져 비쳤다. 방에는 서류가 잔뜩 있으리라 생각했지만 그렇지는 않았다. 오히려 뜻밖에도 이상한 물건들이 있었다. 낡고 녹슨 권총, 칼집에 든 긴 칼, 이상하게 생긴 상자와 꾸러미들, 선반에 놓인 무시무시하게 생긴 석고상 두 개(얼굴은 이상하게 부어 있고, 코 주변이 씰룩거려 보였다). 등받이가 높은 재거스 씨의 의자는 새까만 말 가죽으로 되어 있었는데, 가장자리에는 관처럼 놋쇠 못이 줄줄이 박혀 있었다. 그가 이 의자에 기대고 앉아 손님 앞에서 집게손가락을 물어뜯는 모습이 보이는 듯했다. 방이 작아서 손님들은 벽까지 뒷걸음질치는 것이리라. 특히 재거스 씨 의자 맞은편 벽은 유난히 사람 어깨에 닿아서인지 기름때가 묻어 번들번들해 보였다. 생각지 않게 내가 내쫓은 꼴이 된 그 애꾸눈 신사도 그 벽에 스치며 걸어나간 모습이 떠올랐다.

　나는 재거스 씨 의자 맞은편에 놓인 손님용 의자에 앉았다. 곧 이 방의 음울한 분위기에 매혹되었다. 생각해보니, 그 사무원도 자기 주인처럼 다른 사람의 불리한 점을 안다는 듯한 태도였다. 2층에는 사무원이 몇 명이나 있을까? 그들도 남의 약점을 쥐는 기술에 능할까? 이 방의 묘한 물건들은 어떤 내력을 지녔으며, 어떻게 이곳으로 왔을까? 그 부은 두 석고상 얼굴은 재거스 씨 가족일까? 불행하게도 그런 못생긴 친척이 있다면, 대체 왜 그는 그 얼굴을 제 집이 아니라 검댕과 파리가 앉는 저 먼지투성이 선반 위에 올려놓은 것일까? 새삼 말할 필요도 없지만 나는 런던의 여름을 경험한 적이 없었다. 그러므로 내 기분이 가라앉았던 것은 텁텁하고 무더운 공기 때문이었는지 모르겠다. 또는 물건들 위에 두텁게 덮인 먼지와 티끌 때문이었는지도 모른다. 아무튼, 나는 갑갑한 재거스 씨 방에서 그렇게 이런저런 생각을 하며 앉아서 기다렸다. 그러다가 마침내 재거스 씨 의자 위 선반에 놓인 두 석고상을 도저히 참고 바라볼 수가 없어 자리에서 일어나 밖으로 뛰쳐나왔다.

　기다리는 동안 바깥바람 좀 쐬고 오겠다고 사무원에게 말했더니, 모퉁이를 돌면 스미스필드[4]가 나온다고 알려주었다. 나는 스미스 필드를 구경하러 갔다. 하지만 그 구저분한 곳의 오물과 피, 소기름, 거품투성이인 얼룩들이 내 몸

---

4) 런던의 주요 고기 시장.

에 딱 달라붙어 떨어지지 않을 것만 같은 기분이 들어 나는 서둘러 그것들을 떨쳐 버리려고 다른 길로 들어섰다. 그러자 웅장한 석조 건물 뒤에서 세인트폴 대성당의 거대하고 검은 둥근 지붕이 나를 향해 불쑥 튀어나왔다. 옆에 있던 사나이가 그 건물이 뉴게이트 교도소라고 가르쳐 주었다. 교도소 담을 따라 걸어가니, 오가는 마차 소리를 줄이기 위해 도로에 지푸라기가 깔린 것이 보였다. 그런 광경과 근처에 서성거리는 사람들, 또 그들이 내뿜는 맥주와 독주의 진한 냄새로 보아 재판이 한창 진행되고 있음을 추측할 수 있었다.[5]

주위를 여기저기 기웃거렸더니 행색이 지저분하고 반쯤 취한 재판 관리인이 안에 들어와서 재판을 구경하겠느냐고 내게 물었다. 반 크라운[6]을 내면 가발을 쓰고 법복을 입은 수석 재판장까지 잘 보이는 맨 앞자리로 안내해주겠다는 것이었다. 재판장이 밀랍인형이라도 되는 듯, 이번에는 18펜스로 깎아줄 테니 어떠냐고 내 의향을 물었다. 약속이 있어서 안 된다고 거절하자 이번에는 나를 안마당으로 데려가더니 교수대가 보관된 장소며, 채찍형이 공개로 실행된 장소며, 사형수가 교수형을 받으러 나오는 '채무자의 문'을 손가락으로 가리켜 알려주었다. 그 무시무시한 문에 흥미를 돋우기 위하여, 그는 모레 아침 8시에 죄수 네 명이 그 문을 나와 나란히 교수형을 받을 예정이라고 설명했다. 그것은 소름 끼치는 이야기였으므로 나는 런던에 넌덜머리가 나기 시작했다. 더구나 이 집행장소 총괄책임자가 입은 곰팡내 나는 옷이—위로는 모자에서 아래로는 부츠까지, 그리고 다시 올라가 호주머니에 꽂은 손수건에 이르기까지—본디 자기 것이 아니라 사형 집행인에게서 헐값에 산 것까지 알게 되자 혐오감마저 들었다. 그러므로 1실링을 주어 그를 떨쳐버렸을 때는 진심으로 홀가분했다.

나는 사무소에 들러 재거스 씨가 돌아왔는지 물어보았다. 아직 오지 않았다기에 다시 산책 나가기로 했다. 이번에는 리틀 브리튼을 한 바퀴 돌고 바르톨로뮤 클로스로 들어갔다. 그곳에서 나뿐만이 아니라 다른 많은 사람이 재거스 씨를 기다리고 있다는 사실을 알게 되었다. 비밀스러워 보이는 얼굴을 한 두 사람이 바르톨로뮤 클로스를 서성거리고 있었다. 그들은 구두를 포장도로의 갈라진 틈에 쑤셔 넣으며 이야기를 하고 있었다. 그들이 내 앞을 처음 지나갈

---

5) 뉴게이트 교도소 옆에 중앙형사재판소가 있었음.
6) 영국의 구 화폐로 5실링짜리 동전. 1실링은 12펜스.

때 그중 한 사람이 말했다. "때가 되면 재거스 씨가 꼭 해줄 거야." 모퉁이에는 세 남자와 두 여자가 모여 있었다. 한 여자는 더러운 숄을 걸친 채 울고 있었고, 또 한 여자는 자기 숄을 우는 여자의 어깨에 걸쳐주면서 "재거스 씨가 그를 변호해 줄 거야, 아멜리아. 그 이상 뭘 바라니?" 위로하고 있었다. 한참동안 그곳에서 어슬렁대고 있을 때 눈이 뻘겋게 충혈된, 몸집이 작은 유대인이 찾아왔다. 그는 또 한 유대인과 함께였는데, 그 유대인을 심부름 보냈다. 사나이가 그 심부름꾼을 기다리는 동안 나는 그를 주의깊게 바라보았다. 그는 아주 격정적인 사람이었다. 가로등 밑에서 조급하게 발을 동동 구르며 미친 사람처럼 외쳐댔다. "아아, 재거스, 재거스, 재거스! 재거스 말고는 모두 쓰레기, 내게 재거스를 보내주시오!" 내 후견인의 평판에 대한 이 증언들은 강렬한 인상을 주었다. 나는 그에게 전보다 더 존경심과 경이로움을 느꼈다.

바르톨로뮤 클로스 철문에서 리틀 브리튼을 바라보고 있으려니 드디어 재거스 씨가 길을 건너 이쪽으로 오는 게 보였다. 그를 기다리던 다른 사람들도 재거스 씨를 알아보고 우르르 그에게 달려갔다. 그는 내 어깨에 손을 얹더니 나에게 아무 말도 없이 나란히 걸으며, 뒤를 따라오는 다른 사람들에게 말을 건넸다.

먼저, 무언가 숨기고 있는 듯한 두 사나이에게 말했다.

"당신들에겐 아무 할 말이 없어." 재거스 씨가 그들에게 손가락을 쭉 내밀었다. "지금 아는 것 이상 알고 싶은 마음도 없고. 결과가 어떻게 나올지 확률은 반반이야. 처음부터 말했잖아, 반반이라고. 웨믹에게 돈을 지급했나?"

"오늘 아침에 돈을 마련했습니다, 재거스 선생님." 한 사람이 굽실굽실하며 말했다. 또 한 사람은 재거스 씨 얼굴을 물끄러미 바라보고 있었다.

"언제 돈을 마련했는지 묻는 게 아니야. 어디서 마련했는지도, 마련했는지 그 여부도 묻는 게 아니오. 웨믹이 돈을 받았나?"

"네, 재거스 선생님." 두 사람이 함께 대답했다.

"됐어. 그럼 가봐. 어서!" 재거스 씨는 따라오지 말라는 표시로 그들에게 손을 휘휘 저어 보이며 말했다. "한마디만 더 하면 이 사건에서 손을 뗄 줄 알아!"

"저희가 생각하기에는 말입니다, 재거스 선생님……." 한 사람이 모자를 벗으며 말을 이었다.

"그러지 말라고 말했을 텐데. 당신들도 생각 좀 해보란 말야! 내가 당신들을 대신해서 생각하잖아. 그거면 충분하잖나. 당신들한테 볼일이 있으면 내가 찾을 거야. 어디로 가면 당신들을 찾을 수 있는지 다 알고 있으니까. 하지만 나는 당신들이 귀찮게 따라붙는 게 싫단 말이야. 알아들어? 이제 한마디도 더 듣지 않겠어."

재거스 씨가 손을 휘휘 저어 두 사람을 내치자, 그들은 서로 얼굴을 멀뚱멀뚱 쳐다보다가 아무 말 없이 뒤로 물러났다.

"그리고 당신!" 재거스 씨가 우뚝 멈추어 서더니, 숄을 두른 두 여인에게 말했다(세 남자는 여인들에게서 떨어져 얌전히 서 있었다). "이름이 아멜리아였던가?"

"네, 재거스 선생님."

"내가 아니었으면 당신은 여기에 있지도 못할 것이며, 있을 수도 없다는 걸—잘 알고 있겠지?"

"그럼요, 나리." 두 여인이 입을 모아 외쳤다. "잘 알고 있습니다요. 선생님께 신의 가호가 있기를."

"그럼 왜 이곳에 왔지?"

"우리 빌이 마음에 걸려서!" 울음을 멈추지 못하는 여인이 애원했다.

"딱 한 번만 말할 테니 내 말 잘 들어! 당신의 빌이 유능한 변호사 손에 맡겨졌다는 걸 당신은 몰라도 나는 잘 알아. 그런데도 이곳에 찾아와 날 귀찮게 한다면 난 빌의 사건에서 손을 떼겠어. 당신과 당신의 빌은 모든 사람들에게 좋은 본보기가 될 줄 알라고. 그건 그렇고, 웨믹에게 돈은 지급했나?"

"네, 했습니다. 한 푼도 빠짐없이요."

"좋아. 그렇다면 당신은 할 일을 다 한 셈이야. 단 한 마디라도 더 하면 웨믹이 당신들에게 돈을 돌려줘 버릴 줄 알라고."

이 무서운 협박에 두 여인은 곧 물러났다. 이제 흥분 잘하는 유대인만 남았다. 이미 그는 재거스 씨의 코트 자락을 들어 올려 그곳에 수없이 입을 맞추고 있었다.

"이 사람은 모르는 사람인데!" 재거스 씨는 여전히 서슬이 시퍼런 어조로 말했다. "당신, 무슨 볼일이지?"

"재거스 선생님, 에이브러햄 라자루스의 형입니다!"

"그게 누군데? 이 코트 놓지 못해!"

탄원자가 다시 한 번 입을 맞춘 뒤 코트 자락을 놓고 말했다. "은 식기 절도 혐의를 받은 에이브러햄 라자루스 말입니다."

"너무 늦게 왔군. 나는 그 건에서는 검찰 측이라고."

"하느님! 재거스 님!" 흥분 잘하는 사나이가 새하얗게 질린 얼굴로 말했다. "선생께서 에이브러햄 라자루스의 적이 되다니!"

"하지만 사실이 그래. 더 이상 할 말은 없군. 이제 길을 비켜."

"재거스 선생님! 잠깐만 기다려 주십시오! 제 사촌 형이 지금 웨믹 씨를 만나러 갔습니다. 어떤 조건이든 수용하겠습니다. 재거스 선생님! 아주 잠시만 기다려 주세요! 검찰 측 말고 저의 쪽을 동정해 주신다면 사례는 섭섭지 않게 드리겠습니다, 재거스 선생님! 제발……."

내 후견인은 이 탄원자를 인정사정없이 떨쳐버렸다. 유대인은 보도가 불타는 지옥이라도 된 것처럼 그 위에서 팔딱팔딱 뛰었다. 그러고 나서야 우리는 아무런 방해도 받지 않고 사무실에 도착했다. 그곳에는 사무원과 면벨벳 옷을 입고 털모자를 쓴 남자가 있었다.

"마이크가 왔습니다." 사무원이 의자에서 일어나, 은밀하게 재거스 씨에게 다가가며 말했다.

"오오!" 재거스 씨가 사나이를 돌아보며 얘기했다. "당신 친구가 오늘 오후에 법정에 출두하나? 그래?" 사나이가 〈코크 로빈〉이라는 노래[7]에 나오는, 종을 울리는 밧줄을 잡아당기는 새처럼 머리카락을 잡아 이마 한가운데로 끌어 넘겼다.[8]

"예, 재거스 선생님." 그가 선천적인 감기 환자같은 목소리로 말했다. "고생 끝에 도움이 될 사람을 겨우 하나 구했습니다."

"어떤 증언을 할 예정이지?"

"예, 재거스 선생님." 사나이가 이번에는 털모자로 코를 닦으며 대답했다. "뭐든…… 어떤 식으로든…… 증언할 겁니다."

재거스 씨가 버럭 화를 냈다. "전에도 경고했을 텐데!" 그는 잔뜩 겁먹은 의뢰

---

7) 마더 구스의 동요.
8) 경의를 표하는 동작.

재거스 씨와 의뢰인들

인에게 집게손가락을 내밀며 말했다. "여기서 그런 식으로 말하면 본때를 보여줄 거라고! 이 구제불능 같으니! 내 앞에서 잘도 그런 소리를 지껄이는군!"

의뢰인은 움찔움찔 몸을 떨었다. 그러나 자기가 무엇을 잘못했는지 몰라 당황한 것도 같았다.

"이 멍청이!" 사무원이 의뢰인을 팔꿈치로 쿡 찌르며 나지막한 목소리로 말했다. "얼간이! 그런 말을 대놓고 하다니!"

"정신 나간 놈. 다시 한 번만 묻지. 이게 마지막이야!" 내 후견인이 매우 엄격한 어조로 말했다. "당신이 데리고 온 사람이 무슨 증언을 할 예정이지?"

마이크는 재거스 씨 얼굴에서 교훈을 얻으려는 듯이 필사적으로 그를 바라보았다. 그러고는 천천히 대답했다. "문제의 그날 밤 그 사람과 함께 있었죠. 밤새 그 사람 곁을 떠나지 않았다고요."

"그럼 주의해서 대답하길 바라는데, 그 사람의 신분은 뭐야?"

마이크는 자기 모자를 쳐다보고, 마룻바닥을 내려다보고, 천장을 올려다보고, 사무원을 바라보았다. 마침내는 나까지 바라본 뒤에야 쭈뼛거리며 겨우 대답했다. "저희가 녀석에게 그럴싸한 옷을 입히면……." 여기서 재거스 씨가 다시 폭발하고 말았다.

"뭐라고? 또 그런 식으로 말하겠다 이거지!"

"멍청아!" 사무원이 말하며 다시 팔꿈치로 그를 쿡 찔렀다.

마이크는 어쩔 줄을 모르고 한동안 생각에 잠겨 있다가 다시 말했다.

"녀석은 번듯한 제빵사 옷을 입고 있지요. 전문 제과업자 같은 직업이거든요."

"그 사람이 지금 이곳에 있나?" 내 후견인이 물었다.

"모퉁이에 있는 집 앞에서 기다리고 있습니다."

"저 창 앞으로 지나가게 해. 내가 좀 볼 수 있도록."

그 창이란 사무실 창문을 말하는 것이었다. 우리 셋은 창가로 다가가서 햇빛 가리개 뒤에 섰다. 이윽고 마이크가 시치미를 떼고 한 사나이와 걸어오는 것이 보였다. 그는 종이 모자에 짧고 흰 무명 제복 차림이었으며, 키가 크고 험악한 인상이었다. 이 청렴결백한 제빵사는 결코 맨정신이 아니었다. 게다가 검은 눈 주위에는 멍 자국이 있는데, 그것이 나으면서 푸르스름하게 된 것을 화장으로 감추고 있었다.

청렴결백한 제빵사

"저 증인을 어서 데리고 꺼지라고 해." 재거스 씨가 몹시 불쾌하다는 듯이 사무원에게 지시했다. "그리고 마이크에게 어쩔 셈으로 저런 놈을 데려왔느냐 물어봐."

그리고 재거스 씨는 나를 자기 방으로 데리고 갔다. 그는 선 채로 상자에 든 샌드위치와 휴대용 술병에 든 셰리주로 점심을 먹으며, 내가 다음에 할 일을 설명해 주었다(그는 입에 넣는 샌드위치에 대해서도 위엄 있게 구는 것 같았다). 나는 바너드 여관에 잡아둔 포켓 씨의 방으로 가게 되었는데, 그곳에는 이미 내가 묵을 수 있도록 준비되어 있을 거라고 말했다. 나는 월요일까지 그와 지내다가 함께 그의 아버지 집을 방문하여 그곳이 마음에 드는지를 살펴봐야만 했다. 내가 받을 용돈에 대한 지시 사항도 있었다. 아주 넉넉한 금액이었다. 재거스 씨는 옷이나 그 밖에 필요한(상식선에서) 모든 물건을 합리적인 범위 안에서 구입할 수 있도록 상인들 명함을 서랍에서 꺼내어 내게 건넸다.

"외상은 얼마든지 가능하오." 재거스 씨가 말했다. 그가 빠른 속도로 마시고 있는 셰리주에서 커다란 술통을 연 듯한 강한 냄새가 났다. "그렇게 하면 나는 자네가 얼마를 썼는지 확인할 수 있소. 그리고 지출이 너무 많다 싶으면 제동을 걸 거요. 물론 자네가 탈선하려면 어떻게든 탈선하겠지만, 그건 내 책임이 아니오."

이 격려의 말을 되뇌며 나는 마차를 불러도 좋겠느냐고 물었다. 그는 목적지가 가까우니 그럴 필요가 없다고 말했다. 나만 괜찮다면 웨믹이 데려다줄 거라고 했다.

나는 웨믹이 옆방에 있는 사무원이라는 것을 알게 되었다. 그가 나를 데려다주는 동안 그를 대신하기 위해 위층에서 다른 사무원이 내려왔다. 나는 재거스 씨와 악수한 뒤 웨믹을 따라 거리로 나왔다. 사무실 밖에는 또 다른 사람들이 모여 있었다. 웨믹이 냉정하고 단호하게 "소용없는 짓이야. 변호사님은 당신들 중 그 누구하고도 말하지 않으실 거니까." 내뱉고는 그들 사이를 헤쳐 지나갔다. 우리는 곧 그들에게서 벗어나 나란히 걸어갔다.

제21장

  나는 웨믹 씨와 함께 걸어가면서, 밝은 곳에서 보면 그가 어떤 모습인지 궁금해서 살짝 곁눈질을 했다. 그는 작달막하고 바싹 마른 사나이였다. 얼굴은 네모지고, 나무로 만들어진 듯이 생기가 없으며, 무딘 끌로 조각하다 만 것 같은 표정을 짓고 있었다. 거기에는 재료가 좀더 부드럽고 도구가 더 정교했더라면 보조개가 되었을지도 모를 움푹 팬 자국이 볼에 있었지만 실제로는 그냥 얽은 자국이었다. 그 끌로 그의 코 모양을 다듬으려는 시도가 몇 번쯤 있었던 것 같지만 반반하게 펴기 전에 포기해버린 모양이었다. 셔츠가 닳아빠진 모양으로 판단컨대 독신 같았다. 또 그는 많은 사람과 사별한 모양이었다. 적어도 4개의 추모 반지를 끼고 있었고, 유골함이 있는 묘지 주위의 수양버들과 한 여성을 조각한 브로치를 달고 있었기 때문이다. 또한, 죽은 친구들에 대한 기억의 무게를 나타내려는 듯이 시곗줄에는 반지며 증표가 주렁주렁 달려 있었다. 그의 눈은 검고 작았으며 날카롭게 반짝거렸다. 입술은 얇고 컸으며 얼룩덜룩했다. 내가 알기론 그가 이 조각품들을 소유한 지 40년 내지 50년은 지난 것 같았다.
  "그래, 런던은 처음인가요?" 웨믹 씨가 말을 걸어왔다.
  "네."
  "저도 한때는 런던이 처음이었죠. 돌이켜보면 묘한 기분이 듭니다."
  "이젠 런던을 훤히 아시겠네요?"
  "그럼요. 어떻게 돌아가는지도 읽어 내지요."
  "몹시 흉악한 곳인가요?" 나는 정보를 얻기 위해서라기보다 뭔가 얘기를 하고 싶기에 그렇게 물어보았다.
  "여기서 살다 보면 사기를 당하거나 도둑을 만나거나 살해당할 수도 있지요. 하지만 다른 곳도 그건 마찬가지잖아요."
  "누구한테 원한을 샀을 때 그렇단 말이지요?" 나는 분위기를 조금 부드럽게 하고자 그렇게 말했다.

"글쎄요, 난 원한 같은 건 모르겠군요. 원한하고는 그다지 관계가 없는 것 같은데요. 그런 사람들은 그저 조금이라도 자신에게 득이 되면 그런 짓을 하지요."

"그럼 더 나쁘잖아요."

"그런가요? 오십보백보 같은데요."

그는 모자를 뒤로 젖혀 쓰고 똑바로 앞을 보면서, 거리에 시선을 끌 만한 건 아무것도 없다는 듯 무관심한 태도로 걸어갔다. 입이 우체통 투입구 같은 모양이라 그는 기계처럼 딱딱하게 웃는 것처럼 보였다. 홀본 힐 꼭대기를 올라갈 때쯤에서야 나는 그의 표정이 틀에 박힌 미소일 뿐 실은 조금도 웃고 있지 않다는 사실을 깨달았다.

"매슈 포켓 씨가 어디에 사는지 아세요?" 내가 물었다.

"네. 런던 서쪽의 해머스미스에 삽니다." 그는 턱으로 그쪽을 가리켰다.

"여기에서 먼가요?"

"글쎄요, 5마일 정도 될까요?"

"그분을 아세요?"

"이거야 원 심문이로군!" 그는 흡족하다는 듯한 어조로 말했다. "그럼요, 알다마다요. 잘 알고 있지요."

그 말에서 포켓 씨를 깔보는, 또는 너그럽게 봐주는 어감이 느껴져서 나는 적잖이 낙담했다. 나무 토막 같은 그의 얼굴 어딘가에 지금 발언에 희망을 가져다주는 보충설명이 없을까 열심히 곁눈질하고 있는데, 그가 바너드 여관에 도착했다고 말했다. 내 우울한 기분은 그 소식을 듣고도 가시지 않았다. '바너드 여관'이란 바너드 씨가 경영하는 여관[1]이며, 그에 비하면 우리 동네에 있는 '푸른 멧돼지'는 평범한 선술집으로 보일 거라고 철석같이 믿고 있었기 때문이었다. 그러나 바너드란 실체가 없는 정신 또는 허구에 불과했다. 즉 그의 여관이, 이처럼 보잘것없는 집들이 수고양이들의 사교장처럼 지저분한 후미진 구석에 누추하게 다닥다닥 붙어 있는 곳일 줄은 상상도 못했다.

우리는 쪽문을 통해 안으로 들어가자, 밋밋한 묘지처럼 음산한 작은 안뜰로

---

1) 원래는 법학생들이 묵는 기숙사.

이어지는 통로가 나왔다. 그곳에 있는 나무들이며 참새며 고양이며 집들이(모두 대여섯 씩) 더할 나위 없이 음침해 보였다. 방마다 창문은 누추함의 정도가 다른 햇빛가리개와 커튼, 못 쓰는 화분, 깨진 유리컵, 먼지를 뒤집어쓴 썩은 잡동사니로 둘러싸여 있었다. 방 문에는 '빈방 있음'이라는 광고가 더덕더덕 붙어 있었다. 마치 이곳에 새로 세 들려는 비참한 사람은 하나도 없고 지금 사는 사람들은 차례차례 자살하며, 그들 모두가 불경하게도 자갈밭에 매장[2]됨으로써 원한에 사무친 바너드 영혼이 서서히 가라앉는 듯한 모습이었다. 이 스산한 바너드 여관은 숨 막히는 그을음과 연기로 된 상복을 걸치고 머리에는 재를 뒤집어쓴 쓰레기 구덩이로 온갖 고행과 굴욕을 겪고 있었다.[3] 내가 본 건 이런 것들이었다. 여기에 더해 바싹 말라 썩은 것과 젖어서 썩은 것에서 나는 냄새, 손질하지 않고 내버려둔 지붕과 지하실에서 조용히 퍼져 오르는 온갖 부패한 냄새, 생쥐며 벌레들의 시체에서 나는 냄새, 근처 마구간에서 희미하게 풍겨오는 냄새가 내 후각을 자극하며 "바너드의 향기를 맡아 보시오." 이렇게 슬프게 호소하고 있었다.

처음으로 모습을 드러낸 내 위대한 유산이 그런 비참한 꼴이었으므로, 나는 깜짝 놀라 웨믹 씨를 바라보았다. 그러나 그는 내 의도를 잘못 이해하고 말했다. "아아, 이렇게 한적한 곳에 오니까 시골 생각이 나는 모양이군요. 저도 그렇습니다."

그는 나를 안뜰 한구석으로 안내한 뒤 계단을 통해 꼭대기 층으로 올라갔다(이 계단은 조금씩 썩어 톱밥이 되어가는 중이었다. 언젠가 위층에 사는 사람들이 문을 열면, 아래로 내려가는 길이 없어졌단 사실을 깨달을 것이다). 방문에는 '미스터 포켓 2세'라고 씌어 있었고, 우편함에는 '곧 돌아옴'이라고 적힌 쪽지가 붙어 있었다.

"당신이 이렇게 빨리 올 줄은 몰랐나 봅니다." 웨믹 씨가 설명했다. "이제 저는 필요 없으시지요?"

"네, 괜찮아요. 고맙습니다."

"제가 사무소 금고를 맡고 있으니까 앞으로 자주 뵙게 될 겁니다. 그럼, 안녕히 계십시오."

---

2) 교회는 자살한 사람에게 정식 매장을 허용하지 않았음.
3) 재를 뒤집어쓰고 고행하는 것은 성서에 자주 등장하는 표현.

"안녕히 가세요." 나는 손을 내밀었다. 처음에 웨믹 씨는 내가 무언가를 바라는 줄 알았던지 내 손을 멍하니 바라보았다. 그러더니 나를 바라보며 실수를 정정했다.

"아아, 그렇군요! 악수하는 습관이 있나 보지요?"

런던에서는 악수하는 유행이 사라졌나 싶어 당황하면서 나는 그렇다고 대답했다.

"악수해본 지가 워낙 오래돼서요. 임종 때만 빼고요. 당신을 만나서 정말 반가웠습니다. 그럼 또 뵙지요."

악수를 마치고 그가 떠나자 나는 층계참에 있는 유리창을 들어 올려 열었다가 하마터면 목이 잘릴 뻔했다. 썩을 대로 썩은 창틀이 단두대처럼 떨어졌기 때문이었다. 다행히도 그것은 순식간의 일이었으며, 내가 아직 창밖으로 머리를 내밀기 직전이었다. 이 위험을 넘긴 뒤 나는 유리창을 뒤덮은 먼지 너머로 보이는 뿌연 풍경에 만족하기로 하고 그 자리에 서서 처량하게 밖을 내다보았다. 런던은 분명히 과장된 도시라고 속으로 중얼거렸다.

포켓 2세가 생각하는 '곧'과 내가 생각하는 '곧' 사이에는 큰 간격이 있었다. 초조한 마음으로 30분 동안 밖을 바라본 뒤 먼지 덮인 유리창이란 유리창에 내 이름을 수없이 쓰고 있으려니 드디어 계단을 올라오는 발소리가 들렸다. 차츰차츰 모자, 머리, 넥타이, 조끼, 바지, 구두가 하나씩 눈에 들어왔다. 그리고 눈앞에 나타난 것은 나와 비슷한 신분의 청년이었다. 그는 양쪽 겨드랑에 종이봉투를 끼고, 한 손에는 딸기 바구니를 들고 헉헉거렸다.

"핍 씨?" 그가 물었다.

"포켓 씨?"

"미안합니다! 정말로 미안해요. 당신 고향에서 오는 마차가 정오에 도착하는 것을 알고서 그걸 타고 오시는 줄 알았어요. 실은 당신을 맞이할 준비를 하러 외출했던 겁니다…… 뭐 핑계는 아니지만요…… 시골서 오신 분이라 밥 먹은 뒤에 과일을 드시고 싶을 것 같아서 코번트 가든 시장에 가서 좋은 놈들을 좀 사오는 길입니다."

이때 어떤 이유 때문에 나는 눈이 튀어나올 만큼 놀랐다. 그리고 그의 이야기에 적당히 대꾸하면서, 이게 꿈인지 생시인지 어리둥절하기만 했다.

"이 문도 이제 맛이 갔네! 어쩌나 뻑뻑한지!"

그는 과일이 들은 종이 봉투를 겨드랑이에 낀 채 문과 씨름했다. 그대로 두었다가는 과일이 곧 잼이 되어버릴 것 같아서 나는 그 봉투를 들어 주겠다고 제안했다. 그는 쾌활한 미소를 띠며 봉투를 건네더니 사나운 야생동물과 싸우는 것처럼 문과 결투를 벌이기 시작했다. 그러다가 문이 갑자기 열렸다. 그 바람에 그가 뒤로 물러나며 나와 세게 부딪혔고, 나는 또 그 바람에 뒤로 튕겨 나가 건너편 방문에 부딪혔다. 우리 둘은 웃었다. 그러나 여전히 나는 눈알이 튀어나올 정도로 놀라서, 마치 꿈을 꾸는 것 같았다.

"자, 들어와요." 포켓 2세가 말했다. "제가 먼저 들어가죠. 집 안이 좀 휑뎅그렁하지만 월요일까지만 참아주세요. 내일은 하루 내내 저와 함께 지내는 편이 좋겠다는 것이 아버지 생각입니다. 혹시 런던을 산책하고 싶을지도 모르겠네요. 그렇다면 기꺼이 안내하겠습니다. 이곳 식사는 나쁘지 않아요. 이 건물에 있는 커피 하우스에서 배달해 먹기로 했거든요. 이 말은 해 두어야 할 것 같은데, 그 비용은 재거스 씨 지시에 따라 당신이 부담하게 됩니다. 숙소는 전혀 호화롭지 않아요. 나는 내가 벌어먹어야 하거든요. 아버지는 한 푼도 주시지 않죠. 만약 주신다 해도 받고 싶지 않아요. 여기가 거실입니다. 의자, 테이블, 양탄자 등은 집에서 안 쓰는 것을 가져온 겁니다. 식탁보, 숟가락, 양념통은 제 것이 아니라 임시로 커피 하우스에서 가져온 겁니다. 여기가 내 작은 침실입니다. 좀 곰팡내가 나지만, 바너드 여관은 워낙 곰팡이가 많은 곳이라서요. 여기가 당신 침실이에요. 가구는 당신을 위해 빌려 온 것인데, 이 정도면 충분하리라 생각합니다. 그 밖에 필요한 게 있으면 말씀하세요. 구해다 드릴 테니. 이 방은 구석진 곳에 있으니, 우리 둘뿐이지만 뭐 다툴 일은 없을 겁니다. 아이고 이런, 미안합니다. 여태껏 과일을 들고 계셨군요. 그 봉투를 이리 주세요. 정말로 미안합니다."

포켓 2세와 마주 서서 봉투를 하나둘 건네주는데, 상대의 눈도 내 눈처럼 튀어나오려 하는 것이 보였다. 그가 뒷걸음질치며 말했다. "맙소사, 그때 저택을 돌아다니던 소년이잖아!"

"그 창백한 어린 신사!"

제22장

창백한 어린 신사와 나는 바너드 여관에서 서로 물끄러미 바라보았다. 이윽고 우리는 와하하 웃음을 터뜨렸다. "넌 그때 그!" 그가 말했다. "넌 그때 그!" 내가 말했다. 우리는 새삼 서로 뚫어져라 바라보며 다시 웃었다. "하지만," 창백한 어린 신사가 기분 좋게 손을 내밀며 말했다. "그건 지난 일이에요. 그때 당신을 흠씬 두들겨 팼던 것을 부디 용서하세요."

이 말을 듣고 나는 허버트 포켓(이것이 그의 이름이었다)이 기억 속에서 자신의 의도와 실제 성과를 혼동하고 있다는 것을 알아차렸다. 그러나 나는 적당히 겸손하게 대답했으며, 우리는 따뜻하게 악수를 나누었다.

"행운을 잡은 건 그때가 아니지?" 그가 말했다.

"응."

"역시. 아주 최근 일이라고 들었거든. 그때는 내가 행운을 노리고 있었는데."

"그랬어?"

"사실이야. 미스 해비샴은 나를 저택으로 불렀어, 자신의 마음에 드는지 알아보려고 말이야. 하지만 아무리 해도 그녀 마음에 들지 못했어. 결국 그녀는 날 좋아하지 않았지."

나는 예의상 "그거 뜻밖인데"라고 말했다.

"미스 해비샴의 취향이 별로였거든." 그가 웃으며 말했다. "하지만 결과는 그렇게 됐어. 그래, 그녀는 나를 시험하기 위해 와보라고 했고, 내가 그녀의 환심을 사는 데 성공했다면 재정 원조를 받았겠지. 그리고 어쩌면 에스텔라와 그렇고 그런 사이가 되었을지도 모르고."

"그렇고 그런 사이라니?" 나는 갑자기 진지하게 물었다.

그는 이야기하며 과일을 접시에 담고 있었는데, 그러느라 주의가 분산되어 그런 모호한 말을 해버린 모양이었다. 그가 여전히 과일을 바삐 담으며 부연 설명을 했다. "약혼자 말이야, 약혼자……. 그런 게 됐을 거란 말이지."

"어떻게 그 실망을 견뎌냈어?"

"쳇! 난 그다지 관심없었어. 좀 까다로워야지."

"미스 해비샴?"

"미스 해비샴도 미스 해비샴이지만, 내가 말한 건 에스텔라야. 얼마나 까다롭고, 도도하고, 변덕스러운지. 미스 해비샴이 그녀를 세상 모든 남자에게 복수하도록 키웠기 때문일 거야."

"그녀가 미스 해비샴이랑 어떤 관계지?"

"아무 관계도 아니야. 그저 양녀일 뿐이지."

"왜 그녀가 세상 모든 남자에게 복수하려고 그래? 무슨 복수를?"

"세상에! 여태 몰랐어?"

"몰랐는데."

"맙소사! 얘기하자면 좀 기니까 저녁식사 때까지 보류해 두지. 그건 그렇고, 나도 물어보고 싶은 게 있어. 그날 넌 어떻게 그곳에 있었던 거야?"

나는 자초지종을 이야기했다. 그는 마지막까지 열심히 귀를 기울이다가 다시 웃음을 터트리고는 자기에게 맞은 뒤로 아픈 곳은 없었느냐고 물었다. 나는 그에게 그 뒤로 아픈 곳이 없었느냐고 묻지 않았다. 아팠을 것이 뻔했기 때문이다.

"재거스 씨가 네 후견인이라고?" 그가 물었다.

"그래."

"그가 미스 해비샴의 재무를 담당하는 변호사로, 누구보다도 신뢰받고 있다는 사실은 알고 있겠지?"

이야기가 점점 위태로워졌다. 나는 조금 거북함을 느끼며(그리고 그 거북함을 감추지 않은 채), 우리가 싸움을 한 바로 그날 미스 해비샴 저택에서 재거스 씨를 만났지만, 그는 그때 일을 기억하지 못하는 것 같다고 대답했다.

"그가 친절하게도 우리 아버지를 네 가정교사로 추천하셨고, 그 일로 아버지를 직접 찾아오기까지 했어. 물론 우리 아버지는 미스 해비샴의 친척이니까 우리 아버지를 알고 있던 거지. 아버지는 그녀와 사촌 간이야. 자주 왕래하는 사이는 아니지만. 아버지는 아첨이나 알랑거리는 걸 잘 못하거든."

허버트 포켓은 매우 솔직하고 편안한 친구로 나는 금방 그에게 친근감을 느꼈다. 표정이나 목소리 어디에도 은밀하거나 비열한 짓은 못한다고 그만큼 분명하게 나타내는 사람은 오늘까지도 본 적이 없다. 그에게는 신비로우리만치 희망에 찬 분위기가 감돌았다. 그러나 그 분위기에는 그가 결코 성공하지 못할 것이며 부자가 되지도 못하리라는 막연한 느낌이 있었다. 왜 그런 인상을 받았는지는 모르겠다. 이 첫 만남에서 어떤 과정을 거쳐 그런 결론에 이르렀는지 분명하지가 않다. 나는 저녁식사를 하기도 전에 그런 결론을 굳게 내렸다.

그는 여전히 창백하고 젊은 신사였으며, 기백과 쾌활함으로 어느 정도 무기력함을 극복하긴 했지만 그렇다고 해서 천부적으로 강해 보이지는 않았다. 얼굴은 잘생긴 편이 아니었지만, 매우 서글서글하고 발랄한 얼굴로 차라리 잘생긴 얼굴보다 나았다. 체격은 예전에 내가 흠씬 주먹 찜질을 해 주었을 때처럼 다소 볼품이 없었다. 하지만 늘 젊고 경쾌한 몸으로 남아 있을 것만 같았다. 트래브 씨가 지은 촌스러운 양복이 나보다 그에게 잘 어울릴지도 모른다는 생각이 들었다. 그러나 그는 새 양복을 입은 나보다 꽤 후줄근해진 양복을 멋들어지게 소화해냈다. 그가 워낙 솔직하게 말하자 나만 잠자코 있는 것은 공정치 못한 짓처럼 생각되었다. 그래서 나는 런던으로 오게 된 이야기를 했고, 누가 내 은인인지 묻는 것은 금지되어 있다고 강조했다. 그리고 나는 시골 대장장이로 키워졌기에 예절은 거의 모르니, 내가 난처해하거나 실수를 하면 부디 가르쳐 주기를 바란다고 덧붙였다.

"기꺼이 그렇게 하지." 그가 대답했다. "하지만 가르칠 것은 조금밖에 없을 거라고 생각해. 아, 이제부터 쭉 함께 지내게 될 테니 쓸데없는 격식은 버리기로 하지. 먼저 나를 그냥 허버트라고 불러주면 좋겠어."

나는 고맙다고 말한 뒤 그러겠노라고 대답했다. 그리고 그 보답으로 내 이름은 필립이라고 알려주었다.

"필립이란 이름은 맘에 안 드는걸." 그가 웃으면서 말했다. "철자 책 교본에 나오는 소년 같은 이름이잖아. 왜 지독하게 게을러서 연못에 빠졌다든가, 너무 뚱뚱해서 눈을 뜰 수 없다든가, 욕심이 지나쳐서 케이크를 감추어 두었더니 그 것을 생쥐가 먹어 버렸다든가, 새 둥지를 찾는 데 정신이 팔려서 가까이 있던 곰에게 잡아먹혔다든가 하는 소년 있잖아. 내가 부르고 싶은 이름은 이런 거야. 다시 말해, 우리는 말이 잘 통하잖아. 그리고 너는 대장장이였으니까······.
그런데 그래도 괜찮겠니?"

"네가 괜찮다고 생각하는 이름이면 뭐든 상관없지만, 네가 뭘 말하려고 하는
건지 모르겠어."

"헨델이란 이름은 어떨까? 헨델이 쓴 아름다운 곡 중에 〈흥겨운 대장장이〉
라는 게 있거든."

"괜찮은 이름 같은데."

"그럼, 친애하는 헨델." 그가 문을 열며 이쪽을 돌아보았다. "저녁식사를 하자.
네가 상석에 앉아 주었으면 좋겠어. 식사비용은 네 몫이니까."

나는 그럴 수 없다고 고집을 부렸다. 결국, 그가 상석에 앉고 나는 맞은편에
앉았다. 소박한 저녁식사였지만, 내 눈에는 런던 시장이 주최하는 만찬회처럼
보였다. 게다가 옆에는 어른들도 없고 주위에는 거대한 런던이 펼쳐져 있을 뿐
이라, 그 독립된 분위기가 음식 맛을 한층 돋우어 주었다. 또한 그 기분은 집시
를 연상케 하는 향연의 분위기 덕분에 한층 더 끌어올려졌다. 요리는 펌블추
크 씨라면 "사치스럽기 짝이 없다"라고 말했을 종류들이었지만(모두 커피 하우
스에서 배달된 요리였다), 거실 주변에는 미개척지를 연상시키는 풍경과 신비스러
운 흥취가 감돌았기 때문이다. 웨이터는 이곳저곳을 돌아다니며 마룻바닥 위
에 접시 뚜껑을 내려놓고(그는 그 뚜껑에 몇 번이고 발이 걸렸다), 안락의자에 녹
인 버터를, 책장 위에 빵을, 석탄 통 안에 치즈를, 옆방 내 침대 위에 삶은 닭고
기를 올려놓아야 했다(그날 밤 자러 갔을 때, 내 침대 위에서 닭고기 속을 채워넣었
던 파슬리와 버터 대부분이 굳어 있는 것을 발견했다). 하지만 그 덕분에 저녁식사
는 매우 유쾌하게 끝났다. 특히 웨이터가 식탁을 떠나 이쪽을 보고 있지 않을
때는 순수한 기쁨을 맛볼 수 있었다. 식사가 어느 정도 진행되었을 때, 나는 허
버트에게 미스 해비샴 이야기를 해 준다던 약속을 일깨웠다.

"그렇지, 참. 그 이야기를 하자. 그 말을 하기 전에 헨델, 런던에서는 보통 칼은
입에 넣지 않아. 사고라도 나면 큰일이니까. 입으로 음식을 가져가는 일은 포크
로 하는데, 그것도 필요 이상 깊숙이 넣어선 안 돼. 굳이 말하지 않아도 알겠지
만, 다른 사람이 하는 대로 따라 하는 게 좋잖아? 그리고 숟가락은 손등을 아
래로 해서 잡아야 해. 여기에는 두 가지 이점이 있지. 입까지 더 쉽게 음식을 가

져갈 수 있고(뭐니뭐니해도 그것이 가장 중요한 목적이지), 굴 껍데기를 열 때처럼 오른쪽 팔꿈치를 옆으로 쭉 내밀지 않아도 된다는 거야."

그는 매우 쾌활하게 이 친절한 충고들을 해 주었으므로 우리는 큰 소리로 웃었다. 나는 그다지 부끄러움을 느끼지 않았다.

"이제 미스 해비샴에 대해서 말할 차례야. 눈치챘겠지만 그녀는 응석받이로 자랐어. 갓난아기 때 어머니가 돌아가시자 아버지는 그녀의 말이라면 모두 들어 주었지. 그는 네가 살던 마을의 지방 신사였고, 양조업을 하셨어. 왜 뛰어난 사람이어야만 양조업을 할 수 있다는 건지 알 수가 없어. 아무튼, 제빵업자는 고상한 사람 소리를 못 듣는데, 양조업을 하면서는 누구보다 고상한 사람이 될 수 있지. 그것이 세상 이치란 것이야."

"하지만 신사가 술집을 할 수는 없잖아?"

"그건 절대 안 되지. 술집에 신사가 들어갈 수는 있지만 말이야. 하여튼 해비샴 씨는 매우 부유하고 자존심이 대단했어. 그건 딸도 마찬가지였지."

"미스 해비샴은 외동딸이었니?"

"그렇게 서두르지 마. 이제부터 얘기하려던 참이니까. 그녀는 외동딸이 아니었어. 이복동생이 있었지. 그녀 아버지가 몰래 재혼을 해서 낳은……. 아마 상대는 요리사였을 거야."

"아버지가 자존심이 강한 사람이었다면서."

"그래, 헨델. 그러니까 남몰래 두 번째 결혼을 했지. 그런데 그 여자도 얼마 뒤에 죽었어. 그제서야 그는 딸에게 결혼 사실을 알리고 아들도 가족의 일원으로 맞아들여서, 너도 잘 아는 그 저택의 주인이 되었어. 그런데 그 아들은 자라서 방탕하고 사치스럽고 불효막심한 구제불능 악당이 된 거지. 마침내 아버지는 아들과 부자간의 인연을 끊었어. 하지만 죽을 때가 되자 마음이 약해져 꽤 많은 재산을 남겨 주었지. 물론 미스 해비샴이 훨씬 많이 상속받긴 했지만. 포도주 한 잔 더 들지그래? 그리고 자꾸 이런 말해서 미안하지만, 상류사회에서는 포도주를 마실 때 잔 테두리가 코에 닿을 정도로 잔을 높이 쳐들어 알뜰하게 비우지 않아도 돼."

나는 그의 이야기에 정신이 팔린 나머지 그만 그런 식으로 마시고 있었던 것이다. 나는 고맙다는 인사와 사과의 말을 했다. 그는 괜찮다고 대답한 뒤 이야기를 계속했다.

"엄청난 재산을 물려받은 독신 여성인 미스 해비샴이 훌륭한 결혼 상대자로서 주목을 받았으리란 점은 쉽게 상상이 가지? 이복동생도 많은 재산을 받았지만, 전부터 빚도 있던 데다 새로 어리석은 짓거리를 하고 다녀서 재산을 거의 탕진했어. 그와 미스 해비샴 사이에는 그와 그의 아버지 사이보다 더 큰 불화가 생겼지. 그리고 그는 그녀에게 깊은 원한을 품었다나 봐. 아버지가 자기에게 나쁜 감정을 갖도록 그녀가 부추겼다고 멋대로 생각한 거지. 이제부터가 이 이야기의 잔혹한 부분인데, 그 전에 헨델, 냅킨은 텀블러에 집어넣는 물건이 아니야."

어째서 냅킨을 텀블러 안에 집어넣으려고 했는지 나 자신도 도무지 모르겠다. 기억하는 건 더 번듯한 일에 써야 할 인내심으로 냅킨을 그 좁은 공간에 우겨넣으려고 안간힘을 쓰고 있었다는 사실이었다. 나는 다시 고맙다는 인사와 사과의 말을 건넸다. 허버트는 다시 매우 유쾌한 태도로 "천만에!" 대답하고 이야기를 계속했다.

"이윽고 한 사나이가 나타나―경마장, 무도회, 뭐 어디든 상관없지만, 아무튼 그런 곳에서 그녀와 만나―구혼했어. 나는 그 사람을 본 적은 없지만(무려 너와 내가 태어나기도 전인 25년 전 이야기니까), 멀쩡하게 생기고 그런 목적을 달성하기에 딱 알맞게 생긴 남자였다고 아버지가 말씀하시는 걸 들은 기억이 나. 하지만 그 사나이를 신사라고 부르는 것은 무식이나 편견의 발로에 지나지 않는다고 아버지는 강조하셨지. 모름지기 사람은 어떤 시대에서건 진정한 신사의 마음을 지니지 않고는 진정한 신사의 예의범절을 익힐 수 없다는 것이 아버지의 지론이거든. 아버지는 어떤 니스도 나뭇결을 숨길 수가 없다고 하셨어. 니스를 칠하면 칠할수록 나뭇결은 더 두드러진다고. 하여튼 이 남자는 미스 해비샴을 집요하게 쫓아다니며, 그녀를 열렬히 사랑한다고 고백했어. 그때까지 미스 해비샴은 그에게 끌린 것같이 보이지 않았다나 봐. 하지만 그녀가 지니고 있던 그런 종류의 감정 모두가 이때 뚜렷하게 움직여서 그녀는 그를 뜨겁게 사랑하게 되었어. 완전히 홀딱 빠진 거야. 그러자 그는 계획적으로 그녀의 마음을 가지고 놀며 막대한 돈을 갈취했어. 그리고 그는 마음이 약해진 미스 해비샴의 아버지가 이복동생에게 남긴 양조장에 대한 권리와 이익을 엄청나게 비싼 값에 사들이도록 그녀에게 권유했지. 그가 그녀의 남편이 되면 양조장 경영권을 독점하려는 구실로 말이야. 그 무렵 지금의 네 후견인은 미스 해비샴의 변호사가 아니었어. 게다가 그녀는 남의 충고를 듣기에는 너무도 거만했고 깊은 사랑에 빠져 있었지. 우리 아버지를 뺀 나머지 친척들은 모두 생활에 쪼들려 나름대로 꿍꿍이가 있었지. 우리 아버지는 가난하긴 했어도, 질투심도 없었고 기회주의자처럼 굴지도 않았어. 친척들 가운데서 유일하게 아첨할 줄 모르는 아버지는 미스 해비샴에게 경고했어. '당신은 그자에게 지나치게 이것저것 퍼주고 있으며, 조금도 거리낌 없이 그자가 하자는 대로 휘둘리고 있다'고 말이야. 그러자 그녀는 다음에 아버지를 만났을 때 그 남자가 보는 앞에서 아버지에게 자기 집에서 나가라고 호통쳤고, 그 뒤로 아버지는 두 번 다시 그녀를 보지 않았어."

"마침내 내가 이 식탁 위에 뉘이면 매슈는 날 만나러 올 거다." 나는 미스 해비샴이 이런 말을 했던 것을 떠올리며, 포켓 씨가 그렇게까지 그녀에게 완강했는지 물었다.

"그런 게 아니야. 그저 미스 해비샴이 자기 남편감 앞에서 아버지를 비난했기 때문이야. 그녀는 아버지가 자신의 욕심을 채우고 싶었는데 아첨이 통하지 않자 분해서 그런 말을 하는 것 아니냐고 말했었거든. 그러니 그 뒤에 아버지가 그녀를 만나러 가셨더라면 그 비난이 마땅하게 생각되었을 거야. 아버지에게도 그녀에게도 말이야. 어쨌거나 이 남자 이야기에 끝을 맺어야지. 이윽고 결혼식 날짜가 정해지고 웨딩드레스를 사고, 신혼여행 계획을 상세히 세웠어. 하객들에게 초대장을 돌리고는 드디어 그날이 왔지. 하지만 신랑이 나타나지 않았어. 그녀에게 편지를 남겨놓은 채……."

거기서 내가 끼어들었다. "그녀가 웨딩드레스를 입고 있었을 때 그 편지를 받은 거야? 8시 40분에?"

"바로 그 시간에. 미스 해비샴은 그 뒤에 모든 시계를 그 시간에 멈춰 놓았어. 무자비하게 파혼을 통보했다는 것 말고 그 편지에 무슨 내용이 쓰여 있었는지는 말할 수 없어. 난 그것밖에는 모르니까. 그녀는 심하게 병을 앓고 나서 너도 알다시피 저택을 아무렇게나 내버려 두고 한 번도 햇빛을 들이지 않았어."

"그게 다니?" 나는 생각에 잠겼다가 물었다.

"내가 아는 한 다야. 이 정도나마 아는 건 내 스스로 여러 조각을 끼워 맞춘 덕분이야. 아버지는 늘 이 이야기를 피하셔. 미스 해비샴이 나를 저택으로 불렀을 때조차 딱 필요한 만큼만 가르쳐 주셨으니까. 아, 한 가지 잊어버린 게 있군. 그녀가 믿지 말았어야 할 그 남자는 처음부터 그녀의 이복동생과 한패였어. 둘이서 짜고 이익을 나눠 가진 거지."

"왜 그 사람은 그녀와 결혼해서 전 재산을 차지하지 않은 걸까?"

"이미 결혼한 몸이었을지도 모르지. 미스 해비샴에게 잔인한 굴욕을 주어 고통에 빠뜨리는 것이 이복동생의 꿍꿍이였을지도 모르고. 이건 내 억측이지만."

"그 남자는 어떻게 되었지?" 나는 잠시 그 이야기를 되새긴 뒤에 물었다.

"타락과 수치의 구렁텅이로 점점 깊이 빠져들었지. 더 깊은 구렁텅이가 있다면 말이야. 그리고 파멸했어."

"지금도 살아 있을까?"

"모르지."

"에스텔라는 미스 해비샴하고 친척이 아니라 양녀라고 그랬지? 언제 양녀가 되었지?"

허버트가 어깨를 으쓱해 보였다. "내가 미스 해비샴이란 사람의 존재를 알았을 때는 이미 에스텔라와 함께였어. 그 이상은 모르겠어. 자, 헨델." 이 이야기에 막을 내리겠다는 투로 그가 말했다. "우리 사이에 분명히 해 두고 싶은 게 있어. 내가 미스 해비샴에 대해 아는 건 이제 모두 너도 아는 거야."

"내가 아는 건 모두 너도 알고." 나도 그렇게 대꾸했다.

"네 말을 믿는다. 이로써 우리 사이에는 아무런 경쟁도 껄끄러움도 없어. 네 출세에 따라붙는 조건, 즉 은인의 정체를 물어서는 안 된다는 조건을 나와 내 가족들이 침해할 일은 없어. 아니, 말을 꺼내는 일조차 결코 없을 거야."

그가 대단히 세심한 배려를 하며 그렇게 말해주었으므로, 앞으로 몇 년 동안이나 그의 아버지 집 지붕 아래에서 살아야 하는데도 실제로 나는 이 건에 대해서는 완전히 안심해도 좋을 것 같은 느낌이 들었다. 또 아주 의미심장한 그 말에서는 미스 해비샴이 내 은인임을 그도 나처럼 굳게 믿고 있다는 것이 느껴졌다.

그때에는 우리 사이에 이 문제를 정리하기 위해 그가 이야기를 여기까지 끌고 오리라고는 생각지 못했다. 그러나 그가 이끄는 대로 대화를 나눈 덕분에 마음도 퍽 가벼워지고 편해지고 보니 그것이 그가 의도한 바라고 생각되었다. 우리는 매우 명랑하고 온화한 기분이 되었다. 한창 대화를 나누던 가운데에 나는 그에게 직업이 뭐냐고 물어보았다. "자본가야. 선박 보험을 취급하는." 그가 대답했다. 그리고 내가 배나 자본에 관련된 물건을 찾으려고 방을 둘러보는 것을 보자 덧붙여 말했다. "시티[1]에 있어."

시티에서 일하는 선박 보험업자라면 중요하고 부유한 직업이라고 생각하고 있던 나는, 그런 사람을 때려눕혀 기업가가 될 그의 눈을 시퍼렇게 멍들게 하고 책임감 넘치는 머리를 깨뜨렸던 사실을 떠올리자 대단히 미안한 마음이 들기 시작했다. 그러나 다시 허버트 포켓은 큰 성공도 거두지 못하며 부자도 되지 못하리라는 기묘한 인상이 새록새록 살아나 마음이 놓였다.

"내 자본을 선박 보험업에만 투자하는 데 만족하고 싶지 않아. 생명보험의 우량주를 사들여 이사 자리에 오를 거야. 광업에도 손을 좀 대고 싶어. 보험을 취급하는 동시에 개인적으로 몇천 톤짜리 석탄수송선을 전세 내는 일은 가능하니까." 그가 의자에 등을 기대며 말했다. "동인도와 비단, 숄, 향신료, 염료, 약품, 고급 목재 따위를 교역하는 것도 나쁘지 않지. 짭짤한 벌이가 될 거야."

"이익이 많이 나?"

"엄청나지!"

나는 다시 흔들렸다. 그는 나보다 훨씬 더 많은 위대한 유산이 있을 것이라는 생각이 들기 시작했다.

"그리고," 허버트가 두 엄지를 조끼 주머니에 넣으며 말했다. "서인도에서 설탕, 담배, 럼주를 수입할 거야. 실론과 상아 거래도 해야지."

"배가 엄청나게 많이 필요하겠네."

"그야말로 함대가 되겠지."

이 대단한 사업들에 압도되어, 나는 그가 지금 보험에 들어 놓은 배는 주로 어디와 교역을 하느냐고 물어보았다.

"아, 아직 보험을 시작하지 않았어. 지금은 기회를 엿보는 중이야."

그러고 보니 어쩐지 그런 태도가 바너드 여관과 딱 어울리는 것 같았다. 나

---

1) 런던의 금융·상업 지구.

는 (확신에 찬 목소리로) "그렇구나!" 말했다.

"그래, 지금은 회계사무소에서 일하면서 기회를 엿보는 중이야."

"회계사무소는 돈을 잘 버니?"

"누구? 거기서 일하는 젊은 친구 말이야?" 그가 되물었다.

"그래, 너 말이야."

"글쎄. 아니, 난 못 벌어." 그는 이 말을 조심스럽게 득실을 따지는 사람처럼 말했다. "직접적으로 이익은 없어. 그러니까 나는 사무소에서 한 푼도 받지 않아. 나는 다른 데서 먹고 살 거리를 찾아야 해."

이렇게 해서는 절대로 수익을 올릴 수 있을 것 같지 않았다. 그런 수입원에서 자본을 축적하기란 몹시 어려울 거라고 암시하듯이 나는 고개를 가로저었다. "하지만 중요한 건 기회를 노린다는 거지. 그게 큰 문제야. 그래서 회계사무소 안에서 기회를 노리는 거지."

그렇다면 회계사무소 밖에서는 기회를 잡을 수 없는가 하는 의문이 들었지만, 나는 가만히 그의 경험을 존중하기로 했다.

"마침내 때가 오면 쏠쏠한 돈벌이가 발견될 거야. 그러면 거기에 맹렬히 달려들어 왕창 돈을 버는 거지. 그럼 끝난 거나 다름없어! 돈을 벌기만 하면 그다음은 그걸 쓰는 일만 남은 거거든!"

옛날 그 정원에서 싸울 때의 태도와 대단히 비슷했다. 가난을 견디는 방식도 패배를 견디던 방식과 똑같았다. 아무래도 그는 내가 때리는 대로 맞았던 것처럼, 어떤 경제적인 타격도 묵묵히 받아들이는 모양이었다. 분명히 그는 최소한의 생필품밖에 두지 않은 환경에서 살고 있었다. 내 눈길을 끄는 것은 모두 나를 위해 커피 하우스나 다른 곳에서 가져 온 물건이었던 것이다.

그러나 머릿속에 이미 상당한 재산을 벌어 놓은 허버트는 그런 현실을 전혀 개의치 않았다. 나는 우쭐거리지 않는 그에게 감사했다. 그런 태도는 그의 타고난 쾌활한 성품을 더욱 쾌활하게 해주었으므로 우리는 매우 사이좋게 어울렸다. 그날 저녁은 산책하러 나갔다가 반값에 연극을 보았다.[2] 이튿날은 웨스트민스터 사원으로 예배를 드리러 갔다가 오후에 공원을 구석구석 거닐었다. 그

---

2) 그즈음 대중 극장은 6시쯤 문을 열었으며, 8시 반부터 반값에 중도 입장할 수 있었음.

곳에서 본 수많은 말들의 편자는 누가 만들었을까, 조가 그 일을 맡으면 좋을 텐데.

그 일요일은 조와 비디 곁을 떠난 지 줄잡아 계산해 봐도 몇 달은 지난 것처럼 느껴졌다. 그들과의 거리 때문에 시간이 그렇게 길어진 것으로 생각되었고, 우리 늪지대와도 어마어마하게 멀리 떨어진 기분이 들었다. 지난 일요일에 낡은 외출복을 입고 교회에 갔던 일은 지리적·사회적·시간적으로 있을 수 없는 일처럼 여겨졌다. 그러나 저녁 무렵 런던 거리의 불빛과 사람들에게서 "넌 이런 것들을 위해 네 집 부엌을 저만치 밀쳐낸 거다"라고 질책하는 듯한 기운이 느껴져 우울해졌다. 깜깜한 밤에는 바너드 여관을 순찰(이라는 명목으로)하는 무능하고 못 미더운 문지기 발소리가 허무하게 내 마음속 깊이 울려퍼졌다.

월요일 아침 8시 45분, 허버트가 회계사무소로 일하러 갈 때 나도(기회를 엿보겠다는 목적을 겸해서) 따라나섰다. 한두 시간 뒤에 해머스미스까지 함께 갈 예정이었으므로 나는 그가 나오기를 기다렸다. 월요일 아침에 그를 포함한 미래의 거대사업가들이 일하러 나오는 곳이라는 점에서 판단해 보건대, 젊은 보험업자들의 알은 타조알처럼 열기와 먼지 속에서 부화하는 모양이었다. 더불어 허버트가 도와주고 있는 사무소는 관측소로서 아무런 이점이 없는 듯이 보였다. 겉으로 드러나 보이는 사무소는 몹시 지저분했다. 위치는 안마당을 둘러싼 건물의 3층 뒤편이었고, 탁 트인 전망은커녕 보이는 것이라고는 다른 건물 3층 뒤편뿐이었다.

나는 거의 정오가 다 되도록 그를 기다리다가 증권거래소를 구경하러 갔다. 선박 관련 게시판 밑에 솜털이 보송보송한 청년들이 앉아 있는 것이 보였다. 다들 훌륭한 상인일 거라는 짐작은 했지만, 어째서 모두 의기소침해 있는지는 알 수 없었다. 드디어 허버트가 나왔으므로, 우리는 어느 유명한 식당에서 함께 점심을 먹었다. 그때 나는 황송한 기분으로 그곳에 있었는데, 이제 와서 생각해 보면 그 식당의 평판은 유럽에서 가장 엉터리 같은 우상이었던 같다. 그때조차 스테이크보다는 식탁보며 칼이며 웨이터 옷에 더 많은 고깃국물이 묻어 있었던 것을 금방 눈치챘다. 비교적 저렴한 식사(공짜였던 기름기를 생각하면)를 마친 뒤 우리는 여관으로 돌아가 내 작은 여행 가방을 들고 해머스미스로 가는 마차를 탔다. 우리가 그곳에 도착한 건 오후 두세 시경이었고, 포켓 씨 집까지는 조금만 걸으면 되었다. 빗장을 들어 문을 열자, 강이 내려다보이는 정원이 나왔다. 그곳에서는 포켓 씨 아이들이 뛰어놀고 있었다. 이해관계나 선입관이 아닌 문제에 대해 내가 잘못 생각한 게 아니라면, 포켓 씨 부부는 아이들을 키우거나 기르는 게 아니라 그냥 굴려 놓는 것 같았다. 포켓 부인은 나무 밑 의자에 앉아 다른 의자 위에 발을 올려놓고는 책을 읽고 있었다. 아이들이 노는 동안 두 유모는 주위를 둘러보고 있었다. "엄마, 이 친구가 핍이에요." 허버트가 말을 건네자 부인은 온화하고 기품있는 모습으로 나를 반겨주었다.

"알릭 도련님! 제인 아가씨!" 한 유모가 아이들에게 소리를 질렀다. "덤불 속에서 그렇게 펄쩍 뛰고 놀다가 강에 빠지면 아빠가 뭐라고 하시겠어요!"

그러면서 포켓 부인의 손수건을 주워들면서 말했다. "이번이 여섯 번째 떨어뜨리신 거예요, 마님!" 이 말에 포켓 부인이 웃으며 "플롭슨, 고마워" 하더니 이번에는 의자에서 발을 내리고 다시 책을 읽었다. 일주일 동안 줄곧 책만 읽어온 것처럼 열중한 표정이었다. 그러나 대여섯 줄도 못 읽고 나를 올려다보며 말했다. "어머님은 안녕하시죠?" 이 예기치 않은 질문에 당황한 나는 만약 그런 사람이 있다면 분명히 안녕하실 것이고, 그리고 신경 써 주셔서 매우 기쁘게 생각하면서 마땅히 안부를 되물었을 것이라는 멍청한 대답을 하려고 했다. 그런데 그때 유모가 도움의 손길을 내밀어 주었다.

"어머나!" 그녀가 큰 소리로 외치며 손수건을 주워들었다. "일곱 번째예요! 오늘은 유난히 왜 그러세요, 마님?" 포켓 부인은 그 손수건을 처음 본다는 듯한 몹시 놀라는 표정을 지었다. 그러다가 곧 자기 거라는 걸 알고는 웃으며 손수건을 받았다. "고마워, 플롭슨." 그리고는 내 존재를 잊어버리고 다시 책을 읽기 시작했다.

이리하여 나는 아이들을 세어 볼 여유가 생겼다. 정원에는 다양한 굴러다니기 단계에 있는 포켓 가(家) 아이들이 여섯 명이나 있었다. 빠짐없이 세었나 싶은 찰나에 일곱 번째 아이가 애처롭게 울어대는 소리가 들려왔다.

"아기다!" 플롭슨이 깜짝 놀라 말했다. "서둘러, 밀러스!"

밀러스는 또 다른 유모의 이름이었다. 그녀가 집 안으로 사라졌다. 차차 아기울음소리가 사그라지더니, 어린 복화술사의 입에 뭔가를 물렸을 때처럼 완전히 그쳤다. 그동안 포켓 부인은 계속 책을 읽었다. 대체 무슨 책인지 나는 호기심이 생겼다. 아무래도 우리는 포켓 씨가 밖으로 나오기를 기다리는 모양이었다. 어쨌든 우리는 그곳에서 기다렸고, 그 사이 나는 포켓 가(家)에서 벌어지는 놀라운 사건 하나를 구경할 수 있었다. 정신없이 놀다가 부인 가까이에 다가오게 되면 어느 아이나 어김없이 그녀 쪽으로 엎어지는 것이었다. 그럴 때마다 그녀는 아주 잠깐만 놀랄 뿐이었고, 반면에 아이들은 오랫동안 울어댔다. 이 놀라운 상황을 어떻게 해석해야 좋을지 알 수가 없어 이리저리 생각하고 있으려니 밀러스가 아기를 안고 나왔다. 아기는 플롭슨에게 넘겨졌고 그녀는 다시 부인에게 건네주려고 했는데, 그녀도 부인에게 아기와 함께 머리부터 곤두박질치려는 것을 나와 허버트가 가까스로 붙잡았다.

"맙소사, 플롭슨!" 부인이 잠시 책에서 눈을 떼었다. "어째 다들 넘어진다 했더니?"

"마님, '맙소사'는 제가 할 말이죠!" 플롭슨은 얼굴이 새빨개져서 대꾸했다. "대체 거기에 뭘 두신 거예요?"

"뭘 두다니? 내가?" 부인이 되물었다.

"아니, 마님 발걸이잖아요!" 플롭슨이 외쳤다. "그렇게 치마 밑에 넣어두면 누가 안 걸려 넘어지겠어요! 자, 아기를 받으시고 책은 이리 주세요."

포켓 부인은 그 지시에 따랐다. 그리고 다른 아이들이 주위에서 노는 가운데 무릎 위에 아기를 올려놓고 어색하게 얼러댔다. 그러나 그 광경은 오래가지 않았다. 모두 집 안으로 들어가 낮잠을 자라며 그녀가 단호하게 명령했기 때문이다. 나는 이 첫 방문에서 포켓 가(家)의 아이 양육법은 나뒹굴기와 잠자기로 이루어져 있다는, 두 번째 발견을 했다.

이리하여 플롭슨과 밀러스가 아이들을 조그만 양 떼처럼 집으로 몰고 들어간 뒤에 포켓 씨가 인사를 하러 집에서 나왔다. 그는 당혹스러운 표정에 흐트러진 백발머리를 한 신사였다. 어떻게 갈피를 잡아야 할지 모른다는 듯한 태도였지만, 그 모습을 보아도 나는 그다지 놀라지 않았다.

제23장

　포켓 씨는 나를 만나서 대단히 반갑다는 말로 운을 뗀 뒤, 자신을 만난 것을 내가 유감스럽게 생각하지 않기를 바란다고 말했다. 그리고 아들과 똑같은 미소를 지으며 "나는 전혀 대단한 사람이 아니거든요"라고 덧붙였다. 그는 당혹스러운 표정에 머리는 희끗희끗하기는 했지만 젊어 보였고, 태도는 매우 자연스러웠다. 자연스럽다는 것은 꾸밈이 없다는 뜻이다. 그의 산만한 태도에는 좀 우스운 데가 있었다. 자신도 확실히 그런 점을 자각하고 있기에 망정이지 그렇지 않았더라면 그는 매우 우스꽝스럽게 보였을 것이다. 나와 잠시 이야기를 나눈 뒤 그는 잘생긴 진한 눈썹을 불안한 듯 모으고 부인에게 말했다. "벨린다, 핍 군과 인사를 나누었겠지?" 그녀는 책에서 눈을 떼고 "그럼요" 하더니 나를 멍하니 바라보며 "오렌지 꽃물을 마시겠어요?"라고 물었다. 이 질문은 이전이나 그 뒤에 일어난 그 어떤 일과도 전혀 관계가 없었으므로, 나는 이것이 앞서 보인 태도와 마찬가지로 그저 예의상 건넨 말로 생각했다.

　몇 시간도 지나지 않아 알게 된 사실인데—여기서 바로 언급해도 괜찮으리라 생각한다—포켓 부인은 불의의 사고로 죽은 기사의 외동딸이었다. 이 사나이는 어떤 인물(국왕인지 수상인지 대법관인지 캔터베리 대주교인지는 잊어버렸지만 아무튼, 누군가)이 사적인 이유로 철저하게 반대하지 않았더라면 고인인 자신의 아버지가 준남작이 되었을 거라고 나름대로 확신을 굳히고, 이 상상 속 사실을 근거로 신분 낮은 귀족들과 매우 가깝게 지냈다. 그가 기사 작위를 받은 것은 어떤 건물의 초석을 쌓을 때 문법마저 무시한 엄청난 필력으로 연설문을 작성하여 양피지에 깨끗이 옮겨 적었거나, 어느 왕족에게 회반죽인가 모종삽을 건네준 공로를 인정받았기 때문이라고 한다. 어쨌든 그는 지금의 포켓 부인이 아주 어렸을 때부터 그녀가 마땅히 작위를 가진 사람과 결혼하리라 생각하고서, 비천한 집안 살림에 대한 지식 따위와는 거리를 두고 키웠다.

이 분별력 있는 아버지가 딸을 위해 마련한 감시 체제가 큰 성과를 거두어 그녀는 훌륭한 장식품으로 성장했지만, 아주 무능하고 쓸모없는 숙녀로 자라났다. 이렇게 훌륭하게 인격이 형성된 그녀는 한창 꽃다운 나이에 포켓 씨를 만났다. 그 또한 젊음이 꽃필 시기에 있었으며, 대법관이 될지 대주교가 될지 망설이고 있었다. 그가 어느 쪽이 될지는 그저 시간문제였으므로 두 사람은 기회를 놓치지 않고(그 길이를 생각하면 아마 시간이란 녀석에게도 이발이 필요했던 것 같다) 이 분별력 있는 아버지의 허락도 없이 결혼해 버렸다. 지참금으로 축복의 말 외에는 아무것도 가진 것이 없었던 이 아버지는 짧은 신음을 내뱉은 뒤 그 축복의 말을 그들에게 듬뿍 들려 주었다. 그리고 포켓 씨에게 그의 아내는 "왕자를 위한 보물"이라고 일러 주었다. 이후 포켓 씨는 이 "왕자를 위한 보물"에게 세상 사는 법을 가르쳤지만, 그녀는 무관심했다. 사람들에게 포켓 부인은 이상하게도, 존경 어린 연민의 대상이 되었다. 작위를 가진 이와 결혼하지 않았기 때문이다. 한편 포켓 씨는 이상하게도, 관대함으로 가득한 비난의 대상이 되었다. 작위를 갖고 있지 않았기 때문이다.

포켓 씨는 나를 집으로 데리고 들어가서 내 방을 안내해 주었다. 기분 좋은 방이었다. 전용 거실로도 편안하게 사용할 수 있도록 가구가 마련되어 있었다. 그런 뒤 그는 내 방문과 비슷한 방문 두 개를 차례로 두드리고 들어가 두 하숙생을 소개해 주었다. 드러믈과 스타톱이었다. 드러믈은 건장한 체격의 나이 들어 보이는 청년으로, 휘파람을 불고 있었다. 스타톱은 드러믈보다 어려 보였는데 실제로도 나이가 적었다. 그는 너무 많이 주입해 머리가 폭발 직전이라는 듯이, 책을 읽으며 두 손으로 머리를 감싸 안고 있었다.

포켓 씨 부부는 둘 다 누군가에게 지배당하고 있는 분위기를 강하게 풍겼다. 그렇다면 대체 누가 이 집의 소유주이기에 그들을 여기에 살도록 내버려 두는지 궁금했다. 그러나 이윽고 그 숨은 권력의 주인은 하인들이라는 것을 깨달았다. 어쩌면 그것은 말썽을 피하기 위한 원만한 운영 방침인지도 몰랐다. 다만 돈이 꽤 많이 드는 방법이었다. 하인들이 좋은 걸 먹고 마시는 일에 돈을 아끼지 않았으며, 아래층에서 친구들과 어울려 노는 게 의무라고 생각했기 때문이다. 그들은 포켓 씨 부부에게 아주 푸짐한 식탁을 제공했지만, 나는 늘 집안에서 하숙하기에 가장 좋은 곳은 부엌이라고 느꼈다. 다만 그것은 하숙인들이 자기 방어를 잘할 수 있다는 걸 가정했을 때의 이야기이다. 이유인즉슨 이렇다. 이곳에서 살게 된 지 일주일도 채 안 되었을 때 밀러스가 아기를 때리는 장면을 평소 포켓 집안과 오고감이 없던 이웃 부인이 목격했다는 내용을 적어 편지를 보냈다. 포켓 부인은 이 편지를 받고 몹시 슬퍼했다. 편지를 받자마자 눈물을 흘리며, 이웃 사람들이 우리집 문제에 감 놔라 배 놔라 하는 것은 어찌 된 영문이냐고 한탄했다.

주로 허버트에게서 듣고 차츰 알게 된 사실인데, 포켓 씨는 해로우[1]를 나와 케임브리지 대학으로 진학해서 대단히 우수한 성적을 거두었다고 한다. 그러나 너무 이른 나이에 결혼하는 바람에 가정교사라는 직업을 선택함으로써 출세의 싹이 잘려 버렸다. 그는 수많은 돌머리에 기름칠을 했다. 둔재들의 아버지들은 연줄이 닿으면 좋은 자리를 소개해 줄 것처럼 말하다가, 공부가 끝나면 어김없이 그 약속을 잊어버렸다. 그는 보잘것없는 그 일에 넌더리가 나서 런던으로 왔다. 그러나 높았던 희망도 점점 사라지고, 지금은 공부할 기회가 없었거나 그 기회를 소홀히 여겼던 이들을 가르쳤다. 특별한 목적을 위해 공부하는 학생들을 돕거나, 자기 지식을 살려 원고를 끼적이거나 교정을 해서 번 돈을 얼마 안 되는 재산에 보탬으로써, 내가 본 이 집을 유지해가고 있었다.

포켓 씨 부부에게는 아첨을 잘하는 이웃이 있었다. 그녀는 매우 동정심 많은 과부로, 누구에게나 맞장구치고, 누구에게나 축복하며, 누군가의 일에도 (상황에 맞게) 미소를 짓거나 눈물을 보였다. 그 부인의 이름은 코일러였다. 나는 포켓 씨 집에 처음 방문하던 날 그녀를 식당으로 안내하는 영광을 얻었다. 계단을 내려가는 도중에 그녀는 포켓 씨가 신사들의 공부 상대나 하고 있어야 할 형편인 게 포켓 부인에게는 큰 타격이라고 가르쳐 주었다. 다만 나를 빼고는 말이다. "모든 학생이 당신 같다면 전혀 다른 문제죠." 그녀는 신뢰와 애정을 담아 말했다(내가 그녀를 만난 지 5분도 지나지 않았을 때였다).

"포켓 부인은 신혼 시절에 큰 실망을 했어요(물론 포켓 씨 잘못은 아니지만요). 그러니 그 뒤로 사치스럽고 우아한 생활을 누리지 않으면……."

"그렇겠지요." 나는 상대의 말을 막기 위해 끼어들었다. 그녀가 울음을 터뜨

---

[1] 영국 최고의 사립 고등학교.

릴까 봐 걱정됐기 때문이었다.

"게다가 부인은 워낙 귀족적인 성향이라……."

"그렇겠지요." 나는 좀 전과 같은 목적으로 다시 대답했다.

"포켓 씨가 부인 말고 다른 사람들에게 시간과 정신을 빼앗기다니, 정말로 안 됐어요."

나로서는 고기장수가 포켓 부인 말고 다른 사람들에게 시간과 정신을 빼앗기는 편이 훨씬 딱한 사태일 거라 생각했으나 아무 말도 하지 않았다. 사실 나는 다른 사람들의 식사 예절을 몰래 지켜보느라 바빴다.

내가 나이프, 포크, 스푼, 유리잔 등 파멸의 원인이 될 만한 도구에 정신을 빼앗기는 동안, 포켓 부인은 드러믈과 이야기에 빠져 있었다. 그 대화에서 드러믈의 세례명은 벤틀리이고, 준남작 작위를 물려받을 후계자라는 것을 알게 되었다. 정원에서 포켓 부인이 읽었던 책은 귀족 명부이며, 그녀는 자기 할아버지가 (제대로 됐더라면) 그 책에 오를 자격을 얻었을 정확한 날짜를 알게 되었다는 사실도 들었다. 드러믈은 말수가 적었다(그는 부루퉁한 성격인 것 같았다). 그러나 과묵한 가운데서도 스스로 특권층임을 의식한 듯한 말투를 썼으며, 포켓 부인을 같은 부류의 한 사람으로 인정했다. 이 대화에는 당사자들과 아첨꾼 코일러 부인밖에 흥미를 보이지 않았다. 허버트는 그 대화를 듣는 것이 고통스러운 모양이었다. 두 사람의 대화는 영원히 계속될 것만 같았다. 그때 하인이 부엌에 문제가 생겼다고 알려왔다. 요리사가 쇠고기 요리를 제자리에 두지 않아 어디에 있는지 모른다는 것이었다. 이때 나는 포켓 씨가 울화를 터트리는 모습을 처음 보고 크게 놀랐다. 그 모습이 내게는 매우 이상하게 비쳤지만, 다른 사람들은 아무런 반응도 보이지 않았다. 사실 나도 곧 이 상황에 익숙해졌다. 고기를 잘라 나누어 줄 준비를 하던 포켓 씨는 나이프와 포크를 내려놓고 두 손을 흐트러진 머리카락에 찔러 넣은 뒤, 엄청난 노력으로 자기 자신을 치켜들려는 듯이 보였다. 그 시도가 실패로 끝나자 그는 중단했던 작업을 조용히 이어나갔다.

코일러 부인이 화제를 바꾸어 내게 알랑거리기 시작했다. 처음에는 나도 기분이 좋았지만, 지나치게 입에 발린 소리만 해대자 듣기가 싫어졌다. 그녀는 내 가족과 고향에 많은 관심이 있는 척하며 뱀처럼 구불구불하게 둘로 갈라진 혀를 날름거리며 내 곁으로 다가왔다. 가끔 스타톱(그는 거의 그녀에게 말을 하지 않았다)이나 드러믈(그는 스타톱보다 더 말이 없었다)에게 달려들었는데, 그럴 때면 나는 그들이 식탁 건너편에 앉아 있는 게 부러웠다.

식사가 끝나자 아이들을 소개받았다. 코일러 부인은 아이들의 눈과 코와 다리를 침이 마르도록 칭찬했다. 이것은 아이들의 환심을 살 수 있는 현명한 방법이었다. 포켓 가(家)에는 여자아이 네 명과 사내아이 두 명, 얼핏 봐서는 사내아이인지 여자아이인지 구별이 안 되는 갓난아이 한 명이 있었다. 그리고 지금으로서는 그 어느 쪽도 아닌 뱃속의 막내가 있었다. 아이들은 플롭슨과 밀러스가 데리고 왔다. 꼬마 지원병들을 뽑은 두 하사관이 그 성과를 자랑하고자 그들을 데려온 것 같이 보였다. 포켓 부인은 (제대로 됐더라면 귀족이었을) 이 무리를 바라보았다. 안면은 있지만 어떻게 다루어야 할지 모르겠다는 표정이었다.

"마님! 포크를 제게 주시고 아기를 받으세요." 플롭슨이 말했다. "아기를 그렇게 받지 마세요. 머리가 식탁 밑으로 들어가잖아요."

이 충고대로 포켓 부인은 아기를 반대로 받아들었다. 그런데 곧이어 무언가가 세게 부딪치는 소리가 났으므로 우리는 아기 머리가 식탁에 부딪혔음을 알 수 있었다.

"저런! 안 되겠어요. 아기를 다시 주세요, 마님. 그리고 제인 아가씨, 이리 와서 아기 앞에서 춤을 추세요, 어서!"

기특하게도 어린 나이에 다른 아이들을 곧잘 돌보는 아이인지, 내 옆에 있던 한 소녀가 앞으로 나가 춤을 추면서 아기에게 다가갔다 멀어졌다 했다. 이윽고 아기는 울음을 그치고 웃음을 보였다. 다른 아이들도 모두 웃었다. 포켓 씨(그동안 두 번이나 머리카락을 잡아당겨 자신을 들어 올리려고 애썼던)도 웃고, 우리도 모두 웃었다. 우리는 모두 즐거웠다.

플롭슨은 나무 인형을 다루듯 아기의 팔다리를 접어 포켓 부인의 무릎에다 무사히 앉히고, 장난감 대신 호두까기를 쥐어 주었다. 그리고는 부인에게 그 손잡이가 아기 눈에 들어가지 않도록 조심하라고 당부한 다음, 제인 양에게도 아기를 잘 돌보라고 엄하게 지시했다. 그러고서 두 유모는 물러나, 층계참에서 식사 시중을 드는 하인과 격한 실랑이를 벌였다. 그 하인은 성품이 방탕한 모양

으로, 도박장에서 옷 단추를 절반이나 잃었던 것이다.[2]

포도주와 설탕에 재워 얇게 썬 오렌지를 먹으면서 포켓 부인이 드러믈과 준남작 작위의 두 종류에 대해 토론에 빠져 있는 동안 나는 매우 불안해졌다. 그녀가 무릎 위에 있는 아기를 까맣게 잊고 있었기 때문이었다. 아기는 호두까기로 매우 위험한 짓을 하고 있었다. 아기 머리가 위태롭다는 걸 알아차린 제인이 조용히 아기 곁으로 가서 갖은 방법을 부려 가까스로 그 위험한 무기를 빼앗아 치웠다. 그때 마침 오렌지를 다 먹은 포켓 부인이 제인의 행동을 못마땅하게 여기고서 말했다.

"장난이 심하구나. 왜 그런 짓을 하니? 곧장 네 자리로 돌아가렴, 어서!"

제인이 혀 짧은소리로 대꾸했다. "엄마, 아기가 눈을 다칠 뻔했잖아."

"그게 무슨 말버릇이니?" 부인이 소리쳤다. "당장 의자로 돌아가!"

부인의 압도적인 위엄에 나는 내가 잘못을 저지르기라도 한 것처럼 무안해지고 말았다.

"벨린다." 포켓 씨가 식탁 맞은편에서 그녀에게 충고했다. "아무것도 모르면서 왜 그런 말을 하는 거야? 제인은 아기를 보호하려고 간섭했을 뿐이라고."

"난 누구든 간섭하는 건 용납 못 해요. 매슈, 당신이 이런 버릇없는 짓을 눈감아 주다니 정말 놀랍군요."

"맙소사!" 포켓 씨가 자포자기한 나머지 소리질렀다. "그럼 어린애가 호두까기 때문에 무덤으로 들어갈 판인데 아무도 구해 줘서는 안 된단 말이오?"

"난 제인에게 간섭받고 싶지 않아요." 부인은 어리고 순진한 가해자에게 위엄어린 시선을 던지며 말했다. "나는 가엾은 우리 할아버지가 어떤 지위에 오를 수 있었는지 알고 싶어요. 제인, 너 정말!"

포켓 씨는 다시 손을 머리카락에 집어넣고서 이번에는 정말로 자신의 몸을 의자 위로 몇 인치쯤 치켜들었다. "아아, 다들 좀 들어 보세요! 불쌍한 당신 할아버지 지위 때문에 갓난애가 호두까기를 가지고 놀다가 죽게 생겼습니다!" 그는 어떻게 좀 해 달라는 듯이 거기 있는 모든 사람에게 외치더니 다시 자리에 앉아 입을 꾹 다물었다.

---

2) 귀금속 단추는 급전으로 현금 대신 쓰였음.

두 사람이 말싸움을 하는 동안 우리는 모두 어색하게 식탁보를 내려다보고 있었다. 그 뒤로 침묵이 이어지는 가운데, 천진난만하고 기운 넘치는 아기는 제인에게 가려고 발버둥치거나 제인을 향해 소리를 지르거나 했다. 아기에게 익숙한 식구는 (하인을 빼면) 제인뿐인 것 같았다.

"드러믈 씨." 부인이 말했다. "플롭슨을 불러 주시겠어요? 제인, 이 말썽꾸러기야, 이제 방으로 가서 자라. 아가, 이리 온!"

아기는 고집을 피우며 힘껏 반항했다. 포켓 부인의 팔에서 거꾸로 들린 채 몸이 휘어져 토실토실한 얼굴 대신에 털실로 짠 신발과 움푹 들어간 발목을 보이면서 버둥거리며 안겨 나갔다. 그러나 결국 아기는 바라던 바를 이룬 모양이었다. 얼마 지나지 않아 제인이 아기를 어르는 모습이 유리창을 통해 보였기 때문이다.

플롭슨은 사적인 볼일이 있는 모양이었다. 그 때문에 아이들을 돌볼 사람이 아무도 없었으므로 나머지 다섯 아이는 식탁에 그대로 남아 있었다. 덕분에 나는 다음 사실을 관찰하게 되어 포켓 씨와 아이들이 어떤 관계인지 짐작할 수 있었다. 그는 평소대로 난처한 표정에 마구 헝클어진 머리카락을 하고서 아이들을 바라보았다. 어째서 이 애들이 이 집에 살며 이곳에서 식사하고 있는지, 어째서 자연의 여신은 이 애들을 다른 집에 적당히 분배하지 않았는지 도무지 모르겠다는 모습이었다. 그러고는 남남처럼 서먹한 태도로 선교사 같은 질문을 했다. 조에게 "어째서 목깃 주름 장식에 구멍이 나 있니?" 하자 조는 "시간이 날 때 플롭슨이 꿰매 주기로 했어요." 대답했다. 파니에게 "어째서 손끝에 염증이 났지?" 하자 파니는 "잊지 않았다면 밀러스가 습포를 붙여 줄 거예요"라고 대답했다. 그런 뒤에 그는 부모다운 상냥함을 보이며 모두에게 1실링씩을 주고, 나가서 놀라고 말했다. 그리고 그들이 나가자 다시 머리카락을 움켜쥐고 몸을 들어 올리려 애쓰다가 소용없다는 걸 알고 포기했다.

저녁에는 강에서 보트 경주를 펼쳤다. 드러믈과 스타톱은 저마다 자기 보트가 있었으므로 나도 내 보트를 갖기로 했다. 그들에게는 지고 싶지 않았다. 시골 소년들이 잘하는 운동은 대부분 나도 잘했다. 그러나 (다른 강이라면 모를까) 템스강에 어울리는 우아한 노 젓기 방법은 몰랐다. 나는 새로 사귄 친구들 소개로, 계단에서 기다리던 조정 경기 우승자에게 즉시 가르침을 청했다. 이 조정 권위자가 "당신, 대장장이 같은 팔을 갖고 있군요"라고 말했으므로 나는 몹시 당황했다. 그가 그 말을 함으로써 하마터면 새 학생을 잃을 뻔했다는 걸 알았더라면 그런 칭찬은 절대 하지 않았을 것이다.

완전히 해가 저문 뒤에 집으로 돌아가니 저녁식사가 준비되어 있었다. 맛있게 먹으려고 하는데 사소한 집안일이 발생했다. 포켓 씨는 기분이 매우 좋았던 참인데 이때 하녀가 들어와 급보를 전했다. "죄송합니다, 주인님. 드릴 말씀이 있습니다."

"직접 주인님께 말하겠다고?" 포켓 부인이 다시 위엄있게 말했다. "감히 그런 발칙한 말을! 플롭슨에게 얘기해. 아니면 나한테, 나중에 다시 말이야."

"죄송합니다, 마님." 하녀가 대꾸했다. "꼭 주인님께 지금 말씀드려야 합니다."

이 말을 듣고서 포켓 씨는 하녀와 함께 방을 나갔다. 우리는 이야기를 나누며 그가 돌아오기를 기다렸다.

"어처구니없는 이야기야, 벨린다!" 절망과 비탄에 찬 표정으로 돌아온 포켓 씨가 말했다. "요리사가 곤드레만드레 취해서 부엌 바닥에 뻗어 있소. 새로 만든 커다란 버터 덩어리는 찬장에 숨겨져 있고. 그것을 기름 덩어리로 가장해서 팔아 치우려고 했다더군!"[3]

포켓 부인이 곧 착한 마음씨를 드러내며 말했다. "그건 못돼먹은 소피아 짓이에요!"

"그게 무슨 뜻이지, 벨린다?"

"소피아가 당신에게 말했잖아요! 그 애가 방금 이 방에 들어와서, 당신한테 할 이야기가 있다고 말한 것을 나는 이 눈으로 보고 이 귀로 들었다고요."

"하지만 그녀는 나를 아래층으로 데리고 가서 요리장과 찬장에 있는 버터를 보여주었소."

"매슈, 당신 지금 나를 무시한 소피아의 행동거지를 감싸는 거예요?"

포켓 씨는 절망적인 신음을 내뱉었다.

"우리 할아버지의 손녀인 내가 이 집에서는 아무것도 아니란 말인가요? 그 요리장은 늘 내게 경의를 표해 왔어요. 일을 구하러 우리집에 왔을 때도 "사모

---

3) 그즈음 폐유나 고기 기름 등 부엌에서 나오는 음식쓰레기를 사가는 업자가 있었음.

님은 공작부인이 되기 위해 태어나신 분 같아요"라며 자연스럽게 말했다고요."

마침 포켓 씨가 서 있던 곳 옆에 소파가 있었다. 그는 '빈사의 창투사'[4] 같은 자세로 그 소파에 주저앉았다. 그리고 그 자세를 유지한 채 얼빠진 목소리로 말했다. "잘 자게, 핍 군." 나는 그 자리를 떠나 자러 가는 편이 좋겠다고 판단했다.

---

4) 고대 로마의 유명한 조각상.

제24장

　이삼일 지나 새 방에 확실히 자리를 잡고 몇 차례 런던을 오가며 필요한 물건을 모두 주문한 뒤, 포켓 씨와 오랫동안 이야기를 나누었다. 그는 내 장래 계획을 나보다도 잘 알고 있었다. 그가 재거스에게 듣고 이해한 바로는, 나는 직업을 얻기 위한 교육을 받아야 하는 것은 아니며, 환경이 부유한 젊은이들에게 뒤지지 않을 만큼만 교육을 받으면 그것으로 충분한 모양이었다. 이 말에 반대할 근거도 없었으므로 나는 잠자코 따르는 수밖에 없었다.

　포켓 씨는 내게 런던에 있는 몇몇 장소에서 내가 배우고 싶은 기초지식을 습득하고, 공부 전반의 설명 및 지도는 자신에게 맡기라고 말해 주었다. 현명한 도움을 받으면 낙심할 일은 없을 것이며, 곧 자기 이외의 지원은 필요 없어질 거라는 것이었다. 이런 문제를 상담해 주는 그의 태도에 감동하여 나는 그를 완전히 신뢰하게 되었다. 그는 나와 한 약속을 이행할 때 늘 열의를 보이고 명예를 존중했으므로, 나도 그와 한 약속을 이행할 때면 그렇게 했다. 그가 선생으로서 내게 관심을 보이지 않았더라면 나도 학생으로서 똑같은 반응을 보였을 것이다. 그러나 그는 내가 그런 태도를 보일 구실을 전혀 주지 않았고 우리는 서로 성실하게 대했다. 선생으로서 포켓 씨에게는 우스꽝스러운 구석이 전혀 없었다. 그는 언제나 진지하고 정직하며 선량했다.

　이런 문제들을 결정하고 실행에 옮겨 공부를 본격적으로 시작했을 무렵 나는 이런 생각이 들었다. 바너드 여관에 내 침실을 계속 가지고 있으면 내 생활에는 기분 좋은 변화가 생길 것이고, 허버트와 함께 지내다 보면 덤으로 예의 범절도 익힐 수 있지 않을까 하는 생각이었다. 포켓 씨는 반대하지는 않았지만, 결정을 내리기 전에 후견인과 상담하는 게 좋겠다고 충고했다. 그가 이렇게 신중해진 이유는 이 계획 덕분에 결과적으로 허버트의 생활비가 줄어들 터이므로 그에 대한 배려를 한 것이리라고 짐작되었다. 나는 리틀 브리튼에 가서 내 의사를 재거스 씨에게 전했다.

"나를 위해 빌린 가구들을 사고, 거기에 몇 가지 소품을 추가로 보태면 바너드 여관에서 아주 쾌적하게 지낼 수 있을 거예요."

"마음대로 하게!" 재거스 씨가 짧게 웃으면서 말했다. "내가 아주 잘 지내게 될 거라고 말했잖나. 그래, 얼마나 필요하지?"

나는 아직 잘 모르겠다고 대답했다.

"사양하지 말고 말해 봐! 얼마가 필요한가? 50파운드?"

"아뇨, 그렇게 많이는 말고요."

"그럼 5파운드?"

갑자기 액수가 뚝 떨어졌으므로 나는 당황했다. "아니요, 그것보다는 많이요."

"더 많이라고?" 재거스 씨는 손을 호주머니에 넣고 고개를 기울인 채 내 뒤쪽 벽을 응시하면서, 내 대답을 기다렸다. "그럼 얼마나 늘리면 되겠나?"

"액수를 딱 잘라 말하기가 매우 어렵군요." 나는 주저하며 대답했다.

"확실히 말해! 어서 정하자고. 5파운드의 두 배, 그럼 되겠나? 아니면 세 배? 네 배?"

나는 그 액수면 넉넉하겠다고 대답했다.

"5파운드의 네 배면 넉넉하겠나?" 재거스 씨가 눈살을 찌푸리며 말했다. "4 곱하기 5가 얼마지?"

"얼마냐고요?"

"그래! 얼만가?"

"20파운드로 생각하실 것 같은데요." 내가 웃으며 말했다.

"내 생각은 상관없어." 그는 빈틈없는, 심술궂은 태도로 고개를 흔들었다. "자네 생각을 알고 싶은 거지."

"물론 20파운드이지요."

"웨믹!" 재거스 씨가 사무실 문을 열고 외쳤다. "청구서를 받고 핍 씨에게 20파운드를 건네 드려!"

그가 일을 처리하는 방식은 매우 인상적이었다. 허나 유쾌하다고는 할 수 없었다. 재거스 씨는 거의 웃는 법이 없었다. 그러나 상대의 대답을 기다리면서 커다란 머리를 숙이고 눈썹을 한데 모은 채 독특한 자세를 취하면 그가 신은 번쩍거리는 근사한 부츠에서 가끔 삐걱삐걱 소리가 났다. 의심 많고 쌀쌀맞은 웃음소리처럼. 마침 재거스 씨가 사무실 밖으로 나갔고 웨믹은 활달한 성격에 말이 많은 편이라, 나는 웨믹에게 재거스 씨 태도를 어떻게 이해해야 좋을지 모르겠다고 말해 보았다.

"저분은 그 말을 들으면 분명히 칭찬이라고 생각하실 겁니다. 누구에게 이해받으려고 그렇게 행동하는 게 아니니까요." 그 대답에 내가 놀란 표정을 짓자 그가 덧붙였다. "아, 당신한테만 그러는 게 아닙니다. 직업상 누구에게나 그래요. 직업상 문제죠."

웨믹은 책상에서 점심을 먹고 있었다. 딱딱하고 바싹 마른 비스킷을 가끔 그 우체통 구멍 같은 입에 집어넣고는 아작아작 씹었다.

"재거스 선생은 덫을 쳐놓고 가만히 기다리시는 거 같아요. 그러면 갑자기 철컥하고 상대가 걸려드는 거지요!"

나는 사람 잡는 덫은 오락이 아니라고 말하는 대신 재거스 씨가 덫을 놓는 솜씨가 좋으냐고 물었다.

"생각이 아주 깊으시지요. 오스트레일리아처럼 말입니다." 웨믹은 그가 비유하는 바를 강조하려고 펜으로 사무실 바닥을 가리켰다. 오스트레일리아가 지구 정반대에 있다는 것을 알려주려는 것이었다. 그리고는 펜을 다시 종이 위로 가져오면서 말했다. "오스트레일리아보다 깊은 것이 있다면 그건 저분일 겁니다."

그렇다면 사무실 운영이 꽤 잘 되겠다고 말하자 "돈방석에 앉아 있죠!"라는 대답이 돌아왔다. 나는 이곳에서 일하는 사무원이 많으냐고 물었다.

"저희는 사무원을 많이 고용하지 않습니다. 재거스 선생은 한 사람뿐이고, 고객들은 모두 그분과 직접 만나기를 바라니까요. 모두 네 명뿐입니다. 그들을 만나보겠어요? 이런 말씀을 드려도 될지 모르겠지만, 당신은 우리 가족이나 다름없으니까요."

나는 그 제안을 받아들였다. 웨믹은 비스킷을 모두 먹은 뒤 금고 안에 든 현금 상자에서 돈을 꺼내 내게 주었다. 열쇠는 등 뒤 어딘가에 숨겨둔 철사를 꼬아 놓은 것 같은 외투 목깃에서 끄집어내는 것이었다. 그리고 나서 우리는 위층으로 올라갔다. 실내는 어둡고 초라했다. 아무래도 재거스 씨 방에 자국을 남겨 놓았던 그 기름때 낀 어깨들이 몇 년 동안이나 이 계단을 오르내린 것 같았다. 2층 문쪽에는 술집주인과 쥐잡이꾼의 중간쯤으로 생긴 사무원이—덩치가 크고 창백하며 우쭐거리는 사나이였다—허름한 차림의 서너 사람과 열심히 이야기를 하고 있었다. 손님들은 재거스 씨의 재산을 불려 주고 있는 사람들답게 무례한 대접을 받고 있었다. "법정에 제출할 증거를 수집하는 겁니다." 방을 나갈 때 웨믹이 설명했다.

그 다음 방에는 머리털이 축 처져 무기력한 테리어같이 보이는 왜소한 사무원이 있었다(강아지였을 때 이래로 털 손질을 받지 못한 모양이었다). 그는 비슷한 태도로, 멍한 눈을 한 사나이를 응대하고 있었다. 이 사나이는 일 년 내내 장사가 잘되는 제련공으로, 주문만 하면 무슨 물건이든 녹여 준다[1]고 웨믹이 알려 줬다. 그는 제련 기술을 자신에게 쓰는 듯이 굵은 땀방울을 흘리고 있었다. 뒷방에는 치켜 오른 어깨에, 왁스를 바른 듯이 반질거리는 검고 낡은 옷으로 몸을 감싼 사나이가 있었다(심한 안면신경통을 앓는지 얼굴을 더러운 플란넬로 꽁꽁 싸매고 있었다). 그는 책상 위에 몸을 잔뜩 구부리고서, 다른 두 사무원이 갈겨 쓴 쪽지를 재거스 씨가 읽을 수 있도록 깨끗하게 옮겨 적고 있었다.

재거스 사무소는 이렇게 구성되어 있었다. 다시 1층으로 내려오자 웨믹이 나를 후견인 방으로 안내하고서 말했다. "이 방은 이미 보셨지요?"

이때 경직된 웃음을 띤 두 개의 음침한 석고상이 다시 내 눈에 들어왔다. 내가 물었다. "저건 누구의 얼굴이죠?"

"이것들 말입니까?" 웨믹이 의자 위에 올라서서 먼지를 털어내며 석고상을 꺼냈다. "이들은 유명한 사람들입니다. 그들이 의뢰인이 되어 준 덕에 우리의 평판이 아주 좋아졌죠. 이 작자는(맙소사, 눈썹에 얼룩이 생긴 걸 보니 한밤중에 선반에서 내려와 잉크스탠드를 들여다본 모양이로군. 못된 늙은이 같으니라고!) 자기 주인을 살해했지요. 증거가 불충분한 것으로 보아 아마 치밀하게 계획을 세운 것 같습니다."

웨믹이 석고상 눈썹에 침을 뱉고 소매로 그걸 문질렀다. 나는 이 악당에게서

---

1) 금속 도난품이 추적당하지 않도록 녹이는 업자인 듯함.

뒷걸음질치며 물었다. "실물과 비슷한가요?"

"비슷하냐고요? 이게 바로 그놈입니다. 뉴게이트 교수대에서 내려진 뒤에 본을 떴지요. 자넨 특히 날 좋아해 주었지, 친구." 그렇게 말하더니 웨믹은 유골함이 있는 묘지 주위의 수양버들과 웬 여인의 모습을 새긴 브로치를 어루만지며 이 친근한 발언에 대해 설명해 주었다. "저를 위해 녀석이 만들어 준 겁니다. 특별 주문으로요!"

"그 숙녀는 어느 유명한 사람인가요?"

"아니요, 그저 놈의 노리개였을 뿐이에요(자넨 난봉꾼이었지, 그렇잖나?) 이 녀석은 여염집 여자하고는 사귀지 않았어요, 핍 씨. 한 사람 예외가 있긴 하지만, 그녀는 날씬하지도 않았고 정숙한 숙녀도 아니었지요. 이 유골함을 돌봐 줄 만한 사람이 아니었어요. 안에 술이라도 들어있다면 또 모를까." 브로치로 관심을 돌린 웨믹은 석고상을 내려놓고 브로치를 손수건으로 꼼꼼히 닦기 시작했다.

"또 한 사람도 같은 최후를 맞았나요? 그도 같은 표정을 하고 있는데요."

"맞아요. 생생한 표정 그대로지요. 한쪽 콧구멍에 말총과 작은 낚싯바늘을 걸어 잡아당긴 것 같은 모양을 하고 있지요? 네, 저놈도 같은 최후를 맞았습니다. 아주 마땅한 결말이었지요, 정말이지. 이놈은 유서를 위조했어요. 유언자를 죽이는 짓까지는 하지 않았지만요. 하지만 넌 신사적인 녀석이었어, 코브." (웨믹은 다시 직접 석고상에다 대고 말을 걸었다.) "그리스어를 쓸 줄 안다고 했었지. 이 허풍쟁이! 넌 순 거짓말쟁이였어! 너 같은 거짓말쟁이는 본 적이 없다!" 지금은 고인이 된 친구를 다시 선반에 올려놓기 전에 웨믹은 가장 커다란 추모 반지를 어루만지며 말했다. "사형 전날에 사람을 시켜 이 반지를 내게 사 보냈었어요."

웨믹이 다른 석고상을 본디 위치에 되돌려놓고 의자에서 내려오는 동안, 그가 가진 보석들이 모두 이런 경위로 들어온 게 아닐까 하는 의문이 떠올랐다. 이 화제에 웨믹이 껄끄러워하는 기색을 보이지 않았으므로, 내 앞에 서서 손에 묻은 먼지를 털고 있는 그에게 물어보았다.

"네, 그래요. 이 반지들은 모두가 그런 선물이지요. 하나를 끼면 그 반지가 다른 반지를 부르는 거죠. 저는 항상 받을 건 받아요. 귀한 물건인 데다 이래 봬도 재산이거든요. 대단한 가치는 없을지 모르지만 훌륭한 동산이지요. 당신처럼 앞날이 밝고 창창한 분에게는 중요하지 않은 문제겠지만, '유동 자산을 확보하자'는 것이 제 인생 지침이거든요."

내가 이 생각에 경의를 표하자 그가 다정하게 말을 계속했다.

"할 일 없고 심심할 때 가끔 월워스에 있는 저희 집에 놀러 오시지 않겠습니까? 저희 집엔 손님용 침대도 있답니다. 자고 가신다면 영광으로 생각하겠어요. 보여 드릴 것이 많다고는 못하지만, 진귀한 물건이 두세 가지 있죠. 저는 정원과 정자를 좋아해요."

나는 그 환대를 기쁘게 받아들이겠다고 대답했다.

"고맙습니다. 그럼 편하실 때 오시는 걸로 알겠습니다. 그런데 재거스 선생님과 함께 식사한 적이 있나요?"

"아직 없어요."

"그렇군요. 재거스 씨는 아주 좋은 포도주를 대접한답니다. 저희 집에 오시면 펀치를 대접하겠어요. 그리 맛없진 않을 거예요. 그리고 한 가지 더 말씀드리자면, 재거스 선생 댁에 초대를 받으시거든 가정부를 유심히 관찰해 보세요."

"꽤 특이한 사람인가 보죠?"

"글쎄요. 잘 길들여 놓은 야생 동물이랄까요. 그다지 특이한 건 아니지만요. 그 야생 동물이 본디 얼마나 포악했는지와 길들이는 데 걸린 시간을 생각해 주셔야 해요. 재거스 선생의 위력을 다시 한 번 확인할 수 있을 거예요. 꼭 눈여겨보세요."

나는 그의 말이 불러일으킨 흥미와 호기심을 총동원해서 꼭 그러겠노라고 대답했다. 그러고서 사무실을 나가려는데 웨믹이 재거스 선생이 일하는 모습을 5분 정도 보고 가지 않겠느냐고 물어왔다.

그러겠다고 말한 데는 몇 가지 이유가 있었다. 먼저, 재거스 씨가 어떻게 일을 하는지 분명히 알고 싶다는 게 첫 번째였다. 우리는 시티로 깊숙이 들어가 사람들이 북적거리는 형사 법정으로 나왔다. 그곳에는 특이하게 생긴 브로치를 좋아하는 그 고인의 혈족(진짜 혈족이 아니라, 피를 흘리는 동지라는 의미이다)이 피고석에 서서 뭔가를 거북스럽게 씹고 있었다. 내 후견인은 한 여자를 심문 또는 반대 심문하며—어느 쪽인지는 알 수 없었다—그녀와 재판관, 심지어는 법정 전체에 공포심을 불러일으키고 있었다. 누군가가 그의 마음에 들지 않는 말을 입에 담으면 그는 즉시 그 말을 '적어두라'고 요구했다. 누군가가 어떤 사실을 인정하지 않으면 "기어이 자백시키고야 말 테다!"라고 말했고, 누군가가 어떤 사실을 인정하면 "이제야 바른 말을 하시는군!" 외쳤다. 그가 손가락을 한 번 물어뜯을 때마다 판사들마저 벌벌 떨었다. 도둑과 그 도둑을 잡아 온 사람도 그의 말에 빠져 완전히 넋이 나갔고, 그의 눈썹이 한 가닥이라도 자신들에게 향하면 몸을 움츠렸다. 나는 그가 어느 편인지 알 수가 없었다. 그가 법정 전체를 절구로 찧고 있는 듯이 보였기 때문이다. 알아낸 것은 그저, 내가 조용히 법정을 나왔을 때는 그가 재판관 편에 서 있지 않았다는 사실뿐이었다. 재거스 씨는 그날 그 자리에서 대영제국의 법과 정의를 대표하는 재판장의 행동을 공개비판했다. 그 바람에 나이 많은 재판장의 두 다리가 테이블 아래에서 와들와들 떨리고 있었던 것이다.

제25장

벤틀리 드러믈은 몹시 퉁명스러운 사나이였다. 책을 읽을 때도 저자가 그에게 무슨 해라도 끼쳤다는 듯이 그 책을 다루었으며, 사람을 사귈 때에도 보다 친절하게 대하지 못했다. 생김새나 행동, 이해력 등 모든 것이 둔하고—얼굴에서는 나태함이 묻어나고, (방 안을 느릿느릿 움직이는 몸뚱이처럼) 크고 어색한 혀도 축 늘어졌다—게으르며 오만하고 인색하고 내성적이며 의심 많은 사람이었다. 이러한 성질을 두루 갖춘 그는 서머싯[1]의 한 부잣집에서 태어났는데, 그의 부모는 아들이 성인이 되어서야 멍청이임을 깨달았다. 이리하여 드러믈이 포켓 씨 댁으로 보내졌을 때 그는 이 신사보다 머리 하나는 더 컸으며, 대부분의 신사보다 머리 여섯 개에 해당하는 지능이 모자랐다.

스타톱은 병약한 어머니에게 응석받이로 키워졌다. 학교에 들어갈 나이에도 그는 계속 집에서 지냈다. 그는 어머니에게 매우 깊은 애정을 가지고 있었으며, 한없이 어머니를 존경했다. 그래서인지 여성스럽고 섬세한 얼굴 생김새가 '어머니와 판박이'였다. 허버트는 "본 적은 없어도 그의 어머니가 어떻게 생겼는지 알겠지?"라고 말했다. 자연히 나는 드러믈보다 스타톱과 더 친하게 지냈다. 저녁에 보트를 탈 때면 그와 나는 집 쪽으로 나란히 노를 저으며 이런저런 이야기를 주고받았다. 드러믈은 우리 보트가 지나간 흔적을 지우듯이 강가에 늘어진 나뭇가지 밑이나 골풀 사이를 홀로 따라왔다. 조수의 흐름을 타고 속도가 빨라질 때조차 그는 양서류처럼 엉금엉금 기어 다가오는 것이었다. 그를 떠올릴 때면 내 머릿속에는 강물에 반사하는 석양빛이나 달빛을 가르고 나아가는 우리 뒤에서, 어둠이나 잔잔한 물을 헤치고 따라오는 모습이 떠오른다.

허버트는 친한 친구이자 동반자였다. 나는 그에게 내 보트를 타게 했으며, 따

---

1) 잉글랜드 남서부의 주.

라서 그는 자주 해머스미스에 찾아오게 되었다. 그리고 나는 그의 방을 공동으로 사용하였으므로 런던에 자주 들렀다. 우리는 이 두 곳 사이를 언제든지 걷곤 했다. 나는 지금도 그 길에 대해, 세상 물정 모르는 젊음과 희망에 넘치는 감성으로 이루어진 애정을 느낀다. 지금은 옛날만큼 즐거운 길이 아니지만 말이다.

포켓 가(家)에 신세를 진 지 한두 달 정도 지났을 무렵, 카밀라 부부가 찾아왔다. 카밀라는 포켓 씨 누이동생이었다. 미스 해비샴네 저택에서 본 적 있는 조지아나도 함께 나타났다. 그녀는 포켓 씨 사촌 동생이었다. 만성 소화불량을 앓는 독신 여성으로, 자신의 딱딱한 머리를 신앙심이라고 부르고 제 기능 못하는 간을 사랑이라고 불렀다. 그녀들은 탐욕과 실망에서 오는 혐오감으로 나를 미워했지만 금세 더 밉살스러운 비굴함을 보이며, 출세한 나에게 아양을 떨었다. 그리고 자신의 이익이라고는 아무것도 모르는, 아이가 그대로 어른이 된 것 같은 포켓 씨에게는 예전에 미스 해비샴네 저택에서 그랬듯 무심한 관대함을 보였다. 그녀들은 포켓 부인을 업신여겼지만, 불쌍한 그녀가 인생에 매우 실망하는 점만은 그대로 내버려두고 간섭하지 않았다. 그 모습에 자신들의 모습도 적게나마 반영되어 있었기 때문이다.

이런 환경에서 나는 안정을 찾고 공부에 힘썼다. 곧 사치하는 습관이 생겨 몇 달 새에 어마어마한 돈을 쓰고 다녔지만, 이러니저러니 해도 공부는 게을리하지 않았다. 이 시기의 나에게는 자신의 부족함을 일깨우는 것 말고는 아무런 칭찬할 구석이 없었다. 포켓 씨와 허버트 덕분에 나는 크나큰 발전을 이뤘다. 둘 중 한 사람이 늘 곁에서 나를 도와주었으며, 내 앞에 가로막힌 장해물을 없애주었다. 이러고도 아무런 성과를 올리지 못했다면 나는 틀림없이 드러믈만큼이나 멍청한 사람이었을 것이다.

나는 웨믹을 몇 주 동안이나 만나지 못해서 어느 저녁 그의 집을 방문하고 싶다는 편지를 써 보냈다. 그는 6시에 사무소에서 만나자며 흔쾌히 수락하는 답장을 보내왔다. 약속 시각에 사무소로 가니 그는 금고 열쇠를 등 뒤 어딘가에 넣는 참이었다.

"월워스까지 걸어가도 괜찮겠습니까?" 그가 물었다.

"네, 아저씨만 좋다면요."

"대환영이지요. 오늘은 종일 앉아서 일했거든요. 다리를 뻗을 수만 있다면 얼마든지 좋죠. 아무튼, 핍 씨, 오늘 저녁식사는 (집에서 만든) 스테이크 스튜와 차갑게 식힌 구운 닭고기랍니다(이건 가게에서 사 왔습니다). 닭고기는 연할 거예요. 가게 주인이 지난번 저희가 맡은 사건의 배심원이었는데, 우리 덕분에 일이 쉽게 끝났으니까요. 닭고기를 살 때 그 주인에게 그 일을 상기시켰지요. '이봐, 브리튼. 좋은 부위로 골라 주라고. 마음만 먹었으면 자네를 배심원석에 하루 이틀 더 앉혀 두는 건 일도 아니었으니까.' 그러자 이러더군요. '가게에서 제일 좋은 닭고기를 선물로 드리겠습니다.' 물론 고맙게 받았지요. 닭고기도 가지고 다닐 수 있는 자산이니까요. 나이 지긋한 분을 싫어하시지는 않겠지요?"

그가 아직도 닭고기 얘기를 하는 줄로만 알고 들었는데 그가 "우리집에 연세 많은 어르신이 한 분 계시거든요" 하기에 그제야 나는 실례가 되지 않는 대답을 했다.

"그래, 아직 재거스 선생과 식사를 안 하셨더군요?" 한참을 걷다가 그가 또 질문해 왔다.

"아직 안 했어요."

"오늘 오후에 당신이 우리집에 온다는 말을 듣더니 재거스 선생이 그러시더라고요. 아마 내일 초대하실 겁니다. 친구분들도 초대할 거고요. 모두 세 명이지요?"

나는 드러믈을 친한 친구로 여기지 않았지만 그렇다고 대답했다.

"재거스 선생님은 모두를 한 무리로(이 표현은 그다지 마음에 들지 않았다) 초대하실 생각입니다. 무슨 요리든 간에 일품일 거예요. 가짓수는 많지 않겠지만, 질은 훌륭하죠." 그리고 잠시 뜸을 들인 뒤 덧붙였다. "그 댁에는 또 한 가지 이상한 점이 있어요." 이 말 다음에 마치 전에 말한 가정부 이야기가 따라오는 것이 뻔하다는 듯한 투였다. "선생은 밤중에 결코 문이나 창문을 잠그는 법이 없답니다."

"그럼 도둑을 맞은 적이 없나요?"

"그럼요! 선생은 "내 집에 도둑질하러 들어오는 작자의 낯짝이 보고 싶구먼." 그렇게 말씀하시며, 그 소문을 스스로 퍼트리시죠. 뿐만 아니라 놀랍게도 그분은 몇 차례나 우리 사무소로 쳐들어온 강도들에게 "너, 내 집이 어딘지 알지? 우리집은 빗장도 걸지 않는데, 어때, 한탕 해볼 텐가? 자, 한번 해 보지 그래?"

하시는 거예요. 하지만 그 유혹에 응할 배짱 좋은 놈은 없죠."

"그가 그만큼 두려운 존재인가요?"

"두렵냐고요? 그럼요, 당연히 두려운 존재겠지요. 하지만 선생님은 그렇게 도둑들을 도발하면서도 빈틈이 없는 분이세요. 그 집에는 은 식기가 한 개도 없거든요. 숟가락은 모두 싸구려 합금이고요."

"그렇다면 딱히 가져갈 것도 없겠네요, 이를테면 도둑이……."

"아아! 하지만 재거스 선생은 많이 얻지요." 웨믹이 내 말을 가로막고 말했다. "놈들은 그걸 잘 알아요. 선생님은 마음만 먹으면 놈들 목숨도 거둘 수 있으니까요. 수십 명의 목숨을 말입니다. 그분은 마음만 먹으면 뭐든 가차 없이 빼앗아 버릴 겁니다. 선생이 마음만 먹으면 손에 넣을 수 없는 물건이 없을걸요."

후견인의 위대함에 대해 상상하고 있으려니 웨믹이 말했다.

"은식기가 없는 것은 선생이 평소 지니신 깊고 심오한 선견지명 때문입니다. 깊은 강처럼 깊은 통찰력을 지니고 태어나신 분이에요. 그분 시곗줄을 보세요. 그건 진짭니다."

"확실히 묵직해 보이던데요."

"묵직하다고요?" 웨믹이 되풀이했다. "그렇고말고요. 시계는 순금으로 만든 리피터[2]로, 백 파운드쯤 되는 물건이지요. 핍 씨, 런던에는 그 시계를 아는 도둑이 어림잡아 7백 명은 될 겁니다. 그들 중 누군가가(여자고 어린애고 간에) 그 시계에 손댈 기회를 잡았다고 칩시다. 그러면 시곗줄을 흘끗 보기만 해도 누구 것인지 알아보고, 달구어진 쇠를 만진 것처럼 화들짝 놀라 손을 뗄 겁니다. 틀림없어요."

처음에는 그런 이야기를, 나중에는 더 일반적인 화제에 대해 이야기하면서, 웨믹이 월워스에 도착했다고 알려 줄 때까지 시간 가는 줄 모르고 함께 걸었다.

월워스는 뒷골목과 도랑과 작은 정원이 옹기종기 모인 곳으로, 좀 따분한 시골로 보였다. 웨믹네 집은 정원 한가운데에 서 있는 자그마한 전원주택이었다. 지붕은 잘려나가 있었고, 페인트칠 된 외관은 대포가 갖춰진 포대처럼 보였다.

---

2) 시간을 알려 주는 장치가 달린 시계.

"제가 손수 지은 집입니다." 웨믹이 말했다. "근사하지요?"

나는 대단한 찬사를 보냈다. 다른 건 둘째 치고, 이렇게 작은 집은 본 적이 없었다. 아주 기묘하게 생긴 고딕식 창문이 여러 개 달려 있었고(대부분 모조품이었다), 사람이 드나들기에는 지나치게 작아 보이는 고딕식 문이 있었다.

"그건 진짜 깃대입니다. 일요일마다 거기에 진짜 깃발을 달죠. 그리고 여길 보세요. 이 다리를 건넌 뒤에 깃발을 올리면, 보세요, 바깥세상하고 차단되지요."

다리는 두꺼운 널빤지로, 너비가 4피트, 길이가 2피트쯤 되는 구덩이를 가로지르고 있었다. 그럼에도 웨믹이 자랑스럽게 깃발을 재빨리 올리는 모습을 보는 것은 매우 즐거웠다. 그는 의기양양하게 웃고 있었는데, 그것은 이미 단순한 기계적인 웃음이 아니었다.

"밤마다 그리니치 시계로 정각 9시에 대포를 쏘지요. 보세요, 저기에 대포가 있지요? 그 포성을 들으시면 로켓으로 착각하실 수도 있을 겁니다."

그가 가리킨 이 병기는 격자 모양으로 독립된 요새에 자리잡고 있었다. 비에 젖지 않도록 방수포가 우산처럼 솜씨 좋게 씌워져 있었다.

"그리고 여기서는 보이지 않는 뒤쪽에, 요새라는 구상에 해가 가지 않도록—아, 하나를 구상하면 그것만을 철저하게 추구하는 것이 제 원칙이거든요—당신이 옳게 여길지 어떨지는 모르겠습니다만……."

나는 대단히 옳게 생각한다고 대답했다.

"뒤울안에는 돼지와 닭과 토끼가 있지요. 그리고 제가 만든 온실이 있는데, 그곳에서는 오이를 재배한답니다. 집에서 어떤 샐러드를 먹는지, 저녁식사 때 알게 되실 겁니다. 그러니," 웨믹이 다시 미소를 지으면서, 그러나 진지하게 고개를 저어 말했다. "이 작은 요새가 포위 공격을 당해도 식량 면에서는 꽤 오랫동안 버틸 수 있겠지요."

그러고는 나를 12야드쯤 떨어진 정자로 안내했는데, 아주 꼬불꼬불한 길로 갔기 때문에 시간이 많이 걸렸다. 이 한적한 곳에는 이미 술잔이 마련되어 있었다. 정자는 연못처럼 꾸민 작은 물웅덩이 가에 있었으며, 차갑게 마실 수 있도록 펀치가 연못 안에 잠겨 있었다. 연못(가운데에 섬이 있으며, 그게 오늘 저녁에 먹을 샐러드일지도 모른다)은 둥근 모양이었으며, 분수도 있었다. 작은 물레방아를 돌린 뒤 수도관에서 코르크 마개를 뽑자 분수에서 손등을 적실 만큼 물이

뿜어나왔다.

내가 칭찬을 하자 웨믹이 대꾸했다. "저는 기술자이며 목수이며 배관공이고 정원사이고 만물박사랍니다. 그거면 된 거 아닙니까? 덕분에 몸에 달라붙은 뉴게이트 교도소 거미줄도 걷어낼 수 있고, 아버지도 기쁘게 해드릴 수 있으니까요. 지금 막 도착하셔서 정신없지만, 아버지를 만나 보시겠습니까? 폐가 되지 않으시다면……"

나는 기꺼이 만나고 싶다 말하고 성으로 들어갔다. 플란넬 웃옷을 입은 꽤 나이 든 노인이 난롯가에 앉아 있었다. 깔끔하고 유쾌하며 편안해 보이는 것이 보살핌을 잘 받고 있는 사람처럼 보였지만, 안타깝게도 귀가 잘 들리지 않는 듯했다.

웨믹은 노인과 정중하면서도 익살스럽게 악수하고 나서 물었다. "아버지, 기분은 좀 어떠세요?"

"아주 좋다, 존. 아주 좋아!" 노인이 말했다.

"이쪽이 핍 씨에요. 당신 이름이 잘 들려야 할 텐데요. 핍 씨, 아버지에게 크게 고개를 끄덕여 주세요. 그렇게 하면 아버지가 좋아하시거든요. 눈을 깜박이듯 계속 고개를 끄덕이세요!"

"여기는 아들이 지은 훌륭한 집이라오." 내가 힘차게 고개를 끄덕이자 노인이 큰 목소리로 말했다. "아름다운 유원지이기도 하지요. 이 집과 아들이 만든 아름다운 시설들은 내 아들의 시대가 끝난 뒤에도 나라가 관리하며 일반에 공개해야 하겠지요."

"아버지는 이 집을 아주 자랑으로 여기시죠?" 웨믹이 딱딱한 표정을 부드럽게 풀고 아버지를 바라보았다. 그리고는 "네? 그렇지요?" 하면서 고개를 끄덕이고 "다시 한 번." 힘차게 다시 끄덕였다. "이걸 좋아하세요, 우리 아버지는. 핍 씨, 피곤하지 않으시면, 아니 익숙하지 못한 사람에겐 피곤한 일인 걸 알지만 다시 한 번 고개를 끄떡해 주시겠어요? 아버지는 당신이 상상할 수 없을 만큼 그걸 좋아하시거든요."

나는 여러 번 고개를 끄떡였으며 노인은 매우 기뻐했다. 노인이 닭에게 모이를 준다고 하기에 우리는 정자로 돌아와 펀치를 마셨다. 웨믹은 파이프 담배를 피우면서, 이 집을 지금처럼 짓는 데 여러 해가 걸렸다고 말했다.

우리 노부

"이 땅이 당신 것인가요?"

"그럼요. 조금씩 사들였지요. 지금은 법적으로 제 개인 소유물입니다!"

"그래요? 재거스 씨도 감탄했겠군요?"

"그분은 한 번도 여기에 온 적이 없어요. 이곳에 대해서 들어본 적도 없을 테고요. 그분은 우리 아버지에 대해서도 아무것도 몰라요. 사무소와 사생활은 완전히 다른 문제랍니다. 사무소에 들어가면 성은 뒤로 제쳐 놓는 거예요. 특별한 이유가 없다면 당신도 그렇게 해 주시면 고맙겠습니다. 사무소에서는 개인적인 얘기를 하고 싶지 않으니까요."

물론 나는 그 요구에 따르는 것이 성의라고 생각했다. 펀치는 매우 맛있었다. 우리는 그곳에서 마시면서 대화를 나누었다. 9시가 가까워지자 웨믹이 "슬슬 대포 쏠 시간이군요" 하면서 파이프를 내려놓았다. "이건 우리 아버님이 당신을 대접하는 겁니다."

다시 성으로 들어가 보니, 노인이 기대에 찬 눈으로 부지깽이를 달구고 있었다. 그날 밤 있을 근사한 의식 준비였다. 웨믹은 시계를 들고서, 포대로 갈 시간이 되기를 기다렸다. 이윽고 그는 새빨갛게 달구어진 부지깽이를 아버지에게서 받아들고 성을 나갔다. 곧 꿍음과 함께 대포가 터지자, 조그만 상자 같은 오두막이 산산조각으로 분해되는 것이 아닌가 생각될 만큼 심하게 흔들렸다. 집 안 유리잔이며 찻잔들이 부딪쳐 쟁그랑쟁그랑 울렸다. 노인이 "대포가 발사되었구나! 아주 똑똑히 들렸지!" 그러면서 기쁜 듯이 외쳤다(그는 안락의자 팔걸이를 꽉 붙잡고 있었다. 그렇지 않았다면 의자에서 튕겨 나갔을 것이다). 나는 말 그대로 노인 모습이 거의 보이지 않게 될 정도로 노인을 향해 고개를 위아래로 끄덕였다.

저녁식사 시간을 기다리는 동안 웨믹이 그의 진기한 수집품들을 보여 주었는데, 대부분이 범죄와 관련된 물건들이었다. 유명한 위조사건에 쓰였던 펜, 이름 있는 면도칼 한두 개, 머리카락 몇 뭉치, 사형수가 옥중에서 쓴 고백서 몇 묶음(웨믹은 이 원고들이 모두 '새빨간 거짓말'이기 때문에 특별한 가치가 있다고 말했다) 따위였다. 이 수집품들은 작은 도기며 유리그릇, 이 박물관 관장이 직접 만든 아름다운 소품들, 노인이 조각한 파이프 채우는 기구[3] 사이사이에 보기 좋

---

3) tobacco stopper. 파이프에 담뱃잎을 채워 넣을 때 쓰는 도구.

게 흩어져 있었다. 이 물건들은 모두 내가 처음에 안내받았던 방에 진열되어 있었다. 선반 위에 올려둔 냄비와 꼬치 회전기를 매달도록 벽난로 위에 설치된 아름다운 놋쇠 가로대로 판단하건대, 그 방은 거실 겸 부엌인 모양이었다.

집에는 낮에 노인의 시중을 들어주는 깔끔한 차림을 한 어린 소녀가 있었다. 그녀가 저녁 식탁을 차리고 나자, 그녀가 나갈 수 있도록 도개교가 내려지고, 그녀는 집으로 돌아갔다. 저녁식사는 아주 훌륭했다. 성에서는 너무 건조하고 썩기 시작한 고약한 견과류 냄새가 난 데다가 돼지우리는 더 멀리 있었어도 좋았을 뻔했지만, 나는 이 환대에 진심으로 만족했다. 탑 안에 있는 조그만 침실도 흠잡을 데가 없었다. 다만, 나와 깃대 사이에는 매우 얇은 천장밖에 없었으므로, 침대에 누워서 밤새도록 이마로 그 깃대를 지탱해야 할 것처럼 보였다.

다음 날 아침 웨믹은 일찍 일어났다. 미안하게도 그가 내 부츠를 손질하는 소리가 들려왔다. 그리고 나서 그는 정원 손질을 했다. 내 방 고딕 창문 너머로 그가 아버지의 도움을 받는 척하면서 매우 헌신적으로 연신 고개를 끄덕이는 모습이 보였다. 아침식사는 저녁만큼이나 훌륭했다. 우리는 정각 8시 30분에 리틀 브리튼을 향해 떠났다. 걷는 동안 웨믹의 표정은 점점 메마르고 딱딱해졌으며, 입은 다시 우체통처럼 변했다. 마침내 우리가 사무소에 도착하여 그가 웃옷 깃에서 열쇠를 꺼내자, 성도 도개교도 정자도 연못도 분수도 아버지도 모두 마지막 대포알에 날아가기라도 한 것처럼 월워스 집에 대한 생각은 그의 머리에서 완전히 사라진 듯했다.

제26장

웨믹 말대로 나는 곧 후견인 집과 그의 금고지기 겸 사무원 집을 비교해볼 기회를 갖게 되었다. 월워스에서 돌아와 사무소에 도착했을 때 재거스 씨는 자기 방에서 향긋한 비누로 손을 씻고 있었다. 그는 나를 부르더니, 웨믹이 귀띔한 대로, 나를 친구들과 함께 집으로 초대해 주었다. "격식은 전혀 필요 없으니 턱시도 같은 것도 입을 필요 없네. 그러면 내일 오게." 나는 주소를 몰랐다. 어디로 가면 되느냐고 묻자 그는 여느 때처럼 공개하기를 꺼리며 대답했다. "이곳으로 오면 내가 데려가겠네." 이때의 관찰을 토대로 나는 그가 손을 씻는 것은 외과 의사나 치과 의사처럼 고객과의 관계를 끊기 위한 행동이라는 결론을 내렸다. 그 목적을 위해 그의 방에는 작은 화장실이 있었는데, 그곳에서는 향수 가게처럼 강한 비누 냄새가 풍겼다. 안쪽에는 유난히 커다란 수건이 걸려 있었다. 법정에서 돌아왔을 때나 사무소에서 의뢰인을 내보냈을 때, 그는 항상 그곳에서 손을 씻은 뒤 그 수건에다 물기를 닦았다. 다음 날 6시에 나와 친구들이 찾아갔을 때, 그는 이 화장실에서 머리를 처박고는 손만 씻는 것이 아니라 세수하고 입 안을 헹구기까지 했다. 그날은 평소보다 흉악한 사건을 다루었던 게 분명하다. 그러고서 재거스 씨는 수건으로 얼굴을 박박 문질러 닦은 다음, 사건을 잘라 버리듯이 주머니칼로 손톱을 청소한 뒤에야 외투를 입었다.

거리로 나오자 늘 그렇듯이 주위를 어슬렁대는 사람들이 있었다. 모두 재거스 씨와 말하고 싶어 하는 기색이 역력했다. 그러나 재거스 씨를 에워싼 비누 냄새의 강력한 후광에 단호한 뭔가가 있었는지, 그날은 사람들이 포기하고 물러갔다. 우리가 서쪽을 향해 걷는 동안, 길 가는 사람들 속에서 재거스 씨를 부르는 소리가 종종 들려왔다. 그때마다 그는 나에게 더 큰 소리로 말을 건넸다. 그는 결코 아무에게도 인사하지 않았으며, 누가 인사를 해 와도 모르는 체했다.

그는 우리를 소호의 제라드 스트리트 남쪽에 있는 집으로 안내했다. 비슷한 저택 가운데서는 웅장하기는 했지만, 창문은 지저분하고 전체적으로 다시 칠해야 할 듯 애달프게 보였다. 그가 열쇠를 꺼내어 문을 열었다. 우리는 그의 뒤를 따라 휑뎅그렁하고 우중충한 현관으로 들어섰다. 현관은 대리석으로 만들어져 있었는데, 거의 사용되지 않는 듯했다. 그런 다음 우리는 짙은 갈색 계단을 올라가, 방 세 개가 연달아 붙어 있는 이층의 어두운 갈색 방으로 들어갔다. 널빤지를 끼운 벽에는 화환이 나란히 조각되어 있었다. 그가 그 아래에 서서 우리를 맞이할 때, 그 화환 고리들이 어떤 모양으로 보였었는지 나는 생생히 기억한다.[1]

저녁식사는 이 세 방 가운데 가장 좋은 가구가 갖춰진 방에 준비되어 있었다. 두 번째 방은 그가 몸치장하는 곳이었고, 세 번째 방은 침실이었다. 그는 그 집 전체를 소유하고 있지만, 우리가 본 방 말고는 사용하지 않는다고 말했다. 식탁은 (물론 은식기는 없었지만) 보기 좋게 정리되어 있었으며, 그가 앉은 의자 옆에는 음식을 식탁에 내놓을 준비를 할 때 쓰는 커다란 이동식 수레가 있었다. 그 위에는 여러 종류의 술병과 디캔터[2]가 놓여 있었으며, 후식으로 먹을 과일도 네 접시나 있었다. 식사 시간 내내 그는 모든 걸 맡아서 하며 음식도 손수 나눠주었다.

그 방에는 책장이 하나 있었다. 나는 책등을 보고, 그것들이 법적 증거물, 형법, 범죄 일대기, 공판 기록, 국회제정법 따위라는 걸 알았다. 가구는 그의 시곗줄처럼 모두 묵직하고 고급스러웠으나 어딘지 사무실을 연상시켰다. 순수하게 장식용으로 놓인 가구는 눈에 띄지 않았다. 방 한쪽 구석에는 서류가 놓인 작은 책상과 갓을 씌운 램프가 있었다. 그것들을 보니 그가 사무소를 집으로 옮겨 와서, 그 바퀴 달린 책상을 끄집어내어 저녁 내내 일하는 것처럼 보였다.

그때까지 그는 내 세 친구에게 거의 눈길을 주지 않았었는데(쭉 나와 함께 걸어왔기 때문이다), 종을 울린 다음 가정부를 부르더니 벽난로 앞 양탄자에 서서는 그들을 자세히 살펴보기 시작했다. 놀랍게도 그는 곧 드러믈에게—전적으로는 아니지만 주로—흥미를 느낀 것 같았다.

"핍," 그가 커다란 손을 내 어깨에 올리고 나를 창가로 이끌면서 말했다. "누

---

1) 교수형에 쓰이는 밧줄 모양으로 보였다는 뜻.
2) 포도주 등을 상에 낼 때 술을 옮겨 담는 유리병.

가 누군지는 모르겠지만, 저 거미같이 생긴 친구는 누군가?"

"거미라니요?"

"저 부스럼투성이에 뿌루퉁한 사람 말일세."

"벤틀리 드러믈이에요. 곱상하게 생긴 친구는 스타톱이고요."

'곱상하게 생긴 친구'에게는 눈길도 주지 않은 채 그가 대답했다. "벤틀리 드러믈? 그 사람 생김새가 마음에 드는데."

그는 곧바로 드러믈에게 말을 걸었다. 그리고 그 무겁고 과묵한 대답에도 전혀 개의치 않고, 오히려 그 말투에 자극받아 그에게서 이야기를 끄집어내려는 모습이 역력했다. 그들을 바라보고 있을 때, 나와 그들 사이에 끼어들듯이 가정부가 첫 번째 요리를 가지고 왔다.

그녀는 마흔 살쯤 되어 보였다. 그러나 내가 그녀를 실제보다 젊게 본 건지도 모른다. 키는 큰 편이고, 동작은 부드럽고 민첩했으며, 안색은 몹시 창백했다. 빛바랜 커다란 눈에 머리카락은 풍성하게 흘러내리고 있었다. 심장병이 있어서였는지 모르겠지만, 숨이 가쁜 것처럼 입을 살짝 벌리고 있었다. 얼굴은 너무 갑작스러워 어쩔 줄 모르겠다는 듯 이상한 표정을 띠고 있었다. 그러나 전날인가 전전날 밤에 극장으로 〈맥베스〉를 보러 갔던 내 눈에는 마녀의 가마솥에서 올라오는, 뜨거운 연기에 괴로워 일그러진 얼굴로 비쳤다.

그녀는 요리를 식탁에 늘어놓고서, 내 후견인 팔에 손가락을 살며시 갖다 대어 식사 준비가 되었음을 알리고는 사라졌다. 우리는 둥근 식탁에 둘러앉았다. 재거스 씨는 드러믈과 스타톱 사이에 앉았다. 가정부가 식탁에 올려놓은 것은 귀한 생선 요리였다. 이어서, 엄선한 양고기와 함께 엄선한 닭고기 요리가 나왔다. 요리에 딸려 나오는 소스며 포도주 등, 손님이 원하는 것은 (모두 최고급이었다) 집주인이 이동식수레에서 집어 건네주었다. 그것들이 식탁을 한 바퀴 돌면 그는 반드시 제자리에 갖다 놓았다. 마찬가지로 그는 새 요리가 나올 때마다 깨끗한 접시와 칼과 포크를 꺼내고, 다 쓴 식기들은 자기 의자 옆 바닥에 놓인 바구니 두 개에 나누어 담았다. 가정부 말고 시중드는 하인은 없었다. 가정부가 모든 요리를 가지고 왔는데, 그때마다 그녀 얼굴이 마녀의 솥에서 떠오르는 얼굴과 겹쳐 보였다. 그로부터 몇 년이 지난 뒤, 아주 끔찍한 그녀의 초상화를 그려보게 됐다. 단, 풍성하게 흘러내리는 머리카락 말고는 모델과 비슷한 점을 찾으려야 찾을 수가 없는 그림이었다. 나는 그 초상화를 어두운 방 안에서 불꽃을 올리며 타고 있는 램프 뒤에다 놓았다.

웨믹이 했던 말과 그녀가 지닌 인상적인 외모 때문에 가정부를 유심히 지켜보던 나는 그녀가 방에 들어오면 재거스 씨에게서 눈길을 떼지 않으며, 그 앞에 접시를 놓고 손을 뗄 때 늘 망설인다는 사실을 발견했다. 그가 자기를 부르거나 가까이 있을 때, 말을 걸까봐 겁먹은 사람과도 같은 모습이었다. 재거스 씨는 이런 점을 눈치채면서도 일부러 그녀를 계속 긴장시키려는 것처럼 보였다.

만찬은 흥겹게 진행되었다. 내 후견인은 자기가 새 화제를 꺼내는 것이 아니라 남 이야기에 따라가기만 하는 것처럼 보였다. 그러나 우리들 각자의 가장 취약한 약점만큼은 솜씨 좋게 끄집어냈다. 나는 입을 열었다고 의식하기도 전에, 내가 씀씀이가 헤프다거나 허버트에게 잘난 체를 한다거나 대단한 미래에 대해 자랑하는 경향이 있다는 사실을 드러내고 말았다. 다른 사람들도 마찬가지였다. 드러믈이 특히 그랬다. 평소 남을 무뚝뚝하고 의심하는 태도로 대하는 그의 성격이 생선 요리가 치워지기도 전에 모조리 까발려진 것이다.

그때가 아니라 나중에 치즈가 나왔을 때였는데, 노 젓기에 대한 자랑이 시작되자 모두가 드러믈이 밤이 되면 양서류 같은 모습으로 느릿느릿 뭍으로 기어오른다고 놀렸다. 이에 드러믈은 재거스 씨에게, 이런 놈들과 보트 레이스를 하느니 차라리 방 안에서 뒹구는 게 낫고, 기술로 말하자면 자신이 한 수 위라고 말했다. 또한 힘으로 따지자면 이런 놈들 따위는 한 방에 날려 버릴 수 있다고 큰소리쳤다. 내 후견인은 보이지 않는 힘으로 이 사소한 문제에 드러믈을 사납다 싶으리만치 흥분된 상태로 몰아붙였다. 급기야 드러믈은 소매를 걷어붙이더니 팔의 두께를 재어 근육을 과시했고, 우스꽝스럽게도 모두가 소매를 걷어 올리고는 팔 두께를 재기에 이르렀다.

이때 가정부는 식탁을 치우고 있었다. 내 후견인은 그녀에게 아무런 관심을 보이지 않았다. 그녀가 있는 쪽과는 다른 방향으로 의자에 깊숙이 기대어 앉아 집게손가락 옆을 물어뜯으며 드러믈에게 이해할 수 없는 흥미를 보이고 있었다. 그러다가 가정부가 식탁 저편에서 손을 뻗을 때였다. 그가 느닷없이 커다란 손을 내밀어 그녀의 손을 덫처럼 덥석 잡았다. 너무나 갑작스럽고 민첩한 행동에 우리는 우스꽝스러운 겨루기를 우뚝 멈추었다.

"그렇게들 힘겨루기가 하고 싶다면," 재거스 씨가 말했다. "엄청난 손목을 보여주겠네. 몰리, 손님들에게 네 손목을 보여드려."

그녀의 붙잡힌 손은 식탁 위에 있었다. 그러나 다른 한 손은 그녀의 허리 뒤에 감추어져 있었다. "주인님," 그녀가 나지막한 목소리로 애원했다. 그녀의 두 눈은 조심스럽게 그를 쳐다보았다. "이러지 마세요."

"내가 정말 대단한 손목을 보여 드리겠소." 재거스 씨가 굳은 결심을 되풀이했다. "몰리, 어서 손님들께 손목을 보여 드리라니까."

"주인님," 그녀가 다시 우물쭈물 말했다. "부탁이에요!"

"몰리," 재거스 씨가 그녀 쪽으로는 얼굴도 돌리지 않고, 방 맞은편을 바라보는 척하면서 명령했다. "손님들에게 두 손목을 보여 드리란 말이야. 자, 어서!"

그는 그녀의 손을 놓고는 손바닥을 위로 하여 그녀의 손목을 식탁 위에 올려놓았다. 그녀가 다른 손을 등 뒤에서 꺼내어 두 손을 나란히 내밀었다. 나중에 내민 손목에는 흉터가 있었다. 꿰맨 자국이 또렷이 보였으며, 가로로 몇 줄이나 몹시 흉한 상처 자국이 있었다. 그녀는 두 손을 내밀면서 재거스 씨에게서 눈을 떼어 우리들을 잇달아 조심스럽게 바라보았다.

"이것이야말로 장사의 손이지." 재거스 씨가 태연하게 그녀의 힘줄을 집게손가락으로 더듬으며 말했다. "이 여인의 손목은 웬만한 사내들 손목보다 강하지. 이 손에는 믿기지 않는 힘이 있소. 나는 지금까지 많은 손을 보아 왔지만, 이보다 강한 손은 남녀를 통틀어서도 본 적이 없다오."

그가 느긋하고도 냉정하게 그런 말을 하는 동안 그녀는 앉아 있는 우리를 바라보다가, 그가 말을 끝내자마자 다시 그를 바라보았다. "이제 됐어, 몰리." 재거스 씨가 그녀에게 가볍게 고개를 끄떡이며 말했다. "손님들이 충분히 구경하셨으니 이제 가도 돼." 그녀는 식탁에서 두 손을 거두고 물러갔다. 재거스 씨가 이동식 수레에서 디캔터를 집어들고는 자기 잔을 채운 뒤 모두에게 포도주를 돌렸다.

"여러분, 9시 반에는 식사를 끝내야 합니다. 남은 시간을 최대한 즐기십시오. 만나서 반가웠습니다. 드러믈 씨, 이 포도주는 당신을 위해서 마시겠소."

이렇게 드러믈을 특별히 지목한 이유가 그를 대화에 끌어내기 위한 속셈이었다면, 그 의도는 완벽하게 성공을 거두었다. 드러믈은 뚱하면서도 의기양양해졌다. 우리를 업신여기는 고약스러운 태도가 점점 불쾌해지더니 마침내는 참을 수 없을 지경이 됐다. 재거스 씨는 그 모든 단계를 여전히 흥미롭게 관찰했다. 드러믈은 그가 따라 준 포도주에 딱 맞는 풍미를 갖춘 것 같았다.

아직 나이가 어려 판단력이 미숙한 우리는 흥겹게 술을 마구 마셔댔다. 또 틀림없이 많은 말을 지껄였다. 우리더러 돈을 너무 헤프게 쓴다는 드러믈의 야비한 조소에 특히 화가 났다. 분별력보다 강한 분노에 휩싸인 나는, 불과 일주일 전 내 눈앞에서 스타톱에게 돈을 빌린 게 부끄럽지도 않느냐는 말을 내뱉고야 말았다.

"흥, 돈은 갚을 거야." 드러믈이 대꾸했다.

"갚지 않을 거란 뜻으로 한 말이 아니야. 우리와 돈 씀씀이에 대해서 입 다물라는 뜻으로 말했을 따름이지."

"말했을 따름이지? 맙소사!"

"너는 우리가 돈 좀 빌려달라고 해도 빌려주지 않을걸?" 나는 따끔하게 나무랄 셈으로 대꾸했다.

"그래. 너희 중 누구에게도 단돈 6펜스라도 꿔 주지 않을 거야. 너희뿐만 아니라 누구에게든 단돈 6펜스도 꿔 주지 않을 거라고."

"그런 주제에 돈을 꾸다니, 치사한 놈."

"치사한 놈? 맙소사!"

나는 화가 머리끝까지 치솟았으므로—드러믈의 인정머리 없는 태도를 아무리 공격해도 별 효과가 없었기 때문에 더욱 부아가 치밀었던 것이다—허버트가 말리는데도 계속 퍼부어댔다.

"아하, 그러서? 그렇다면 네가 그 돈을 꿨을 때 허버트와 내가 어떤 이야기를 나눴는지 말해 주지."

"허버트와 네가 무슨 대화를 나눴는지 따위는 듣고 싶지도 않아." 드러믈은 으르렁댔다. 그러고서 너희들 다 지옥에나 떨어져 뒈졌으면 좋겠다는 나지막한 소리가 들렸다.

"듣고 싶지 않아도 들려줄 테다. 네가 그 돈을 좋다고 호주머니에 넣으면서, 돈 꿔달라는 말을 거절하지 못한 스타톱의 나약함을 재미있어 하는 것 같다고 말했다."

드러믈은 소리 내어 크게 웃었다. 바로 앞에 앉아서, 그것도 우리를 똑바로 바라보면서 말이다. 그리고 두 손을 호주머니에 찔러 넣은 채 축 처진 어깨를 잔뜩 추켜올렸다. 그 자세는 조금 전 한 말이 진실이며, 자신은 우리를 경멸한다는 뜻을 엄연히 보여주고 있었다.

그러자 스타톱이 우아하게 드러믈의 손을 잡으면서 좀더 정중하게 행동하라고 타일렀다. 스타톱은 밝고 쾌활한 청년이었으나 드러믈은 그 반대였으므로, 틈만 나면 드러믈은 스타톱이 자신을 개인적으로 모욕한다며 분하게 여겼다. 이때도 드러믈은 퉁명스럽고 거칠게 대꾸했으나, 스타톱은 즐거운 농담을 섞어 우리 모두를 웃기며 화제를 바꾸었다. 드러믈은 이 작은 성공이 무엇보다도 탐탁지 않았다. 그는 아무런 위협이나 경고도 없이 두 손을 호주머니에서 꺼내고 추켜올린 어깨를 내렸다. 욕설을 내뱉으면서 커다란 유리잔을 들어 스타톱의 머리에 던지려 했다. 그러나 높이 치켜든 그 손을 이 집 주인이 잽싸게 붙잡았다.

"여러분." 재거스 씨가 천천히 유리잔을 내려놓고, 묵직한 시곗줄을 당겨 황금 리피터를 꺼내며 말했다. "대단히 죄송하지만 이제 아홉 시 반입니다."

이 말에 우리는 자리에서 일어났다. 우리가 거리에 나서기도 전에 스타톱은 아무 일도 없었던 것처럼 드러믈을 '오랜 친구'라고 불렀다. 그러나 정작 오랜 친구는 대꾸도 하지 않았으며, 해머스미스에 도착할 때까지 그와 같은 쪽 길을 걷지도 않았다. 허버트와 나는 시내로 남기로 하여, 두 사람이 건너편 길로 걸어가는 모습을 지켜보았다. 스타톱이 앞장서서 가고, 드러믈은 집들이 드리운 그림자에 파묻혀 그 뒤를 따라 걸었다. 보트를 저을 때와 똑같은 광경이었다.

현관문이 아직 잠기지 않았으므로 나는 허버트를 잠시 혼자 두고, 후견인에게 감사 인사를 하려고 계단을 뛰어 올라갔다. 그는 부츠가 잔뜩 놓여 있는 옷방에서, 한시라도 빨리 우리와 관계를 끊기 위해 손을 북북 문질러 닦고 있었다.

나는 불미스러운 사건이 벌어져 죄송하며, 부디 용서해 달라고 말하려 올라왔다고 말했다.

"뭘 그까짓 일로!" 그가 얼굴에 물을 끼얹고 물방울을 뚝뚝 떨어뜨리며 대답했다. "난 아무렇지도 않네, 핍. 그래도 그 거미 같은 녀석이 맘에 들어."

그는 내 쪽으로 고개를 돌리면서 수건으로 얼굴을 닦았다.

"그가 맘에 드신다니 다행이에요. 하지만 전 그가 싫어요."

"그야 그렇겠지. 그와는 그다지 친하게 지내지 말게. 될 수 있는 대로 피하란 말일세. 하지만 난 그가 마음이 드네, 핍. 그는 진짜배기야. 만약 내가 점쟁이였다면……."

수건 너머로 그의 눈과 내 눈이 마주쳤다.

"하지만 나는 점쟁이가 아니지." 그는 머리를 기다란 수건 속에 파묻고 귀 언저리까지 북북 문질렀다. "내가 무슨 일을 하는지는 자네도 알겠지. 그럼 잘 가게, 핍."

"안녕히 주무세요."

그로부터 한 달쯤 지나 포켓 씨 댁에서 거미의 수업이 끝나자 그는 집으로 돌아갔다. 포켓 부인 말고는 집안사람 모두가 깊은 안도의 한숨을 쉬었다.

제27장

"친애하는 핍,

　가저리 씨 부탁을 받고 이 편지를 씁니다. 조만간 웹슬 씨와 함께 런던으로 갈 예정인데, 당신을 만날 수 있으면 좋겠다고 하십니다. 화요일 아침 9시에 바너드 호텔로 당신을 찾아가려고 하는데, 사정이 여의치 않으면 메모를 남겨주세요. 당신의 가엾은 누나는 아직도 당신이 이곳을 떠날 때와 같은 상태랍니다. 우린 매일 저녁식사를 하면서, 당신은 지금 뭘 할까, 무슨 대화를 나눌까, 그런 것들을 궁금해합니다. 쓸데없는 걸 궁금해한다고 생각한다면, 부디 옛정을 생각해서 용서해주기 바란다고 하십니다. 오늘은 급한 용건만 쓰기로 하고, 이만.

언제나 너에게 충실하고 너를 사랑하는
비디

　추신. 가저리 씨는 '엄청나게 즐거울 거다!' 이렇게 쓰라고 부탁하셨습니다. 그렇게 쓰면 알아들을 거라고. 당신은 이제 신사가 되었겠지만, 그분과 기쁘게 만나 주었으면 좋겠어요. 또 그러리라 믿습니다. 당신은 따뜻한 마음씨를 가졌고, 그분은 아주 아주 훌륭한 분이니까요. 나는 마지막 문장만 빼고 가저리 씨에게 이 편지를 읽어 드렸습니다. 다시 한 번 '엄청나게 즐거울 거다!' 이 말도 쓰라고 하시니까 그 명령에 따라야겠습니다."

　나는 이 편지를 월요일 아침에 받았다. 조는 바로 그다음 날 오기로 되어 있었다. 내가 어떤 마음으로 그를 기다렸는지 솔직하게 고백하겠다.

　그에게 여러 가지 신세를 많이 졌지만 나는 그를 만나는 게 기쁘지 않았다. 꽤 심한 동요와 얼마간의 굴욕감과 더불어, 조는 내 신분과 어울리지 않는 존재라고 뼈저리게 느꼈다. 돈을 주어서라도 그를 못 오게 할 수 있다면 기꺼이 그리 했을 것이다. 그가 해머스미스가 아니라 바너드 여관으로 온다는 사실이 그나마 다행이었다. 어쩌다 벤틀리 드러믈하고 마주치기라도 한다면 큰일이었기 때문이다. 허버트나 포켓 씨라면 나는 그들을 존경하니까 괜찮다. 그러나 경멸스러운 드러믈이 조와 만나는 것은 참을 수가 없었다. 이렇듯, 우리가 인생에서 가장 어리석고도 비열한 행위를 하는 것은 우리가 가장 경멸하는 사람 때문이다.

　나는 내 방을 늘 쓸데없고 어울리지 않는 물건들로 꾸며놓았다. 바너드 여관과 벌인 싸움에서 아주 비싼 값을 치른 셈이었다. 그 무렵 내 방은 처음 상태와는 완전히 달라져 있었다. 나는 가까운 실내장식업자의 장부에서 두드러지는 위치를 차지하는 영광을 얻게 되었다. 요즘에는 씀씀이가 무척 헤퍼져서 심지어는 부츠(엄밀히 말하면 톱 부츠[1]) 신은 하인을 부리기까지 했는데, 오히려 이 하인에게 얽매이는 나날을 보내고 있었다 해도 지나치지 않다. 이 괴물(내 옷을 세탁하는 세탁부 집안의 인간쓰레기)을 고용하고 푸른 외투에 노란색 조끼, 하얀 넥타이, 크림색 바지 그리고 앞서 말한 부츠를 신기고 보니, 일은 조금밖에 하지 않았는데도 먹을 것은 잔뜩 주어야 했다. 그는 이 무시무시한 두 가지 요구 사항을 가지고 내게 딱 달라붙어 떨어지지 않았다.

　나는 이 '원수 같은 유령'에게 화요일 아침 8시 현관을 지키고 있다가 손님을 맞으라고 명령했다(바닥에 깔 양탄자를 주문하다가 안 사실인데, 이곳 현관은 너비가 2피트밖에 되지 않았다). 허버트는 조가 좋아할 만한 몇 가지 요리를 아침으로 준비하는 게 좋겠다고 말해 주었다. 나는 그렇게까지 관심을 써 주는 그가 진심으로 고마웠다. 그러나 만약 조가 허버트를 만나러 오는 거라면 그가 그렇게까지 적극적인 태도를 보였을까 하는 적잖이 묘한 의문이 들었다.

　어쨌든 나는 조를 맞이하기 위해 월요일 밤 여관으로 갔다. 이튿날 아침 일찍 일어나서, 거실과 식탁이 아주 호화롭게 보이도록 정리했다. 불행하게도 아침부터 가랑비가 흩뿌렸다. 바너드의 영혼은 몸집만 커다란 울보 굴뚝청소부처럼 창밖에서 검댕 섞인 시커먼 눈물을 흘리고 있었다. 제아무리 천사라도 그

---

[1] 승마·사냥용 부츠로, 보통 위쪽에 재질이 다른 밝은 색깔 가죽을 사용함.

추한 모습은 다 감출 수 없었으리라.

약속 시각이 다가오자 나는 어디론가 도망가고 싶어졌지만, '원수 같은 유령'이 명령에 따라 현관을 지키고 있어 그럴 수가 없었다. 이윽고 조가 계단을 올라오는 소리가 들렸다. 어색한 발소리와—그의 외출용 부츠는 발에 너무 컸던 것이다—올라오면서 다른 층에 쓰여 있는 방주인들 이름을 읽는 데 걸리는 시간이 긴 것으로 보아 조임을 알 수 있었다. 겨우 그가 내 방문 앞에 섰을 때, 그의 손가락이 이름표에 페인트로 쓰인 내 이름을 더듬어보는 소리가 들렸다. 이어서 그가 열쇠 구멍으로 안을 들여다보느라 씩씩대는 숨소리를 똑똑히 들을 수가 있었다. 마침내 그가 문을 들릴락 말락 두드렸다. 페퍼—이 '원수 같은 유령'은 내 체면에 먹칠하는 이름을 가지고 있었다[2]—가 목청껏 알렸다. "가저리 씨가 오셨습니다!" 그러나 조는 언제까지고 깔개에 부츠 바닥을 닦는 모양이었다. 차라리 나가서 그의 발밑에서 깔개를 빼 버릴까 생각하던 차에 드디어 그가 방 안으로 들어왔다.

"조, 잘 지냈어?"

"핍, 너야말로 잘 있었니?"

그는 정직하고 선한 얼굴에 활짝 미소를 지으며 모자를 마룻바닥에 내려놓더니 내 두 손을 잡았다. 그리고 내 손이 특허를 받은 펌프라도 되는 듯 똑바로 위아래로 흔들었다.

"만나서 반가워, 조. 모자 이리 줘."

그러나 조는 모자를 알이 들어 있는 새 둥지라도 다루듯이 두 손으로 조심스럽게 집어들고는 그걸 손에서 놓으려 하지 않았다. 그리고 매우 거북해 보이는 자세로 우두커니 서서 모자 너머로 말했다.

"많이 컸구나. 살도 좀 붙고, 양갓집 신사가 되었어." 그러고는 조금 생각하더니 이렇게 덧붙였다. "국가와 국왕 폐하에게 명예로운 존재가 된 것 같다."

"조도 참 건강해 보이네."

"하느님의 은총 덕에 별 탈 없이 지냈지. 네 누나는 아직 여전하다. 비디는 언제나 빠릿빠릿하고. 다른 사람들도 좋지도 나쁘지도 않게 지내지. 웹슬 씨만

---

2) 페퍼에는 "벌하다"는 뜻이 있다. 하인 다루는 법을 모르는 핍은 자신이 그에게 벌을 받는 중이라고 생각했으며, 그 추한 꼴이 남에게 알려지는 것이 싫었던 것.

빼고. 그는 타락했어.”

그러는 동안 조는 (여전히 두 손으로 새 둥지를 소중히 받들고서) 눈을 돌려 가며 이리저리 실내를 살펴보고, 내 실내복 꽃무늬를 위아래로 훑어보았다.

“타락이라니?”

“실은,” 조가 목소리를 낮추었다. “교회를 떠나더니 배우가 됐어. 그 연극 때문에 나도 그를 따라 런던에 온 거란다. 그리고,” 조는 새 둥지처럼 안고 있던 모자에서 오른손으로 알을 꺼내듯이 뭔가를 조심스럽게 꺼냈다. “폐가 안 된다면 이것을 너에게 전해줬으면 하더구나.”

그렇게 말하며 조가 내게 내민 것은 꾸깃꾸깃해진 전단이었다. 런던의 한 소극장 선전물이었는데 다음과 같이 “로스키우스[3] 뺨치는 신인 배우! 지방에서 연기로 소문난 그가 마침내 이번 주 런던에 첫 등장! 우리나라의 국민적 극작가가 쓴 최고의 걸작 비극[4]에서 보여 드리는 그의 명연기, 지방 극장에 일대 돌풍을 일으키다!” 커다랗게 쓰여 있었다.

“조, 웹슬 씨 공연을 구경해봤어?”

“그럼, 봤지.” 조가 엄숙한 표정으로 힘주어 대답했다.

“정말로 대단했어?”

“그럼. 엄청나게 많은 오렌지 껍질이 웹슬 씨에게 날아들었지. 특히 그가 유령을 봤을 때는 대단했었어. 하지만, 글쎄, 한창 유령과 대화를 나누는데 관객들이 계속 ‘아멘!’ 하고 끼어들면 제대로 연기를 할 수 없잖겠니? 그가 불행하게도 교회에서 일했던 건 그런 이유에서였는지도 모르지.” 조는 이 대목에서 심오한 논의를 전개하려고 목소리를 낮추어 말했다. “그렇다고 해서 그런 때에 그의 주의를 흩뜨리는 건 너무 심한 짓이야. 요컨대, 자기 아버지 유령이 나오는 장면이었으니 누구든 거기에 집중해야 하는 게 맞았어. 더 난처했던 것은 그의 상복용 모자가 너무 작아서 아무리 머리 위에 얹어 놓으려 애써도 소용없었다는 거야. 검은 깃털의 무게 때문에 모자가 자꾸만 벗겨졌거든.”

이때 조의 얼굴에서 유령을 본 듯한 표정을 보고 나는 허버트가 방에 들어온 것을 알았다. 나는 조를 허버트에게 소개했다. 허버트가 악수하려고 손

---

3) 고대 로마의 유명한 희극 배우.
4) 《햄릿》을 가리킴.

을 내밀었지만, 조는 뒷걸음질쳤다. 손으로는 모자를 단단히 부여잡고 놓지 않았다.

"잘 부탁합니다. 당신과 핍이⋯⋯" 이때 조가 식탁 위에 토스트를 올려놓고 있는 '원수 같은 유령'을 바라봤다. 그가 이 녀석까지 우리의 친구로 생각하는 기색이 역력했으므로 나는 얼굴을 찌푸려 아니라고 알렸다. 조는 더욱 혼란스러워했다. "요컨대, 당신들 두 신사가 이 갑갑한 곳에서 건강히 지내신다면 좋겠는데 말이지요. 이곳이 런던에서는 가장 좋은 여관일지도 모르지만." 조가 은밀한 목소리로 말했다. "저는 여기 이렇게 서 있는 게 좋습니다. 제가 주인이라면 이런 깔끔한 집에 돼지처럼 지저분한 사람은 들이지 않을 겁니다. 토실토실하게 키워서 맛있게 요리해 먹으려면 몰라도 말이지요."

조는 우리가 사는 집에 대해 이런 칭찬을 하고 이따금 나를 '나리'라고 부른 뒤, 식탁에 앉으라는 말을 듣자 모자를 놓기에 적당한 곳을 찾느라 방 안을 둘러보았다. 그 모자는 자연계에 존재하는 지극히 한정된 물질 위에만 놓아야 한다는 법칙이라도 있는 듯한 태도였다. 그러더니 마침내 벽난로 위 선반 끄트머리에 아슬아슬하게 올려놓았다. 그 뒤 모자는 그곳에서 몇 차례나 더 떨어졌다.

"가저리 씨, 홍차를 드릴까요, 커피를 드릴까요?" 늘 아침식사를 책임지는 허버트가 물었다.

"고맙습니다." 조가 온몸을 긴장시키며 대답했다. "선생님께서 좋으신 걸로 주십시오."

"그럼 커피를 드릴까요?

"고맙습니다." 조는 그 말에 실망한 기색이 또렷했다. "선생님께서 친절하게도 커피를 선택해 주셨으니 반대할 마음은 전혀 없습니다만, 저, 커피는 조금 쓰지 않겠습니까?"

"그럼 홍차를 드리죠." 허버트는 그렇게 말하고 차를 따랐다.

이때 조의 모자가 벽난로 선반에서 떨어졌다. 조는 의자에서 벌떡 일어나더니 모자를 주워 아까와 똑같은 자리에 올려놓았다. 조금 뒤 모자가 예의범절에 알맞기라도 한다는 듯이 다시 떨어졌다.

"언제 런던에 오셨나요, 가저리 씨?"

"어제 오후였던가요?" 이곳에 온 뒤 백일해에 걸린 사람처럼 조는 입을 손으로 가리고 계속 기침을 해댔다. "아니, 아니군요. 아, 그래요. 옳거니. 어제 오후였습니다." (이 대답에는 안심과 현명함과 엄격한 공정함이 뒤섞여 있는 듯했다.)

"런던 구경은 좀 하셨나요?"

"그럼요, 나리. 웹슬과 함께 곧장 구두약 창고를 구경하러 갔어요. 하지만 가게 문에 붙은 빨간 전단에 그려져 있는 그림하고는 전혀 딴판으로 보이던걸요. 요컨대애……." 조는 설명을 덧붙였다. "전단에 훨씬 멋진 거어어언물로 그려져 있었다는 거죠."

그때 아무 일도 일어나지 않았더라면 조는 어떤 건물을 묘사하려 한 듯한 이 말을 노래라도 부르듯이 길게 늘였을 것이다. 그런데 그때 다행스럽게도 모자가 떨어지려 했기에 조는 그쪽에 신경을 빼앗겼다. 정말이지 그 모자는 끊임없이 조의 관심과, 크리켓 위켓 키퍼[5] 수준의 재빠른 눈길과 손동작을 필요로 했다. 조는 놀라운 운동신경과 비상한 재주를 선보였다. 쏜살같이 달려나가 모자가 바닥에 떨어지기 전에 받아내는가 하면, 떨어지기 직전에 툭 쳐올리며 모자와 놀았다. 제자리에 올려놓기 전에 방 이곳저곳이며 문양이 들어간 벽지 여기저기에 부딪히면서 가지고 놀더니 마침내 차 찌꺼기 담는 그릇 안에 집어넣었다. 나는 더는 참지 못하고 손으로 저지시켰다.

그의 셔츠와 외투의 깃은 생각할수록 이상하고 풀 수 없는 수수께끼였다. 왜 그는 자기 몸에 찰과상을 입는 험한 과정을 거치지 않고는 정장을 입었다고 생각하지 못하는 걸까? 왜 그는 일요일이면 꼭 그런 정장차림으로 교회에 가서 영혼을 깨끗이 해야 한다고 생각하는 것일까? 더욱 가관인 것은 조가 포크를 입과 요리 사이에 두고서 느닷없이 알 수 없는 명상에 잠긴 것이었다. 눈을 허공에 고정한 채 심한 기침에 괴로워하면서, 식탁에서 멀리 떨어져 앉은 탓에 입안으로 들어가는 것보다 더 많은 음식을 줄줄 흘렸으므로(흘리지 않은 척했지만), 허버트가 시티로 일하러 나가고 단둘만 남자 나는 진심으로 기뻤다.

이 모든 것이 내 잘못이 없다. 내가 조를 더 편하게 대했더라면 조도 편하게 행동했을 것이다. 하지만 그때는 그것을 깨달을 만한 분별력도 너그러움도 내

5) 크리켓에서 위켓을 수비하는 선수. 야구의 포수와 같은 역할.

게 없었다. 그런 상태의 내 머리에 그는 훨훨 타는 숯을 올려놓았다.[6]

"우리 둘만 남았으니 말입니다, 나리." 조가 입을 뗐다.

"조." 내가 발끈해서 그의 말을 막았다. "왜 자꾸 나를 나리라고 부르는 거야?"

조는 잠시 가볍게 비난하는 눈빛으로 나를 바라보았다. 넥타이도 깃도 우스꽝스러웠지만, 그의 표정에서는 위엄이 느껴졌다.

"이제 우리 둘뿐이고, 또 더 머물고 싶은 마음도 여유도 없으니, 마지막으로, 아니 먼저 어째서 이곳에 오게 되었는지 말하겠다." 그는 예전처럼 알아듣기 쉬운 설명 방식으로 돌아왔다. "나는 말이다, 그저 네게 도움을 주고 싶었기 때문에 이렇게 신사의 집에서 함께 식사하는 영광을 얻은 것입니다."

나는 그의 표정을 다시 보는 게 두려워 그 말투에 이의를 제기하지 않았다.

"즉 이런 거지요. 어느 밤 쾌활한 세 뱃사공에 있는데, 핍." 그는 나에 대한 애정이 앞설 때는 핍이라고, 예의를 차리고 싶어지면 나리라고 불렀다. "펌블추크가 마차를 타고 왔지. 그래, 그 사람은," 여기서 이야기가 옆길로 샜다. "가끔 내 신경을 몹시 건드린단다. 읍내 사방팔방에다가 자기가 네 어렸을 적 친구였으며, 네가 자기를 놀이 친구로 생각했었다고 떠들고 다니거든."

"기가 막혀. 그건 조잖아."

"나도 그렇게 생각한다, 핍." 조는 머리를 조금 젖히고서 말했다. "하지만 이 이야기는 이제부터 할 이야기와는 관계가 없어요. 아무튼, 핍, 이 뽐내기 좋아하는 펌블추크가 쾌활한 세 뱃사공에서—아아, 맥주와 파이프 담배는 딱 좋은 자극제여서 노동자에게는 최고의 기분전환이 되어주지요—나한테 와서 이러는 거야. '조제프, 미스 해비샴이 네게 할 말이 있다더구나.'"

"미스 해비샴이요?"

"'미스 해비샴이 할 말이 있다'고 펌블추크가 그러던걸." 조는 앉은 채로 천장을 둘러보았다.

"그래서, 조? 계속해 봐."

"다음 날," 그는 내가 멀리 있기라도 한 것처럼 실눈을 뜨고서 말했다. "몸을

---

[6] 잠언 25장 22절. "그리하는 것은 핀 숯을 그의 머리에 놓는 것과 일반이요 여호와께서 네게 갚아 주시리라." 악을 선으로 갚아 상대방에게 수치를 느끼게 한다는 뜻.

깨끗이 씻은 뒤에 미스 A를 만나러 갔지."

"미스 A? 미스 해비샴 말이야?"

조는 유언장이라도 작성하듯 법률적인 격식을 갖춰 대답했다. "그랬더니 미스 A, 그러니까 미스 해비샴을 가리킨다. 그분은 '가저리 씨, 핍에게서 편지가 왔나요?' 물었다. 나는 네게서 편지를 받았었으므로, '네, 그렇습니다.' 대답했다(네 누나랑 결혼했을 때는 '네, 그렇게 하겠습니다.' 대답했었다.[7] 네 친구에게 대답할 때는 '네, 그렇습니다'라고 말했단다, 핍). '그럼 그 애에게 에스텔라가 돌아왔는데 만나고 싶어 한다고 전해 주겠어요?'라고 미스 해비샴이 말씀하셨단다."

나는 조를 바라보며 내 얼굴이 화끈 달아오르는 걸 느꼈다. 그 화끈거림의 이유 중 하나는, 조가 이 일 때문에 온 것을 알았더라면 그를 더 친절하게 맞이했을 거라는 자책 때문이었다.

"집에 돌아와 비디에게 네 앞으로 편지를 써 달라고 부탁했지. 그런데 비디가 잠시 생각하더니 '분명히 핍은 직접 전해 듣는 걸 좋아할 거예요. 마침 지금은 휴가철이고 아저씨도 핍이 보고 싶을 테니까 직접 가 보세요!' 하지 않겠니. 이제 할 말은 다 했습니다." 조는 의자에서 몸을 일으켰다. "핍, 늘 건강하고 더욱 더 훌륭한 사람이 되어라."

"지금 갈 생각은 아니겠지?"

"아니, 지금 갈 거야."

"하지만 저녁식사를 하러 돌아오겠지?"

"아니."

우리의 시선이 마주치고 조가 손을 내밀었을 때는 그의 굳은 마음속에서 '나리'라는 단어가 완전히 사라져 있었다.

"핍, 인생이란, 수많은 부분이 용접되어 붙어가는 것과 같단다. 대장장이, 양철공, 금세공사, 구리세공사. 그런 구분은 어쩔 수 없이 생기는 거고, 그렇게 되면 받아들여야 해. 오늘 우리 만남에서 잘못된 게 있다면 그건 모두 내 탓이다. 나와 너는 런던에 함께 있을 수 있는 신분이 아니야. 하지만 우리가 사적으로 누구보다 서로를 잘 이해해주는 오랜 친구라는 사실은 언제나 변함이 없을

---

7) '이 사람을 아내로 맞이하겠는가'라는 교회의 물음에 대한 대답.

거야. 괜히 잘난 척하는 게 아니라 그저 당당하고 싶을 뿐이야. 이제 이런 옷을 입은 나를 볼 일은 두 번 다시 없을 것이다. 하지만 나는 이 옷이 어색해. 대장간이나 부엌, 늪을 벗어나는 것 자체가 내게는 안 어울리거든. 그래도 낫지. 나를 만나고 싶으면 언제든 대장간으로 와서 창문을 들여다봐라. 대장장이 조가 오래된 새카맣게 탄 앞치마를 두르고 낡은 모루에서 오랫동안 해오던 일하는 모습을 본다면 조금은 당당한 나를 보게 될 테니. 나는 머리가 무척 나쁘지만 뭐 어쨌든 이 정도면 하고 싶었던 말은 다 한 것 같구나. 그럼 핍, 신의 은총이 함께하길 바랄게. 잘 있어!"

조에게는 소박한 위엄이 있었다. 내 느낌은 틀리지 않았다. 그가 이런 말을 했을 때, 그의 우스꽝스러운 옷차림조차 그 위엄을 조금도 손상시키지 않았다. 천국에서 그러하듯이. 그는 부드럽게 내 이마에 입을 맞추고 밖으로 나갔다. 나는 정신을 차리자마자 조의 뒤를 뒤쫓아가 주위를 둘러보았지만, 그의 모습은 이미 보이지 않았다.

제28장

다음 날 반드시 고향으로 돌아가야 하는 건 분명했다. 뉘우치는 마음이 새록새록 넘쳐나는 한, 조의 집에서 자야 한다는 것도 분명했다. 그러나 이튿날 마차의 옆자리를 예약하고, 포켓 씨 집으로 갔다가 다시 런던으로 돌아왔을 때까지도 조의 집에서 자야 한다는 것에 대해 확신이 서지 않았다. 그리고 푸른 멧돼지에서 묵을 핑곗거리를 떠올리기 시작했다. 조의 집에서 묵으면 불편할 것이며, 내가 갈 줄은 미처 몰랐을 테니 침대도 준비되어 있지 않을 것이며, 미스 해비셤네 집에서 너무 먼 데다 엄한 요구를 하는 사람이니만큼 그것이 분명히 그녀 마음에 들지 않을 것이다. 이 세상의 어떤 사기꾼도 자신을 속이는 사기꾼에게 비하면 아무것도 아니다. 나는 이러한 구실을 만들어 나 자신을 속였다. 확실히 이상한 일이다. 이를테면 내가 누군가가 위조한 반 크라운짜리 주화를 모르고 쓰는 것은 있을 수 있는 일이다. 그러나 나 자신이 위조한 것이면서도 진짜 주화라고 생각하다니! 친절해 보이는 낯선 사람이 조그맣게 접어서 다니는 편이 안전하다며 내 지폐를 작게 접은 다음 그 대신 내게 견과류 껍질을 내민다고 치자. 그러나 그런 속임수도 나 스스로 견과류 껍질을 접고서 그것을 나 자신에게 지폐라고 내미는 마술에 비하면 아무것도 아니다.

푸른 멧돼지에서 묵기로 정한 뒤, 이번에는 '원수 같은 영혼'을 데려가야 할지 말지 갈팡질팡했다. 푸른 멧돼지 뒷마당 마차용 아치 밑에서 그 돈벌레가 동네 사람들에게 부츠를 뽐내는 모습은 그럴듯해 보였다. 또 그를 무심코 양복점으로 데리고 가서 그곳의 무례한 소년을 당황케 하는 모습을 상상하자 엄숙하기까지 해서 신났다. 그러나 반대로, 트래브 씨네 소년이 '원수 같은 영혼'과 친해져서 그에게 쓸데없는 소리를 지껄일지도 모른다. 또는 그 종업원 녀석이 무모하고 아주 비열한 인간이니까 한길에서 '원수 같은 영혼'을 목청껏 조롱할지도 모른다. 내 은인도 그에 대한 소문을 들으면 탐탁지 않게 여길 것이었다.

결국, 여러모로 생각한 끝에 '원수 같은 영혼'은 런던에 두고 가기로 했다.

내가 예약한 마차는 오후에 출발했다. 어느덧 겨울이었으므로 목적지에 도착한 것은 해가 지고도 두세 시간이 지났을 무렵이었다. 크로스 키스 출발은 두 시였다. 나는 '원수 같은 영혼'을 거느리고 (애원하지 않는 한 결코 나를 따르는 법이 없었던 사람에게 이런 표현을 쓰는 것이 허용된다면) 마차 역에 15분 정도 일찍 도착했다.

그즈음엔 죄수를 부둣가로 이송할 때 역마차를 이용하는 것이 관례였다. 나는 죄수들이 마부 바로 뒤 바깥쪽에 탄다는 소문을 종종 들은 적이 있었다. 또 그들이 마차 지붕 위에서 쇠고랑 찬 발을 흔들거리는 모습을 길거리에서 여러 번 목격했었다. 따라서 마중 나와 준 허버트가 죄수 두 명이 나와 같은 마차를 타고 갈 거라는 소식을 전해주었을 때도 놀라지 않았다. 하지만 나에게는 '죄수'라는 단어를 들으면 나도 모르게 움찔할 만한 (이제는 먼 옛 일이지만) 이유가 있었다.

"괜찮지, 헨델?" 허버트가 말했다.

"그럼, 괜찮고말고!"

"기분이 좀 안 좋아 보여서 말이야."

"물론 좋다고는 할 수 없지. 너도 그렇잖아? 하지만 뭐, 신경은 안 써."

"저기 봐! 술집에서 나온다. 정말 불쾌하고 혐오스러운 모습이야!"

죄수들이 교도관에게 술을 대접한 모양이었다. 죄수 둘과 교도관, 이렇게 셋이서 손으로 입가를 훔치며 술집에서 나왔다. 두 죄수는 한쪽씩 수갑을 찼으며, 발에는 족쇄를 차고 있었다. 눈에 익은 족쇄였다. 그들이 입은 옷도 눈에 익었다. 교도관은 권총 멜빵을 차고 묵직한 손잡이가 달린 방망이를 겨드랑이에 끼고 있었다. 그러나 그는 죄수들과 친해 보였다. 죄수들은 아직 정식으로 공개되지 않은 흥미진진한 전시물이고 자신은 큐레이터라도 된 듯한 태도로, 그들과 나란히 서서 마차에 말이 매어지는 모습을 구경했다. 그 죄수 중 한쪽은 다른 죄수보다 키도 크고 건장했지만, 자유세계와 죄수세계 어느 쪽에도 알 수 없는 법칙에 따라 더 작은 옷을 배당받아 입고 있었다. 그의 팔다리는 인형 모양으로 만든 커다란 재봉용 바늘꽂이를 연상시켰는데, 그 옷 때문에 더 우스꽝스럽게 보였다. 그러나 나는 반쯤 감긴 그의 눈을 단번에 알아보았다. 어느 토요일 밤 쾌활한 세 뱃사공에서 나무의자에 앉아, 보이지 않는 총으로 나를 쏘았던 바로 그 사나이였다!

사나이는 나를 알아보지 못하는 게 확실했다. 그가 멀리서 나를 바라보는데, 그 눈은 내 시곗줄의 가치를 감정하고 있었다. 그러고는 곧 내게서 신경을 끄고 침을 뱉으면서 동료에게 무슨 말을 건넸다. 그들은 웃고, 둘이 함께 찬 수갑을 쩔렁쩔렁 울리면서 방향을 홱 틀어 다른 곳을 바라보았다. 등에 쓰여 있는 커다란 죄수번호 때문에 그들은 현관문처럼 보였고, 볼품없고 조잡하며 흉한 몰골은 하등동물을 연상시켰다. 발에 찬 쇠고랑에는 형식상 손수건이 화환처럼 묶여 있었다. 구경꾼들은 하나같이 그들에게서 멀리 피하려고 했다. 이렇게 (허버트가 말했듯이) 그들은 몹시 불쾌하고 혐오스러운 광경을 연출하고 있었다.

하지만 이것이 최악은 아니었다. 마차 뒷자리는 모두 런던에서 이사 가는 가족이 차지했으므로 두 죄수와 교도관이 앉을 자리는 마부 바로 뒤에 있는 앞 칸뿐이었다. 그러자 앞 칸에서 네 번째 자리에 앉아 있던 화 잘 내는 신사가 격렬하게 항의했다. 이런 악당들과 함께 여행시키는 것은 계약 위반이며, 불쾌하고 악질적이며 꺼림칙하고 수치스러운(이 밖에도 많은 형용사가 튀어나왔다) 일이라고 떠들어댔다. 이때 마차는 떠날 준비가 되어 있었고, 마부는 빨리 출발하고 싶어 안달했다. 우리 승객들이 올라타려 하자 죄수에게 늘 따라다니는 습포와 두꺼운 모직물과 밧줄 섬유와 연마석 냄새를 풍기는 문제의 두 사람이 교도관과 함께 다가왔다.

"그렇게 나쁘게만 생각하지 마십시오." 교도관이 화가 난 승객에게 말했다. "제가 나리 옆에 앉지요. 이놈들은 맨 바깥쪽에 앉히겠습니다. 나리를 귀찮게 굴지 못하도록 할게요. 이놈들은 없는 셈 치십시오."

"나한테 화내지 마시오." 내가 아는 죄수가 말했다. "나도 가고 싶어 가는 게 아니니까. 난 마차에서 내리라면 기꺼이 그렇게 하고 싶소. 누가 나 대신 타도 상관없다고."

"나도 그렇소." 또 다른 죄수가 퉁명스럽게 말했다. "내 마음대로 하게 내버려 뒀더라면 당신들한테 피해 끼칠 일도 없었을 거요."

그들은 함께 웃고 호두를 까기 시작하더니 껍데기를 사방에 뿌렸다. 내가 그들 처지에서 이렇게까지 모두에게 경멸당한다면 나도 분명히 그런 식으로 행동했을 거라고 생각한다.

마침내 모두들 화난 신사가 참는 수밖에 없다는 결론을 내렸다. 그 자리에서 마차를 타고 가든지 내리든지 하는 수밖에 없게 된 그는 투덜거리면서 자리에 앉았다. 교도관이 그 옆에 앉고, 죄수들은 되도록 바싹 붙어앉았다. 내가 아는 죄수는 내 바로 뒤에 앉았는데 그의 입김이 내 목덜미에 와 닿았다.

"헨델, 잘 가!" 마차가 움직이자 허버트가 크게 소리쳤다. 이때만큼은 그가 나를 핍이 아닌 다른 이름으로 불러준 것이 얼마나 다행인지 몰랐다.

죄수의 숨결이 목덜미뿐 아니라 등골 전체에 와 닿는 것을 내가 얼마나 민감하게 느꼈던지 말로는 이루 다 표현할 길이 없다. 얼얼하고 격렬한 산(酸)이 골수에 스며드는 것 같은 그 감각은 몹시 불쾌했다. 그는 옆에 앉은 죄수보다 더 요란하게 많은 숨을 내뱉는 것 같았다. 그를 피하려고 점점 몸을 움츠리던 나는 묘하게 한쪽 어깨만 올라가는 걸 느꼈다.

날씨는 지독히 추웠고, 두 죄수가 차가운 공기에 저주를 퍼부었다. 얼마 안 가서 승객들은 기력을 잃었다. 하프웨이 하우스를 지날 때에는 모두 졸거나 추위에 떠느라 말이 없었다. 나는 헤어지기 전에 이 사나이에게 2파운드를 돌려주어야 할지 말지, 또 그러려면 어떻게 하는 것이 가장 나은 방법인지 생각하면서 깜박 잠이 들었다. 그러다가 말들 사이로 헤엄치는 자세로 고꾸라졌을 때 화들짝 놀라 깨어나 다시 그 문제를 생각했다.

그러나 생각보다 오래 잠이 들었던 모양이었다. 밤은 어둡고 마차 불빛이 이따금 주위를 비출 따름이었으므로 아무것도 보이지 않았지만, 불어오는 차갑고 축축한 바람으로 보아 늪지대에 접어들었음을 알 수 있었다. 죄수들은 몸을 따뜻하게 하려고 잔뜩 웅크리고서, 나를 바람막이로 삼으려고 내 쪽으로 더 가까이 붙었다. 내가 잠에서 깨어 처음으로 들은 그들의 대화는 그야말로 내 마음속에 있던 바로 그 "1파운드짜리 지폐가 두 장"이라는 말이었다.

"놈은 그걸 어떻게 얻었대?" 내가 모르는 죄수가 물었다.

"내가 어떻게 알아? 어디에 감춰 뒀었나 보지. 친구놈들에게 받은 건지도 모르고."

"아, 나한테도 있으면 좋겠네." 이렇게 말하며 사나이는 추위를 저주했다.

"1파운드짜리 지폐 말이냐, 친구들 말이냐?"

"지폐 말이다. 1파운드짜리 지폐가 한 장이라도 생긴다면 친구놈들은 모두 배신할 수 있어. 그래도 이득이거든. 그래서 놈이 뭐라던?"

"그가 말했어." 내가 아는 죄수가 대답했다. "부둣가 나뭇더미 뒤에서 아주 짧은 순간에 결정되었지. '자네, 곧 석방되지?' 묻길래 그렇다고 대답했더니 '먹을 것을 가져다주고 비밀을 지켜 준 소년을 찾아서 이 1파운드짜리 지폐 두 장을 주지 않겠나?' 하는 거야. 나는 그러겠다고 대답했지. 그리고 돈을 그 꼬마에게 제대로 전달했어."

"이런 머저리 같은 친구를 봤나." 동료가 화난 듯이 말했다. "나라면 그 돈으로 음식과 술을 샀을 거다. 아무튼, 그놈은 풋내기였던 게 틀림없어. 너랑 아는 사이가 아니었지?"

"전혀 모르는 사이였지. 작업반도 다르고 감옥선도 달랐으니까. 그는 탈옥했다가 다시 재판에 부쳐져 종신형을 받았어."

"그래, 이 고장에서 일을 한 건 그때뿐이었나?"

"그래."

"여긴 어떤 곳인가?"

"지독한 곳이지. 진흙 강둑에 안개에 늪에 일이니까. 일에 늪에 안개에 진흙 강둑이라고."

두 사람은 우리 마을을 심하게 저주하다가 이윽고 욕하기에도 지쳐 입을 다물었다.

나는 이 대화를 엿들은 뒤에 마차에서 내려 어두운 길 위에 홀로 쓸쓸히 서 있는 편을 택했어야 했다. 그러나 나는 사나이가 나를 알아보지 못한다는 확신이 들었다. 자연의 섭리에 따라 나는 키도 커졌고, 그때와는 전혀 다른 옷을 입었으며, 상황도 완전히 달랐으므로 아무런 단서도 없이 그가 갑자기 나를 떠올릴 일은 없었다. 그러나 우리가 같은 마차를 탔다는 우연의 일치가 생긴 이상, 또 다른 우연의 일치가 거듭되어 그가 내 이름을 듣고 핍이라는 이름과 나를 연결하지나 않을까 걱정이 되었다. 따라서 나는 마을에 도착하자마자 마차에서 내려 내 이름이 그의 귀에 들리지 않을 곳으로 가기로 결심했다. 그리고 이 계획을 성공적으로 실행에 옮겼다. 내 여행 가방은 발밑 짐칸에 있었다. 그 가

방을 꺼내려면 쇠고리를 돌리기만 하면 되었다.

나는 마을에 들어서기가 무섭게 가방을 내린 다음, 포장도로를 비추는 첫 번째 가로등 아래에 내려섰다. 죄수들은 마차를 타고 제 갈 길을 갔다. 나는 그들이 어느 지점에서 강을 건널지 알았다. 보트에 탄 죄수들이 진흙투성이 계단 가까이에서 그들을 기다리고는 "자, 가자!" 그러면서 개에게 명령이라도 하는 듯한 호통이 다시 들리고, 악당들만 타는 노아의 방주가 시커먼 바다에 떠 있는 광경이 다시 한 번 눈앞에 떠오르는 듯했다.

나는 내가 무엇을 두려워하는 건지 알 수 없었다. 그것은 확실치 않고 모호한 공포감이었기 때문이다. 그러나 압도적인 두려움을 느꼈던 것만은 틀림없다. 나는 호텔로 걸어가는 동안, 타인이 나를 기억하는 것에 고통스럽다거나 불쾌하다거나 하는 걱정 따위와는 비교도 안 되는 두려움 때문에 몸이 떨리는 것을 느꼈다. 지금 생각하면, 뚜렷한 형태가 없었던 그 공포는 어린 시절에 경험한 공포가 잠시 기억에 되살아난 것에 불과했다.

푸른 멧돼지의 커피룸은 텅 비어 있었다. 그곳에서 저녁식사를 주문할 때에 웨이터가 나를 알아보았다. 그는 자신의 좋지 않은 기억력을 사과하며, 펌블추크 씨에게 심부름꾼을 보내겠느냐고 물었다.

"아니요, 그만두세요." 나는 이렇게 대답했다.

웨이터는 놀라는 기색을 보이며 (내가 조의 제자가 되던 날, 행상인들의 불평을 전하러 올라온 사람이 바로 이 사나이였다) 곧 오래된 지저분한 지방 신문을 내 눈앞에 놓았다. 신문을 집어들자 이런 기사가 눈에 들어왔다.

우리 이웃인 젊은 대장장이의 최근 화려한 출세에 대해 궁금해하실 독자 여러분께 알려 드리겠습니다(이 경사야말로 우리 마을 주민이자 우리 평론의 필자인 시인, 아직 작가로서 널리 인정받지 못하고 있는 투비의 '마법의 펜'에 얼마나 좋은 주제가 될 것인가!). 그 청년의 어린 시절 후원자이자 동반자이며 친구는 우리 마을에서 절대적인 존경을 받으며 곡물업과 종묘상에 관계된 일을 하는 시민으로서, 번화가에서 1백 마일도 떨어지지 않은 곳에서 눈에 띄게 편리하고 널찍한 가게를 운영하고 있습니다. 우리 마을에서 한 젊은이에게 행운을 안겨준 장본인이 나왔다는 건 자랑스러운 일이기에, 우리가 그를 젊은

텔레마쿠스의 멘토[1]라고 부르는 건 우리의 사적인 감정과 무관하지 않을 겁니다. 미간에 사색의 주름을 짓는 우리 마을의 현인이나 아름다운 눈을 가진 우리 마을의 미녀가 누구의 행운을 말하는 건지 묻습니까? 지혜로운 독자 여러분께는 '퀸틴 마치스[2]는 저 옛날 앤트워프의 대장장이였다'라고 대답하면 충분할 것이다.

자만심이 하늘을 찌르던 그 무렵 내가 북극으로 여행을 갔다면 틀림없이 그곳 에스키모나 문명인이 휘적휘적 다가와 "펌블추크가 당신의 어린 시절 후원자로서, 당신에게 행운을 안겨다 준 장본인입니다"라고 큰소리쳤을 것이다. 지금까지의 경험으로 미루어 볼 때 나는 그렇게 확신한다.

---

1) 오디세우스가 그의 아들 텔레마쿠스의 교육을 맡긴 지도자의 이름.
2) 16세기 대장장이 출신의 플랑드르인 화가.

제29장

　나는 아침 일찍 일어나 밖으로 나갔다. 미스 해비샴을 방문하기에는 너무 이른 시간이었으므로, 그녀의 집이 있는 방향(조의 집과는 반대 방향. 그쪽은 다음 날 가기로 미루었다)으로 난 시골길을 어슬렁거리며 내 은인 미스 해비샴을 생각했다. 또한 그녀가 나를 위해 세워 놓았을 밝은 청사진을 그려보았다.

　미스 해비샴은 에스텔라를 양녀로 삼았고, 나도 양자로 삼은 거나 마찬가지였다. 따라서 우리 둘을 연결하려는 것이 그녀의 의도임이 분명했다. 황폐해진 집을 되살리고, 어두컴컴한 방에 햇빛을 들이고, 멈춘 시계를 다시 돌리고, 싸늘하게 식은 벽난로에 불을 지피고, 거미줄을 걷어 내고, 해충을 없애는 일을 그녀가 내게 맡긴 것이다. 요컨대 연애 소설에 나오는 젊은 기사가 온갖 빛나는 업적을 쌓고 공주님과 결혼하는 것이다. 미스 해비샴의 집을 지나가다가, 다시 한 번 자세히 보려고 걸음을 멈추었다. 타오르는 듯한 붉은 벽돌담, 꽉 닫힌 창문, 노인의 팔에 드러난 힘줄처럼 잔가지나 덩굴이 굴뚝까지 한데 엉킨 초록색 담쟁이덩굴. 이 모든 것이 내가 주인공인 풍요롭고 매력 있고 신비로운 이야기를 만들어냈다. 물론 에스텔라는 그 이야기를 낳은 핵심으로서 그 중심에 있었다. 그녀는 그만큼 나를 사로잡았고 내 환상과 희망은 그녀에게 단단히 이어져 있었으며 소년 시절의 내 성격과 인생에 그녀가 결정적인 영향을 주긴 했지만, 그 꿈꾸듯 낭만적인 아침에도 현실의 에스텔라가 아닌 환상을 보고 있던 것은 아니다. 이런 말을 여기서 하는 데에는 그럴 만한 이유가 있다. 이것이 내가 가련하게도 미궁으로 빠지게 된 실마리이기 때문이다. 내 경험으로 보건대, 사랑에 빠진 사람에게 기존의 사고방식이 반드시 들어맞지는 않는다. 아무런 거짓 없는 진실은 이렇다—어엿한 한 남자로서 에스텔라를 사랑했을 때조차 그녀에 대한 내 마음을 억제할 수 없었기 때문에 나는 그저 그녀를 사랑했다. 분명히 말해 두자. 슬프게도 나는 항상은 아니지만 그것을 자주 의식했다. 이성과는 달리 가망도 없고 마음의 평온도 되돌아보지 않으며, 희망을 버리고 행복도 얻지 못하는 온갖 부정적인 요소에도 그녀를 사랑했음을. 확실히 말해 두자. 거기까지 알고 있으면서도 그녀를 사랑하는 마음에는 변함이 없었다. 알았다고 해도 내 감정을 억제할 수는 없었다. 이를테면 그녀가 완벽한 사람이라고 진심으로 믿었다 해도, 그녀를 사랑하는 마음은 같았을 것이다.

나는 예전에 방문하곤 했던 그 시간에 맞춰 도착하도록 발걸음을 재촉했다. 떨리는 손으로 종을 울리고는 대문을 등지고 선 채, 숨을 고르며 두근거리는 가슴을 진정시키려고 애썼다. 이윽고 본채 옆문이 열리는 소리가 나더니 안마당을 가로질러 오는 발소리가 들렸다. 그러나 나는 대문이 열리고 녹슨 경첩이 삐걱거릴 때까지도 못 들은 체했다.

잠시 뒤 누가 내 어깨에 손을 짚었을 때에야 나는 깜짝 놀라는 척하며 돌아섰다. 그리고 수수한 회색 옷을 입은 사람의 얼굴을 보고 이번에는 진짜로 놀랐다. 미스 해비샴의 문지기로서는 전혀 예상치 못한 사람이었기 때문이다.

"올릭!"

"여어, 젊은 나리. 출세는 너만 한 게 아니라고. 뭐 어쨌든 들어와, 들어오라고. 대문을 열어 둔 채로 있지 말라고 미스 해비샴이 그러셨거든."

나는 안으로 들어갔다. 그는 대문을 닫아 잠그고 열쇠를 빼냈다. "그래! 내가 여기 있다!" 그렇게 말하면서 올릭은 단호한 걸음걸이로 나보다 두세 발짝 앞에서 저택으로 향했다.

"어떻게 이 집에 온 거야?"

"내 발로 왔지. 짐은 손수레로 옮겼고."

"계속 이곳에서 일할 생각이야?"

"내가 여기에 있다고 해로울 건 없겠죠, 젊은 나리."

그렇지만 나는 아무래도 수상쩍었다. 그가 천천히 눈을 들어 내 다리와 팔과 얼굴을 훑어보는 동안 나는 다음 질문을 생각했다.

"그럼 대장간은 그만둔 거야?"

"여기가 대장간으로 보여?" 올릭은 상처받았다는 듯이 주위를 한 바퀴 둘러보았다. "응? 여기가 그렇게 보여?"

나는 조 가저리 대장간을 그만둔 지 얼마나 되었느냐고 물었다.

"가만있자, 제대로 헤아려 봐야 알겠는걸. 여기서는 그날이 그날 같거든. 아무튼, 이곳에 온 건 네가 떠나고 얼마 안 돼서야."

"그건 굳이 듣지 않아도 알 수 있어, 올릭."

"아하!" 그가 쌀쌀맞게 대꾸했다. "그렇지, 참. 도련님은 배운 분이시지."

우리는 저택에 이르렀다. 그의 방은 옆문 바로 안쪽에 있었으며, 안마당을 향해 작은 창문이 나 있었다. 그 방은 작았지만, 파리에서 문지기에게 주는 방과 다르지 않았다. 벽에 열쇠가 주렁주렁 매달려 있었다. 올릭은 거기에 대문 열쇠를 걸어놓았다. 방 한쪽 구석에는 조각이불을 덮어놓은 그의 침대가 있었다. 전체적으로 꾀죄죄하고 답답하며 졸음이 오는 분위기가 감도는 그 방은 인간 겨울잠쥐[1]가 사는 우리 같은 인상을 주었다. 창문 옆 구석에 어둡고 묵직하게 서 있는 올릭은 이 방을 특별 주문한 인간 겨울잠쥐처럼 보였다. 아니, 그야말로 인간 겨울잠쥐였다.

"이 방에 들어온 건 처음인걸. 전에는 이 집에 문지기가 없었던 것 같은데." 내가 말했다.

"응, 없었어. 이 저택을 지켜줄 누군가가 필요하다는 생각이 들 때까지는 그런데 죄수들과 인간쓰레기들이 어슬렁대니까. 내게 이 저택의 문지기로 와달라는 권유를 했고, 나는 그 권유를 받아들였지. 그래서 이 일을 시작하게 된 거야. 풀무질이나 망치 휘두르는 일보다는 편하니까 말이야. 아, 거기에는 총알이 장전되어 있어."

내 눈길이 벽난로 위에 놓인 놋쇠 달린 총으로 향하는 것을 보고 그가 그렇게 말했다.

더 이상 대화를 계속하고 싶지 않았으므로 나는 "미스 해비샴을 만나러 가도 되겠지?" 물었다.

"글쎄, 난 몰라." 올릭은 기지개를 켜고 몸을 부르르 떨면서 대답했다. "내가 받은 명령은 여기까지야, 젊은 나리. 내가 이 망치로 종을 칠 테니, 너는 누군가와 마주칠 때까지 복도를 쭉 걸으면 돼."

"미스 해비샴은 내가 온다는 사실을 알고 있겠지?"

---

1) 겨울잠쥐는 동면 기간이 길어서 흔히 '잠보'를 가리키는 말로 쓰임.

"그런 건 더 모르지."

그 대답을 들은 뒤, 나는 촌스러운 부츠를 신고 처음 걸었던 그 기다란 복도를 따라 걸어가기 시작했다. 아직 종소리가 희미하게 울리는 가운데 복도 끝에 다다르니 그곳에 사라 포켓이 있었다. 그녀는 이제 나만 보면 체질적으로 새파랗게 질리고 누렇게 뜨는 것 같았다.

"어머나, 핍 씨, 당신이로군요?"

"네, 미스 포켓. 포켓 씨와 가족분들은 모두 안녕하십니다."

"이젠 좀 철이 들었던가요?" 미스 포켓은 우울한 얼굴로 고개를 저었다. "잘 지내기보다는 철이 들 필요가 있죠. 아아, 매슈, 매슈! 당신, 길은 잘 알죠?"

물론 알려주지 않아도 어둠 속에서 몇 번이고 계단을 올라가 본 적이 있어서 잘 알고 있었다. 나는 예전보다 훨씬 가벼운 부츠를 신고 계단을 올라가, 익숙하게 미스 해비샴의 방문을 두드렸다. "핍이 두드리는 소리군." 그녀의 목소리가 들렸다. "들어와라, 핍."

그녀는 예전의 그 탁자 가까이에 놓인 의자에 앉아, 예전의 그 드레스를 입고, 목발 위에 두 손을 포개어 그 위에 턱을 얹은 채 난롯불을 바라보고 있었다. 그녀 곁에는 한 번도 신은 적 없는 새하얀 구두를 들고 몸을 숙여 그것을 들여다보는 숙녀가 있었다. 한 번도 본 적 없는 우아한 숙녀였다.

"들어와라, 핍." 미스 해비샴은 돌아보거나 고개도 들지 않고 중얼거렸다. "들어와라, 핍. 잘 있었니, 핍? 흠, 그런 식으로 손에 입을 맞추다니, 날 여왕님 대접해 주는 거냐? ……그래서?"

그녀가 갑자기 얼굴을 들더니 눈만 치켜든 채 나를 쳐다보았다. 그러고는 불길한 농담처럼 같은 말을 되풀이했다.

"그래서?"

나는 조금 얼떨떨해서 말했다. "황송하게도 부인이 저를 만나고 싶어 하신다기에 바로 달려왔습니다."

"그래서?"

한 번도 본 적이 없는 숙녀가 눈을 들어 장난스럽게 나를 바라보았다. 그 순간 나는 그 눈이 에스텔라의 눈이라는 걸 알았다. 그러나 그녀는 너무 많이 변해 있었다. 전보다 훨씬 더 아름답고 훨씬 더 여성스러워졌으며, 다른 사람의 감탄을 자아낼 만큼 눈부시게 발전했다. 그에 비하면 나는 아무것도 나아진 게 없는 것 같았다. 그녀를 바라보면서 나는 내가 다시 절망적으로 천박하고 거친 소년으로 되돌아간 느낌이 들었다. 그때 감히 가까이 다가가기 어려웠던 그녀에게서 얼마나 큰 거리감과 불균형을 느꼈던가!

그녀가 내게 손을 내밀었다. 나는 다시 만나서 반가우며 오랫동안 이런 기회를 기다려 왔다고 더듬더듬 말했다.

"에스텔라가 많이 변했지, 핍?" 미스 해비샴이 탐욕스러운 표정으로 물으며, 지팡이로 그들 사이에 놓인 의자를 두드려 내게 거기에 앉으라고 지시했다.

"처음에는 얼굴이나 겉모습에서 예전의 에스텔라를 찾아볼 수 없었는데, 이제 자세히 보니 묘하게 옛날……."

"뭐라고? 옛날의 에스텔라가 떠오른다고 말하려는 건 아니겠지?" 미스 해비샴이 내 말을 가로막았다. "저 애는 예전에 도도하고 무례했었어. 그래서 너는 저 애에게서 달아나고 싶어 했지. 기억이 안 나니?"

나는 그건 오래전 일이라 잘 기억나지 않지만 그랬던 것 같다고 얼버무렸다. 에스텔라는 태연하게 미소를 짓고 있었다. 그리고 내 말이 옳으며, 자신은 아주 변덕스러웠다고 고백했다.

"핍은 많이 변했니?" 미스 해비샴이 에스텔라에게 물었다.

"네, 아주 많이요." 에스텔라가 나를 바라보며 대답했다.

"이젠 거칠고 천박해 보이지 않아?" 미스 해비샴이 장난스럽게 에스텔라의 머리카락을 만지작거리면서 말했다.

에스텔라는 웃었고, 손에 든 구두를 쳐다보다가 다시 웃고는 나를 바라보더니, 구두를 내려놓았다. 그녀는 여전히 나를 어린애 취급했다. 그럼에도 나는 여전히 그녀의 매력에 사로잡혔다.

우리는 그 몽환적인 방에, 일찍이 나에게 커다란 영향을 끼쳤던 그 신비로운 힘 안에 있었다. 에스텔라는 프랑스에서 돌아온 참이었으며 이제 런던으로 갈 거라고 했다. 그녀는 도도하고 제멋대로였지만, 그런 성질을 자신의 아름다움에 절묘하게 맺어 놓았다. 그것들을 따로 떼어 생각하는 것은 (적어도 내게는) 불가능하고 부자연스러운 일이었다. 소년 시절에 내 마음은 부와 고상함을 동경하는 어리석은 갈망으로 혼란스러웠다. 불쑥불쑥 솟아오르는 억누를 데 없는 야심 때문에 우리집과 조를 처음으로 부끄럽게 생각했다. 이글거리는 불꽃이나 쇠를 두드리는 모루에 떠오르는 그녀의 얼굴을, 깜깜한 어둠 속에서 그녀의 모습을 상상했다(그 얼굴은 대장간 나무창문으로 안을 들여다보고는 이내 사라지곤 했다). 한마디로, 그때나 지금이나 내 삶의 가장 깊숙한 곳에서 그녀를 떼어내기란 불가능했다.

그날은 계속 저택에서 보내고 밤에 호텔로 돌아갔다가 이튿날 런던으로 돌아가기로 했다. 잠시 대화를 나눈 뒤 미스 해비샴은 우리 둘에게 황량한 정원을 산책하라고 권했다. 그리고 돌아와서 옛날처럼 휠체어를 밀어 달라고 부탁했다.

나와 에스텔라는 본채 앞 정원으로 나왔다. 옛날에 바로 이 문으로 우연히 들어갔다가 창백한 어린 신사, 즉 지금의 허버트를 만났었다. 나는 마음이 덜덜 떨렸으며, 그녀의 치맛자락마저 존경스러워 보였다. 그러나 그녀는 매우 침착했으며, 내게 전혀 존경심을 못 느끼는 것 같았다. 허버트와 싸웠던 장소에 가까워지자 그녀가 걸음을 멈추고 말했다.

"그날 너희들이 여기서 싸울 때 숨어서 모두 지켜봤거든. 정말 재미있는 구경이었어."

"넌 내게 큰 선물을 주었지."

"내가?" 에스텔라는 그런 일 따위는 진작 잊어버렸다는 듯한 무심한 말투였다. "네 싸움 상대를 무척 싫어했던 기억은 나. 나는 그 애를 내 친구 삼아 데려온 게 싫었거든."

"그 애와 난 지금 친한 친구가 됐어."

"그래? 그러고 보니, 그 사람 아버지에게 배운다지?"

"응."

어쩐지 어린애 같은 인상을 주는 것 같아서 나는 마지못해 대답했다. 이미 그녀는 여러 번 나를 어린애 취급했다.

"네 운명과 미래가 달라지니까, 네 주변 사람들도 많이 달라졌구나."

"당연하지."

"그리고 당연히, 옛날에는 너한테 어울렸던 사람들이, 지금은 어울리지 않는 사람들이 됐겠지." 에스텔라가 거만한 투로 말했다.

내 양심 어딘가에 조를 만나러 가고 싶은 마음이 조금이라도 남아 있었다고는 생각지 않는다. 그러나 남아 있었다고 해도 에스텔라의 이 발언은 그 마음을 날려버리기에 충분했다.

"그때는 네게 그런 운명이 다가오고 있는 걸 전혀 몰랐니?" 에스텔라가 손을 살짝 움직여 "그때"란 싸움을 하던 때임을 나타냈다.

"전혀 없었어."

내 곁을 걷는 그녀의 성숙하고 우월한 자태가 그녀 옆을 걷는 내 미숙하고 복종적인 모습과 뚜렷이 대조되는 걸 똑똑히 느낄 수 있었다. 나는 내가 그녀를 위해 선택되어 그녀에게 주어진 사람이기 때문에 그런 식으로 느끼는 거라고 생각했다. 그렇지 않았다면 그 감정은 더 참혹하게 내 가슴에 사무쳤을 것이다.

잡초가 무성하게 마구 자라 걷기가 쉽지 않았다. 그래서 우리는 정원을 두세 바퀴 돌고 나서 양조장 앞뜰로 나왔다. 나는 처음 이곳을 방문했던 날 그녀가 술통 위를 걸었던 정확한 위치를 가르쳐 주었다. 에스텔라는 차갑게 그리고 별 관심 없다는 듯이 그쪽을 쳐다보고 대답했다. "내가 그랬었니?" 나는 그녀가 저택 어느 쪽에서 나와서 내게 고기와 마실 것을 가져다주었는지도 알려 주었다. 그녀는 "난 기억이 없어"라고 말할 뿐이었다. "날 울린 기억도?"라고 묻자, "없어"라고 대답하고는 고개를 저으며 주위를 둘러보았다. 그녀가 기억하지 못하고 신경조차 쓰지 않는다는 사실에 나는 다시 한 번 마음속으로 눈물을 흘렸다. 이것이야말로 가장 격렬한 울음이다.

"네가 알아둬야 할 게 있어." 에스텔라가 총명하고 아름다운 여성에게 어울리는 우아한 투로 말했다. "내겐 심장이 없어. 그게 기억과 관계가 있는지 모르겠지만 말이야."

나는 그 말을 믿을 수 없었다. 내게도 심장이 없는 아름다움이란 있을 수 없다는 걸 알 정도의 분별력은 있었다.

"물론 나는 심장을 가지고 있어. 누군가가 칼로 찌르거나 총을 쏴서 심장이 멈추면 물론 나는 죽겠지. 하지만 너도 알잖니. 난 상냥함이나 동정이나 달콤한 감상 같은 헛소리하고는 거리가 먼걸."

그녀가 가만히 서서 나를 빤히 바라보고 있을 때 어떤 그림자가 뇌리를 스쳤다. 그건 대체 무엇이었을까? 미스 해비샴에 대한 기억이었을까? 아니다. 확실히 에스텔라의 표정이나 몸짓에는 미스 해비샴을 닮은 구석이 어느 정도 있었다. 세상과 격리된 채 어른하고만 지낸 아이는 그 어른의 영향을 받지 않을 수 없다. 그 결과 그 아이가 자란 뒤, 전혀 다른 두 얼굴에서 대단히 비슷한 표정이 나타날 수가 있다. 그런 유사점이 그녀들에게는 있었다. 그러나 그때 내가 에스텔라의 표정에서 본 것은 미스 해비샴에게서 볼 수 없는 거였다. 나는 다시 에스텔라를 바라보았다. 그녀는 아직도 나를 바라보고 있었지만, 그 표정은 사라지고 없었다.

그것은 대체 무엇이었을까?

"진심이야." 에스텔라는 미간을 찌푸리며 말한다기보다(그녀의 이마에는 주름이 없었으므로) 얼굴을 흐리면서 말을 이었다. "우리는 이제 함께 있을 기회가 많아지겠지. 그렇다면 지금 이 자리에서 내 말을 믿는 편이 나을 거야. 아니!" 내가 입을 열려고 하자 그녀가 즉시 제지했다. "나는 어디서든 상냥한 모습을 보이지 않을 거야. 내겐 그런 게 없으니까."

이윽고 우리는 오랫동안 사용되지 않은 채 내버려진 양조장으로 들어갔다. 에스텔라가 기둥 사이에 설치된 위쪽 통로를 가리키며(방문 첫날에 그녀가 그곳을 통해 하늘로 올라가는 걸 나는 보았었다), 그때 밑을 내려다보니 내가 겁에 질려서 있던 기억이 난다고 말했다. 그녀의 새하얀 손을 바라보자 다시 뭐라 표현할 길 없는 좀 전의 희미한 느낌이 다시 스쳐 지나갔다. 나도 모르게 몸을 움찔하자 그녀가 내 팔에 손을 얹었다. 순간 그 유령 같은 느낌이 나타났다가 곧 사라져 버렸다.

그것은 대체 무엇이었을까?

"왜 그래? 또 겁이 났니?" 에스텔라가 물었다.

"네가 방금 한 말을 믿는다면 겁도 나지." 나는 아무렇지도 않은 듯 말했다.

"그럼 믿지 않는다는 거니? 좋아. 하여튼 난 할 말은 다 했어. 미스 해비샴은 예전의 장소에서 널 기다리고 계셔. 아마 다른 옛날 물건들은 이제 치워졌겠지만 말이야. 자, 정원을 한 바퀴만 더 돌고 안으로 들어가자. 어! 오늘은 내가 심술궂게 군다고 눈물 흘리는 일은 없겠지? 넌 내 시종 역할만 하면 되니까. 네 어깨 좀 빌려줘."

에스텔라의 아름다운 드레스가 바닥에 질질 끌렸다. 그녀는 드레스를 한 손으로 들어 올리고, 다른 한 손은 살짝 내 어깨에 올려놓고 걸었다. 우리는 황폐한 정원을 두세 바퀴 돌았다. 내게 그곳은 꽃이 만발한 정원이었다. 갈라진 낡은 담장 틈으로 돋아난 초록색과 노란색 잡초도 이 세상에서 가장 진귀한 꽃만큼이나 소중히 느껴졌다.

우리 사이에 그녀를 내게서 멀어지게 할 만큼의 나이 차이는 없었다. 우리는 동갑내기였지만 그녀가 훨씬 어른스러웠다. 그러나 내 기쁨 한가운데에는 그녀의 미모와 태도가 빚어내는 접근하기 어려운 분위기가 감돌았다. 그 분위기는 내 은인이 우리 두 사람을 맺어주려 한다는 강한 확신이 들 때조차 나를 괴롭혔다. 아, 비참한 젊은이여!

마침내 우리는 저택 안으로 들어갔다. 그러자 놀랍게도, 내 후견인이 볼일을 보러 미스 해비샴을 찾아왔었는데 저녁식사 때 다시 올 거라는 것이었다. 곰팡내 나는 식탁이 차려지고 추운 겨울 나뭇가지처럼 생긴 샹들리에에 불이 켜진 그 방에서 미스 해비샴은 우리가 나가 있는 동안 휠체어에 앉아 나를 기다리고 있었다.

결혼식 축하연 차림이 오랜 세월 그대로 남아 있는 그 주위를 언제나처럼 천천히 빙빙 도는 것은 그녀의 휠체어를 과거로 밀고 거슬러 올라가는 느낌이었다. 그러나 이 음울한 방에서 묘지에 딱 맞는 그 모습이 의자에 기대어 앉아서 양녀에게 눈길을 주는 것을 보자, 나는 더 강력한 마법에 걸린 듯 에스텔라가 전보다 아름답게 보였다.

시간은 흘러 곧 이른 저녁식사 때가 다가왔다. 에스텔라는 옷을 갈아입기 위해 물러났다. 우리는 긴 식탁 중앙쯤에서 멈추었다. 미스 해비샴이 앙상한 한쪽 팔을 의자에서 쭉 뻗고, 주먹 쥔 손을 누런 식탁보 위에 놓았다. 방을 나가기 전에 에스텔라가 뒤를 돌아보자 미스 해비샴이 자기 손에 입을 맞추어 에스텔라에게 키스를 날려 보냈다. 몹시 탐욕스러운 행동이었다.

에스텔라가 나가고 두 사람만 남자 미스 해비샴이 나를 돌아보더니 속삭이듯 말했다.

"에스텔라가 예쁘고 우아하게 잘 자랐지? 사랑스럽지?"

"그녀를 보면 누구든 그렇게 생각할 거예요."

미스 해비샴은 내 목에 팔을 두르더니 내 머리를 자기 쪽으로 끌어당겼다. "저 애를 사랑해라. 또 사랑하고, 또 사랑해라! 저 애가 너를 어떻게 대하더냐?"

내가 대답도 하기 전에(그렇게 어려운 문제에 어떻게 대답할 수 있겠는가) 그녀가 말했다. "저 애를 사랑해라. 사랑하고, 또 사랑해라! 에스텔라가 너를 좋아하거든 저 애를 사랑해라. 저 애가 네게 상처를 주어도 사랑해라. 네가 나이를 먹고 강해질수록 상처는 깊어질 거다. 하지만 저 애가 네 심장을 갈기갈기 찢어놓는다 해도 사랑해라, 사랑하고, 또 사랑해!"

나는 이때만큼 미스 해비샴이 드러낸 열정을 본 적이 없었다. 내 목에 감긴 가느다란 팔 근육이 그녀의 격한 감정으로 부풀어 오르는 게 느껴졌다.

"핍, 잘 들어라! 에스텔라를 양녀로 삼은 것은 그 애가 남들에게 사랑받게 하기 위해서야. 사랑받으라고 그녀를 기르고 가르친 거야. 사랑받게 하기 위해 지금 같은 모습으로 키워놓은 거다. 그 애를 사랑해라!"

몇 번이고 반복한 걸 보면 그건 미스 해비샴이 하고 싶었던 말이었던 게 틀림없었다. 그러나 그 반복되는 단어가 "사랑"이 아니라 "증오"였다 해도, 또는 "절망"이나 "복수"나 "죽음"이었다고 해도 이 정도로 저주스럽게는 들리지는 않았을 것이다.

"잘 들어라." 그녀가 똑같이 다그치는 듯 열띤 목소리로 속삭였다. "진실한 사랑이 뭔지 알려주지. 그건 한 가지에만 사랑을 바치고, 한결같이 자기를 낮추며 끝까지 복종하고, 이성의 목소리도 세상의 목소리도 듣지 않고 상대를 믿으며, 자기 마음을 빼앗아 간 사람에게 온 마음과 영혼을 바치는 것이란다. 내가 그랬듯이!"

미스 해비샴이 그렇게 말하며 격정에 못 이겨 거친 비명까지 질렀을 때 나는 그녀의 허리를 붙잡았다. 수의 같은 드레스를 입은 그녀가 휠체어에서 일어나 벽에 부딪혀 떨어져 죽기라도 할 것처럼 허공에 몸을 던지려 했기 때문이다.

이 모든 일은 순식간에 끝났다. 그녀를 휠체어에 부축해 앉혔을 때, 익숙한 냄새에 뒤를 돌아보니 재거스 씨가 방에 들어와 있었다.

그는 언제나 커다란 실크 손수건을 지니고 다녔다(여기에 대해서는 아직 말한 적이 없을 것이다). 그 손수건은 그에게 직업상 아주 중요한 것이었다. 나는 그가 이 손수건으로 고객이나 증인을 겁주는 장면을 본 적이 있다. 먼저 손수건을 엄숙하게 펼쳐서, 금방이라도 코를 풀려는 자세를 취한 뒤 갑자기 손을 멈춘다. 그리고 "내가 코를 풀기도 전에 고객이나 증인이 실수하리란 걸 알고 있다"는 태도를 보이기 때문에 실제로 그들은 그 즉시 실수를 저지르고 마는 것이었다. 내가 재거스 씨를 발견했을 때, 그는 이 의미심장한 손수건을 두 손에 쥐고 우리를 바라보고 있었다. 나와 눈이 마주치자 순간 그는 하려던 동작을 멈추었다. 그러나 온몸으로 똑똑히 "오호라, 이상하군!" 말한 뒤, 훌륭한 효과를 내며 손수건을 본디 용도로 사용했다.

미스 해비샴도 나와 동시에 그를 보았다. 그녀도 (다른 사람들처럼) 그를 두려워했다. 그녀는 침착하려고 애쓰면서 "늘 그렇듯 시간을 잘 지키시는군요." 더듬더듬 말했다.

"늘 그렇듯 시간을 잘 지키지요." 그가 되풀이하면서 우리에게 다가왔다. "(핍, 그동안 잘 지냈나? 제가 휠체어를 밀어 드릴까요, 미스 해비샴? 방을 한 바퀴 도는 건 어떠신가요?) 여기서 만날 줄은 몰랐네, 핍."

나는 언제 그곳에 도착했으며, 미스 해비샴이 어떻게 사람을 보내 에스텔라를 만나러 오라는 전갈을 보냈는지를 그에게 설명했다. 그가 대답했다. "아! 그 어여쁜 숙녀분?" 그런 뒤, 미스 해비샴이 앉은 휠체어를 큼직한 손으로 밀었다. 그리고 다른 한 손은 비밀이 잔뜩 들어 있을 듯한 바지 주머니 속에 넣었다.

"그래 핍, 에스텔라하고는 얼마나 자주 만났지?" 걸음을 멈추더니 그가 물었다.

"얼마나 자주라뇨?"

"몇 번이지? 만 번쯤?"

"아니요! 그렇게 많이는 아닙니다."

"그럼 두 번?"

고맙게도 이때 미스 해비샴이 나를 구해주었다. "재거스 씨, 핍을 괴롭히지 마세요. 자, 둘이서 저녁식사나 드시러 가세요."

그는 그녀의 말에 따랐고, 우리는 함께 캄캄한 계단을 더듬으면서 내려갔다. 자갈이 깔린 뒤뜰을 가로질러 별채로 가는 도중에, 그는 미스 해비샴이 음식을 먹거나 마시는 모습을 얼마나 보았느냐고(여느 때처럼 백 번이냐 한 번이냐 하는 선택의 폭을 주면서) 물어 왔다.

나는 곰곰이 생각한 뒤에 대답했다. "한 번도 본 적이 없어요."

　"그래, 앞으로도 없을 걸세." 그는 찌푸린 얼굴로 웃으면서 말했다. "이런 생활을 시작한 이래로 미스 해비샴이 먹고 마시는 모습을 아무도 보지 못했지. 그녀는 밤이 되면 저택을 돌아다니며 손에 닿는 대로 음식을 먹는다네."

　"저, 질문을 해도 되겠습니까?"

　"물론. 대답할 수 있을지 없을지는 모르겠지만. 그래, 뭐지?"

　"에스텔라의 성이 해비샴인가요? 아니면……." 뭐라고 말을 이어야 할지 알 수 없었다.

　"아니면 뭐냐고?"

　"그녀의 성이 해비샴인가요?"

　"해비샴이네."

　여기까지 대화가 진행되었을 때 우리는 저녁이 차려진 방에 도착했다. 저녁 식사에는 에스텔라와 사라 포켓도 함께였다. 재거스 씨가 상석에 앉고, 에스텔라가 그 맞은편에 자리를 잡았다. 나는 사라 포켓과 마주앉았다. 훌륭한 저녁이었다. 처음 보는 하녀가 식사 시중을 들었다. 그러나 그녀는 내가 처음 이 이상한 집을 방문했을 때부터 쭉 이곳에 있었는지도 모른다. 식사를 마친 뒤, 오래된 고급 포트 와인이 내 후견인 앞에 놓이자(그는 확실히 그 상표를 잘 알고 있었다) 두 여인은 자리를 떠났다.

　그 저택에서 재거스 씨가 보여준 과묵함에 견줄 만한 과묵함은 그 어디에서도—심지어 재거스 씨 본인에게서도—본 적이 없었다. 그는 식사 내내 무표정한 얼굴이었으며, 한 번도 에스텔라 쪽으로 눈을 돌리지 않았다. 그녀가 그에게 말을 걸면 가만히 듣고 있다가 적당히 대꾸를 했다. 반면 에스텔라는 불신감이 아닌 흥미와 호기심을 가지고서 자주 그를 바라보았다. 그러나 그의 표정에는 그녀의 눈길을 의식하는 기색이 전혀 드러나지 않았다. 식사 내내 재거스 씨는 나와 나누는 대화 가운데 내가 물려받을 유산에 대하여 종종 언급함으로써, 사라 포켓을 더 파랗게 질리게 하고 더 누렇게 뜨게 하는 데 재미를 느꼈다. 그러나 이때도 그것을 의식하는 기색은 보이지 않았다. 의식은커녕, 유산 문제를 말하고 싶어 하는 내 입에서 그 화제를 끌어냈을 뿐이었다. 실제로 어떻게 그렇게 했는지는 모르겠지만, 그는 그 화제를 죄 없는 내 입에서 이끌어낸 것이다.

그는 나와 단둘이 남게 되자, 자신이 가지고 있는 비밀스러운 정보 때문에 말조심을 해야 할 사람처럼 거드름을 피우며 앉아 있었다. 나는 그 태도가 너무 견디기 어려웠다. 달리 할 일이 없었으므로 그는 포도주를 심문했다. 포도주를 자신과 촛불 사이에 두고는 맛을 보며 입안에서 굴리고, 삼키고 다시 잔을 바라보았다. 포도주 향을 맡아보며 입에 머금고, 마시고 유리잔을 다시 한번 채운 뒤, 다시 심문했다. 마침내 나는 포도주가 내게 불리한 증언을 할 것처럼 보이기 시작했다. 먼저 무슨 화제를 꺼낼까 말까 서너 차례 시도했지만, 그는 내가 무엇인가 질문하려는 걸 보면 어김없이 포도주 잔을 높이 들었다. 그러고는 입에 포도주를 머금고 굴리면서 '대답할 수 없으니 물어봐야 소용없다'고 말하는 듯이 나를 쳐다보는 것이었다.

사라 포켓은 나를 계속 바라보다가는 모슬린으로 만든 대걸레처럼 흉측한 모자를 쥐어뜯고 머리카락을 (결코, 자기 머리 위에서 기르지는 않았지만) 마룻바닥에 흩뿌리게 될 거라는 것을 깨달은 모양이었다. 그 뒤 우리가 미스 해비샴의 방으로 옮겨서 넷이서 휘스트[2]를 할 때는 나타나지 않았던 것이다. 카드놀이를 하는 사이 미스 해비샴은 화장대에 소중히 간직해 둔 보석을 몇 개 꺼내어 에스텔라의 머리카락이며 가슴이며 팔에 걸쳐보았다. 눈부시게 화려한 광채를 내뿜는 에스텔라의 사랑스러운 모습에 내 후견인조차 그 짙은 눈썹 밑으로 그녀를 바라보곤 눈썹을 추켜올렸다.

재거스 씨가 우리가 가지고 있는 좋은 패를 꼼짝 못하게 해놓고, 마지막에 보잘것없는 패로 킹과 퀸에게 굴욕을 안겨주는 방식에 대해서는 아무 말하지 않겠다. 또 자기가 오래전에 발견한, 명백하고도 가엾은 세 개의 수수께끼를 보는 듯한 눈으로 우리 세 사람을 쳐다볼 때 느낀 내 기분도 아무 말하지 않겠다. 내가 괴로웠던 건, 그의 차가운 태도와 나의 에스텔라에 대한 감정은 어울리지 않는다는 것이었다. 그가 그녀에 대해 말하고 싶은 기분이 들지 않는다거나, 그가 그녀를 향해 부츠를 삐걱삐걱 울리는 소리를 듣거나, 그녀와 만난 뒤에 손을 씻는 모습을 보는 게 견딜 수 없다거나 하는 문제가 아니었다. 그것은 그가

---

2) 보통 네 명이서 하는 카드놀이.

지켜보는 데서 내가 그녀를 동경해야 한다는 것, 그에게 내 감정을 드러내야 한다는 것, 그게 고통스러운 상황이라는 것 때문이었다.

우리는 9시까지 카드놀이를 했다. 그리고 에스텔라가 런던에 올 때 내게 미리 알려주면 내가 마차 역으로 그녀를 마중 나가기로 약속했다. 그런 다음 그녀 손에 가볍게 입을 맞춘 뒤 그녀 곁에서 떠났다.

재거스 씨는 푸른 멧돼지에서 내 옆방에 묵었다. 밤늦게까지 미스 해비샴이 "그녀를 사랑해라, 사랑하고, 또 사랑해라!" 속삭이는 소리가 귓전에 맴돌았다. 나는 그것을 내 나름대로 바꾸어 베개에 대고 "그녀를 사랑한다, 그녀를 사랑한다, 그녀를 사랑한다!"라고 수백 번도 넘게 되풀이했다. 그러고는 그녀가 한때 대장장이 소년이었던 나와 함께할 운명이라는 데 깊은 감사를 느꼈다. 그리고 (애석하게도) 지금 그녀는 그 운명을 열광적으로 환영하지 않지만 언제쯤이면 내게 흥미를 보일까, 지금은 조용히 잠들어 있는 그녀 마음을 언제쯤이면 내가 눈뜨게 할 수 있을까 생각했다.

아아, 나라는 인간은! 나는 에스텔라를 향한 내 감정이 고상하고 아름답다고 생각했다. 그리고 조를 멀리하는 것이 저속하고 비열하며 속 좁은 행위라고는 전혀 생각하지 않았다. 에스텔라가 그를 경멸한다는 사실을 알고 있었기 때문이다. 조를 생각하며 눈물을 흘린 것이 바로 어제 일이었다. 하지만 그 눈물은 (신이시여, 용서하소서!) 금세 말라 버렸다.

제30장

　다음 날 아침 나는 푸른 멧돼지에서 옷을 입으면서 곰곰이 생각한 끝에, 미스 해비샴네 저택에서 믿을 만한 일을 하기에는 올릭은 적합한 인물이 아니라고 후견인에게 말하기로 결심했다. "물론 그는 적당한 사람이 아니네, 핍." 이것이 그의 반응이었다. "믿을 만한 사람을 고용해야 할 자리에 퍽 어울리는 사람의 경우는 결코 없기 때문이네." 그의 머릿속에는 이미 그런 법칙이 있으며, 그는 그렇게 믿어 의심치 않는 것 같았다. 그리고 이 책임을 그 법칙에 어울리는 인물이 맡았으며, 이로써 예외가 성립하지 않게 되었다는 사실을 알게 되자 기분이 좋아진 듯했다. 내가 올릭에 대해 아는 대로 말하는 동안 그는 만족스럽게 듣고 있었다. 그러더니 내가 이야기를 끝내자 "알겠네, 핍. 내 곧 그곳으로 가서 해고하고 오지." 말하는 거였다. 나는 이 성급한 행동에 놀라, 올릭은 다루기 어려운 상대일지도 모르니 조금 시간을 두는 편이 좋겠다고 암시했다. "아니, 그렇지 않을 거네. 그자가 나를 상대로 쩔쩔매는 꼴을 보고 싶군." 내 후견인은 버릇대로 손수건을 펼쳐 보이며 자신만만하게 대답했다.

　우리는 정오에 마차로 런던까지 함께 돌아가기로 되어 있었다. 나는 이렇게 아침을 먹는 동안에도 펌블추크가 갑자기 방문할까 봐 두려운 나머지 컵을 든 손이 떨릴 지경이었으므로, 재거스 씨가 볼일을 보는 동안 산책을 하겠다고 말했다. 길을 걷다가 마차가 따라오면 타겠다고 그렇게 마부에게 전해 달라고 그에게 부탁하고서 나는 아침식사를 마치자마자 푸른 멧돼지에서 빠져나왔다. 펌블추크 씨 가게 뒷길로 빙 돌아 12마일쯤 시골길을 걸은 뒤에 그 함정의 조금 앞에서 다시 한길로 나왔다. 이로써 그럭저럭 안전을 확보했다고 생각했다.

　이 조용한 고향 읍내를 다시 걷는 것은 재미있었다. 이따금 갑자기 사람들이 나를 알아보고 빤히 바라보는 것도 그리 불쾌하지만은 않았다. 몇몇 상인은 상점에서 쏜살같이 뛰어나와 내 앞으로 멀찌감치 떨어져 걷다가, 뭔가를 잊어버리고 온 사람처럼 갑자기 뒤를 돌아 나와 얼굴을 마주 봤다. 이때 그들이 우연을 가장하는 것과 내가 그것을 눈치채지 못한 척하는 것 중 어느 쪽 연기가 서툴렀는지는 모르겠다. 어쨌든 나는 눈에 띄는 존재였으며, 그 자리를 차지하는 것 자체에 아무런 불만도 없었다. 그런데 그때 운명의 장난인지, 그 성질이 고약하기로 소문난 트래브네 소년이 나타났다.

나는 똑바로 앞을 바라보고 걷다가 그 녀석이 텅 빈 파란 자루로 자기 몸을 툭툭 치며 걸어오는 걸 보았다. 나는 침착하게 무시하는 것이 올바른 반응이며, 그렇게 하면 그의 사악한 마음도 누그러지리라고 판단했다. 냉정한 표정으로 걸음을 옮기며 작전 성공에 기뻐하려는 순간, 갑자기 놈이 무릎을 세게 마주치며 머리카락을 곤두세우더니 모자를 떨어트렸다. 그러더니 온몸을 부들부들 떨며 길 한가운데로 나가 사람들에게 소리를 질렀다. "누가 나 좀 붙잡아주세요! 너무 무서워요!" 놈은 내가 다가가자 그 위신에 겁먹은 나머지 깊이 뉘우치는 체했다. 내가 그 앞을 지나갔을 때는 이를 딱딱 부딪치고, 이보다 공손할 수는 없다는 태도로 땅바닥에 납작 엎드렸다.

이것은 매우 견디기 어려운 일이었으나 아직 시작에 불과했다. 200야드도 채 못 갔을 때, 다시 그 녀석이 다가오는 모습이 보인 것이다. 나는 말로 표현할 수 없는 공포와 분노와 경악을 느꼈다. 좁은 모퉁이에서 나온 그놈은 파란 자루를 어깨에 둘러메고, 정직한 근면함으로 눈을 빛내며, 활기차고 쾌활하게 트래브네 가게로 가겠다는 결의를 온몸으로 표현하고 있었다. 그러다가 내 모습을 보자 충격을 받고 좀 전과 똑같은 격한 반응을 보였다. 이번에는 빙글빙글 돌며 내 주위를 비틀거렸다. 아까보다 더 심하게 무릎을 덜덜 떨며, 자비를 구하듯이 두 손을 쳐들었다. 구경꾼들은 쩔쩔매는 그의 모습에 환호를 보냈으나, 나는 커다란 수치심을 느꼈다.

그리고 우체국에 닿기도 전에 또다시 트래브네 소년이 뒷길에서 불쑥 나왔다. 이번에는 완전히 다른 모습이었다. 파란 자루를 내 외투와 똑같은 모양으로 어깨에 걸치고 길 반대편에서 내 쪽으로 걸어왔다. 그리고 함께 있는 즐거워 보이는 청년들을 향해 손을 휘휘 저으며 "야, 못 알아보겠는걸!" 하고 이따금 외치는 것이었다. 놈은 나와 스칠 때 셔츠 깃을 세우고 옆머리를 비비 꼬고, 허리에 두 손을 댄 채 버티고 서서 능글맞게 웃으면서 함께 따라오는 젊은이들에게 말했다. "야, 못 알아보겠다! 정말 못 알아보겠다! 야, 정말 못 알아보겠네!" 그러고는 곧 그는 깍깍 울면서 다리를 건너 나를 쫓아왔는데, 대장장이 수습공을 하던 시절의 나를 알던 우울한 까마귀를 흉내 내는 것이었다. 이날 읍내를 떠날 때 맛본 치욕은 여기에서 절정에 달했다. 말하자면, 마을에서 광야로 쫓겨나가는 기분이었다.

그러나 트래브네 소년의 숨통을 끊어놓지 못하는 이상, 참는 일 말고 무엇을 할 수 있었겠는가. 길거리에서 싸움을 벌여 그의 심장에서 가장 신선한 피를 대가로 받는 게 아니라면 무엇을 하건 쓸데없고 굴욕적일 뿐이었다. 더구나 적은 불사신이었다. 구석에 몰려도 앞을 가로막은 사람의 가랑이 사이로 빠져나가 모욕적인 욕설을 퍼붓고 아무에게도 상처받지 않는 도저히 잡을 수 없는 뱀이었다. 그러나 나는 이튿날 트래브 씨에게 편지를 보냈다. 공익에 대한 의무를 잊고, 존경하는 모든 시민의 가슴에 증오심을 불러일으킨 사람을 고용하는 상대와 미스터 핍은 앞으로 모든 상거래를 끊겠노라는 내용이었다.

재거스 씨를 태운 마차가 제시간에 따라왔으므로, 나는 다시 마부 옆자리에 앉아 런던에 무사히 도착했다. 그러나 온전히 무사하진 않았다. 그곳에 마음을 잃어버리고 왔던 것이다. 나는 참회의 뜻으로 조에게(그의 집에 들르지 않았던 것에 대한 사죄의 뜻으로) 굴 한 통과 대구를 보내고 바너드 여관으로 향했다. 차가운 고기로 저녁식사를 하던 허버트가 나를 반갑게 맞아주었다. 나는 '원수 같은 영혼'을 커피 하우스로 보내 식사를 일 인분 더 가져오게 했다. 그날 밤은 꼭 이 좋은 친구에게 마음속에 있는 말을 털어놓아야겠다고 생각했다. 그러나 '원수 같은 영혼'이 계속 복도를 지키고 있으면 솔직히 이야기할 수 없었으므로(복도는 열쇠 구멍이 있는 곁방 같은 것이었다), 그에게 연극 구경이나 하고 오라고 내보냈다. 그에게 일거리를 주기 위해 나는 자주 떳떳치 못한 방법을 써야 했고, 이것만큼 그에게 일을 시켜야 하는 사람으로서의 압박감을 드러내는 뚜렷한 증거는 없을 것이다. 시킬 일을 찾다 찾다 못 찾을 때는, 정확한 시간을 알아 오라고 하이드파크까지 심부름을 보내곤 했던 것이다.[1]

저녁식사가 끝난 뒤 난로 앞 격자에 발을 올리고 편히 앉았을 때 나는 허버

---

1) 시계를 보고 오라고 왕복 4마일을 걷게 한 셈이다.

트래브네 소년

트에게 말했다. "저기 허버트, 실은 특별히 할 이야기가 있어."

"나를 믿어줘서 무척 고맙게 생각해, 헨델."

"나와 어떤 사람에 대한 문제야."

허버트는 다리를 꼬고 고개를 한쪽으로 기울인 채 한동안 불길을 바라보았다. 그러다가 내가 계속 입을 열지 않자 나를 바라보았다.

"허버트," 나는 그의 무릎에 손을 올려놓으며 말했다. "난 에스텔라를 사랑해……. 진심으로 사랑해."

허버트는 전혀 놀라지 않고 침착하게 아주 마땅하다는 듯이 말했다. "그렇겠지. 그래서?"

"그래서라니? 그것밖에 할 말이 없어? 그래서!?"

"그다음은 어떤 말이냐는 뜻이야. 물론 너의 그 마음은 알지."

"그걸 어떻게 알지?" 내가 말했다.

"어떻게라니, 너한테 들었잖아."

"나는 전혀 말한 기억이 없는데."

"꼭 말을 해야 하니? 네가 이발을 하고 왔다고 말하지 않아도 네 얼굴을 보면 이발을 했다는 걸 알 수 있어. 너는 항상 그녀를 사랑했어. 내가 널 알게 된 때부터 줄곧. 너는 그 사랑을 가슴에 품은 채 여행 가방을 들고 이 방에 찾아왔지. 입 밖으로 내지 않아도 너는 지금까지 줄곧 그 마음을 24시간 드러내 왔다고. 자라 온 이야기를 해 주며, 너는 아주 어렸을 때부터, 그녀를 처음 본 순간부터, 그녀를 사랑해 왔다고 분명히 말했어."

나조차 몰랐던 사실이었지만, 불쾌한 이야기는 아니었다. "그래? 뭐, 아무튼, 나는 그녀를 계속 사랑했어. 그녀는 무척 아름답고 우아한 숙녀가 되어서 돌아왔어. 바로 어제 만났지. 지금은 그녀를 사랑하는 마음이 예전의 두 배가 되었어."

"그렇다면 네가 선택되어 그녀의 장래 신랑감 후보가 된 것은 엄청난 행운이 잖아. 금지된 화제를 들먹이지 않더라도, 그 점은 의심의 여지 없이 분명한 사실이라고 말할 수 있겠지. 그런데 에스텔라의 마음이 어떤지는 아는 거야?"

나는 우울하게 고개를 가로저었다. "아아! 그녀의 마음은 수천 마일 저편에 멀리 떨어져 있어."

"참고 기다려봐, 헨델. 시간은 많고도 많잖아. 그런데 더 할 말이 있어 보이는데?"

"이런 말을 하는 게 부끄럽지만……. 생각만 하는 것보단 말로 하는 게 낫겠지. 지금 나한테 행운아라고 했지? 물론 나는 행운아야. 바로 최근까지는 대장장이 심부름꾼이었으니까. 그런데 대체 지금의 나는 뭐라고 부르면 좋을까?"

"한마디로 말하라면 '좋은 녀석'이지." 허버트가 웃으며 내 손등을 툭 쳤다. "성급하면서도 우유부단하고, 소심한 듯하면서 대담하고, 몽상가이면서 행동가……. 이 모든 것이 기묘하게 합쳐진 좋은 녀석이란 말이야."

나는 정말 이런 성격들이 내 안에 있는지 잠시 생각해 보았다. 전적으로 그 분석이 결코 옳다고는 생각지 않았지만, 굳이 반박할 것까지는 없다고 판단했다.

"저기 허버트, 나는 무엇일까 하는 질문 자체가 지금 내 마음을 나타낸다고 생각해. 내가 행운아랬지? 나는 출세하기 위해 아무것도 한 게 없고 오로지 행운 덕분이라는 걸 알아. 단순한 행운이지. 하지만 에스텔라를 생각하면……."

("네가 그녀를 생각하지 않을 때가 있니?" 허버트가 끼어들었다. 다만 그 얼굴은 난로의 불길을 향한 채였고 나는 그의 친절한 배려를 느꼈다.)

"……에스텔라를 생각하면 내가 무척 불안정하고 남에게만 의지하는 사람인 것만 같은 기분이 들어. 수백 가지 가능성에 노출된 나약한 존재로 느껴진다고. 네가 방금 말했듯이, 금지된 화제를 언급하지 않고 말하자면, 내가 유산을 물려받게 될 가능성은 (이름을 말할 수 없는) 어떤 사람이 마음을 바꾸느냐 아니냐에 달렸어. 또 그 유산이 얼마나 되는지 알 수 없다는 점에 얼마나 화가 난다고!" 이렇게 말하고 나자 많건 적건 지금까지 줄곧 (특히 어제부터는 틀림없이) 마음에 담아두었던 것이 해소되는 느낌이었다.

"저기, 헨델." 허버트가 특유의 쾌활하고 낙천적인 투로 대답했다. "아무래도 사랑에 고민한 나머지 너는 선물 받은 말(馬) 입속을 확대경으로 들여다보고 있는 것 같구나.[2] 입속을 검사하는 일에만 열중하느라 말의 가장 좋은 점을 놓치고 있지는 않니? 확실히 네 말로는 후견인인 재거스 씨가 네게 처음으로 설

---

2) 말의 나이는 이빨을 보면 알 수 있다는 데에서 유래한 말. '선물로 받은 말의 입속을 보지 말라', 즉 선물의 가치를 확인하지 말라는 뜻의 격언.

명했을 때, 유산 상속 가능성만 있는 것이 아니라고 말했다 그랬지? 그런 말을 하지 않았다 해도—확실히 이건 커다란 가정이지만—그게 모호한 이야기라면 다른 변호사도 아닌 재거스 씨와 네가 지금 같은 관계에 있을 리 없잖아?"

나는 그것이 중요한 지적임을 부정할 수 없다고 인정했다. (그럴 때 사람들이 흔히 그러듯이) 사실은 그걸 부정하고 싶지만 정의와 진리에 마지못해 양보한다는 투로 나는 말했다.

"확실히 그건 중요한 점이야." 허버트가 말을 이었다. "실제로 그 이상 중요한 점을 찾기란 어렵겠지. 나머지에 대해서는 후견인이 뭐라고 말을 할지 기다리는 수밖에 없어. 그로서도 의뢰인이 또한 뭐라 말하기를 기다리는 수밖에 없고. 너도 눈 깜짝할 사이에 스물한 살이 되어서 이 모든 것에 대해 더 정확한 정보를 얻게 될 거야. 아무튼 목표에는 착실히 다가가는 셈이지. 마지막에는 그날이 찾아오고야 말 테니까."

"넌 정말 낙천적이로구나!" 나는 그의 쾌활한 기질에 감사하며 크게 칭찬했다.

"그거라도 있어야지. 달리 가진 게 없으니까. 다만 말해 두고 싶은 건, 지금 내가 말한 지각 있는 말은 내가 생각해 낸 게 아니라 우리 아버지가 생각해 내신 거야. 아버지가 네 일에 대해 말씀하신 것은 딱 한 번이었는데, '재거스 씨가 관계된 이상 계약은 반드시 지켜질 것'이라는 결정적인 한마디뿐이었어. 네가 비밀을 털어놓은 데에 대해 보답으로 할 말이 있어. 우리 아버지 또는 그 아들에 대해 이보다 더 털어놓기 전에, 네가 몹시 화를 내며 기분 상할 말을 조금 해야겠어."

"내가 그럴 리 없잖아."

"화를 내고 말걸! 두고 봐! 하나, 둘, 셋, 자, 말한다. 저기, 헨델." 허버트는 가벼운 어조로 말했지만, 표정은 매우 진지했다. "이렇게 격자에 발을 얹고 얘기하며 줄곧 생각한 건데, 만약 네 후견인이 한 번도 분명하게 말하지 않았다면 에스텔라가 네 유산 상속에 대한 조건의 일부일 가능성은 없지 않을까? 네 이야기를 듣고 생각한 건데, 재거스 씨는 그녀에 대해 직접적이든 간접적이든 아무 말도 하지 않은 거 맞지? 예를 들어 '네 은인에게는 너의 결혼 상대에 대해 최종적으로 어떤 생각이 있다'라는 식의 암시는 없었니?"

"전혀 없었어."

"헨델, 이건 절대로 네가 잘되는 것을 시기해서 하는 말이 아니야. 너와 에스텔라를 떼어서 생각할 순 없겠니? 그녀와 결혼해야 한다는 조건이 없으니까 말이야……. 미안, 그러니까 기분 상할 거라 말했지?"

나는 얼굴을 홱 돌렸다. 대장간을 뒤로했던 날 아침, 엄숙하게 안개가 피어오르는 가운데 마을 이정표에 손을 얹은 나를 초라하게 만들었던 그때와 매우 비슷한 감정이, 바다에서 불어오는 그리운 늪지대 바람처럼 별안간 나를 덮쳐왔기 때문이었다. 한동안 우리 둘 다 말이 없었다.

"그래, 헨델." 허버트가 침묵 같은 건 없이 이야기가 이어졌던 것처럼 말했다. "타고난 성질과 환경 때문에 사랑을 동경하는 마음이 소년의 가슴에 깊이 뿌리 박힘으로써 그 감정은 매우 진지해졌지. 하지만 그녀의 성장 과정을 생각해 봐. 미스 해비샴은 물론 지금의 그녀도(봐, 내 말이 거슬려서 못 참고 있잖아). 앞날엔 비참한 결과가 기다리고 있을지도 몰라."

"알아, 허버트. 하지만 내가 무엇을 할 수 있겠니." 나는 여전히 얼굴을 돌린 채 말했다.

"너와 떼어놓고 생각할 수 없다는 거야?"

"그래, 절대로 불가능해!"

"노력하면 되잖아, 헨델?"

"안 돼, 절대로 불가능해!"

"그렇군!" 허버트는 자다 깬 사람처럼 힘차게 몸을 흔들면서 일어나 난롯불을 뒤적거렸다. "그럼 난 다시 활기 넘치는 나로 되돌아와야겠다!"

그러고는 방을 돌아다니면서 커튼을 흔들어 먼지를 떨고, 의자를 제자리에 놓으며 흩어져 있던 책과 잡동사니를 정리하고, 복도를 내다보았다. 편지함을 들여다보고는 문을 닫고 난롯가 의자로 돌아와, 왼쪽 다리를 두 팔로 감싸 안은 자세로 앉았다.

"헨델, 이번에는 내가 우리 아버지와 그 아들에 대해 고백할게. 먼저, 아버지가 가정을 꾸리는 데 천재가 아니라는 사실은 말할 필요도 없겠지."

"음식은 늘 넉넉하게 나오잖아." 나는 뭔가 희망적인 말을 할 셈으로 그렇게 말했다.

"그래, 넉넉하지! 쓰레기 치우는 사람도 기꺼이 이 말에 동의할 거야. 뒷골목에 있는 고물상도. 진지하게 말하는데 헨델, 이건 정말로 진지한 문제야. 너도 나와 같은 정도로 그건 이해할 거야. 옛날에는 아버지도 아직 체념하지 않았던 시기가 있었을 거라 생각해. 하지만 그런 때가 있었다 해도, 이제 그때는 지나가 버렸어. 어때, 네가 살던 고향에서는 금슬이 좋지 않은 부부 사이에서 태어난 자식이 유난히 더 결혼하고 싶어 하는 경향이 없었니?"

너무나도 이상한 질문이었으므로 나는 그에게 되물었다. "정말 그래?"

"모르겠어. 하지만 그 답은 알지. 우리집이 바로 그렇거든. 내 바로 아래 누이 동생인 샬럿은 열네 살이 되기 전에 죽었는데, 그 애가 아주 좋은 본보기였지. 그 아래 동생인 제인도 마찬가지야. 샬럿은 결혼을 정말로 간절히 원했지. 줄곧 행복한 가정생활을 꿈꾸면서 짧은 일생을 마쳤다고 해도 과언이 아냐. 아동복을 입은 알릭조차 큐[3]에 사는 여자아이랑 장래가 약속되어 있어. 아주 잘 어울리는 짝이지. 실제로 갓난애를 빼고 우리는 모두 약혼을 했어."

"그럼 너도?"

"그래, 비밀이지만."

나는 비밀을 지키겠다고 약속한 뒤, 더 자세한 이야기를 해 달라고 졸랐다. 그가 내 약점에 이해를 보이며 매우 동정적으로 말해 주었기 때문에 나로서는 그의 장점이 알고 싶었던 것이다.

"이름을 물어봐도 돼?"

"클라라야."

"런던에 사니?"

"그래. 하지만 먼저 말해 둘 게 있어." 이 흥미진진한 화제가 나온 이래로 허버트는 이상하게 풀이 죽어 얌전해졌다. "가문에 대한 우리 어머니의 바보 같은 생각에 따르면 그녀의 신분은 낮아. 그녀의 아버지는 여객선에 식료품을 조달하는 일을 하셨어. 뭐, 여객선 사무장이지."

"지금은 뭘 하시는데?"

"병석에 누워 계셔."

---

3) 템스강 남쪽에 있는 런던의 한 구역.

"사는 건……."

"2층에서." 허버트가 말했다. 이것은 내가 바라던 대답이 아니었다. 나는 어떻게 살아가는지를 물은 것이다. "나는 아직 아버님을 만나 뵌 적이 없어. 내가 클라라를 안 이래로 그는 2층 방에서 나온 적이 없거든. 하지만 무슨 소리는 계속 들려. 엄청난 소리지. 소리를 지르거나, 뭔가 위험한 도구로 마룻바닥을 두드리거든." 그러고서 나를 바라보고 쾌활하게 웃더니 여느 때처럼 활발한 모습으로 돌아왔다.

"하지만 언젠가는 만나겠지?"

"물론이지. 언제나 곧 만나리란 기대를 해. 그 소리를 듣고 있으면, 당장에라도 천장을 뚫고 떨어지는 게 아닌가 그런 생각이 들거든. 하지만 서까래가 얼마나 버틸지는 알 수 없지."

그는 한 번 더 실컷 웃은 뒤 다시 얌전해지더니, 재산이 어느 정도 모이면 결혼할 생각이라고 말했다. 그러고는 시무룩하게 뻔한 말을 덧붙였다. "하지만 기회를 엿보는 동안에는 결혼할 수 없겠지."

우리는 난롯불을 물끄러미 바라보았다. 그리고 이 자본이라는 놈을 현실화하는 것이 때로는 얼마나 어려운가를 생각하면서 나는 두 손을 호주머니에 집어넣었다. 한쪽 손에 접힌 종잇조각이 만져졌다. 펼쳐 보니, 조한테서 받았던 연극 홍보 선전물이었다. 로스키우스 뺨치는 지방 극단의 유명한 아마추어 배우가 출연한다는 연극이었다. "다행이다! 오늘 밤이잖아!" 나는 나도 모르게 소리쳤다.

순식간에 화제가 바뀌었다. 우리는 서둘러 연극을 보러 가기로 했다. 나는 모든 현실적·비현실적 수단을 동원하여 허버트의 사랑이 이루어지도록 위로하고 격려하리라고 맹세했다. 허버트가, 클라라는 이미 자기에게 나에 대해 들어 알고 있으니 조만간 나에게 그녀를 소개하겠노라고 말했다. 우리는 서로 마음을 터놓은 걸 축하하며 따뜻하게 악수했다. 그런 다음 촛불을 끄고는 난롯불을 정리하고, 방문을 잠근 뒤, 웝슬 씨와 덴마크[4]를 찾아 밤거리로 나갔다.

---

4) 햄릿은 덴마크의 왕자. 여기서는 햄릿이 공연되는 극장을 가리킴.

제31장

　우리가 극장에 도착했을 때, 덴마크 국왕 부부는 부엌 식탁 위에 놓인 안락 의자에 앉아 어전회의를 하고 있었다. 덴마크의 귀족들이 모두 참석해 있었는데 거대한 조상에게서 물려받은 듯한 부드러운 가죽 부츠를 신은 귀족 소년, 서민에서 신분이 높아진 지 얼마 안 되어 보이는 지저분한 얼굴의 늙은 귀족, 머리에 빗을 꽂고 흰 실크 양말을 신었으며 전체적으로 여성스러운 외모를 한 기사 등 세 명이었다. 재주꾼인 내 고향 출신의 배우는 조금 떨어진 곳에서 팔짱을 끼고 우울하게 서 있었다. 그의 곱슬머리와 이마가 조금 더 그럴듯해 보이지 않는 것이 아쉬웠다.

　연극이 진행되면서 몇 가지 기묘한 상황이 벌어졌다. 선대 국왕은 임종할 때 심한 기침으로 고생했는데, 그 기침을 무덤까지 가지고 갔을 뿐만 아니라 이 세상에 되돌아와서도 기침으로 고생하는 것 같았다. 선왕의 유령이 짚은 지팡이 끄트머리에는 수상한 종이가 감겨 있었으며, 그는 이따금 그것을 불안한 눈초리로 힐끔거리는 것 같았다. 어느 부분을 읽어야 할지 몰라 툭하면 헤매는 모습에는 인간다움이 남아 있었다. 아마도 그 까닭에 망령은 관중에게서 "이봐, 다음 장으로 넘겨!"라는 야유를 받고서 몹시 불쾌해졌다. 등장할 때마다 이 위엄 있는 용자는 오랫동안 밖을 헤매며 아주 먼 거리를 걸어온 연기를 했지만, 실제로는 바로 가까운 벽에서 나왔다. 그 때문에 이 용자의 망령은 관객을 겁먹게 하기는커녕 비웃음을 살 뿐이었다. 덴마크 왕비는 매우 풍만한 숙녀로, 실제로도 뻔뻔스러운 여성이었다지만 지나치게 많은 놋쇠를 달고 있었다.[1] 심한 치통을 앓고 있는지 놋쇠 끈으로 턱을 왕관과 붙여 놓고 허리와 두 팔에도 놋쇠 끈을 감고 있었으므로, 관중은 그녀를 팀파니라고 불렀다. 조상에

---

1) 'brass'에는 '뻔뻔한'과 '놋쇠'라는 두 가지 의미가 있음.

게서 물려받은 부츠를 신은 귀족 소년은 어찌나 지조가 없는지 유능한 뱃사공, 유랑 극단 배우, 무덤 파는 사람, 목사, 심지어는 검술 시합에서 숙련된 엄한 눈으로 미묘한 기술을 판정하는 중요 인물을 차례차례 맡았다. 이 사실을 알게 된 관중은 점차 그에게 너그러움을 잃어갔다. 그가 성직자로 나와 오필리아의 장례식 진행을 거부하는 장면에 이르자 관중의 분노는 땅콩을 집어던지는 형태로 나타났다. 또한, 오케스트라의 합주가 고조되는 가운데 오필리아가 쓸데없이 시간을 질질 끌며 광기에 이르렀으므로, 드디어 그녀가 하얀 모슬린 스카프를 풀고 접어서 땅에 묻었을 때에는[2] 한 사나이가 폭발해 버렸다. 줄곧 화난 채 관중석 맨 앞줄 쇠 난간에 코를 대고 야유를 퍼붓던 그가 "이제 아기도 잠들었으니 저녁식사나 합시다!" 그러면서 고함을 지른 것이다. 이것은 적어도 그 장면에는 전혀 어울리지 않는 엉뚱한 말이었다.

　이런 사건들이 쌓이고 쌓여 나의 불행한 고향 출신 배우의 연기에 우스꽝스러운 효과를 주었다. 그 고민에 빠진 왕자가 의문을 입에 담거나 의혹을 제기할 때마다 관중은 장난스러운 효과로 그를 도왔다. 예를 들면, 마음속으로 고민하는 게 훌륭한 태도냐 아니냐는 물음에 "옳소"라는 소리와 "아니오"라는 소리가 튀어나왔으며, 갈등하던 관중이 "동전을 던져 결정하자"라는 의견을 냄으로써 짧은 토론회가 벌어졌다. 하늘과 땅 사이를 기어 다니는 자기 같은 인간이 무엇을 할 수 있겠느냐고 왕자가 묻자 "옳소, 옳소." 소리치는 커다란 반응이 나왔다. 그가 스타킹이 흘러내려 간 상태로 무대에 나타났을 때는(이 무렵 상연 관례에 따라 스타킹 윗부분을 깔끔하게 접어 표현했는데 아마도 그 부분에 다림질을 했을 것이다) 관중석에서 "다리가 희멀거네"라든가 "유령을 보고 놀라서 그런 거겠지" 하는 소감이 들려왔다. 햄릿이 리코더를 잡자—오케스트라에서 쓰다가, 무대로 연결된 문을 통해 지금 막 건네진 까만 플루트와 매우 흡사했다—관중석에서 영국의 국가를 연주하라는 목소리가 날아왔다. 왕자가 유랑 극단 배우에게 "과장스럽게 손으로 허공을 가르지 말라"고 말하자, 아까 화냈던 그 사나이가 "당신이나 그러지 마시오! 당신은 저자보다 훨씬 더 형편없다!"라고 외쳤다. 애석하게도, 이런 일들이 일어날 때마다 웝슬 씨는 웃음소리에 휩싸

---

2) 원작에는 없지만, 그때 연극에 삽입되었던 장면.

였다.

그러나 가장 큰 시련은 묘지 장면이었다. 원시림처럼 보이는 교회 묘지 한쪽에는 작은 교회 세탁장 같은 게 있었으며, 다른 한쪽에는 통행 요금소가 있었다. 검은색 망토를 두른 웝슬 씨가 요금소에 나타나자 관객석에서 무덤 파는 사람에게 "이봐, 조심하라고! 네가 일을 잘하는지 장례업자가 감시하러 왔으니까!" 친근하게 충고하는 소리가 날아왔다. 입헌국가에서 상연되는 연극에서는 햄릿이 두개골을 바라보며 철학적인 대사를 한 뒤 무덤 파는 사람에게 되돌려줄 때, 가슴에서 꺼낸 흰 냅킨으로 손가락을 닦게 되어 있다. 그러나 이 죄 없는 필연적인 동작에도 "어이, 웨이터!"라는 고함이 날아들었다. 매장을 위해 오필리아의 시체가 운반되어 왔을 때는, 그 검은 관 뚜껑이 떨어져 안이 텅 비었음을 알아차리자 관객들은 기쁨을 표시했다. 상여꾼 중 한 사람이 반복해서 등장하는 배우임을 발견하여 야유도 활기를 더해 갔다. 무덤과 오케스트라석 사이에서 햄릿과 레어티스가 몸싸움을 벌이자 장내는 기쁨의 도가니에 빠졌다. 왕자가 현재의 국왕을 부엌 식탁에서 떨어뜨린 뒤 독이 발목에서 1인치씩 올라와 죽음에 이를 때까지 그 기쁨은 줄어들 줄 모르고 계속되었다.

처음에 나와 허버트는 웝슬 씨의 연기에 박수를 보내려고 미약하게나마 애를 썼다. 그러나 그것은 헛된 시도로, 오래가지 못했다. 결국, 우리는 그에게 강한 동정을 느끼면서도 입이 귀에 걸릴 만큼 큰 소리로 웃어댔다. 모든 장면이 우스꽝스러웠으며, 나는 내 의지와는 다르게 줄곧 깔깔댔다. 그러나 마음 깊은 곳에서는 웝슬 씨의 발성에 뚜렷이 비범한 구석이 있다는 인상을 받았다. 옛정 때문에 그렇게 생각한 건 아니다. 아주 여유롭고도 쓸쓸하며 강약이 있는 억양이었으며, 삶과 죽음 사이의 어떤 상태에 처한 인간이 어떤 일을 부딪쳤을 때 나오는 어떤 목소리와도 완전히 다른 발성이었기 때문이다. 연극이 끝나고 그가 무대로 불려 나와 관객들에게 야유를 받고 있을 때 나는 허버트에게 말했다. "얼른 나가자. 안 그러면 그를 만날지도 모르니까."

우리는 서둘러 계단을 내려왔으나, 그다지 빠르지 않았던 모양이었다. 문간에 서 있던 눈썹을 진하고 부자연스럽게 그린 유대인 남자가 우리를 보고 물었다. "핍 씨와 그 친구분이시죠?"

우리는 그렇다고 시인했다.

"월덴가버 씨가 기다리십니다."

"월덴가버?" 내가 되풀이했다. 그러자 허버트가 내 귓전에 속삭였다.

"웝슬 씨를 말하는 건가 봐."

"아아!" 내가 곧 이해하고 말했다. "네. 그럼 당신을 따라가면 되나요?"

"조금만 가면 됩니다." 그가 대답했다. 우리가 옆 복도로 들어섰을 때 그가 우리를 돌아보며 물었다. "그의 모습이 어땠습니까? 제가 의상을 맡았는데요."

나는 장례식 장면 말고는 웝슬 씨가 어떤 모습이었는지 잘 기억나지 않았다. 한 가지 기억나는 게 있다면, 그는 덴마크의 태양인지 별인지를 본뜬 커다란 장식을 파란 리본에 묶어 목에 걸고 있었다. 그 때문에 어떤 특이한 화재 보험에 가입한 사람처럼 보였다는 것뿐이었다.[3] 하지만 나는 그가 멋져 보였으며 훌륭했다고 대답했다.

"묘지 장면에서는 외투를 아주 멋지게 입었었죠." 우리의 안내인이 말했다. "다만 무대 옆에서 보는 한, 왕비의 방에서 유령과 만났을 때 스타킹을 조금 더 관객에게 보였으면 좋았을 걸 하는 아쉬움이 들었지만 말입니다."

나는 조심스럽게 동의했다. 우리는 조그맣고 지저분한 반 회전문을 지나, 바로 뒤에 있는, 포장용 상자처럼 생긴 후덥지근한 방으로 들어갔다. 웝슬 씨는 덴마크 의상을 벗는 참이었다. 상자 뚜껑(즉, 방문)을 활짝 열어 놓은 채였는데, 우리가 한 줄로 서서 앞사람 어깨너머로 그를 흘끔거릴 만큼의 공간밖에 없었다.

"어서 오시오." 웝슬 씨가 말했다. "찾아 주셔서 영광입니다. 이렇게 초대를 드린 점, 부디 용서해 주시기 바랍니다. 과거에 당신을 알았던 건 큰 기쁨이며, 이 연극은 귀하고 부유한 분들 사이에서 인정받는다는 평을 받고 있습니다."

그렇게 말하면서 월덴가버 씨는 왕자의 검은 담비 옷을 벗느라 땀을 뻘뻘 흘리고 있었다.

"스타킹은 가죽을 벗기듯이 벗어 주세요, 월덴가버 씨." 의상 담당이 말했다. "그렇지 않으면 못 쓰게 됩니다. 이게 못 쓰게 되면 35실링이 날아가는 셈이죠. 셰익스피어 연극에 이렇게 좋은 스타킹이 등장한 예는 없었죠! 당신은 가만히

---

3) 런던의 썬 화재 보험은 고객의 집 현관에 태양을 본뜬 금속 배지를 달았음.

의자에 앉아 계세요. 나머지는 제가 할 테니."

그렇게 말하고 그는 무릎을 꿇고 앉아 포획물 가죽을 벗기는 작업에 들어갔다. 스타킹 한쪽이 벗겨졌을 때 바로 뒤에 벽이 없었다면 월덴가버 씨는 그대로 나동그라지고 말았을 것이다.

나는 겁이 나서 연극에 대해서는 아무 말도 못했지만, 그는 만족스럽게 우리를 바라보며 물었다. "그래, 앞줄에서 어떻게 감상하셨습니까?"

"훌륭했어요." 허버트가 내 뒤에서 이렇게 대답했으므로(동시에 나를 쿡 찔렀으므로) 나도 "멋졌어요" 하고 대답했다.

"배역에 대한 제 해석은 어떻던가요?" 월덴가버 씨는 꼭 그렇다고 말할 수는 없었지만 선심 쓰는 듯한 태도로 물었다.

허버트가 뒤에서 (다시 나를 꾹 찌르며) 말했다. "중후하고 존재감이 있었습니다." 나도 그것이 내가 생각해 낸, 꼭 강조하고 싶은 의견이라는 듯이 대담하게 "중후하고 존재감이 있습니다"라고 말했다.

"칭찬의 말씀, 참으로 감사합니다." 그는 의자에 달라붙은 채 벽에 기대어 있는 자세로 있으면서도 위엄 넘치는 말투로 그렇게 대답했다.

"저, 월덴가버 씨." 무릎을 꿇은 채로 있던 의상 담당 사나이가 말했다. "당신의 해석 중 한 가지 틀린 점이 있었습니다. 누가 뭐라던 제 의견은 말이죠, 관객에게 다리를 옆으로 보였을 때 당신은 햄릿을 잘못 해석했다는 겁니다. 요전에 내가 의상을 담당했던 햄릿도 연습 때 같은 실수를 저질렀지요. 그래서 나는 그 사람의 정강이에 커다랗고 빨간 고무를 붙여 놓았죠. 그리고 마지막 연습 때 극장 바로 앞에 있는 맨 끝 자리로 가서, 그의 잘못된 해석 때문에 다리가 옆으로 향할 때마다 '고무가 안 보입니다!' 소리쳤지요. 덕분에 그날 밤 본 공연 때 해석은 훌륭했습니다."

월덴가버 씨는 미소를 지으며 나를 바라봤다. "충실한 수하이니 이런 어리석음은 너그러이 눈감아 준답니다." 그러고는 큰 소리로 말했다. "이곳 관객들에게는 내 연극관이 좀 고전적이고 신중해 보일 겁니다. 하지만 그들도 차츰 나아질 거예요. 그럼요, 나아지겠지요."

허버트와 나는 입을 모아 반드시 나아질 거라고 말했다.

"두 분께서는 아까 관객석에서 내 연기를 조롱거리로 만들려고 애쓰던 사람

햄릿의 장화를 벗기다

을 보셨습니까?"

우리는 기어들어가는 목소리로 보았노라고 대답했다. 내가 덧붙여 말했다. "틀림없이 취한 사람이었을 거예요."

"아니에요, 취한 게 아닙니다. 그랬다가는 그를 고용한 사람이 가만두지 않을 테니까요. 그를 고용한 사람이 술을 마시게 내버려두지 않았을 겁니다."

"그가 누구인지 아세요?" 내가 물었다.

윕슬 씨는 아주 천천히 눈을 감았다가 천천히 다시 떴다. "무식하고 부끄러움을 모르며 쩌렁쩌렁한 목소리를 가진, 비열하면서도 악의에 찬 얼굴을 하고 덴마크 왕 클로디어스의 역할을 맡았던(연기했다고는 차마 못 하겠군요) 남자를 기억하시죠? 그 작가가 그를 고용했지요. 본디 이 직업이란 게 그래요!"

그가 절망에 빠져 괴로워했더라면 그를 더 동정했을지도 모른다. 그러나 어쨌든 나는 이때의 그를 딱하게 여겼으며, 그가 바지에 멜빵을 메려고 돌아서는 순간―그 바람에 우리는 방 밖으로 떠밀렸다―그를 저녁식사에 초대해도 되겠냐고 허버트에게 물었다. 허버트는 그렇게 하는 게 좋겠다고 말했고, 그래서 우리는 그를 초대했다. 그는 우리와 함께 바너드 여관으로 왔다. 우리는 정성껏 그를 대접했다. 그는 새벽 2시까지 앉아서, 자신의 성공을 되돌아보고 앞으로의 계획을 주절주절 늘어놓았다. 그것들이 어떤 내용이었는지는 이미 잊어버렸지만 대충 떠올려 보면, 먼저 그가 연극을 부활시킬 것이며 그의 죽음과 함께 연극은 꿈도 희망도 없이 사라져버릴 거라는 줄거리였던 것 같다.

결국, 나는 비참한 기분으로 잠자리에 들어 에스텔라를 떠올리고 더욱 비참해졌으며, 비참한 꿈을 꾸었다. 꿈속에서 내가 상속받기로 되어 있는 유산은 없었던 일로 돌아갔으며, 허버트의 연인인 클라라와 결혼을 했고, 2만 명이나 되는 관중 앞에서 대사를 단 스무 단어도 못 외운 채 햄릿을 연기했다. 아버지의 유령을 연기하는 사람은 미스 해비샴이었다.

제32장

어느 날 포켓 씨와 한창 공부에 열중하고 있는데, 나는 한 통의 편지를 받았다. 겉봉만 보고도 내 마음은 몹시 두근거렸다. 처음 보는 글씨였지만, 누가 보낸 편지인지 짐작이 갔기 때문이다.

"친애하는"이라든가 "미스터 핍" 같은 상투적인 인사말 없이 편지에는 이렇게 적혀 있었다.

> 모레 오후 마차로 런던에 갈 건데, 마중 나와 줄 거지? 어쨌든 미스 해비샴은 그렇게 약속된 줄로 알고 있고, 난 거기에 따라 편지를 쓰는 거야. 미스 해비샴 그분이 네게 안부를 전해달래.
>
> 에스텔라

만약 시간이 있었더라면 나는 이런 경우를 위해서 양복을 몇 벌쯤 새로 지었을 것이다. 그러나 시간상 가진 옷으로 만족하는 수밖에 없었다. 단숨에 식욕은 사라지고, 그날이 오기까지 한시도 마음이 진정되지 않았다. 물론 그날이 되어도 마음은 가라앉지 않았다. 가라앉기는커녕 내 상태는 더욱 심해졌다. 나는 마차가 우리 마을의 푸른 멧돼지 여관을 출발도 하지 않았을 시간부터 치프사이드 우드 거리에 있는 역 주변을 서성거렸다. 아직 시간이 충분히 있다는 걸 잘 알고 있었지만 역에서 단 5분 눈을 떼는 일도 불안하게 느껴졌다. 이렇게 이성을 잃은 상태에서 (네다섯 시간은 족히 되는 가운데서) 처음 30분이 지났을 무렵, 웨믹과 마주쳤다.

"아이고, 핍 씨. 안녕하십니까? 여기서 이렇게 만나다니 뜻밖이로군요."

나는 마차로 올 누군가를 기다리고 있다며 설명하고, 성과 아버지는 별 탈 없이 잘 있느냐고 안부를 물었다.

"덕분에 둘 다 잘 있지요. 특히 아버지는 말입니다. 아주 원기 왕성하지요. 이번 생일에 82세가 되세요. 만일 이웃 사람들이 불평하지 않고 우리집 대포도 혹사에 견딘다면, 축포를 82번 쏠까 생각 중이랍니다. 그런데 이건 런던에서 할 이야기가 아니군요. 제가 어디로 가는 길인지 아십니까?"

"사무실로 가세요?" 그가 그 방향으로 가고 있었으므로 나는 그렇게 말했다.

"사무실은 그 다음입니다. 뉴게이트 교도소로 가는 중이지요. 은행으로 배달되던 소포의 도난 사건을 맡고 있거든요. 지금 현장을 둘러보고 오는 길이랍니다. 이제부터 의뢰인과 상담을 해야 해요."

"그 의뢰인이 범인인가요?"

"천만에요, 아닙니다." 웨믹이 진지한 얼굴로 대답했다. "그 용의자로 고소당했죠. 당신이나 저도 언제 고소당할지 모릅니다. 그럴 가능성은 있으니까요."

"하지만 우린 둘 다 그렇지 않을 겁니다."

"맞아요!" 웨믹이 집게손가락으로 내 가슴을 부드럽게 어루만지며 말했다. "당신은 퍽 생각이 깊은 사람이니까요, 핍 씨! 아, 잠깐 뉴게이트를 구경하시겠어요? 시간이 있으십니까?"

나는 시간이 남아돌았고, 역마차 사무실에서 눈을 떼지 말아야 한다는 내 잠재적인 욕구와 어긋나기는 하지만 웨믹의 제안은 내게 큰 위안이 되었다. 나는 그곳에 갔다 올 시간이 있는지 확인하고 오겠다며 역 사무실로 갔다. 그리고 역 사무원을 몹시 짜증 나게 만든 끝에, 가장 빠른 마차가 몇 시에 도착하는지 정확한 정보를 얻었다. 물론 질문을 하기 전부터 그 대답을 사무원만큼이나 정확하게 알고 있었지만. 어쨌든 그런 뒤에 나는 웨믹에게 돌아와 시계를 들여다보며, 지금 얻은 정보에 놀라는 체하면서 그의 제안을 받아들였다.

몇 분 뒤 뉴게이트에 도착한 우리는 간수실을 지났다. 간수실 맨 벽에는 교도소 내 규칙이 적혀 있고, 족쇄가 걸려 있었다. 이곳을 지나 우리는 교도소 안으로 들어갔다. 그 무렵 교도소는 제대로 운영되고 있지 않았다. 모든 실정 뒤에 발생하는 과격한 반작용—그것이야말로 그 범죄에 대한 가장 길고 무거운 징벌이다—의 시대가 아직 오지 않은 시절이었다. 따라서 범죄자들은 (구빈원에 수용된 빈민은 물론) 군대보다 나은 숙소와 음식을 배급받지 못했으며, 수프 맛을 좋게 해달라는 용서받을 수 있는 이유로 교도소에 불을 지르는 일도 없었다.[1] 웨믹이 날 데리고 교도소에 갔을 때는 마침 면회 시간이었다. 맥주 파는 소년이 교도소 안을 돌아다니고, 죄수들은 안마당에 친 철창 뒤에서 맥주를 사거나 친구들과 이야기를 나누고 있었다. 너저분하고, 추악하고, 무질서하며, 우울한 광경이었다. 웨믹은 식물들 사이를 걸어가는 정원사처럼 죄수들 사이를 걸어갔다. 마치 밤사이에 돋아난 싹을 발견한 것처럼 "여어, 톰 대위 아닌가! 자네가 거기에 왜 있나? 이거 참 놀랍군!" 하거나 "물탱크 뒤에 있는 사람은 블랙 빌인가? 두 달 만에 보는군. 그동안 어떻게 지냈어?" 하고 말하는 그의 모습에서 그런 생각이 떠올랐다. 웨믹은 철창 앞에서 발을 멈추고―한 사람 한 사람을 상대로―근심스럽게 속삭이는 그들에게 귀를 기울였다. 공판 시기에 만개할 예정인 꽃들에 어떤 변화가 있었는지 꼼꼼하게 음미하듯이, 우편함 같은 입을 꾹 다문 채 면담 상대를 바라보는 것이었다.

웨믹은 재거스 법률사무소의 교섭 담당으로서 매우 인기가 좋았다. 다만 재거스 씨의 지위 때문에 일정 선 이상은 접근하기 어려운 부분도 있었다. 고객 한 사람 한 사람에게 그는 순서대로 고개를 끄덕여 인사를 하고, 두 손으로 모자를 바로잡고, 우편함 같은 입을 굳게 다물고, 손을 호주머니에 찔러 넣으면서 대응했다. 변호 비용을 인상하지 못한 예가 한두 차례 있었는데, 그럴 때마다 웨믹은 그들이 내민 부족한 사례금에서 되도록 몸을 멀리하며 말했다. "안 되지, 안 돼. 나는 그저 직원이라고. 그런 돈은 받을 수 없네. 일개 직원을 상대로 그런 수를 쓰면 곤란해. 그만한 금액을 구할 수 없으면 재거스 선생에게 직접 말하게. 이 바닥에는 얼마든지 변호사가 있지. 한 사람이 거절하면 다른 변호사가 그 일을 맡을지도 몰라. 이것이 일개 직원으로서 내가 하는 충고일세. 쓸데없는 짓은 하지 말게. 어쩔 수 없잖겠나? 자, 다음은 누구지?"

이런 식으로 우리는 웨믹의 온실을 한 바퀴 돌았다. 이윽고 그가 나를 돌아보며 말했다. "지금부터 내가 악수하는 사람을 눈여겨보세요." 그런 경고를 받지 않았어도 나는 주목했을 것이다. 그때까지 그가 악수한 사람은 아무도 없었으니까. 웨믹이 그 말을 마치자마자, 헐어 빠진 올리브색 프록코트를 입고 등을

---

1) 이 소설이 쓰여질 즈음, 식사의 질 향상을 요구하는 죄수들이 폭동을 일으켜 교도소 내에 불을 지르는 사건이 있었다. 디킨스가 생각하기에 이 폭동은 과도한 개혁을 일으켜 죄수를 기세 등등하게 만든 결과였다.

곧게 핀 풍채 좋은 사나이가 철창 구석으로 찾아왔다. 그의 시선은 한곳을 바라보려고 했지만 자꾸 딴 방향으로 흐트러졌으며, 붉은 얼굴은 전체적으로 기묘하게 생기가 없었다. 그를 묘사하는 지금도 그 얼굴이 생생하게 떠오른다. 그가 모자에 손을 대고 (그 표면에는 식은 고기 국물처럼 기름진 얼룩이 있었다) 반은 익살스럽게 반은 진지하게 군대식 경례를 했다.

"안녕하십니까, 대령님!" 웨믹이 말했다. "잘 지내십니까?"

"그럭저럭 지냅니다, 웨믹 씨."

"온갖 노력을 했습니다만, 검찰 측 증거가 너무 확실해서 어쩔 수 없었습니다, 대령님."

"그렇죠, 증거야 확실하죠……. 하지만 나는 상관 안 합니다."

"네, 그야 당신은 그렇겠지요." 웨믹이 그렇게 냉정하게 내뱉고는 나를 돌아보았다. "이 사람은 국왕 친위대였지요. 최전선에서 싸운 경험이 있는데, 돈을 써서 제대했어요."

"아, 그래요?" 내가 말하자 사나이가 나를 바라보았다. 그리고 내 머리 너머와 내 주위를 둘러보고는 손으로 입술을 훔치는 듯한 자세로 웃었다.

"월요일에는 이곳에서 나가게 되겠죠?" 사나이가 웨믹에게 말했다.

"아마도요." 내 친구가 대답했다. "하지만 무슨 일이 일어날지도 모르죠."

"작별인사를 할 기회를 가져 다행입니다, 웨믹 씨." 사나이가 철창 사이로 손을 내밀었다.

"고맙습니다." 웨믹이 그렇게 말하면서 그의 손을 잡았다. "저도 동감입니다, 대령님."

"체포되었을 때 지니고 있던 것이 진짜라면" 사나이가 아직 손을 떼려 하지 않으며 말했다. "호의를 보여 주셨던 증표로 다른 반지를 껴 주기를 청할 텐데요."

"말씀만으로도 감사합니다. 그건 그렇고, 비둘기를 기르셨다고요?" 사나이가 하늘을 올려다보았다. "공중제비를 도는 좋은 혈통의 비둘기를 키우신다는 소문을 들었는데, 혹시 이제 필요 없으시다면 누군가 아는 사람을 통해 두 마리 정도만 주시지 않겠습니까?"

"그렇게 하지요."

"고맙습니다. 잘 돌보겠습니다. 그럼 대령님, 안녕히 계십시오!" 그들은 다시 악수했다. 사나이와 헤어져 걸어가면서 웨믹이 말했다. "위조화폐를 만드는 사람이에요. 매우 훌륭한 기술자지요. 사형집행인 명부가 오늘 발표됐는데, 틀림없이 월요일에 처형될 겁니다. 그렇지만 뭐니뭐니해도 비둘기 두 마리는 동산이니까요." 그러고는 뒤를 돌아보고, 곧 죽을 운명의 식물에게 고개를 끄덕여 보였다. 안마당을 나올 때는 그 대신 어떤 식물을 심는 게 좋을지 생각하는 것처럼 주위를 둘러보았다.

간수실을 지나 교도소에서 나오면서 나는 내 후견인이 교도소 내 사람들뿐만이 아니라 간수에게도 중요인물 대접을 받는다는 사실을 알게 되었다. 우리가 징과 대못이 박힌 두 문 사이에 서 있을 때, 간수가 문 하나를 열기 전에 주의 깊게 나머지 하나를 닫으면서 말했다. "웨믹 씨, 템스강 기슭에서 일어난 살인 사건 말입니다만, 재거스 씨는 그 사건을 어떻게 처리할 생각이 있으신지요? 과실치사로 다룰 건가요? 어떻게 하실 셈입니까?"

"선생에게 직접 물어보시면 되잖습니까?"

"내가 어떻게 감히!" 간수가 대답했다.

"이곳에 있는 녀석들은 늘 이런 식이라니까요, 핍 씨." 웨믹이 나를 돌아보고 우편함 같은 입을 크게 벌리면서 말했다. "직원인 나에게는 뭐든지 물어보는 주제에 재거스 씨에게는 뭐 하나 물어보는 꼴을 못 봤어요."

"이 젊은 신사는 당신네 사무소 심부름꾼인가요? 아니면 수습생이오?" 간수가 웨믹의 불만스러운 모습에 웃음을 지으며 말했다.

"보십시오! 내 말이 맞지요? 질문한 지 얼마나 됐다고 또 직원한테 질문하지 않습니까! 그래, 핍 씨가 심부름꾼이나 수습생이라면 어쩔 건데요?"

"그렇다면," 간수가 빙글빙글 웃으며 말했다. "이 사람도 재거스 씨가 어떤 사람인지 알겠죠."

"맞소!" 웨믹이 소리를 지르며 장난스럽게 교도관을 때리는 시늉을 했다. "당신, 우리 선생님 앞에서는 꿀 먹은 벙어리처럼 아무 말도 못하는 사람이! 당신도 당신이 그렇다는 걸 알 거야. 이 늙은 여우 같은 양반, 빨리 문이나 열게. 그렇지 않으면 선생께 부탁해서 불법 감금으로 고소할 테니."

간수가 웃으며 작별인사를 했다. 그리고 그는 우리가 계단을 내려가 거리로 들어설 때까지 대문 너머에서 우리를 보며 웃고 있었다.

"핍 씨," 웨믹이 내 팔을 잡아당기면서 은밀하게 진지한 어조로 내 귀에 대고 속삭였다. "재거스 선생이 왜 그렇게 접근하기 어려운 분위기를 만드는지 아시겠지요? 그것보다 좋은 방법이 없잖습니까. 늘 닿지 못할 높은 곳에 계시는 것이 선생의 능력에는 어울리지요. 아까 그 대령만 해도 재거스 선생과는 작별인사를 하겠다는 허황된 꿈은 꾸지 않아요. 간수가 사건에 대해 선생에게 의견을 묻지 못하는 것과 마찬가지이지요. 그렇게 해 두고, 높은 곳에 계시는 선생과 저놈들 사이에 그의 직원을 두는 겁니다. 아시겠습니까? 그렇게 해서 재거스 선생은 놈들을 완벽하게 지배하는 셈이지요."

나는 내 후견인의 교묘함에 (이때가 처음은 아니었지만) 깊이 감탄했다. 그리고 사실을 말하자면, (그것도 이때가 처음은 아니었지만) 좀 덜 유능한 후견인이었으면 좋았을 걸 하고 생각했다. 웨믹과 나는 리틀 브리튼에 있는 사무소에서 헤어졌다. 여느 때처럼 사무소 앞에는 재거스 씨를 만나려고 기다리는 사람들이 서성거리고 있었다. 나는 역마차 사무실이 있는 거리로 돌아갔다. 마차가 도착하려면 아직 세 시간도 넘게 남았으므로, 그동안 이런저런 생각을 하며 시간을 보냈다. 교도소와 범죄라는 얼룩이 나를 따라다니는 게 매우 이상한 일이었다. 어렸을 적 어느 겨울 저녁에 쓸쓸한 늪지대에서 처음 만난 뒤로, 그것은 희미해지긴 했으나 지워지지 않는 얼룩처럼 두 번이나 더 나타났다. 그리고 이제는 이런 새로운 방법으로 내 행운과 출세에 스며들고 있었다. 정신없이 이런 생각을 하는 동안 나는 도도하고 아름다운 에스텔라가 나를 향해 오고 있다는 걸 생각했다. 그녀와 교도소를 비교해서 생각하니 정말로 소름이 끼쳤다. 웨믹과 마주치지 않았더라면 좋았을걸, 그의 권유에 이끌려 동행하지 않았더라면 좋았을걸 하고 후회했다. 그랬더라면 1년 365일 중 하필이면 바로 오늘, 내가 내뱉는 숨결과 입은 옷에 뉴게이트의 얼룩이 배는 일도 없었을 것이다. 나는 왔다 갔다 하며 내 발에 묻었을 교도소의 먼지를 털어냈다. 그리고 옷에서도 그곳의 흔적을 털어내고 폐에서는 그곳의 공기를 토해냈다. 내게 다가오는 에스텔라를 생각하자 내가 불결하게 느껴졌다. 그러는 사이에 마차는 일찍 도착했다. 나는 아직도 웨믹의 온실에 대한 기억에서 벗어나지 못하고 있었는데 마차 창문으로 나를 향해 손을 흔들고 있는 에스텔라의 얼굴이 보였다.

그 순간 다시 얼핏 보인 정체를 알 수 없는 그림자는 대체 무엇이었을까?

제33장

모피 소재의 여행복을 차려입은 에스텔라는 그 어느 때보다 우아하고 아름다워 보였다. 그녀의 태도는 일찍이 내게 보인 적이 없을 만큼 매력적이었으며, 그런 변화는 미스 해비샴의 영향 때문이라고 짐작되었다.

우리는 정류소 안마당에 서 있었다. 에스텔라가 내게 자기 짐을 알려 주었다. 모든 짐을 한곳에 모으고 나서야 어이없게도 나는 그녀의 목적지를 모른다는 사실을 깨달았다. 내 머리에는 그저 그녀라는 존재밖에 없었던 것이다.

"리치먼드로 갈 거야. 리치먼드는 두 군데라고 들었어. 하나는 서리에 있고 또 하나는 요크셔에 있는데, 내가 갈 곳은 서리에 있는 리치먼드야. 여기에서는 10마일쯤 된대. 거기까지 마차를 타고 가야 하는데 네가 날 좀 데려다 줘. 여기, 내 지갑이 있으니까 필요한 돈은 꺼내 써. 참, 지갑은 네가 들고 있어! 너도 나도 지시에만 따라야지 멋대로 행동해선 안 돼. 서로 자기 생각을 가져선 안 된다고."

내게 지갑을 건네주면서 그녀가 나를 바라봤을 때 나는 그 말에 뭔가 숨은 뜻이 있기를 바랐다. 자못 가벼운 화제를 이야기하는 말투였지만, 그녀에게 불쾌해하는 기색은 없었다.

"에스텔라, 마차를 구해야 하니까 그때까지 여기서 좀 쉬어갈래?"

"알았어. 여기서 차를 마시면서 좀 쉬고 있을게. 그동안 네가 나를 돌봐줘."

에스텔라는 꼭 그렇게 해야만 하는 것처럼 내 팔짱을 꼈다. 이런 건 난생처음 본다는 눈빛으로 마차를 바라보던 웨이터에게 나는 개인용 객실로 안내해 달라고 부탁했다. 그러자 그는 냅킨을 꺼냈다. 아무래도 그 냅킨은 마법의 이정표이고, 그것이 없으면 2층으로 올라가는 길을 알 수 없는 모양이었다. 그 웨이터는 우리를 좁고 어두컴컴한 방으로 데리고 갔다. 그 방에는 사물이 조그맣게 비치는 볼록거울과 (방이 좁은 것을 생각하면 그 거울은 전혀 불필요한 물건이었다)

안초비 소스 병과 누군가의 덧신이 있었다. 그 방이 마음에 들지 않는다고 하자 다른 방으로 우리를 안내했다. 이 방에는 30명이 앉고도 남을 만한 큰 식탁과 수북이 쌓인 잿더미 아래 타다 만 글씨 연습 책이 보이는 난로가 있는 방이었다. 그는 큰 불이 난 것 같은 난로를 보고 충격을 받았는지 머리를 흔들더니 주문을 받았다. 주문이라고 해 봐야 달랑 '숙녀분이 마실 홍차'뿐이었으므로 그는 시무룩하게 방을 나갔다.

이 방에서는 마구간과 수프가 뒤섞인 듯한 강렬한 냄새가 났다. 마차 손님이 적어 고민하던 주인이 장삿속을 발휘하여, 말을 고삐에 매는 대신 솥에 집어넣어 푹푹 삶고 있는 게 아닌가 생각될 정도였다. 실은 지금도 그렇게 생각된다. 그럼에도 그곳에 에스텔라가 있었으니 그 방은 내게 천국이나 다름없었다. 그녀와 함께라면 그곳에서 평생 행복하게 지낼 수 있을 것만 같았다(분명히 말해 두지만, 사실 나는 그때 그곳에서 조금도 행복하지 않았고 그것은 나 자신도 잘 알고 있었다).

"리치먼드 어디로 가니?" 내가 에스텔라에게 물었다.

"어느 귀부인 댁에 비싼 방값을 내고 살게 될 거야. 그 부인은 나를 여기저기 데리고 다니면서 사람들에게 소개시켜주거나 내게 여러 사람을 보여 주거나 여러 사람에게 나를 보여줄 수 있다고 말했단다."

"여러 곳을 다니며 남들에게 칭찬을 받으면 즐겁겠구나?"

"아마 그렇겠지."

그녀가 매우 무심하게 대답했으므로 내가 말했다. "남 얘기처럼 말하는구나."

"내가 남 얘기를 하는 걸 어디서 들었어?" 에스텔라가 활짝 웃었다. "내가 너한테 말하는 법을 배울 거라고 기대하지 말아 줘. 나는 내 식으로 말할 거니까. 그런데 포켓 씨와 하는 공부는 잘 되고 있니?"

"그 댁에서 매우 즐겁게 지내고 있어."

그렇게 대답은 했지만, 좋은 기회를 놓치고 있는 것만 같아서 덧붙였다. "적어도……"

"적어도?" 에스텔라가 되물었다.

"적어도 네가 없는 곳에서 즐겁게 지낼 수 있는 한 말이야."

"바보 같긴." 에스텔라가 아주 침착하게 말했다. "그런 실없는 말을 잘도 하는 구나. 네 친구 매슈 씨는 다른 식구들보다 훌륭한 사람이니?"

"아주 훌륭한 사람이야. 적이 아무도 없어……."

"자기 자신만 빼고는, 따위의 말은 하지 말기 바라." 에스텔라가 끼어들었다. "난 그런 사람을 싫어하니까. 하지만 매슈 씨는 정말 욕심 없고, 속 좁은 질투나 악의도 없다고 들었어."

"들은 그대로야."

"그 집안의 다른 식구들에게는 그렇게 말하지 못할걸." 에스텔라가 진지하면서도 조롱하는 듯한 표정으로 나를 바라보고 고개를 끄덕였다. "그들은 떼로 몰려 와서 미스 해비샴에게 너에 대한 좋지 않은 소문을 들려주거나 빈정대거든. 너를 감시하며 꾸며낸 말로 헐뜯고, (때로는 익명으로) 투서를 보낸단다. 그들에게는 네가 골칫거리이기 때문에 24시간 내내 네 생각만 하는 거야. 넌 네가 얼마나 미움을 받고 있는지 모를 거야."

"그들이 내게 해를 끼치는 일은 없는 것 같은데."

에스텔라는 대답 대신에 웃음을 터뜨렸다. 그것은 무척 기묘한 광경이었다. 나는 당황해서 그녀를 바라보았다. 에스텔라가 웃음을 그치자(그것은 나른한 웃음이 아니라, 진심으로 즐거워하는 웃음이었다), 나는 평소 그녀를 대할 때처럼 머뭇거리며 말했다.

"그들이 내게 해를 끼쳤다 해도, 네가 그 모습을 보고 기뻐하지는 않을 거라고 생각하고 싶어."

"물론 기뻐하지는 않아. 그 점만은 믿어 줘. 그들의 꿍꿍이가 먹혀들지 않아서 웃는 거야. 미스 해비샴을 찾아온 사람들이 조롱받는 꼴이란!" 그녀는 다시 웃었다. 이유를 분명히 설명해 주었음에도 나는 여전히 그녀의 웃음이 이상하게 생각되었다. 진심에서 우러나오는 정직한 웃음이기는 했지만, 그 상황에 어울리지 않게 느껴졌기 때문이다. 그 웃음에는 내가 모르는 뭔가가 있는 게 분명했다. 그녀가 그런 마음을 읽었는지 이렇게 말했다.

"그들의 바람이 좌절되는 것을 볼 때마다 내가 얼마나 기쁜지, 그들이 웃음거리가 될 때마다 내가 얼마나 즐거운지, 아무리 너라도 쉽게 이해하지 못할 거야. 넌 그 이상한 집에서 아기 때부터 자란 게 아니니까. 그들은 동정이나 연민

같은 다정한 위로로 위장해 놓고 뒤에서는 음모를 꾸며 나를 억압했어. 지켜줄 사람도 없는 나는 어린애 나름대로 필사적으로 지혜를 짜냈지. 밤에 깨어나면 자기 안에 있는 마음의 평화를 헤아리는 여인을 속인 사기꾼을 너는 둥그스름한 앳된 눈을 조금씩 크게 떠가면서 발견하지 못했겠지만, 난 그랬어."

이제 이 화제는 에스텔라에게 웃음의 영역을 넘어 있었다. 그 기억들은 마음 깊은 곳에서 불러일으켜진 것이었다. 아무리 많은 유산을 상속받게 된다 해도 나는 그녀가 그런 표정을 짓는 원인이 되고 싶지는 않다고 생각했다.

"네게 자신 있게 말할 수 있는 게 두 가지 있어. 첫째, 낙숫물이 댓돌을 뚫는다는 속담이 있지만, 아무리 노력해도 그들은 미스 해비샴과 너의 관계에 어떠한 영향력도 끼치지 못할 거란 사실이야. 백 년이 지난다 해도 말이야. 둘째, 나는 네가 그들이 쓸데없이 바쁘고 비열하게 구는 원인이 되어준 데 감사하고 있고, 거기에 손을 내밀고 싶다는 거야."

에스텔라가 장난스럽게 손을 내밀었다(그녀의 음울한 기분은 아주 잠시뿐이었다). 나는 그 손을 내 입술에 갖다댔다. "너 정말 웃기는구나. 넌 충고를 들을 마음이 없니? 아니면 옛날에 내가 볼에 입 맞추게 해 주었을 때 같은 기분으로 지금 손에 입 맞춘 거야?"

"그 기분이 어떤 거였는데?"

"잠시 생각해 봐야겠어……. 그렇지, 아첨쟁이나 음모꾼을 경멸하는 기분."

"그렇다고 대답하면 다시 한 번 볼에 입 맞추게 해 줄래?"

"손에 입 맞추기 전에도 양해를 구했어야지. 그래, 어쨌든 좋아."

나는 고개를 앞으로 숙였다. 그녀의 차분한 얼굴은 조각처럼 보였다. 그러나 에스텔라는 내 입술이 뺨에 닿기가 무섭게 살짝 비켜나며 말했다. "이제 넌 내가 차를 마실 수 있도록 해주고, 나를 리치먼드까지 데려다 줘야 해."

나와의 관계는 억지로 강요당한 것이고 우리 둘은 꼭두각시에 불과하다는 어조로 돌아왔으므로 나는 마음이 아팠다. 그러나 그렇게 따지자면 우리 관계의 모든 것이 나에겐 상처였다. 나에 대한 그녀의 어조가 어떻든 간에 그것을 믿고 기대할 수는 없었다. 그럼에도 나는 계속 그것을 믿고 기대했으며 지금껏 줄곧 그래왔는데 새삼 무슨 말이 더 필요하랴.

차를 재촉하기 위해 종을 울리자 웨이터가 마법의 이정표를 들고 다시 나타났다. 쟁반, 찻잔, 받침 접시, 큰 접시, 칼, 포크(고기 자르는 칼과 대형 포크도), 여러 종류의 숟가락, 소금통, 튼튼해 보이는 양은 덮개 아래에 최대한 조심스럽게 담긴 작고 얌전한 머핀, 엄청난 양의 파슬리 위에 얹힌 소량의 부드러운 버터, 머리 부위에 가루를 뿌린 허연 빵 한 덩이, 부엌 난로 격자에서 구워진 자국이 두 줄 들어간 삼각형 빵, 마지막으로 뜨거운 물을 담은 조상 대대로 내려오는 커다란 주전자 등등. 그는 오십 여개나 되는 부속품을 조금씩 날라 왔는데, 정작 중요한 차는 어디에도 보이지 않았다. 주전자를 안고서 비틀대며 들어왔을 때 웨이터는 무겁고 힘겨운 표정이었다. 이 대목에서 한참을 쉬었다가 드디어 그는 안에 작은 나뭇가지가 든 아주 고급스러워 보이는 상자를 들고 나타났다. 나는 그 잔가지를 뜨거운 물에 담갔다. 이로써 에스텔라를 위해 정체 모를 차를 한 잔 가득 만들 수 있었다.

찻값을 치르고, 웨이터에게 팁을 주고, 마부에게 성의 표시를 하고, 객실 하녀에게도 몇 푼 집어 주었더니—한마디로 온 여관 사람에게 돈을 쥐어 주었더니(그러고서도 경멸과 반감을 사고 나자)—에스텔라의 지갑이 매우 가벼워졌다. 그런 뒤 우리는 마차를 타고 그곳을 떠났다. 마차는 치프사이드로 들어서서 뉴게이트 거리를 지나가자 곧 내가 그렇게도 창피해하는 교도소 건물의 담장 밑에 이르렀다.

"이 건물은 뭐니?" 에스텔라가 물었다.

어리석게도 나는 처음에는 모르는 체하다가 사실을 알려주었다. 에스텔라가 고개를 내밀고 교도소를 바라보고 나서 중얼거렸다. "가없은 사람들!" 그래서 나는 그 안에 들어간 적이 있다는 말을 해서는 안 되겠다는 생각을 했다.

"런던에서 이 음침한 곳의 비밀을 가장 잘 아는 사람이 재거스 씨라는 소문이 돌고 있어." 교도소에 대해 알고 있다는 사실을 어떻게든 다른 사람 탓으로 돌리기 위해 나는 이렇게 말했다.

"그 사람은 어떤 장소의 비밀도 누구보다 잘 알지 않을까?" 에스텔라가 목소리를 낮춰 말했다.

"그 사람하고는 자주 만나니?"

"응, 그를 처음 본 이래로 자주 만났지. 일정하게 만나는 건 아니지만. 그런데 지금도 그 사람이 어떤 사람인지 잘 모르겠어. 겨우 더듬더듬 말하던 어린 시절과 똑같지. 좀 사귀어 보니 어떤 사람이니? 너하고는 잘 지내?"

"사람을 못 믿는 태도에 익숙해진 뒤로는 잘 지내는 편이야."

"재거스 씨랑은 친하니?"

"집으로 저녁식사 초대를 받은 적이 있지."

"그 사람이 사는 집은 분명히 이상한 곳이겠지?" 에스텔라가 몸을 움츠리며 말했다.

"그래, 이상한 곳이야."

아무리 이야기 상대가 그녀라고 해도 내 후견인에 대해 쓸데없는 말은 지껄이지 말았어야 했는데, 하마터면 나는 제라드 거리에서 있었던 만찬에 대해 떠벌릴 참이었다. 그때 갑자기 가스등 불빛이 마차 안으로 비쳐들어 왔다. 그 불빛이 계속되는 동안, 그 전에 느꼈던 형언할 수 없는 감정이 모두 생생하게 되살아난 것 같았다. 불빛 밖으로 나가자 나는 벼락을 맞은 듯이 한동안 눈이 부셔 멍하니 있었다.

그 뒤 화제를 바꾸었다. 우리는 주로 마차가 지나가는 길에 대해 이야기했다. 나는 오른쪽에 보이는 길은 런던의 어디이고 왼쪽은 어디인지 설명했다. 에스텔라는 런던을 거의 몰랐다. 그녀의 말로는 프랑스로 떠나기 전까지 미스 해비샴의 저택 밖으로 나간 적이 없었기 때문이다(프랑스를 오갈 때도 런던은 지나치기만 했다고 한다). 이곳에 머무는 동안 재거스 씨가 책임 맡은 일은 없느냐고 물어보자 그녀는 "천만에!" 단호하게 잘라 말했다.

에스텔라가 자신을 매력적으로 보이게 함으로써 내 주의를 끌려 하고 있으며, 고통을 동반하더라도 내 마음을 빼앗을 속셈이라는 사실을 눈치챌 수 있었다. 그러나 나는 조금도 행복하지 않았다. 그녀가 우리의 운명은 제3자가 결정한다는 식으로 말했기 때문이다. 또한, 그런 말투를 쓰지 않았다 해도, 그녀가 내 마음을 사로잡는 건 절로 우러난 마음에서가 아니며, 내 마음을 짓밟더라도 그녀는 마음 아파하지 않을 거라고 생각했기 때문이다.

마차가 해머스미스를 지나갈 때 나는 매슈 포켓네 집이 있는 곳을 에스텔라에게 알려 주고, 리치먼드로부터 그리 멀지 않으니 가끔 만났으면 좋겠다고 말했다.

"그래, 날 만나러 와. 네가 원할 때 언제든지 와. 그 집 사람들에게 네 얘기를 해둘게. 사실 이미 네 얘긴 해뒀어."

나는 그녀가 살 집에 식구가 많은지 물어보았다.

"아니, 엄마와 딸 둘뿐이야. 어머니는 어느 정도 지위가 있는 귀부인이지만, 수입이 늘어나는 게 싫진 않은 모양이야."

"미스 해비샴이 어떻게 너를 이렇게 빨리 다시 먼 곳으로 보낼 수 있었는지 알 수가 없어."

"이것도 미스 해비샴의 계획 중 하나야, 핍." 그녀는 피곤하다는 듯 한숨을 쉬었다. "나는 계속 편지를 쓰고, 정기적으로 그녀를 만나러 가야 해. 나와 보석 말이야. 거의 내 것이 되었거든."

에스텔라가 내 이름을 부른 건 이번이 처음이었다. 물론 내가 그것을 고맙게 생각하리란 걸 뻔히 알고서 그런 것이었다.

우리는 리치먼드에 일찍 도착했다. 목적지는 '그린'이라고 불리는 들판 옆에 있는 집이었다. 근엄해 보이는 오래된 집이었다. 예전에는 그곳에서 치마용 버팀테와 화장분, 애교점 만드는 헝겊 조각, 수놓은 외투, 말아 올린 스타킹, 주름 장식과 장검 등을 자주 볼 수 있었으리라. 집 앞 오래된 나무들은 옛날 그 그늘을 오가던 버팀테며 가발이며 풀 먹인 치마처럼 뻣뻣하고 부자연스러운 모양으로 손질되어 있었다. 그러나 그 고목이 죽음의 긴 행렬에 나눠 받은 자리는 그리 많지 않았다. 그 나무들도 머잖아 행렬에 끼어 다른 죽은 것들과 함께 조용히 제 갈 길을 갈 것으로 보였다.

옛날에는 녹색 페티코트며, 손잡이에 다이아몬드가 박힌 검이며, 빨간 뒤축에 푸른 다이아몬드로 꾸민 구두의 도착을 집에 알렸던 종은 달빛 아래에서 낡은 음색으로 엄숙하게 울렸다. 살굿빛 얼굴의 하녀 두 명이 에스텔라를 맞이하기 위해 황급히 나왔다. 그녀의 짐이 곧 집 안으로 옮겨지고, 그녀도 미소를 지으며 손을 내밀고 작별인사를 한 뒤 집 안으로 들어가버렸다. 그 뒤에도 나는 그곳에서 그녀와 함께 살 수 있다면 얼마나 행복할까 생각하며 계속 그 집을 바라보았다. 그러나 그녀와 함께 있어도 결코 행복해지지 않고 오히려 비참해질 뿐이란 것을 알고 있었다.

나는 해머스미스로 돌아가기 위해 다시 마차에 올라탔다. 마차를 탈 때는 내 가슴이 내릴 때보다 심하게 욱신거렸다. 포켓 씨네 집 현관에서, 나이 어린

애인에게 에스코트를 받으며 파티에서 돌아오던 제인 포켓과 우연히 맞닥뜨렸다. 그 소년은 플롭슨의 지도를 받느라 정신이 없었지만, 그래도 나는 그가 부러웠다.

포켓 씨는 강연하러 나가고 없었다. 그는 가정학 분야에서 탁월한 강사였다. 자녀와 하인을 관리하는 법에 대해 쓴 그의 논문은 이 주제에 대한 최고의 교재로 평가받았다. 포켓 부인은 집에 있었는데, 어떤 사소한 문제로 난처해하고 있었다. 밀러스가 웬일인지 집을 비운 탓에(근위보병연대에 있는 친척과 함께 있었다고 한다)[1] 아기를 조용히 시키느라 바늘 쌈지를 주었었는데, 외용으로 쓰든 강장제로 쓰든 어린 나이의 환자에게 건강에 좋다고 여겨지는 것보다 많은 바늘이 없어졌기 때문이다.

포켓 씨는 도움이 되는 조언을 주며 매사를 올바르게 이해하고, 확실한 판단력을 지닌 인물로서 정당한 명성을 얻고 있었으므로, 나는 이 욱신거리는 가슴을 그에게 상담할까 생각했다. 그러나 우연히 눈을 들었을 때, 특효약으로 아기에게 수면 요법을 처방한 뒤 귀족 명부 읽기에 심취한 부인이 보기에, 상담은 그만두기로 했다.

---

1) 애인과 만날 때 쓰는 전형적인 핑계.

제34장

　유산을 상속받는 일에 익숙해질수록 나는 그것이 나와 주변 사람에게 끼치는 영향을 아주 조금씩 인식하게 되었다. 그게 내 성격에 미치는 영향은 되도록 외면하려 했지만, 완벽하게 좋은 방법이 아님을 충분히 이해하고 있었다. 나는 조에 대한 내 행동을 늘 걱정했다. 비디에 대한 내 양심도 결코 편하지 않았다. (카밀라처럼) 밤중에 깨어나 '미스 해비샴과 만나지 않고 저 정직한 대장간에서 조와 동업자로서 성인이 되었더라면 나는 더 행복하고 괜찮은 사람이 되어 있겠지'라고 생각할 때마다 우울해졌다. 저녁에 혼자 난롯불을 바라보며 앉아 있을 때면 고향집 부엌과 대장간 불보다 더 좋은 불은 없다는 생각이 수없이 들었다.

　그러나 나의 불안감과 초조함은 에스텔라와 떼어놓을 수 없는 관계에 있었다. 그 감정의 어디까지가 나 자신에게 원인이 있는지 가늠하기란 무척 어려웠다. 즉, 내가 상속받을 유산이 없는데도 에스텔라를 사랑했다면 내가 더 잘할 수 있을 거라고 자신 있게 생각할 수 없다는 거였다. 주변 사람들에게 끼치는 영향력을 판단하기란 매우 쉬웠다. 그것이 누구에게도 이득이 되지 않음은 나도 금방 (어렴풋하게나마) 알 수 있었다. 특히 허버트가 희생자였다. 내 낭비벽 때문에, 물들기 쉬운 성격인 그는 분수에 맞지도 않는 지출을 거듭하여 소박한 인생을 망쳤다. 불안과 후회가 마음의 평화를 좀먹은 것이었다. 예기치 않게 포켓 일가의 나머지 식구들에게 하찮은 농간을 부릴 기회를 제공한 데에는 아무런 양심의 가책도 느끼지 않았다. 그 비열한 수법은 그들의 타고난 경향이었으며, 내가 하지 않았더라도 다른 누군가가 불러 일으켰을 것이기 때문이다. 하지만 허버트의 경우는 달랐다. 그다지 가구류가 갖추어져 있지 않던 그의 방에 분위기와 동떨어진 가구를 채워 넣거나, 자유롭게 부릴 하인이 필요하다며 노랑 조끼를 입은 '원수 같은 영혼'을 고용함으로써 내 친구를 망쳤다고 생각하면 내 양심이 쿡쿡 쑤셨다.

어쨌든 작은 안락을 더 크고 쉽게 만드는 확실한 방책으로서 나는 빚까지 얻어 쓰기 시작했다. 내가 빚을 얻어 쓰자 허버트도 곧 나를 따라 빚을 졌다. 스타톱의 권유로 우리는 '작은 숲의 티티새[1]'라는 모임의 회원이 되는 영광을 얻게 되었다. 이 모임은 2주일에 한 번씩 호화로운 식사를 하고, 그 뒤 열띤 언쟁을 벌이며, 웨이터 6명이 계단에서 잠들어 버릴 때까지 술을 먹이는 게 목적인 것 같았다. 이것 말고 다른 목적을 나는 알지 못한다. 이런 유쾌한 사교 목적은 늘 달성되었으므로, 허버트와 나는 모임의 첫 건배에서 "여러분, 작은 숲 티티새의 우정이 영원히 지속하기를 기원하며!" 외치는 말은 그 의도를 가리키는 것으로 생각했다.

티티새들은 돈을 흥청망청 썼다(저녁식사 장소는 코번트 가든에 있는 호텔이었다). 내가 그 모임에 들어가는 영예를 얻고 처음으로 만난 티티새는 벤틀리 드러믈이었다. 그 무렵 그는 자가용 마차로 런던을 위험천만하게 질주하며 길가에 있는 가로등을 부수고 다니거나, 가끔은 가죽 무릎 덮개와 함께 마차에서 곤두박질치기도 했다. 한 번은 우연히 이 방법으로(석탄이 배달되는 것처럼 내던져지듯) 우리 모임에 도착한 적이 있었다. 그런데 이 이야기를 꺼낸 것은 조금 이른 감이 있다. 모임의 신성한 규칙에 따라, 나는 성인이 되기 전에는 회원으로서 인정받을 수 없었기 때문이다.

나는 넉넉한 재력이 있었으므로 허버트의 비용까지 기꺼이 내주고 싶었다. 그러나 그는 자존심이 강한 친구라 내가 먼저 그런 제안을 할 수는 없었다. 사면초가에 빠진 그는 주위를 두리번거리며 계속해서 기회를 엿보았다. 우리가 밤늦게까지 친구들과 어울려 노는 생활에 점점 빠져들 때, 그는 아침식사 시간에는 절망한 눈으로 주위를 두리번거리고, 점심이 되면 아침보다 희망적인 관측을 했다. 저녁식사 때가 되면 다시 침울해지고, 식사가 끝나면 자본이 저 멀리에 있음을 확실히 인식하고, 자정이 가까워지면 거의 자본을 손에 넣은 기분이 되었다. 그는 새벽 2시가 되면 다시 우울해져서 들소라도 잡아서 돈을 마련해야겠다며, 소총을 사서 미국으로 가겠다는 말을 꺼내는 지경에 이르렀다.

---

1) 셰리던의 희곡 《비평가》(1779)에 나오는 구절.

보통 나는 일주일의 절반을 해머스미스에서 보내며 리치먼드를 기웃거렸다 (여기에 대해서는 따로 설명하겠다). 허버트는 나를 자주 찾아왔다. 아마 그런 때에 포켓 씨는 아들이 아직 기회를 찾지 못했다는 걸 은근히 눈치챌 수 있었을 것이다. 그러나 포켓 가(家)의 자식을 나뒹굴리면서 키우는 교육 방침에 따르면, 허버트는 언젠가 세상 속 어딘가로 어떻게든 굴러 나갈 터였다. 그러는 사이 포켓 씨는 흰머리가 늘고, 더 빈번하게 머리카락을 움켜쥐고 난처한 상황에서 자신을 치커세우려고 시도했다. 한편 포켓 부인은 발판으로 온 식구를 넘어뜨리고, 귀족 명부를 읽고, 손수건을 잃어버리고, 우리에게 할아버지 이야기를 해주고, 어린애들에게 '젊은 생각의 발아[2]'를 재촉했다. 단, 젊은 생각을 목격하면 곧 침대로 들어가라고 야단쳤다.

내가 지금 이 시기에 일어났던 일들을 대강 훑는 것은 앞으로의 이야기를 쉽게 풀어나가기 위해서이다. 그 목적을 달성하기 위해서는 먼저 바너드 여관에서의 일상에 대해 쓰다만 내용을 끝까지 설명하는 것이 가장 좋은 방법일 것 같다.

우리는 최대한 많은 돈을 쓰고도, 보상은 최대한 적게 받았다. 우리는 돈이 많든 적든 늘 비참했으며, 우리가 아는 사람들도 대개 그랬다. 우리는 늘 겉으로는 유쾌하게 지내는 척했으나, 껍질을 한 꺼풀 벗기면 진실은 절대로 유쾌하지 않았다. 이 마지막 점에 관한 한 나는 세상에 이와 비슷한 상황이 수두룩하게 있을 거라고 믿는다.

허버트는 매일 아침 주위를 둘러보고 기회를 엿보기 위해 늘 새로운 기분으로 시티에 갔다. 나는 이따금 그의 구석지고 어두운 일터를 찾아갔다. 잉크병, 모자걸이, 석탄 상자, 끈 상자, 연감, 책상, 의자, 그리고 자밖에 없는 그 방에서 그는 오로지 주위를 두리번거렸다. 모든 사람이 허버트처럼 자기 일에 열과 성을 다한다면 그야말로 덕치 공화국[3]이 실현되리라. 가엾게도 그의 일이란 매일 오후 일정한 시간에 로이즈 보험회사에 가는 것뿐이었다(아마 의례적으로 고용주의 얼굴을 보러 갔던 것이리라). 내가 아는 한 그는 그곳에서 다시 나와야 하는 사실 말고는 로이즈와 그 이상 아무런 관련이 없었다. 그의 형편이 대단히

---

2) 제임스 톰슨의 시 〈사계절〉(1726~1730)에 나오는 구절.
3) 루소가 제창한 이념.

심각하게 느껴져 무슨 일이 있어도 기회를 잡아야겠다는 생각이 들 때면, 허버트는 가장 바쁜 시간에 증권거래소로 가서 거기 모인 사업가들 사이를 우아한 컨트리 댄스를 추듯이 왔다 갔다 했다. 그렇게 증권거래소를 다녀 온 어느 날, 그는 집으로 돌아와 저녁 식탁에 앉더니 말했다. "헨델, 실제로 기회는 기다린다고 찾아오지 않아. 내가 그 기회를 찾아가야 하지. 그래서 오늘은 갔다 왔어."

만일 우리 둘이 이렇게 좋은 친구 사이가 아니었다면, 우리는 매일 아침 서로를 혐오했을 게 분명하다. 그처럼 회한에 괴로워하던 그 무렵 나는 바너드 여관의 내 방이 말로 표현할 수 없을 만큼 증오스러웠다. '원수 같은 영혼'의 제복은 유난히 꼴 보기 싫었다. 하루 중에서도 아침식사 때는 특히 그 제복이 값비싼 돈 낭비로 보였으므로, 우리가 빚더미에 올라앉을수록 아침식사는 점점 허무한 의식으로 변했다. 어느 아침, 고향 신문에 자주 등장하는 표현을 쓰자면 "보석류와 전혀 무관하지는 않은" 소송 절차 관련 편지를 받아들었을 때, 나는 그만 거만한 얼굴로 롤빵을 가지고 온 '원수 같은 영혼'의 푸른 옷깃을 거머쥐고 흔들어대고 말았다. 놈은 부츠 신은 큐피드처럼 공중으로 날아올랐다.

때로는—우리 기분에 달렸으므로 부정기적이기는 했지만—아주 흥미로운 발견이라도 한 듯이 말했다.

"허버트, 요즘 우리 형편이 말이 아니야."

그러면 허버트는 몹시 진지한 표정으로 대답했다. "이것 참 우연이구나, 헨델. 실은 바로 지금 나도 그 말을 하려던 참이었어."

"그렇다면 허버트, 현재 재정 상태를 확인해 보자."

우리는 늘 이 목적을 위해 약속하는 일에서 큰 만족을 얻었다. 이 확인 작업은 사업이자, 문제에 대처하는 수단이며 적을 위협하는 공격이라고 생각했다. 허버트도 나와 마찬가지였다.

의욕적으로 완벽한 작업을 할 수 있도록 기회는 이때다 하고 특별 저녁식사를 주문하고 질 좋은 포도주를 땄다. 식사가 끝나면 펜 십 수 자루, 다량의 잉크, 질 좋은 종이와 압지를 한 뭉텅이 꺼냈다. 도구를 잔뜩 준비해 놓으면 왠지 마음이 놓였다.

그런 다음 나는 종이 한 장을 갖다 놓고 맨 위에 깔끔한 글씨체로 '핍의 채무 기록'이라는 제목을 쓰고, 그 옆에 날짜와 주소를 정성스레 적는다. 허버트도 종이 한 장을 앞에 놓고 똑같은 형식으로 '허버트의 채무 기록'이라고 쓴다.

그리고는 각자 지금까지 서랍 안에 처박혀 있거나, 호주머니에 든 채로 있거나, 촛불에 반쯤 그슬리거나, 몇 주나 거울 뒤에 꽂혀 있거나, 그 밖에 온갖 원인으로 손상된 서류들을 자기 옆에 산더미 같이 쌓아 두고서 그것을 참조한다. 종이 위에서 사각거리는 펜 소리를 들으면 정말이지 기분이 상쾌해졌다. 나는 가끔 이런 식의 유익한 사업 행위를 실제로 부채를 갚는 행위로 착각하곤 했다. 둘 다 거의 비슷하게 훌륭한 일로 생각되었기 때문이다.

얼마쯤 작업이 진행되면 나는 허버트에게 일이 잘되어 가느냐고 물었다. 대개 허버트는 점점 불어나는 숫자를 보고 비통한 표정으로 머리를 긁어댔다.

"숫자가 점점 올라가고 있어, 헨델. 이렇게 계속 늘다니 큰일인걸."

"마음 단단히 먹어, 허버트." 나는 부지런히 펜을 놀리면서 말했다. "문제를 직시해. 사실을 파악하고, 상대를 눈빛으로 제압해야 해."

"그러고 싶은 마음은 굴뚝같지만, 저 숫자들이 나를 뚫어지게 쳐다보고 있는 걸."

그러나 내 결연한 태도가 빛을 발해 허버트는 다시 작업에 열중했다. 얼마쯤 지나면 코브(Cobb)인지 로브(Lobb)인지 노브(Nobb)인지의 계산서가 안 보인다며 그는 다시 절망에 빠진다.

"그럼 추측을 해 봐. 대강 짐작해서 어림셈으로 그 액수를 적으면 되잖아."

"넌 참 영리해!" 그는 감탄하여 대답한다. "너는 사업 능력이 대단하구나."

나도 그렇게 생각했다. 그 일을 계기로 나는 신속하고, 단호하고, 열정적이고, 명확하고, 냉철한 일류 사업가라는 명성을 얻었다. 빚 목록의 작성이 끝나면 항목들을 일일이 계산서와 대조하며 체크 표시를 해 나갔다. 그때의 자부심만큼 기분 좋은 느낌은 그리 흔치 않을 것이다. 체크 표시를 마치면 계산서를 한데 모아 뒷면에 간단히 내용을 기록한 뒤 깔끔하게 다발로 묶는다. 그런 다음 허버트의 계산서도 똑같이 해 준다(그는 겸손하게 자기에겐 나와 같은 관리 능력이 없다고 말했다). 그러면 그의 재정 상태를 손에 잡힐 듯 명확하게 보여 준 기분이 들었다.

내 사업 재능에는 또 한 가지 자랑할 점이 있었다. 내가 "여유 두기"라고 부르는 재주였다. 예를 들어 허버트의 빚이 164파운드 4실링 2펜스라면 나는 "여유 있게 2백 파운드 적어"라고 조언했다. 또는 내 빚이 그의 4배라면 여유 있게 7백 파운드라고 적었다. 나는 이 "여유 두기"라는 지혜를 높이 평가했지만, 돌이켜 보면 이것은 오히려 돈이 드는 지혜였다. 늘 곧바로 새로운 빚을 져서 우리는 항상 여유분까지 빚을 얻어 썼으며, 때로는 그게 주는 자유와 지불 의식 때문에 여유를 넉넉하게 잡기까지도 했다.

그러나 이렇게 재정 상황을 확인한 뒤에는 평온과 휴식과 고결한 침묵이 따랐다. 덕분에 얼마간 나는 나 스스로를 높이 평가했다. 내 재주와 노력 그리고 허버트의 칭찬에 콧대가 높아진 채 눈앞 책상 위나 문구류 더미 사이에 놓인 깔끔하게 정리된 서류 다발을 보노라면 내가 보잘것없는 한낱 개인이 아니라 일종의 금융가가 된 기분조차 들었다.

이 엄숙한 작업을 하는 동안에는 아무에게도 방해를 받지 않도록 늘 바깥문을 닫아뒀다. 어느 날 저녁, 우리가 앞서 말한 고요한 상태에 있을 때, 바깥문에 달린 편지 넣는 구멍에서 편지 떨어지는 소리가 들렸다. 편지를 가지러 갔던 허버트가 돌아오며 말했다. "너한테 온 편지야, 헨델. 나쁜 소식이 아니었으면 좋겠구나." 봉투에 묵직한 검은 테두리와 검은 봉인이 되어 있었기 때문이다.

봉투에는 트래브 상사의 마크가 찍혀 있었으며, 안에는 간단하게 이렇게 적혀 있었다.

"조 가저리 부인께서 지난 월요일 오후 6시 20분에 저세상으로 가셨습니다. 오는 월요일 오후 3시에 있을 장례식에 참석해주시기 바랍니다."

제35장

내 인생행로에서 무덤을 파는 것을 본 것은 이번이 처음이었다. 평평한 땅에 파 놓은 그 구멍은 무척 묘한 인상을 주었다. 부엌 난롯가에 앉은 누나의 모습이 밤낮으로 머리에서 떠나지 않았다. 누나가 없는 그 자리는 상상도 할 수 없었다. 그 무렵 나는 누나를 거의, 아니 완전히 잊고 살았었지만, 이제는 누나가 길 저쪽에서 나를 향해 걸어오고 있다거나 곧 문을 두드릴 거라는 이상한 생각이 떠올랐다. 누나가 한 번도 와본 적 없는 내 방에서조차 죽음이 가져오는 허전함이 떠돌았다. 누나가 아직 살아 있고 가끔 이 방을 찾아오기라도 한 것처럼, 누나의 목소리며 얼굴이며 모습이 끊임없이 기억에서 되살아났다.

내 운명이 어떤 길을 걸었건, 애정 어린 마음으로 누나를 추억하기란 무리였다. 그러나 나는 애정은 많지 않아도 강한 후회를 느끼는 때는 있었다. 그런 마음으로 (아마도 부드러운 감정의 결함을 메우기 위해) 나는 누나에게 그런 끔찍한 상처를 입힌 범인에게 격렬한 분노를 느꼈다. 만일 증거만 충분했다면, 그 범인이 올릭이건 누구건 나는 복수심에 불타 그를 죽음으로 내몰았을 것이다.

장례식에 참석하겠다는 내용을 적은 위로의 편지를 조에게 보낸 뒤, 나는 앞서 말한 묘한 기분으로 하루하루를 보냈다. 장례식 당일은 대장간까지 천천히 걸어갈 시간적 여유를 생각해서 새벽 마차를 타고 푸른 멧돼지에 도착했다.

그날도 화창한 여름날이었다. 집까지 걷는 내내, 힘없는 꼬마인 내가 누나에게 매몰찬 대접을 받던 때가 선명하게 떠올랐다. 그러나 그 기억은 이제 부드러운 색조를 띠었다. 회초리의 감촉조차 부드럽게 변해 있었다. '언젠가 내가 이 세상을 떠난 뒤 어느 화창한 날에 길가는 사람이 나를 추억한다면 이렇게 온화한 기분으로 그래 준다면 좋겠다.' 콩과 클로버 향내가 내 심장에 대고 속삭였다.

마침내 집이 보이는 곳까지 왔다. 놀랍게도 우리집은 트래브 상사에 조용히 점령당해 있었다. 우스꽝스러울 정도로 침울한 표정을 한 두 사나이가 검은 붕대를 감은 목발을 저마다 보란 듯이 과시하며(이런 물건이 위로가 된다고 생각하는 것일까?) 정면 현관에 서 있었다. 그중 한 사람은 본디 푸른 멧돼지에서 일하던 마부였다. 술에 취해 마부대에서 떨어져, 말 모가지에 두 팔을 감은 꼴로 말을 몰다가, 결혼식을 막 마친 젊은 부부를 톱질 구덩이[1]에 빠뜨린 죄로 쫓겨난 사나이였다. 온 마을 아이들과 대다수 여인이 상복 입은 이 두 파수꾼과 집과 대장간의 닫힌 창문을 감탄스러운 눈으로 쳐다보았다. 내가 다가가자 파수꾼 중 한 사람(마부)이 문을 두드렸다. 핍 씨는 슬픔에 빠져 문 두드릴 힘조차 남아 있지 않다는 뜻을 표시하는 동작이었다.

또 다른 파수꾼(언젠가 내기에서 거위 두 마리를 먹어치운 목수)이 문을 열고 특별 응접실로 나를 안내했다. 트래브 씨는 널빤지란 널빤지는 모조리 끌어내어 최대한 면적을 넓힌 가장 훌륭한 탁자에 앉아서 수없이 많은 까만 핀을 앞에 놓고 일종의 상복 바자회를 열고 있었다. 내가 도착했을 때 그는 누군가의 검은 모자에 검고 기다란 리본을 막 달고 난 참이었다(덕분에 그 모자는 배냇저고리에 둘둘 감긴 흑인 갓난아기처럼 보였다). 그가 내 모자를 받으려고 손을 내밀었다. 그러나 나는 때가 때인 만큼 혼란을 일으켜 그의 행동을 잘못 알아차리고서 따뜻한 애정을 담아 그와 악수했다.

사랑하는 조는 가엾게도 턱밑에 커다란 나비넥타이가 달린 작고 검은 망토를 걸치고 방 안쪽에 앉아 있었다. 상주라는 이유로 트래브 씨가 그곳에 앉힌 게 분명했다. 내가 몸을 구부리고 "조, 내가 왔어요." 하고 말하자 그는 "핍, 너는 누나가 성한 몸이었을 때를 기억하지……?" 하더니 내 손을 잡고서 더는 말을 잇지 못했다.

검은 드레스를 입은 비디는 단정하고 정숙해 보였다. 그녀는 조용히 여기저기 다니며 일손을 거들었다. 나는 비디에게 말을 걸고 싶었지만 지금은 그럴 때가 아니라고 생각하고 조 옆에 앉았다. 그리고 누나는 어디에 있을까 생각했다. 응접실에서는 달콤한 케이크 냄새가 났다. 나는 가벼운 음식이 놓인 탁자를 찾았다. 어둠에 눈이 익숙해지기까지는 거의 보이지 않았지만, 탁자 위에는 잘라

---

1) saw-pit. 큰 톱을 켜는 두 사람 중 하나가 그 속에 들어감.

놓은 자두 케이크며 오렌지, 샌드위치, 비스킷, 디캔터 두 개가 놓여 있었다. 이 두 개의 디캔터는 장식품으로서는 잘 알고 있었지만 실제로 사용되는 것을 보는 건 처음이었다. 지금은 포트 와인과 셰리주가 가득 담겨 있었다. 이 탁자 옆에 서 있을 때, 검은 망토를 입고 10피트는 족히 되어 보이는 검은 리본을 모자에 두른 아첨꾼 펌블추크를 발견했다. 그는 음식을 먹으면서도, 내 주의를 끌기 위해 계속 비굴한 행동을 취했다. 드디어 눈이 마주치자 그는 곧장 내게 걸어와서 (셰리주와 케이크 냄새를 풍기며) 나직한 목소리로 "괜찮겠습니까?"하더니 내 손을 잡고 악수했다. 허블 씨 부부도 있었다. 부인은 방 한쪽 구석에서 품위 있게 조용히 통곡하고 있었다. 우리는 '조문 행렬'을 만들라는 지시를 받고서 (트래브 씨에 의해) 기다란 검은 리본으로 줄줄이 엮이는 우스꽝스러운 꼴이 되었다.

트래브 씨의 지시대로 모두 응접실에 가지런히 두 줄로 늘어서 있는데(음울한 춤이라도 준비하는 사람들처럼 보였다) 조가 속삭였다. "내가 하고 싶은 말은, 핍, 나는 내 손으로 직접 네 누나를 무덤까지 옮기고 싶단다. 기꺼이 도와줄 친구 서너 명하고 함께 말이다. 그런데 그렇게 하면 이웃들이 경멸할 거라는구나. 고인에 대한 존경심이 부족하다고 말이야."

이때 트래브 씨가 착 가라앉은 사무적인 목소리로 외쳤다. "모두 손수건을 꺼내십시오! 손수건을 꺼내요! 출관 준비가 다 되었습니다!"

우리는 코피가 났을 때처럼 손수건을 얼굴에 대고서 두 줄로 방을 나갔다. 조와 나, 비디와 펌블추크, 허블 씨 부부가 짝이었다. 가엾은 누나의 유해는 부엌문에서 운반되어 나왔다. 일반적인 장례 절차에 따라, 상여꾼 여섯은 흰 테두리가 들어간 끔찍한 검은 벨벳 마포(馬布)[2] 아래에서 앞이 보이지 않아 숨죽이고 있었다. 열두 개의 사람 다리를 가진 눈먼 괴물이 두 명(마부와 그의 동료)의 호위를 받으며 위태롭게 비틀비틀 걷는 것처럼 보였다.

그러나 마을 사람들은 이런 장례의식을 매우 만족한 표정으로 바라보았다. 우리는 마을을 지나가는 내내 감탄을 자아냈다. 기운 넘치는 젊은이 몇 명이 이따금 맹렬히 뛰어들어 장례 행렬 사이를 뚫고 앞질러 가서는 저만치에서 다

---

2) 관을 덮는 천. 상여꾼을 덮는 데도 쓰였다.

시 기회를 노리며 기다렸다. 우리가 모퉁이를 돌아 나타나면 혈기 왕성한 그들은 "온다!" "상여가 온다!" 갈채라도 보낼 기세로 흥분해서 소리 질렀다. 이렇게 걷는 내내 나는 비굴한 펌블추크 씨 때문에 귀찮아 죽을 지경이었다. 그는 내 뒤에 서서 내 모자에서 흘러내린 검은 리본을 다시 매주거나 망토 주름을 펴주는 등 공연한 참견을 해댔기 때문이다. 또 이렇게 훌륭한 장례 행렬에 끼게 된 것을 도가 넘치게 뽐내는 허블 씨 부부의 어이없는 오만함에도 짜증이 치솟았다.

늪지대가 눈앞에 끝없이 펼쳐지고, 그곳에서 돋아난 것처럼 보이는 배의 돛들이 보이기 시작했다. 우리는 교회당 묘지로 들어가서, 얼굴도 본 적 없는 내 부모님, 우리 교구의 고(故) 필립 피립과 그의 아내 조지아나의 무덤 앞으로 갔다. 누나는 그곳에 조용히 묻혔다. 하늘 높이 종달새가 울고, 산들바람이 불어와 구름과 나무의 아름다운 그림자를 무덤 위로 살며시 드리워 주었다.

속세의 때에 찌든 펌블추크 씨가 묘지에서 보인 행태는, 그것이 모두 나에게 향한 행동이었다는 것 말고는 아무 말도 하고 싶지 않다. "우리는 빈손으로 세상에 왔다가 빈손으로 세상을 떠나며, 인간은 그림자처럼 흘러가 결코 한곳에 오래 머물지 않는다" 운운하는 고상한 문구[3]가 낭독될 때도 이 남자는 "예기치 않은 많은 유산을 상속받게 된 젊은 신사는 예외입니다"라고 암시하듯 헛기침을 해댔다. 집으로 돌아오자 그는 뻔뻔스럽게도 "당신의 출세가 조 부인에게 얼마나 명예로운 일인지 그녀가 알아주었더라면 좋았을 텐데요. 당신의 출세와 바꾸는 거라면 그녀는 자신의 목숨을 내놓아도 손해가 아니라고 생각했을 겁니다"라고 넌지시 말했다. 그런 뒤 그는 남은 셰리주를 모두 마셨으며, 허블 씨는 포트 와인이 든 디캔터를 비웠다. 두 사람의 대화를 듣고 있자니, 자신들은 고인과는 다른 인종이며 세상이 부러워할 불사의 몸이라는 거였다(그것이 이런 때에 흔히 오가는 대화임을 나는 나중에 경험으로 알았다). 그러고 나서야 그는 허블 씨 부부와 함께 떠났다. 그리고 그는 쾌활한 세 뱃사공에서 술을 부어대며, 자기야말로 핍의 행운을 가져다 준 사람이자 어린 시절 은인이라고 떠벌릴 것이 틀림없었다.

---

3) 영국국교회의 기도서 〈사자의 매장〉 중.

손님들이 모두 돌아가고, 트래브와 그 일행도(두 눈 부릅뜨고 찾아봤지만, 종업원 녀석은 오지 않았다) 장례용품을 챙겨 가고 나서야 집이 조용해졌다. 곧 나는 비디와 조와 함께 식은 음식으로 식사를 했다. 우리는 부엌이 아니라 특별 응접실에서 식사를 했고, 조가 나이프며 포크며 소금통을 쓸 때마다 전전긍긍하는 통에 숨이 턱턱 막히는 분위기였다. 그러나 식사가 끝나고 그에게 파이프 담배를 쥐여 준 다음 함께 대장간 주변을 걷다가 밖에 있는 커다란 바위 위에 나란히 앉자 긴장이 좀 풀렸다. 장례식이 끝난 뒤 조는 상복을 벗고, 외출복과 작업복 중간쯤 되는 옷을 입었다. 덕분에 여느 때처럼 자연스럽게 보였다.

그는 내 방에서 자고 가도 되겠느냐는 내 말에 무척 기뻐했으며, 나도 덩달아 기뻤다. 그런 말을 한 나 자신이 대견스러웠다. 땅거미가 짙어졌을 무렵, 나는 비디와 함께 정원을 거닐면서 잠깐 대화를 나누었다.

"비디, 이 슬픈 소식을 어째서 편지로 알려 주지 않은 거니?"

"어머나 핍 씨, 그렇게 생각하셨나요? 그런 줄 알았더라면 당신에게 편지를 보냈겠죠."

"이런 말을 하고 싶진 않지만, 난 네가 그 정도 배려는 해줄 줄 알았어."

"그래요, 핍 씨?"

비디는 매우 조용하고 야무지며 착하고 사랑스러운 여성이었으므로, 나는 그녀를 다시 울리고 싶지 않았다. 나는 내 옆에서 눈을 내리깔고 걷고 있는 비디를 잠시 바라본 뒤, 이 문제를 더는 꺼내지 않기로 했다.

"이제 여기에 계속 남아 있을 수도 없게 되었구나, 비디."

"그럼요. 그럴 수는 없죠, 핍 씨." 그녀가 애석하지만 하는 수 없다는 뜻이 담긴 목소리로 조용히 대답했다. "허블 부인께 얘기해 두었는데, 내일 그 댁을 방문하기로 했어요. 가저리 씨가 안정될 때까지 어떻게든 함께 힘이 되어 드리고 싶어서요."

"앞으로 어떻게 살아갈 셈이지, 비디? 만약 돈이 필요하다면······."

"어떻게 살아갈 거냐고요?" 비디는 순간 얼굴을 붉히며, 내가 말을 끝까지 못 하도록 가로막았다. "핍 씨, 이 마을에 곧 학교가 생겨요. 저는 거기서 선생이 될 생각이랍니다. 이웃들도 나를 추천해 줄 거고요. 나는 끈기 있게 부지런히 남을 가르치면서 내 공부도 하고 싶어요. 핍 씨," 비디가 눈을 들어 나를 바라보면서 미소 띤 얼굴로 말을 이었다. "물론 새 학교는 옛날 같은 학교가 아니에요. 하지만 그때 이후로 난 당신에게 배운 것도 많고, 그동안 내 학문도 조금은 늘었겠죠."

"어디에 있건 비디라면 늘 발전할 거야."

"어머나, 그렇게 생각하나요? 하지만 인간의 추악한 일면에 대해서는 아닐 테죠." 그녀가 중얼거렸다.

나를 책망한다기보다는 저도 모르게 생각이 튀어나온 것 같았다. 나는 이 화제도 그만 접기로 했다. 나는 얌전하게 눈을 내려뜨고 있는 비디를 바라보면서 조금 더 함께 걸었다.

"누나의 죽음에 대해 자세한 이야기를 듣고 싶어, 비디."

"특별한 일은 없었어요. 가엾게도 당신 누나는 한동안 좋아지셨다가 마지막 나흘쯤은 상태가 안 좋아지셨죠. 그러다가 마지막 날 저녁 차 마실 시간에 다시 나아지시더니 아주 분명하게 "조"라고 말씀하셨어요. 오랫동안 한마디도 하지 않던 분이 그렇게 말하니까 나는 달려가서 가저리 씨를 대장간에서 불러왔죠. 누나가 제게 가저리 씨를 가까이 앉히고 목에 팔을 두르게 해 달라는 표시를 하셨어요. 그래서 저는 가저리 씨 목에 누나의 팔을 둘러 드렸죠. 누나는 머리를 그의 어깨에 얹으시더니 몹시 만족스러운 듯 다시 한 번 "조." 분명한 어조로 말하더니, "용서해 줘"라고 말씀하셨어요. 그다음으로 "핍"이라고 말씀하시고는 그대로 꼭 한 시간 계셨어요. 그 뒤 제가 침대 베개에 머리를 눕혀 드렸죠. 돌아가셨다는 걸 알았거든요."

비디가 소리 내어 울었다. 어두컴컴한 정원과 오솔길과 밤하늘의 별들이 갑자기 흐릿하게 보였다.

"아무것도 밝혀진 건 없는 거구나, 비디?"

"네."

"올릭은 어떻게 됐는지 아니?"

"그의 옷차림새로 봐선 채석장에서 일하는 것 같아요."

"그럼 그를 만났단 얘기군. 비디, 왜 저 오솔길에 있는 컴컴한 나무를 뚫어져라 쳐다보는 거지?"

"누나가 돌아가신 날 밤에 저쪽에서 그 사람을 보았어요."

"그게 마지막이 아니지?"

"네, 우리가 걷는 동안 계속 저기에 있었어요. 소용없어요!"그녀가 내 팔에 손을 얹으며 말했다. 내가 그쪽으로 달려가려고 했기 때문이다. "제가 거짓말 하지 않는다는 건 아시죠? 저기에 1분도 있지 않았고, 지금은 이미 어디론가 가 버렸어요."

그자가 아직도 비디 주위를 맴돈다는 사실을 알자 속이 뒤집어지는 느낌이 되살아났다. 나는 격렬한 적의를 느꼈다. 그자를 이 마을에서 내쫓기 위해서라면 돈이 얼마나 들더라도, 아니면 무슨 수를 쓰더라도 상관없다고 씩씩대며 말했다. 그녀는 조금씩 부드러운 주제로 나를 이끌었다. 조가 나를 얼마나 사랑 하는지, 조가 얼마나 불만 없이—비디는 나에 대한 불만이라고 말하지 않았지 만, 나는 듣지 않아도 알고 있었다—강인한 손과 따뜻한 마음으로 묵묵히 일 하는 사람인지를 설명했다.

"정말이지 조는 아무리 칭찬해도 모자란다니까. 비디, 앞으론 이런 대화를 나눌 기회가 많아질 거야. 이제부턴 자주 내려올 생각이거든. 불쌍한 조를 혼 자 둘 수는 없잖아."

비디는 아무 말도 없었다.

"비디, 내 말이 안 들리니?"

"들려요, 핍 씨."

"나를 자꾸 핍 씨라고 부르지 마. 그리고 그 말투도 거슬려, 비디. 무슨 뜻으 로 그러는 거야?"

"무슨 뜻으로 그러는 거라뇨?" 비디가 머뭇거리며 되물었다.

"비디," 나는 고결한 척 오만한 투로 말했다. "아까 그 말이 무슨 뜻인지 알려 주었으면 좋겠는데."

"아까 그 말이라뇨?"

"말끝마다 반복하지 않아도 돼. 전에는 그러지 않았잖아."

"전에는 안 그랬다고요? 아아, 핍 씨, 전에는 그랬죠!"

이 화제도 더는 언급하지 않는 것이 좋겠다고 생각했다. 그러나 잠자코 마당 을 한 바퀴 돈 뒤에 나는 다시 그 이야기를 꺼냈다.

"아까 내가 앞으로는 자주 내려올 거라고 말했는데 비디는 반응이 없었잖아.

왜 그랬는지 이유를 말해 줬으면 해."

"그럼 정말로 자주 이곳을 찾아오겠다는 말씀이세요?" 그녀는 별이 총총한 하늘 아래 좁은 정원에 멈춰 서서 맑고 정직한 눈으로 나를 쳐다보았다.

"맙소사!" 나는 절망한 나머지 그녀를 포기할 수밖에 없다는 투로 말했다. "이거야말로 인간의 가장 추악한 부분이잖아! 부탁이니 이제 아무 말도 하지 말아 줘. 세상에, 맙소사!"

이런 이유로 나는 저녁식사 내내 비디를 서먹하게 대했다. 불만을 가득 품은 채 내 방으로 올라갈 때는 묘지에서의 추억이나 그날 있었던 일과 너무 동떨어지지 않는 선에서 최대한 위엄 있게 "잘 자"라고 말했다. 그날 밤은 몸을 뒤척일 때마다(즉 15분마다) 비디가 내게 얼마나 매정하게 굴고, 나를 얼마나 부당하게 대했으며, 내게 얼마나 큰 상처를 주었는지 마음속으로 수없이 생각했다.

이튿날 아침, 나는 이른 시각에 출발했다. 아침 일찍 밖으로 나와서 대장간 나무창문 너머로 그 안을 몰래 들여다보았다. 그리고 한동안 그곳에 서서, 벌써 일을 시작한 조를 바라보았다. 힘차고 건강하게 빛나는 그의 얼굴은 밝은 미래를 비추는 햇빛이라도 받은 것처럼 보였다.

"잘 있어, 조! 아니, 제발 닦지 마. 그냥 그 시커먼 손으로 악수해 줘! 곧 다시 올게. 이제 자주 올 거야."

"그래, 언제든 환영한다, 얘야." 조가 대답했다. "너무 자주는 말고, 핍!"

비디는 신선한 우유와 빵을 들고 부엌 문간에서 기다리고 있었다. 나는 작별 인사로 손을 내밀며 말했다. "비디, 화가 난 건 아니지만 마음이 좀 그래."

"그러지 마세요." 그녀가 간절하게 말했다. "제가 속 좁은 행동을 했다면 상처 받는 건 저 하나로 충분해요."

집에서 걸어 나오는데 다시금 안개가 피어올랐다. 안개가 내게 "비디 말이 옳다. 너는 돌아오지 않을 거야"라고 일깨워주려는 것이라면(아마 그랬을 것이다), 안개 또한 옳았다고밖에 표현할 길이 없다.

제36장

허버트와 나는 빚을 늘리며 재정 상황을 확인하고 "여유를 두고" 계산하는 일련의 모범적인 행동에 점점 더 빠져들었다. 좋든 싫든 그러는 사이에 시간은 흘러 나는 성인이 되었다. 뭐가 뭔지 모르는 사이에 그렇게 될 거라는 허버트의 예언이 들어맞았다.

허버트는 나보다 여덟 달 먼저 성인이 되었다. 그러나 그저 성인이 되었을 뿐 딱히 물려받을 것이 없었으므로 그 일은 바너드 여관에 별다른 흥분을 가져오지 않았다. 그러나 우리는 내 스물한 번째 생일을 크게 기대하고 예측하며 손꼽아 기다렸다. 그때가 되면 후견인이 분명히 뭔가 확실한 이야기를 해 주리라고 생각했기 때문이다.

나는 리틀 브리튼 사무실에서 내 생일 날짜를 잊지 않도록 충분히 주의를 기울였다. 생일 전날, 웨믹이 보낸 정중한 편지가 도착했다. 경사스러운 다음 날 오후 5시에 사무소를 방문하라는 재거스 씨의 뜻을 알리는 내용이었다. 이 편지를 받은 우리는 드디어 대단한 일이 일어나리라는 확신을 했다. 나는 비상한 흥분에 싸여 5시 정각에 그의 사무소를 찾아갔다.

바깥 사무실에서 웨믹이 축하 인사를 건넸다. 그런 뒤 차곡차곡 접힌 얇은 휴지로 콧방울을 스윽 문질렀다(이것은 좋은 징조로 보였다). 그러나 별다른 말 없이 후견인 방 쪽으로 고갯짓만 해 보였다. 11월이었으므로 재거스 씨는 벽난로를 등지고 난롯불 앞에 서서 윗도리 뒷자락 밑으로 뒷짐을 지고 있었다.

"잘 지냈나, 핍. 오늘은 미스터 핍이라고 불러야겠군. 축하하네, 미스터 핍."

우리는 악수했다—그는 늘 아주 짧은 악수만 나누었다—그리고 나는 그에게 고맙다고 말했다.

"앉게, 미스터 핍."

나는 앉았다. 그러나 재거스 씨가 선 자세에서 자기 부츠를 내려다보면서 눈살을 찌푸렸으므로 어쩐지 내가 불리한 상황에 놓인 듯한 기분이 들었다. 옛날, 교회묘지에서 묘비 위에 앉혀졌던 일이 불현듯 머리에 떠올랐다. 선반에 놓인 무시무시한 석고상 두 개가 그에게서 멀지 않은 곳에 있었는데, 그 표정은 우리의 대화에 귀를 기울이려다 멍청하게도 졸도하기 직전으로 보였다.

"몇 가지 할 이야기가 있네." 증인석에 앉은 증인을 대하는 말투였다.

"네, 말씀하세요."

"어떤가?" 재거스 씨는 몸을 구부려 바닥을 보았다가 다시 고개를 젖혀 천장을 보았다. "자네가 생활비를 얼마나 쓰고 있다고 생각하는가?"

"지출 말입니까?"

"그래." 내 대리인은 여전히 천장을 바라보며 말했다. "얼마나 쓰고 있지?" 그러고는 방을 둘러본 뒤 손수건을 코로 반쯤 가져가다가 멈추었다.

나는 여러 차례나 내 재정 상태를 샅샅이 따지면서도 지출에 대해 어떤 생각이 떠오르면 그 생각을 빚과 함께 무시해 왔었다. 따라서 나는 그 물음에 잘 모르겠다고 마지못해 고백했다. 재거스 씨는 이 대답이 마음에 들었는지 "그럴 줄 알았네!" 하며 만족스러운 듯이 코를 풀었다.

"자, 내가 한 가지 물었으니, 내게 뭔가 물을 게 있거든 말해 보게."

"물론 몇 가지 질문을 할 수 있다면 속이 시원할 것 같습니다. 하지만 금지된 질문이 있었던 걸 기억합니다."

"한 가지만 물어 보게."

"제 은인의 이름을 오늘 밝혀 주실 겁니까?"

"아니, 다른 질문은?"

"그럼 그분 이름을 언제 가르쳐 주실 생각인가요?"

"그 질문은 잠시 제쳐 두고 다른 질문을 하게나."

나는 주위를 둘러보았다. 그러나 이 질문을 피할 길은 없어 보였다. "오늘은…… 저…… 뭔가…… 받을 게 있습니까?" 이 물음에 재거스 씨가 의기양양하게 대답했다. "그 질문을 할 줄 알았지!" 그러더니 웨믹에게 그 종이를 가져오라고 말했다. 웨믹이 나타나서 그에게 차곡차곡 접힌 얇은 종이를 건네주고는 사라졌다.

"미스터 핍, 잘 들어 주었으면 하네. 그동안 자네는 꽤 자유롭게 어음을 발행

했지. 웨믹의 현금 출납부에 자네 이름이 자주 보이더군. 물론 빚도 있겠지?"

"죄송하지만 그렇다고 대답해야겠군요."

"그렇다고 대답할 수밖에 없다는 사실은 알고 있군?"

"네, 압니다."

"빚이 얼마나 있는지는 묻지 않겠네. 어차피 자네도 모를 테니까. 안다 하더라도 나한테는 말하지 않겠지. 액수를 줄여서 말하든가. 아니, 아니!" 나는 이의를 제기하려 했으나 그가 집게손가락을 흔들어 내 말을 막았다. "그러지 않을 거라고 말하고 싶겠지. 하지만 그럴 거네. 미안하지만 인간이란 동물은 내가 더 잘 알지. 자, 이 종이를 받게. 됐나? 좋아. 그럼 펼쳐 보게. 그게 뭐지?"

"5백 파운드짜리 은행권이군요."

"그렇다네, 5백 파운드짜리 은행권이네. 꽤 큰 액수이지. 그렇지?"

"그렇게 생각하지 않을 리가 없죠!"

"아니 아니, 질문에 똑바로 대답하게."

"틀림없이 그렇습니다."

"틀림없이 꽤 큰 액수라고 생각하는군. 핍, 그 꽤 큰 액수의 지폐는 자네 거네. 자네가 장래에 물려받을 유산을 보증하는 의미로 오늘 자네에게 지급되는 돈이지. 나머지 재산을 물려줄 당사자가 모습을 드러낼 때까지 자네는 연간 그 액수를 넘지 않는 선에서 생활해야 하네. 즉, 앞으로는 자기 재정을 전적으로 자신이 재량껏 관리해야 한다는 말이네. 대리인이 아니라 피상속인 본인과 직접 연락을 하게 되기까지는 웨믹에게 석 달에 한 번씩 125파운드를 청구하게. 전에도 말했지만, 나는 그저 대리인일 뿐이라네. 주어진 지시를 실행에 옮기고 그 보수를 받으면 그만이지. 개인적으로 이번 지시는 신중하지 못하다고 생각하지만, 의뢰인 지시가 좋으니 나쁘니 따지는 건 계약 사항에 포함되어 있지 않으니 어쩔 수 없지."

정말이지 나를 후하게 대해 주시는 은인에게 감사를 표하려고 하자 재거스 씨가 내 말을 막고는 차갑게 말했다. "핍, 나는 자네 말을 누군가에게 전해주기 위해 보수를 받는 게 아니네." 그러고서 이 화제를 그만 마치겠다는 뜻을 표명하듯이 윗도리 뒷자락을 걷어 올리고, 부츠가 자신을 함정에 빠뜨릴 계략이라도 꾸미고 있다고 생각하는지 찌푸린 얼굴로 부츠를 내려다보았다.

나는 잠시 여유를 둔 다음에 넌지시 말해 보았다.

"재거스 씨, 좀 전에 미루어 두자던 질문이 있었는데, 다시 여쭤 봐도 될까요?"

"그게 뭐였지?"

그가 선뜻 도와주지 않으리라는 것쯤은 알고 있었다. 그러나 처음 하는 질문인 것처럼 새로운 표현으로 같은 질문을 하게 되자 조금 횡설수설하고 말았다. "제 은인이, 그러니까, 말씀하셨던 그 피상속인이 곧⋯⋯." 여기까지 말했다가 어떻게 말을 이어야 할지 몰라 멈추고 말았다.

"뭔가? 그렇게 끝내면 질문이 안 되질 않나?"

"곧 런던으로 오시는지," 그리고 잠시 생각하며 단어를 신중히 고른 뒤에 말을 이었다. "아니면 저를 다른 곳으로 부르시든지 할까요?"

재거스 씨가 그 움푹 들어간 눈으로 처음 나를 뚫어져라 바라보며 말했다. "핍, 우리가 자네 마을에서 처음 만났던 그날 저녁으로 시곗바늘을 돌려 보세. 그때 내가 자네에게 뭐라고 말했지?"

"그분이 나타나려면 몇 년이 걸릴 수도 있다고 말씀하셨죠."

"그래. 그게 내 대답이네."

이렇게 얼굴을 마주하자 나는 그에게서 뭔가를 더 얻어내고 싶다는 생각에 숨이 가빠오는 것을 느꼈다. 그러나 내 숨이 더욱 가빠지고 그런 상태를 그가 알아차렸음을 깨닫자, 그에게서 아무것도 얻어낼 수 없다는 생각이 들었다.

"앞으로 몇 년 더 기다려야 할까요?"

재거스 씨는 고개를 가로저었다. 아니라는 뜻이 아니라, 자기에게서 무슨 정보를 이끌어낼 수 있을 거라는 생각 자체를 부정하는 것이었다. 무심결에 위를 쳐다보자, 그 무시무시한 두 석고상은 긴장이 극에 달했는지 딱딱하게 굳은 얼굴이 마치 재채기를 할 것처럼 씰룩거려 보였다.

"잘 듣게!" 그가 따뜻해진 손등으로 장딴지를 문지르면서 말했다. "분명히 말해 두지, 핍. 그건 내게 묻지 못하도록 금지된 질문이네. 다시 말해 내 신용에 해를 끼칠지도 모르는 질문이라고 말한다면 이해할 수 있겠나? 하지만 자네를 위해 아주 조금만 말해주지."

여기서 그는 잠시 뜸을 들였다. 그리고 부츠를 노려보면서 몸을 아래로 굽히고 장딴지를 어루만졌다.

"그 분이 자신의 모습을 드러냈을 때," 그러고는 재거스 씨는 몸을 일으키면서 말했다. "자네 문제는 그 분과 결정하면 될 거야. 그 분이 자신을 밝히면, 이 건에 관련된 내 할 일은 완전히 끝나는 걸세. 그 분이 자신의 모습을 드러냈을 때, 나는 이 건에 대해 아무것도 알 필요가 없게 되네. 내가 할 수 있는 말은 이 것뿐일세."

우리는 잠시 서로 응시했다. 이윽고 나는 눈을 돌리고, 생각에 잠긴 채 마룻바닥을 바라보았다. 그의 마지막 발언에서 나는 다음과 같이 유추했다. 미스 해비샴은 이런저런 이유로 나와 에스텔라를 결혼시킨다는 계획에 대해 그에게는 말하지 않았으며, 그는 거기에 화가 나서 그녀가 자기를 완전히 신용하지 않는다고 지레짐작하고 있다. 아니면 실은 그 계획에 반대하기 때문에 그 문제에 전혀 관여하고 싶지 않은 것이리라. 내가 다시 눈을 들었을 때, 그는 날카로운 시선으로 나를 쳐다보고 있었다.

"제게 해줄 수 있는 말이 그것뿐이라면, 저도 더는 할 말이 없군요."

그렇게 대답하자 그는 고개를 끄덕여 동의를 표시했다. 그러고는 도둑들이 두려워하는 그 시계를 꺼내면서 저녁은 어떻게 할 거냐고 물었다. 나는 허버트와 함께 바너드 여관에서 먹을 거라고 대답하면서도, 예의상 함께 식사하는 건 어떻겠냐고 묻지 않을 수 없었다. 그는 즉시 초대를 받아들였다. 다만, 내가 그 때문에 특별한 준비를 하지 않도록 자신도 여관까지 함께 걸어가겠노라며 고집을 꺾지 않았다. 그는 편지를 한두 통 쓰고 (물론 평소처럼) 손을 씻은 다음에 나가겠다고 말했다. 나는 바깥 사무실로 가서 웨믹과 이야기를 나누고 있겠다고 대답했다.

사실 내 호주머니에 5백 파운드가 들어왔을 때, 오래전부터 떠올리곤 하던 생각이 고개를 쳐든 것이었다. 웨믹은 그 생각을 상담하기에 적절한 상대라는 생각이 들었다.

그는 벌써 금고를 잠그고 퇴근 준비를 하고 있었다. 책상에서 나와, 기름진 사무실용 초 두 자루를 가져다가 문에서 가까운 널빤지 위에 심지 자르는 가위와 나란히 올려놓고 막 불을 끄려던 참이었다. 벽난로 불을 약하게 줄이고, 모자와 외투를 챙겨놓고, 사무가 끝난 뒤에 운동을 하는 것처럼 금고 열쇠로 가슴팍 여기저기를 두드리고 있었다.

"웨믹 씨, 물어보고 싶은 게 있는데요. 실은 친구를 도와주고 싶어서요……."

웨믹은 우편함처럼 생긴 입을 굳게 다물고 고개를 가로저었다. 자칫 치명적일지 모를 그런 위험한 생각에는 절대 반대라는 듯이.

"그 친구는 사업을 하고 싶은데 자금이 없어서 시작하지 못해 몹시 실망하고 있어요. 그래서 말인데, 제가 그 사업을 시작할 수 있도록 돕고 싶어요."

"돈을 투자한다고요?" 웨믹이 어떤 톱밥보다도 더 메마른 목소리로 말했다.

"조금만요." 나는 바너드 여관에 있는 영수증 뭉치를 떠올리고 불안해져서 말했다. "지금 갖고 있는 돈에서 조금 투자하고, 그다음에는 제가 받을 유산에서 어떻게든……."

"핍 씨, 괜찮다면 런던에 첼시아 리치만큼 높은 다리가 몇 개나 있는지 어디 한번 세어봅시다. 첫째 런던 다리, 둘째 서더크, 셋째 블랙프라이어스, 넷째 워털루, 다섯째 웨스트민스터, 여섯째 복스홀." 그는 금고 열쇠로 손바닥을 치면서 다리를 하나하나 헤아렸다. "여섯 개 중에서 고르세요."

"무슨 말인지 전혀 이해를 못 하겠는데요."

"다리를 하나 고르세요. 그리고 걸어서 그 다리 한가운데까지 간 다음 다리에서 돈을 템스강으로 던지세요. 그 돈을 보는 건 그때가 마지막일 겁니다. 아시겠습니까? 그 돈을 친구에게 빌려 준다고 쳐 보죠. 그럼 또한 그걸로 마지막이 될지도 모릅니다. 게다가 훨씬 불쾌하고 이롭지 않은 마지막이죠."

말을 끝낸 웨믹의 입은 신문지조차 쑤셔 넣을 수 있을 만큼 옆으로 길게 벌어져 있었다.

"맥 빠지는 이야기인데요."

"그러라고 한 이야기입니다."

"그럼 당신 생각으로는," 나는 조금 언짢아진 말투로 물었다. "절대로……."

"유동자산을 친구에게 투자해서는 안 된다? 물론 그렇고말고요. 그 친구를 잃고 싶은 생각이 아니라면 말입니다. 친구를 잃고 싶다면, 거기에 유동자산이 얼마가 들 것이냐 하는 문제가 남지요."

"그게 당신이 숙고한 끝에 도달한 결론인가요?"

"그게 이 사무소에 있는 제가 내놓을 수 있는 의견입니다."

"아하!" 그 말에 허점이 있어 보였으므로 나는 그 부분을 추궁하기로 했다. "그럼 월워스에서도 그런 결론을 내릴 건가요?"

"핍 씨." 웨믹이 진지한 표정으로 대답했다. "월워스는 월워스고, 사무소는 사무소입니다. 우리 아버지와 재거스 선생이 다른 사람인 것처럼 말이죠. 그 둘을 뒤섞어서는 안 됩니다. 제 월워스 견해에 대해서는 월워스에서 물어보세요. 이 사무소에서는 공적인 견해밖에 말씀드릴 수 없습니다."

"좋습니다." 나는 안도감을 느끼며 대꾸했다. "그럼 조만간 월워스를 한번 찾아가지요."

"그곳에서라면 당신을 개인적이고 사적인 입장에서 환영하겠습니다."

우리는 목소리를 낮추어 이야기를 주고받았다. 내 후견인의 귀가 누구보다도 밝다는 사실을 알기 때문이었다. 곧바로 그가 수건으로 손을 벅벅 문지르며 문간에 나타났으므로, 웨믹은 외투를 입고 촛불을 껐다. 우리 셋은 나란히 밖으로 나갔다. 웨믹은 그의 갈 길로 갔으며, 재거스 씨와 나는 우리의 갈 길로 갔다.

그날 저녁 나는 재거스 씨가 제라드 거리의 자택에 있는 늙은 아버지나 성의 대포처럼, 그의 찌푸린 인상을 풀어 줄 만한 것을 가지고 있으면 좋을 텐데 라는 생각을 수없이 했다. 그의 말처럼 세상이 온통 의심과 의혹으로 가득 차 있다면, 성인이 되는 의미가 거의 없을 거라는 생각도 들었다. 그것은 스물한 번째 생일날 하기에는 불쾌한 생각이었다. 그는 웨믹보다 천 배나 많이 알고, 머리도 천 배나 똑똑했다. 그럼에도 나는 재거스보다는 웨믹을 천 배나 더 저녁 식사에 초대하고 싶었다. 재거스 씨 때문에 우울해진 사람은 나뿐만이 아니었다. 허버트는 그가 떠난 뒤 가만히 난롯불을 들여다보며 "그게 뭔지는 정확히 기억나지 않지만, 아무래도 나는 무슨 죄를 저지른 게 틀림없어. 이렇게나 주체할 수 없이 우울한 기분이 드는 걸 보면 말이야"라고 중얼거렸다.

제37장

월워스에서 내놓을 웨믹의 견해를 듣기에는 일요일이 가장 적절하겠다는 생각에 나는 다음 일요일 오후를 성 방문 시각으로 정했다. 흉벽 앞까지 오자, 국기가 펄럭이고 도개교가 들어 올려져 있었다. 이 노골적인 도전의 표시를 무시하고 종을 울리자, 노인이 무척 반갑게 맞이해 주었다.

노인은 도개교를 단단히 고정하고서 말했다. "혹시 당신이 오면 오후 산책에서 곧 돌아오겠다고 전해달라며 아들이 부탁하고 나갔다오. 아들 녀석은 아주 규칙적으로 산책하지요. 우리 아들은 매사에 규칙적이에요."

나는 웨믹이라면 그랬을 거라 생각하고 노인에게 고개를 끄덕여 보였다. 우리는 성 안으로 들어가서 난롯가에 앉았다.

"내 아들하고는 사무소에서 알게 된 사이요?" 노인은 난롯불에 손을 쬐면서 큰 소리로 말했다. 나는 고개를 끄덕였다. "으흠! 아들 녀석이 일을 아주 잘한다던데, 정말 그렇습니까?" 나는 더욱 열심히 고개를 끄덕였다. "그렇군요. 그래서 사람들이 그렇게 말하는군요. 법률 사무소에서 일한다고요?" 나는 더 열심히 고개를 끄덕였다. "거참, 그게 더 놀라운 일이라오. 본디 법률 일이 아니라, 포도주 판매업을 하도록 교육받았거든."

노인이 재거스 씨에 대해 어떻게 알고 있는지 궁금해서 나는 그의 이름을 크게 외쳐 보았다. 그러자 노인은 껄껄 웃으며 매우 쾌활하게 "그래요, 정말로 당신 말이 옳소"라고 말했으므로 나는 머리가 혼란스러워졌다. 노인이 무엇을 말하고자 했었는지, 또는 내가 어떤 농담을 했다고 생각했던 것인지는 지금 이 순간까지도 수수께끼이다.

나는 노인을 재미있게 해드릴 다른 시도도 하지 않고 계속 고개만 끄덕이고 있을 수는 없었다. 나는 노인도 젊을 때 포도주 판매업을 했느냐고 큰 소리로 물어보았다. 그 단어를 수차례 외치고, 그 단어를 본인과 연결하게 하기 위해 노인의 가슴을 두드리고 나서야 겨우 내 의도를 이해시켰다.

"아니, 나는 창고업을 했다오. 창고업을. 처음에는 저 건너에서." 노인은 굴뚝 쪽을 가리켰다. 아무래도 리버풀을 의미하는 것 같았다. "그다음엔 이곳 런던의 시티에서. 하지만 늙고 귀가 먹어서……."

나는 몸짓으로 매우 놀란 척했다.

"……그래요, 귀가 잘 안 들려요. 그러자 아들놈이 법률의 길로 들어서서 나를 보살펴 주었지요. 그러고는 이 아름답고 우아한 땅을 조금씩 사들인 거라오. 아무튼, 아까 말하던 얘기로 돌아가자면," 노인은 다시 껄껄 웃었다. "솔직히 말해, 그렇군요, 정말로 당신 말이 옳아요."

내 독창력을 최대한 쥐어짠다 해도 이 수수께끼 속 농담의 절반만큼도 그를 즐겁게 할 수 없었다고 나는 겸손하게 생각했다. 그때 갑자기 벽난로 한쪽 벽에서 찌릉찌릉 소리가 나고, 위에 '존'이라고 쓰인 작은 나무문이 확 열리는 바람에 깜짝 놀랐다. 내 시선을 지켜보던 노인이 의기양양하게 외쳤다. "우리 아들이 돌아왔군요!" 우리는 함께 도개교로 나갔다.

서로 손을 뻗으면 쉽게 악수할 수 있는데도 웨믹이 해자 저쪽에서 가슴을 활짝 펴고 환영 인사를 하는 모양은 돈 내고라도 구경할 만했다. 노인이 무척 기뻐하며 도개교를 내리는 걸 보고 나는 일부러 도와주지 않고 가만히 있었다. 웨믹이 다리를 건너와, 함께 있던 미스 스키핀스라는 여성을 소개해 주었다.

미스 스키핀스는 무표정한 여인으로, 그녀를 호위하고 온 웨믹처럼 우편함 같은 입을 꾹 다물고 있었다. 웨믹보다는 두세 살쯤 젊어 보였고 유동자산을 많이 가진 사람처럼 보였다. 허리에서 윗부분의 재단 때문인지, 앞에서 보나 뒤에서 보나 아이들이 날리는 연을 연상시켰다. 드레스는 매우 화려한 주황색이고, 장갑도 매우 짙은 녹색이었다. 그러나 그녀는 좋은 사람같이 보였으며, 노인을 공경스럽게 대했다. 곧 나는 그녀가 이 성에 자주 찾아오는 손님임을 알았다. 집으로 들어갔을 때, 노인에게 도착을 알리는 정교한 장치에 대해 웨믹을 칭찬하자 그는 벽난로의 다른 쪽을 보고 있으라고 말하고는 밖으로 나갔다. 잠시 뒤 다시 찌릉찌릉 소리가 나더니 이번에는 다른 문이 확 열렸다. 그 문에는 '미스 스키핀스'라고 씌어 있었다. 그런 다음 미스 스키핀스가 닫히고, 존이 열리고, 미스 스키핀스와 존이 함께 열리더니, 마지막으로 둘 다 닫혔다. 이 장치를 작동한 뒤 돌아온 웨믹에게 나는 칭찬과 감탄의 말을 아끼지 않았다. 웨믹이 말했다. "이 장치는 아버지를 기쁘게도 하지만 아버지에게 유용하기도 해요. 한마디 덧붙이자면, 이 대문에 발을 들여놓은 사람 중에서 이 장치의 비밀을 아는 사람은 아버지와 미스 스키핀스와 저뿐이랍니다!"

"웨믹 씨가 저 장치를 고안해서 직접 만드셨지요." 미스 스키핀스가 덧붙였다.

미스 스키핀스는 남들 앞에 있다는 "눈에 보이는 외관상의 표시"[1]로서 그날 밤 내내 녹색 장갑을 벗지 않았다.[2] 그녀가 모자를 벗고 있을 때, 웨믹이 성 주위를 산책하며 섬의 겨울을 구경하자고 제안했다. 나는 이 제안이 그가 월워스에서의 견해를 말해주기 위해서라 생각하고, 밖으로 나가자마자 그 기회를 이용했다.

이 문제에 대해 곰곰이 생각해봤기에, 나는 이 주제를 처음 말한다는 듯이 말을 꺼냈다. 먼저, 허버트 포켓을 위해 뭔가를 해 주고 싶다고 말하며, 우리가 처음 어떻게 만나 어떻게 싸웠는지를 이야기했다. 다음으로, 허버트의 집안과 그의 성품, 현재 아버지의 원조 말고는 수입이 없다는 점, 그 원조도 비정기적이고 불확실하다는 점을 설명해 주었다. 그리고 그가 처음에 신사 집단에 대해 아무것도 몰랐던 나를 많이 도와주었다는 점, 그에 대해 충분한 보답을 하지 못했다는 점, 나와 내 유산을 몰랐더라면 그로서는 더 나았을 거라는 점도 덧붙였다. 미스 해비샴은 되도록 이야기에 등장시키지 않았으나, 어쩌면 내가 그와 경쟁 관계에 있었기 때문에 그가 그녀의 원조를 받지 못하게 되었을지도 모른다는 점만 암시했다. 그리고 이렇게 말을 이었다. 틀림없이 그는 관대한 정신의 소유자이며, 비열한 속임수나 복수나 음모와는 아주 거리가 먼 사람이다. 지금 말한 모든 이유에 더하여 그는 좋은 동료이자 좋은 친구이며, 나는 그에게 깊은 애정을 느끼므로 내 행복을 조금이라도 그에게 나누어 주고 싶다. 따라서 세상을 잘 아는 웨믹의 경험과 지식에서 우러나오는 조언을 구하고자 한다. 내 재산을 이용하여 허버트에게 이익에서 얼마간의(이익에 따라 1년에 1백 파운드 정도) 현금을 주고, 차차 어느 회사의 공동경영자 자리에라도 앉혀 줄 수는 없을까. 단, 내가 도와준다는 사실을 허버트가 눈치채지 못하도록 해야 한

---

1) 국교회 기도서에 나오는 문구.
2) 실내에서 남 앞에 있는 여성은 장갑을 긴 채로 있는 것이 품위 있는 예절이라고 여겨졌음.

다. 끝으로 나는 이 세상에 웨믹 말고 조언을 구할 사람이 아무도 없다는 걸 말하고, 그의 어깨에 손을 얹었다. "이런 게 당신을 괴롭힌다는 걸 알지만, 꼭 털어놓고 싶었어요. 하지만 처음에 이곳으로 나를 데려온 당신이 잘못이지요."

웨믹은 한동안 잠자코 있다가 불쑥 말했다. "핍 씨, 한 가지 분명히 말해두겠습니다. 이렇게 하는 건 바람직한 일이 아니에요."

"그럼 당신이 바람직한 일이 되도록 도와주세요."

"곤란한데요. 제 일이 아니라서요." 그는 고개를 설레설레 흔들었다.

"하지만 이곳은 당신의 일터가 아니잖습니까."

"그 말은 맞아요. 정곡을 찌르는군요. 핍 씨, 당신이 뭘 원하는지 알았으니, 어떻게 하면 좋을지 생각해 보겠습니다. 미스 스키핀스 오빠인 미스터 스키핀스는 회계사인데 중개업도 하지요. 그를 만나 이야기해 보겠습니다."

"고맙습니다. 정말 고마워요."

"오히려 제가 고맙지요. 이 건은 엄연히 우리의 개인적이고 사적인 관계상의 문제이지만, 뉴게이트의 거미줄이란 아무리 발버둥쳐도 끈질기게 따라다니지요. 그런데 이 건이 그 거미줄을 걷어내니까요."

그 문제에 대해 조금 더 이야기를 나눈 뒤, 우리는 성으로 돌아왔다. 미스 스키핀스는 차를 준비하고 있었다. 토스트 굽기는 노인이 맡은 역할이었다. 이 존경스러운 노신사가 어찌나 열심히 그 임무를 수행하는지, 나는 그의 눈이 녹아내리지 않을까 걱정스러웠다. 우리가 하게 될 식사는 그냥 식사가 아니라 충분히 원기를 회복시킬 수 있는 것이었다. 노인은 버터 바른 토스트를 산더미처럼 만들었다. 벽난로 격자 맨 위에 걸린 철판에 잔뜩 쌓인 갓 구운 토스트 너머에 있는 그의 모습이 거의 안 보일 정도였다. 한편 미스 스키핀스는 차를 잔뜩 끓였다. 그 바람에 뒤뜰에 있는 돼지가 몹시 흥분하여, 자기도 차 마시는 데 끼고 싶다며 계속 목청을 울려댔다.

평소와 같은 시간에 깃발이 올려지고 대포가 발사되었다. 나는 해자의 너비와 깊이가 30피트쯤 되고 월워스에서 아주 멀리 떨어진 성에 있는 것 같은 아늑한 기분을 느꼈다. 이따금 '존'과 '미스 스키핀스'가 확하고 열리며 등장하는 것을 빼면, 성의 평온함을 방해하는 건 아무것도 없었다. 이 작은 문은 발작을 일으키는 병에 걸린 것 같아서, 익숙해지기까지 한동안 나는 그 문들처럼 안절부절못했다. 미스 스키핀스의 질서정연한 동작으로 보아 그녀는 매주 일요일 저녁 이렇게 차를 준비하는 것 같았다. 또한, 그녀가 옷에 달고 있는, 밋밋한 코에 초승달 눈썹을 한 여인의 옆모습을 조각한 고풍스러운 브로치는 웨믹이 준 유동자산이 아닐까 하는 생각이 들었다.

우리는 그 많은 토스트를 모두 먹고, 거기에 맞춰 차도 마셨다. 그렇게 먹고 마시니 얼마나 속이 든든하고 따뜻한지 다들 기분이 좋아졌다. 특히 노인은 몸에 막 기름을 발라놓은 야만족 추장처럼 보였다. 잠시 쉬고 나서 미스 스키핀스는—일요일이라 하녀는 가족 품으로 돌아간 모양인지 없었다—설거지를 했다. 어설픈 솜씨였지만 그렇다고 해서 누구를 위태롭게 한 것은 아니었다. 그런 다음 그녀는 다시 장갑을 꼈고, 우리는 난롯가에 빙 둘러앉았다. 웨믹이 입을 열었다. "아버지, 우리에게 신문을 읽어주세요."

노인이 안경을 꺼내는 동안, 이것은 평소 습관으로 아버지는 신문을 큰소리로 읽는 것을 아주 좋아하신다고 웨믹이 설명해 주었다.

"좀 너그럽게 봐 주세요. 우리 아버지한테는 즐거움이란 게 그리 많지 않으니까…… 그렇지요, 아버지?"

"아주 좋다, 존. 아주 좋아." 아들이 자기한테 말하고 있다는 것을 알아차리자 노인이 대답했다.

"아버지가 신문에서 눈을 떼면 고개를 끄덕이세요. 그러면 아주 좋아하실 겁니다." 웨믹이 그렇게 말하고, 이번에는 노인에게 말했다. "자, 아버지, 우리는 모두 준비됐어요."

"아주 좋다, 존. 아주 좋아!" 노인이 명랑하게 대답했다. 바쁘고 즐거워 보이는 노인의 모습이 정말 보기 좋았다.

노인의 낭독을 듣고 있자니 웝슬 씨의 대고모가 하던 수업이 생각났다. 다만, 노인의 낭독에는 열쇠 구멍을 통해 들려오는 기분 좋은 신비로움이 있었다. 노인은 촛불을 가까이에 두고 싶어 했다. 그 때문에 어느 때고 머리나 신문이 불에 그슬릴 판이었으므로, 우리는 화약 공장을 감시하듯이 그를 주의해서 지켜봐야 했다. 그러나 웨믹은 꾸준히 온화하게 노인을 지켜보았고, 노인은 자신이 몇 번이나 구조되었다는 것도 모른 채 계속해서 신문을 읽었다. 그가 고개를 들 때마다 우리는 흥미진진한 얼굴로 놀라는 척했다. 그리고 그가 다시 읽기

노부의 신문 낭독

시작할 때까지 고개를 위아래로 연신 끄덕였다.

웨믹과 미스 스키핀스는 나란히 앉았고, 나는 그늘진 구석에 앉아 있었다. 이윽고 나는 웨믹의 입이 천천히 한일자로 길어지는 것을 보았다. 그것은 그의 팔이 천천히 그녀의 허리께로 뻗어 가는 것과 같은 때 일어났다. 마침내 그의 손이 그녀의 반대쪽 허리에 나타났다. 순간 미스 스키핀스는 녹색 장갑을 낀 손으로 그의 손을 잡더니, 자기 드레스의 일부분이라도 되는 것처럼 그 손을 풀어서 천천히 눈앞 탁자 위에 올려놓았다. 그러는 동안 미스 스키핀스가 보인 침착한 태도는 몹시 인상적이었다. 인간이 무의식중에 그런 손동작을 할 수 있다고 가정한다면, 그때 그녀는 기계적으로 그런 행동을 보인 것 같았다.

잠시 뒤 웨믹의 팔은 다시 천천히 내 시야에서 사라졌다. 이윽고 그의 입은 다시 한일자가 되었다. 어떤 일이 벌어질 것인지 기대하며, 동시에 괴롭기까지 한 긴장을 느끼면서, 나는 그의 손이 다시 그녀의 반대쪽 허리에서 나타나는 걸 보았다. 그러자 곧 미스 스키핀스는 냉정한 권투 선수처럼 그 손을 누르고, 좀 전과 마찬가지로 그 허리띠 또는 세스터스[3]를 풀어서 탁자 위에 놓았다. 이 탁자를 도덕의 길이라고 가정한다면, 노인이 신문을 낭독하는 내내 웨믹의 손은 도덕의 길에서 벗어났다가 미스 스키핀스에 의해서 그곳으로 되돌아갔다고 말해도 지나치지 않을 것이다.

마침내 노인은 신문을 읽으며 졸기 시작했다. 그 모습을 보고 웨믹이 작은 주전자와 유리잔이 담긴 쟁반과 사기로 된 꼭대기에 코르크 마개가 달린 검은 병을 들고 왔다(이 병은 혈색 좋고 사교적인 사무직 고관의 상징이었다). 이것들의 도움으로 우리는 모두 따뜻한 음료를 마셨다. 곧 잠에서 깨어난 노인도 함께 마셨다. 미스 스키핀스가 마실 것을 섞어서 나누어 주었는데, 자기가 마실 때는 웨믹과 같은 잔을 썼다. 물론 나는 그녀를 집까지 데려다 주겠다는 눈치 없는 제안은 하지 않았다. 아무리 봐도 이 자리에서 내가 먼저 일어서는 게 정답이었다. 나는 노인에게 진심어린 작별인사를 건네고 집으로 돌아왔다. 정말 유쾌한 저녁이었다.

---

3) 사랑의 여신 비너스의 허리띠가 세스터스라는 이름으로 불린 데에서, 매력적인 여성을 '케세스터를 두르고 있다'고 표현하곤 한다. 또한, 세스터스는 고대 로마에서 권투 선수들이 손에 감은 띠이기도 함.

일주일도 지나지 않아 웨믹에게서 편지가 왔다. 발신지는 월워스였다. 우리의 개인적이고 사적인 관계에 있는 그 문제에 진전이 조금 보였으므로, 다시한 번 만나고 싶으니 부디 방문해 달라는 내용이었다. 그 뒤로 몇 번인가 월워스를 찾아갔고 시티에서도 가끔 그와 만났지만, 리틀 브리튼이나 그 근처에서그 건에 대해 말을 꺼내는 일은 전혀 없었다. 마침내 우리는 믿을 만한 젊은 상인(선박 중개인)을 찾아냈다. 그는 사업을 시작한 지는 얼마 되지 않았지만 똑똑한 조력자와 자본을 필요로 했으며, 때가 되면 동업자를 찾는 사람이었다. 나는 허버트를 위해 그 사람과 비밀 계약을 맺었다. 먼저 내가 받은 5백 파운드중 절반을 그에게 계약금으로 지불하고, 그 밖에 잡비는 내가 석 달에 한 번씩받기로 된 수입에서 빠져나가기로 했다. 잔금은 유산을 물려받은 시점에 지급하기로 했다. 미스 스키핀스의 오빠가 이 협상을 맡았고, 웨믹은 처음부터 끝까지 관여했지만 모습을 드러내지는 않았다.

모든 일이 빈틈없이 진행되었으므로 허버트는 그 일에 내가 관여되어 있다는 사실을 전혀 눈치채지 못했다. 어느 날 오후 집으로 돌아온 그가 매우 놀라운 소식이 있다며, 클라리커라는 인물(젊은 중개인 이름)을 만났는데 그가 자기에게 대단한 흥미를 나타낸 걸 보면 드디어 기회가 찾아 온 것 같다고 내게 말했다. 그때 허버트의 기쁜 표정은 결코 잊을 수 없을 것이다. 날이 갈수록 그의희망은 구체적으로 실현되었고 얼굴은 밝아졌다. 그가 그토록 행복해하는 모습을 보고 나는 기쁨의 눈물을 참느라 무진 애를 써야 했으므로, 그는 나를더욱 좋은 친구로 생각했을 것이다. 마침내 계획이 무사히 실행에 옮겨져 허버트가 클라리커 사무실에 출근하게 되던 날, 그는 성공의 기쁨에 들떠 밤새도록흥분하여 나와 대화를 나누었다. 내 유산이 누군가에게 조금이나마 도움이 되었다는 생각에, 나는 이불 속에서 한바탕 실컷 울어 버렸다.

바로 이 즈음 내 인생의 일대 사건, 하나의 고비가 코앞에 와 있었다. 그러나그 사건과 그것이 일으킨 여러 변화를 말하기에 앞서, 에스텔라에 대해 좀더이야기하고 싶다. 내 마음을 그토록 오랫동안 붙들고 놓지 않았던 주제이니만큼 조금 더 이야기한다 해도 지나치지 않을 것이다.

제38장

　내가 죽고 나서 리치먼드의 그린 거리에 있는 그 근엄하고 낡은 집에 유령이 나온다면 그건 바로 나일 것이다. 에스텔라가 그 집에 사는 동안 내 초조한 영혼은 얼마나 숱한 밤낮을 그 집에 드나들었던가! 몸뚱이가 어디에 있건 내 영혼은 언제나 그 집 주위를 떠돌고 또 떠돌았던 것이다.

　에스텔라가 묵는 집의 부인은 브랜들리라는 이름의 과부였는데, 에스텔라보다 몇 살 많은 딸이 하나 있었다. 그 부인은 젊어 보이는 반면, 딸은 나이에 비해 늙어 보였다. 부인의 얼굴은 발그레했지만, 딸은 누렇게 떠서 병들어 보였다. 어머니는 경박하다 싶을 만큼 가벼웠고, 딸은 신학생처럼 차분했다. 그 집은 소위 명문가였으므로, 많은 사람이 쉴 새 없이 드나들었다. 두 사람과 에스텔라 사이에 감정 교류 같은 건 전혀 없었다. 그러나 그녀들에게는 에스텔라가 필요하며 에스텔라에게는 그녀들이 필요하다는 상호 이해가 맞아떨어졌다. 브랜들리 부인은 미스 해비샴이 저택에 틀어박히기 전의 친구였다.

　나는 브랜들리 부인의 집 안팎에서 에스텔라 때문에 온갖 종류의 고문을 당했다. 나와 그녀는 가까운 사이였으나 애정과는 거리가 먼 관계였기 때문에 나는 혼란스러워 미칠 것만 같았다. 에스텔라는 자기를 좋아하는 다른 남자들을 애태우기 위해 나를 이용했다. 뿐만 아니라 그런 나와의 친밀한 관계까지도, 그녀에 대한 내 헌신적인 감정을 계속 경멸하기 위해 이용했다. 내가 그녀의 비서나 집사나 이복동생이나 가난한 친척이었다고 해도, 아니면 그녀의 장래 시동생이었다고 해도, 바로 그녀 곁에 있으면서 이토록 절망을 느끼지는 않았을 것이다. 그녀의 이름을 호칭 없이 부르고 그녀에게 이름으로만 불리는 특권도 이런 상황에서는 나를 더욱 고통스럽게 할 따름이었다. 이 때문에 그녀를 사모하는 다른 남자들은 거의 미칠 지경이었고, 나 또한 틀림없이 그랬다.

　그녀를 흠모하는 남자들은 수없이 많았다. 그녀에게 가까이 다가가는 사람은 분명히 그녀를 숭배하는 자일 거라고 나는 심한 질투심을 느꼈다. 그러나 접근하는 사람들을 빼더라도 그녀의 숭배자는 수두룩했다.

나는 리치먼드에서 자주 그녀를 만났으며, 번화가에서 가끔 그녀에 대한 소문을 들었다. 이따금 그녀와 브랜들리 모녀를 데리고 물놀이를 가기도 했다. 소풍이며 축제, 연극, 오페라, 음악회, 연회 등 각종 오락에 부지런히 얼굴을 내밀고는 그녀를 쫓아다녔지만 모두 비참할 따름이었다. 그녀와 함께 있어도 행복한 시간은 조금도 없었다. 그런데도 나는 죽을 때까지 그녀와 함께할 거라는 행복한 생각을 24시간 내내 되풀이했다.

이런 교제가 이어지는 동안—이제 곧 밝혀지겠지만, 그 무렵의 나로서는 무척 길게 느껴지는 시간이었다—대개 에스텔라는 우리의 관계는 억지로 강요된 것임을 나타내는 말투로 돌아가곤 했다. 그러다가도 또 어떤 때는 이런저런 말투를 자제하고, 갑자기 나를 가엾게 여기기도 했다.

어느 저녁 리치먼드의 저택 창가에 나와 조금 떨어져 앉아 있을 때였다.

"핍, 핍, 내 충고를 들을 마음이 없니?"

"무엇에 대해서?"

"나에 대해서 말이야."

"너를 좋아해선 안 된다는 충고 말이니, 에스텔라?"

"그래 그거. 내가 무슨 뜻으로 그런 말을 했는지 아직도 모른다면 넌, 장님이나 다름없어."

본디 사랑에 빠지면 장님이 된다는 대답을 하고 싶은 마음이 굴뚝같았다. 그러나 이런 때면 늘, 미스 해비샴의 희망에 따르는 수밖에 없음을 잘 아는 그녀에게 나를 강요하는 일이 비열하게 느껴져 차마 말이 나오지 않았다(이것은 내 수많은 불행 가운데서도 결코 작은 축이 아니었다). 에스텔라는 미스 해비샴에게 복종해야 한다는 것을 알고 있지만 자존심 때문에 내게 저항을 시도하며, 그 때문에 나는 몹시 불리한 상황에 놓일 것이다. 나는 언제나 이것이 두려웠다.

"어쨌든 오늘은 충고 같은 건 받지 않겠어. 먼저 만나자고 편지를 보낸 건 너잖아."

"그건 맞는 말이야." 에스텔라는 언제나 나를 오싹하게 만드는 차갑고 무표정한 미소를 지으며 말했다.

한동안 아무 말 없이 저녁 어스름을 바라보다가 그녀가 말을 이었다.

"미스 해비샴이 내가 새티스에 와서 하루 정도 보냈으면 하는 소식을 보내왔어. 너만 괜찮다면, 함께 다녀왔으면 좋겠는데. 미스 해비샴은 내가 혼자 여행하는 것도, 내 하녀를 집에 들이는 것도 싫어하시거든. 그런 사람들이 자기에 대해서 수군거리고 다닐까 봐 몹시 불안하신 게지. 어때, 네가 나를 데려다 줄 수 있겠니?"

"너를 데려다달라고?"

"그럼 좋다는 뜻이지? 모레 부탁해. 경비는 내가 낼 거고. 조건은 알고 있겠지?"

"그렇다면 거기에 따르는 수밖에 없겠네."

그곳을 방문하기에 앞서 내가 들은 준비 사항은 그뿐이었다. 다른 때에도 마찬가지였다. 미스 해비샴은 내게는 한 번도 편지를 보내지 않았다. 나는 그녀의 글씨체조차 모른다. 그 다음다음 날 저택을 찾아갔을 때, 그녀는 나와 처음 만났던 그 방에 있었다. 새티스 하우스에 아무런 변화도 일어나지 않았음은 말할 필요도 없을 것이다.

미스 해비샴은 내가 두 사람을 마지막으로 함께 보았을 때보다 더욱 끔찍하게 에스텔라를 귀여워했다. '끔찍'이라는 말은 충분히 주의해서 고른 표현이다. 에스텔라를 바라볼 때와 그녀를 안을 때 그 미스 해비샴의 적극적인 모습에는 정말로 소름 끼치는 뭔가가 있었던 것이다. 자기가 기른 아름다운 생물을 잡아먹는 듯한 모습이었다.

미스 해비샴은 에스텔라에게서 내게로 시선을 옮겼다. 그 눈초리는 내 심장을 도려내고 내 상처를 찾아내는 것 같았다. "핍, 넌 저 애에게 어떤 대접을 받고 있지? 응? 어떤 대접을 받아?" 미스 해비샴은 에스텔라가 옆에서 듣고 있는데도 마녀처럼 열심히 되풀이하여 내게 물었다. 그러나 그녀가 가장 섬뜩하게 느껴진 것은 깊은 밤에 셋이서 가물거리는 난롯불 앞에 앉아 있을 때였다. 그녀는 에스텔라의 팔을 끌어당겨 손을 꼭 잡은 뒤, 에스텔라가 정기적으로 보낸 편지에서 유혹했다고 말한 남자들의 이름과 신분을 캐냈다. 그러고는 치명적으로 상처 입고 병든 마음으로 그 명부를 하나하나 보면서, 다른 한 손은 목발을 쥐고 턱을 그 위에 올린 채 빛바랜 눈을 번뜩이며 나를 노려보았다. 그야말로 유령 같은 모습이었다.

그 모습에서 나는 어떤 사실을 깨달았다. 미스 해비샴은 남자에게 복수하기 위해 에스텔라를 키웠으며, 그 목적을 어느 정도 달성하기 전까지는 그녀를 결코 내게 주지 않으리란 사실이었다. 나는 비참한 기분이 들었다. 그리고 남의 힘에 의지하는 내 삶에 싫증이 나고, 몹시 타락해 버린 기분조차 들었다. 나는 그때 왜 그녀가 내게 에스텔라를 미리 지정했는지 이유를 알 것 같았다. 미스 해비샴은 남자를 매혹하고 괴롭히고 비참하게 만들기 위해 에스텔라를 세상에 내보냈다. 어떤 남자도 에스텔라를 넘볼 수 없으며, 그녀에게 인생을 건 자는 반드시 파멸하리라는 심술궂은 확신이 바탕에 깔린 행동이었다. 또한, 나는 언젠가 상을 받겠지만, 그때까지는 나 또한 그녀의 비뚤어진 변덕 때문에 고통 받아야 한다는 사실을 깨달았다. 나는 여기서 왜 내가 그 배역을 오랫동안 피할 수 있었는지, 왜 재거스 씨가 그런 계획을 정식으로 알고 싶어 하지 않았는지 그 이유도 알 것 같았다. 한마디로, 나는 그 모습에서 지금 내 눈앞에 있는 미스 해비샴, 지금까지 줄곧 지켜봐 왔던 미스 해비샴을 본 것이다. 그리고 햇빛을 피해 사는 그녀의 어두컴컴하고 병든 저택에 드리운 뚜렷한 그림자까지도.

방을 밝혀 주는 촛불은 벽에 걸린 촛대에 꽂혀 있었다. 그것은 바닥에서 멀리 떨어져 희미하게 타고 있었다. 나는 고개를 돌려 촛불과 그것이 만드는 음산한 분위기, 멈춰 버린 시계, 탁자와 바닥에 놓인 낡은 웨딩드레스, 천장과 벽에 유령처럼 길게 그림자를 드리우고 있는 오싹한 그녀의 모습을 둘러보았다. 그 모든 것 안에 내가 내린 결론이 반사되어 내게로 되돌아오는 것이 보였다. 다음으로 나는 축하연 준비가 된 식탁이 놓여 있는, 층계참 건너편의 넓은 방을 떠올려 보았다. 식탁 중앙 장식물에 폭포수처럼 걸린 거미줄, 식탁보 위를 기어다니는 거미, 작은 심장을 팔딱거리며 널벽 뒤로 부지런히 움직이는 생쥐가 지나간 길에, 마룻바닥을 더듬거리다가 멈추는 바퀴벌레에도 같은 결론이 쓰여 있는 게 보였다.

에스텔라와 미스 해비샴 사이에 날카로운 말이 오간 것도 그날이었다. 두 사람이 대립하는 모습을 본 것은 그때가 처음이었다.

좀 전에 말했듯이 우리는 벽난로 앞에 앉아 있었다. 미스 해비샴은 여전히 에스텔라의 팔을 끌어당겨 그녀의 손을 꼭 쥐고 있었다. 이윽고 에스텔라가 조금씩 그녀에게서 몸을 빼기 시작했다. 그녀는 이미 여러 차례 강한 자존심에서 비롯된 짜증을 드러냈다. 미스 해비샴의 지극한 사랑을 순순히 받아들이지도 거기에 응하지도 않고, 그동안 묵묵히 참았던 것을 터트린 것이었다.

"이런!" 미스 해비샴이 날카로운 눈으로 그녀를 노려보았다. "너 내가 싫어졌니?"

"제 자신이 조금 싫어졌을 뿐이에요." 에스텔라는 팔을 빼내고 벽난로 선반 옆으로 가서 선 채로 불을 내려다보았다.

"사실대로 말해, 배은망덕한 것 같으니!" 미스 해비샴은 화가 나서 목발로 바닥을 쾅쾅 치면서 고함을 질렀다. "넌 내가 지겨워진 거야."

에스텔라는 매우 침착하게 그녀를 바라보다가 다시 불로 눈을 돌렸다. 그녀의 우아한 자태와 아름다운 얼굴에서는 미스 해비샴의 격한 열정에 대한 잔인하리만치 냉담한 무관심이 엿보였다.

"매정한 것 같으니!" 미스 해비샴은 더욱 흥분해서 목청을 높였다. "요 매정하고 쌀쌀맞은 계집애!"

"뭐라고요?" 에스텔라는 벽난로 선반에 몸을 기대어 무관심한 태도를 잃지 않고 눈동자만 움직이며 말했다. "내가 차갑게 군다고 나무라시는 거예요, 지금? 당신이?"

"그럼 네가 차갑지 않다는 거냐?" 미스 해비샴이 사납게 대꾸했다.

"잘 아실 텐데요. 나를 이렇게 만든 건 당신이니까요. 제가 칭찬을 듣든 비난을 듣든 성공하든 실패하든 모든 건 당신 책임이에요. 그러니까 나를 있는 그대로 받아들이셔야죠."

"세상에, 애 좀 보게, 애 좀 봐!" 미스 해비샴은 분노를 억누를 길이 없다는 듯한 말투였다. "애 좀 봐, 제가 자란 집 난롯가 앞에 서서 저렇게도 무정하고 배은망덕한 소릴 지껄이다니! 상처입고 아직 그 피도 다 마르지 않은 내 불쌍한 가슴에 저를 품어 준 이 곳에서! 오랜 세월 내가 제게 애정을 쏟아 온 이 집에서!"

"제가 언제 그래 달라고 부탁하던가요? 그때 저는 제대로 걷지도 말하지도 못하는 어린애였을 텐데요. 대체 뭘 바라시는 거죠? 당신은 제게 친절히 대해 주셨어요. 지금 제가 누리는 모든 것이 당신 덕분이죠. 그런데 뭘 원하시는 거예요?"

"사랑."

"저는 사랑을 드렸어요."

"아니, 그렇지 않아."

"양어머니." 에스텔라는 침착하고 우아한 자세를 무너뜨리지도, 미스 해비샴처럼 소리를 지르지도, 분노나 애정을 보이지도 않은 채 대답했다. "지금 제가 누리는 모든 게 당신 덕분이라고 말씀드렸잖아요. 제가 가진 모든 것이 당신 것이죠. 주었던 것을 돌려 달라고 하신다면 언제든 돌려 드리겠어요. 주셨던 것을 빼면 저는 가진 게 없어요. 하지만 주시지도 않은 것을 돌려 달라고 하신들 제가 어쩌겠어요? 제가 아무리 감사와 은혜를 느낀다고 해도, 안 되는 건 안 되는 거예요."

"내가 이 애한테 사랑을 주지 않았다고?" 미스 해비샴이 나에게 고개를 휙 돌렸다. "불타는 사랑을, 끊임없이 내 몸을 가르는 고통과 질투를 동반한 사랑을 줬는데 이런 말을 들을 줄이야! 차라리 나한테 미쳤다고 말해! 미쳤다고!"

"왜 제가 당신을 미쳤다고 말해야 하죠? 그것도 다른 사람도 아닌 제가요. 당신이 어떤 목적을 가졌는지 내 반만큼이라도 아는 사람이 이 세상에 있나요? 당신의 기억이 얼마나 변함없는지 내 반만큼이라도 아는 사람이 있어요? 지금도 당신 옆에 있는 저 작은 의자에 앉아 이 벽난로 앞에서 당신의 가르침을 받고, 낯선 당신의 얼굴을 잔뜩 겁먹은 채 올려다봤었던 제가 어째서 그런 말을 하겠어요?"

"금방 잊어버렸던 주제에! 눈 깜짝할 새에 잊어버린 옛날 얘기 아니냐!" 미스 해비샴은 나직이 말했다.

"아뇨, 잊지 않았어요. 잊기는커녕, 가슴 속에 소중히 간직하고 있답니다. 제가 당신의 가르침을 거역한 적이 있던가요? 대체 언제 제가 이곳에……." 여기까지 말하고 에스텔라는 가슴에 손을 얹고 말을 이었다. "당신이 허락하지 않은 것을 담아두던가요? 저를 똑똑히 보세요."

"흥, 오만하고 거만한 계집애." 미스 해비샴이 두 손으로 허연 머리를 뒤로 넘기면서 중얼거렸다.

"제게 거만한 태도를 가르친 사람이 누구였죠? 제가 그런 걸 배웠을 때 칭찬해 준 사람이 누구세요?"

"아아, 매정하기도 하지, 정말 매정하기도 해." 미스 해비샴이 조금 전처럼 머리를 뒤로 넘기며 다시 중얼거렸다.

"매정해지라고 가르친 사람이 누군데요? 제가 그런 걸 배웠을 때 칭찬한 사람이 누구였죠?"

"그렇다고 나에게 이토록 거만하고 무정하게 굴다니!" 미스 해비샴은 두 손을 앞으로 내밀면서 부르짖었다. "에스텔라, 에스텔라, 에스텔라, 네가 나에게 거만하고 무정하게 굴 수는 없어!"

순간 에스텔라는 침착하면서도 놀라움에 찬 표정으로 그녀를 바라보았으나, 전혀 흔들리는 기색은 보이지 않았다. 그리고 그 순간이 지나자 다시 눈을 돌려 난롯불을 바라보았다.

잠시 침묵이 흐른 뒤 그녀가 눈을 들고 이렇게 말했다. "오랜만에 만나러 왔는데 어째서 그런 터무니없는 말씀을 하시는지 모르겠네요. 당신의 고통이나 그 원인을 단 한 번도 잊은 적이 없어요. 당신도, 당신의 가르침에 소홀한 적도 없고요. 제가 비난받아야 할 약점을 보여준 적도 없어요."

"내 사랑에 보답하는 것이 약점이란 말이냐?" 미스 해비샴이 소리 질렀다. "오호라, 그래, 그 말이 하고 싶었던 게로군!"

순간 다시 에스텔라는 침착하면서도 놀라워 하는 표정을 보인 뒤 신중하게 생각하며 말했다.

"왜 이런 일이 생겼는지 어렴풋이 알 것 같아요. 당신에게 양녀가 있는데, 그 애를 줄곧 이 어두컴컴한 방 안에 가둬 놓고 키우면서, 햇빛이 어떤 것인지 가르쳐 주지도 않고, 그 애가 햇빛 속에서 당신을 단 한 번이라도 보지 못하도록 했다고 가정해 보죠. 그렇게 기른 뒤, 당신은 어떤 목적 때문에 그 애가 햇빛을 완벽하게 이해해 주기를 바라게 되었는데, 그때 그 애가 기대에 못 미쳤다면 당신이 실망하고 화를 내는 건 마땅하겠죠?"

미스 해비샴은 머리를 두 손으로 감싸고 낮게 신음하며 의자에 앉아 부들부들 떨었지만, 아무 말도 하지 않았다.

"아니면 이런 가정은 어떨까요(이쪽이 제 상황과 가까울 것 같네요)?" 에스텔라가 말을 이었다. "당신에게 양녀가 있는데, 그 애가 아주 어릴 적부터 당신이 필사적으로 이렇게 가르쳤다고 치죠. '햇빛이란 게 있는데, 그건 파괴를 전문으로 하는 적이니까 너는 그것을 상대로 싸우면 안 된다. 내 인생은 그것 때문에 파괴되었거든. 내가 잠자코 있으면 너도 똑같은 꼴을 당하게 될 것 아니겠니.' 그렇게 기른 뒤, 당신은 어떤 목적 때문에 그 애가 햇빛을 지극히 자연스럽게 좋아하게 되기를 바라게 되었는데 그때 그 애가 기대에 못 미쳤다면 당신이 실망하고 화를 내는 건 마땅하겠죠?"

미스 해비샴은 앉아서 듣고 있었지만(얼굴은 보이지 않았지만, 그랬을 거라 생각한다) 여전히 아무 말도 하지 않았다.

"그러니까 당신이 만든 모습 그대로의 저를 받아들이는 수밖에 없어요. 성공도 실패도 제 책임이 아니에요. 하지만 그 두 개를 더한 것이 바로 저예요."

어떻게 해서 그렇게 되었는지는 모르겠지만, 미스 해비샴은 마룻바닥 위에 흐트러져 있는 빛바랜 웨딩드레스의 잔해 사이에 주저앉아 있었다. 이때를 이용하여―나는 처음부터 이런 순간을 노리고 있었다―에스텔라에게 미스 해비샴을 잘 위로해드리라는 손짓을 한 다음 방을 나왔다. 에스텔라는 여전히 벽난로 옆에 가만히 서 있었다. 마룻바닥 위에 흩뜨려진 미스 해비샴의 백발은 그 결혼식 예복의 잔해 가운데서 참담한 광경을 더했다.

나는 몹시 우울한 마음으로 별빛을 받으며 한 시간도 넘게 안마당과 양조장과 황폐한 정원을 산책했다. 마침내 용기를 내어 방으로 돌아왔을 때, 에스텔라는 미스 해비샴 옆에 앉아 군데군데 찢어진 낡은 드레스를 꿰매고 있었다. 뒷날, 대성당에 매달린 해지고 빛바랜 깃발을 볼 때마다 이 드레스가 생각나곤 했다. 그 뒤 에스텔라와 나는 옛날처럼 카드놀이를 하며 저녁 시간을 보낸 다음(이제는 우리의 실력이 늘었고 프렌치 게임을 했다는 것이 달라진 점이다) 잠자리에 들었다.

내 침실은 뒷마당 건너 별채에 있었다. 새티스 저택에서 잠을 자는 것은 이번이 처음이어서 좀처럼 잠이 오지 않았다. 미스 해비샴이 수천 가지 모습으로 날 따라다니며 괴롭혔다. 베개 이쪽에 있는가 하면 저쪽에 있고, 머리맡, 발치, 옷방의 반쯤 열린 문 뒤, 그 방 안, 맨 위층 방, 맨 아래층 방, 요컨대 그녀는 어디에나 있었다. 마침내 느릿느릿 흘러가는 밤이 2시에 가까워졌을 때, 나는 도저히 잠을 이룰 수 없어 자리에서 일어났다. 마음을 가라앉히기 위해 앞마당을 산책하려고 잠자리에서 나와 옷을 갈아입었다. 밖으로 나와 뒷마당을 가로질러, 석재 바닥의 기다란 복도로 들어갔다. 그러나 복도로 들어서자마자 나는 촛불을 껐다. 미스 해비샴이 낮게 울부짖으며 복도를 유령처럼 걷고 있었기 때문이다. 나는 조금 떨어져서 뒤를 밟았다. 그녀가 계단을 오르는 모습이 보였다. 아마도 자기 방 촛대에서 빼 왔을 초를 든 그녀는 그 불빛 때문에 거의 이 세상 사람처럼 보이지가 않았다. 나는 계단 아래에 서 있었는데, 그녀가 문을 여는 모습을 볼 것도 없이 연회실의 그 곰팡내가 느껴졌다. 그녀가 그 방을 거닐다가 자기 방으로 들어갔다가 다시 그곳으로 돌아와 쉼 없이 낮게 신음하는 소리가 들렸다. 얼마쯤 지난 뒤 나는 어둠 속에서 밖으로 나와 내 방으로 돌아가려고 했다. 그러나 내 손을 어디에 두어야 할지 알 만큼 희미하게나마 새벽빛이 비쳐들 때까지는 아무것도 할 수 없었다. 그동안, 내가 계단 아래로 갈 때마다 그녀의 발소리가 들렸고, 그녀가 든 촛불이 위를 지나가는 걸 느꼈으며, 그녀가 끊임없이 나지막하게 우는 소리를 들었다.

다음 날, 우리가 떠나기 전까지 미스 해비샴과 에스텔라 사이에 다시 충돌하는 일은 없었다. 내가 기억하는 한 그 뒤로 그와 비슷한 상황이 네 번쯤 더 있었지만 네 번 모두 더 이상의 충돌은 없었다. 미스 해비샴도 에스텔라를 전과 똑같이 대했다. 단, 그 태도에는 무언가 두려움이 배어 있는 것처럼 느껴졌다.

그 무렵 내 인생을 돌이켜 볼 때, 벤틀리 드러믈의 이름을 말을 꺼내지 않고 넘어갈 수는 없다. 그렇게 하지 않아도 된다면 기꺼이 그러고 싶지만.

어느 날 작은 숲의 티티새들이 대거 모여 여느 때처럼 서로 남의 의견에 반대함으로써 분위기가 무르익을 때, 모임 회장이 회원들을 조용히 시키더니 드러믈이 한 여성을 위해 건배를 들 것이라고 발언했다. 엄격한 회칙에 따라 그날은 그 야수 같은 놈의 순서였던 것이다. 술병이 탁자를 한 바퀴 도는 사이에 그가 나를 심술궂은 눈빛으로 불쾌하게 바라보는 기분이 들었다. 그러나 우리 사이에 우정 따위는 눈곱만큼도 없었으므로 딱히 이상하게 생각되지는 않았다. 그런데 갑자기 그가 "에스텔라를 위해 축배를 들자"고 제의했을 때 내가 얼마나 놀라고 화가 났겠는지는 쉽게 상상이 갈 것이다.

"에스텔라라니, 어떤 에스텔라 말이지?" 내가 물었다.

"어떤 에스텔라건 무슨 상관이야." 드러믈이 대꾸했다.

"어디에 사는 에스텔라 말인가? 분명히 밝히는 게 규칙일 텐데." 작은 숲의 티티새에는 분명히 그런 규칙이 있었다.

"여러분, 리치먼드에 사는 에스텔라입니다." 드러믈은 내게 직접 대답하려고 하지 않았다. "그녀는 견줄 데 없는 미인이지요."

네놈이 그 견줄 데 없는 미인에 대해 뭘 알겠어, 이 한심하고 딱한 멍청이야! 나는 허버트에게 이렇게 속삭였다.

"그 숙녀분이라면 나도 잘 알지." 건배가 끝난 뒤, 탁자 너머로 허버트가 말했다.

"그래? 네가?"

"나도 알아." 나는 얼굴을 붉히며 얼른 말했다.

"그래? 네가?" 드러믈이 말했다. "맙소사!"

그 덩치 큰 자식이 할 수 있는 반응은 이게 다였다(유리잔이나 도자기를 집어던지는 것 말고는). 그러나 나는 그 말에 "기지의 가시가 달려"[1] 있기라도 한 것처럼 격노하여 즉시 자리에서 일어나 말했다. "우리의 작은 숲으로 날아와(모임에서는 국회 답변처럼 이렇게 잘난척하는 표현을 쓰는 것이 예사였다), 잘 알지도 못하는 숙녀를 위해 건배를 들다니, 자못 우리의 명예로운 티티새, 드러믈 씨에게 어울리는 무례한 행동 아닙니까?" 그가 이 말을 듣고 일어나더니, 그게 무슨 뜻이냐고 물었다. "나를 만나고 싶으면 언제든 만나러 와. 내가 어디에 사는지는 알고 있겠지?"[2] 나는 과격하게 대꾸했다.

과연 기독교 국가에서 이 대사가 나온 뒤 피를 보지 않고 일을 마무리할 수 있을 것이냐를 두고 티티새들 사이에서도 의견이 나눠졌다. 그리고 시끌시끌하게 토론이 진행되던 가운데, 적어도 여섯 명의 명예로운 티티새가 다른 여섯 명에게 "내가 어디에 사는지는 알고 있겠지?"라는 대사를 내뱉었다. 그러나 작은 숲은 개인의 명예가 걸린 문제를 심리하는 법정이기도 했으므로 최종적으로 이런 판결이 내려졌다. 미스터 드러믈이 문제의 여성과 아는 사이임을 보여

---

1) 셰리든의 《스캔들 학교》(1777) 헌사에 나오는 문구. 셰리든은 이 희곡을 그즈음 이름난 미녀에게 바쳤음.
2) 결투를 신청할 때 쓰는 상투어구.

주는 어떤 증명이라도 그 여성에게서 받아 온다면, 신사로서 그리고 티티새로서 미스터 핍은 신중치 못하고 흥분한 나머지 무례를 저지른 걸 사과해야 한다는 것이었다. 일을 늦추다가는 우리의 명예가 손상될지 모르므로, 바로 다음 날이 드러믈의 증거 제출 기한으로 정해졌다. 이튿날 드러믈은 "이분과 몇 번인가 춤을 추는 명예를 얻었습니다"라고 쓴 에스텔라의 친필 편지를 가지고 나타났다. 이렇게 되자 나로서는 "신중하지 못하고 흥분한 나머지 무례를 저지른 것을" 사과하고, "드러믈이 내가 어디에 사는지 알고 있다는 주장을 한데 모아 숙고한 결과 그 주장에는 논거가 없으므로 철회한다"고 말할 수밖에 없었다. 그러고 나서 드러믈과 나는 한 시간 이상 서로 무시하며 앉아 있었고, 회원들은 닥치는 대로 서로의 의견에 반대하다가 결국 우리 사이에 화해는 물 건너간 지 오래라는 결론을 내렸다.

내가 이 이야기를 가볍게 다루기는 했지만, 이 사건 자체는 나에게 결코 가벼운 문제가 아니었다. 못생기고 무뚝뚝하며 평균보다 훨씬 덜떨어진 경멸스러운 얼간이에게 에스텔라가 호의를 보였다는 생각이 떠올랐을 때, 내 마음이 얼마나 괴로웠는지 도저히 표현할 길이 없다. 그녀가 그런 비열한 남자를 상대할 정도로까지 몸을 낮추었다는 생각을 견디지 못한 것은, 그녀를 향한 내 사랑이 관대하고 사심 없이 순수하게 불타고 있기 때문이었으리라. 그녀가 누구에게 호의를 보였든 틀림없이 나는 비참한 기분이 들었을 것이다. 그러나 상대가 좀 더 가치 있는 남자였다면, 내가 느낀 그 비참함은 정도도 종류도 완전히 달랐을 것이다.

드러믈이 에스텔라를 쫓아다니고, 그녀가 그것을 내버려둔다는 사실을 알아채기란 쉬웠다. 나는 곧 그 사실을 확인했다. 얼마쯤 지나자, 늘 에스텔라를 쫓아다니는 그와 나는 날마다 얼굴을 마주치게 되었다. 드러믈은 우둔하고 끈덕지게 그녀에게 매달렸다. 그녀도 그를 붙들어 둔 채 어떤 때는 부추기다가도, 또 어떤 때는 실망하게 하며, 달콤한 말로 잔뜩 기대하게 하는가 하면 대놓고 경멸하고, 친한 척하는가 하면 처음 보는 사람처럼 대했다.

그러나 재거스 씨가 그를 거미라고 불렀듯이, 그는 종족 특유의 끈기를 가지고 줄곧 기다렸다. 또한, 그는 자신의 부와 가문에 어리석은 자신감을 느끼고 있었는데, 그 자신감은 때로 그에게 이롭기도 했다. 그것이 집중력과 결연한 의지를 대신한다고 해도 과언이 아니었다. 그리하여 거미는 집념 있게 에스텔라를 감시했으며, 자기보다 훌륭한 수많은 곤충을 아랑곳하지 않고, 알맞은 때가 되면 움츠렸던 몸을 쭉 펴고 재빨리 내려오는 것이었다.

리치먼드에서 열린 어느 무도회에서(그즈음에는 거의 어느 마을에서나 무도회가 열렸다) 에스텔라는 다른 미녀들은 명함도 못 내밀 정도로 아름다웠다. 이때 멍청한 드러믈이 지나치게 노골적으로 그녀를 따라다니고 또 그녀는 그것을 못 본 체했으므로, 나는 이번에야말로 에스텔라에게 그에 대해 한마디 하기로 마음먹었다. 그리고 단둘이 될 기회를 놓치지 않았다. 그녀는 함께 돌아갈 브랜들리 부인을 기다리면서, 준비를 마치고 혼자 꽃 장식 사이에 앉아 있었다. 나는 그녀와 함께 있었다. 그런 자리에서 돌아갈 때는 거의 함께였기 때문이다.

"피곤하니, 에스텔라?"

"좀."

"그럴 거야."

"그러면 안 된다고 말해 줘. 자기 전에 새티스 저택에 보낼 편지를 써야 하니까."

"오늘 저녁의 성과를 보고하는 거지? 대단한 성과는 올리지 못했을 테지만."

"무슨 뜻이니? 난 그런 성과가 있었는지도 모르겠는데."

"저쪽 구석에서 이쪽을 지켜보고 있는 저 친구를 봐."

"왜 내가 그를 봐야 하니?" 에스텔라는 그쪽을 바라보는 대신 나를 바라보며 말했다. "네가 말하는 저 친군지 뭔지 하는 사람이 있는 쪽으로 내가 일부러 눈을 돌려야 할 이유가 어디 있지?"

"그건 내가 묻고 싶은 말인데. 저 작자는 오늘 저녁 내내 네 주위를 맴돌았어."

에스텔라는 그를 힐끗 바라본 뒤 말했다. "나방이나 그런 종류의 추한 생물은 불이 환하게 켜진 초 주위에 몰려드는 법이야. 그 초가 그걸 막을 수 있니?"

"못 막지. 하지만 에스텔라는 왜 막지 못하지?"

"글쎄." 그녀는 잠시 가만히 있다가 웃으며 대답했다. "아마 막을 수도 있겠지. 그래, 네가 원한다면."

"에스텔라, 내 말 잘 들어. 모두가 업신여기는 드러믈을 네가 유혹하는 걸 보면 나는 정말로 비참한 기분이 들어. 너도 녀석이 멸시당한다는 사실을 알잖아."

"그래서?"

"저 자식은 겉도 속도 떨어지는 인간이야. 불량품이라고. 무뚝뚝하고 음침하고 멍청한 자식이야."

"그래서?"

"재산과 머리가 텅텅 빈 조상을 빼고는 자랑할 게 없는 녀석이잖아?"

"그래서?" 그녀가 다시 한 번 그 말을 내뱉었다. 그 말을 반복할 때마다 그녀의 아름다운 눈은 점점 크게 떠졌다.

나는 어떻게든 그다음 말을 이끌어내려고 그 단어를 끌어다가 강조해서 되풀이했다. "그래서! 그러니까 그것이 나를 비참하게 만든다는 거야."

이때 그녀가 나를—바로 나를—비참하게 만들기 위해 드러믈을 유혹한다고 믿을 수 있었다면 한결 나았을 것이다. 그러나 그녀는 언제나처럼 나를 논외로 제쳐 두었으므로 그렇게 생각할 수는 없었다.

"핍." 그녀가 방을 둘러보며 말했다. "네가 이것저것 생각할 필요는 전혀 없어. 네가 아닌 다른 사람이 어떻게 생각하느냐가 문제이지. 그러라고 이러는 거니까. 어쨌든 이런 얘기는 굳이 할 가치도 없어."

"그렇지 않아. 나는 모두가 '에스텔라는 자신의 미모와 매력을 하필이면 가장 천박하고 야비한 남자에게 흘뿌리는구나.' 이렇게 수군대는 걸 차마 듣지 못하겠단 말이야."

"나는 괜찮아."

"아아! 부탁이니까 그렇게 거만하게 굴지 마. 그리고 고집 부리지도 말고."

"내가 거만하고 융통성이 없다고?" 그녀가 두 손을 벌리며 말했다. "저런 야비한 얼간이에게 일부러 매력을 뿌린다고 투덜댄 건 너잖아?"

"네가 그렇게 행동한 건 사실이잖아." 나는 조금 머뭇거리며 말했다. "오늘 저녁에도 네가 그에게 나한테는 한 번도 보인 적 없는 눈길과 미소를 보내는 걸 봤어."

"그럼 내가 너를 속여 함정에 빠뜨리길 바라니?" 갑자기 에스텔라는 화를 낸다기보다는 진지한 표정으로 나를 바라보았다.

"그럼 너는 그를 속여 함정에 빠뜨리고 있다는 거야?"

"그래. 다른 수많은 남자에게도. 오로지 너만 빼고 모두 말이야. 브랜들리 부인이 오고 있어. 이제 더는 아무 말도 하고 싶지 않아."

자, 이렇게 나는 내 마음을 꽉 채웠던 주제, 내 마음에 수없이 고통을 주었던 주제에 한 장을 할애했다. 이로써 아무런 방해 없이, 더 오랜 시간을 들여 내게 닥쳐왔던 사건에 대한 이야기로 옮겨갈 수 있게 되었다. 그것은 내가 세상에 에스텔라라는 사람이 있다는 사실을 알기 이전, 미스 해비샴의 말라 꼬드러져가는 손이 갓난애였던 에스텔라의 마음을 일그러뜨리기 시작하던 무렵부터 준비된 사건이었다.

동방에는 승리에 취해 잠자던 악한 마법사의 침대 위로 무거운 석판이 떨어진다는 이야기가 있다.[3] 먼저 그 석판은 채석장 바위에서 서서히 다듬어져 나온다. 석판을 고정시킬 밧줄이 지나갈 터널이 천천히 몇 마일의 바위를 뚫어서 만들어지고, 석판은 천천히 들어 올려져 마법사의 침실 천장에 끼워진다. 석판을 옭아맨 밧줄은 수 마일이나 되는 터널을 지나 천천히 끌어올려지고, 커다란 쇠고리에 연결된다. 모든 준비 과정에는 엄청난 노력이 기울여지며, 이윽고 때가 되면 복수를 다짐하는 술탄이 한밤에 일어난다. 그의 손에는 밧줄을 커다란 쇠고리에서 끊어낼 날카로운 도끼가 건네진다. 술탄은 도끼를 내리친다. 끊어진 밧줄은 기세 좋게 움직이고, 침실 천장이 마법사 위로 떨어진다. 나도 이와 똑같았다. 한 가지 목적을 향해 모든 부분이 하나에서 열까지 완벽하게 준비되고, 한순간에 타격이 가해졌으며, 내가 쌓아 올린 요새의 지붕이 머리 위로 내려앉았다.

---

3) 들리의 《악마이야기》(1764)에 수록된 인도의 왕 스나르 이야기.

제39장

　나는 스물세 살이 되었다. 상속받을 유산에 대해 새로운 단서가 될 소식은 한마디도 듣지 못한 채 스물세 번째 생일이 일주일 전에 지나갔다. 우리는 일 년도 전에 바너드 여관을 떠나 템플 법학원에서 살고 있었다. 우리 방은 템스 강에 가까운 가든 코트에 있었다.

　선생과 학생이라는 관계는 이미 끝났지만, 포켓 씨와는 아직도 친하게 지내고 있었다. 뭔가 안정된 일은 할 수 없었지만(내 수입이 불안하고 불완전한 형태였기 때문이라고 생각하고 싶다) 나는 책을 좋아해서 날마다 시간을 정해 놓고 습관적으로 책을 읽었다. 허버트의 장래 문제는 여전히 진행 중이었다. 나와의 관계는 앞에서 말한 대로 줄곧 비밀에 부쳐졌다.

　허버트는 사업차 마르세유에 가고 없었다. 나는 혼자서 고독과 따분함을 느꼈다. 내일이나 다음 주에는 내 앞길이 트이겠지 생각했다가 실망하는 기간이 길어진 탓에 나는 불안하고 풀이 죽었다. 즉각적인 반응과 쾌활한 얼굴을 보여 주는 그 좋은 친구가 곁에 없어서 쓸쓸했다.

　지독한 날씨였다. 거센 바람과 비, 거센 비와 바람. 길은 온통 진흙, 진흙, 진흙이었다. 다음 날도, 그다음 날도, 동쪽에서 몰려 온 무겁고 거대한 베일이 런던을 뒤덮었다. 동쪽에는 엄청나게 많은 구름과 바람이 있는지, 아직 그 베일이 런던 위에 드리워 있었다. 지독하게 강한 바람이 불어 도시의 고층 건물은 지붕이 떨어져 나갔다. 시골에서는 나무들이 두 동강이 나고, 풍차 날개가 날아갔으며, 바닷가에서는 난파와 죽음의 비보가 전해져 왔다. 맹렬한 폭우가 내리고 미친 듯이 바람이 불었다. 내가 책을 읽는 동안 어느새 저녁이 되어버린 그날은 그 가운데서도 가장 날씨가 고약했다.

　그 뒤로 템플과 그 주위에는 많은 변화가 생겼기 때문에 지금은 옛날만큼 쓸쓸한 느낌을 주지 않으며, 강에 딱 붙어 있다는 느낌도 없다. 우리 방은 강에서 가장 가까운 건물 맨 위층에 있었다. 그날 밤은 강에서 불어오는 바람이 마치 대포가 발사되거나 큰 파도가 부서졌을 때처럼 건물을 뒤흔들었다. 그 바람을 타고 바람이 유리창을 때렸다. 덜컥덜컥 흔들리는 창을 보면서 나는 폭풍우의 습격을 받은 등대에 있는 것 같은 착각이 들었다. 이런 밤에 밖으로 나갈 수 없다는 듯이, 이따금 연기가 굴뚝에서 벽난로 안으로 되돌아왔다. 문을 열고 계단을 내려다보니 계단 등불은 바람 때문에 꺼져 있었다. 두 손으로 눈 옆을 가리고 새까만 유리창 너머로 밖을 내다보자(이런 비바람 속에서 단 1초라도 창문을 연다는 것은 당치도 않았다) 안뜰 등불도 꺼져 있었다. 다리 위와 강기슭의 등불이 심하게 흔들리고, 강가 거룻배에서 나오는 석탄 불빛이 바람에 날려 빗속에서 새빨갛게 흩어지는 것이 보였다.

나는 11시에 책을 덮을 생각으로 탁자 위에 시계를 올려놓고서 책을 읽고 있었다. 책을 덮었을 때, 세인트폴 대성당을 비롯한 시티의 수많은 교회 종소리가, 앞서거니 뒤서거니 하면서 그 시각을 알렸다. 종소리가 바람 때문에 이상하게 뒤틀렸다. 나는 바람이 종소리를 공격하여 갈기갈기 찢는 소리에 귀를 기울였다. 그때 계단에서 발소리가 들렸다.

'기분 탓이겠지.' 깜짝 놀란 나는 끔찍하게도, 죽은 누나의 발소리를 떠올리고 말았다. 그러나 그렇게 생각한 건 중요하지 않다. 아주 잠깐 사이에 일어난 일이었으니까. 나는 다시 귀를 기울였다. 소리가 점점 가까이 다가왔다. 문득 계단 등불이 꺼져 있다는 사실을 기억해내고서 나는 독서등을 들고 층계참으로 나갔다. 그 불을 보고, 올라오던 누군가가 발을 멈추었다. 주위는 그 발소리가 들릴 만큼 고요했다.

"거기 누구 있어요?" 나는 아래를 내려다보며 소리 질렀다.

"네." 아래쪽 어둠 속에서 목소리가 들렸다.

"몇 층에 가십니까?"

"맨 위층이요. 핍 씨를 찾습니다만."

"제가 핍인데, 올라오시는 데 문제없죠?"

"문제없습니다." 다시 목소리가 들려왔고 한 남자가 올라오기 시작했다.

계단 난간 너머로 등불을 내밀자 그는 천천히 동그란 불빛 안으로 모습을 드러냈다. 갓을 씌운 독서등이었으므로 빛의 반경은 짧았다. 그는 불빛 안으로 들어왔다 싶더니 다음 순간에는 그 밖으로 나갔다. 그 짧은 순간에 모습을 보인 남자는 낯설었다. 그러나 이상하게도 그 얼굴은 내 모습을 보고 감격한 기쁨에 찬 표정으로 나를 바라보는 것이었다.

나는 사나이가 움직이는 방향으로 등불을 움직였다. 그는 배를 타고 여행하는 사람처럼 잔뜩 껴입고는 있으나 매우 조잡한 옷차림임을 알 수 있었다. 나이는 예순쯤이고, 긴 백발을 휘날리고 있었다. 건장하고 탄탄한 체격에 다리도 튼튼했으며, 야외에서 오랜 시간을 보낸 듯 햇볕에 많이 탄 건강한 구릿빛이었다. 마지막 한두 계단을 올라와 동그란 불빛 안으로 들어오자, 사나이가 두 손을 내 쪽으로 뻗는 것이 보였으므로 나는 놀라 멍하니 있었다.

"무슨 일로 오셨는지 여쭤봐도 될까요?"

"무슨 일?" 그는 내 말을 되풀이했다. "아아! 괜찮다면 그 용무를 설명해 드리죠."

"들어오시겠습니까?"

"그럼요. 안으로 들어가겠습니다."

나는 무뚝뚝하게 물었다. 아직 그의 얼굴에 남아 있는, 만남을 기뻐하는 듯한 밝은 표정이 불쾌하게 생각되었기 때문이었다. 그 표정에서 내가 거기에 반응하리라는 그의 기대가 엿보이는 게 불쾌했다. 그러나 나는 그를 안으로 데리고 들어갔다. 등불을 탁자 위에 올려놓고, 그에게 무슨 일로 찾아왔는지 설명해달라고 되도록 정중히 부탁했다.

그는 이상하기 짝이 없는 태도로 주위를 둘러보았다(마치 자기가 동경하던 것을 가지게 되었을 때처럼, 즐거움과 놀라움이 뒤섞인 태도였다). 그러고는 협수룩한 외투와 모자를 벗었다. 깊이 주름진 대머리였는데, 기다란 백발이 양옆에만 나 있었다. 그러나 그가 누구인지를 조금이라도 설명해주는 건 아무것도 없었다. 그런데도 다음 순간 그가 다시 두 손을 내게 뻗치는 것이었다.

"왜 이러십니까?" 정신이 나간 사람이 아닌지 반쯤 의심하면서 내가 물었다.

그는 손을 내리고 나를 빤히 쳐다보면서 오른손으로 천천히 머리를 긁적거렸다. "이거 실망스럽구먼." 그는 갈라진 쉰 목소리로 말했다. "저 먼 곳에서부터 줄곧 가슴 설레며 힘들게 찾아왔는데. 하지만 그쪽 잘못이 아니지. 우리 둘 누구의 잘못도 아니야. 한숨 좀 돌려야겠다. 이야기는 그다음에 하지."

계단에서

그는 벽난로 앞에 놓인 의자에 앉았다. 그러고는 굵은 핏줄이 튀어나온 구릿빛 큰 손으로 이마를 짚었다. 나는 가만히 그를 바라보고 움찔하며 조금 뒤로 물러섰다. 그러나 아직도 그가 누구인지 알 수 없었다.

"이 방에 다른 사람은 없겠지?" 그가 어깨너머로 나를 돌아보며 말했다.

"처음 뵙는 분이 이런 시간에 찾아와서 왜 그런 걸 물으시는 거죠?"

"오, 이거 믿음직하군." 그는 매우 갸륵하다는 듯이 나를 향해 여러 차례 머리를 끄덕였다. 정말 어리둥절하면서도 몹시 짜증나는 행동이었다. "어엿한 어른이 되었어. 참 기쁘군. 아주 믿음직해! 아, 하지만 나에 대해 알려고 하지 않는 게 좋아. 그래 봤자 후회하는 건 너일 테니까."

나는 상대에게 읽혀버린 움직임을 도중에 그만두었다. 그가 누구인지 알아차렸던 것이다! 단 한 가지 특징도 기억나지 않았지만, 그가 누구인지 알 수 있었다! 비바람이 그동안의 세월을 몰아내고 중간에 서 있는 방해물을 뿔뿔이 흩어놓으며, 서로 지금과는 전혀 다른 처지에서 처음 만났던 그 묘지로 우리를 데리고 돌아간 것처럼, 벽난로 앞 의자에 앉아 있는 그 죄수의 모습이 지금보다 선명하게 보일 수는 없었을 것이다. 그는 호주머니에서 줄칼을 꺼내어 보이고, 목에 감았던 수건을 풀어 머리에 동여매고, 두 팔로 몸을 껴안은 채 벌벌 떨며 방을 왔다 갔다 하고, 내가 기억을 떠올렸는지 확인하려 뒤를 돌아보았지만, 그럴 필요는 없었다. 그러한 암시를 주기 전에 나는 알았다. 바로 조금 전까지는 전혀 짐작도 못 했었건만.

그는 내가 서 있는 곳으로 돌아와 다시 두 손을 내밀었다. 놀란 나머지 멍하니 서 있던 나는 어찌할 바를 모르고 쭈뼛쭈뼛 두 손을 내밀었다. 그는 반갑게 내 손을 덥석 잡아 자기 입술로 가져가 입 맞춘 뒤 계속 붙들었다.

"그때는 참 훌륭하게 행동했었지. 정말 착한 아이였어. 훌륭했다, 핍! 난 그때 일을 잠시도 잊은 적이 없다!"

그가 나를 껴안으려 하자, 나는 한 손으로 그의 가슴을 밀어냈다.

"잠깐만요! 더 이상 다가오지 마세요! 제가 어렸을 때 한 일에 고마워한다면, 새사람이 되어 감사의 마음을 표현하면 됩니다. 고맙다는 말을 하려고 일부러 찾아올 필요는 없어요. 하지만, 어떻게 주소를 알았는지 모르겠지만, 여기까지 찾아와 주신 것은 좋은 뜻에서 비롯된 행동이라고 생각합니다. 당신을 쫓아내지는 않겠어요. 하지만, 아시리라 믿습니다만……."

그가 이상하다는 듯 나를 뚫어지게 쳐다봤으므로 나는 끝까지 말이 나오지 않았다.

서로 말없이 응시한 뒤 그가 물었다. "알다니, 대체 내가 뭘 알아야 하지?"

"오래전에 우연히 생겼던 인연을 전혀 상황이 달라진 지금에 와서 다시 이어갈 필요는 없다는 겁니다. 저는 당신이 뉘우치고 다시 태어났다고 믿고 싶어요. 진심으로 하는 말입니다. 제게 고맙다는 말을 하고 싶어서 일부러 찾아와 주신 것은 기뻐요. 하지만 우리는 다른 길을 가는 사람들이잖습니까. 비에 젖고, 피곤하신 것 같군요. 가시기 전에 뭐라도 좀 마시겠습니까?"

그는 손수건을 다시 목에 느슨하게 매고, 손수건 한쪽 끝을 물어뜯으면서 날카로운 눈으로 나를 바라보며 서 있었다. "그럼 이곳을 떠나기 전에 한 잔 마시지. 고맙구나." 그는 여전히 손수건을 입에 물고 나를 쳐다보면서 대답했다.

보조 탁자 위에 술병을 놓아둔 쟁반이 있었다. 나는 그것을 벽난로 가까이에 있는 탁자로 가지고 온 다음, 무엇을 마시겠느냐고 물었다. 그는 제대로 보지도 않고 잠자코 술병 하나를 만지더니, 따뜻한 물에 럼주를 타서 달라고 했다. 그러는 동안 나는 손을 떨지 않도록 애썼다. 그러나 의자에 깊숙이 앉은 그가 헐렁하고 길게 삐죽 나온 목수건 자락을 입에 문 채로(아마도 목수건을 물었다는 사실을 잊은 채) 나를 바라보고 있다는 사실을 의식하자 손을 제대로 가누기가 어려웠다. 마침내 그에게 술잔을 건네주었을 때, 그의 두 눈에 눈물이 그렁그렁한 것을 보고 나는 놀랐다.

이때까지 나는 그가 어서 돌아가 주기를 바라는 마음에서 계속 선 채로 있었다. 그러나 부드러워진 그의 태도에 나도 마음이 약해져서 조금 죄책감이 들었다. 나는 서둘러 내가 마실 것도 만들고, 탁자로 의자를 바짝 끌어당겨 앉으서 말했다. "방금 제가 당신에게 한 말을 너무 언짢게 생각하지 말아 주세요. 그럴 의도는 전혀 없었어요. 만일 그랬다면 사과할게요. 그럼 당신의 행복과 건강을 빌며!"

내가 술잔을 입술에 대자 그가 입을 벌렸다. 그 바람에 목수건 자락이 떨어지자 퍼뜩 놀라더니 내게 손을 내밀었다. 나는 그에게 내 술잔을 건넸다. 그는 그것을 마시고, 소매로 눈과 이마를 닦았다.

"어떻게 지내고 계세요?" 내가 물었다.

"목양업, 목축업, 그 밖에 다양한 일을 했었지. 거친 파도 저편, 몇천 마일 건너에 있는 신세계에서."

"사업은 잘되셨나요?"

"아주 잘됐지. 그런 일을 해서 재미를 본 사람은 나 말고도 많아. 하지만 나만큼 성공한 사람은 없지. 나는 그곳에서 성공한 사람으로 유명해."

"그러시다니 잘됐군요."

"자네한테 그런 소리를 듣고 싶었다네."

나는 그 말의 의미나 어조를 깊이 생각하지 않은 채, 그때 머리에 떠오른 화제로 말을 돌렸다.

"전에 저한테 보냈던 심부름꾼을 그 뒤로 만난 적이 있습니까?"

"아니, 만나지 않았다. 만날 수도 없었지만."

"그 사람은 당신 지시에 충실하게 따라서 1파운드짜리 지폐 두 장을 가지고 찾아왔어요. 아시다시피 저는 가난한 소년이었기 때문에, 그 돈은 퍽 쏠쏠한 재산이었지요. 하지만 당신과 마찬가지로 저도 이렇게 성공했으니, 그때의 빚은 갚도록 하겠어요. 또 누군가 가난한 소년에게 도움이 되어 주세요." 그렇게 말하고 나는 지갑을 꺼냈다.

그는 내가 지갑을 탁자 위에 올려놓고 1파운드짜리 지폐 두 장을 꺼내는 걸 물끄러미 바라보았다. 나는 빳빳한 새 지폐를 펼쳐서 그에게 건넸다. 그러자 그는 여전히 나를 빤히 바라보면서 그 지폐를 포개어 길게 접더니 천천히 비틀어 등불에 태운 뒤 재를 쟁반 위에 떨어뜨렸다.

그러고는 그가 찡그린 건지 미소 짓는 건지 도무지 알 수 없는 표정으로 말했다. "자네와 내가 그 외롭고 추운 늪지대에서 만난 이후로 자네가 어떻게 성공하게 되었는지 물어도 되겠소?"

"어떻게 성공하게 되었느냐고요?"

"그래!"

그는 술잔을 비우고 일어나 벽난로 옆에 서서, 구릿빛 큰 손을 벽난로 선반 위에 올려놓았다. 그리고 따뜻하게 말리려고 한쪽 발을 격자 위에 걸치자, 젖은 부츠에서 김이 나기 시작했다. 그러나 그는 거기에는 눈길도 주지 않고 계속 나를 바라보았다. 나는 몸이 떨리기 시작하는 것을 느꼈다.

입술을 벌리고 몇 마디를 했으나 소리가 되어 나오지 않았다. 나는 있는 힘을 쥐어짜(그래도 불명료하게), 어떤 재산을 물려받게 되었노라고 대답했다.

"얼마나 상속받을지 물어봐도 되겠나?"

"모릅니다." 나는 우물거렸다.

"누구한테서 상속받을지 물어봐도 되겠나?"

"모릅니다." 나는 다시 우물거렸다.

"그럼 성인이 된 뒤 해마다 받는 금액을 맞춰 보지! 처음 숫자는 5?"

망가진 무거운 망치처럼 내 가슴은 세차게 방망이질치기 시작했다. 나는 의자에서 일어나 의자 등받이에 손을 얹고서 흥분을 억누른 채 그를 바라보았다.

"후견인에 대해서 말해 볼까." 그는 계속했다. "네가 미성년이던 동안은 당연히 후견인이 있었을 것이다. 아마 변호사겠지. 그래, 그 변호사 이름 말인데, 첫 글자가 J자 아닌가?"

내 처지에 대한 모든 사실이 뚜렷해지기 시작했다. 실망, 위험, 불명예, 그 밖에 이 진실에서 생겨나는 온갖 것이 한꺼번에 밀려와 나를 짓눌렀다. 나는 숨쉬기조차 힘들었다.

"J자로 시작하는 그 변호사 이름이 재거스라고 가정해 보지. 재거스를 고용한 사나이가 너를 만나기 위해 바다를 건너 포츠머스까지 찾아왔다고 치자. 어떻게 주소를 알아냈느냐고 물었지? 글쎄, 어떻게 알았을까? 포츠머스에서 런던에 사는 어떤 사람에게 주소를 알려달라는 편지를 보냈거든. 그 사람 이름이 뭐냐고? 그야 웨믹이지."

내 목숨이 걸려 있었다 해도 그때는 한 마디도 말할 수가 없었을 것이다. 나는 한 손을 의자 등받이에 얹고, 숨쉬기가 너무나 괴로워 다른 한 손은 가슴에 얹고서 그를 맹렬히 쏘아보며 서 있었다. 그러자 방이 흔들리며 빙빙 돌기 시작했으므로, 필사적으로 의자에 매달렸다. 그는 나를 부축해 소파로 데려가 쿠션에 기대 앉힌 다음, 내 앞에 한쪽 무릎을 꿇었다. 그러고서 지금은 똑똑히 기억에 되살아난 그 무서운 얼굴을 내 얼굴에 바싹 갖다 대고 말했다.

"그래, 핍. 내가 자네를 신사로 만들었어! 바로 내가 한 일이야! 그때 나는 한 푼이라도 벌게 되면 그 돈을 자네에게 보내리라 다짐했어. 그리고 사업에 성공해 부자가 되면 자네를 부자로 만들어 주리라 다짐했지. 나는 힘들게 살았지만, 그건 자네에게 편한 삶을 주기 위해서였지. 나는 죽기 살기로 일했어. 자네가 일하지 않고도 살 수 있게끔 해 주려고 말이지. 그런 고생쯤 아무것도 아니었어. 자네가 고마워하라고 이런 말을 하는 줄 아는가? 천만에. 자네가 목숨을 구해 준 그 궁지에 몰렸던 인간쓰레기가 신사를 만들어내겠다는 일념 하나로 당당하게 노력했다는 사실을 알아주었으면 하기 때문이지. 그 신사가 바로 너란다, 핍."

상대가 무시무시한 짐승이었다고 해도, 나는 이때 느꼈던 것만큼 증오와 공포와 내 옆에서 사라져 주었으면 하는 반감을 느끼지는 않았을 것이다.

"알겠느냐, 핍. 나는 자네의 또 다른 아버지야. 자네는 내게 아들 같은 존재, 아니 그 이상이지. 자네만이 쓸 수 있도록 돈을 모아뒀네. 양치기 일을 하면서 인적 드문 오두막에서 지낼 때는 하도 양의 얼굴만 보다 보니 인간의 얼굴을 잊어버릴 것 같았지. 그럴 때마다 자네 얼굴이 보였어. 그 오두막에서 식사하다가 몇 번이고 칼질을 멈추고는 '내가 식사하는 모습을 또 그 애가 보고 있구나.' 되뇌곤 했지. 안개 낀 늪지대에서 보았을 때처럼 똑똑히 몇 번이고 그 오두막에서 자네를 보았어. 그때마다 나는 밖으로 뛰쳐나가 하늘 아래에서 소리쳤지. '신이시여, 자유의 몸이 되어 돈이 생긴다면 그 애를 신사로 만들어 보이겠습니다. 이 말을 어긴다면 제 목숨을 바치겠습니다.' 그리고 나는 그렇게 했어. 너의 훌륭한 모습을 좀 보게! 이 방도 귀족에게 어울리는 방이 아니냐! 아니, 귀족 따위가 다 뭐냐! 자네는 귀족을 상대로 노름해도 지지 않을 만큼 많은 돈을 가지고 있는데!"

나는 그의 열기와 도취감에 거의 실신할 지경이었지만, 그는 내가 이 모든 걸 어떻게 받아들일 것인가는 전혀 의식하지 못했다. 그것이 내가 얻은 유일한 위안이었다.

나는 그의 몸이 닿는 게 소름 끼치도록 싫었지만, 그는 내 호주머니에서 시계를 꺼내거나 내 반지를 자기 쪽으로 돌려 바라보거나 했다. "이것 봐라! 번쩍번쩍한 금시계구나. 이것이야말로 신사의 물건이지! 루비가 다이아몬드 주위에 박혀 있구나. 이것이야말로 신사의 물건이야! 셔츠도 그렇다. 훌륭하고 새것이야! 옷도 그렇구나. 이보다 좋은 옷은 살 수 없을 거다! 책도." 그렇게 말하고 그는 방을 빙 둘러보았다. "책장에 책이 수백 권이나 꽂혀 있구나! 저것들을 읽는 게지, 응? 내가 왔을 때도 읽고 있었잖아. 하하하! 아무거나 좀 읽어다오! 내가 알아듣지 못하는 외국어책이라도 좋다. 무슨 책이 됐든 나는 자랑스럽구나!"

그가 또다시 내 손을 붙들고 자기 입술에 갖다 댔다. 나는 온몸의 피가 싸늘하게 식는 기분이었다.

"억지로 말하지 않아도 된다, 핍." 그가 다시 소매로 눈과 이마를 닦은 뒤 그렇게 말했다. 그의 목구멍에서 딸각하는, 기억에 생생한 그 소리가 났다. 그가 너무나도 진지했으므로 나는 그만큼 더욱 무서웠다. "조용히 있는 게 제일이지. 너는 나처럼 이날을 눈 빠지게 기다린 게 아니니까. 마음의 준비가 되지 않았을 거야. 그런데 어쩌면 내가 은인일지도 모른다는 생각은 안 해 봤나?"

"절대로요. 그런 일은…… 절대로…… 전혀…… 조금도 생각하지 못했어요!"

"그래. 하지만 나였다. 게다가 나 혼자 힘으로 말이다. 나와 재거스 씨 말고는 아무도 모르지."

"아무도요?"

"그래, 아무도." 그가 놀란 얼굴로 말했다. "그 밖에 또 누가 있나? 그건 그렇고, 정말 미남으로 잘 자랐구나! 어디선가 초롱초롱한 눈으로 자네를 지켜보는 여자가 있을 거야, 그렇지? 사랑하는 애인이?"

아아, 에스텔라, 에스텔라!

"돈으로 살 수 있는 거라면 어떤 여자든 자네에게 사 주고 싶구나. 하지만 자네같은 어엿한 신사라면 자기의 매력으로 어떤 여자든 사로잡겠지. 그래도 돈은 든든한 아군이야! 참 그렇지, 하다 만 이야기를 마저 해야겠네. 그 쓸쓸한 오두막에서 양치기로 일할 때, 내 주인이 내게 돈을 남기고 돌아가셨다(그 사람도 나 같은 죄수였지). 덕분에 자유의 몸이 된 나는 독립해서 사업을 시작했어. 무슨 일을 하든 나는 너를 위해 일했다. '신이시여, 이 일이 그 애를 위한 것이 아니라면 천벌을 내리소서!' 사업은 크게 번창해서, 아까 말했듯이 나는 꽤 유명해졌단다. 주인이 남기고 간 돈과 처음 몇 해 동안 모은 돈을 재거스 씨에게 보냈지. 모두 너를 위해서 말이야. 나는 그 사람에게 자네를 만나러 가 달라고 부탁했단다."

아아, 그가 오지 않았더라면 좋았을 것! 나를 대장간에 그대로 내버려 두었더라면, 결코 만족하지는 못했겠지만, 지금에 비하면 훨씬 더 행복했을 텐데!

"그리고 나로서는 은밀히 신사를 만들고 있다는 그 비밀만으로도 충분히 보상을 받았어. 어느 날 길을 걷는데, 식민지 사람들이 모는 서러브레드[1]가 내게 흙먼지를 날렸지. 그때 내가 뭐라 말했는지 아느냐? '나는 너희가 죽었다 깨나도 될 수 없는 훌륭한 신사를 만들고 있다.' 마음속으로 그렇게 중얼거렸단다. 그들은 서로 "저놈은 몇 년 전에 죄수였어. 재수 좋게 행운을 잡았지만 지금도 무식하고 천박한 인간이지"라고 속삭였지. 나는 이렇게 말했어. '나는 신사도 아니고 배운 것도 없지만, 지금 신사를 만들고 있다. 너희는 주식이나 땅을 가지고 있지. 하지만 런던에서 신사를 키워 낸 자가 너희 중에 있느냐?' 그런 식으로 나는 스스로를 위로하며 살았어. 그리고 그런 식으로 나는 언젠가 그 애를 만나 그 애가 사는 곳에서 내 정체를 밝히는 걸 목표로 계속 노력해 왔단다."

그가 내 어깨에 손을 올려놓았다. 어쩌면 그 손이 피로 물들어 있을지도 모른다고 생각하자 몸서리가 쳐졌다.

"그곳을 벗어나기란 쉬운 일이 아니었다. 안전한 일도 아니었지. 하지만 나는 노력했다. 어려우면 어려울수록 더더욱 매달렸다. 나는 결심을 했고, 그 결심은 확고했으니까. 그리고 마침내 나는 해냈다. 핍, 드디어 해낸 거야!"

나는 정신을 차리려 애썼지만, 계속 멍하기만 했다. 충격이 너무나 커서 그의 말보다 비바람 소리만 들었던 것 같았다. 비바람은 격렬하게 아우성치고 그는 이미 잠자코 있었는데도 나는 여전히 그의 목소리와 바깥 소리를 구분할 수가 없었다.

"그런데 내가 어디서 자는 게 좋을까?" 이윽고 그가 물었다. "자리를 좀 내다오."

"주무신다고요?"

"그래. 푹 자고 싶구나. 몇 달 동안이나 거친 파도에 시달리며 배를 탔으니까."

"마침 제 친구가 출장 가고 없으니," 내가 소파에서 일어나며 말했다. "그 친구 방을 쓰세요."

"설마 내일 돌아오는 건 아니겠지?"

---

1) 말 품종의 하나. 영국에서 영국 재래종과 아랍 말을 교배하여 개량한 경주말로, 체질과 체형이 모두 뛰어나고 기품이 있음.

"그럴 거예요." 나는 그러지 않으려 애썼지만, 기계적으로밖에 말이 나오지 않았다. "내일까진 돌아오지 않을 거예요."

그가 목소리를 낮추고, 집게손가락을 내 가슴에 대고는 말했다. "조심할 필요가 있어서 그렇단다."

"조심해야 한다니요, 무슨 뜻이죠?"

"들키면 죽을지도 모르니까 말이다!"

"죽어요?"

"나는 종신형을 선고받고 유배됐어. 이 나라로 돌아오면 사형이라고. 요즘 그 법을 어기는 죄수들이 많아서 붙잡히면 꼼짝없이 교수형이다."

이것이 최후의 일격이었다. 이 비참한 사나이는 비참한 나를 오랜 세월 금사슬과 은사슬로 옭아맨 뒤에 목숨을 걸고 나를 만나러 돌아왔다. 이제 내가 그 목숨을 맡은 것이다! 그를 혐오하는 게 아니라 좋아했다 해도, 강한 혐오감을 가지고 그를 피하고 싶었던 게 아니라 그에게 호감을 갖고 존경과 애정으로 대했더라도 상황이 이보다 더 나쁠 수는 없었을 것이다. 아니, 그편이 차라리 나았을 것이다. 그랬더라면 내가 자발적으로 배려심을 발휘하여 그의 신변의 안전을 꾀했을 테니까.

만일을 위해 나는 먼저 밖에서 불빛이 보이지 않도록 비늘살 문을 닫았다. 그런 다음 문단속을 단단히 했다. 그동안 그는 탁자 옆에 서서 럼주를 마시고 비스킷을 먹었다. 그 모습은 그때의 죄수가 늪지대에서 식사하던 모습을 떠오르게 했다. 그가 당장에라도 몸을 구부리고 줄칼로 족쇄를 잘라내는 건 아닐까 하는 생각도 들었다.

나는 허버트 방으로 가서, 우리가 이야기를 나누던 응접실로 이어지는 통로만 남기고 모든 문을 다 잠갔다. 그런 다음 그에게 잠자리에 들겠느냐고 물었다. 그는 그러겠노라며 대답하고, 내일 아침 입을 수 있도록 내가 가진 '신사의 셔츠' 중 한 벌을 빌려 줄 수 있겠느냐고 물었다. 나는 셔츠를 꺼내 침대 머리맡에 펼쳐 놓았다. 그가 잘 자라고 인사하기 위해 다시 내 손을 잡았을 때 내 몸속을 흐르는 피가 다시 싸늘해졌다.

어떻게 했는지는 모르겠지만 어쨌든 나는 그의 손에서 벗어났다. 그러고는 둘이 함께 있었던 방의 난롯불을 키우고, 그 앞에 앉았다. 잠자리에 들기가 무서웠기 때문이다. 나는 한 시간도 넘게 멍하니 있었다. 무슨 생각을 할 정신도 없었다. 그리고 나서 생각하니 내 인생이 얼마나 부서졌는지, 내가 탄 배가 얼마나 파손됐는지 이해되기 시작했다.

미스 해비샴이 나를 위해 생각해 두었던 계획 같은 건 한낱 꿈이었다. 에스텔라는 나를 위해 계획된 게 아니었다. 나는 새티스 저택에서 욕심 많은 친척들을 쿡쿡 찌르는 바늘로서, 또한, 그 밖에 연습 상대가 곁에 없을 때 실험용으로 쓸 기계인형으로서 보기 좋게 이용당했을 뿐이었다. 이것이 처음으로 느낀 고통이었다. 그러나 가장 쓰라리고 강렬한 고통은 이 죄수 때문에 조를 버렸다는 거였다. 그것도 어떤 죄를 저질렀는지도 모르는 이 죄수, 어쩌면 지금 내가 앉아서 생각하고 있는 이 방에서 끌려나가 중앙형사재판소 문 앞에서 교수형을 당할지도 모르는 이 죄수 때문에.

무슨 일이 있어도 이제 와서 조와 비디에게는 돌아갈 수 없었다. 그들에게 내가 비열하게 굴었다는 생각이 다른 어떤 생각보다 컸기 때문이다. 그들의 순박함과 성실함은 이 세상의 어떤 지혜도 주지 못할 위안을 내게 주었던 것이다. 그러나 내가 저지른 일은 결코, 결코, 결코 돌이킬 수 없었다.

바람이 강하게 불고 비가 세차게 유리창을 두드릴 때마다 추적자의 발소리가 들리는 것 같았다. 누군가가 바깥문을 두드리고 사람들이 서로 속삭이는 소리가 두 번씩이나 틀림없이 들렸다. 이렇게 공포에 떨면서 나는 지난 몇 주 동안 그와 닮은 사나이와 몇 번이나 길에서 마주쳤던 것, 그런 사나이들 수가 그가 바다를 건너옴에 따라 점점 늘어났던 것, 그의 사악한 영혼이 어찌어찌하여 그 사자들을 내게 보냈으며, 이 폭풍우 치는 밤에 그가 맹세를 지키러 내 앞에 모습을 드러냈다는 것 등, 이 죄수의 방문에 신비스러운 경고를 받았던 사실이 떠오르거나 상상되었다.

이런 생각들과 함께 그가 어린 내 눈에 몹시 흉포한 사나이로 비쳤던 일, 또 한 명의 죄수가 그에게 죽을 뻔했었다고 말했던 일, 구덩이 바닥에서 그가 맹수처럼 주먹다짐하는 것을 보았던 일 등이 떠올랐다. 이런 기억 때문에 난롯불이 있음에도 오늘처럼 험악하고 쓸쓸한 밤에 그와 단둘이 있는 것은 위험한 일인지도 모른다는 막연한 공포가 고개를 쳐들었다. 이런 두려움은 점점 커져 온 방을 가득 채웠으므로 나는 초를 들고 내 두려움의 상대를 보러 방으로 들어갔다.

그는 손수건을 머리에 동여매고 자고 있었다. 그의 표정은 딱딱하게 굳어 있으며 침울해 보였다. 그러나 그는 조용히 잠들어 있었다. 단, 머리맡에는 권총이 놓여 있었다. 그 정도만 확인하고서 나는 조용히 열쇠를 쥐고 방문을 잠근 뒤 벽난로 앞으로 돌아왔다. 나는 천천히 의자에서 마룻바닥 위로 미끄러져 내려왔다. 자면서도 내 가련한 신세가 의식에서 떠나지 않았다. 눈이 떠졌을 때 이스트워드 교회의 종들이 5시를 알렸다. 촛불은 모두 타버렸고, 난롯불은 꺼져 있었으며, 비바람 탓에 어둠은 더욱 짙어져 있었다.

여기까지가 핍의 '위대한 유산' 두 번째 이야기이다.

제40장

　내 두려운 방문자의 안전을 (가능한 한) 보장하기 위해 조심해야 한다는 건 다행스러운 일이었다. 이튿날 아침 잠에서 깼을 때, 머릿속은 그 생각으로 꽉 차서 다른 문제들은 정리되지 않은 채 한 덩어리가 되어 멀리 사라졌기 때문이다.

　그를 줄곧 방에 숨겨둘 수는 없었다. 아무리 생각해도 무리였다. 그런 짓을 계속하면 의혹을 살 것이 뻔했다. 이제는 '원수 같은 영혼'을 부리고 있지 않았지만, 그 대신 걸핏하면 화를 내는 노파와 (그녀가 조카라고 부르는) '움직이는 넝마'라는 이름이 어울리는 여자가 내 시중을 들고 있었다. 그의 방에 들어가지 말라고 했다간 그녀들은 호기심을 품고 사태를 과장해서 생각할 게 분명했다. 두 사람 모두 눈이 나빴는데, 이것은 언제나 열쇠 구멍으로 엿보는 탓이라고 나는 전부터 믿어왔다. 그녀들은 필요하지 않은 순간에만 내 옆에 있었다. 그 두 사람의 성질 중 확실히 믿을 수 있는 것은 그 점과 좀도둑질뿐이었다. 나는 그녀들에게 의심을 사지 않기 위해, 오늘 아침 삼촌이 갑자기 시골에서 오셨다고 말하기로 마음먹었다.

　그런 생각이 든 것은 불빛을 얻을 방법이 없을까 하고 어둠 속을 더듬거릴 때였다. 결국 아무런 수단도 찾지 못했다. 하는 수 없이, 근처 수위실로 가서 수위에게 등불을 들고 함께 내 방까지 가 달라고 부탁해야겠다고 생각했다. 그리고 계단을 더듬더듬 내려갔을 때 무언가에 발부리가 걸려 넘어졌는데, 누군가가 그 구석에 웅크리고 있었던 것이다.

　이런 곳에서 무엇을 하느냐고 물었지만 상대는 대꾸하지 않았으며, 말없이 내 손길을 피하기만 했다. 나는 수위실로 가서 수위에게 빨리 와 보라고 재촉했다. 그리고 돌아오면서 지금 있었던 사건을 이야기했다. 바람이 여전히 사납게 불었으므로, 꺼진 층계 등불을 켜겠다고 손에 든 등불을 위험에 드러내고 싶지는 않았다. 그러나 어쨌든 계단을 맨 밑에서 맨 꼭대기까지 샅샅이 뒤졌으나, 아무도 없음을 확인했다. 그때, 그 사람이 내 방으로 몰래 숨어들었을지도 모른다는 생각이 들었다. 그래서 수위에게 불을 빌려 촛불을 켜고, 그에게는 문간에서 기다리라고 말한 뒤, 그 두려운 방문객이 자고 있는 방을 포함한 모든 방을 들여다보았다. 집 안은 조용했으며, 아무도 우리집에 들어오지 않은 게 확실했다.

하필이면 그날 밤 계단에 누군가가 숨어 있던 셈이므로 나는 불안해졌다. 뭔가 도움이 되는 정보를 얻기 위해, 문간에 있는 수위에게 술을 한 잔 대접하며, 그날 저녁식사를 하러 외출했던 사람은 없었느냐고 물었다. "세 명 있었지요. 모두 다른 시간에요. 한 사람은 파운틴 코트에 살고, 나머지는 미들 템플 레인에 사는 사람들로, 모두 집으로 돌아갔지요." 이 대답뿐이었다. 내 방이 있는 건물에 사는 또 다른 방주인은 몇 주 전에 시골에 가고 없었다. 계단을 올라갈 때 보았는데, 그의 방문이 봉인되어 있는 것으로 보아[1] 그날 밤 돌아온 흔적은 없었다.

"밤에도 날씨가 이렇게 궂으니까요." 수위가 술잔을 돌려주며 말했다. "제가 지키는 문에서 들어온 사람은 아주 적었어요. 지금 말한 세 사람 말고는 아무도 생각나지 않네요. 아, 11시쯤이었던가요, 당신을 만나러 오신 손님이 있었습니다."

"네, 제 삼촌이예요." 나는 목소리를 낮춰 말했다.

"그분을 만나셨나요?"

"물론이죠."

"그와 함께 온 사람도요?"

"함께 온 사람?" 내가 되풀이했다.

"함께 온 사람인 줄 알았는데. 당신 삼촌이 나한테 길을 묻기 위해 멈춰 섰을 때 그 사람도 멈춰 섰고, 당신 삼촌이 이쪽으로 걷기 시작했더니 그 사람도 이쪽으로 걷기 시작했거든요."

"어떻게 생긴 사람이었죠?"

---

[1] 장기 외출을 할 때는 도둑이 들면 곧바로 알 수 있도록 밀랍으로 문을 봉했음.

수위의 기억은 불분명했다. 아마 노동자일 것이며, 검은 외투 아래에 탁한 다갈색 옷을 입고 있었던 것 같다는 대답이었다. 수위는 나보다 그 일을 대수롭지 않게 생각했다. 딱히 중요하게 여길 이유가 전혀 없었으니 그럴 만했지만.

주절주절 설명하지 않는 게 좋을 것 같아서 얼른 수위를 돌려보낸 뒤, 두 상황을 관련지어 떠올리자 심히 걱정스러워졌다. 그러나 따로따로 생각하면 쉽게 단순한 답이 나왔다. 예를 들어 템플에 사는 사람 중 누군가가 외식을 하러 나갔다거나, 안에서 식사한 뒤 그 수위가 있는 문쪽으로 가지 않고 내가 사는 건물에서 길을 잃어 계단에서 잠이 들어 버렸는지도 모른다—이름도 모르는 내 방문객이 길을 안내받기 위해 누군가를 데리고 온 것일 수도 있다. 그러나 두 경우를 한데 묶자, 요 몇 시간 사이에 경험한 일로 공포와 의혹에 빠진 나로서는 대단히 불길하게 생각되었다.

나는 벽난로에 불을 지피고(아침 그 시간에는 창백한 불꽃밖에 태우지 못했다), 그 앞에서 꾸벅꾸벅 졸았다. 밤새도록 그렇게 잤다고 생각했을 무렵, 시계가 6시를 알렸다. 동이 트기까지 아직도 한 시간 반이나 남았기에 나는 다시 깜박 잠이 들었다. 시시한 잡담이 귓속을 울려 불안해져서 눈이 떠지거나 굴뚝 속에서 부는 바람을 천둥으로 착각하기도 했지만, 나는 어느새 깊은 잠에 빠져들었다. 그리고 날이 새자 깜짝 놀라 눈을 떴다.

이렇게 아침이 될 때까지도 나는 내가 놓인 상황에 대하여 아무것도 생각할 수 없었다. 그런 생각을 할 만큼 기운이 없었기 때문이다. 몹시 고민스럽고 낙담하여 머릿속 전체가 걷잡을 수 없이 혼란스러웠다. 앞으로의 계획을 세우기란 코끼리를 한쪽 다리로 서게 하는 것보다 어려웠다. 덧창을 열고, 온통 납빛인, 축축하게 젖은 황량한 아침을 바라보았을 때, 이 방에서 저 방으로 어슬렁거리며 돌아다닐 때, 다시 벽난로 앞에 덜덜 떨며 앉아서 세탁부가 나타나기를 기다릴 때, 내가 얼마나 비참한 인간인가를 생각해 보았다. 그러나 어째서, 얼마나 오랫동안 비참했는가, 그런 생각을 하는 오늘은 무슨 요일이며 그런 생각을 하는 나는 누구인가조차 제대로 알지 못했다.

마침내 노파와 그녀의 조카가 나타났다(조카의 머리는 더러운 빗자루와 쉽게 구분할 수가 없었다). 두 사람은 나와 난롯불을 보자 놀라워했다. 나는 간밤에 찾아온 삼촌이 아직 주무시고 계시니 아침식사는 거기에 맞춰 준비하라고 일러 주었다. 그러고 나서 그녀들이 가구를 덜거덕거리며 움직이고 먼지를 터는 동안 꿈결에서 움직이는 것처럼, 또는 몽유병 환자처럼 세수하고 옷을 갈아입고, 다시 난로 앞에 앉아, 그가 아침식사를 하러 나오기를 기다렸다.

이윽고 문이 열리고 그가 방에서 나왔다. 나는 차마 그 모습을 보고 있을 수가 없었다. 밝은 빛에서 본 그의 모습은 더욱 험악해 보였다.

"나는 아직 당신 이름도 모르는군요." 그가 식탁에 앉았을 때 내가 조그만 목소리로 말했다. "사람들한테는 제 삼촌이라고 말해 두었어요."

"그거 좋구나! 나를 삼촌이라고 부르렴."

"배를 탈 때 가명을 썼겠죠?"

"그래, 프로비스라는 가명이야."

"그 이름을 계속 쓸 작정이세요?"

"음, 글쎄다. 별로 나쁠 것 없겠지……. 달리 좋은 이름이 있느냐?"

"진짜 이름은 뭐예요?" 나는 속삭이듯 물었다.

"매그위치." 그가 좀전과 같은 어조로 대답했다. "세례명은 에이벨이고."

"어릴 때는 뭐가 되고 싶었나요?"

"악당."

그는 그 말이 특정한 직업을 가리키는 단어인 것처럼 아주 진지하게 대답했다.

"당신이 이곳에 찾아왔을 때, 그러니까 어젯밤이요." 나는 거기서 말을 끊었다. 정말 지난밤 일이었는지, 더 오래전 일이 아닌지 생각되었기 때문이다.

"그때가 왜?"

"어젯밤 템플 입구에서 수위에게 제 방으로 오는 길을 물었을 때 누군가와 함께였나요?"

"함께? 아닌데."

"거기에 누군가가 있었던가요?"

"특별히 주의해서 보진 않았는데." 그가 자신 없는 듯 말했다. "이곳으로 오는 길을 뭘 알아야지. 그런데 나와 함께 들어온 사람이 있었던 것 같긴 하구나."

"런던에 당신을 아는 사람은 있나요?"

"있으면 큰일 나지!" 그는 그렇게 말하고, 집게손가락으로 목을 베는 시늉을 했다. 나는 갑자기 속에서 열이 나면서 메스꺼워졌다.

"그럼, 옛날에 런던에서 당신을 알던 사람은요?"

"딱히 없어. 나는 시골에서만 살았으니까."

"런던에서 재판을 받았나요?"

"언제 말이냐?" 그가 날카로운 눈빛으로 말했다.

"마지막 재판이요."

그는 고개를 끄덕였다. "그게 재거스 씨를 알게 된 계기였지. 그때 나를 변호해 주었거든."

무슨 일로 재판을 받았느냐고 물어보려는데, 그가 칼을 집어 들고 휘두르며 "내가 어떤 죄를 저질렀건 그 대가는 이미 치렀다!" 소리치고는 음식을 먹기 시작했다.

게걸스럽게 먹는 그의 모습은 몹시 불쾌했다. 그의 모든 행동이 더럽고, 소란스러우며, 탐욕스럽게 보였다. 늪지대에서 먹는 것을 보았던 그때 이래로 이가 몇 개 빠진 모양이었다. 가장 강한 송곳니로 음식을 물어뜯기 위해 고개를 살짝 옆으로 돌릴 때의 모습은 마치 굶주린 늙은 개와 몹시 비슷했다. 이때 내게 식욕이 있었다 해도, 그와 함께라면 그 식욕은 사라져 버렸을 것이다. 그리고 그를 격렬하게 혐오하면서 울적한 기분으로 식탁보만 물끄러미 바라보았을 것이다.

"난 음식을 많이 먹는 편이야." 식사가 끝나자 그가 변명하듯 말했다. "늘 그랬지. 이 정도로 대식가가 아니었다면 말썽도 적게 부렸을 텐데. 게다가 담배도 꼭 피워야 해. 오스트레일리아에서 양치기로 일하던 때 담배가 없었더라면 나는 우울한 양으로 변해 버렸을 거야."

그렇게 말하며 그는 식탁에서 일어나, 입고 있던 외투 안주머니에 손을 집어넣었다. 그리고 짧고 까만 파이프와 니그로헤드라고 불리는 담뱃잎을 꺼냈다. 파이프에 그것을 채우고는, 호주머니가 서랍이라도 되는 양 남은 담뱃잎을 다시 호주머니에 집어넣었다. 그러고는 부지깽이로 불붙은 석탄을 집어 들더니 그것으로 파이프에 불을 붙인 뒤 양탄자 위에서 몸을 돌려 난로를 등지고 섰다. 그리고 나에게 두 손을 내미는 그 특유의 자세를 취했다.

"그래, 바로 이 사람이," 그는 담배를 피우면서 내 손을 쥐고 위아래로 흔들었다. "바로 이 사람이 내가 만든 신사다! 어엿한 진짜 신사야! 너를 보는 게 참 즐겁구나, 핍! 내 소원은 그저 이렇게 네 곁에서 지켜볼 수 있게만 해 달라는 거야!"

나는 재빨리 손을 빼냈다. 그리고 내 상황을 천천히 생각하기 시작했다. 그의 쉰 목소리를 들으며, 또 깊게 주름진 대머리 옆에 자란 몇 가닥 백발을 바라보며 앉아 있자니, 내가 얼마나 무거운 사슬로 어디에 매여 있는지가 분명해지기 시작했다.

"내 신사가 발에 진흙을 묻히고 다니게 할 순 없지. 내 신사에게 말이 있어야겠다. 승마용 말, 마차용 말, 하인이 탈 말과 마차도 필요하지. 오스트레일리아 식민지 놈들이 말을 가지고 있는 판에(그것도 서러브레드를 말이다! 기가 막혀서), 내 런던 신사에게 말이 없다니. 안 되지, 안 되고말고. 그렇지 않다는 걸 보여 주자꾸나, 핍, 안 그래?"

그는 호주머니에서 지폐가 가득 든 커다랗고 두툼한 지갑을 꺼내더니 탁자 위로 던졌다.

"그 안에 꽤 많은 돈이 들어 있다. 모두 네 것이다. 내 재산은 모두 네 것이야. 걱정할 필요 없다. 돈이라면 얼마든지 있으니까. 나는 내 신사가 신사답게 돈 쓰는 모습을 보고 싶어서 돌아온 거란다. 그것이 내 즐거움이지. 내 즐거움은 핍이 돈 쓰는 걸 보는 거야. 그래서 세상 사람들 모두에게 본때를 보여주는 거지!" 마지막으로 그렇게 말하더니 그는 방을 빙 둘러보고 손가락을 탁 튕겼다. "다들 보라 그래! 가발을 쓴 판사부터 먼지를 일으키며 달리는 식민지 놈들까지, 너희 모두를 합친 것보다 더 훌륭한 신사를 보여 주겠다!"

"잠깐만요!" 나는 두려움과 혐오로 미쳐 버릴 것만 같아 말했다. "내 말을 좀 들어 보세요. 앞으로 어떻게 해야 좋을지, 어떻게 당신을 위험에서 지켜 낼지, 당신은 얼마나 이곳에 있을 셈인지, 어떤 계획을 하고 있는지 그것을 좀 가르쳐 주세요."

"핍." 그가 갑자기 온순하게 바뀌더니 자기 손을 내 팔에 얹고서 말했다. "먼저 내 이야기를 들어 주렴. 그만 이성을 잃고 천박한 말을 마구 해 버렸구나. 그래, 품위 없는 말이었지. 핍, 제발 잊어다오. 이제 다시는 그런 말은 하지 않으마."

"먼저," 나는 거의 신음하듯이 말을 이었다. "당신이 누군가에게 들켜서 잡히는 일이 없게 하려면 어떻게 조심해야 하죠?"

"아니다, 핍." 그가 좀 전과 같은 어조로 말했다. "그게 첫 번째 문제가 아니야. 천박하게 군 것이 먼저다. 이토록 오랜 세월에 걸쳐 만든 내 신사에게 어떤 식으로 인사해야 하는지 그 정도는 나도 알아. 핍, 내가 천박하게 굴었다. 틀림없이 그랬어. 조금 전 일은 없었던 일로 해다오, 부탁이다."

나는 두렵기도 하고 우스꽝스럽기도 해서 그만 웃음을 터트리며 대답했다. "이미 그렇게 했어요. 부탁이니 이제 그 이야기는 그만두세요."

"그래? 하지만 나는 일부러 품위 없는 말이나 하려고 그 먼 거리를 달려 온 게 아니다. 그런데, 좀 전에 하려던 말이 뭐였지?"

"위험을 무릅쓰고 찾아온 당신을 보호하기 위해 무얼 조심하면 좋겠느냐고요."

"아아, 위험이라 해봐야 대단한 건 없단다. 누가 밀고라도 하지 않는 한 아무 일도 없을 거야. 아는 사람이라곤 재거스와 웨믹과 너뿐이잖냐. 그밖에 누가 나를 밀고하겠니?"

"길에서 우연히 마주친 사람이 당신을 알아볼 수도 있지 않을까요?"

"흠. 그럴 사람은 그리 많지 않다. 게다가 보터니 만(灣)[2]에서 돌아왔다고 신문에 이름을 넣어서 광고를 내는 것도 아니잖냐. 더구나 벌써 몇 년이나 흐른 일인데, 나를 밀고한다고 해서 무슨 득이 되겠니? 하지만 핍, 지금보다 50배는 더 위험하다고 해도 나는 네가 보고 싶어 돌아왔을 거다."

"그래, 얼마나 이곳에 계실 셈이죠?"

"얼마나?" 그는 검은 파이프를 입에서 떼고 그 입을 크게 벌리고서 나를 바라보았다. "나는 그곳으로 돌아가지 않을 거다. 영원히 이곳에 있을 거야."

"어디서 사시려고요? 어떻게 하시려는지? 어디에 계셔야 안전하죠?"

"핍, 돈만 내면 변장용 가발을 살 수도 있고, 머리 분도 사고, 안경이며 검은 옷, 반바지 등 필요한 건 뭐든 살 수 있단다. 그렇게 변장해서 지금껏 안전하게 도망 다니는 사람들도 있어. 다른 사람들이 하는데 나라고 왜 못하겠냐. 어디

---

2) 시드니 남쪽의 만. 유형 식민지의 대명사.

에서 어떻게 살지는, 그렇지, 네 의견을 듣고 싶다."

"이제는 가볍게 생각하시는 것 같은데 어젯밤에는 더 심각하셨잖아요? 사형이니 뭐니 하면서."

"그래, 분명히 사형이라고 말했지." 그는 다시 파이프를 입에 물었다. "교수형이야. 이곳에서 그리 멀지 않은 거리에서 많은 사람이 보는 가운데. 그만큼 심각한 일이라는 걸 알아주었으면 좋겠구나. 하지만 그 사실만 머리에 넣어 두면 그다음은 별것 아니다. 나는 이곳에 있다. 이제 저쪽으로 돌아가도 이곳에서 쥐 죽은 듯이 지내는 것과 같아. 아니, 더 나쁘지. 게다가 핍, 나는 벌써 몇 년 전부터 너를 만나야겠다고 마음먹었단다. 그래서 여기에 있는 거지. 지금 나는 노련한 까마귀와 같아. 이 길에 들어서고 나서 여러 위험을 헤쳐 왔기 때문에 이젠 허수아비 위에 앉는 것도 무섭지 않지. 허수아비 안에 죽음의 신이 숨어 있건 말건 상관 안 해. 죽음의 신이 튀어나오거든 상대해 줄 거다. 하지만 그건 튀어나왔을 때의 일이지, 지금은 관계없다. 자 자, 우리 신사를 다시 한 번 천천히 좀 보자꾸나."

그는 또다시 내 두 손을 붙들고는 아주 만족스럽게 담배를 피우며, 애지중지하는 소유물을 바라보듯 나를 찬찬히 바라보았다.

허버트가 돌아오면 그가 있을 만한 조용한 집을 찾아봐야 할 것 같았다. 허버트는 2, 3일 뒤면 돌아오기로 되어 있었다. 허버트에게 이 비밀을 털어놓을 수밖에 없음은 분명했다―그럼으로써 마음이 편안해진다는 점을 빼더라도. 그러나 프로비스 씨(그를 그렇게 부르기로 했다)에게는 조금도 명백하지 않았다. 그는 자기 눈으로 그가 믿을 만한 사람인지를 확인하기 전에는 비밀을 털어놓지 못하도록 하겠노라고 말했다. 그러고는 "털어놓게 되더라도 여기에 대고 맹세시킬 거다." 그러면서 호주머니에서 기름때로 얼룩덜룩한, 작고 까만 성경책을 꺼냈다.

내 무서운 후원자가 비상시에 누군가에게 맹세를 시킨다는 목적만으로 이 작은 책을 지니고 다닌다는 것은 확실치 않다. 그러나 그가 성경책을 다른 용도로 사용하지 않았다는 건 자신 있게 증언할 수 있다. 그 성경책은 어느 재판소에서 훔쳐온 것 같았다. 그는 그 책이 그때까지 어떤 식으로 쓰여 왔는지를 알고 있었는데, 거기에 자신이 그 책을 사용한 경험을 더하여, 그 책이 지니는 하나의 합법적 마술 또는 주문으로서의 힘을 미신처럼 믿게 된 것 같았다. 그가 처음으로 이 책을 꺼냈을 때, 나는 아주 오래전 그가 묘지에서 내게 충성을 맹세시켰던 일과 고독 속에서 늘 자신의 결의를 끝까지 지키겠노라고 맹세했던 어젯밤 말을 떠올렸다.

그때까지 뱃사람이 입는 싸구려 기성복을 입고 있던 그는 앵무새나 엽궐련을 파는 선원처럼 보였으므로, 다음에는 어떤 옷을 입어야 할지 의논해 보았다. 놀랍게도 변장에는 반바지를 입는 것이 좋은 생각이라고 믿는 그는 마음속으로 사제와 치과 의사의 중간 모습을 상상하고 있었다. 나는 매우 애를 쓴 끝에, 부유한 지주처럼 보이는 옷차림을 하라고 그를 설득하는데 성공했다. 그리고 머리를 짧게 깎고 머리 분을 조금 바르기로 했다. 마지막으로 세탁부와 그녀의 조카에게는 아직 모습을 보이지 않았으므로, 그가 새 옷으로 갈아입기 전까지 그녀들과는 만나지 않도록 주의했다.

이런 사항들을 결정하는 일이 쉬워 보일지 모르지만, 나 자신이(광란까지는 아니지만) 멍한 상태에 있었기 때문에 무척이나 많은 시간이 걸렸다. 결국, 그 계획을 실행에 옮기려 밖으로 나온 것은 오후 두세 시가 되어서였다. 그에게는 내가 집을 비운 동안 절대로 문을 열지 말고 방안에 꼼짝 말고 있으라고 말해 두었다.

나는 에식스 거리에 훌륭한 하숙집이 있는 것을 알고 있었다. 그 하숙집 뒤는 템플과 마주 보고 있어 내가 창문에서 부르면 소리가 들릴 정도로 가까웠다. 그 집에 가서 다행히도 3층에 프로비스 씨의 방을 빌릴 수 있었다. 그 뒤 이 가게 저 가게를 다니며 그의 새로운 외모에 필요한 물건들을 차례차례 사들였다. 이 일이 끝나자 내 볼일을 보러 리틀 브리튼으로 발길을 옮겼다. 재거스 씨는 책상에 앉아 있다가, 내가 사무소로 들어가자 벌떡 일어나 벽난로 앞에 섰다.

"핍, 지금부터는 조심해야 하네."

"네, 그래야겠죠." 나는 대답했다. 이곳에 오는 동안, 어떻게 말할지 미리 생각해 두었다.

"깊이 관여하지 말게. 다른 사람을 관여시키지도 말고. 내 말 알아듣겠나? 그 누구도. 그리고 내게 아무 말도 하지 말게. 나는 아무것도 알고 싶지 않고, 아무런 관심도 없네."

재거스 씨는 그가 찾아온 사실을 알고 있는 게 분명했다.

"전 그저 제가 들은 말이 사실인지 그게 알고 싶을 따름입니다. 그 말이 거짓이라고는 생각하지 않지만, 어쨌거나 사실을 확인하고 싶어요."

재거스 씨는 고개를 끄덕였다. "그런데 지금 '들었다'고 했나, '소식을 전해 받았다'고 했나?" 그는 고개를 갸우뚱하고서 나를 바라보지 않고 귀를 기울이듯이 마룻바닥을 바라보았다. "'들었다'라면 직접 대화를 나누었다는 뜻으로 들리는데. 뉴사우스웨일스에 있는 사람하고 직접 대화를 나눌 수는 없지 않나?"

"전해들었습니다."

"좋네."

"에이벨 매그위치라는 사람이 지금까지 정체를 알리지 않았던 은인이라는 소식을 전해들었는데요."

"그렇다네. 그 사람이 자네의 은인일세. 지금 뉴사우스웨일스에 있는 그 사람 말이네."

"제 은인은 그 사람 혼자뿐인가요?"

"그렇다네, 그 혼자지."

"제 그릇된 생각이나 착각을 당신 탓으로 돌리는 억지를 부릴 생각은 없습니다. 하지만 저는 늘 제 은인은 미스 해비샴이라고 생각해 왔습니다."

"자네 말대로 나는 그 일에 아무 책임도 없네." 재거스 씨는 내게 냉정한 시선을 던지고서 집게손가락을 물어뜯으며 말했다.

"하지만 정말 그렇게 보였는걸요." 나는 실망해서 애원하다시피 말했다.

"전혀 증거가 없는 이야기네, 핍." 그가 고개를 가로젓고 옷자락을 끌어당기며 말했다. "무슨 일이든 겉만 보고 판단해서는 안 되지. 모든 것은 증거를 토대로 판단하는 게 중요해. 그것이 최상의 법칙이지."

나는 잠시 말없이 서 있다가 말했다. "제가 전해들은 소식을 확인했으니 이제 할 말은 없습니다."

"그런데 뉴사우스웨일스에 있는 매그위치가 마침내 자신의 정체를 밝혔군. 핍, 자네도 알 걸세. 나는 지금까지 있었던 모든 교섭에서 철저하게 사실을 존중한다는 방침을 고수해 왔네. 진실에서 벗어나는 일은 한 번도 없었지. 안 그런가?"

"네, 맞습니다."

"뉴사우스웨일스에 있는 매그위치가 처음 편지를 보내왔을 때—뉴사우스웨일스에서 말이네—나는 내가 사실을 존중하는 방침에서 벗어나리란 기대는 하지 말라고 답장했네. 그리고 또 다른 경고도 했지. 그가 편지에서 자네를 만나러 영국으로 돌아오고 싶다는 뜻을 넌지시 내비치기에, 그런 이야기는 듣고 싶지 않다고 말했네. 그가 사면을 받게 될 가능성은 전혀 없으며, 종신형을 받은 몸으로 고국으로 돌아오면 중죄로 극형에 처해질 거라고 분명히 경고했지. 그는 그 경고에 따랐을 걸세."

"그렇겠지요."

"웨믹이 그러더군." 재거스 씨는 여전히 무서운 눈초리로 나를 바라보며 말했다. "포츠머스에서 편지가 왔는데, 발신인이 식민지 개혁자 퍼비스라던가……."

"아니면 프로비스였겠죠." 내가 암시했다.

"아니면 프로비스. 고맙네, 핍. 아마 프로비스겠지? 그 사람을 알지?"

"압니다."

"자네는 프로비스라는 자를 아는군. 좋아. 프로비스라는 이름의 식민지 개혁자가 자네 주소를 알고 싶다고 매그위치를 대신해 포츠머스에서 편지를 보내왔네. 웨믹이 곧 답장을 써서 자세한 내용을 알려 주었다는군. 자네는 아마 이 프로비스인지 하는 작자를 통해서 뉴사우스웨일스에 있는 매그위치 소식을 들었나 보군?"

"프로비스를 통해서 들었습니다."

"그렇군. 그럼 잘 가게, 핍." 재거스 씨가 손을 내밀면서 말했다. "잘 와 주었네. 뉴사우스웨일스의 매그위치에게 편지를 쓰거나 프로비스를 통해 그에게 연락할 일이 있거든, 우리의 오랜 거래에 대한 명세서 및 영수증을 함께 자네에게 보낼 거라고 전해주게. 청산해야 할 잔금이 아직 남아 있으니까. 그럼 또 보세!"

우리는 악수했다. 마주 서 있는 내내 그가 나를 뚫어져라 바라보았다. 문간에서 뒤돌아보자 그는 아직도 가만히 나를 바라보고 있었다. 선반에 놓인 두 개의 험상궂은 석고상이 눈꺼풀을 들고 부은 목구멍에서 "아아, 저런 놈을 봤나!"라는 말을 쥐어짜는 듯이 보였다.

웨믹은 외출 중이었다. 그러나 사무소에 있었던들 그가 나를 위해 무슨 일을 할 수 있는 것도 아니었다. 나는 곧장 템플로 돌아갔고, 무서운 프로비스 씨는 물에 탄 럼을 태평하게 마시며 니그로헤드를 피우고 있었다.

다음 날, 주문한 옷이 모두 배달되었다. 그는 새 옷으로 갈아입었다. 그러나 무슨 옷을 입든 그전까지 그가 입었던 옷보다 어울리지 않았으므로 짜증이 났다. 그에게는 위장을 시키려 해도 그것을 거부하는 그 무언가가 있었다. 더 좋은 옷을 입히면 입힐수록 그는 더욱더 늪지대를 구부정하게 걸어가던 탈주범처럼 보였다. 불안으로 가득찬 내가 그런 생각을 한 것은 틀림없이 그의 과거 생김새나 행동이 더욱 선명하게 기억에 되살아난 탓도 있겠지만, 그것만은 아니었다. 그는 아직도 족쇄를 찬 사람처럼 한쪽 다리를 질질 끌고 있었으며, 머리 꼭대기에서 발끝까지 그의 온몸에서 죄수 냄새가 배어 나왔다.

게다가 고독한 오두막 생활의 영향으로, 어떤 옷을 입어도 가려지지 않는 야만성이 있었다. 그 뒤 세상에 나와 죄수라는 낙인이 찍힌 생활을 했던 영향도 있었고 덤으로 자신이 쫓기는 몸으로 숨어 지낸다는 의식이 있었다. 아무튼, 앉으나 서나, 먹거나 마시거나, 어깨를 추켜 올리고 마지못해 생각에 잠기거나, 소뿔로 만든 자루가 달린 커다란 잭나이프를 꺼내어 바지에 쓱쓱 닦은 뒤에 음식을 자르거나, 가벼운 유리잔이나 찻잔을 둔탁한 금속 그릇을 다루듯 입술로 가져가거나, 배급받은 음식물을 남김 없이 먹을 때처럼 빵 귀를 잘라 그것으로 접시 위에 남은 고기 국물을 끝까지 정성껏 긁어먹은 다음 마지막으로 손가락에 묻은 고기 국물을 그 빵에 닦아 입에 넣는 모든 동작이며, 그밖에 셀 수 없이 많은 일상의 사소한 동작에서도 죄수, 범죄자, 그리고 부유한 지주가 아닌 농노라는 글자가 또렷하게 각인되어 있었다.

나는 그가 반바지를 입겠다는 걸 겨우 말렸지만, 머리 분을 바르겠다는 그의 생각에는 동의했다. 그러나 막상 실제로 분을 발라 보니, 그것은 죽은 사람에게 입술연지를 바르는 것과 같은 효과밖에 나지 않았다. 그의 내부에 가둬두는 편이 바람직한 모든 것이 표면상의 속임수라는 얇은 층을 뚫고 나와 머리에서부터 불꽃처럼 불타기 시작하는 것처럼 보였다. 하는 수없이 머리 분을 이용한 변장은 시작하자마자 곧 포기했다. 하얘진 머리카락은 짧게 깎았다.

그라는 존재가 내게 얼마만큼 무서운 수수께끼였는지 그것 또한 말로는 도저히 설명할 길이 없다. 저녁 무렵 그가 안락의자 팔걸이를 마디 굵은 손으로 꽉 쥔 채 주름이 깊게 팬 대머리를 수그리고 잠에 빠졌을 때, 나는 이 사나이는 대체 무슨 죄를 저질렀을까 생각하면서 그 옆에 앉아 그를 빤히 바라보았다. 뉴게이트 캘린더[3]에 실린 온갖 범죄가 머리에 떠오르다가, 마침내는 일어나 도망쳐 버리고 싶은 강한 충동을 느꼈다. 함께 있으면 있을수록 프로비스에 대한 혐오감은 커져가기만 했다. 그동안 그가 나를 위해 많은 일을 해주었고 위험을 무릅썼다는 사실에도, 허버트가 곧 돌아오리라는 걸 알고 있지 않았더라면 나는 당장 그 충동에 몸을 내맡겼을 것이다. 한밤중에 침대에서 뛰어나와 가장 허름한 옷을 입고, 내가 가진 모든 것을 그와 함께 남겨 둔 채 인도로 달아나 군대에 지원할까 생각한 적도 있었다.

비바람이 거세게 몰아치는 기나긴 저녁과 밤에 그 외로운 방에 있는 것은, 무섭기로 따지자면 그래도 유령이 나았다. 유령은 나 때문에 체포되어 교수형에 처해지는 일은 절대로 없기 때문이다. 매그위치에게 그런 운명이 찾아올지도 모른다는 생각이 들고, 그것이 걱정으로 번지면 번질수록 공포감은 늘어날 따름이었다. 잠을 자거나 자기의 너덜너덜한 트럼프로 혼자 복잡한 놀이라도 할 때라면 괜찮지만(그 뒤에도 그 전에도, 그가 하는 것과 같은 카드놀이를 하는 사람을 본 적이 없다. 게다가 그는 이길 때마다 탁자에 잭나이프를 꽂아 놓았다), 그렇지 않을 때면 그는 "핍, 외국어책을 한 권 읽어다오!" 하면서 낭독을 부탁했다. 내가 그 요구에 응하면 그는 한 마디도 이해하지 못한 채 벽난로 앞에 서서 출품자가 전시물을 바라보듯 나를 바라보았다. 나는 얼굴 한쪽을 차양처럼 손바닥으로 가리고 읽었는데, 그 손가락 사이로 그가 주변 가구에다 대고 내 유창한 외국어 실력을 들어보라고 무언극을 벌이는 걸 보곤 했다. 신을 두려워하지 않고 못생긴 괴물을 만들어낸 뒤 그 괴물에게 쫓겨 다니는 소설 속 학자도 나보다는 훨씬 더 비참하지 않을 것이다. 나는 나를 만들어낸 괴물에게 쫓겨 다녔으며, 그가 나를 칭찬하고 내게 호의를 품을수록 그만큼 더 강한 혐오감을 느끼며 그에게서 나 자신을 떨어뜨리고 싶어졌다.

이렇게 쓰면 이런 시기가 1년 정도는 계속된 것처럼 들릴지도 모르지만, 실

---

3) 악명 높은 범죄자의 전기를 모은 책.

제로는 닷새 남짓 사이에 일어난 일이다. 날마다 '오늘은 허버트가 돌아올지도 몰라.' 생각하면서 해가 지면 프로비스와 산책하는 것 말고는 외출할 수가 없었다. 마침내 어느 저녁, 식사를 마친 뒤 몹시 지쳐서 꾸벅꾸벅 졸고 있을 때(밤에는 신경이 곤두선 탓에 끔찍한 꿈을 꾸곤 했으므로 제대로 자지 못했다), 계단을 올라오는 반가운 발소리가 들렸다. 역시 졸고 있던 프로비스가 내가 일어나는 소리에 눈을 뜨더니 순식간에 잭나이프를 손에 들었다.

"진정해요! 허버트예요!" 내가 말했다. 그때, 프랑스 여행을 실컷 즐기고 돌아온 쾌활하고 기운 넘치는 허버트가 씩씩하게 들어왔다.

"여어, 헨델, 잘 지냈어? 그동안 별일 없었지? 무슨 일 있었어? 1년쯤은 집을 비운 기분이 들어! 맙소사, 정말 그런 것 같잖아. 너 왜 그렇게 야위고 창백해졌니! 세상에, 헨델……. 아, 실례했습니다."

허버트는 프로비스를 보자 입을 다물고, 악수하던 내 손을 놓았다. 프로비스는 그를 뚫어져라 바라보면서 천천히 잭나이프를 집어넣고는 반대편 호주머니를 뒤졌다.

허버트가 눈을 휘둥그레 뜨고 의아해하며 서 있는 동안 나는 문을 닫으며 말했다. "허버트, 이상한 일이 좀 있었어. 이분은, 그러니까, 나를 찾아오신 손님이야."

"좋아, 나한테 맡겨!" 프로비스가 작은 까만 책을 들고 앞으로 나와 허버트에게 말했다. "이 책을 오른손에 들고 '절대로 밀고는 하지 않겠습니다. 만약 밀고한다면 그 자리에서 신께 이 목숨을 바치겠나이다.' 말한 다음에 책에 입을 맞추게."

"시키는 대로 해줘." 내가 말하자 허버트는 불안감과 놀라움을 보였지만 그 지시에 따라 주었다. 프로비스는 즉시 그와 악수를 나누면서 말했다. "자네는 신께 맹세했다는 걸 명심하게. 좋아, 나도 맹세하지. 핍이 말한 것처럼 자네가 분명히 신사라는 것을!"

제41장

우리 세 사람이 벽난로 앞에 앉자, 나는 비밀을 모조리 이야기했다. 이때 허버트가 얼마나 놀라고 불안해했는지 말로는 도저히 표현할 길이 없다. 다만, 내가 느끼는 온갖 감정이—특히 그 가운데서도 나를 위해 이토록 많은 일을 해준 사람에 대한 혐오감이—그의 얼굴에도 나타났다고 말한다면 충분할 것이다.

내 출세 이야기를 자랑스럽게만 여기는 프로비스의 마음은 그것 하나만으로도(그밖에 다른 이야기는 하지 않았다 치더라도) 그를 우리와 구분해주는 거였다. 영국으로 돌아온 뒤에 '품위 없는' 말을 해 버린 그 민망한 순간을 빼고는(그는 내가 비밀을 털어놓자마자 그 이야기를 허버트에게 들려주었다), 내가 엄청난 재산을 물려받는 데 결함이 생길 수 있다는 가능성에 대해서 그는 아무 걱정도 하지 않았다. 나를 신사로 만들고 그의 넉넉한 자금으로 내가 그 신분을 유지하는 모습을 보러 왔다는 자랑은, 자신을 위한 것이기도 했지만 나를 생각하는 마음이기도 했다. 그는 그 점을 우리가 함께 기뻐하고 함께 자랑스럽게 생각하리라고 믿어 의심치 않았다.

"이봐, 핍의 친구, 자네." 그는 한참 떠들고 난 뒤 허버트에게 말했다. "이곳에 돌아온 뒤 품위 없는 생각을 딱 한 번 입에 담아 버렸지. 나도 알고 있다고, 나는 핍에게 말했네, 품위가 없었다고 말이야. 하지만 그 일을 자네가 걱정할 필요는 없네. 자네들을 어떻게 대해야 좋을지도 모르면서 내가 핍을 신사로 만들고 핍이 자네를 신사로 만들 거라고 말하는 게 아닐세. 핍, 그리고 핍의 친구 자네, 둘 다 안심하라고. 나는 이제부터 개처럼 입에 재갈을 물고, 품위 없는 말은 입 밖으로 내뱉지 않기로 했으니까. 그때는 나도 모르게 품위 없이 굴었지만, 지금은 재갈을 단단히 물고 있으니 앞으로는 문제없어."

허버트는 "그렇군요." 대답했지만, 이 말에서 크게 위안받았다는 느낌이 전해

오지 않았다. 그는 여전히 당혹스럽고 어찌할 바를 모르는 것 같았다. 우리는 프로비스가 자신의 하숙집으로 가서 우리 둘만 남기를 바랐지만, 그는 확연히 우리를 남기고 가는 데에 경계심을 느끼고 꾸물거렸다. 그를 에식스 거리에 있는 하숙집으로 데리고 간 뒤 그가 캄캄한 문 안으로 완전히 들어가는 모습을 지켜본 건 한밤이 다 되어서였다. 그 문이 닫혔을 때, 나는 그가 우리집에 찾아왔던 그날 밤 이래 처음으로 안도의 한숨이 나왔다.

계단에 있던 사나이에 대한 불안한 기억이 아직도 머리를 떠나지 않았으므로, 해가 진 뒤 그를 밖으로 데리고 나갔다가 다시 집에 돌아올 때마다 늘 주변을 잘 살폈다. 지금도 나는 주위를 둘러보았다. 누군가가 지켜보고 있을지도 모른다는 위험을 의식하기 시작하면, 대도시에서는 그 의혹에서 완전히 벗어나기가 어렵다. 그러나 지금 시야에 들어오는 사람들이 내 행동을 주시하고 있다고는 생각되지 않았다. 몇 사람이 길을 가고 있었는데, 그들은 각기 다른 방향으로 지나갔으며, 내가 템플로 돌아왔을 때도 거리에 인적은 없었다. 우리와 함께 템플 문을 나온 사람도 없었고, 나와 함께 그 문으로 들어간 사람도 없었다. 분수 옆을 지날 때, 프로비스 방 뒤쪽 창문에서 불빛이 조용히 새어 나오는 게 보였다. 내 방이 있는 건물 입구에서 계단을 올라가기 전에 잠시 발을 멈추어 보았지만, 가든 코트는 한적하고 적막했다. 계단을 올라갔지만, 그곳 또한 한적하고 적막했다.

허버트가 두 팔을 벌려 반겨 주었다. 나는 이때만큼 친구의 고마움을 뼈저리게 느낀 적은 없었다. 그는 신중하게 단어를 골라 동정을 표함으로써 기운을 북돋워 주었다. 그 뒤 우리는 앉아서, 앞으로 어떻게 해야 할지를 생각했다.

프로비스가 앉았던 의자는 아직도 그 위치에 있었다. 그는 군대 막사에서 그러는 것처럼 한 자리에 눌러앉아 안절부절못하곤 했다. 그리고 파이프와 담배와 잭나이프와 트럼프 등으로 이루어지는 일련의 의식을, 학생이 칠판에 쓰인 지시에 따르듯이 엄격하게 시행했다. 따라서 그의 의자는 늘 있던 자리에 있었는데, 허버트는 무의식중에 거기에 앉았다가 다음 순간 펄쩍 뛰며 일어나더니 그 의자를 멀찌감치 밀어 놓고 다른 의자에 앉았다. 그는 내 후원자에게 혐오감을 느낀다고 굳이 말하지 않았다. 나도 내 후원자에게 혐오감을 느낀다고 굳이 말하지 않았다. 우리는 서로 말은 안 했지만 그 비밀을 공유했던 것이다.

"어떻게 하는 게 좋을까?" 허버트가 다른 의자에 편안하게 옮겨 앉기를 기다린 다음 내가 말했다.

"가엾은 헨델." 그가 머리를 싸쥐고서 말했다. "너무나 놀라서 머리가 돌아가지 않는다."

"나도 처음 충격을 받았을 땐 그랬어. 하지만 무슨 수를 써야지. 그는 새로 여러 가지에 투자하고 싶은 모양이야. 말이니 마차니 하는 사치품에 말이야. 어떻게 해서든 그 사람을 말려야 해."

"그럼 너는 그것들을 받지 않겠다는 거야?"

"어떻게 받겠니!" 허버트가 말을 중단했으므로 내가 그 틈을 메웠다. "그에 대해 생각해 봐! 그 사람을 똑똑히 보라고!"

우리는 둘 다 자기도 모르게 몸서리를 쳤다.

"하지만 허버트, 끔찍하게도 그는 내게 강한 애정을 느끼고 있는 모양이야. 그것도 아주 많이. 이런 운명의 장난이 또 어디 있겠니!"

"가엾은 헨델." 허버트가 좀 전과 같은 말을 되풀이했다.

"그런데, 그의 도움을 받는 걸 멈춘다고 해도 그래. 이 이상 그에게서 단 한 푼도 받지 않는다 해도, 이미 그에게 빚진 돈이 얼마인지를 생각해 보라고! 빚이 산더미같이 많아. 유산을 상속받을 수 없는 지금의 처지로서는 실로 어마어마한 빚이지. 더군다나 나는 직업도 없어. 정말 나는 아무짝에도 쓸모가 없어."

"진정해." 허버트가 나를 위로했다. "그렇게까지 말할 필요는 없어."

"하지만 내가 뭘 할 수 있단 말이니? 할 수 있는 거라곤 한 가지밖에 떠오르지 않아. 군대야. 정말로 말이야, 허버트, 친구로서 네 충고를 꼭 듣고 싶다는 생각을 하지 않았더라면 진작 군대에 지원했을 거야."

나는 그 대목에서 울음이 터져 나와 말을 이을 수가 없었으며, 허버트는 따뜻한 마음을 담아 내 손을 잡아줄 뿐 눈물은 모른 체해 주었다.

"어쨌든 헨델, 군인이 되는 건 좋은 생각이 아니야. 지금의 후원을 거절하고, 그에게서 일절 유산을 받지 않겠다는 것은 지금까지 받았던 것을 얼마쯤 갚을 수 있으리라는 희박한 희망이 있기 때문이겠지. 그런데 군인이 되면 그 희망은 모두 사라지게 돼. 게다가 군인을 직업으로 삼는 건 어리석은 짓이야. 규모는 작지만 클라리커 사무실에서라면 넌 잘해낼 수 있을 거야. 나중에 나는 그곳의 공동경영자가 될 거야."

가엾은 친구! 그는 자신이 누구의 돈으로 사업을 하는지 까맣게 모르고 있었다!

"하지만 또 다른 문제가 있어." 허버트가 말했다. "그는 무식하고 완고한 사람이야. 오로지 한 가지 목표를 가지고 살아왔지. 게다가 그는 (내 생각이 틀렸는지도 모르지만) 목숨 귀한 줄 모르는 난폭한 성격의 소유자인 것 같아."

"맞아. 나는 그 증거를 직접 봤어." 나는 허버트에게 아직 하지 않았던, 그 또 다른 죄수와 죽기 살기로 싸운 이야기를 들려주었다.

"역시 그랬어! 거기에 이걸 합쳐서 생각해 봐! 그는 굳은 결심을 실현하기 위해 목숨을 걸고 이곳으로 돌아왔어. 오랜 세월 고생고생하면서 기다려 온 끝에 막상 꿈이 실현되었다고 생각한 순간, 그가 디딘 땅을 네가 뒤흔들어 꿈을 무너뜨리고, 지금까지 쌓아 온 재산을 무의미하게 만든다고 생각해 봐. 그런 실망을 겪은 뒤에 그가 무슨 짓을 저지를지 짐작이나 가니?"

"그가 이곳에 찾아왔던 그 운명의 밤부터 알고 있어. 꿈도 꾸었고. 내 머릿속에서 다른 무엇보다 뚜렷하게 보이는 게 그가 자수하는 모습이야."

"틀림없이 그럴 위험은 충분히 있어. 그가 영국에 있는 동안 그것이 네 약점이야. 네게 버림받는다면 그는 자포자기하고서 그 길을 선택하겠지."

그 말을 듣자 정말로 소름이 끼쳤다(그가 나타난 순간부터 그 가능성을 생각하면 마음이 몹시 무거워졌고, 실제로 그렇게 된다면 내가 그를 죽인 것 같은 기분이 들 거라고 생각했다). 나는 의자에 가만히 앉아 있을 수 없어 이리저리 방 안을 거닐기 시작했다. 그리고 허버트에게 이렇게 말했다. 프로비스가 탈주해서 내 곁에 있는 게 큰 폐라고는 생각하지만, 이렇게 될 줄 알았다면 열심히 대장간에서 일하는 편이 나았다고는 생각하지만, 그가 자신도 모르게 누군가에게 들켜 잡혀간다면 나는 그게 내 잘못이 아니더라도 분명히 나 자신을 비난하고 비참한 기분에 빠질 것이다! 그러나 이렇게 난리를 피운다 해도 어떻게 하는 것이 좋겠냐는 질문은 사라지지 않았다.

"가장 먼저 할 일은 그를 영국에서 데리고 나가는 거야." 허버트가 말했다. "네가 그와 함께 가야 해. 그러면 그도 따라가겠다고 말할 테니까."

"하지만 그를 어디로 데리고 가든, 다시 이곳으로 돌아오지 못하도록 막을 수 있을까?"

"헨델, 뉴게이트 교도소는 바로 옆 골목에 있어. 그러니까 이곳에서 그에게 네 속마음을 털어놓아 자포자기하게 하는 편이 다른 곳보다 위험성이 높다는 건 명백한 사실이지. 그 다른 죄수를 미끼로 삼아 그를 외국으로 데리고 나갈 구실을 만들 수 있다면, 또는 뭐든 좋으니 그의 인생의 어떤 사건을 재료로 좋은 구실을 만들 수 있다면 지금 당장 그렇게 해야 해."

"하지만," 나는 허버트 앞에 멈춰 서서, 어쩔 도리 없는 이 일의 어려움을 나타내는 것처럼 두 팔을 벌리고 그에게 내밀었다. "그의 인생에 대해서는 아무것도 몰라. 그는 밤마다 이곳에 앉아 있는 내 눈앞에 있고, 내 운명과 떼려야 뗄 수 없는 관계에 있는데, 나는 아주 오래전 이틀 동안 나를 두려움에 떨게 했던 불쌍한 사람이라는 것 말고 아무것도 아는 게 없어. 정말 머리가 돌아버릴 것 같아."

허버트가 일어나 내게 팔짱을 꼈다. 우리는 천천히 걸으며 함께 양탄자 모양을 유심히 바라보았다.

"헨델." 허버트가 발을 멈추고 말했다. "너는 이 이상 그에게서 후원받을 마음이 없다고 했지? 그 마음은 틀림없겠지?"

"당연하지. 네가 나였어도 그렇게 생각했을걸."

"그래서 그와 인연을 끊어야 한다고 확신하지?"

"그건 물어볼 가치도 없는 질문이야."

"너는 그가 너를 위해 목숨을 걸어서까지 돌아왔다는 점에 감명을 받아, 될 수 있으면 그가 그 목숨을 버리는 일 없이 사태가 매듭지어지기를 원해. 당연히 그야 그렇겠지. 그렇다면 먼저 그를 외국으로 데리고 나가야 해. 인연을 끊는 건 그다음 일이야. 탈출을 무사히 마친 다음에 연을 끊으라고. 우리 둘이 어떻게든 힘을 합쳐보자, 헨델."

그와 악수하고 그 결의를 확인한 뒤 방 안을 이리저리 거닐고 있노라니 사태의 진전은 더 이상 없었지만 조금 진정이 되었다.

"그런데 허버트, 그의 지난 세월에 대해 알고 싶다는 일 말인데, 나한테는 한 가지 방법밖에 떠오르지 않아. 본인에게 단도직입적으로 묻는 거야."

"그래, 그 사람에게 물어보자. 내일 아침에 식사하러 오면." 확실히 프로비스는 허버트와 헤어질 때, 우리와 아침식사를 함께하러 오겠노라고 말했다.

우리는 이런 계획을 세워 놓고 잠자리에 들었다. 나는 프로비스가 나타나는 뒤숭숭한 꿈을 연달아 꾸었으므로, 이튿날 잠에서 깨어났어도 개운하지 않았다. 눈이 떠지자, 밤새 어디론가 사라져 버렸던 공포, 그가 법을 어기고 돌아온 죄수라는 사실이 발각될 거라는 두려움이 되살아났다. 깨어 있는 내내 그 생각이 머리에서 떠나질 않았다.

프로비스는 약속한 시각에 와서 잭나이프를 꺼내 들고 음식을 먹기 시작했다. '자신의 신사가 신사답게 훌륭하게 세상에 나가는' 계획을 그는 잔뜩 가지고 있었다. 그는 자기가 이 방에 놓고 갔던 지갑의 돈으로 서둘러 일을 시작하라고 재촉했다. 템플의 이 방과 자신의 하숙방을 어디까지나 임시 거처라고 생각한 그는 즉시 하이드 파크 근처에 '보금자리'를 찾으라고 권유했다. 자신은 그곳에서 새로운 생활을 하겠다는 것이었다. 그가 식사를 마치고 칼을 바지에 문질러 닦고 있을 때 나는 단도직입적으로 물었다.

"어젯밤 당신이 돌아간 뒤 저는 이 친구에게 옛날에 늪지대에서 있었던 이야기를 들려주었어요. 제가 군대와 함께 당신을 쫓아갔을 때, 당신이 다른 사나이와 싸우고 있었던 일이요. 기억나세요?"

"기억하느냐고? 당연히 기억하지!"

"우리는 그 사람에 대해 알고 싶어요. 당신에 대해서도요. 두 사람에 대해, 특히 당신에 대해, 제가 어젯밤에 이 친구에게 가르쳐 준 것 말고 더는 알지 못한다는 게 이상한 일이지요. 자세한 이야기를 듣기에는 지금이 딱 적당한 때 같군요."

"흠!" 잠시 뭔가를 생각하더니 그가 말했다. "핍의 친구 자네, 내게 맹세한 것을 잊지 않았겠지?"

"그럼요." 허버트가 대답했다.

"내가 하는 모든 말에는 그 맹세가 적용되네."

"알겠습니다."

"그리고 나는 내 죗값을 충분히 치렀네." 그는 다시 그 점을 강조했다.

"그러시겠죠."

프로비스는 검은 파이프를 꺼내어 니그로헤드를 채우려고 했다. 그러나 손

안에 있는 뒤엉킨 담뱃잎을 보더니, 그것이 지금부터 하려는 이야기의 줄거리를 뒤죽박죽으로 만들 거라는 생각이라도 들었는지, 담뱃잎을 도로 집어넣고 웃옷 단춧구멍에 파이프를 꽂았다. 그러고는 양쪽 무릎에 한 손씩 올려놓고 한동안 말없이 성난 눈으로 난롯불을 노려본 다음 우리 쪽을 돌아보고 다음과 같은 이야기를 시작했다.

제42장

"핍과 핍의 친구 자네, 나는 내 지난 세월을 노래나 소설처럼 이야기 할 생각은 없다. 그냥 알기 쉽게 간단히 말하자면, 감방에 들어갔다가 나오고, 들어갔다가 나오고, 들어갔다가 나왔지. 그게 다야. 내 인생은 고작 이런 거다. 핍이 동정을 베풀어 준 뒤 유형을 가기 전까지는 말이야.

나는 목이 잘리는 것 빼고는 벌이란 벌은 거의 다 받아 봤지. 찬장에 은 찻주전자를 보관하듯이 꼼꼼히 자물쇠가 걸린 채 갇혀 보기도 했고, 마차에 실려 여기저기 끌려다니기도 했고, 이 마을에서 저 마을로 쫓겨나기도 했다. 많은 사람 앞에서 창피를 당하고, 매 맞고, 혹사당하고, 끌려다녔지. 너희는 내가 어디에서 태어났는지 알 수 없을 거다. 나도 모르니까. 짐작조차 할 수 없지. 내가 처음으로 자아를 의식한 건 에식스에서 먹고 살기 위해 순무를 훔쳤을 때였다. 나를 두고 달아난 어떤 놈이 있었는데, 땜장이였지. 그놈이 불을 가지고 달아나는 바람에 남게 된 나는 추워서 덜덜 떨었어.

나는 내 이름이 매그위치라는 건 알고 있다. 세례명은 에이벨이지. 어떻게 알았느냐고? 그야 나무 울타리에 앉는 새 이름이 되새나 참새나 개똥지빠귀라는 걸 아는 것과 똑같은 이치이지. 나는 그런 이름이 모두 가짜일 거라 생각했지만 진짜였다. 그러니 내 이름도 마찬가지로 진짜겠지.

입을 것도 없고 뱃속도 비어있는 어린 에이벨 매그위치를 보면 모두 무서워서 쫓아내거나 잡아가려 했지. 반드시 그 둘 중 하나였어. 나는 체포되고, 체포되고, 또 체포되었다. 어른이 되어서도 체포는 이어졌다.

그러다 보니, 정말로 불쌍한 누더기 차림의 어린애였을 때—말은 이렇게 하지만 나는 거울을 본 적이 없다. 내가 아는 가구 딸린 방에는 거울 따위란 없었으니까—나는 상습범이란 소리를 듣게 되었지. 감방 직원들은 나를 가리키며 시찰관에게 말하곤 했지. '이 녀석은 구제불능 상습범입니다. 교도소를 제집처럼 드나들죠.' 그러면 그들은 나를 가만히 쏘아보았고, 나도 지지 않고 쏘아 봤지. 내 머리 둘레를 재는 놈도 있었고(그럴 시간이 있으면 위장의 크기를 재주는 편이 좋았을 텐데), 글씨도 못 읽는 내게 종교 냄새나는 소책자를 주는 놈도 있었다. 알아듣지도 못할 설교도 들려주더구나. 언제나 악마를 멀리해야 한다는 내용이었지. 하지만 나더러 어떡하라는 거냐? 위장에는 뭐든 처넣어야 하는걸. 그렇잖으냐? 이런, 이러다 다시 품위 없는 이야기가 될 것 같군. 이제는 훌륭한 태도가 어떤 것인지 아니까 이러면 안 되지. 내 두 번 다시 품위 없는 말은 하지 않을 테니 걱정하지 마라.

나는 방랑하면서 구걸도 하고, 도둑질도 하고, 일거리가 있을 때는 일도 했다(하지만 일거리는 너희가 생각하는 만큼 많지는 않았다. 너희가 그 시절 나에게 일을 주었을지 생각해 본다면, 일거리가 많았으리란 생각은 하지 않을 거다). 밀렵에, 막노동에, 마부에, 건초도 만들고, 행상도 하고, 요컨대 돈은 안 되고 결국, 말썽만 일으키는 일은 거의 다 했다. 그러는 사이에 나는 어른이 되었지. 그때 어느 싸구려 여관에서 감자 더미에 턱까지 파묻혀 숨어 있던 탈영병을 만났다. 그 사람이 나에게 읽는 법을 가르쳐 주었지. 그리고 자기 서명을 한 번에 1페니를 받고 팔던 떠돌이 거인이 내게 쓰는 법을 가르쳐 주었다. 그 무렵은 전보다 자주 감방에 드나들지는 않았지만, 그래도 남들보다는 많이 감방 열쇠를 닳게 했지.

20년도 전에 엡섬 경마장에서 나는 그 남자를 만났다. 지금 이 벽난로 선반 위에 그놈 머리가 놓여 있다면, 바닷가재의 집게발처럼 이 부지깽이로 그 해골을 박살 낼 텐데. 그놈 이름은 콤피슨이었다. 지난 밤 내가 간 뒤에 이 친구에게 이야기했댔지? 내가 도랑에서 치고받고 싸우는 걸 보았다고. 그때 상대가 바로 이 작자다.

이 콤피슨이란 작자는 신사 행세를 했지. 공립학교를 나왔고, 머리에 든 것도 많았어. 말 주변이 좋고, 상류 계급의 관습에 익숙했지. 게다가 얼굴도 잘생겼어. 경마장 근처에 있는 들판에 내가 자주 가는 가게가 있었는데, 경마가 있기 전날 밤에도 그는 그곳에 있었지. 내가 가게에 들어갔을 때, 그는 다른 몇 사람하고 탁자를 둘러싸고 앉아 있었어. 가게 주인은 나와 아는 사이였는데, 내기를 좋아하는 사나이였지. 그 사람이 놈에게 '자네한테 딱 어울리는 사람이 있네.' 하더군. 나를 말하는 거였어.

콤피슨은 나를 음미하듯이 주의 깊게 훑어봤어. 나도 놈을 똑바로 바라보았지. 놈은 줄 달린 시계를 가진 데다 반지를 꼈고, 훌륭한 양복을 입고 가슴에는 장식 핀을 꽂고 있었어.

'외모를 보아하니 꽤 운이 없는 사람이로군.' 놈이 내게 그렇게 말하더군.

'네, 나리. 태어나서 지금까지 운이 따른 적이 거의 없었죠.' (나는 방랑죄로 킹스턴 교도소에 갇혔다가 막 풀려난 참이었어. 더 무거운 죄로 들어갔어도 이상하지 않았지만, 아무튼 그때는 방랑죄였지.)

'운이란 변하는 법이지. 당신 운도 변할지 모르오.'

'제발 그렇게 된다면 얼마나 좋겠습니까.'

'할 줄 아는 게 뭐요?'

'먹고 마시는 거요. 먹고 마시게만 해주신다면요.'

놈은 웃더니 다시 한 번 음미하듯이 나를 훑어봤지. 그러고서 5실링을 주면서, 다음날 저녁 그 장소로 다시 나오라고 하더군.

다음날 저녁 그 장소로 가서 나는 콤피슨과 손을 잡았지. 우리가 짜고서 무슨 일을 했을 것 같아? 그놈이 하는 일은 사기, 문서 위조, 도난당한 지폐 유통 따위였어. 놈은 세 머리가 엮어내는 각종 덫을 설치했지. 놈은 안전하게 있고, 다른 사람이 거기에 발을 집어넣으면 놈이 단물을 쏙 빼먹는 방식이었지. 그놈은 쇠로 만든 줄칼처럼 냉철한 사나이로, 지금 말했듯이 악마 같은 머리를 가지고 있었어.

콤피슨에게는 동료가 한 명 더 있었어. 아서라는 사나이였지. 세례명이 아니라 그게 성이었어. 그놈은 아주 허약하고 해골처럼 야위었지. 그 녀석과 콤피슨은 몇 년 전쯤 부잣집 숙녀를 속여 부당하게 이익을 챙겼어. 그런데 콤피슨은 노름에 미쳐 있었기 때문에 아무리 돈이 있어도 모자랐지. 아서도 무일푼으로 죽어갔어. 심한 알코올중독으로 환각을 보았지. 콤피슨 마누라는 늘 남편에게 걷어차였는데, 기회가 있을 때마다 아서에게 동정을 베풀었지. 하지만 콤피슨은 어떤 것에도, 그 누구에게도 동정을 베푸는 법이 없었어.

아서의 경고를 들었을 때, 그놈이 위험하다는 걸 깨달았어야 했는데. 하지만 나는 그렇게 생각하지 않았어. 함께 일을 꾸밀 상대를 입맛에 맞게 골랐다고 지금에 와서 말할 생각은 없어. 그래 봐야 무슨 득이 있겠어, 그렇잖아? 어쨌든 나는 콤피슨과 한패가 되었어. 그리고 결국, 놈에게 조종당하는 불쌍한 도구로 전락했지. 아서는 콤피슨네 집 맨 위층에서 살았어(그의 집은 브렌트포드 근처였지). 콤피슨은 아서가 회복해서 하숙비를 낼 수 있게 됐을 때를 대비해서 식사와 방값을 꼼꼼하게 적어 두었어. 하지만 아서는 곧 빚을 청산했지. 녀석을 두 번짼가 세 번째 보았을 때, 그놈은 늦은 밤 플란넬 가운만 걸치고서 느닷없이 콤피슨 방으로 들어왔어. 머리카락은 땀에 흠뻑 젖어 있었지. 놈이 콤피슨 마누라에게 이렇게 말했어. '샐리, 그 여자가 위층에서 내 옆에 있었어. 정말이야. 아무리 쫓아내도 소용없어. 위부터 아래까지 온통 하얀색이고, 머리에는 흰 꽃을 달고 있어. 완전히 미친 모양이야. 죽은 사람에게 입히는 옷을 팔에 걸고 있는데, 새벽 다섯 시가 되면 그 옷을 나에게 입히겠다는 거야.'

그러자 콤피슨이 말했어. '멍청한 소리 좀 작작해라. 그 여자는 살아 있는 사람이야. 그런데 어떻게 문이나 창문을 통하지 않고 계단도 올라가지 않았는데 네 방에 들어갈 수 있단 말이야?'

'어떻게 왔는지 모르지.' 아서는 겁에 질려 덜덜 떨면서 말했어. '하지만 그 미친 여자는 내 침대 발치에 서 있었어. 게다가 여자의 상처 난 가슴 위로는 피가 뚝뚝 떨어지고 있었지(바로 너 때문에!).'

콤피슨은 용감한 척 말은 잘하지만 언제나 겁쟁이였어. 놈은 마누라에게 '황당무계한 소리를 지껄이는 이 병자랑 같이 위층에 좀 가 봐.' 그렇게 명령하더니 나에게도 함께 도와주라고 말했지. 하지만 자기는 절대 위층으로 올라가지 않았어.

콤피슨 마누라와 나는 아서를 데리고 올라가 그의 침대에 뉘었어. 녀석은 줄곧 헛소리를 해댔지. '저기 저 여자를 봐! 저게 안 보여? 저 눈을 보라고! 저 미친 눈이 무섭지 않아? 저 옷을 나한테 입힐 셈이라고. 그러면 나는 끝장이야! 저 옷을 저 여자한테서 빼앗아 줘! 부탁이니 빼앗아 달라고!' 그리고서 녀석은 우리를 붙잡고 그 여자에게 말을 걸거나 대꾸하거나 했지. 마지막에는 나도 그 여자가 보이는 것 같은 기분이 들기까지 했어.

콤피슨 마누라는 그가 그러는 게 익숙했기 때문에, 공포를 떨쳐내기 위해 술을 마시게 했지. 그러자 녀석도 차츰 진정되었어. '아아, 여자가 어디론가 사라졌군! 교도관이 붙잡아 갔나?' 콤피슨 마누라는 '그래요.' 대답했어. '여자를 가두고 빗장을 걸으라고 부탁했나?' '그랬어요.' '그 역겨운 옷을 빼앗는 것도?' '네, 네. 부탁했어요.' '당신은 좋은 사람이야. 무슨 일이 있어도 내 곁을 떠나지 말아 줘. 고마워.'

아서는 꽤 얌전해졌어. 그러다가 5시가 조금 못 됐을 때쯤 느닷없이 벌떡 일어나더니 고래고래 소리를 지르는 거야. '그 여자가 왔다! 다시 그 옷을 펼쳐서 가지고 왔어. 방구석에서 나와서 침대로 다가온다. 거기 당신들, 나를 좀 꼭 잡아 줘. 양쪽에 한 사람씩 서서, 여자가 저 옷을 내게 걸치지 못하도록 해줘. 흥, 저 여자, 전에는 실패했었지. 저 옷을 내 어깨에 걸치지 못하도록 해. 저 여자가 나를 일으켜 옷을 걸치지 못하도록 막으라고. 이봐, 여자가 나를 일으키려고 하잖아. 나를 계속 누워 있게 내버려 두라고!' 그렇게 외치면서 녀석은 힘껏 솟구치더니 그대로 죽어 버렸지.

콤피슨은 아서의 죽음이 아서에게도 자신에게도 잘된 일이라고 생각하며 홀가분하게 받아들였어. 그놈과 나는 곧 일 때문에 바빠졌지. 놈은 비열한 자식이라 먼저 나에게 내 책을 걸고 맹세하게 했어. 이 작고 검은 책 말이다, 핍. 내가 네 친구에게 맹세하게 했던 이 책 말이야.

놈이 계획하고 내가 실행했던 짓거리를 일일이 설명하지는 않겠다. 그러다간 일주일은 족히 걸릴 테니까. 간단히 말해서, 놈은 나를 흑인 노예처럼 부려먹었다고만 말해 두마. 나는 늘 놈에게 돈을 빌렸고, 늘 놈이 시키는 대로 목숨을 걸고 위험한 다리를 건넜어. 놈은 나보다 나이가 어렸지만, 똑똑하고 교활하며 나보다 오백 수는 위인 데다 피도 눈물도 없었지. 나는 내 아내 때문에도 고통을 겪었는데……. 잠깐, 아내 얘기는 한 적이 없던가……?"

매그위치는 당황해서 주위를 둘러보았다. 기억이라는 책 어느 쪽에 책갈피를 끼워 두었는지 잊어버린 듯한 느낌이었다. 그러고서 그는 얼굴을 난로 쪽으로 돌렸다. 그러더니 무릎 위에 올린 손을 쫙 펴고 한 번 들어 올렸다가 다시 내려놓았다.

"내 아내 이야기를 자세하게 할 필요는 없겠지." 그는 그렇게 말하고 나서 다시 주위를 둘러보았다. "콤피슨과 함께 일하던 그때가 내 인생에서 가장 힘들었다. 그 정도로 말하면 충분해. 그 무렵 나만 혼자 경범죄로 붙잡혀 재판받던 이야기는 했던가?"

나는 안 했다고 대답했다.

"그래? 나는 붙잡혀서 유죄 판결을 받았지. 그놈과 함께 일했던 4, 5년 동안 나는 두세 번 검거되었지. 하지만 증거 불충분으로 풀려났어. 그러다가 마침내 나와 그놈은 나란히 중죄로 기소되었지. 도난당한 은행권을 유통시킨 혐의였어. 거기에 다른 죄목도 걸려 있었지. 놈은 '연락을 끊고, 각자 다른 변호사를 선임하자'라고만 말했어. 나는 돈이 몹시 궁했기 때문에, 그때 걸쳤던 옷만 빼고 싹 팔아 치워서 겨우 재거스를 고용할 수 있었다.

피고석에 앉았을 때 내가 처음으로 깨달은 건, 놈이 검은 양복에 흰 손수건까지 꽂고서 그 곱슬머리를 과시하며 어엿한 신사 행세를 하고 있고 나는 그만큼 아주 비참하게 보인다는 점이었어. 검찰 진술이 시작되고 처음으로 증거 요약이 있었을 때, 내 죄는 무겁고 놈의 죄는 가볍다는 사실을 깨달았지. 증인이 증언대에 섰을 때 증인 확인을 위해 끌려나가는 사람은 나였어. 돈을 받은 것도, 실행범도, 이익을 취한 것도 모두 나였지. 하지만 놈의 계획이 똑똑히 보이기 시작한 것은 변호사가 발언을 시작했을 때였어. '존경하는 재판관님, 그리고 배심원 여러분, 여러분 눈앞에 두 사람이 있습니다. 보면 아시겠지만, 두 사람이 다른 세계에 속해 있다는 건 명확합니다. 젊은 쪽은 훌륭한 교육을 받은 사람입니다. 따라서 저는 말을 걸 때도 그런 사람대접을 합니다. 나이 먹은 쪽은 교육을 받지 못한 사람입니다. 따라서 저는 말을 걸 때도 그런 사람 취급을 합니다. 한 사람은 문제의 거래 장소에는 거의 얼굴을 내밀지 않았습니다. 혐의가 있을 뿐이죠. 다른 한 사람은 늘 거래 장소에 있었으며, 범죄를 저질렀다는 확실한 증거가 확보된 상태입니다. 이 사건에는 한 사람밖에 관여하지 않았습니다. 그리고 그 한 사람이 어느 쪽인지, 의문의 여지는 없겠죠. 두 사람이 관여했다고 가정해도, 어느 쪽이 나쁜 쪽인지, 또한 의문의 여지는 없을 것입니다.' 변호사는 그런 식으로 변론했어. 어떤 사람이냐는 이야기가 나오자 변호사 놈은 콤피슨은 학교도 졸업했고, 동창들이 어디 어디에서 훌륭한 지위에 올라 있으며, 무슨 모임 무슨 협회 회원들이 콤피슨을 아는데 결코 나쁜 사람이 아니라고 증언했지. 그런데 나로 말할 것 같으면 전과자로 교도소나 구치소에서 유명한 얼굴이잖아. 그렇잖나? 게다가 진술을 하라고 하면 그놈은 이따금 흰 손수건에 얼굴을 묻고 시를 인용하는 거였어. 하지만 나는 '여러분, 제 옆에 있는 이

자식이야말로 지독한 악당입니다' 하는 게 전부였지. 그렇잖겠나? 판결을 내릴 단계가 되자, 콤피슨은 착한 사람인데 친구를 잘못 만나 휘둘렸을 뿐이고, 공범자인 나에 대한 정보를 모조리 제공했다며 정상참작 되었지. 그런데 나는 '유죄'라는 한 마디로 끝나고 말았지. 나는 놈에게 말했지. '법정을 나가면 네놈의 그 역겨운 낯짝을 날려 버릴 테다!' 그러자 놈은 판사에게 호위를 요청했어. 결국, 교도관 두 명이 우리 사이에 서게 되었지. 형이 선고되었을 때 놈은 징역 7년, 나는 징역 14년이었어. 판사는 올바른 길을 걸었어야 할 콤피슨이 이렇게 된 것이 참으로 유감스러우며, 기질이 난폭하고 타고난 죄인인 나는 앞으로도 계속 악행을 저지를 게 뻔하다고 말하는 거야!"

매그위치는 몹시 흥분하기 시작했으나, 자신을 억제하고 두세 번 짧게 숨을 들이마셨다 내뱉었다 한 뒤 내게 손을 내밀며 안심시키듯이 말했다. "품위 없는 말은 하지 않으마."

그는 열이 나는지 이야기를 계속하기에 앞서 손수건을 꺼내더니 얼굴과 머리, 목과 손을 닦았다.

"콤피슨에게는 그 역겨운 낯짝을 날려 버리겠다고 말했는데, 나는 무슨 수를 써서라도 그놈에게 한 방 먹이기로 다짐했어. 우리는 같은 감옥선에 타게 되었지. 기회를 노렸지만, 오랫동안 놈에게는 접근할 수 없었어. 그러던 어느 날 마침내 그의 뒤쪽으로 다가가서 뺨따귀를 날렸지. 놈이 돌아보면 미친 듯이 주먹을 휘두를 셈이었는데, 그것이 들켜 버려서 금세 잡히고 말았지. 하지만 감옥선의 독방은 다이빙과 장거리 수영에 능한 감방의 능구렁이에게는 별것 아니었어. 그런데 기슭에 닿아 묘지에 숨어 있자니, 모든 일을 정리하고 거기에 누워 있는 사람들이 부러워지더군. 바로 그럴 때 너를 만난 거야!"

매그위치는 애정이 담긴 눈으로 나를 바라보았다. 나는 그에게 동정을 느끼면서도 그러는 그가 혐오스러웠다.

"핍 덕분에 나는 콤피슨 자식이 늪지대에 있다는 걸 알게 되었지. 분명히 그놈은 내가 무서워 나한테서 도망치기 위해 탈주한 걸 거야. 내가 바닷가로 도망 나온 줄도 모르고 말이야. 나는 놈을 쫓아가서 힘껏 그 얼굴을 날려 버렸지. 그러고서 말했어. '나는 어찌 돼도 좋다. 네가 가장 싫어하는 일을 해 주마. 너를 감옥선으로 다시 끌고 가는 거다.' 마음만 먹었으면 그 자식의 머리채를 잡아끌고 헤엄쳐서 갔을 거다. 군대의 도움 따위는 빌리지 않고 놈을 감옥선까지 끌고 갔을 거야.

물론 일은 끝까지 놈에게 유리하게 돌아갔지. 놈은 인품이 좋은 사람으로 입증된 데다, 도망친 것은 내게 죽음을 당할까 봐 반쯤 정신이 나간 상태에서 저지른 일이라고 결론이 난 거야. 결국, 놈은 가벼운 벌을 받았어. 나는 쇠사슬을 차고 다시 법정으로 끌려나가 종신형을 선고받았는데 말이야. 하지만 나는 평생 바다 건너편에 있지 않아. 이렇게 여기에 있으니까."

그는 조금 전처럼 다시 얼굴과 머리를 닦았다. 그리고 뒤얽힌 담뱃잎을 호주머니에서 천천히 꺼내고, 단춧구멍에 꽂아둔 파이프를 꺼내 느릿느릿 채운 뒤 피우기 시작했다.

잠시 침묵이 흐른 뒤 내가 물었다. "그는 죽었나요?"

"누구 말이냐?"

"콤피슨 말이에요."

"분명히 그놈은 내가 죽었기를 바랄 테지. 아직까지 살아 있다면 말이다." 그는 사나운 표정이 되었다. "그 뒤로 놈이 어찌 되었는지 나는 모른다."

허버트는 책을 펼쳐 놓고 무언가를 쓰고 있었다. 프로비스가 불을 바라보며 파이프를 피우고 있을 때, 그는 그 책을 살며시 내 쪽으로 밀었다. 거기에는 이렇게 적혀 있었다.

미스 해비샴의 남동생 이름이 아서였어. 콤피슨은 미스 해비샴에게 가짜로 구혼한 남자고.

나는 책을 덮고 허버트에게 살짝 고갯짓했다. 그리고 책을 옆으로 치웠다. 우리는 난롯가에서 담배를 피우고 서 있는 프로비스를 말없이 바라보았다.

제43장

프로비스를 피하고자 하는 내 마음에 에스텔라가 얼마나 얽혀 있는지 새삼스레 물을 필요가 있을까? 에스텔라와 마차 역에서 만나기 전 교도소의 얼룩을 없애려 했던 때의 내 심경과, 내가 숨겨 주고 있는 유형수와 오만하고 아름다운 에스텔라 사이에 놓인 심연에 대해 생각하는 지금의 심경을 비교하고자, 내 인생행로의 도중에서 멈출 필요가 있을까? 그런다고 해서 길이 더 평탄해지지도 않고, 목적지가 더 훌륭해지지도 않는다. 프로비스도 구제 받을 수 없고, 내 죄도 가벼워지지 않는다.

그의 이야기를 듣고 나자 내 마음에는 새로운 두려움이 생겨났다. 아니, 그의 이야기는 이미 내 마음속에 있던 두려움에 뚜렷한 형태와 목적을 부여해 주었다. 만일 콤피슨이 살아 있어 프로비스가 돌아온 걸 안다면 결과는 불 보듯 뻔했다. 그가 프로비스를 죽을 만큼 두려워한다는 것은 나도 두 사람만큼이나 잘 알고 있었다. 콤피슨이 내가 지금까지 들은 이야기대로의 사람이라면, 밀고자가 되는 안전한 방법을 써서 저 무서운 원수에게서 도망치리란 것은 쉽게 상상이 되었다.

나는 에스텔라에 대해서는 프로비스에게 한마디도 하지 않았으며, 앞으로도 말하지 않기로 마음먹었다. 프로비스가 그의 이야기를 해 주었던 밤, 허버트와 단둘이 되었을 때 나는 허버트에게 외국으로 나가기 전에 에스텔라와 미스 해비샴을 만나야겠다고 말했다. 다음 날 리치먼드를 찾아가기로 하고, 실행에 옮겼다.

브랜들리 부인의 집에 들렀더니 곧 에스텔라의 하녀가 나와서, 에스텔라는 시골로 돌아갔다고 알려 주었다. 어느 시골이냐고 묻자, 여느 때처럼 새티스 저택이라는 대답이었다. 하지만 '여느 때처럼'이 아니었다. 그녀는 늘 나와 함께 돌아갔던 것이다. 그녀가 언제 돌아오느냐고 물어도 하녀의 대답에는 석연치 않은 구석이 있었으므로 나는 더욱 어리둥절했다. "에스텔라 아가씨는 당분간 돌아오지 않으십니다"라는 하녀의 말이 무슨 뜻인지 도무지 이해할 수 없었지만, 내가 알아듣지 못하게끔 대답하고 있다는 것만큼은 알 수 있었다. 나는 너무나도 당황스러워서 다시 집으로 돌아왔다.

프로비스가 하숙집으로 돌아간 뒤에(나는 늘 그를 바래다주고 주위를 충분히 살폈다) 다시 허버트와 상의한 결과, 내가 미스 해비샴네서 돌아올 때까지, 외국으로 간다는 이야기는 입 밖에 내지 않기로 했다. 또 그 사이에 어떤 구실이 가장 좋을지 각자 생각해 두기로 했다. 이를테면 수상한 사나이가 그를 감시하는 것 같다고 말한다든지, 외국에 가 본 적 없는 내가 여행을 제안한다든지 하는 것이었다. 내 제안에는 그가 무조건 동의하리라는 걸 우리는 알고 있었다. 그가 지금 같은 위험한 상태에 여러 날을 보내는 것은 분명히 좋지 않다는 점에서 우리의 의견은 일치했다.

이튿날 나는 조를 만나러 가기로 약속했다는 뻔뻔스러운 거짓말을 둘러댔다. 나는 조와 그의 이름에 대해서는 어떤 꼴사나운 짓도 할 수 있었다. 프로비스에게는 내가 없는 동안 특별히 조심하도록 당부했으며, 나 대신 허버트가 그를 책임지기로 했다. 집을 비우는 것은 단 하룻밤뿐이므로, 돌아오면 곧장 나를 신사로 만드는 작업을 대대적으로 시작함으로써 그의 초조함은 진정될 것이었다. 그것을 구실로, 즉 나를 신사로 만들어 줄 물건을 사거나 그밖에 다른 일을 하러 가자는 핑계로 그를 외국으로 데리고 나가는 것이 가장 좋겠다는 생각이 들었다(허버트도 같은 생각이었음을 나중에 알았다).

이렇게 미스 해비샴을 방문하기 위한 대책을 세워 놓고서 나는 날이 채 밝지도 않은 이른 새벽에 출발했다. 해가 구름과 안개의 넝마조각을 거지처럼 걸친 채 울상지으며 떨면서 머뭇머뭇 나타났을 무렵에는 탁 트인 시골길에 이르렀다. 가랑비가 내리는 푸른 멧돼지 여관에 도착했을 때, 손에 이쑤시개를 들고서 역마차를 구경하러 현관에 나온 사람은 바로 벤틀리 드러믈이었다!

그는 나를 못 본 체했고, 나도 그를 못 본 체했다. 우리는 둘 다 커피룸으로 들어갔으므로, 그것은 서로 빤한 연극이 되었다. 그는 아침식사를 마친 참이었으며, 나는 아침식사를 주문하려는 참이었다. 이 마을에서 그를 보는 것은 무척 불쾌했다. 그가 왜 여기에 있는지 아주 잘 알고 있기 때문이었다.

나는 얼룩투성이가 된 날짜 지난 신문을 읽는 척했다. 지방 소식이 실린 지면은 커피며 피클, 생선 소스, 고기 국물, 버터, 포도주 따위의 이물질로 더럽혀져 악성 홍역에 걸린 듯한 모습을 하고 있었으며, 활자보다도 그런 얼룩들이 선명하게 보였다. 내가 탁자를 앞에 두고 앉아 있는 동안, 드러믈은 벽난로 앞에 서 있었다. 그가 그곳에 버티고 서 있는 게 점점 내가 온기를 쬐지 못하게 되는 듯한 생각이 들었으므로 나도 일어나 불을 쬐기로 했다. 불을 더욱 지피려고 난로에 다가섰을 때는, 부지깽이를 집기 위해 드러믈의 다리 뒤로 손을 돌려야 했지만 그래도 나는 그를 아는 체하지 않았다.

"새치기하는 거냐?" 드러믈이 말했다.

"오오!" 나는 부지깽이를 든 채 대답했다. "자네였군! 오래간만이야. 어떤 자식이 불을 독점하고 있는지 궁금하던 참인데."

그렇게 말하고 나는 난롯불을 맹렬히 휘저었다. 그 뒤 난로를 뒤로하고 드러믈과 나란히 섰다.

"방금 도착한 모양이지?" 드러믈이 어깨로 나를 살짝 밀었다.

"그래." 나는 대답하고, 내 어깨로 그를 조금 밀쳤다.

"여긴 지독한 곳이야. 네가 이 근방 출신이었지, 아마?"

"그래. 네 고향 슈롭셔도 이곳과 아주 비슷하다던데."

"아니, 전혀 다르지."

그러고서 드러믈은 자기 부츠를 내려다보았다. 나는 내 부츠를 내려다보았다. 그리고 드러믈은 내 부츠를, 나는 그의 부츠를 내려다보았다.

"여기 내려온 지 오래됐어?" 나는 벽난로 앞을 한 발자국도 양보하지 않겠다고 각오하며 말했다.

"지긋지긋할 만큼 오래 있었지." 드러믈은 그렇게 대답하고서 하품을 하는 체했으나, 나와 마찬가지로 굳은 결의를 드러냈다.

"여기에 오래 머물 거야?"

"모르겠어. 너는?"

"나도 몰라." 나는 대답했다.

이때 나는 피가 들끓는 것을 느꼈고, 드러믈 어깨가 아주 조금이라도 더 공간을 차지하겠다고 나왔다면 놈을 창밖으로 내던졌을 것이다. 마찬가지로 내 어깨가 같은 주장을 했더라면 드러믈은 나를 가장 가까운 상자 속으로 처박았을 것이다. 그가 조용히 휘파람을 불었다. 나도 휘파람을 불었다.

"이 근처에 넓은 늪지대가 있다면서?" 드러믈이 물었다.

"그래. 그게 어떻다는 거냐?"

드러믈이 나를 바라보고 내 부츠를 내려다본 뒤에 "아아!" 하더니 깔깔 웃었다.

"뭐가 그렇게 재미있지?"

"별로. 나는 말을 타고 멀리까지 나가 볼 생각이야. 시간도 보낼 겸 그 늪지대인지 뭔지를 탐험해 보고 싶거든. 저 건너엔 마을이 있다던데. 재미있는 작은 술집도 있고, 대장간도 있다지. 어이, 웨이터!"

"네, 나리?"

"말은 준비되었나?"

"문 앞에 대령해 놓았습니다."

"알았네. 오늘은 숙녀분은 타지 않을 거요. 날씨가 궂어서."

"네, 알겠습니다."

"그리고 오늘 저녁식사는 필요 없어. 숙녀분 집에서 하기로 되어 있으니까."

"알겠습니다."

그리고서 드러믈은 나를 흘깃 바라보았다. 턱 아래로 살이 축 처진 그의 얼굴에는 오만한 승리감이 떠올라 있었다. 그는 둔하긴 했지만, 나를 약 올리는 데는 일가견이 있었다. 나는 그 표정을 참을 수가 없었으므로, 도둑이 노파를 들어 올려 불에 처넣었다는 이야기처럼[1] 놈을 껴안고 가서 불에 처넣고 싶었다.

우리에게는 한 가지 확실한 것이 있었다. 다른 사람이 나타나기 전에는 어느 쪽도 불 앞을 양보하지 않으리라는 것이었다. 우리는 나란히 벽난로 앞에 버티고 서서 서로가 어깨와 발을 밀치며 뒷짐을 지고 한 치도 양보하려 하지 않았다. 가랑비 속에서 말이 문간에 모습을 드러내고, 내 아침식사가 탁자 위에 차려졌고 드러믈의 아침식사가 말끔하게 치워지고, 웨이터가 내게 식사를 하라고 권했다. 나는 고개를 끄덕였지만, 우리는 여전히 꼼짝도 하지 않고 그대로 서

---

1) 18세기 범죄자 딕 터빈이 돈을 숨겨 둔 장소를 실토하게 하려고 그렇게 했다는 전설이 있음.

어깨를 마주 대고

있었다.

"그 뒤로 '작은 숲의 티티새'에 참석한 적 있나?" 드러믈이 물었다.

"아니, 지난 번 모임에 갔을 때 정나미가 떨어져서."

"우리가 언쟁을 벌였을 때 말이냐?"

"그렇지." 나는 무뚝뚝하게 대꾸했다.

"하지만 너는 가벼운 처분으로 끝났잖아." 드러믈이 비아냥대듯이 말했다. "그렇게 벌컥 화를 내지 말았어야지."

"그 일에 대해 충고할 처지가 아닐 텐데. 나는 아무리 화가 나도(화를 냈다는 사실을 인정하기는 싫지만) 유리잔을 던지지는 않거든."

"나는 던지지." 드러믈이 말했다.

증오의 불꽃이 활활 타오르는 가운데 그를 두어 번 노려본 뒤 내가 말했다. "드러믈, 나는 이런 대화를 하고 싶지 않아. 유쾌한 대화가 못되니까."

"확실히 유쾌하지는 않군." 그가 어깨너머로 거만하게 대꾸했다. "아무래도 상관없지만."

"그러니까, 자네 동의를 얻어서, 앞으로는 서로 말을 나누지 않았으면 하네."

"듣던 중 반가운 소리야. 내가 먼저 그렇게 제안해야 했는데. 아니, 제안 따위도 필요 없이 그냥 그렇게 해야 했어. 하지만 화내지는 말게. 그러잖아도 이미 잃은 게 많잖은가?"

"무슨 뜻이지?"

"웨이터!" 드러믈은 나에게 대답하는 대신 웨이터를 불렀다.

웨이터가 다시 나타났다.

"숙녀분은 오늘 말을 타지 않을 거고 저녁식사는 그녀와 함께할 거야. 알고 있겠지?"

"네, 잘 알고 있습니다, 나리."

웨이터가 빠르게 식어가는 내 찻주전자에 그의 손바닥을 대 보고는 애원하듯이 나를 바라보다가 나갔다. 드러믈은 나와 힘겨루기하는 어깨를 움직이지 않도록 애쓰면서 호주머니에서 시가를 꺼내어 그 끝을 물어뜯었지만, 그 자리에서 움직일 기색은 조금도 보이지 않았다. 나는 숨이 막히고 속이 뒤틀렸지만, 서로 에스텔라라는 이름을 꺼내지 않고서는 이 이상 대화를 이어가기란 불가능하다는 걸 알았다. 그러나 그가 그녀의 이름을 입에 담는 건 견딜 수가 없었다. 그래서 나는 입을 꾹 다문 채, 방에 아무도 없는 것처럼 맞은편 벽만 노려보며 억지로 침묵을 지켰다. 아무 일도 일어나지 않았더라면 우리가 언제까지 그 우스꽝스러운 꼴로 있었을지 알 수 없다. 그때 (아마도 웨이터가 부추겨서 데리고 들어온 것 같았다) 부유해 보이는 농부 세 명이 외투 단추를 풀고 손을 비비면서 커피룸으로 들어왔다. 그들이 벽난로로 돌진해 왔으므로 우리는 비킬 수밖에 없었다.

유리창 너머로 드러믈이 말갈기를 붙잡고 난폭하고 서툴게 등에 올라타고 앞뒤 좌우로 움직이는 것이 보였다. 그리고 가버린 줄 알았더니 그가 다시 나타나서, 입에 문 채로 잊고 있었던 시가에 불을 얻으려고 했다. 그때, 여관 안마당인지 길인지 어디에서 나타났는지는 모르겠지만 탁한 잿빛 옷을 입은 한 남자가 불을 들고 나타났다. 드러믈은 안장에 걸터앉은 채 몸을 숙여 시가에 불을 댕기고 커피룸 창가로 고개를 돌리며 웃었다. 그때, 내게 등을 돌리고 서 있던 남자의 구부정한 어깨와 푸석푸석한 머리카락을 보고 나는 올릭을 떠올렸다.

그때는 너무 정신이 없어서 그 사람이 올릭인지 아닌지 신경 쓸 여유도 없었다. 급기야 아침식사에 손을 댈 여유도 없이 얼굴과 손을 씻어 여행길에서 뒤집어쓴 먼지를 털어냈다. 그리고 나는 기억에 깊이 새겨진 낡은 저택으로 향했다. 발을 들여놓는 일도 알게 되는 일도 없었더라면 얼마나 좋았을지 모를 그 저택으로.

제44장

미스 해비샴과 에스텔라는 화장대가 있는 그 방에 있었다. 벽에 달린 촛대에서 초가 타고 있었다. 미스 해비샴은 난롯가에 놓인 소파에 앉아 있었고, 에스텔라는 그녀의 발치 아래 앉아 있었다. 에스텔라는 뜨개질을 하고 있었고, 미스 해비샴은 그 모습을 바라보고 있었다. 내가 방에 들어가자 두 사람은 눈을 들어 나를 보고, 나에게 일어난 변화를 알아차렸다. 그들이 주고받는 시선에서 그것을 알 수 있었다.

"무슨 바람이 불어 여기를 찾아왔니, 핍?" 미스 해비샴이 물었다.

그녀는 나를 물끄러미 보았으나, 꽤 당혹스러워 보였다. 에스텔라는 순간 뜨개질하던 손을 멈추고 나를 보았다. 그러더니 다시 손을 움직였다. 그 움직임에, 내가 진짜 은인의 정체를 알게 된 사실을 눈치챘음이 분명하게 드러난 듯했다. 마치 수화로 말하는 것처럼.

"에스텔라에게 할 이야기가 있어서 어제 리치먼드에 갔더니 웬일인지 이곳에 와 있다고 하더군요. 그래서 뒤를 쫓아 왔습니다."

미스 해비샴이 나에게 앉으라고 서너 번 손짓했으므로, 화장대 옆 의자에 앉았다. 예전에 그녀가 그 의자에 앉아 있던 모습을 가끔 보았다. 발치며 주위가 온통 과거의 잔해로 가득한 그곳은 그날 내게 꼭 어울리는 장소처럼 여겨졌다.

"미스 해비샴, 에스텔라에게 하려고 했던 말은 조금 뒤에 부인 앞에서 그녀에게 하겠습니다. 놀라시거나 불쾌해하실 말은 아닙니다. 미스 해비샴, 부인께서 저를 불행하게 만들기를 바랐다한들 지금보다 더 저를 불행하게 할 수는 없을 겁니다."

미스 해비샴은 계속 나를 물끄러미 바라보았다. 뜨개질을 계속하는 에스텔라의 손놀림에서, 그녀가 내 말에 귀를 기울이고 있다는 사실을 알 수 있었다.

그러나 그녀는 고개를 들지 않았다.

"제 후원자가 누구인지 알았습니다. 그건 다행한 일도 아니고, 제 평판이나 지위나 재산을 비롯해 그 무엇에도 조금도 도움이 되지 않는 것이죠. 사정이 있어서 이 이상 자세히는 말씀드리지 못합니다. 그건 제 비밀이 아니라 다른 사람의 비밀이 얽힌 문제니까요."

잠시 입을 다물고 에스텔라를 내려다보며, 어떻게 말을 이어야 좋을지 생각하고 있는데, 미스 해비샴이 내 말을 되풀이했다. "네 비밀이 아니라 남의 비밀이다? 그래서?"

"부인께서 처음에 저를 이곳으로 부르셨을 때, 저 건넛마을에 살 때 말입니다(지금은 그곳을 떠나지 말걸 그랬다고 진심으로 후회합니다), 저는 하인처럼 당신의 욕구와 변덕을 만족시키고 그 대가를 얻었습니다. 그 일은 굳이 제가 아니라 다른 누구였어도 상관없었죠. 그렇겠지요?"

"그래, 핍." 미스 해비샴이 몇 번이나 고개를 끄덕이며 말했다. "네 말이 맞다."

"그리고 재거스 씨는……."

"재거스 씨는," 미스 해비샴의 어조가 단호하게 변하며 내 말을 도중에 끊었다. "그 일과 아무런 관련도 없고, 아무것도 모른다. 그가 내 변호사인 동시에 네 후원자의 변호사이기도 한 것은 우연의 일치일 뿐이야. 그는 다른 많은 고객을 가지고 있지. 그럴 일은 얼마든지 일어날 수 있어. 어쨌거나 누군가가 계획적으로 꾸민 일이 아니라 우연히 그렇게 됐을 뿐이야."

그녀의 초췌한 얼굴에는 무엇을 감추거나 피하려는 기색이 전혀 보이지 않았다.

"그렇지만 제가 오래도록 착각에 빠져 있는 동안 부인께서는 조금도 제 생각을 바로잡으려 하지 않았지요?"

"그래." 그녀가 다시 몇 번이고 고개를 끄덕이며 대답했다. "그대로 두었지."

"그건 친절을 베푸신 건가요?"

"내가? 어째서 내가 친절을 베풀어야 하지?" 미스 해비샴이 느닷없이 화를 내며 목발로 마룻바닥을 쾅쾅 쳤다. 에스텔라가 놀라 그녀를 올려다보았다.

이렇게 감정을 폭발한 뒤에 그녀가 조용히 앉아 생각에 잠겼으므로, 나는 그런 불평을 할 작정은 아니었다고 말했다.

"그래, 그래. 안다. 또 다른 할 말은?"

"그때 이곳에서 일한 대가는 수습공이라는 형태로 충분히 보상받았습니다." 나는 그녀를 달래려고 이렇게 말했다. "지금까지 했던 질문은 단순히 제가 이해하고 싶어서 물은 것이지만, 지금부터는 다른, 그러니까 제 욕심과는 관계없는 목적을 위해 질문하겠습니다. 부인께서는 제 착각을 바로잡지 않고 내버려둠으로써 부인의 (실례지만) 이기적인 친척분들을 벌하시거나 속였습니다(어느 쪽인지는 모르겠지만, 부인의 의도를 표현할 적당한 말로 설명해 주시지요). 그렇죠?"

"그래. 그들이 제멋대로 착각한 거다! 너와 마찬가지로! 그런 심한 꼴을 당한 내가 어째서 일부러 그들이나 네게 그렇게 생각하지 말아 달라고 부탁해야 하지? 너는 네 스스로 올가미를 씌웠어. 난 아무 짓도 하지 않았어!"

이번에도 갑작스레 노발대발 화를 내는 바람에 나는 그녀가 누그러지기를 기다렸다가 말을 이었다.

"저는 부인의 친척 분에게 신세를 지고 있습니다. 런던에 간 이래로 쭉 그들과 함께 지내고 있지요. 그들도 저와 마찬가지로 순진하게 착각을 하고 있습니다. 하지만 부인께서 매슈 포켓 씨와 그의 아들 허버트를 너그럽고, 고결하고, 솔직하고, 음흉하거나 비열함과는 관계가 없는, 그런 사람이 아닌 그 반대라고 생각하신다면 잘못 보고 계신 겁니다. 이런 식으로 말하면 부인께서는 못마땅하게 여길지도 모르고, 제 말을 믿고 싶어 하지 않을지도 모릅니다. 하지만 이 말을 하지 않으면 저는 거짓말쟁이에 비열한 인간이 되어 버립니다."

"그 두 사람이 네 친구인 모양이구나."

"그 둘은 제가 친척들을 제치고 부인의 총애를 받고 있다고 생각할 때, 다시 말해서, 사라 포켓과 조지아나와 카밀라가 저를 좋게 생각하지 않을 때 제 친구가 되어 주었습니다."

이렇게 그 두 사람을 다른 친척들과 비교하자 기쁘게도 미스 해비샴은 그들을 더욱 좋게 평가하게 된 모양이었다. 그녀는 잠시 날카로운 눈으로 나를 바라본 뒤 조용히 말했다.

"그래서 그 두 사람을 어떻게 해 달라는 거냐?"

"다른 친척들과 똑같이 취급하지 말아 주시길 바랄 뿐이에요. 그들은 같은 핏줄인지는 몰라도 같은 성품을 지니지는 않았으니까요."

그녀는 여전히 나를 날카로운 눈으로 바라보면서 조금 전 말을 되풀이했다.

"두 사람을 어떻게 해 주었으면 좋겠냐?"

"저는 당신이 그들에게 뭔가를 해 주길 바라는 제 마음을 감출 수 있을 만큼 교활하지 못합니다." 나는 얼굴이 살짝 붉어지는 걸 느끼면서 대답했다. "미스 해비샴, 만일 부인께서 제 친구 허버트가 사업을 계속할 수 있도록 금전적으로 원조하고 싶으시다면, 어떤 사정으로 그가 도움받는다는 사실을 눈치채지 못하도록 해야 합니다. 그러기를 바라신다면, 저는 어떤 식으로 해야 하는지를 가르쳐 드릴 수 있습니다."

"어째서 그가 모르게 도와주어야 하지?" 미스 해비샴은 목발에 손을 올려놓고, 더욱 진지하게 나를 바라보았다.

"제가 실은 그가 모르도록 그런 원조를 2년 남짓 해 왔거든요. 그 사실이 드러나지 않게 하고 싶습니다. 어째서 제가 그 원조를 계속할 수 없는지는 설명해 드릴 수 없습니다. 그것은 제 비밀이 아니라 다른 사람의 비밀이니까요."

미스 해비샴은 천천히 내게서 시선을 옮겨 난롯불을 바라보았다. 고요함과 서서히 타들어가는 촛불 때문에, 그녀가 불길을 바라보는 시간이 무척 길게 느껴졌다. 그녀는 빨갛게 달아오른 석탄 덩어리가 버스러지는 소리에 정신을 차리고서는 다시 나를 돌아보고 처음에는 멍하니, 그리고 천천히 초점을 맞추었다. 그동안에도 에스텔라는 뜨개질을 계속했다. 미스 해비샴은 내게 신경을 집중하더니, 우리 대화가 도중에 끊기지 않았던 것처럼 자연스럽게 말을 이었다.

"그리고?"

나는 에스텔라를 향해, 목소리가 떨리는 것을 억누르며 말했다. "에스텔라, 내가 널 사랑한다는 걸 알지? 오랫동안 진심으로 사랑해 왔다는 걸 알 거야."

이 말을 듣자 에스텔라는 눈을 들었다. 뜨개질을 멈추지 않고 무표정한 얼굴로 나를 올려다보았다. 미스 해비샴은 나와 에스텔라를 번갈아 바라보았다.

"이 말을 더 일찍 했어야 했는데. 하지만 나는 여태 착각하고 있었어. 미스 해비샴이 나와 너를 결혼시킬 셈이라고 잘못 생각했던 거야. 네게 선택의 여지가 없다고 생각한 동안에는 내 감정을 고백하기를 피해 왔어. 하지만 이제는 아무래도 말해야겠어."

에스텔라는 무표정함을 유지한 채 여전히 뜨개질을 하며 고개를 흔들었다.

그 동작에 대답하듯 내가 말했다. "알아. 이젠 너를 내 것이라고 부를 희망이 없다는 것을. 당장 내가 어떻게 될지, 얼마나 가난해질지, 어디로 갈지 나도 몰라. 하지만 나는 널 사랑해. 이 집에서 너를 처음 본 순간부터 그 마음은 변하지 않았어."

그녀는 아무런 감정도 내비치지 않은 채 바삐 손가락을 놀리며 다시 고개를 저었다.

"가련한 소년의 감수성을 가지고 그 오랜 세월 공허한 희망을 품게 하고 허황한 꿈을 좇게 해서 괴롭히다니, 미스 해비샴도 잔인한 사람이지. 스스로 자기가 한 짓의 심각성을 안다면 말이야. 아마 거기까지는 생각하지 않았겠지. 분명 자신의 괴로움을 견뎌 내는 데 온 힘을 쏟아 붓느라 내 고통까지는 미처 생각하지 못했을 거야."

미스 해비샴은 나와 에스텔라를 번갈아 바라보며 자기 가슴에 손을 올려놓았다.

에스텔라는 무척 차갑게 말했다. "아무래도 내가 이해할 수 없는 기분이나 감정이 있나 봐. 그걸 뭐라고 불러야 좋을지 모르겠지만. 나를 사랑한댔지? 그게 무슨 뜻인지는 알아. 하지만 그뿐이야. 네 말은 내 마음속 무엇과도 반응하지 않고, 아무런 감정도 주지 않아. 난 네 말에 아무런 관심도 없어. 여기에 대해서 조심하라고 분명히 경고했잖아, 그렇지?"

나는 비참한 마음으로 대답했다. "그랬지."

"그래, 그런데 너는 들은 척도 안 했어. 진심이라고 생각하지 않은 거지? 그렇지?"

"진심일 리 없다고 생각했어. 아니, 그렇게 생각하고 싶었어. 이렇게 젊고 예쁘고 순진한 너니까. 에스텔라! 그건 네 본성이 아니잖아!"

"그게 내 본성이야." 그렇게 대답하고 나서 그녀는 강하게 덧붙였다. "그게 내 안에 형성된 본성이라고. 다른 사람한테는 이런 설명도 안 해. 너니까 특별히 말하는 거야. 하지만 내가 할 말은 이것뿐이야."

"벤틀리 드러믈이 이 마을에 와서 널 좇아다니고 있지?"

"그래, 사실이야." 에스텔라가 몹시 경멸스럽다는 듯이 무관심하게 대답했다.

"그 녀석을 부추겨 함께 승마를 즐기고, 오늘 저녁식사를 함께할 거고?"

그녀는 내가 거기까지 안다는 사실에 조금 놀라는 듯했으나, 다시 대답했다. "사실이야."

"너는 그자를 사랑하지 않아, 에스텔라!"

그녀가 처음으로 뜨개질을 멈추고, 화를 내며 대답했다. "내가 너에게 뭐라고 했니? 그런데도 넌 아직도 내가 진심을 말하고 있지 않다고 생각하는 거니?"

"그와 결혼하지 않을 거지?"

그녀는 미스 해비샴을 바라보고, 손에서 뜨개질감을 놓지 않은 채로 잠시 생각에 잠겼다. 그런 뒤에 말했다. "진실을 말해줄까? 난 그 사람과 결혼할 거야."

나는 고개를 떨어뜨리고 두 손으로 얼굴을 감쌌다. 그러나 이 말을 듣는 순간 받았던 고통에 비해서는 생각보다 자신을 잘 다스린 것이었다. 내가 고개를 들었을 때, 미스 해비샴은 하얗게 질린 얼굴이었다. 나는 비탄에 빠지고 제정신도 아니었지만, 그녀의 표정에서 강한 인상을 받았다.

"에스텔라, 제발! 그저 미스 해비샴이 이끄는 대로 이 치명적인 길에 한 발짝이라도 들여놓겠다는 생각은 그만둬. 나 같은 건 평생 거들떠보지 않아도 좋아……. 아니, 이미 그럴 작정이라는 건 잘 알아……. 하지만 드러믈보다는 더 어울리는 사람을 신랑감으로 고르도록 해. 미스 해비샴이 너와 그 녀석을 결혼시키는 건, 너를 숭배하는 훌륭한 남자들과, 너를 진정으로 사랑하는 사람에게 더없는 모욕과 상처를 줄 수 있기 때문이야. 그 몇몇 가운데는 나만큼은 아니겠지만 진심으로 너를 사랑하는 남자가 있을지도 몰라. 그 사람하고 결혼하면 돼. 차라리 그런다면 나는 견딜 수 있을 것 같아, 너를 위해!"

에스텔라는 내 열의에 놀라, 내 말을 이해할 수 있게만 된다면 동정심에라도 마음을 움직일 것 같은 기색이 보였다.

그녀가 좀더 부드러운 목소리로 말했다. "나는 그 사람과 결혼할 거야. 지금 결혼 준비를 하고 있고, 곧 식을 올릴 예정이야. 왜 나를 키워 주신 어머니 이름을 비난하듯이 들먹이지? 이 결혼은 나 혼자 결정한 거야."

"네가 했다고? 그 난폭한 자에게 몸을 내던지겠다는 결정을?"

"그럼 나를 누구에게 내던져야 하는 거니?" 에스텔라가 미소를 띠며 되받아쳤다. "내가 조금도 마음이 없다는 사실을 가장 강하게 느끼는 사람? 그런 걸 느끼는 사람이 있다면 말이지만. 어쨌거나 이미 결정된 일이야! 나는 그걸로 만족할 수 있어. 상대도 그러겠지. 네가 말하는 이 치명적인 한 발짝에 대해 미스 해비샴은 오히려 내가 조금 더 기다리고 당장은 결혼하지 않길 바라서. 하지만 이제 나는 지금처럼 재미없는 삶에 넌더리가 나. 내 삶을 바꾸고 싶단 말이야. 이제 아무 말도 하지 마. 우리는 결코 서로 이해하지 못할 테니까."

"하지만 그렇게 별 볼 일 없는 쓰레기하고! 그런 멍청이하고!" 나는 자포자기한 심정으로 마구 외쳤다.

"내가 그에게 축복과 같은 존재가 되리란 걱정은 하지 않아도 돼. 그렇게 되지는 않을 테니까. 자! 내 손을 잡아. 이걸로 작별인사를 하자. 넌 정말로 꿈꾸는 소년 같아. 아니, 꿈꾸는 어른인가?"

"아아, 에스텔라!" 참으려고 했지만, 내 쓰디쓴 눈물은 그녀의 손 위로 떨어졌다. "내가 만일 영국에 남아 세상 사람들 틈에 섞여 나름대로 당당하게 살아갈 수 있다 해도, 드러믈의 아내가 된 너를 어떻게 바라볼 수 있을까!"

"바보 같은 소리 마. 그런 건 분명히 금세 잊어버리고 말걸."

"절대로 그렇지 않아, 에스텔라!"

"일주일이면 나 따위는 깨끗이 잊어버릴 거야."

"널 어떻게 잊어! 너는 내 목숨의 일부야. 나 자신의 일부라고. 처음 이 저택에 왔을 때, 거칠고 천박한 소년이었던 나는 불쌍하게도 너에게 상처를 받았어. 그날부터 내가 읽은 책의 모든 책장 안에 네가 있었어. 강, 배의 돛, 늪지대, 구름, 빛, 어둠, 바람, 숲, 바다, 길거리, 내가 본 모든 풍경 안에 네가 있었어. 내 머리에 떠오른 모든 아름다운 공상이 모습을 갖추고 나타난 것이 바로 너야. 런던에서건 어디에서건 내게는 너라는 존재와 영향력이 런던의 가장 튼튼한 건물의 돌보다도 훨씬 생생해. 그걸 네가 바꾸겠다고? 차라리 런던에서 가장 튼튼한 건물의 돌을 움직이는 편이 쉬울걸. 그건 앞으로도 변하지 않을 거야. 뭐가 어떻게 돼도, 내가 죽을 때까지 너는 내 인격의 일부야. 내 안의 악의 일부이고, 보잘것없는 선의 일부로 남아 있을 거라고. 하지만 지금 이렇게 헤어지는 순간부터 나는 너를 오로지 선하고만 연결하겠어. 그리고 너를 계속 충실하고 소중하게 생각할 거야. 비록 지금은 견디기 어려울 정도로 괴롭지만, 너는 내게 나쁜 영향보다 좋은 영향을 훨씬 많이 주었으니까. 틀림없어. 아아, 신의 은총이 함께하시기를! 신께서 부디 용서해 주시기를!"

너무나도 비참한 마음에 이성을 잃긴 했지만, 어떻게 이런 말이 더듬더듬 입에서 나왔는지 나도 모르겠다. 안으로 곪아 들어간 상처에서 피가 솟아나듯 내 안에 억눌려 있던 격양된 감정들이 터져 나왔던 것이다. 나는 그녀의 손에 한참 입 맞춘 뒤 그 자리를 떠났다. 그때 에스텔라는 정말이지 이해할 수 없다는 듯이 놀란 표정으로 나를 바라보았을 뿐이었다. 한편 유령 같은 모습의 미스 해비샴은 여전히 가슴에 손을 얹은 채, 자기라는 존재의 모든 것을 연민과 후회로 가득 찬 끔찍한 모습으로 바꾸는 것 같았다. 그 모습은 지금도 잊혀지지 않는다(그 뒤 그녀의 모습은 더 강력한 이유로 내 기억에 새겨진다).

모든 것이 끝나고, 모든 것이 사라졌다! 너무나 많은 게 끝나고 사라졌기 때문에, 큰 문을 나섰을 때는 햇빛도 내가 저택에 들어갔을 때보다 더 어두워진 것처럼 보였다. 한동안 나는 몸을 숨기듯 오솔길과 샛길을 어슬렁어슬렁 걸었다. 그런 뒤에 한길로 나와, 런던까지 걸어가기로 마음먹었다.[1] 다시 차분히 생각하자, 여관으로 돌아가 드러믈의 얼굴을 마주칠 수도 없고 마차를 타고 누구와 이야기를 나누기도 싫고, 이런 때일수록 몸을 혹사하는 게 가장 좋으리라고 생각되었기 때문이다.

런던 브리지를 건넜을 때는 이미 자정이 넘어 있었다. 그즈음 템스강 북쪽 기슭부터 서쪽으로 뻗은 좁고 복잡한 길을 지나 템플까지 이어지는 가장 빠른 길은 강변을 따라 화이트프라이어스를 지나는 길이었다. 나는 다음 날 돌아가기로 되어 있었지만 열쇠를 가지고 있었으므로, 허버트가 잠들었더라도 그를 깨우지 않고 집에 들어갈 수 있을 터였다.

템플이 잠긴 뒤에 화이트프라이어스 쪽 대문으로 들어가는 일은 좀처럼 없었던 데다가 나는 진흙투성이에 녹초가 되어 있었다. 야근 수위가 나를 들여보내려 문을 조금 열어주면서 나를 뚫어지게 바라보았지만 그다지 기분이 나쁘지는 않았다. 나는 그의 기억을 돕기 위해 이름을 댔다.

---

1) 40킬로미터 남짓되는 거리임.

"확실하진 않지만 그러리라 생각했습니다. 당신 앞으로 편지가 와 있어요. 그 편지를 가지고 온 사람이 꼭 이곳에서 편지를 읽으라고 전해 달라던데요."

나는 이 요구에 놀라며 편지를 받아들었다. 받는 이는 '필립 핍 귀하'였고, 그 위에 "이곳에서 읽어 주십시오"라는 글이 있었다. 수위가 비춰 주는 등불 아래서 봉투를 뜯자 안에는 웨믹의 글씨로 이렇게 쓰여 있었다.

"집에 들어가지 마십시오."

제45장

이 경고를 읽자마자 나는 템플 대문을 나와 플리트 거리까지 급히 걸어갔다. 그리고 야간 삯마차를 잡아타고 코번트 가든에 있는 허멈스 호텔[1]로 갔다. 그 무렵 그곳이라면 어떤 시간에 가도 숙박이 가능했다. 침실 시종이 문을 열어 나를 들여보내고, 선반 위 초에 불을 붙인 다음, 객실 장부 순서에 따라 침실로 안내해 주었다. 1층 뒤편 둥근 천장이 달린 방이었다. 안에는 전제군주처럼 생긴 기둥이 달린 침대가 방 전체를 차지하고 있었다. 그 침대는 거만하게 다리 하나를 벽난로 쪽으로 쭉 내밀고, 또 다른 다리는 문간까지 쭉 뻗고서, 왕권신수설을 부르짖으며 보잘것없고 초라한 세면대를 압도하고 있었다.

내가 야간 등불을 좀 갖다달라고 부탁하자, 침실 시종은 고결하고 유서 깊은 입헌주의자의 골풀 양초를 가지고 왔다. 걸어다니는 지팡이 유령처럼 가냘픈 초였다. 그 초는 무엇을 밝게 비출 힘도 없고 어디에 살짝만 닿아도 곧 등뼈가 부러질 것만 같은 모습으로, 키 큰 금속제 탑 아래에 갇혀 있었다. 이 탑에는 동그란 구멍이 잔뜩 뚫려 있었으므로, 눈을 부릅뜨고 노려보는 듯한 모양이 벽 한가득 나타났다. 녹초가 되어 이불 속으로 파고들어, 아픈 다리를 뻗고 비참한 기분으로 누워 있으려니, 저 멍청한 아르고스[2]처럼 나도 눈을 감을 수 없음을 알았다. 그리하여 죽음을 연상케 하는 어둠 속에서 우리는 줄곧 서로 노려보았다.

아, 얼마나 서글픈 밤이던가! 얼마나 불안하고 우울한 기나긴 밤이던가! 방 안에는 차가운 그을음과 후덥지근한 먼지가 내뿜는 역한 냄새가 감돌았다. 나는 침대 지붕의 네 귀퉁이를 올려다보면서, 푸줏간에 있던 금파리며 시장통에 있던 집게벌레, 시골에 있던 땅벌레가 여름이 오기를 기다리며 거기에 득실득

---

1) 1631년 창업. 증기탕으로 유명한 호텔.
2) 그리스 신화에 나오는 거인. 백 개의 눈을 가졌으며, 늘 깨어 있음.

실 붙어 있으리라 상상했다. 다음 순간, 그 벌레들이 침대 위로 떨어지지나 않을까 생각하자 얼굴 위로 무언가 가벼운 것이 떨어진 듯한 느낌이 들었다. 그러자 이번에는 이 불쾌한 생각 때문에, 등줄기에 무언가가 기어 올라가는 소름 끼치는 감촉을 느꼈다. 잠들지 못한 채 한참을 누워 있었더니 적막 속에서 어떤 놀라운 소리가 들리기 시작했다. 장롱이 속삭이고 벽난로는 한숨 짓고, 작은 세면대는 덜걱덜걱 소리를 내고 서랍장에서 기타 한 줄이 이따금 선율을 연주했다. 동시에, 벽에 떠올라 있던 수많은 눈이 새로운 표정을 지었다. 그 크게 부릅뜬 눈 하나하나에 "집에 들어가지 마십시오"라고 쓰여 있는 것처럼 보였다.

내 머릿속 어떤 밤의 환청과 밤의 환각들도 이 "집에 들어가지 마십시오"라는 환영을 밀어내지 못했다. 그것은 내가 어떤 생각을 하든, 육체적인 고통처럼 몸에 스며들어 있었다. 얼마 전에 신원을 알 수 없는 신사가 밤에 허멈스에 투숙해 잠을 자다가 자살해서 이튿날 피투성이로 발견되었다는 기사를 읽었던 것이 떠올랐다. 그 사람이 바로 지금 내가 누워 있는 이 방에 묵었던 게 분명하다. 나는 침대에서 내려와, 주위에 붉은 얼룩이 있지나 않은지 살펴보았다. 그런 다음 문을 열고 복도로 얼굴을 내밀었다. 멀리서 불빛이 보이자(분명히 그 옆에서 침실 시종이 졸고 있을 것이다) 동료가 있는 것 같아 마음이 놓였다. 그러나 그러는 동안에 내가 왜 집에 들어가서는 안 되는지, 집에 무슨 일이 일어났는지, 언제쯤 돌아가야 좋을지, 프로비스는 집에 무사히 있는지 하는 의문이 차례차례 머리에 떠올라, 다른 생각을 할 여유가 없었다. 에스텔라와 그날 그녀가 영원한 작별인사를 했던 것, 그 작별의 앞뒤 상황, 그녀의 표정이며 말투, 뜨개질하던 그 손놀림, 이런 것들을 회상할 때조차 "집에 들어가지 마십시오." 이 경고에 대해 이리저리 생각하기를 멈추지 않았다. 몸과 마음이 지칠대로 지쳐 드디어 얕은 잠에 빠졌을 때, 그 경고는 어렴풋한 형태로 거대한 동사가 되어 나타났다. 나는 그것을 활용하지 않을 수 없었다. 명령법 현재 시제를 써서—집에 들어가지 마라, 그를 집에 들어가게 하지 마라, 집에 들어가지 말자, 너희는 집에 들어가지 마라, 그들을 집에 들어가지 못하게 해라. 다음에는 가능법을 써서—나는 집에 들어가서는 안 된다, 들어갈 수 없다, 나는 집에 들어가서는 안 되었다, 들어갈 수가 없었다, 들어가지 않았을 것이다, 들어가면 안 되었다. 마침내 머리가 이상해지는 것 같아 몸을 뒤척여, 벽에 비친 부릅뜬 눈을 다시 바라보았다.

나는 7시에 깨워 달라는 부탁을 해 놓았다. 다른 사람을 만나기 전에 웨믹을 만나야만 했고, 그러기 위해서는 월워스 집으로 웨믹을 찾아가야 했기 때문이다. 그토록 절망적인 밤을 보낸 방을 빠져나오는 것은 기쁜 일이었으므로, 못 견디게 불편한 침대에서 벗어나기까지는 노크 한 번으로 충분했다.

성의 흉벽이 내 시야에 들어온 것은 8시였다. 마침 그 성의 어린 하녀가 갓 구운 롤빵 두 개를 들고 성으로 들어가는 참이었다. 나는 그녀와 함께 대문을 지나 도개교를 건넌 다음, 노인과 마실 차를 준비하는 웨믹 앞에 아무런 예고도 없이 나타났다. 열린 문 너머, 침대에 누워 있는 노인의 모습이 그림 속 풍경처럼 보였다.

"안녕하세요, 핍 씨! 돌아오셨군요."

"네, 하지만 집에는 들어가지 않았어요."

"다행이군요." 웨믹이 손을 비비며 말했다. "혹시 몰라서 템플 출입구마다 메모를 남겨 두었지요. 어느 문으로 들어가셨습니까?"

나는 설명했다.

"오늘 중으로 나머지 문을 돌며 편지를 처리하겠습니다. 증거가 될 만한 서류는 되도록 남기지 않는 게 좋은 습관이지요. 언제 어느 때 증거로 쓰일지 모르니까요. 실례가 안 된다면, 우리 아버지를 위해 이 소시지를 좀 구워 주시겠습니까?"

나는 기꺼이 그러겠노라고 대답했다.

"메리 앤, 여기는 됐으니 너는 네 일을 하려무나." 웨믹이 어린 하녀에게 명령했다. "이렇게 하면 거리낌 없이 단둘이서 이야기할 수 있으니까요, 핍 씨." 그녀가 사라지자 그는 이렇게 덧붙이며 나에게 눈을 찡긋했다.

그의 우정과 조심성에 감사한 뒤, 나는 노인이 먹을 소시지를 굽고 그는 노인이 먹을 롤빵에 버터를 바르며 낮은 목소리로 대화를 이어나갔다.

"핍 씨, 우리는 서로 잘 통하는 사이죠? 오늘은 개인적이고 사적인 관계로 만난 겁니다. 둘만의 비밀스러운 일로 이곳에서 만나는 건 처음이 아니지요. 이건 공적인 감정과는 다른 일입니다. 어디까지나 사무소 밖의 문제지요."

이 생각에는 진심으로 동의했다. 나는 매우 불안한 상태여서 노인이 먹을 소시지에 횃불처럼 활활 불이 붙는 바람에 허둥지둥 불을 불어서 꺼야 했다.

"어제 아침 우연히 들었습니다. 전에 한 번 당신을 데리고 갔던 곳에서…….
우리 사이긴 하지만 되도록 이름은 말하지 않겠습니다……."

"네, 그런 편이 좋겠군요. 이해합니다." 내가 말했다.

"그곳에서 어제 아침 우연히 들었습니다. 유동자산과 무관하지 않고, 식민지
사업과도 무관하지 않은 어떤 사람이……. 사실 저는 그 사람이 누군지 모릅니
다. 아무튼 그 사람 이름은 말하지 않기로 하죠."

"말할 필요 없습니다."

"그 사람이 (꼭 흥미 때문만이 아니라 정부 지출과 무관하지 않은 형태로 많은 사람
이 방문하는) 어떤 나라에서 사소한 소동을 일으켰는데……."

그의 얼굴을 쳐다보느라 노인이 먹을 소시지를 심하게 태우는 바람에 주의
가 크게 흐트러지고 말았다. 나는 웨믹에게 사과했다.

"그런 곳에서 자취를 감추었습니다. 행방은 알 길이 없지요. 이에 대해서는 여
러 추측이 나돌았습니다. 그리고 잘 들으세요, 저는 템플 가든 코트에 있는 당
신 방이 감시당하고 있다고 들었습니다. 게다가 앞으로도 감시가 계속될지 모
른다더군요."

"감시라니요, 누구한테서?"

"그 문제는 언급하지 않도록 하겠습니다." 웨믹이 얼버무리듯 말했다. "제 직
업상 책임과 서로 어긋날 수가 있으니까요. 이 이야기는 그곳에서 우연히 들었
을 뿐입니다. 지금까지 수없이 여러 소문을 들었던 것과 마찬가지로요. 확실한
정보는 아니란 뜻입니다. 그저 들은 이야기지요."

웨믹은 말하면서, 빵 굽는 포크와 소시지를 내게서 건네받아 작은 쟁반 위
에 노인의 아침식사를 가지런히 차렸다. 쟁반을 옮기기 전에 그는 깨끗한 흰 냅
킨을 노인 방으로 가지고 가서 턱밑에다가 잡아맸다. 그런 다음 노인을 앉혀
세우고, 그의 취침용 모자를 한쪽에 비스듬히 씌웠다. 그 뒤 조심스럽게 쟁반
을 그의 앞에 놓고 "불편한 데는 없으시지요, 아버지?"라고 물었다. 이 말에 쾌
활한 노인은 "아주 좋다, 존. 아주 좋아!" 기쁘게 대답했다. 웨믹과 나 사이에는
노인이 지금 남들 앞에 나설 수 있는 상태가 아니므로 안 보이는 셈 치자는 암
묵적 합의가 있었다. 그래서 나는 이런 과정을 전혀 못 본 척했다.

웨믹이 돌아오자 나는 말했다. "실은 전에 한 번 감시당한다는 생각을 한 적이 있는데, 그 감시가 당신이 지금 말한 인물과 관계있는 거지요?"

웨믹은 대단히 심각한 표정을 지었다. "제가 아는 바로는, 그렇다고 장담할 수는 없습니다. 즉 속단할 수 없다는 뜻입니다. 하지만 그 인물과 관계있거나 머지않아 관계있게 되거나 관계있을 가능성이 높으리란 건 분명합니다."

웨믹이 리틀 브리튼에 대한 충성심에서 하고 싶은 말을 다 하지 못하는데도 꽤 무리해서 말하고 있다는 사실을 알기 때문에, 그 이상 자세히는 묻지 않았다. 그러나 잠시 난롯불을 바라보며 생각한 뒤 이렇게 말해 보았다. "한 가지 묻고 싶은 게 있는데, 거기에 대답할지 안 할지는 당신 판단에 맡기겠습니다. 당신이라면 분명히 올바른 판단을 하시겠지요." 그는 아침을 먹던 손을 멈추고 팔짱을 꼈다. 셔츠 소매를 걷어 올리면서(그에게 편안한 실내복 차림은 겉옷을 입지 않고 앉아 있는 것을 뜻했다), 어서 질문하라는 뜻으로 나를 흘긋 바라보고 고개를 끄덕였다.

"콤피슨이라는 이름을 가진 악당을 아시죠?"

웨믹은 다시 한 번 고개를 끄덕였다.

"그가 아직 살아 있습니까?"

그는 또 한 번 까딱했다.

"런던에 있나요?"

그는 또 한 번 고개를 끄덕이더니 우편함처럼 생긴 입을 꾹 다문 뒤 마지막으로 한 번 더 고개를 끄덕인 다음 다시 아침을 먹기 시작했다.

"이제 질문이 끝났으니까," 웨믹이 확인을 위해 그 말을 되풀이해서 강조했다. "제가 조금 전에 말한 소문을 들었을 때 무엇을 했는지 말씀드리죠. 당신을 만나러 가든 코트에 갔었는데 그곳에 안 계시길래 허버트 씨를 찾으러 클라리커 사무실로 갔습니다."

"거기서 그를 만났군요?" 나는 대단히 걱정스럽게 물었다.

"네, 만났습니다. 저는 아무 이름도 대지 않고 자세한 이야기도 하지 않은 채, 톰인지 잭인지 리처드인지 누군지는 모르지만 어쨌든 누군가가 가든 코트 또는 그 가까이에 있다면, 당신이 없는 사이에 그 톰인지 잭인지 리처든지를 어딘가 다른 곳으로 보내는 편이 좋을 거라고 말했습니다."

"그가 어찌해야 좋을지 당황했겠군요?"

"많이 당황했지요. 그리고 제가 그 톰인지 잭인지 리처든지를 지금 당장은 그리 멀리 보내지 않는 편이 좋겠다고 말하자 더 어쩔 줄 몰라 했어요. 핍 씨, 한 가지 더 말해둘 게 있어요. 당신은 일단 대도시로 왔으니까 지금 상황에서는 그냥 여기에 있는 편이 최선입니다. 당분간은 밖으로 나가지 말고, 상황이 잠잠해질 때까지 조용히 기다려야 해요. 그런 다음에 바깥 공기를, 외국 공기라도 마시는 게 좋습니다."

나는 이 귀중한 조언에 감사하고, 허버트가 어떻게 했는지 물었다.

"허버트 씨는 30분쯤 망연히 있더니 갑자기 어떤 계획을 생각해냈죠. 먼저 비밀이라고 운을 뗀 뒤에 이렇게 말했습니다. 결혼을 전제로 사귀는 여성에게— 핍 씨, 당신은 알고 있겠죠—병석에 누운 아버지가 계시는데, 그는 한때 여객선 사무장을 지내던 사람이라서 배가 강을 드나드는 모습을 침실 내닫이창으로 바라본다고요. 그 숙녀분을 아시지요?"

"직접 만난 적은 없습니다." 내가 대답했다.

사실 그녀는 내가 허버트에게 해롭고 사치스럽기만 한 친구라며 싫어했다. 그가 처음으로 나를 소개하려고 했을 때는 대단히 심드렁한 반응밖에 보이지 않았다. 그래서 그는 어쩔 수 없이 내게 사실대로 고백해야 했으며, 그녀와는 조금 더 시간이 지난 뒤에 만나는 편이 좋겠다고 말했던 것이다. 허버트의 사업을 남몰래 도와주기 시작했을 무렵, 나는 그 사태를 쾌활하게 단념하고 받아들였다. 약혼자들끼리 만날 때 제3자가 끼어드는 것을 꺼리는 마음은 당연했다. 이런 연유로 클라라와 나는 허버트를 통해서 오랫동안 정기적으로 인사를 나누었고, 나에 대한 평가가 나아졌을 것 같기는 하지만 아직 그녀를 만난 적은 없었던 것이다. 그러나 웨믹에게는 이렇게까지 자세한 이야기는 하지 않았다.

"그 내닫이창이 있는 집은," 웨믹이 말을 이었다. "템스 강가에 있습니다. 라임하우스와 그리니치 사이에 있으며, 매우 인심 좋은 과부가 집주인이죠. 그 집 위층에 가구가 딸린 셋방이 비어 있답니다. 허버트 씨는 톰인지 잭인지 리처드인지의 임시 거처로 그곳이 어떻겠냐고 물었어요. 저는 아주 좋은 생각이라고 대답했지요. 그것은 세 가지 이유에서입니다. 첫째, 그곳이 당신의 평소 행동반경 바깥에 있으며, 크고 작은 길에서 멀리 떨어져 있다는 점. 둘째로, 당신이 직접 가지 않아도 허버트 씨를 거쳐 톰인지 잭인지 리처드인지의 안전을 확인할 수 있다는 점. 셋째로, 언젠가 적당한 시기가 와서 당신이 톰인지 잭인지 리처드를 외국행 화물선에 태우고자 할 때 그곳에서 바로 배에 접근할 수 있다는 점입니다."

이 이야기를 듣고 크게 마음이 놓인 나는 웨믹에게 거듭 고맙다고 말하고는 어서 이야기를 계속하라고 재촉했다.

"알겠습니다! 허버트 씨는 진지하게 사태 해결에 나섰습니다. 그리하여 어젯밤 9시에 톰인지 잭인지 리처드인지—서로를 위해 이름은 덮어두도록 하죠—어쨌든 그를 무사히 그곳으로 이동시켰지요. 그전의 하숙집에는 일이 있어서 도버로 가게 되었다고 말해 두었습니다. 실제로 그는 도중까지 도버 길로 갔다가 거기서 샛길로 빠졌지요. 이 작전에는 유리한 점이 또 하나 있는데, 바로 당신이 없을 때 모든 일이 진행되었다는 점입니다. 누군가가 당신을 감시하고 있었다면, 당신이 먼 곳에서 전혀 다른 볼일 보는 모습을 감시당한 셈이지요. 이것은 적의 주의를 흐트러뜨리고 교란한 겁니다. 어젯밤 당신이 돌아왔을 때, 집으로 들어가지 말라고 권유한 것도 같은 이유에서였습니다. 혼란이 커지기를 노린 것이죠. 혼란이 꼭 필요하니까요."

아침식사를 마친 웨믹이 시계를 보더니 외투를 입으려 했다.

"핍 씨," 그가 팔을 외투 소매에 집어넣으며 말했다. "이로써 제가 할 수 있는 일은 다 한 것 같군요. 하지만 아직 도울 일이 있다면 기꺼이 그러겠습니다. 엄밀히 말해 개인적이고 사적인 관계의 월워스적 입장에서 말이죠. 여기에 주소가 적혀 있습니다. 오늘 저녁 집으로 돌아가시기 전에 그곳에 들러 톰인지 잭인지 리처드인지를 직접 확인하셔도 별문제 없을 겁니다. 어젯밤에 집에 들어가지 말라고 전한 한 가지 이유는 이것입니다. 하지만 오늘 집에 돌아가신 다음에는 두 번 다시 그곳을 방문해선 안 됩니다." 그의 손이 소매 밖으로 나왔으므로 나는 그 손을 잡았다. "고마워할 것 없습니다. 핍 씨, 마지막으로 당부 드리고 싶은 중요한 점이 한 가지 있어요." 그는 두 손을 내 어깨에 올려놓고 엄숙하게 속삭였다. "오늘 저녁, 잊지 말고 그의 유동자산을 확보하세요. 그에게 무슨 일이 생길지 모릅니다. 유동자산에는 아무 일도 일어나지 않도록 손을 써 두세요."

이 점에 대해서는 내 마음을 웨믹에게 확실히 전달할 수 없었으므로 나는 헛된 시도는 하지 않았다.

"시간이 다 되었군요. 그만 출발해야겠어요. 해가 질 때까지 급한 볼일이 없으시거든 그냥 이곳에 계시는 건 어떻겠습니까? 마음고생하신 것으로 보이니, 우리 아버지와 함께 조용한 하루를 보내는 것도 좋을 것 같은데요. 아버지는 곧 일어나실 겁니다. 그리고 조금…… 혹시 우리집 돼지를 기억하십니까?"

"물론이지요."

"그놈을 조금 드셔 보세요. 당신이 아까 구워 주신 소시지가 그놈이죠. 그 돼지는 어떤 부위를 먹어도 최고급이에요. 한번 드셔 보세요. 옛정을 생각해서 녀석을 맛보세요. 그럼 아버지, 다녀오겠습니다!" 웨믹이 유쾌하게 소리 쳤다.

"아주 좋다, 존. 아주 좋아!" 방 안에서 노인이 큰 소리로 대답했다.

나는 웨믹의 벽난로 앞에서 곧 잠이 들었다. 노인과 나는 거의 종일 불 앞에서 꾸벅꾸벅 졸면서 사이좋게 하루를 보냈다. 저녁식사로는 돼지 옆구리 살과 마당에서 기른 채소를 먹었다. 나는 졸려서 제대로 고개를 끄덕이지 못하고 있음을 깨달을 때마다 노인을 위해 힘껏 고개를 끄덕였고, 주위가 완전히 어두워지고 나서야 성에서 나왔다. 노인은 토스트를 만들기 위해 난로에 불을 지피려고 했다. 찻잔 개수와 벽에 설치된 두 개의 작은 나무문을 힐끔거리는 그의 시선에서 미스 스키핀스가 올 거라는 것을 눈치챌 수 있었다.

제46장

강가에서 일하는 선공(船工)이며, 돛대와 노와 도르래 등을 만드는 기술자들이 만들어내는 톱밥과 대팻밥의 냄새가 불쾌하지만은 않은 향기가 되어 떠도는 곳에 이른 것은 8시가 되어서였다. 런던 브리지 아래 상류 풀(Pool), 하류 풀로 불리는 템스강 둔덕은 아주 낯선 땅이었다. 나는 강가를 따라 걸었다. 내가 찾는 곳이 예상과는 아주 다른 곳에 있었기에 그곳을 찾느라고 몹시 힘들었다. 목적지는 친크스 분지에 있는 밀 폰드 뱅크였는데, 친크스 분지에 도달할 단서라곤 올드 그린 코퍼 로프워크밖에 없었다.

내가 길을 잃고 헤매던 주변에는, 기슭에 떠밀려온 모양으로 선창[1]에서 수리하는 배며, 해체하는 낡은 배, 썰물이 빠진 뒤에 남은 진흙이며 진창, 조선업자와 선박해체업자의 작업장, 오랜 세월의 임무에서 벗어나 지금은 그저 땅에 처박힌 녹슨 닻, 산더미처럼 쌓인 나무통이며 목재, 올드 그린 코퍼 말고도 로프워크[2]가 얼마나 많이 있었는가는 아무래도 좋다. 수차례나 목적지 코앞에서 멈춰 섰다가 지나친 끝에 어느 모퉁이를 돌자 밀 폰드 뱅크가 불쑥 튀어나왔다. 강에서 불어오는 바람이 돌아 나갈 공간이 있었으며, 모든 사정을 고려할 때 더욱 신선한 장소였다. 나무 두세 그루와 무너진 풍차와 올드 그린 코퍼 로프워크가 있었으며, 달빛 아래에서 그 길이 길고 좁게 뻗어 있는 것이 보였다. 나이를 먹어 이가 빠진 채 연금 생활을 하는 건초 갈퀴처럼 생긴 나무 테가 수없이 땅에 묻혀 있었다.[3]

밀 폰드 뱅크에 있는 몇 채의 특이한 집 사이에서, 정면이 나무로 된 3층 집에 층마다 활 모양의 내닫이창이 달린 집을 찾아냈다. 문패에 윔플 부인이라고

---

1) 선박의 건조나 수리 또는 짐을 싣고 부리기 위한 설비.
2) 밧줄 공장이라는 뜻으로, 밧줄이 만들어지던 거리를 가리킴.
3) 밧줄을 만들 때, 나무 테에 금속을 이빨처럼 박은 도구를 썼음.

쓰여 있었다. 바로 내가 찾던 이름이었다. 문을 두드리자 명랑하고 푸근해 보이는 나이 지긋한 여성이 나왔으나, 그녀는 곧바로 물러나고 허버트가 나타났다. 그는 잠자코 나를 응접실로 안내하고는 문을 닫았다. 이 낯선 지역 낯선 방에서 허버트가 편안하게 있는 모습은 참으로 이상한 느낌이 들었다. 나는 거기에 있는 유리잔이며, 사기그릇이 든 구석장이며, 벽난로 선반 위의 조개껍데기며, 벽을 장식한 색판화를 둘러보았고(판화에는 캡틴 쿡[4]의 죽음, 배의 진수식, 예를 갖춰 입은 왕실 마부 같은 가발을 쓰고 가죽 승마바지에 부츠 차림으로 윈저 궁 테라스에 위풍당당하게 서 있는 조지 3세 폐하가 그려져 있었다), 또 그것들을 보듯이 허버트를 바라보았다.

"모든 일이 잘되었어, 헨델. 그는 아주 만족해하고 있어. 계속 너를 보고 싶어 하지만 말이야. 내 약혼녀는 지금 자기 아버지와 함께 있어. 그녀가 내려올 때까지 기다려 준다면 그녀를 소개해 줄게. 그러고 나서 위층으로 올라가자. 저건 그녀의 아버지가 내는 소리야!"

나는 아까부터 무서운 고함이 들리는 것을 알아차렸다. 아마 그 놀라움이 내 얼굴에 드러난 모양이었다.

"미안한 말이지만, 그는 늙고 병든 불한당이야." 허버트가 웃으면서 말했다.

"얼굴을 뵌 적은 없지만. 럼주 냄새가 나지 않니? 종일 럼주를 달고 사셔."

"럼주를?"

"그래. 럼주가 통풍의 통증을 완화해준다는 건 너도 몰랐을 거야. 사무장 시절 버릇대로, 방에다 식료품을 잔뜩 저장해 두고서 배급을 하겠다며 막무가내셔. 모든 음식물은 머리 위 선반에 쌓아 두었는데, 하나하나 무게를 달아야 직성이 풀린대. 그의 방은 분명히 잡화상 같을 거야."

허버트가 이런 말을 하는 동안, 고함은 긴 비명으로 변했다가 이윽고 들리지 않게 되었다.

"죽어도 자기가 치즈를 자르겠다는 거야. 그러니 저러는 게 당연하지." 허버트가 설명을 위해 덧붙여 말했다. "오른손뿐만 아니라 온몸에 통풍을 앓는 사람이 더블 글로스터 치즈를 자르려니 상처를 입는 게 뻔하잖아."

---

4) 1728~1779. 남극해를 탐험한 것으로 유명한 항해가.

다시 끔찍한 비명이 들렸다. 퍽 심하게 다친 게 틀림없었다.

"프로비스가 위층을 빌리게 된 건 윕플 부인에게는 천운이나 다름없어. 웬만한 사람이면 저런 소리를 견디지 못할 테니까. 참 재미있는 곳이지, 헨델?"

정말로 재미있는 곳이었다. 그러나 무척 깔끔하게 정돈되어 있고 깨끗했다.

그렇게 말하자 허버트가 대꾸했다. "윕플 부인은 정말 훌륭한 부인이야. 그녀가 친어머니처럼 도와주지 않았더라면 클라라는 어떻게 되었을지도 모를 일이야. 클라라는 어머니가 안 계시고, 지금은 저 '러프앤드그림'[5] 씨가 유일한 혈육이지."

"설마 그게 진짜 이름은 아니겠지?"

"물론, 아니고 말고. 그건 내가 붙인 별명이야. 진짜 이름은 발리 씨. 아무튼 우리 부모님의 축복 가운데에서 태어난 나는, 친척도 없고 가족 때문에 고민할 일이나 다른 사람을 괴롭힐 일도 없는 여자와 결혼하는 게 얼마나 큰 행복인지 몰라!"

허버트가 클라라 발리와 만난 것은 그녀가 해머스미스에 있는 기숙학교를 졸업할 무렵의 일이었다(이 이야기는 전에 허버트가 들려주었는데, 그는 그 이야기를 되풀이했다). 그녀가 아버지를 간호하기 위해 집으로 돌아가야 했으므로, 두 사람은 자신들의 마음을 모성애 넘치는 윕플 부인에게 털어놓았다. 그 뒤 그들의 사랑은 부인의 변함없는 친절과 배려로 돈독해지고 적절하게 발전되었다. 발리 노인은 통풍과 럼과 사무장실 식료품 저장보다 심리적인 화제는 전혀 이해하지 못했으므로, 그에게 민감한 이야기는 아예 하지 않기로 되어 있었다.

이렇게 우리가 속닥거리고, 발리 노인의 끊임없는 고함이 천장에서 교차되는 대들보마저 흔들 때였다. 방문이 열리더니, 스무 살쯤 되어 보이는 아주 예쁘고 가냘프게 생긴 검은 눈동자의 소녀가 바구니를 들고서 들어왔다. 허버트가 바구니를 다정하게 받아들고 수줍어하면서 "클라라야" 하고 내게 그녀를 소개해 주었다. 정말로 매력적인 아가씨였다. 광폭한 정신의 발리 노인이 억지로 시중들게 하려고 붙잡아 놓은 요정 같았다.

셋이서 잠시 이야기를 나눈 뒤, 허버트가 동정 어린 부드러운 미소를 띠고

---

5) rough and grim. 거칠고 불쾌한.

서 바구니를 내게 보였다. "이것 좀 봐. 이게 가엾은 클라라가 밤마다 배급받는 저녁식사야. 빵에 치즈에 럼주(이건 내가 마셔) 뿐이지. 반면에 이쪽은 발리 씨의 아침식사로, 내일 아침 요리해서 식탁에 차릴 예정이야. 양고기 두 조각, 감자 세 개, 껍질 벗긴 콩, 밀가루 조금, 버터 2온스, 소금과 후추 조금. 이것을 뜨거운 스튜로 만들어 먹는 거야. 통풍에 좋다는군!"

허버트가 이들 식료품을 하나씩 헤아리는 동안, 그것을 바라보는 클라라의 체념한 듯한 눈에는 무척 자연스럽고 매력적인 데가 있었다. 또한 허버트가 벌린 팔에 자신을 맡기는 얌전한 태도에는 무척 사랑스럽고 천진한, 그를 믿는 마음이 드러나 보였다. 친크스 분지와 올드 그린 코퍼 로프워크 근처의 밀 폰드 뱅크에서 발리 노인의 고함이 대들보를 울리는 가운데, 가녀린 그녀는 확실히 누군가에게 보호받을 필요가 있는 듯 보였다. 나는 아직 열어보지도 않은 프로비스의 지갑 속 돈 모두와 바꾼대도 결코 두 사람의 결혼을 방해하지 않았을 것이다.

내가 흐뭇한 마음으로 감탄하며 클라라를 바라보고 있는데, 갑자기 고함이 다시 비명으로 바뀌더니 쿵쿵하는 커다란 소리가 위에서 다시 들려왔다. 마치 나무 의족을 찬 거인이 그 다리로 마룻바닥을 부수며 우리를 공격하러 오는 소리처럼 들렸다. 클라라는 그 소리를 듣고 허버트에게 "아빠가 부르셔" 하더니 달려갔다.

"양심도 없는 늙은 상어 같으니! 뭘 바라고 저러는 것 같니, 헨델?"

"모르겠는데, 술인가?"

"바로 맞췄어!" 허버트는 내가 몹시 어려운 수수께끼의 정답이라도 맞춘 듯이 말했다. "럼주는 이미 물과 섞여 작은 통에 담긴 채 탁자 위에 놓여 있어. 잘 들어 봐, 클라라의 부축을 받고 일어난 그가 술을 마시는 소리가 들릴 거야……. 봐!" 다시 비명이 울렸다. 마지막은 기다란 떨림으로 변했다. 그 뒤 침묵이 찾아오자 허버트가 입을 열었다. "지금 아저씨가 럼주를 마시고 있어. 들어 봐!" 고함이 다시 대들보를 울렸다. "또다시 침대에 드러누웠다!"

곧 클라라가 돌아왔다. 나는 우리의 손님을 만나기 위해 허버트를 따라 위층으로 올라갔다. 발리 씨 방문 앞을 지날 때, 바람처럼 오르락내리락하는 가락을 붙여 그가 쉰 목소리로 이런 말을 반복해서 중얼거리는 소리가 들렸다(여기

"널 축복하겠다."

서는 편의상 '축복'이라고 해 두지만, 그는 그 반대말을 사용했다).

"어이! 네 눈에 축복이 있을지어다. 빌 발리의 늙은 몸뚱이가 여기에 있으니, 네 눈에 축복이 있을지어다. 정말이다, 늙은 몸뚱이가 여기에 누워 있네. 죽은 넙치처럼 둥실둥실 떠 있네. 빌 발리의 늙은 몸뚱이가. 네 눈에 축복이 있을지어다. 어이! 네게 축복이 있을지어다."

허버트의 얘기에 따르면, 모습을 드러내지 않는 발리 씨는 밤낮을 이러한 즐거운 곡조로 자기 자신과 대화하면서 위안을 삼는다고 했다. 그리고 낮에는 가끔씩 중얼대면서, 침대에 장착한 망원경을 한쪽 눈으로 들여다보면서 강을 바라본다는 것이었다.

프로비스는 집 맨 꼭대기에 있는 방 두 개를 썼다. 바람이 잘 통하는 산뜻한 방으로, 발리 씨의 목소리도 아래층에 있을 때만큼 심하게 들리지 않았다. 그는 통나무집같이 생긴 그 방에서 아늑하게 쉬고 있었다. 불안한 기색은 전혀 보이지 않았으며, 딱히 걱정스러워하는 것 같지도 않았다. 그는 한결 편안해 보였다. 어디가 어떻다고는 확실히 말할 수는 없지만(나중에 다시 생각해 봐도 잘 알 수 없었지만) 어쨌든 틀림없이 편안해 보였다.

그날은 종일 느긋하게 쉬며 생각할 시간이 있었으므로, 콤피슨에 대해서는 어떠한 이야기도 하지 않기로 했다. 말했다가는 어쩌면 프로비스는 그에 대한 적개심에 사로잡혀 그를 찾아내고 스스로 파국으로 치달을지도 몰랐기 때문이다. 허버트와 내가 벽난로 앞 그의 옆에 앉았을 때, 나는 먼저 그에게 웨믹의 판단과 정보의 출처를 믿느냐고 물어보았다.

"그럼, 그럼!" 그는 근엄한 표정으로 고개를 끄덕였다. "재거스 씨도 알고 있어."

"그렇다면 말씀 드리죠. 웨믹을 만났어요. 그래서 그가 어떤 경고와 충고를 해 주었는지 말씀드리려고 온 거예요."

나는 콤피슨의 이야기는 빼고서, 웨믹의 말을 그대로 전했다. 그가 뉴게이트 교도소에서 들은 바로는(죄수에게서인지 교도관에게서인지는 모르겠지만), 당신에 대한 소문이 돌고 있으며 내 방은 감시당하고 있다, 웨믹은 당신이 내게서 떨어져 잠시 숨어 있는 것이 좋겠다고 말했다. 또한, 당신을 국외로 데리고 나갈 방법도 있다고 말했다. 물론 때가 오면 나도 함께 가던지, 곧바로 따라갈 것이다. 어떻게 할지는 웨믹의 판단에 따라 안전한 쪽을 선택할 것이다 등등. 그 뒤의 일에 대해서는 전혀 언급하지 않았다. 나를 위해 불 보듯 뻔한 위험을 무릅쓰고도 편안해 보이는 그를 눈앞에 두고서, 정작 나 자신은 분명한 계획이 없었으며 편안한 마음도 가질 수 없었기 때문이다. 어쨌든 나는 지출을 늘려 생활 방식을 바꾸는 것은, 지금의 불안정하고 어려운 상황을 고려할 때 대단히 어리석은 계획이 아니겠느냐고 물어보았다.

프로비스는 확실히 그렇다고 대답했다. 실제로 그날 밤 그는 처음부터 끝까지 분별력을 잃지 않았다. 그는 자기가 돌아온 게 위험한 도박이었음을 잘 알고 있으며, 그 위험을 극단적으로 크게 만들 생각은 없다, 이렇게 든든한 지원자가 있으니 신변의 안전은 거의 걱정하지 않는다고 말했다.

난롯불을 바라보며 생각에 잠겨 있던 허버트는 웨믹의 제안을 듣고 생각난 게 있는데 어쩌면 검토할 가치가 있을지도 모른다고 운을 뗀 뒤에 이렇게 말했다. "헨델, 우리 둘 다 그럭저럭 노를 저을 줄 아니까, 나중에 적당한 시기가 오면 프로비스를 보트에 태워 강을 따라 내려갈 수 있을 거야. 그렇게 하면 굳이 보트와 사공을 고용하지 않아도 돼. 적어도 그만큼 의심받을 확률이 낮아질 것이고, 또 그런 확률은 낮을수록 좋잖아. 지금은 배타기에 적당한 계절은 아니지만 상관없어. 당장 템플 선착장에 보트를 가져다 놓고, 강을 올라갔다 내려갔다 하는 거야. 좋은 생각 아니니? 매일 그러면, 이런 계절에 보트를 탄다고 해서 누가 이상하게 생각하겠어? 스무 번, 쉰 번을 하면 스물한 번째, 쉰한 번째는 조금도 유별나 보이지 않아."

나는 이 계획이 마음에 들었다. 프로비스도 상당히 의기양양해졌다. 우리는 이 계획을 바로 실천하기로 했다. 단, 프로비스는 우리가 런던 브리지를 넘어 밀폰드 뱅크를 지나는 지점까지 와도 우리를 아는 체해서는 안 되었다. 그가 우리를 지켜보다가 아무런 이상이 없음을 알리고 싶을 때는, 동쪽 창의 덧문을 내려 신호하기로 했다.

모든 사안이 결정되고 회의가 끝났다. 나는 일어나 허버트에게 우리는 함께 돌아가지 않는 편이 좋겠다고 말했다. 그에게는 30분 뒤에 오라고 이르고, 이번에는 프로비스에게 말했다. "당신은 이곳에 있는 편이 내 가까이에 있는 것보다 안전해요. 그 점은 이해하지만, 이곳에 당신 혼자 두고 떠나기가 무척 괴롭네요. 아무튼, 안녕히 계세요."

"아아, 핍." 그가 내 두 손을 잡았다. "우리가 언제 또 만날 수 있을지 모른다. 하지만 나는 안녕이란 작별인사는 싫구나. 잘 자라고 말해 주렴!"

"안녕히 주무세요! 앞으로는 허버트가 정기적으로 우리 사이를 왔다 갔다 할 거예요. 만일을 위해 준비를 단단히 해 놓을 테니 안심하세요. 그럼, 안녕히 주무세요!"

우리는 그가 자기 방에 그대로 있는 편이 좋겠다고 판단했다. 그는 방 앞 층계참 난간 위에서 계단을 등불로 비추어 주었다. 그를 올려다봤을 때, 그가 찾아왔던 그날 밤이 떠올랐다. 우리의 입장은 뒤바뀌어 있었다. 그때는 그와의 이별이 이토록 무겁게 마음을 짓누를 줄은 꿈에도 생각하지 못했다.

발리 노인의 방 앞을 지나치려니 그의 고함과 욕설이 그치지 않고 들려왔다. 그 소리는 조금 전과 조금도 다르지 않은 기세였으며, 앞으로도 멈출 기색이 없어 보였다. 계단 끝까지 내려갔을 때, 나는 허버트에게 그가 프로비스라는 이름을 계속 쓰는지 물어보았다. 그는 물론 그렇지 않으며, 지금은 캠벨이라는 이름을 쓴다고 대답했다. 또한 그곳에서 캠벨 씨에 대해 알려진 것이라곤 자신이 그를 돌보고 있다는 사실뿐이며, 그가 철저한 보살핌을 받으며 쾌적한 은둔 생활을 할 수 있도록 자신이 개인적으로 주의를 기울이겠다고 설명했다. 우리가 응접실로 들어갔을 때, 윕플 부인과 클라라는 앉아서 바느질하고 있었고, 나는 캠벨 씨에 대한 관심을 조금도 내비치지 않고 가슴에 묻어 두었다.

어여쁘고 상냥한 검은 눈동자의 아가씨와, 이 두 젊은이의 소박하면서도 진실한 사랑에 순수한 동정을 보여주는 모성애 넘치는 부인을 뒤로하고 나왔을 때, 올드 그린 코퍼 로프워크는 내 눈에 완전히 다른 곳처럼 비쳤다. 발리 노인이 일개 사단에 필적하는 욕지거리와 고함을 퍼부을지라도, 친크스 분지에는 그걸 위로하는 젊음과 믿음과 희망이 넘쳐흘렀다. 나는 에스텔라와 그녀와의 이별을 생각하며 매우 슬픈 마음으로 집에 돌아갔다.

템플은 여느 때와 똑같이 조용했다. 얼마 전까지 프로비스가 살던 옆 건물 방의 창은 어둡고 고요했으며, 가든 코트에 서성대는 사람은 없었다. 나는 계단을 올라가기 전에 분수 앞을 두어 차례 왔다 갔다 해 보았지만, 아무도 보이지 않아 나 혼자뿐이었다. 집에 돌아온 허버트가 침대맡으로 와서, 내가 살핀 것과 똑같은 상황을 일러 주었다(나는 피곤하고 기운도 없으므로 누워 있었다). 그는 창문을 열고, 달빛에 비친 바깥 풍경을 바라보았다. 그리고 템플 거리는 지금 이 시간의 어떤 대성당 복도에도 뒤지지 않을 만큼 텅 비고 엄숙한 느낌이라고 말했다.

다음 날, 나는 보트 준비에 들어갔으며, 곧 보트를 구해 템플 선착장으로 옮겼다. 걸어서 이삼 분이면 닿는 곳이었다. 그날 뒤로 때로는 혼자서, 때로는 허버트와 함께, 훈련과 연습을 하러 강으로 나갔다. 추울 때나 비 올 때나 진눈깨비가 내릴 때도 보트를 젓곤 했는데, 몇 번 나간 뒤부터는 아무도 나를 눈여겨보지 않게 되었다. 처음에는 블랙프라이어스 브리지 바로 앞까지만 갔지만, 썰물 시간이 바뀌면 런던 브리지까지 나갔다. 그 무렵에는 아직 옛 런던 브리지였는데,[6] 조수 상태에 따라 급류나 낙차가 생기는 탓에 위험하다고 알려져 있었다. 그러나 나는 몇 번이고 다른 사람들을 살펴본 끝에 다리 밑을 재빠르게 통과하는 방법을 익혀서[7] 수로에 정박한 배들 사이로 노를 저어 지나가거나 에리스[8]까지 갈 수 있게 되었다. 처음으로 밀 폰드 뱅크를 통과했을 때는 허버트와 둘이서 노를 젓고 있었는데, 갈 때도 돌아올 때도 동쪽 덧문이 내려져 있는 것이 보였다. 허버트는 거의 일주일에 세 번은 밀 폰드 뱅크에 다녀왔는데, 걱정스러운 소식을 가지고 온 적은 아직 없었다. 그러나 조심해야 할 이유가 있다는 건 알고 있었고, 감시당한다는 생각은 지울 수 없었다. 한번 그런 느낌이 들자 온종일 머리에서 떠나지 않았다. 그 바람에 애꿎은 사람을 몇 명이나 의심했는지 모른다.

한마디로 말하면, 나는 숨어 지내는 그 대책 없는 사나이 때문에 한시도 마음을 놓을 수가 없었던 것이다. 허버트는 해가 진 뒤 방 창가에 서서, 썰물 때 강이 모든 것을 싣고서 클라라에게 흘러간다고 생각하는 게 즐겁다고 말하곤 했다. 그러나 내게는 물살이 매그위치를 향해 가는 것처럼 보였으며, 수면에 무언가 거무스름한 것이 비치면 혹시 그것이 재빠르고 조용하고 확실하게 그를 붙잡으려는 추적자일지도 모른다는 생각에 소름이 돋았다.

---

6) 1831년에 새 다리가 완성됨.
7) 옛날 런던 브리지는 교각 사이가 좁고 아치가 낮아 만조 때는 배가 지나가기 어려웠음.
8) 템플에서 약 25킬로미터 남짓.

제47장

아무런 변화도 없는 가운데 몇 주가 흘러갔다. 우리는 웨믹의 신호를 기다렸으나 그에게서는 아무 연락도 없었다. 리틀 브리튼 밖에서의 그를 몰랐더라면, 그러니까 그의 성에서 그와 친하게 지내는 특권을 누리지 않았더라면 나는 그를 의심했을지도 모른다. 그러나 나는 그를 알기에 가만히 기다렸다.

내 생활은 음울하게 돌아가기 시작했다. 이곳저곳에서 빚 독촉이 들어왔으며, 심지어 나 역시도 쓸 돈이 없어서(즉 수중에 현금이 부족하여) 불필요한 보석 따위를 현금으로 바꿔 고비를 넘겼다. 그러나 장래에 대한 생각도 계획도 불확실한 지금 프로비스에게서 금전 지원을 더 받는 것은 무자비한 사기에 가까웠다. 그러므로 나는 손대지 않은 돈지갑을 허버트를 통해 그에게 돌려보내고, 그에게 가지고 있어 달라고 부탁했다. 이로써, 그가 정체를 드러낸 뒤로는 그의 너그러움에 의존하지 않았다는 일종의 만족감을 느꼈다. 그 만족감이 위선이었는지 진심이었는지는 모르겠지만.

시간이 지나면서, 에스텔라가 결혼했으리라는 생각이 나를 무겁게 짓누르기 시작했다. 분명 그렇게 생각하면서도 확인하기가 두려워 신문을 읽지 않으려 노력했고, 허버트에게도 그녀에 대해 아무 말도 하지 말아 달라고 부탁했다(그에게는 에스텔라와의 마지막 만남을 대충 이야기했었다). 바람에 갈기갈기 찢겨 날아간 희망이라는 옷의 비참한 마지막 한 조각을 끝내 버리지 못하는 이유를 내가 어찌 알겠는가! 이 책을 읽는 독자 여러분도 일 년 전, 한 달 전, 아니 일주일 전에 이와 비슷한 불합리한 행동을 한 적이 없는가?

그저 불행한 나날이었다. 산맥 위로 유난히 우뚝 솟은 산봉우리처럼, 한 가지 커다란 불안이 다른 모든 불안을 압도하며 높이 치솟은 채 결코 내 시야에서 사라지지 않았다. 하지만 더 새로운 걱정거리는 생기지 않았다. 프로비스의 은신처가 발각되지는 않았을까 하는 공포에 사로잡혀 한밤중에 눈이 번쩍 떠지거나, 밤에 허버트가 돌아올 때는 나쁜 소식을 가지고 평소보다 발걸음이 빨라지지나 않았나 그의 발소리에 신경을 곤두세우고 귀를 기울이는 이러한 걱정이나, 그밖에 이와 비슷한 수많은 근심에도 하루하루는 쉬지 않고 흘러갔다. 나는 가만히 숨을 죽이고 불안과 긴장 속에서 오로지 배를 저으며, 때가 오기를 기다리고 또 기다렸다.

조수 상태에 따라, 강을 내려갈 때는 순조로웠으나 다시 올라올 때 런던 브리지 아치 아래와 교각 주위에 소용돌이가 생겨 그 이상 넘어오지 못할 때가 있었다. 그런 때면 보트를 세관 옆 부둣가에 세워 놓고, 나중에 템플까지 운반해 달라고 부탁했다. 나는 이렇게 하는 것이 싫지 않았다. 그렇게 함으로써 부둣가 사람들에게 나와 내 보트를 더 친숙하게 여기게끔 할 수 있었기 때문이다. 그리고 이러한 작은 기회에서, 지금부터 말할 두 가지 만남이 찾아 왔다.

2월도 끝나가는 어느 날 해질 무렵에 나는 이 부둣가에 도착했다. 썰물을 타고 그리니치까지 노를 저어 갔다가 조수가 바뀜과 동시에 되돌아온 것이었다. 화창한 날이었는데, 해가 지자 안개가 끼는 바람에 배들 사이를 더듬듯이 조심조심 지나가야 했다. 갈 때도 돌아올 때도 프로비스 창에서 신호를 보았다. 이상은 없었다.

추운 저녁이라 몸이 으슬으슬했기 때문에 곧바로 저녁을 먹어 기력을 회복하기로 했다. 템플로 돌아가 봤자 고독하고 우울한 기나긴 시간이 기다리고 있을 따름이었으므로, 그 뒤에는 연극이라도 볼 생각이었다. 웝슬 씨가 의심스러운 성공을 거둔 극장이 이 부둣가 근처에 있었다(지금은 망하고 없지만). 나는 그 극장에 가기로 했다. 애석하게도 웝슬 씨는 연극의 부활이라는 대망을 이루지 못한 채, 오히려 그 쇠퇴를 한몫 거들고 있었다. 나는 그가 어린 귀족 소녀와 관계를 맺은 충실한 흑인으로 그리고 원숭이로 나온다는 소식을 전하는 불길한 전단을 보았고, 허버트는 그가 빨간 벽돌색 얼굴을 하고 웬 방울이 잔뜩 달린 흉측한 모자를 쓰고서 익살맞고 탐욕스러운 타타르 사람을 연기하는 모습을 구경한 적도 있었다.

저녁식사는 허버트와 내가 '지도 식당'이라고 부르는 가게에서 먹었다. 식탁보 곳곳에 주전자 자국으로 이루어진 세계지도가 있었고, 나이프마다 고기 국물로 항해도가 그려져 있었다. 오늘날 런던 시장이 담당하는 구역에서 지도가 없는 식당은 없다고 봐도 무방하다. 나는 그 식당에서 빵부스러기에 팔꿈치를 짚고 꾸벅꾸벅 졸다가, 가스등을 멍하니 바라보다가, 저녁식사를 요리하는 화덕에서 나오는 뜨거운 바람으로 몸을 녹이며 시간을 보냈다. 한동안 그러고 있다가 꾸물꾸물 일어나 연극을 보러 갔다.

　무대에는 고결한 영국 해군의 갑판장이 있었다. 그는 매우 훌륭한 인물이었지만 바지에 대해 말하자면, 조금 더 몸에 붙는 편이 좋아 보이는 부분과 조금 더 헐렁한 편이 좋아 보이는 부분이 있었다. 그는 너그럽고 용감했지만 모자가 눈을 가려 버릴 때까지 키 작은 부하들의 머리를 때렸고, 애국자였지만 누가 됐든 세금 내는 일에는 크게 반대했다. 그는 천으로 감싼 푸딩[1]처럼 돈 자루를 호주머니에 넣어 다녔고, 그 재산으로써 침대보로 몸을 감싼 듯한 아가씨와 결혼했으며, 곧 성대한 피로연이 열렸다. 모든 포츠머스 주민(최근 통계로는 총 아홉 명)이 바닷가로 나와 손바닥을 비비고 다른 사람들과 악수하며 "축하주로 술잔을 채워라!" 노래했다. 그때 거무튀튀한 얼굴의 수부가 나타났다. 그는 잔을 채우지 않았으며, 다른 어떤 제안에도 응하지 않았다. 갑판장은 모든 이의 앞에서 "저놈의 심장은 얼굴처럼 시커멓다"고 말했다. 수부는 온 인류를 고난에 빠뜨리려고 동료 두 사람을 꾀었다. 이 계획은 효과적으로 실행되어(그의 집안은 정계에 대단한 인맥이라도 있는 모양이었다), 세상이 본디 상태로 돌아가는 데는 그날 저녁의 절반밖에 걸리지 않았다. 그 계획을 성공하게 한 것은 흰 모자를 쓰고 검은 각반을 찬 정직하고 왜소한 빨간 코 잡화상이었다. 그는 석쇠를 들고 커다란 시계 안에 몸을 숨긴 채 귀를 기울였다. 그리고 밖으로 나오자, 엿듣기만 할 때는 혼내줄 수 없었던 악당들을 석쇠로 모조리 때려눕혔다. 바로 이때, 그때까지는 부를 수 없었던 웝슬 씨가 드디어 가터 훈장을 달고서 등장했다. 해군 본부에서 직접 전권특사로 파견된 그는 악당들 모두에게 곧바로 교도소행을 명하고, 갑판장에게는 훈공에 대한 감사의 표시로서 국기를 가져 왔노라고 알렸다. 갑판장은 처음으로 남자다움을 접어두고 국기로 황송하게 눈가를 닦았다. 그러고서 다시 기운을 내어 웝슬 씨를 각하라고 부르며, 악수를 허락해 달라고 청했다. 웝슬 씨는 위엄을 보이며 우아하게 허락했다. 그 뒤 그는

---

[1] 푸딩을 만들 때 면포로 단단히 감싸 끓였음.

즉시 먼지 날리는 무대 구석으로 밀려나고, 무대 한가운데서 모두가 혼파이프[2] 를 췄다. 그는 구석에서 불만스러운 눈으로 관중을 둘러보다가 나를 발견했다.

두 번째 연극은 작년 크리스마스 팬터마임[3]을 재구성한 최신 초대작 희극이 었다. 막이 오르자, 유감스럽게도 웝슬 씨로 보이는 인물이 요란한 화장을 한 번들번들한 얼굴에 붉은 커튼 자락을 머리카락 대신에 붙이고 발에는 빨간 모직 양말을 신고서, 탄광에서 번개 제작에 열중하고 있었다. 거구의 스승이 저녁식사를 하러 (목이 쉰 채) 돌아오자 그는 몹시 벌벌 떨었다. 그러나 조금 뒤 그는 더 훌륭한 모습을 보였다. 무식한 농부가 횡포를 부리며, 딸이 고른 결혼 상대를 인정하지 않고 밀가루 포대를 뒤집어쓴 채 2층 창문에서 신랑감 위로 뛰어내리자, '젊은 사랑의 수호신'이 대단히 말솜씨 좋은 마법사를 불러 도움을 요청했다. 그 마법사는 이젠 독립한 웝슬 씨였다. 고깔모자를 쓰고 두루마리로 된 마법대사전을 옆구리에 낀 그는 명백히 지구 반대편에서 지하를 지나는 파란만장한 여행을 한 끝에 다리를 휘청거리며 도착했다.[4] 마법사로서 지상에서 다할 사명은 주로 사람들이 그를 향해 외치고 노래하며 춤추고 달려드는 가운데 여러 빛깔의 불로 그들을 비추며 서 있는 것이었기 때문에, 그는 여유 시간이 많았다. 그가 한참동안 깜짝 놀랐다는 듯이 눈을 휘둥그레 뜨고서 나를 줄곧 바라봤으므로 오히려 내가 더 놀라고 말았다.

빛을 더해가는 웝슬 씨 눈에는 심상치 않은 기운이 있었으며, 이리저리 생각을 굴리는 그의 마음은 무척 혼란스러워 보였는데, 나로서는 그 이유를 전혀 알 수 없었다. 그가 커다란 회중시계 상자를 타고 하늘로 올라간 뒤에도 한참을 생각해 보았지만 여전히 영문을 알 수 없었다. 한 시간 뒤 극장을 나왔을 때에도 나는 곰곰이 생각 중이었다. 그때 문 옆에서 나를 기다리는 웝슬 씨 모습이 눈에 들어왔다.

"안녕하셨어요?" 나는 그렇게 인사하며 그와 악수하고, 함께 걷기 시작했다. "저를 보시는 게 객석에서 보였어요."

---

2) 특히 뱃사람이 즐겨 추었다는 격렬한 춤.
3) 영국에서 보통 크리스마스 때 공연하는 동화 연극. 신화·동화 등을 소재로 하며, 음악·무용· 코미디가 혼합됨.
4) 무대 바닥에 뚫어 놓은 문으로 등장했다는 뜻.

"핍, 자네를 봤느냐고? 그래, 물론 봤지. 하지만 그놈도 거기에 있을 줄이야!"

"그놈이라니요?"

"정말 이상한 일이지." 그의 얼굴에는 다시 얼떨떨한 표정이 떠올랐다. "하지만 틀림없어. 그놈이야."

나는 갑자기 불안해져서 웹슬 씨에게 무슨 말인지 설명해달라고 졸랐다.

"자네가 거기 없었더라면 그 사람을 알아봤을지 확실히 모르겠어." 여전히 뭔가 뭔지 모르겠다는 표정으로 웹슬 씨가 말을 이었다. "하지만 아마 알아볼 수 있었을 것 같아."

템플 입구에서 그러는 것처럼 나는 무의식적으로 뒤를 돌아보았다. 그의 말에 온몸이 오싹해졌기 때문이다.

"아아! 놈은 이제 가까이에 없어. 내가 무대에서 내려오기 전에 나갔으니까. 이 눈으로 똑똑히 보았지."

내게는 누구든 의심해야 할 이유가 있었으므로, 이 가엾은 배우에게까지 불신의 눈길을 보냈다. 덫을 놓아 내가 안심하도록 꾸미는 게 아닐까? 나는 그와 나란히 걸으며 그를 흘끔 바라보았지만 아무 말도 하지 않았다.

"처음에는 자네가 그놈과 함께 연극을 보러 왔으리라는 말도 안 되는 상상을 했지. 하지만 자네는 그놈이 유령처럼 뒤에 앉아 있는데도 전혀 눈치채지 못하더군."

다시 한 번 온몸이 오싹해진 나는 아직은 침묵을 지킬 셈이었다. 웹슬 씨는 내가 그의 이야기를 프로비스와 관련짓도록 유도하고 있다는 생각이 들었기 때문이다. 물론 나는 프로비스가 극장에 있었을 리 없다고 확신했다.

"아무래도 내 말을 이상하게 생각하는 것 같군. 확실히 그래 보여. 하지만 정말이지 이상한 일이야! 핍, 지금부터 내가 하는 말을 자네는 결코 믿지 못할 거야. 자네가 이런 말을 한다면 나 역시도 믿지 않을 테니까."

"그래요?"

"그럼, 그렇고말고. 핍, 오래전 그 크리스마스를 기억하나? 자네는 아직 쪼끄만 어린애였지. 내가 가저리네 집에 초대 받아 식사하고 있을 때, 군인들이 와서 수갑을 고쳐 달라고 했지."

"네, 똑똑히 기억나요."

"그 뒤에 죄수 두 명을 추적하게 되어 우리도 그 추격대에 끼었지 않나. 가저리가 자네를 업고. 내가 앞장서고, 당신네 두 사람은 필사적으로 꽁무니를 따라왔던 것도 기억하나?"

"생생히 기억하지요." 나는 대답했다. 나는 그가 생각하는 것보다 더 생생하게 기억했다. 마지막 사항은 빼고.

"우리가 따라잡았을 때, 두 죄수는 도랑에서 격투를 벌이고 있었지. 한 명은 흠씬 두들겨 맞아 얼굴이 온통 상처투성이였고."

"지금도 눈앞에 선해요."

"그 뒤 군인들은 횃불을 켜고 두 죄수를 한가운데에 세웠지. 우리도 마지막까지 지켜보려고 캄캄한 늪지대를 걸었지. 횃불이 두 죄수의 얼굴을 비추던 것을 똑똑히 기억하지. 우리는 완전히 어둠에 둘러싸이고, 죄수들은 횃불에 드러나 있었잖아."

"네, 그것도 똑똑히 기억해요."

"핍, 그때 죄수 중 한 명이 아까 자네 뒤에 앉아 있었네. 자네 어깨너머로 그놈을 봤어."

"잠깐!" 나는 잠시 생각한 다음에 그에게 물었다. "둘 중 누구를 봤죠?"

"얻어맞은 사람." 그가 즉시 대답했다. "맹세하지만 분명히 그 사람을 봤어! 생각하면 할수록, 자신 있게 말할 수 있어...... 그놈이 틀림없어."

"그것 참 이상한 이야기군요!" 나는 최대한 가장해서, 이 소식이 내게 아무 의미 없다는 듯이 연기했다. "정말로 이상한 일인데요!"

이 대화가 내 불안감을 얼마나 크게 만들었는지, 콤피슨이 '유령처럼' 내 뒤에 앉아 있었다는 사실을 알고서 내가 얼마나 크나큰 공포감을 느꼈는지, 아무리 야단스럽게 묘사해도 지나치지 않을 것이다. 프로비스가 몸을 숨긴 이래 한순간이라도 콤피슨이 내 머리에서 떠난 적이 있다면, 그것은 그가 나와 가장 가까이에 있었던, 바로 그 순간이었기 때문이다. 그렇게 조심했는데도 그 순간 나는 부주의하고 무방비했다. 그가 들어오지 못하도록 문 백 개를 걸어 잠갔는데 정신이 들고 보니 코앞에 그가 있는 것이나 다름없었다. 의심의 여지는 없었다. 내가 그곳에 있었으니까 그가 그곳에 있던 것이며, 위험이란 그다지 눈에 띄지 않다가도 늘 바로 곁에 도사리고 있다가 언제 덮쳐올지 모르는 것이다.

나는 웝슬 씨에게 몇 가지 질문을 했다. 첫째, 그가 언제 안으로 들어왔는가? 그는 모르겠다고 대답했다. 먼저 내가 보이고, 내 뒤 남자가 보였다고 했다. 그를 한참 쳐다본 다음에야 누구인지 알아차렸지만, 웝슬 씨는 처음부터 어렴풋이 그와 나의 인연을 떠올렸더랬다. 왠지 모르게, 내가 고향에 살던 시절과 관련 있는 인물이라고 생각했다는 것이다. 둘째, 그는 어떤 차림새를 하고 있었나? 고급스러워 보이는 옷을 입고 있었으나 딱히 눈에 띄는 점은 없었으며 검은 색이었던 것 같다고 했다. 셋째, 그의 얼굴에 심한 흉터가 있었나? 없었다고 했다. 이 점은 나도 동감이었다. 생각에 잠겨 있느라 내 뒷사람에게 특별히 주의는 기울이지 않았지만, 만약 얼굴에 흉터가 있는 사람이 있었다면 아마도 내가 눈치챘을 것이기 때문이다.

웝슬 씨가 생각나는 모든 걸 말하고 내가 생각나는 모든 질문을 한 뒤, 그날 저녁의 노고를 위로하기에 걸맞은 음식을 대접한 다음 그와 작별인사를 나누었다. 템플에 도착했을 때는 12시와 새벽 1시 사이였다. 대문은 닫혀 있었다. 대문으로 들어가 방으로 올라갈 때까지 주위에는 아무도 없었다.

허버트는 먼저 돌아와 있었다. 우리는 벽난로 앞에서 매우 신중한 의논을 했다. 그러나 당장 할 수 있는 일이라고는, 웨믹에게 그날 밤에 발견한 사실을 알리고 그의 신호를 기다리겠다는 확인을 하는 정도밖에 없었다. 너무 자주 성에 드나들면 웨믹에게 피해를 줄 수도 있었으므로, 이번에는 편지로 연락하기로 정했다. 나는 잠자리에 들기 전에 편지를 써서 밖으로 나가 부쳤다. 허버트와 나는 매우 주의 깊게 행동하는 수밖에 없다는 점에 의견이 일치했다. 실제로 우리는 매우 조심했고, 그런 일이 가능한지는 몰라도 지금까지보다 더욱더 조심했다. 나는 친크스 분지에는 보트를 타고 지나갈 때 빼고는 결코 근처에도 가지 않았고, 그럴 때조차도 다른 경치를 볼 때와 똑같은 태도로 밀 폰드 뱅크를 바라볼 뿐이었다.

제48장

　앞 장에서 '두 가지 만남'이라고 말했는데, 그 두 번째 만남은 약 일주일 뒤에 있었다. 나는 다시 런던 브리지 아래 부둣가에 보트를 세워두었다. 여느 때보다 한 시간 이른 시각이었다. 어디에서 식사를 해야 할지 결정하지 못해서 어슬렁대며 치프사이드로 들어섰다. 틀림없이 나는 그 수많은 인파 가운데 가장 갈 곳 없는 사람이었다. 뒤에서 쫓아온 누군가의 큼지막한 손이 불쑥 내 어깨를 잡았다. 재거스 씨였다. 그가 내 팔짱을 꼈다.

　"같은 방향으로 가는 것 같으니 함께 걸어가세, 핍. 어디 가는 길인가?"

　"템플로 갈까 생각 중입니다."

　"자기가 어디로 가는지도 모르나?"

　"글쎄요." 나는 재거스 씨의 반대 신문에 처음으로 유리한 위치에 선 것이 기뻤다. "모르겠는데요. 아직 정하지 않았거든요."

　"저녁식사하러 가는 길인가? 그건 인정해도 좋겠지?"

　"네, 인정합니다."

　"누구하고도 약속은 없나?"

　"없습니다. 그것도 인정하지요."

　"그렇다면 우리집으로 오게."

　이 초대를 거절하려고 하는데 그가 덧붙였다. "웨믹도 올 걸세." 나는 "초대를 거절하겠습니다" 하려던 것을 "초대에 응하겠습니다"라고 고쳤다(다행히 이미 튀어나온 한두 단어는 어느 쪽 대답으로도 자연스럽게 이어졌다). 우리는 치프사이드를 따라 걸어가다가 리틀브리튼으로 비스듬히 꺾어 들어갔다. 상점 진열장에 조명이 켜지기 시작했다. 가로등에 불을 켜는 사람들은 오후의 혼잡함 속에서 사다리를 놓을 곳을 찾느라 이리저리 뛰어다녔다. 점점 짙어지는 안갯속에서, 허멈스 호텔 방에서 촛불이 벽에 만들어냈던 기분 나쁜 허연 눈보다도 많은 빨간 눈들이 눈을 부릅떴다.

사무소에 도착하자, 퇴근 시간에 늘 하는 대로 편지 쓰기, 손 씻기, 촛불 끄기, 금고 문 잠그기가 진행되었고, 나는 그동안 벽난로 앞에 하릴없이 서 있었다. 오르락내리락하는 불길 때문에 선반 위의 두 석고상이 내게 악랄하게 까꿍 하는 것처럼 보였다. 구석에서 편지를 쓰는 재거스 씨를 희미하게 비추는 땅딸막한 두 자루 초에 촛농이 흘러내린 모습은 교수형을 받은 수많은 의뢰인을 동정하여 더러운 수의를 입은 듯이 보였다.

우리 세 사람은 함께 삯마차를 타고 제라드 거리로 갔으며, 집에 도착하자마자 식사를 대접받았다. 이곳에서 나는 웨믹의 월워스적 심정에 호소하려 눈짓을 보내겠다는 생각은 하지도 않았지만, 이따금 그의 친근한 눈빛과 마주쳤어도 불평은 하지 않았을 것이다. 그러나 그런 일은 일어나지 않았다. 그는 식탁에서 고개를 들 때마다 재거스 씨 쪽으로 눈을 돌렸으며, 나에게는 냉담하고 쌀쌀맞게 대했다. 마치 웨믹에게는 쌍둥이 형이 있어서, 이곳에 있는 사람이 그 형인 것처럼 느껴졌다.

"웨믹, 미스 해비샴에게서 온 편지를 핍 씨에게 보여 드렸나?" 식사를 시작한 지 얼마 안 되어 재거스 씨가 물었다.

"아직입니다. 우편으로 막 부치려던 차에 선생님께서 핍 씨와 함께 돌아오시더군요. 여기 가지고 왔습니다." 웨믹은 그 편지를 내가 아닌 그의 고용주에게 건넸다.

"두 줄로 된 짧은 전갈일세." 재거스 씨가 편지를 내게 건네며 말했다. "미스 해비샴이 자네 주소를 확실히 모르기 때문에 내게 보낸 거네. 자네가 말한 사업 건으로 할 이야기가 있는 모양이야. 만나러 갈 텐가?"

"네." 편지를 읽어 보니, 확실히 재거스 씨가 말한 대로 적혀 있었다.

"언제 갈 생각인가?"

"급한 용건이 하나 있어서," 나는 우편함처럼 생긴 입에 생선을 넣는 웨믹을 곁눈질로 보면서 대답했다. "확실하게는 모르겠습니다. 하지만 되도록 빨리 갈 생각입니다."

"핍 씨가 곧 내려갈 생각이라면 답장할 필요는 없겠죠." 웨믹이 재거스 씨에게 말했다.

이 말이 '꾸물대지 말라'는 뜻으로 들렸기에 나는 다음 날 가기로 마음을 정하고 그렇게 말했다. 웨믹은 포도주를 한 모금 마시고 꽤 만족스러운 표정으로, 내가 아니라 재거스 씨를 바라보았다.

"참, 핍!" 재거스 씨가 말했다. "우리의 친구 거미 군이 한 건 했더군. 끝내 승리의 관을 거머쥐었어."

나는 그 말에 동의하는 것 외에 아무것도 할 수 없었다.

"흠! 그는 유망한 사나이야. 그 나름대로 말이지……. 하지만 모든 게 생각대로만 되지는 않지. 마지막에는 강자가 이기지만, 어느 쪽이 강자인지는 아직 모르지. 만일 그가 본심을 드러내고 그녀를 때린다면……."

"잠깐만요." 나는 마음에 분노의 불길이 활활 타올라 얼굴이 벌게져서 그의 말을 막았다. "설마 아무리 드러믈이라고는 해도 그렇게까지 비열하지는 않겠죠!"

"그렇다고는 말하지 않았네. 나는 그런 경우를 가정한 것뿐이지. 만일 그가 본심을 드러내 그녀를 때린다면 승전가를 울리는 것은 그가 될지도 몰라. 머리로 반항하려 해봤자 질 게 뻔하지. 그런 상황에서 그런 종류의 남자가 어떻게 행동하는지 확언할 수는 없네. 둘 중 하나, 50대 50이거든."

"그 두 가지가 무엇인가요?"

"우리 친구 거미 군 같은 남자는 때리거나 비굴한 태도를 보이거나 둘 중 하나지. 비굴하게 굴면서 불평은 할 수도 있고 안 할 수도 있네. 하지만 때리든가 비굴하게 나오든가 둘 중 하나인 것은 변함없지. 웨믹의 의견을 들어 보게나."

"때리거나 비굴하게 나오거나 둘 중 하나입니다." 웨믹이 내 쪽으로는 눈길도 주지 않은 채 대답했다.

"그럼 벤틀리 드러믈 부인을 위하여, 건배!" 재거스 씨가 식탁 옆에 놓아둔 이동식 수레에서 고급 포도주가 든 디캔터를 집어 세 사람의 술잔을 채웠다. "패권 싸움에서 부디 부인이 만족할 결과가 나오기를! 부인과 부군 모두에게 만족스러운 결과는 나오지 않을 테니까. 이봐, 몰리, 몰리, 몰리, 몰리, 오늘은 어째 유난히 꾸물대는 거야!"

재거스 씨가 이렇게 말했을 때 그녀는 바로 옆에서 요리를 식탁에 올려놓으려던 참이었다. 그녀는 허둥지둥 변명 비슷한 말을 중얼거리며 접시에서 손을 놓고 한두 걸음 물러났다. 이때 그녀가 말하면서 손가락을 놀리는 동작이 문득 내 주의를 끌었다.

"왜 그러지?" 재거스 씨가 물었다.

"아무것도 아닙니다. 이 화제가 저에겐 조금 괴로웠을 뿐입니다."

그녀가 뜨개질하는 듯한 손동작을 보였다. 그녀는 선 채로 자기 주인을 바라보고 있었다. 물러나도 좋을지, 주인이 할 말이 남아 있어서 물러나면 다시 부르지나 않을지 몰라 쩔쩔 매고 있었다. 그녀의 눈빛은 매우 진지했다. 분명히 나는 이런 눈과 이런 손을 아주 최근 잊지 못할 순간에 보았던 것이다!

재거스 씨가 몰리에게 물러가라고 말하자, 그녀는 방에서 미끄러지듯이 조용히 나갔다. 그러나 그 모습은 그녀가 아직 그곳에 있는 것처럼 선명하게 내 눈앞에 있었다. 그 손, 그 눈, 그 흐르는 듯한 머리카락이 아직도 보였다. 나는 그것들을 내가 아는 다른 손, 눈, 머리카락과 비교하고, 그것들이 난폭한 남편과 파란만장한 20년을 보낸 뒤에 어떻게 변할지 상상했다. 나는 다시 한 번 가정부의 손과 눈을 보았다. 그리고 그 황폐한 정원과 텅 빈 양조장을 마지막으로 걸었을 때(그때 나는 혼자가 아니었다) 신비로운 감정을 느꼈던 것을 떠올렸다. 이어서, 역마차 창으로 어떤 얼굴이 나를 보고 손을 흔드는 걸 보았을 때 그와 똑같은 기분을 느꼈던 것을 떠올렸다. 마차를 타고 어두운 거리를 달리다가 불빛 속을 빠져나갔을 때(그때도 나는 혼자가 아니었다) 그 감정이 번개처럼 번쩍하고 되살아났던 것도 떠올렸다. 인물이며 사건이 사슬처럼 이어져, 극장에서 내 뒤에 있었던 인물이 콤피슨임을 알아챌 수 있었던 것처럼, 우연히 에스텔라의 이름이 나온 뒤에 바로 뜨개질 동작을 하는 손가락과 진지한 눈빛을 봄으로써, 그와 똑같은 사슬이 또 하나 새로이 생긴 것이다. 나는 이 여인이 에스텔라의 어머니라고 확신했다.

재거스 씨는 내가 에스텔라와 함께 있는 것을 본 적이 있었으므로, 내가 굳이 감추려 애쓰지 않는 감정을 눈치채지 못할 리 없었다. 그 화제가 괴롭다고 말하자 그는 고개를 끄덕이고 내 등을 토닥인 뒤에 다시 한 번 포도주를 돌리고 식사를 계속했다.

가정부는 그 뒤로 두 번 더 나타났다. 두 번 모두 아주 짧은 시간이었으며, 재거스 씨는 엄하게 지시를 내렸을 뿐이었다. 그러나 그녀의 손은 에스텔라의 손이었으며, 그녀의 눈은 에스텔라의 눈이었다. 그녀가 백 번 더 나타났다 해도 내 굳은 확신에는 아무런 변화가 없었을 것이다.

따분한 저녁이었다. 웨믹은 자기 앞으로 포도주병이 돌아와도 월급날에 월급봉투의 내용물을 지갑으로 옮기듯이 기계적으로 그 내용물을 술잔에 옮길 뿐, 반대 신문에 대비하느라 눈은 고용주에게 향하고 있었다. 웨믹의 우편함이 포도주를 받아들이는 모습은 거리의 우체통이 편지의 양과 관계없이 그저 편지를 받아들이는 것과 똑같았다. 내 눈에는 줄곧 그가 겉모습만 월워스의 웨믹인 다른 쪽 쌍둥이처럼 보였다.

우리는 일찌감치 자리에서 일어나 함께 돌아가기로 했다. 재거스 씨의 부츠 더미 속에서 모자를 찾으려고 버둥거릴 때부터 웨믹의 올바른 쪽 쌍둥이가 나타나기 시작했다. 월워스를 향해 제라드 거리를 6야드도 가지 않은 지점부터 나는 올바른 쪽 쌍둥이와 팔짱을 끼고 걸었으며, 다른 한쪽은 황혼 속으로 사라져 버렸다.

"맙소사! 겨우 끝났군요. 선생은 더할 나위 없이 훌륭한 분이지만, 함께 식사할 때면 저는 잔뜩 얼어붙고 말아요. 식사는 긴장하지 않고 먹어야 즐거운데 말이죠."

그의 말도 일리가 있었으므로 나는 그렇다고 맞장구쳤다.

그러자 웨믹이 말했다. "다른 사람한테는 이런 말 안 합니다. 당신하고 나만 아는 비밀이에요."

내가 미스 해비샴의 양녀, 즉 벤틀리 드러믈 부인을 만난 적이 있느냐고 묻자, 그는 없다고 대답했다. 이 질문에 갑작스러운 인상을 받지 않도록 나는 어르신과 미스 스키핀스에 대해서도 물었다. 미스 스키핀스의 이름이 나오자, 그는 살짝 음흉한 표정을 지으며 멈춰 서서 고개를 크게 끄덕이고 호들갑스럽게 코를 풀었다. 그 동작은 자만심과 무관하지 않아 보였다.

"내가 처음 재거스 씨 댁을 방문하기 전에, 가정부를 유심히 보라고 당신이 말했던 것을 기억하세요?"

"제가 그랬던가요? 아, 그랬을지도 모르겠군요." 그러고는 갑자기 이렇게 덧붙였다. "아, 그랬어요. 생각납니다. 아무래도 아직 긴장이 다 풀리지 않았나 봐요."

"길들여진 야생 동물이라고 표현하셨죠?"

"당신이라면 뭐라고 부르겠습니까?"

"그 표현이 맞아요. 대체 재거스 씨는 그녀를 어떻게 길들였죠?"

"그건 선생만이 아는 비밀이지요. 그녀가 그곳에서 지낸 지는 꽤 오래됐답니다."

"당신이 그녀의 과거를 알고 있다면 기쁘겠군요. 특별히 알고 싶은 이유가 있어서요. 물론 우리 둘만의 비밀로요."

"흠. 그녀의 과거는 모릅니다. 그러니까 모든 것을 다 알지는 못한다는 뜻이지요. 하지만 내가 아는 사실은 다 말씀드리죠. 물론 개인적이고 사적인 관계에서 드리는 말씀입니다."

"물론이에요."

"20년 전쯤 그녀는 살인죄로 기소당해 중앙형사재판소에서 재판을 받고 무죄를 선고받았습니다. 꽤 미인이었지요. 집시의 피가 섞여 있다나 봐요. 쉽게 상상이 가시겠지만, 어쨌든 한 번 흥분하면 걷잡을 수가 없었죠."

"하지만 결국, 무죄였잖아요?"

"재거스 선생이 변호인이었으니까요." 웨믹은 의미심장한 표정을 지어 보였다. "깜짝 놀랄만한 솜씨를 발휘하셨죠. 상당히 절망적인 사건이었고, 선생도 풋내기에 가까운 시절이었어요. 그의 변호는 널리 칭찬을 받았지요. 실제로 그 사건이 선생의 명성을 드높여 주었다고 봐도 좋아요. 선생은 며칠 동안 아침부터 밤까지 경찰서로 직접 발걸음을 하셨죠. 피고를 구류하는 것조차 반대하셨어요. 재판 날에는 본인이 법정에 설 수 없으니까 변호사 바로 옆에 앉아서(누구나가 아는 일화이지만) 변론에 대해 꼬치꼬치 지도하셨죠. 피해자는 여자였는데, 피고보다 열 살 위였어요. 몸집도 꽤 크고 기운도 훨씬 셌었죠. 그 사건의 발단은 질투였어요. 두 여인 모두 방랑 생활을 하고 있었는데, 지금 제라드 거리에 사는 그 여인은 젊어서부터 역시 방랑 생활을 하던 남자와 내연 관계에 있었죠. 그녀는 질투심이 대단했어요. 나이로 보아 그 남자와 더 어울리는 사람은 피해자 쪽이었죠. 피해자 시체는 하운슬로 히스 근처 헛간에서 발견되었지요. 현장에는 격렬한 몸싸움을 벌인 흔적이 있었어요. 죽은 여자는 멍이 들고, 긁히고, 마지막에는 목이 졸려 질식사한 것으로 판명되었죠. 증거로 판단할 때 그녀 말고는 용의자가 없었어요. 하지만 선생은 그녀가 범행을 저지를 가능성이 매우 희박하다는 점을 중심으로 사건의 진상을 펼치셨죠." 웨믹이 내 소매를 잡으며 말을 이었다. "그때는 그 여자의 손힘이 얼마나 센지 변호사님이 미처 생각하지 못했던 게 분명합니다. 지금은 가끔 생각하시겠지만."

나는 처음 저녁식사에 초대받았던 날, 재거스 씨가 그녀의 손목을 우리에게 보였던 걸 웨믹에게 이야기했다.

"어쨌든 그녀는 체포될 당시부터 우연히 실제보다 훨씬 연약해 보이도록 교묘하게 옷을 입고 있었어요. 특히 소매는 팔이 가늘어 보이도록 정교하게 만들어져 있던 것이 지금도 기억에 남아 있습니다. 그녀의 몸에는 상처가 조금밖에 없었어요. 그 정도는 방랑자에게는 흔히 있는 상처였죠. 하지만 손등에 할퀸 자국이 있었어요. 문제는 이것이 사람 손톱 자국이냐 하는 것이었죠. 선생은 그녀가 자기 얼굴 높이만 한 가시덤불을 겨우겨우 헤치고 빠져나간 사실을 입증하셨어요. 그 가시의 일부분이 피부에 달라붙어 있던 것으로 발견되어, 그것을 증거로 제출하셨던 거죠. 거기다 조사 결과 그 가시덤불에는 사람이 지나간 흔적이 있었고, 그녀가 입고 있던 옷자락도 발견되었으며, 핏자국도 군데군데 묻어 있었죠. 잘 들으세요, 여기부터가 선생이 가장 대담하게 펼친 논법이니까요. 검찰은 질투심의 증거로서, 그녀가 그 남자와의 사이에서 얻은 세 살쯤 된 아이를 비슷한 시기에 살해한 혐의가 있다고 주장했어요. 그 남자에 대한 복수로써 말이죠. 이에 대한 선생의 항변은 이런 것이었습니다. '우리 측은 피고의 손등에 있는 상처는 손톱이 아니라 가시덤불에 긁혀 생긴 것이라 주장하고, 가시덤불을 그 증거로 제출했다. 당신들은 그 상처가 손톱자국이라고 주장하고, 그녀가 아이를 죽였다는 가설을 세웠다. 그렇다면 당신들은 그 가설이 이끌어내는 모든 결과를 받아들여야 한다. 어쩌면 그녀는 아이를 죽였을지 모르며, 그녀에게 매달려 있던 아이가 그녀의 손등을 할퀴었을지도 모른다. 그렇다면? 지금 당신들은 아이를 죽인 건으로 그녀를 기소한 게 아닌데, 어째서 그 건을 다루지 않나? 지금 문제시되는 이 건에 대해서 말하자면, 당신들이 죽어도 할퀸 자국에만 집착한다면 혹 당신들 설명이 옳을지도 모른다. 당신들이 그 상처에 대한 이야기를 꾸며내지 않았다면 말이다.' 요컨대 재거스 선생은 배심원들에게는 매우 버거운 존재였습니다. 그래서 배심원들이 항복한 거지요."

"그 뒤로 그녀가 그 집에서 가정부 노릇을 하는 건가요?"

"그렇지요. 석방과 동시에 말입니다. 그뿐만 아니라 지금처럼 완전히 온순해졌어요. 이것저것 배워야 했겠지만, 아무튼, 처음부터 길들여진 거죠."

"그 아이는 사내애였습니까, 여자애였습니까?"

"여자아이였다고 들었어요."

"그렇군요. 오늘 밤에 더 하고 싶은 이야기는 없습니까?"

"없습니다. 당신 편지는 읽고 태워 버렸습니다. 지금으로서는 이 이상 아무것도 할 얘기가 없어요."

우리는 친근함을 담아 작별인사를 나누었다. 나는 마음을 짓누르던 걱정에서 헤어나기는커녕 새로운 걱정거리를 안고 집으로 돌아왔다.

제49장

이튿날 나는 다시 역마차를 타고 새티스 저택으로 향했다. 그곳을 다녀온 지 얼마 안 됐기 때문에, 변덕스러운 미스 해비샴이 내가 다시 찾아온 것을 보고 의심쩍은 얼굴을 할 수도 있었다. 나는 그때를 대비해 그녀의 편지를 호주머니에 넣어 갔다. 이번에는 하프웨이 하우스에서 내려 아침식사를 하고, 나머지 길은 걸어서 갔다. 사람들이 잘 다니지 않는 길로 조용히 읍내에 들어갔다가 조용히 나오고 싶었기 때문이다.

중심가 뒤에 있는, 구둣발 소리가 메아리치는 고요한 안마당이 나란히 이어진 길에 접어들었을 때는 이미 대낮이 지난 다음이었다. 옛날에 늙은 수도승들의 식당과 정원이었던 이 주변은 지금은 폐허로 변해 있었다. 초라한 헛간과 마구간을 막는 용도로 변한 옛날의 튼튼했던 벽은 이제는 무덤 안으로 들어간 수도승들만큼이나 조용했다. 남들 눈을 피해 급히 걸음을 옮기는 내 귀에 대성당의 종소리는 한 번도 들어본 적 없을 만큼 멀리서 구슬프게 울려왔으며, 낡은 오르간 소리는 장송곡처럼 높았다. 잿빛 탑 주위며 수도원 마당의 키 큰 벌거숭이 나무 사이를 날아다니는 때까마귀가 "이곳은 변했다. 에스텔라는 영원히 이 땅에서 사라졌다"고 내게 일러주는 것 같았다.

새티스 저택의 대문을 열어준 사람은 낯익은 노파로, 뒷마당 건너편에 있는 별채에 사는 하인이었다. 저택에 들어서자, 옛날처럼 초 한 자루가 어두컴컴한 복도를 비추고 있었다. 나는 이 초를 들고 혼자 계단을 올라갔다. 미스 해비샴은 자기 방이 아니라, 층계참 건너에 있는 넓은 방에 있었다. 여러 차례 문을 두드렸으나 반응이 없기에 안을 들여다보았다. 그녀는 벽난로 바로 앞에 놓인 낡아빠진 의자에 앉아, 수북이 쌓인 재 속에서 타오르는 불길을 멍하니 바라보고 있었다.

예전에도 이따금 그랬듯이 나는 방으로 들어가, 미스 해비샴이 눈을 들면

볼 수 있는 낡은 벽난로 선반에 손을 얹고 서 있었다. 그녀의 모습에는 구제할 길 없는 고독감이 넘쳤으므로, 내가 받았던 상처가 실제보다 깊고 의도적인 것이었대도 나는 그녀를 동정했을 것이다. 나도 시간의 흐름과 함께 이 집의 고약한 운명에 휘말려 버렸구나 하고 생각하면서 동정을 느끼며 서 있으려니, 그녀가 내 쪽으로 눈을 돌렸다. 그녀가 눈을 크게 뜨고 나지막한 목소리로 말했다.

"이게 꿈은 아니겠지?"

"저예요, 핍이에요. 어제 재거스 씨에게서 부인의 편지를 받고 급히 찾아왔습니다."

"고맙다. 고마워."

나는 또 다른 너덜너덜한 의자를 벽난로 앞으로 가지고 와 앉았다. 그녀의 얼굴에는 지금껏 본 적 없는, 마치 나를 두려워하는 듯한 표정이 드러나 있었다.

"지난번 네가 여기에 왔을 때에 꺼냈던 얘기에 대해서 더 말하고 싶었다. 나는 돌처럼 차가운 사람이 아니야. 하지만 너는 이제 내 마음에는 인간다움이 없다고 생각하지?"

내가 그렇지 않다고 말하자, 그녀는 나를 만지려는 듯이 떨리는 오른손을 내밀었다. 그러나 내가 그 동작의 의미를 이해하기 전에, 그 손을 어떻게 받아들여야 좋을지 판단하기도 전에, 그녀는 손을 거두었다.

"너는 네 친구에게 도움이 될 만한 일을 내게 가르쳐 줄 수 있다고 말했다. 그렇게 해 주고 싶은 거지?"

"네, 무척이요."

"그게 대체 무엇이냐?"

나는 허버트를 클라리커의 공동경영자로 만들 은밀한 계획을 설명하기 시작했다. 그러나 곧 미스 해비샵이 내 이야기가 아니라 나에 대해 골똘히 생각한 걸 그녀의 눈에서 읽어 낼 수 있었다. 그 추측은 정확했다. 내가 말을 멈추었을 때, 그녀는 한참 지난 뒤에야 겨우 그것을 알아차렸던 것이다.

"왜 말을 멈추는 거냐? 말하기가 견딜 수 없을 만큼 내가 미운 게냐?" 좀 전과 같은, 나를 두려워하는 듯한 표정을 지으며 그녀가 물었다.

"아닙니다. 왜 그런 생각을 하십니까! 제가 말을 멈춘 건, 당신이 듣고 계신 것 같지 않아서였습니다."

"아마 그랬는지도 모르지." 그녀가 한 손을 머리에 얹으며 말했다. "계속해라. 다른 것을 보며 들을 테니까. 잠깐! 이제 말해 봐."

전에도 자주 그랬듯이, 그녀는 손을 목발에 결연히 얹고 집중해서 내 이야기를 들으려고 굳은 표정으로 불길을 바라보았다. 나는 말을 이었다. 내 재력으로 그 계획을 완성할 셈이었지만 이제 그런 희망은 사라졌다, 하지만 나 아닌 다른 사람의 중요한 비밀이 얽힌 문제이기 때문에, 전에도 말했듯이, 왜 그 희망이 사라졌는지는 설명할 수 없다고 말했다.

"그렇구나!" 미스 해비샴은 그렇게 말하고 고개를 끄덕였다. 그러나 내 쪽은 바라보지도 않았다. "그 공동경영권인지 뭔지를 사는 데 얼마가 부족하냐?"

"9백 파운드입니다." 무척 큰 액수로 여겨졌기 때문에 나는 머뭇거리며 말했다.

"그 목적을 이루라고 내가 그 돈을 마련해 준다면, 네가 네 비밀을 지켰듯이 내 비밀도 지켜 주겠지?"

"꼭 그렇게 지키겠습니다."

"그걸로 네 마음이 편해지겠니?"

"한결 편할 겁니다."

"그렇담 지금은 불행하니?"

미스 해비샴은 나를 바라보지 않은 채 그렇게 질문했다. 그러나 그 어조에는 여느 때와는 달리 동정이 어려 있었다. 나는 목소리가 나오지 않아서 바로 대답할 수 없었다. 그녀는 왼팔을 목발 위에 얹고, 이마를 살며시 그 위에 놓았다.

"행복과는 거리가 멀죠. 하지만 이 평온하지 못한 마음에는 당신이 모르는 일도 관여되어 있습니다. 그것이 제가 말씀드릴 수 없는 비밀입니다."

잠시 뒤 그녀는 고개를 들고 다시 불길을 바라보았다.

"네 불행에는 내가 모르는 원인이 있다…… 그렇게 말해 주는 마음 씀씀이가 고맙구나, 핍. 그런데 그게 정말이냐?"

"유감스럽게도, 정말입니다."

"내가 할 수 있는 일은 네 친구를 돕는 일밖에 없니? 그 건은 해결되었다고 치고 안심해라. 내가 너를 위해 해줄 수 있는 일은 없을까?"

"없습니다. 말씀으로도 감사합니다. 그 이상으로, 당신의 그 상냥한 목소리에 감사드리고요. 하지만 정말로 아무것도 없습니다."

이윽고 그녀는 의자에서 일어나 황폐한 방을 둘러보며 필기도구를 찾았다. 결국 아무것도 발견하지 못하고, 금박을 입힌 빛바랜 상아 표지가 달린 수첩을 호주머니에서 꺼냈다. 그리고 목에 걸고 있던 광택 잃은 황금 상자에서 꺼낸 연필로 거기에 무언가를 쓰기 시작했다.

"재거스 씨와는 아직도 친하게 지내느냐?"

"네. 어제도 함께 식사했습니다."

"이걸 보여주면 그가 그 액수를 네게 지급해 줄 거다. 그 돈을 친구를 위해 네 재량껏 쓰도록 해라. 이 집에는 현금이 없지만, 재거스 씨에게 이 건에 대해 아무것도 알리고 싶지 않다면 내가 직접 돈을 보내 주마."

"고맙습니다. 재거스 씨에게 받아도 상관없습니다."

미스 해비샴은 자신이 쓴 재거스 씨에게 내리는 지시를 내게 읽어주었다. 직접적이고 명쾌한 내용으로, 내가 그 돈으로 이익을 취하리라는 의심을 없애려는 의도가 담겨 있었다. 나는 수첩을 받아들었다. 그녀의 손은 다시 떨리고 있었다. 사슬에 달린 연필을 떼내어 내 손에 넘겨줄 때는 더욱 떨렸다. 그러는 내내 그녀는 나를 한 번도 쳐다보지 않았다.

"첫 장에 내 이름이 쓰여 있다. 언젠가 그 밑에 '그녀를 용서한다'고 써도 좋다는 마음이 들거든 부디 그렇게 해다오. 내 짓밟힌 마음이 먼지로 변한 지 한참 뒤에라도 상관없으니 말이다."

"미스 해비샴! 그거라면 당장에라도 쓸 수 있습니다. 저는 과거에 가슴 아픈 잘못을 저질렀습니다. 감사할 줄도 모르고 그저 되는 대로 살아왔지요. 지도와 용서가 필요한 사람은 오히려 접니다. 감히 부인을 나무랄 자격이 저에겐 없습니다."

미스 해비샴은 내내 외면하고 있던 얼굴을 처음으로 들고서 나를 바라보았다. 그리고 놀랍게도, 아니 무섭게도 내 발치에 무릎을 꿇고 두 손을 마주잡고서 나를 향해 들어올렸다. 그녀의 가엾은 심장이 아직 젊고 싱싱하며 온전했을 때, 틀림없이 그녀는 어머니와 나란히 앉아 그런 식으로 하늘을 향해 기도를 올렸을 것이다.

새하얀 머리카락에 앙상한 얼굴을 한 미스 해비샴이 내 발치에 무릎을 꿇은 모습을 보자 나는 충격으로 온몸이 떨렸다. 그녀에게 일어나라고 애걸하고, 얼른 일으켜 세우려고 그녀 몸에 팔을 둘렀다. 그러나 그녀는 자기 손 가까이에 있던 내 한쪽 손을 잡고 그 위에 고개를 파묻고서 울기만 했다. 그녀가 눈물 흘리는 모습을 보는 것은 처음이었다. 울어서 기분이 나아지지기를 바라면서 나는 잠자코 그녀 위로 몸을 수그렸다. 그녀는 이제 무릎을 꿇고 있지 않았다. 아예 마룻바닥에 주저앉아 있었다.

"아아! 내가 대체 무슨 짓을 한 걸까! 무슨 짓을!" 그녀가 절망적으로 외쳤다.

"미스 해비샴, 제 마음에 상처를 주신 걸 말씀하시는 거라면 걱정하지 마세요. 부인께서 하신 건 거의 없으니까요. 저는 어떤 상황에서든지 결국, 에스텔라를 사랑했을 겁니다. 그녀는 결혼했나요?"

"그래."

그것은 물을 필요도 없는 질문이었다. 이 황량한 저택에 감도는 새로운 황폐함이 그 답을 보여주고 있었기 때문이다.

"내가 무슨 짓을 한 걸까! 무슨 짓을!" 그녀는 손을 꼭 마주 잡고 백발을 마구 쥐어뜯으며 몇 번이고 똑같은 말을 외쳤다. "내가 무슨 짓을 한 걸까! 무슨 짓을!"

나는 뭐라고 말해야 할지, 무슨 말로 위로해야 좋을지 알 수 없었다. 그녀는 자신의 격렬한 분노와 보상받지 못한 사랑과 상처 입은 자존심이 엮어낸 복수극에 감수성 예민한 어린아이를 억지로 끌어들이는 잔인한 앙갚음을 했고, 나는 그 사실을 잘 알고 있었다. 그러나 그녀는 햇빛을 막아 버림으로써 그보다 더 많은 것을 닫아 버렸고, 은거 생활을 택함으로써 흔히 있는 자연스러운 치유의 힘에서 자기 자신을 떼어 놓았다. 결국, 신의 섭리에 거스르는 모든 정신이 어김없이 그러하듯이, 그녀의 정신은 고독한 상념에 빠져 있는 동안 점점 병들어 갔다. 나는 이 사실도 잘 알고 있었다. 결과적으로 그녀는 벌을 받았다. 황폐해진 모습이며, 기껏 생명을 부여받은 이 세상에 결정적으로 부적당한 존재가 되어 버린 사실, 슬픔의 탐닉이 그녀를 지배하는 망령된 고집이 되어 버린 사실에서 그것은 명백했다(그와 동시에 회한, 자책, 비하와 같은 감정의 탐닉이 남을 지배하는 망령된 고집이 되면 무시무시한 결과를 낳는 법이다). 이런 것까지 아는 내가 어떻게 그녀를 아무런 연민 없이 바라볼 수 있었겠는가?

"요전에 네가 에스텔라에게 말하기 전까지, 네가 내 감정이 어떤 것인지를 말해주는 거울을 보여주기 전까지, 나는 내가 한 짓을 깨닫지 못했었다. 내가 무슨 짓을 한 걸까! 무슨 짓을!" 그러고는 다시 같은 말을 스무 번, 쉰 번이나 되풀이했다. "왜 그런 짓을 저질렀을까!"

"미스 해비샴." 그녀의 탄식이 잦아들자 내가 말했다. "저는 그만 잊으세요. 이 이상 저 때문에 양심의 가책을 느낄 필요는 없습니다. 하지만 에스텔라는 다릅니다. 그녀의 비뚤어진 심성을 당신이 조금이나마 본디대로 되돌려 놓을 수 있다면 제발 그렇게 해 주세요. 지난 일을 백 년 한탄하는 것보다 그 편이 훨씬 의미 있는 일이니까요."

"그래, 그래, 그야 나도 알지. 하지만 핍, 얘야." 그녀의 새로운 상냥함에서 나에 대한 여성스럽고도 진실한 동정심이 느껴졌다. "얘야, 핍! 부디 믿어다오. 에스텔라가 처음 이 집에 왔을 때, 난 그 애를 나처럼 비참한 인생에서 구원해 주려고 했었다. 처음에는 그 이상 다른 뜻은 없었어."

"그렇군요. 그랬겠지요."

"하지만 그 애가 예쁘게 자라나는 걸 보면서 나는 점점 고약해졌어. 칭찬하고, 보석을 주고, 지혜를 가르쳤지. 가르침이 완전히 몸에 배도록, 반면교사로서의 내 모습을 끊임없이 그 애 눈앞에 두었어. 그래놓고 그 애의 마음을 빼앗은 다음 그 자리에 얼음을 대신 집어넣었지."

"본디 그녀가 가지고 있던 마음을 그대로 그곳에 두었어야지요." 나는 끼어들지 않을 수가 없었다. "나중에 그 마음이 상처받고 짓밟힌다 해도요."

그녀는 이 말을 듣고 잠시 나를 멍하니 바라보다가 다시 자신이 무슨 짓을 저질렀는지 탄식하기 시작했다. "내 지난날을 안다면 조금은 나를 동정할 거다. 내 마음도 조금은 이해할 거고."

"미스 해비샴." 나는 되도록 부드럽게 말했다. "부인의 과거는 압니다. 이 마을을 떠난 뒤에 바로 알게 되었지요. 저는 크게 연민을 느꼈고, 옛날의 그 사건과 그것이 미친 영향도 이해하고 있다고 생각합니다. 오늘 이런 이야기가 나온 김에 에스텔라에 대해 묻고 싶은데, 괜찮겠습니까? 지금이 아니라, 그녀가 처음 이곳에 왔을 때 대해서요."

미스 해비샴은 마룻바닥에 앉아 낡아빠진 의자 위에 두 팔을 올려놓고 그 위에다 머리를 기댔다. 내가 이렇게 말하자 그녀는 똑바로 나를 응시하며 대답했다. "좋다."

"에스텔라는 누구의 아이입니까?"

그녀가 고개를 가로저었다.

"모르세요?"

그녀는 다시 고개를 저었다.

"재거스 씨가 그녀를 이리로 데리고 왔나요? 아니면 누군가 다른 사람이 보냈나요?"

"그가 데려왔다."

"그 경위를 말씀해 주시겠어요?"

그녀는 속삭이듯 낮은 목소리로 신중하게 이야기하기 시작했다. "이 방에 틀어박힌 지 퍽 오래 지난 뒤(얼마나 오랜지는 모르겠구나. 이 시계가 어떤 상태인지 잘 알잖니) 어느 날 나는 재거스 씨에게 어린 여자아이가 갖고 싶다고 말했다. 애정을 쏟아 기르고, 나 같은 비참한 운명에서 구해줄 수 있는 그런 아이를 원한다고 말이야. 처음으로 재거스 씨를 부른 건 양조장을 비우고 이 집에 틀어박히는 데 필요한 절차를 맡긴 뒤였어. 세상과 인연을 끊기 전에, 그 사람에 대한 기사를 신문에서 읽었거든. 그는 그런 고아를 찾아보겠다고 말해 주었다. 그리고 어느 저녁, 그가 잠든 아이를 이곳으로 데려왔지. 나는 에스텔라라는 이름을 붙여 주었다."

"그때 그녀가 몇 살이었나요?"

"두세 살쯤이었을 거야. 에스텔라는 자기가 고아고, 내가 자기를 양녀로 삼았다는 사실 말고는 몰라."

'그 여자'가 에스텔라의 어머니라는 확신이 너무도 강했으므로, 내 마음속에서 그 확신을 사실로 인정하는 데에 증거는 필요 없었다. 그러나 이 이야기를 들으니, 누가 보더라도 두 사람의 관계는 명명백백했다.

그 이상 그곳에 있어봤자 무엇을 더 얻었겠는가! 허버트에 대한 교섭은 성공을 거두었고, 미스 해비샴은 에스텔라에 대해 아는 모든 사실을 말해 주었다. 나는 그녀의 고통스러운 마음을 달래기 위해 할 수 있는 모든 말과 행동을 다 했다. 우리가 그밖에 무슨 대화를 나누고 헤어졌는지는 아무래도 좋다. 아무튼, 우리는 헤어졌다.

계단을 내려와 바깥 공기를 쐬었을 때는 이미 땅거미가 내리고 있는 무렵이라 주위는 어둑어둑했다. 대문을 열어 준 하녀에게, 돌아가기 전에 정원을 좀 거닐고 싶으니 그 뒤에 문을 열어 달라고 부탁했다. 이제 다시 이곳을 방문할 일이 없으리란 예감이 들었기 때문이다. 마지막으로 한 번 돌아보기에는 사라져가는 햇빛이 어울린다는 생각이 들었다.

나는 옛날에 그 위를 걸었던 텅 빈 술통들이 쌓여 있는 황량한 공터를 지나, 황폐한 정원으로 걸음을 옮겼다. 오랜 세월 내린 비로 술통 대부분은 썩어가고, 똑바로 서 있는 술통 위에는 작은 늪이며 연못이 생겼다. 정원을 한 바퀴 돌았다. 허버트와 싸움을 했던 구석 자리, 에스텔라와 함께 거닐었던 오솔길. 모든 것이 차갑고 쓸쓸하며 애달팠다!

돌아갈 때는 양조장을 통해 가기로 하고, 정원과 양조장 사이 작은 문에 달린 녹슨 빗장을 올리고서 안으로 들어갔다. 양조장 반대편 문은 쉽게 열리지 않았다. 습기 찬 나무가 퉁퉁 붓고 돌쩌귀가 내려앉았으며 문지방에 곰팡이가 잔뜩 끼었기 때문이다. 나는 다시 한 번 양조장을 뒤돌아보았다. 이 사소한 동작을 하는 순간, 어린 시절의 기억이 신비로운 힘을 가지고 되살아났다. 미스 해비샴이 대들보에 매달려 있는 모습이 보인 기분에 휩싸였다. 그 인상이 너무나도 강렬해서, 대들보 밑으로 가서 그것이 환상이었음을 깨닫기 전에 머리부터 발끝까지 온몸이 덜덜 떨렸다. 그러나 실제로 거기까지 달려간 시간은 고작 몇 초에 불과했다.

옛날에 에스텔라에게 모욕을 당한 나는 양조장 앞 나무문 뒤에서 머리카락을 아플 정도로 쥐어뜯었었다. 그 문을 빠져나오자, 그 시간과 장소가 지닌 비애와 짧은 순간이나마 환상을 보았던 공포감 때문에 말로 표현하기 어려운 경외감을 느꼈다. 앞마당으로 들어서며 나는 망설였다. 대문 열쇠를 가진 하녀를 불러 밖으로 나갈까, 아니면 미스 해비샴이 방금 헤어졌을 때처럼 안전하게 잘 있는지 확인하러 2층으로 돌아가야 할까. 결국, 방을 확인해 보기로 하고 저택으로 돌아가 계단을 올라갔다.

나는 그녀를 마지막으로 보았던 방을 들여다보았다. 그녀는 등을 돌리고 벽난로 바로 앞에 놓인 낡아빠진 의자에 앉아 있었다. 고개를 돌려 조용히 돌아가려는 순간, 큰 불길이 솟아오르는 게 보였다. 동시에 그녀가 커다란 비명을 지르며 나를 향해 뛰어왔다. 그녀는 온몸이 불길에 휘감겨 있었다. 불길은 그녀의 머리 위로, 적어도 그녀 키의 곱절 높이까지 솟아오르고 있었다.

나는 이중으로 망토가 달린 외투를 입고, 팔에는 다른 두꺼운 웃옷을 걸치고 있었다. 그녀와 엎치락뒤치락하다가 그녀를 마룻바닥 위에 쓰러뜨린 뒤, 외투를 벗어 웃옷과 함께 그녀 위에 덮었다. 그런 다음, 같은 목적으로 축하연 식탁에서 커다란 식탁보를 끌어당겨 벗겼다. 그러자 그 위에 둥지를 틀고 있던 온갖 흉한 생물들과 썩은 것들이 한꺼번에 우르르 떨어져 흙먼지가 피어올랐다. 우리는 철천지원수처럼 마룻바닥 위에서 몸싸움을 벌였다. 그녀는 꽁꽁 감싸면 감쌀수록 사납게 소리 지르며 빠져나오려고 발버둥쳤다. 이런 일이 일어났던 것은 나중에 결과를 보고 알았을 뿐 그때 나는 아무것도 느끼지 못했다. 아무것도 생각하지 못했고, 알지도 못했다. 정신을 차리자 우리는 커다란 식탁 옆 마룻바닥 위에 있었으며, 주위에서 피어오르는 연기 속에는 아직도 불꽃이 떠다니고 있었다. 그 불꽃은 바로 전까지는 그녀의 빛바랜 웨딩드레스 일부였다.

주위를 둘러보자, 마루 위를 정신없이 도망가는 거미와 바퀴벌레, 그리고 비명을 지르며 문으로 헐레벌떡 들어오는 하인들이 보였다. 나는 아직도 그녀를, 도망칠 우려가 있는 죄수라도 되는 양, 온 힘을 다해 마룻바닥에다 꼭 누르고 있었다. 불붙은 그녀의 드레스 조각이 모두 타서 검은 재가 되어 우리 주위에 떨어져 내리는 것을 볼 때까지, 나는 내가 누르고 있는 사람이 누구이며 우리가 어째서 몸싸움을 벌이고 있는지조차 깨닫지 못했다. 그녀가 조금 전에 불길에 휩싸여 있었던 사실이며, 그 불길이 이미 꺼졌다는 사실도 깨닫지 못했던 것 같다.

미스 해비샴은 기절해 있었다. 나는 무서워서, 하인들이 그녀를 움직이는 것도 만지는 것도 허락하지 않았다. 그녀를 내려놓으면 다시 불길이 일어나 그녀를 다 태워 버리는 것은 아닐까 하는 망상에 사로잡힌 듯이(아니, 실제로 사로잡혔다), 호출한 의사가 도착할 때까지 나는 그녀를 안고 있었다. 약과 치료 도구들을 들고 나타난 의사를 보고 일어났을 때, 나는 두 손에 입은 화상을 발견하고 깜짝 놀랐다. 감각이 없어져 전혀 모르고 있었던 것이다.

진찰 결과, 그녀는 중상을 입었으나 화상 자체는 치명적이지 않다고 했다. 오히려 위험한 것은 정신적인 충격이었다. 의사 지시로 그녀의 침대가 이쪽 방으로 옮겨져 와, 축하연을 위해 마련했던 커다란 식탁 위에 놓였다(이 식탁은 환부에 붕대를 감기에 딱 맞는 높이였다). 한 시간 뒤 상태를 살피러 갔을 때, 그녀는 언젠가 그곳에 눕겠노라고 목발로 두들기며 말했었던 바로 그 자리에 누워 있었다. 입고 있던 옷은 모조리 불타 버렸다고 했지만, 의사가 그녀의 목까지 흰 탈지면을 덮어 놓은 탓에 그녀에게는 아직도 그 소름 끼치는, 오래된 신부를 연상시키는 구석이 남아 있었다. 그 위에 하얀 시트를 느슨하게 덮어 놓아서, 그 모습은 약간 달라졌지만 예전의 이상한 기운은 그대로 남아 여전히 그녀 위에 떠돌았다.

나는 하인들에게 수소문해서 에스텔라가 파리에 있다는 것을 알아냈다. 그리고 의사에게 그녀에게 편지를 써 달라고 부탁하여, 그렇게 하겠다는 약속을 받아냈다. 미스 해비샴의 가족에게 연락하는 일은 내가 맡았다. 먼저 매슈 포켓 씨에게 알리고, 나머지 친척들에게 연락하는 일은 그에게 맡길 생각이었다. 나는 이 일을 이튿날 런던으로 돌아오자마자 허버트를 통해 실행에 옮겼다.

그날 밤 미스 해비샴은 오후에 무슨 일이 일어났었는지를 무서우리만치 기운차게, 그러면서도 담담하게 이야기했다. 그러다가 자정이 되자 헛소리를 하기 시작했고, 그 뒤에는 서서히 낮고 엄숙한 목소리로 수도 없이 똑같은 말을 되풀이했다. "내가 무슨 짓을 한 거냐!", "그 애가 처음 이 집에 왔을 때는, 나와 같은 비참한 인생에서 구해주고 싶었어", "그 연필로 내 이름 밑에다 '그녀를 용서한다'라고 써 주렴!" 이 세 문장의 순서는 바뀌지 않았으나, 이따금 단어 한두 개쯤은 빠졌다. 그래도 다른 단어가 끼어들지는 않았고, 비워 둔 채 다음 단어로 건너뛰었다.

그곳에 더 있어봐야 아무런 도움도 되지 않을 테고, 런던에는 미스 해비샴의 헛소리를 들을 때조차 한순간도 내 마음속을 떠나지 않는 불안과 공포의 씨앗이 있었으므로, 나는 다음날 아침 역마차로 돌아가기로 마음먹었다. 시내에서 1, 2마일 걸어간 읍내 변두리에서 마차를 탈 생각이었다. 새벽 여섯 시께, 나는 몸을 굽혀 미스 해비샴의 입술에 입을 맞추었다. 그때까지도 그녀는 "그 연필로 내 이름 밑에다 '그녀를 용서한다'라고 써 주렴" 하고 계속 중얼거렸다.

제50장

　내 손에 감은 붕대는 밤중에 두세 번, 아침에 한 번 새것으로 갈았다. 왼쪽 손목에서 팔꿈치까지는 꽤 심한 화상이었고, 팔꿈치에서 어깨까지는 비교적 가벼운 화상이었다. 상처는 매우 아팠으나, 불길이 왼쪽에만 닿은 덕분에 그 이상 심하게 다치지 않은 것이 다행이었다. 오른손은 손가락을 그럭저럭 움직일 수 있었다. 물론 붕대는 감았지만, 목에 붕대로 매달아 늘어뜨린 왼손만큼 불편하지는 않았다. 나는 외투를 망토처럼 어깨에 느슨하게 걸치고 목에 묶는 수밖에 없었다. 머리카락도 불에 탔으나, 머리와 얼굴은 화상을 입지 않았다.

　허버트는 해머스미스로 가서 아버지를 만난 뒤 템플로 돌아왔다. 그리고 그 날 나를 정성껏 간호해 주었다. 그는 더할 나위 없이 친절한 간호인이었다. 정해진 시간에 붕대를 풀고, 준비해 둔 차가운 소독약에 담근 뒤 다시 환부에 감아주었다. 나는 그의 끈기 있는 부드러움에 깊이 감사했다.

　나는 소파에 조용히 누워 있었는데, 처음에는 타오르는 불길이며 그 부산한 분위기와 소음, 무언가가 타는 지독한 냄새 따위를 의식 밖으로 내몰기가 매우 어려웠다. 아니, 불가능하게 느껴졌다. 어쩌다 깜빡 잠이 들어도, 미스 해비샴의 비명과, 자기 키보다 높은 불기둥에 휩싸여 나를 향해 달려오는 모습에 화들짝 놀라 깨어났다. 이 정신적 고통은 내가 아는 어떤 육체적 고통보다 훨씬 성가신 상대였다. 그걸 알아챈 허버트는 내 주의를 다른 데로 돌리기 위해 무척 애를 썼다.

　우리는 서로 보트에 대해서는 말하지 않았다. 그러나 둘 다 생각은 하고 있었다. 우리가 그 주제를 입에 담기 꺼렸다는 점, 그리고 내 손의 회복을 몇 주일이 아니라 몇 시간 단위로 생각하는 암묵적 합의가 있었던 점으로 보아 그것은 명백했다.

　물론, 허버트 얼굴을 보자마자 내가 가장 먼저 물어본 것은 강 하류에 이상이 없는지였다. 그가 쾌활하고 자신만만하게 "이상 없음"이라고 대답했으므로, 그 화제는 당분간 꺼내지 않았다. 그러나 해질 무렵, 허버트는 바깥에서 들어오는 햇빛 대신 난롯불에 의지해 붕대를 갈면서 자연스럽게 다시 그 화제로 돌아왔다.

"헨델, 나는 어젯밤 프로비스와 넉넉히 두 시간은 보냈어."

"클라라는 어디에 있었고?"

"가엾은 클라라! 그녀는 저녁 내내 자기 아버지 시중드느라 계단을 오르락내리락했지. 그녀가 잠시라도 보이지 않으면 그가 금세 마룻바닥을 쿵쿵 울려댔거든. 하지만 그는 이제 살날이 얼마 남지 않았을 거야. 맨날 럼주에 후춧가루, 후춧가루에 럼주니 말이야. 마룻바닥을 두드릴 날도 이제 얼마 안 남았겠지."

"그러면 그녀와 결혼할 거니, 허버트?"

"그러지 않고서 어떻게 사랑하는 클라라를 돌볼 수 있겠니? ……자, 팔을 소파 등에 올려 놔봐, 헨델. 그러면 나는 여기에 앉아서 붕대를 조심조심 풀 테니까. 그렇게 하면 언제 풀렸는지 눈치도 못 챌걸. ……참, 프로비스 말인데, 내 생각에 그가 조금 정상이 된 것 같아."

"마지막으로 만났을 때 그가 유순해져 있더라고 내가 그랬잖아."

"그랬지. 정말로 그렇게 됐어. 어젯밤에는 좀 말을 많이 했는데, 옛날에 있었던 일을 또 이야기해 주었어. 전에 그가 아내 때문에 힘든 경험을 했다고 말하려다가 말았던 것을 기억하니? ……이런, 미안, 아팠니?"

나는 놀라 몸을 움츠렸으나, 그건 허버트 때문이 아니라 그의 말 때문이었다.

"잊어버리고 있었는데, 지금 네 말을 듣고 생각났어."

"그래. 어쨌든 그가 그때의 이야기를 해 주었어. 상식을 벗어난 암울한 이야기였지. 듣고 싶니? 아니면 지금은 듣기가 조금 그러니?"

"아니, 얘기해 줘. 처음부터 끝까지!"

허버트는 내 얼굴을 유심히 들여다보려 몸을 굽혔다. 내 말투가 부자연스럽게 조급하고 열성적으로 들렸던 모양이었다. "머리에 열은 없지?" 그가 내 이마를 짚었다.

"괜찮아. 프로비스가 뭐라고 말했는지 들려줘, 허버트."

"그게 말이야—아, 붕대가 잘 풀렸다. 이번엔 차가운 붕대를 새로 감을게. 처음에는 좀 흠칫하겠지만 곧 기분이 좋아질 거야—그 여인은 젊고 질투가 심하고 복수심이 강한 사람이었대. 복수심에 불타는 여자였다나 봐."

"어느 정도로?"

"살인을 저지를 정도로. 이런, 예민한 부위에 너무 차가웠나?"

"괜찮아, 감각이 없으니까. 어떻게 살인을 했대? 누구를?"

"실제로는 살인이라는 그 끔찍한 이름을 붙일 만한 사건이 아니었는지 몰라. 어쨌든 그녀는 그 죄로 재판을 받았어. 담당 변호사는 재거스 씨였지. 그의 변호가 명성을 얻어 프로비스도 그를 알게 된 거야. 피해자는 그녀보다 힘이 센 여자였는데, 둘이 헛간에서 몸싸움을 벌였다나 봐. 누가 먼저 시작했는지, 정당한 싸움이었는지 아니었는지, 그건 잘 몰라. 하지만 어떻게 끝났는지는 확실하지. 피해자가 목이 졸려 숨진 채로 발견되었으니까."

"그녀가 유죄 판결을 받았대?"

"아니, 무죄 석방이었대. 미안, 헨델, 아팠니?"

"아니, 이보다 더 조심스럽게는 할 수 없을 거야, 허버트. 음, 그래서? 그다음은?"

"이 무죄 석방된 여인과 프로비스 사이에는 딸이 있었대. 그는 그 아이를 무척 아꼈어. 질투의 대상이 되었던 피해자가 목 졸려 죽던 밤, 이 젊은 여인이 프로비스 앞에 잠시 나타나서는, 그 아이를 다시는 못 만나도록 죽여 버리겠다고 맹세하더래(아이는 그녀와 함께 있었어). 그러고서 그녀는 자취를 감추었어—자, 상처가 심한 왼손은 붕대로 잘 감싸서 목에 다시 걸었어. 이번에는 오른손이다. 이쪽이 훨씬 하기 쉽지. 아주 밝은 빛보다 이 정도 빛이 하기 편해. 가엾은 상처가 선명하게 보이지 말아야 손이 떨리지 않으니까—그런데 너, 너무 아파 숨 쉬는 데 지장 있는 건 아니지? 이상하게 숨을 가쁘게 쉬는 것 같은데."

"그럴지도 모르지. 그래, 그녀는 그 맹세를 지켰다니?"

"바로 이 대목이 프로비스 인생에서 가장 암울한 장면이야. 그래, 그녀는 맹세를 지켰어."

"그 여자가 그랬다고 프로비스가 말한 거지?"

"그야 물론이지, 헨델." 허버트가 놀란 목소리로 말하고, 다시 내 얼굴을 자세히 살펴보려 얼굴을 들이댔다. "그가 그렇게 말했어. 내겐 다른 소식통이 없으니까."

"그래, 네 말이 맞아."

"아무튼, 프로비스가 그녀를 아꼈는지 난폭하게 대했는지 그는 명확하게 말하지 않았어. 어쨌든 그녀는 프로비스가 전에 이 난롯가에서 말했었던 비참한 4, 5년을 그와 함께 보냈어. 그는 그녀에게 연민을 느끼고, 참으려고 생각했었나 봐. 그는 이 죽은 아이에 대해 증언했다가 결과적으로 아내를 죽음으로 내몰까 봐 두려웠던 거야. 그래서 몸을 숨기고 아이 일을 슬퍼하면서, 그의 말을 빌리자면 '활동을 중단'했어. 그리고 세상과도 재판과도 멀어진 채, 질투의 원인이 된 아벨 아무개라는 막연한 소문으로만 남게 된 거지. 여자는 석방과 동시에 자취를 감추었어. 이렇게 해서 그는 자식과 아내를 한꺼번에 잃은 거야."

"묻고 싶은 게 있는데……."

"잠깐만 기다려. 이야기가 거의 끝나 가니까. 그 인간쓰레기 중의 인간쓰레기인 악당 콤피슨은 그때 프로비스가 몸을 숨긴 이유를 알고 있었어. 물론 그 뒤에 그것을 무기로 그에게 적은 보수로 많은 일을 시켰지. 어젯밤에 듣기로는, 그 점이 프로비스의 증오에 박차를 가한 것이 틀림없어."

"내가 특별히 알고 싶은 건 말이야, 허버트, 그게 언제 있었던 일인지 그가 말했느냐는 거야."

"특별히 알고 싶다고? 흠, 기다려 봐. 뭐라고 했더라? 그렇지, '꼭 이십 년 전, 콤피슨과 함께 일을 시작한 직후'라고 했었어. 묘지에서 그를 만났을 때 넌 몇 살이었나?"

"일곱 살이었을 거야."

"그렇군. 그가 말하기로는, 너를 만난 게 문제의 사건이 일어난 지 3, 4년 뒤였대. 그래서 너를 보았을 때, 무참히 잃어버린 자기 자식이 생각났다나 봐. 살아 있다면 너와 비슷한 나이였을 테니까."

"허버트." 나는 잠시 침묵을 지켰다가 이내 입을 열었다. "창가 빛과 난롯불 가운데, 어느 쪽에서 내가 더 잘 보이니?"

"난롯불." 허버트가 다시 얼굴을 들이밀며 대답했다.

"나를 잘 봐."

"잘 보고 있어, 헨델."

"내 이마를 짚어 봐."

"짚고 있어, 헨델."

"내가 열병에 시달린다거나 어젯밤 사고 때문에 머리가 돌아버렸다고 생각하지는 않겠지?"

"말도 안 되는 소리야, 헨델." 허버트는 찬찬히 나를 뜯어보며 말했다. "넌 조금 흥분한 상태지만 제정신이야."

"나도 내가 제정신이란 걸 알아. 잘 들어, 우리가 강 하류에 숨겨 준 그 남자는 에스텔라의 아버지야."

제51장

    내가 무슨 목적으로 에스텔라의 부모를 추적하고 입증하는 데 그렇게 열심이었는지 모르겠다. 곧 드러나듯이, 나보다 현명한 사람이 지시를 내리기 전까지 그 문제는 내게 뚜렷한 형태로 나타나지는 않았다.

    그러나 허버트와 나 사이에 앞서 말한 중요한 대화가 오갔을 때, 나는 이 사건을 명확히 밝혀내야 하며, 내버려두지 말고 재거스 씨를 만나 진상을 밝혀야 한다고 굳게 믿었다. 에스텔라를 위해 그렇게 생각한 건지, 오랫동안 그녀를 감쌌던 로맨틱한 관심의 빛과 같은 것이 내가 안위를 걱정하는 그 남자에게 옮겨 간 건지는 알 수 없다. 아마도 후자가 진실에 가까웠으리라.

    어쨌든 나는 그날 밤 당장 제라드 거리를 찾아가고 싶은 걸 억지로 참았다. 그러나 허버트는 우리가 숨긴 죄수가 무사히 도주할 수 있을지가 내게 달렸는데, 이런 중요한 마당에 괜히 외출했다가 몸져눕기라도 하면 무슨 도움이 되겠느냐는 말로 내 조바심을 진정시켰다. 무슨 일이 있어도 내일은 반드시 재거스 씨를 찾아갈 거라고 몇 번이고 다짐하고 나서야, 나는 집에서 조용히 상처 치료에 전념하겠다는 데에 동의했다. 다음 날 아침 일찍 집을 나선 우리는 스미스필드와 길트스퍼 거리가 만나는 모퉁이에서 허버트는 시티로, 나는 리틀 브리튼으로 향했다.

    재거스 씨는 정기적으로 웨믹과 둘이서 사무소의 수입과 지출을 확인하고 영수증을 처리하는 등 회계 사무 일체를 정리했다. 이런 때면 웨믹은 장부와 서류를 모두 챙겨 재거스 씨 방으로 자리를 옮기고, 위층에 있던 사무원이 그 대신 1층에서 사무를 보았다. 그날 아침은 위층 사무원이 평소 웨믹이 앉던 자리에 앉아 있었으므로, 나는 사무소 사정을 알아차릴 수 있었다. 재거스 씨와 웨믹이 한자리에 있는 것은 고마운 일이었다. 내가 웨믹의 신용에 피해를 줄 만한 말은 한마디도 하지 않는다는 사실을 그가 직접 확인할 수 있기 때문이었다.

팔에 붕대를 감고 외투를 느슨하게 어깨에 걸치기만 한 모습으로 찾아간 것은 내 목적에 안성맞춤이었다. 런던에 돌아오자마자 재거스 씨에게는 사고를 간단히 보고했지만, 이날은 더 자세한 이야기를 해야 했다. 특수한 상황이었으므로, 우리의 대화는 평소만큼 무미건조하고 규칙과 증거에 얽매이지 않았다. 내가 참사를 묘사하는 동안, 재거스 씨는 여느 때처럼 벽난로 앞에 서 있었다. 웨믹은 의자에 기대앉아 우편함 같은 입에 펜을 가로로 물고 호주머니에 손을 찔러 넣은 채 나를 바라보고 있었다. 내게 이 방과는 떼려야 뗄 수 없이 느껴지는 그 두 개의 악랄한 석고상은 뭔가 타는 냄새를 맡았다는 듯이 갑갑하다는 표정을 짓고 있었다.

내가 이야기를 마치고 그들의 질문이 끝나자, 나는 허버트를 위해 미스 해비샴에게 부탁한 9백 파운드를 받고자 수첩을 꺼냈다. 그것을 받아들자 재거스 씨 눈은 평소보다 조금 움푹 들어갔다. 그러나 그는 즉시 그 수첩을 웨믹에게 건네고, 자기가 서명을 할 테니 수표를 써서 주라고 지시했다. 수표가 작성되는 동안 나는 그것을 쓰고 있는 웨믹을 바라보았고, 반짝반짝 빛나는 부츠를 신은 재거스 씨는 몸을 좌우로 흔들면서 나를 쳐다보았다. 완성된 수표에 그가 서명을 하고 내가 그것을 받아 호주머니에 집어넣자 그가 말했다. "이 사무소가 자네를 위해 아무것도 해줄 수 없는 게 유감이네, 핍."

"미스 해비샴도 뭔가 해줄 게 없느냐고 친절하게 물어봐 주셨지만, 저는 아무것도 없다고 대답했습니다."

"누구든 자기 일은 자기가 가장 잘 아는 법이지." 재거스 씨가 말했다. 웨믹은 조용히 입술을 움직여 '유동자산'이라고 말했다.

"나라면 미스 해비샴의 제안에 고개를 가로젓지는 않았을 걸세. 하지만 누구든 자기 일은 자기가 가장 잘 아는 법이지."

"누구든 유동자산은 소중히 여겨야 하지요." 웨믹이 나무라는 듯 나를 바라보며 말했다.

나는 지금이 중요한 화제를 꺼낼 때라 판단하고서 재거스 씨에게 물었다.

"그런데 변호사님, 제가 미스 해비샴에게 뭔가를 여쭤보았죠. 그러자 부인께서는 양녀에 대해 자기가 아는 것을 모두 이야기해 주셨습니다."

"그런가?" 재거스 씨가 부츠를 보려고 몸을 구부렸다가 다시 등을 똑바로 펴며 말했다. "나라면 가르쳐 주지 않았을 걸세. 하지만 미스 해비샴 일은 그녀가 가장 잘 알겠지."

"저는 미스 해비샴 양녀의 출생에 대해 미스 해비샴보다 잘 압니다. 저는 그녀의 어머니가 누군지 알아요."

재거스 씨는 의아한 눈초리로 나를 보며 "어머니를?"을 되풀이해서 말했다.

"저는 바로 사흘 전에 그 어머니를 봤습니다."

"그런가?"

"그리고 변호사님도 보았습니다. 변호사님은 더욱 최근에 그녀를 보셨겠죠."

"그래?"

"아마 저는 에스텔라의 출생에 대해 변호사님보다 더 잘 알 겁니다. 그녀의 아버지가 누군지도 알고 있으니까요."

재거스 씨는 자제심을 발휘하여, 갑자기 태도를 바꾸는 서툰 짓은 하지 않았다. 그러나 아주 미비하기는 하지만, 주의를 빼앗겨 순간적으로 동작을 멈추었다. 이 한순간의 부자연스러운 태도에서 나는 그가 에스텔라의 아버지를 모른다고 결론지었다. 진작부터 그렇게 생각은 했었다. 허버트가 말하기를 프로비스는 한때 '활동을 중단'했었으니까. 게다가 그가 재거스 씨에게 의뢰한 것은 그로부터 약 4년 뒤였고, 그때에도 자기가 옛날 그 사건에 관련된 누구라고 밝힐 이유는 없었을 테니까. 다만 재거스 씨가 이 사실을 모르리라는 확신은 없었던 것이다. 그러나 지금은 확신했다.

"그래, 자네가 그 젊은 숙녀의 아버지를 안다는 건가?"

"네, 그의 이름은 프로비스입니다. 뉴사우스웨일스 출신이지요."

이 말에 재거스 씨는 움찔했다. 그것은 인간이 보일 수 있는 한 가장 작고 가장 주의 깊게 억제되었으며 가장 신속하게 통제된 움직임이었다. 그는 그것을 손수건을 꺼내는 동작으로 교묘하게 가장했지만, 놀란 것만은 틀림없었다. 웨믹이 내 발언을 어떻게 받아들였는지는 모르겠다. 그를 바라보기가 두려웠기 때문이다. 눈치 빠른 재거스 씨가 자기 모르게 우리 사이에 수많은 대화가 오갔단 사실을 알아차릴까 봐 두려웠던 것이다.

"그래, 프로비스가 무슨 증거를 내세워 그런 주장을 하던가?" 재거스 씨가 손수건을 코로 가져가다가 손을 멈추고 아주 침착하게 물었다.

"그가 주장한 게 아닙니다. 결코 그런 적은 없습니다. 그는 자기 딸이 살아 있다는 것도 모르고, 그런 생각을 한 적조차 없어요."

다시 한 번 그의 강력한 손수건이 효력을 잃었다. 내 대답이 너무나 뜻밖이었는지, 재거스 씨는 으레 하던 코 풀기를 하지 못한 채 손수건을 도로 호주머니에 집어넣고 팔짱을 꼈다. 얼굴에는 아무런 표정도 드러내지 않았지만, 나를 엄한 눈으로 바라보았다.

나는 그에게 내가 아는 사실을 모조리 털어놓았다. 어떻게 알게 되었는지도 이야기했다. 단, 웨믹에게서 얻은 정보는 미스 해비샴이 말한 것처럼 들리도록 말했다. 이 점에는 세심한 주의를 기울였다. 설명을 모두 마치고 나서도 나는 웨믹 쪽을 바라보지 않고 한동안 말없이 재거스 씨의 시선을 받고 있었다. 이윽고 웨믹 쪽으로 눈을 돌렸을 때, 그는 입에 물고 있던 펜을 꺼내어 자기 앞에 있는 탁자를 진지하게 바라보고 있었다.

"흠!" 마침내 재거스 씨가 탁자 위 서류 쪽으로 걸음을 옮기며 물었다. "웨믹, 미스터 핍이 들어왔을 때 우리가 보던 서류가 어떤 거지?"

나는 그런 식으로 무시당하는 것을 참을 수가 없었다. 그래서 그에게 좀 더 사나이답게 탁 터놓고 말해 달라며 분노에 가까운 열정으로 요청했다. 그동안 내가 있지도 않은 희망에 매달려 왔던 일이며, 얼마나 오랫동안 그런 상태였고 끝내 어떤 발견을 했는지를 하소연했다. 내게 커다란 근심거리가 된 그 위험에 대해서도 넌지시 알렸다. 그리고 지금 내가 그에게 털어놓은 비밀의 대가로 사소한 비밀이라도 들을 권리가 있지 않으냐고 말했다. 당신을 비난할 마음은 없다, 의심하지 않으며 불신하지도 않는다, 다만 내 생각이 진실이라면 그렇다고 말해 주기를 바란다, 어째서 비밀이 알고 싶으며 어떤 권리로 알고 싶어 하느냐고 묻는다면, 그녀를 잃고 쓸쓸한 삶을 보내야 한다는 건 알지만, 그녀와 관련된 일은 내게 세상 무엇보다도 소중하다고 대답하겠다, 이런 가련한 꿈 따위는 당신에게는 아무 상관도 없겠지만, 나는 에스텔라를 오랫동안 사랑해 왔기 때문이다, 나는 이렇게 지껄여댔다. 그러나 재거스 씨가 이 애원에도 전혀 동요하는 기색 없이 잠자코 있었으므로, 나는 끝내 웨믹을 향해 말했다. "저는 당신이 마음이 따뜻한 사람이라는 걸 압니다. 당신의 즐거운 집, 나이 든 아버지, 사무실에서와는 달리 순수하며 즐겁고 재미있는 모습을 많이 보았지요. 부디 재거스 씨에게 저를 옹호하는 말을 한 마디만 해 주세요. 모든 사정을 고려해 볼 때 그가 저에게 더 솔직해져야 한다고 말해 주세요!"

내 말이 끝나고, 그렇게 이상한 눈빛으로 서로를 응시하는 재거스 씨와 웨믹을 여지껏 본 적이 없다. 처음으로 내 뇌리를 스친 생각은 웨믹이 곧 해고되는 게 아닌가 하는 걱정이었다. 그러나 이런 걱정은 재거스 씨가 미소 비슷한 것을 띠고 웨믹이 대담해지는 것을 보자 말끔히 사라져 버렸다.

"이게 다 무슨 소린가?" 재거스 씨가 물었다. "자네의 나이 든 아버지와 당신의 즐겁고 재미있는 모습이라니?"

"글쎄요! 그게 뭐 어떻습니까? 저는 그것들을 사무소로 끌어들이지 않았는데요."

"핍." 재거스 씨가 내 팔에 손을 얹고 껄껄 웃으며 말했다. "이 사람이야말로 런던에서 가장 교활한 사나이라는 걸 알아야 해."

"천만의 말씀." 웨믹은 점점 대담하게 대답했다. "그렇게 말씀하시는 선생님이야말로 그렇죠."

다시금 두 사람은 아까처럼 이상한 시선을 서로 주고받았다. 상대가 자기를 속였다는 것을 못 믿겠다는 듯.

"자네의 즐거운 집?" 재거스 씨가 말했다.

"일에 지장이 없으니까 괜찮지 않습니까. 게다가 생각해 보면, 선생님도 일에 싫증이 나시면 즐거운 나의 집을 가질 계획을 세우지 않으시겠어요?"

재거스 씨는 회상하듯이 두세 번 고개를 끄덕인 뒤 한숨마저 내쉬었다. "핍, '가련한 꿈'인지 뭔지에 대해서는 이야기할 수 없네. 그건 자네가 더 잘 아는 주제야. 그런 종류의 주제에 대해서는 나보다도 신선한 경험이 많을 테니까. 다른 주제를 말해 볼까? 이건 어디까지나 가정이네만……. 알겠나, 나는 진실이라고 인정하는 게 결코 아니네."

진실이라고 인정하는 게 결코 아니라며 선언하신 것을 분명히 이해한다고 내가 말하기를 기다렸다가 그는 말을 이었다.

"잘 듣게, 핍. 이렇게 가정해 보세―자네가 방금 말한 상황을 근거로, 어떤 여인이 자기 아이를 감추었다고 하세. 그리고 변호사가 변호의 가능성을 넓히기 위해, 아이에 대한 사실을 알아야 한다고 말했을 때 그녀로서는 사정을 고백할 수 없었다고 치세. 동시에 그 변호사가 어느 부유하고 괴팍한 여성한테서 양녀를 구해 달라는 부탁을 받았다고 가정해 보세."

"무슨 말씀인지 알겠습니다."

"이를테면 그 변호사가 범죄가 횡행하는 한복판에 살고 있으며, 그가 본 수많은 어린이는 어김없이 파멸의 길을 걸었다고 치세. 그는 때때로 아이들이 엄숙한 형사법정에서 구경거리가 된 채 재판받는 모습을 보았다고 가정하세. 아이들이 철창에 갇히고, 매를 맞고, 유형을 가고, 누구의 보살핌도 없이 방치된 채 사형집행인과 만나기 위한 각종 자격을 갖추고, 아니나 다를까 마지막에는 처형되는 모습을 밥 먹듯이 보았다고 치세. 이를테면 변호사가 날마다 일하면서 만나는 아이 대부분이 생선 알 같은 존재라서, 성장하면 언젠가는 그의 그물 안으로 들어오는—즉 기소되거나 변호 받거나 위증하거나 고아가 되거나 그밖에 다른 형태로 타락한다고 가정하세."

"알아듣겠습니다."

"이 쓰레기 유치장 안에 귀여운 어린아이가 있었다고 치세. 어쩌면 그 아이를 구제할 수 있을지도 모르네. 아버지는 그 애가 이미 죽은 줄 알고 아무것도 하려 들지 않았지. 그 변호사는 아이 어머니에게 아이를 두고 이렇게 압력을 가하네. '나는 네가 한 일을 안다. 어떤 식으로 했는지도 알지. 너는 이러이러한 모습으로 찾아와서, 이런 식으로 공격했고, 피해자는 이렇게 저항했다. 그다음 어디 어디로 갔고, 혐의를 받지 않기 위해 이런저런 수단을 썼다. 그 모든 것을 간파하고서 나는 너의 발자취를 확인했다. 믿지 못하겠다면 처음부터 말해 주마. 아이가 네 무죄를 증명하는 데 필요 없다면 포기해라. 필요해지면 그때 가서 법정에 내놓으면 된다. 아이를 내게 맡겨라. 그러면 네가 무죄 석방되도록 최선을 다하겠다. 네가 살면 아이도 산다. 네가 살지 못해도 아이는 산다.' 이 말대로 일이 진행되어 여자는 무죄가 됐다고 치세."

"변호사님이 말하는 바는 잘 이해합니다."

"하지만 나는 아무것도 사실로서 인정하지 않았네."

"선생님은 아무것도 사실로서 인정하지 않으셨습니다." 웨믹이 되풀이했다. "전혀, 아무것도요."

"죽음을 두려워하는 마음과 격정 때문에, 여자가 올바른 판단력을 잃었다고 치세. 그리고 석방되었을 때, 세상이 무서워져 그 변호사의 비호를 구하러 찾아갔다고 치세. 그 변호사가 그녀를 받아들이고, 그녀가 사납고 난폭한 성격을 폭발할 때마다 예전처럼 자신의 권위를 확인시킴으로써 그녀를 꼼짝 못하게 눌렀다고 치세. 이 가정을 이해하겠나?"

"물론입니다."

"그 어린애가 자라서 돈 많은 남자와 결혼했다고 치세. 어머니도 살아 있고 아버지도 아직 살아 있다고 치세. 그리고 그 둘은 서로 그런 줄 모르고 아주 멀리, 또는 그냥 멀리 또는 얼마 떨어지지 않은 거리에 살고 있다고 치세. 자네만은 눈치를 챘지만, 비밀은 여전히 비밀인 채로 있다고 치세. 이 마지막 가정을 잘 생각하게."

"네."

"웨믹 자네도 그 가정을 잘 생각해 주길 바라네."

웨믹이 대답했다. "그렇게 하겠습니다."

"대체 자네는 누구를 위해 그 비밀을 밝히겠다는 건가? 그 아버지를 위해서? 그가 아내를 만나더라도 크게 득 보는 건 없을 텐데. 그 어머니를 위해서? 만일 과거에 그런 짓을 저질렀다면 그녀는 지금 있는 곳에 계속 있는 편이 안전하겠지. 그럼 그 딸을 위해서인가? 출생이 밝혀지고 그녀의 남편이 그 사실을 알게 되는 것은 그녀를 위한 일이 아니네. 기껏 20년 동안 피해 온 불명예의 수렁으로 다시 끌려가서 틀림없이 평생을 그 속에서 지내야 할 테니까. 그리고 핍, 자네가 그녀를 사랑해서 그녀를 '가련한 꿈'의 대상으로 삼았다고 가정해 보세(이런 종류의 꿈은 자네가 생각하는 것보다 많은 남자의 머릿속에서 특정한 시점에 생겨나지). 그래도 비밀을 밝히겠다면, 자네는 그 붕대 감은 왼손을 붕대 감은 오른손으로 잘라 버린 다음, 그 칼을 웨믹에게 주어 그 오른손마저 잘라달라고 부탁하는 편이 나을 거야. 잘 생각해 보면, 자네도 그러는 편이 낫다고 인정할 걸세."

나는 웨믹을 바라보았다. 그의 얼굴은 꽤나 엄숙하게 보였다. 그리고 집게손가락으로 엄숙하게 입술을 만졌다. 나도 그렇게 했다. 재거스 씨도 그렇게 했다. 그러고 나서 재거스 씨는 평소대로 돌아와 말했다. "웨믹, 미스터 핍이 들어왔을 때 우리가 보던 서류가 어떤 거였지?"

재거스 씨와 허물없는 대화

그들이 일하는 동안 나는 잠시 곁에 서서, 두 사람이 몇 번인가 이상한 시선을 주고받는 것을 목격했다. 아까와는 다르게, 서로가 서로에게 전문가답지 않은 약한 면모를 보이고 말았다는 걸 (의식하지 않았을지는 모르지만) 어렴풋이 느끼는 것 같았다. 따라서 그들은 이제 서로 경직된 태도를 보이고 있었다. 조금이라도 명확하지 않은 사소한 점이 발견되면 재거스 씨는 매우 강압적으로 나왔고, 웨믹은 완고하게 자신을 정당화했다. 나는 그들이 이토록 말다툼하는 모습을 본 적이 없었다. 평상시 두 사람은 무척 사이가 좋았던 것이다.

때마침 마이크가 찾아온 덕분에 그들은 다행스럽게도 화해할 수 있었다. 마이크는 내가 처음 이 사무소에 왔을 때 만났던, 털모자를 쓰고 소매로 코를 닦는 버릇을 가진 고객이었다. 이 사나이는 자기 일인지 가족 일인지는 모르겠지만 아무튼, 늘 '성가신 일'(이 사무소에서 이 단어는 뉴게이트를 뜻했다)이 있는 것 같았다. 그는 자기 맏딸이 가게에서 물건을 훔친 혐의로 구속되었다고 알렸다. 그가 이 암울한 소식을 웨믹에게 전할 때, 재거스 씨는 벽난로 앞에 떡 하니 선 채 이 대화에는 참견하지 않았다. 마이크는 눈물을 글썽였다.

"왜 이러시오?" 웨믹이 심하게 화를 내며 물었다. "여기서 울어서 뭘 어쩌겠다는 거요?"

"그럴 생각은 없었습니다, 웨믹 씨."

"하지만 울었잖소? 감히 여기서 눈물을 흘리다니! 찌그러진 펜처럼 잉크를 뚝뚝 흘릴 셈이라면 우리 사무실에는 얼씬도 하지 마시오. 뭘 어쩌겠다는 건지, 원."

"인간은 자기감정을 억누를 수 없는 법입니다, 웨믹 씨."

"감정이 뭐가 어째?" 웨믹이 매우 격한 어조로 물었다. "그 말을 다시 해 보시오!"

"이봐." 재거스 씨가 한 발 앞으로 나아가 문을 가리키며 말했다. "여기서 나가. 이곳은 감정 따위와는 관계없다고. 썩 나가."

"그것 봐요." 웨믹이 말했다. "어서 나가시오."

이리하여 불운한 마이크는 맥없이 물러났다. 한편 재거스 씨와 웨믹은 평소처럼 우호관계를 되찾은 모양으로, 방금 점심을 함께 먹고 온 것처럼 새로운 기분으로 일을 시작했다.

제52장

　나는 수표를 호주머니에 넣고 리틀 브리튼에서 출발하여 회계사인 미스 스키핀스의 오빠가 있는 곳으로 갔다. 그는 곧장 클라리커 사무실로 가서 클라리커 씨를 데리고 와 주었다. 계약이 신속하게 맺어졌으므로 무척 기뻤다. 이는 위대한 유산에 대해 알게 된 이래 내가 시도한 유일한 선행이자, 끝까지 완수한 유일한 사업이었다.

　클라리커는 그의 회사가 꾸준히 실적을 쌓고 있으며, 이제는 동방에 작은 지점을 낼 수 있을 거라고 했다. 그 지점은 사업을 확장하는 데 반드시 필요하며, 허버트가 새 공동경영자라는 자격으로 그곳의 책임자로서 일하게 되리라는 것이었다. 그 말을 듣고서 나는 내 상황이 더 안정적이었대도 내 친구와 헤어질 각오를 했을 것이 틀림없다고 생각했다. 이제 마지막 닻도 끌어 올려지고 있으며, 내가 바람과 파도에 몸을 맡길 날도 머지 않았음을 느꼈다.

　하지만 그날 밤 허버트가 돌아와 사업확장 소식을 듣고서 기뻐하는 모습을 보자, 나는 충분히 보상받은 기분이 들었다. 그는 클라라 발리를 아라비안나이트의 세계로 데려가는 장면이며, 내가 낙타 무리를 이끌고 먼 길을 찾아가 그들과 합류한 뒤에 다 같이 나일강을 따라 올라가며 진기한 광경을 구경하는 장면을 상상했다. 이 즐거운 계획에 내가 참가할 수 있을지는 그다지 낙관적이지 않았지만, 허버트의 장래는 점점 열리고 있었으며, 빌 발리 영감이 이대로 계속 후춧가루와 럼주에 집착해 준다면 곧 그의 딸은 결혼해서 행복해질 것 같았다.

　어느덧 3월이었다. 내 왼팔은 악화될 기미는 보이지 않았으나 회복하는 데 무척 시간이 걸렸으므로, 나는 아직 외투를 입을 수가 없었다. 오른팔은 흉터가 남기는 했지만 제법 회복되어 그럭저럭 움직일 수는 있었다.

　월요일 아침, 허버트와 내가 아침을 먹고 있을 때, 웨믹에게서 다음과 같은 편지가 도착했다.

월워스에서. 이 편지는 읽은 즉시 태워 버리세요. 조수 상태를 보고 판단 해야겠지만, 이번 주 초, 수요일쯤에 그럴 마음이 있거든 그 계획을 실행에 옮겨도 좋을 것 같습니다. 이제 이것을 태워 버리세요.

이 편지를 허버트에게 보여 주고 (둘 다 그 내용을 똑똑히 외우고 나서) 난로에 집어넣은 뒤, 우리는 앞으로 어떻게 할지를 궁리했다. 물론, 팔을 못 쓰게 된 이 상 내가 도움이 되지 않을 거라는 문제를 직시해야 했기 때문이다.

"이 일을 몇 번이고 거듭 생각해봤어." 허버트가 말했다. "템스강의 사공을 데려가는 것보다 좋은 방법이 있어. 스타톱에게 부탁하는 거야. 그 녀석은 좋은 친구이고, 보트도 잘 젓지. 우리를 좋아하고, 열성적이며, 명예를 존중하는 사나이잖아."

나도 그를 여러 번 생각했었다.

"하지만 그에게 어디까지 이야기하려고, 허버트?"

"최소한만 말해 두면 돼. 당일까지는 단순히 장난스러운 비밀이라고 생각하게 놔 둬. 그리고 나서 그날 아침, 네가 프로비스를 꼭 국외로 데리고 나가야 한다고 말하는 거야. 너도 그와 함께 갈 거지?"

"물론이지."

"어디로?"

이 점은 불안한 마음에 여러 번 생각해 보았으나, 함부르크든, 로테르담이든, 앤트워프든 그가 영국에서 벗어날 수만 있다면 어떤 항구든 장소는 중요하지 않았다. 우리가 기다리는 지점을 지나가다가 우리를 태워 주는 외국 기선이라면 뭐든 좋았다. 나는 프로비스를 보트에 태워 템스강 하류 멀리까지 데려가겠다고 생각해 왔다. 반드시 그레이브샌드보다 훨씬 내려가야 했다. 의심스러울 때면 수색이 벌어지는 곳이 그레이브샌드였기 때문이다. 외국 기선은 대개 밀물 때 런던을 출항하므로, 우리는 그전에 썰물을 타고 강을 내려가서 조용한 곳에서 기다리다가 배에 오를 계획이었다. 어디서 기다리든지, 우리가 있는 곳으로 배가 지나갈 시간은 미리 알아보면 꽤 정확히 계산해낼 수 있을 터였다.

허버트는 이 모든 계획에 동의했다. 우리는 아침식사를 마치자마자 즉시 필요한 것들을 조사하러 나갔다. 함부르크행 기선이 우리 목적에 가장 적합해 보였으므로, 그 배를 중심으로 생각하기로 했다. 그러나 다른 배들도 같은 조수를 타고 런던을 떠날 것을 대비해, 각 배의 색깔과 형태를 확인해 두었다. 그런 뒤에 우리는 몇 시간 동안 따로 행동했다. 나는 당장 필요한 여권을 만들 절차를 밟았고, 허버트는 스타톱을 만나러 그의 하숙집으로 찾아갔다. 우리는 둘 다 문제없이 목적을 달성했으며, 1시에 다시 만났을 때는 서로 임무를 무사히 완료했음을 보고했다. 나는 여권을 마련했고, 허버트는 스타톱에게서 기꺼이 협조하겠다는 대답을 얻은 것이었다.

허버트와 스타톱이 노를 젓고 나는 키를 잡기로 했다. 우리의 죄수는 승객이 되어 조용히 있을 예정이었다. 속도를 빨리 낼 필요는 없었으므로, 충분히 멀리까지 갈 수 있을 터였다. 의논 끝에, 허버트는 그날 저녁 템플로 돌아가 식사하지 않고 직접 밀 폰드 뱅크로 가기로 했다. 또한, 이튿날인 화요일 저녁에는 밀 폰드 뱅크에 얼씬도 하지 말 것, 프로비스에게는 수요일에 우리가 다가오는 것이 보이면(반드시 보트가 보이면) 집 근처 선착장으로 나오라고 말할 것, 프로비스와 이런 사항들을 의논하는 것은 모두 오늘 밤 안으로 할 것, 그리고 그를 배에 태울 때까지 그와는 더 이상 연락하지 말 것 등도 정했다.

이렇게나 신중을 기해 확인한 뒤에 나는 템플로 돌아갔다.

방의 바깥문을 열쇠로 땄을 때, 우편함에 편지가 들어 있는 것이 보였다. 나한테 온 편지였는데, 매우 악필이긴 했으나 어설픈 문장은 아니었다. 누군가가(물론 내가 집을 나간 뒤에) 손수 가져다 놓은 편지로, 다음과 같은 내용이었다.

만일 두렵지 않다면, 오늘 밤이나 내일 밤 9시에 그 시골 늪지대로 오는 것이 신상에 좋을 거다. 석회 가마 근처에 있는 수문지기 오두막으로 와라. 프로비스 삼촌에 대한 정보를 알고 싶다면 더욱 그래야 할 것이다. 다른 사람에게 말해봐야 소용없다. 시간 낭비하지 마라. 반드시 혼자 와야 한다. 이 편지도 가지고 와라.

이 이상한 편지를 받기 전에도 내 마음은 이미 무거운 짐을 충분히 떠안고 있었다. 이제 어찌해야 좋을지 도무지 알 수가 없었다. 불행히도 결단은 빨리 내려야 했다. 그렇지 않으면, 그날 밤에 고향에 도착하는 오후 마차를 놓치고 만다. 그 다음날 밤에 가는 것은 생각할 수 없었다. 프로비스와 함께 도피할 시간과 너무 가까웠기 때문이었다. 게다가 이 사람이 제공한다는 정보는 우리의 도주 계획에 중요한 의미를 줄지도 몰랐다.

생각할 시간이 더 있었어도 결국은 가기로 결정했을 것이다. 어쨌든 생각할 시간이 얼마 없었으므로—시계를 보니, 마차 출발 시각은 반 시간도 남지 않았다—나는 가기로 마음먹었다. '프로비스 삼촌'이라는 이름이 나오지 않았더라면 절대로 가지 않았을 테지만, 웨믹에게서 편지를 받고 그날 아침 부산하게 준비를 마친 뒤였기 때문에 그 호칭이 결정적으로 작용했다.

몹시 당황했을 때는 어떤 편지라도 그 내용을 머릿속에 똑똑히 넣기란 매우 어려운 법이다. 따라서 나는 이 편지를 비밀에 부치라는 지시가 머릿속에 기계적으로 자리 잡을 때까지, 이 수수께끼 같은 편지를 두 번이나 더 읽어야 했다. 그런 다음 역시 기계적으로 그 지시에 따라 허버트 앞으로 쪽지를 남겼다. 언제 돌아올지는 모르겠지만, 지금 당장 출발해서 미스 해비샴의 상태를 직접 확인하고 돌아올 예정이라고 썼다. 그러고서 서둘러 외투를 걸치고 문단속을 한 뒤, 좁은 골목을 지나는 지름길을 이용해 마차 역으로 향했다.

삯마차를 잡아타고 큰길로 달렸다면 제시간에 도착하지 못했을 것이다. 그 지름길로 걸어갔기 때문에 나는 막 안마당을 떠나려는 마차를 잡을 수 있었다. 한숨 돌리고 여유를 찾고 보니 나는 무릎까지 짚에 파묻혀 흔들리고 있었다.[1] 마차 안에는 나 혼자뿐이었다.

그 수수께끼의 편지를 받고 나서 나는 정말이지 갈피를 잡을 수가 없었다. 그날 아침을 정신없이 보낸 뒤여서 혼이 쏙 빠져 있었다. 무엇보다 그날 아침은 몹시 허둥대면서 보냈다. 웨믹에게서 온 연락은 확실히 오랫동안 애태우며 기다리던 것이었지만, 너무나도 갑작스러웠던 것이다. 그리고 이제는 내가 마차 안에 있다는 사실이 이상하게 여겨졌다. 당장 마차에서 내려서 돌아가야 하는 게 아닌가, 모르는 사람의 편지에 귀를 기울이는 것은 잘못이라는 생각이 들기

---

1) 마차 객실에는 발을 따뜻하게 하라고 짚을 깔았었음.

시작했다. 요컨대 나는 허둥지둥 행동한 사람이라면 누구나가 겪는 모순과 망설임의 모든 단계를 경험했다. 그러나 프로비스라는 이름이 적혀 있었다는 사실이 결정적이었다. 내가 가지 않아서 그가 어떤 피해라도 입는다면, 나 자신을 결코 용서할 수 없으리라고 생각했다(나는 의식하지 않고도 이미 그렇게 판단했다. 그것을 '판단'이라고 부를 수 있다면).

마을에 도착했을 때는 이미 어두워져 있었다. 마차 안에서 창밖 경치도 거의 구경하지 않고, 몸이 불편해서 바깥 좌석에 앉을 수도 없는 나에게 여행은 길고 우울했다. 푸른 멧돼지를 피해, 읍내에 있는 별로 이름 없는 여관에 방을 잡고 저녁식사를 주문했다. 음식이 준비되는 동안, 새티스 저택에 가서 미스 해비샴의 상태를 물었다. 그녀는 얼마간 좋아지기는 했지만, 아직 심하게 앓는다고 했다.

여관은 한때 오래된 교회 사택의 일부였는지, 식당은 세례반처럼 작은 팔각형 모양이었다. 나는 그곳에서 식사했다. 칼질을 할 수 없었으므로, 대머리 여관 주인이 요리를 대신 썰어 주었다. 이를 계기로 대화를 나누게 되었는데, 그는 친절하게도 나에 대한 소문을 들려주었다. 물론 펌블추크가 내 어린 시절의 은인이며 내게 행운을 안겨준 인물이라는, 세상에 널리 퍼진 가설에 기초한 이야기였다.

"그 청년을 아십니까?" 내가 물었다.

"그를 아느냐고요!" 주인이 내 말을 되풀이했다. "그가…… 아주 어렸을 때부터 알지요."

"그럼 이 마을에 자주 옵니까?"

"아, 친한 친구네 집에는 자주 들르지만, 은인은 완전히 모른 척한답니다."

"그 은인이 누군데요?"

"제가 아까부터 말하던 사람이지요. 펌블추크 씨요."

"그 청년이 그밖에도 배은망덕하게 행동하고 있나요?"

"그럴 수 있다면 그러고 있겠죠. 하지만 그렇게 못 합니다. 왜냐고요? 펌블추크 씨가 하나부터 열까지 극진히 보살펴 주었으니까요."

"펌블추크가 그렇게 말하나요?"

"그렇게 말하느냐고요? 뭐 하러 굳이 그렇게 말하겠어요?"

"그래도 그가 그렇게 말하지요?"

"그 사람 입에서 그런 말이 나오는 걸 들으면, 아마도 피가 백포도주 식초로 변할 겁니다."

나는 생각했다. 사랑하는 조, 조는 결코 그런 말을 하지 않을 것이라고. 인정이 넘치는 성품에 힘들게 고생만 한 조, 조는 절대로 불평하지 않을 것이다. 마음 착한 비디도 그렇다!

"상처 때문에 입맛을 잃은 것 같군요." 주인이 내 외투 아래로 보이는 붕대 감은 팔을 흘긋 보고서 말했다. "연한 부위를 잡수어 보세요."

"아, 사양하겠습니다." 나는 식탁에서 시선을 돌려 벽난로를 바라보며 생각에 잠겼다. "더는 못 먹겠어요. 이제 치워 주세요."

조에게 배은망덕하게 굴었던 일들을 이때만큼 뼈저리게 후회한 적은 없었다. 뻔뻔스러운 사기꾼 펌블추크 덕분에, 그가 가짜면 가짜일수록 조가 진짜로 느껴지고, 그가 천하면 천할수록 조가 고상하게 느껴졌다.

불을 바라보며 한 시간 남짓 생각에 잠겨 있으려니, 당연하게도 겸허한 마음이 깊이 들었다. 시계가 울리는 소리에 깜짝 놀라 졸음은 가셨지만, 우울과 후회는 사라지지 않았다. 나는 일어나 외투를 목에다 두르고 밖으로 나갔다. 그 전에, 그 편지를 다시 한 번 읽으려고 찾았으나 어디에도 없었다. 마차 안 짚더미 속에 떨어뜨린 게 틀림없다고 생각하자 불안해졌다. 그러나 지정된 장소가 늪지대 석회 가마 근처 수문지기 오두막이며 시각은 아홉 시라는 것은 분명히 기억했다. 꾸물거릴 시간이 없었다. 나는 곧장 늪지대를 바라보며 걷기 시작했다.

제53장

울타리로 둘러싸인 지역을 지나 늪지대로 나갔을 때, 보름달이 떠오르기는 했지만 주위는 어두웠다. 늪지대의 검은 윤곽 저편에 맑은 하늘이 띠처럼 보였다. 그것은 크고 붉은 달을 품을 만큼 넓어 보이지는 않았다. 몇 분 뒤에 달은 그 맑은 하늘을 지나, 산더미처럼 겹겹이 쌓인 구름 속으로 사라져 갔다.

스산한 바람이 부는 늪지대는 몹시 추웠다. 이방인이라면 그 풍경을 견디지 못했으리라. 나조차 지독한 음침함에 망설임을 느끼고 거의 되돌아갈까 생각했다. 그러나 늪지대에 대해서는 속속들이 알고 있었으므로 더 어두운 밤에도 길을 찾을 수 있었고, 여기까지 온 이상 되돌아갈 구실이 없었다. 그런 연유로 나는 어쩔 수 없이 계속 앞으로 걸어나아갔다.

내가 걸어간 방향은 그리운 옛집이 있는 곳도, 죄수들을 추적했던 곳도 아니었다. 감옥선은 저 멀리 뒤쪽에 있었다. 멀리 모래톱에서 빛나는 익숙한 불빛은 어깨너머로 보였다. 나는 석회 가마도 옛날 포대가 있던 자리만큼 잘 알고 있었는데, 그 두 지점은 수 마일이나 떨어져 있었다. 그날 밤 양쪽 장소에 불빛이 켜져 있었다면, 그 두 불빛 사이에는 검은 지평선이 길게 쭉 뻗어 있었을 것이다.

처음에는 내가 지나간 뒤에 나무문을 몇 개쯤 닫아야 했고, 때때로 둑 위에 누워 있던 소들이 일어나 풀밭이며 갈대밭 사이로 느릿느릿 들어가는 것을 가만히 지켜봐야 했다. 그러나 잠시 뒤에는 늪지대에 나 혼자만 있는 것처럼 느껴졌다.

30분 뒤, 드디어 석회 가마 가까이에 도착했다. 그곳에서는 석회암이 나른하고 숨 막히는 냄새를 피우며 타고 있었다. 불은 장작을 집어넣은 뒤 방치된 상태였고, 일하는 사람은 보이지 않았다. 가마 바로 옆 작은 채석장이 바로 내 앞을 가로막았다. 주변에 흩어져 있는 여러 도구며 손수레를 보아, 그날 그곳에서 작업을 했음을 알 수 있었다.

조잡한 길로 이어진 채석장을 빠져 나와 다시 늪지대로 나오자, 낡은 수문지기 오두막에 불빛이 켜져 있는 것이 보였다. 나는 잰걸음으로 다가가 문을 두드렸다. 그리고 대답을 기다리면서 주위를 둘러보았다. 용수로는 부서져 못 쓰게 되어 있었다. 기와지붕을 얹은 나무 오두막은 비바람에 얼마 더 견디지 못할 것만 같았고, 지금도 견딜 수 있을지 의문스러웠다. 주위의 물과 수렁은 석회로 덮여 있었고, 가마에서 숨 막히는 냄새가 유령처럼 조용히 흘러나오는 게 느껴졌다. 아직 대답은 없었다. 나는 다시 한 번 문을 두드렸다. 그래도 아무 대답이 없기에 걸쇠에 손을 댔다.

걸쇠가 풀리고 문이 열렸다. 안을 들여다보니, 탁자 위 불 켜진 초와 의자와 매트리스가 깔리고 바퀴가 달린 침대가 보였다. 다락방이 있기에 "누구 계십니까?" 외쳐보았지만, 대답은 없었다. 시계를 보니 아홉 시가 지나 있었다. 나는 다시 한 번 "누구 계십니까?"라고 큰 소리로 불렀다. 그래도 대답이 없기에, 어찌할지 결심이 서지 않은 채 밖으로 나왔다.

비가 세차게 쏟아지기 시작했다. 별다른 이상도 발견되지 않았으므로 다시 오두막으로 들어가, 비가 들이치지 않는 문간에 서서 어둠을 내다보았다. 초가 타고 있는 것을 보면, 조금 전까지 누군가가 있었으며 그는 곧 돌아올 것이다― 그런 생각이 떠올라 문득 초의 심지가 긴지 짧은지를 확인해야겠다는 생각이 들었다. 그런데 뒤를 돌아 초를 잡은 순간 뭔가 심한 충격 때문에 갑자기 불이 꺼졌다. 다음 정신이 들었을 때 나는 뒤에서 머리 너머로 올가미가 걸린 채 힘껏 목이 졸리고 있었다.

"드디어 잡았다!" 욕설과 함께, 숨죽인 목소리가 그렇게 말했다.

"무슨 짓이냐!" 나는 버둥거리며 소리 질렀다. "넌 누구냐! 사람 살려! 도와줘요!"

두 팔이 옆구리에 딱 붙어 제압당한 탓에, 상처 입은 팔에 격렬한 고통이 느껴졌다. 때로는 억센 남자의 손이, 때로는 억센 남자의 가슴이, 비명을 지우기 위해 내 입을 틀어막았다. 거친 숨소리가 줄곧 귓전에서 들렸다. 어둠 속에서 헛된 저항을 계속했지만, 벽에 단단히 동여매이고 말았다. 이어 욕설과 함께, "다시 소리를 질렀다간 당장 끝장을 낼 줄 알아라!" 숨죽인 목소리가 그렇게 말했다.

다친 팔이 너무 아파 속이 메스껍고 정신이 아득해졌으며 놀란 머리는 혼란스러웠다. 하지만 이 협박이 얼마나 간단히 실행될 수 있는지 알기에, 나는 소리 지르기를 멈추고 조금이라도 팔을 편하게 하려고 몸을 비틀었다. 그러나 너무도 단단히 묶여 움직일 수가 없었다. 전에는 불에 데었던 팔이 이번에는 뜨거운 물에 삶아지는 느낌이었다.

밤하늘 빛이 사라지고 그 대신 검은 어둠이 찾아온 것으로 보아 사나이가 덧문을 내렸다는 걸 알 수 있었다. 그는 잠시 더듬거리더니, 부싯돌과 부시를 찾아 불을 붙였다. 부싯깃[1] 위로 불똥이 튀었다. 거기에 성냥[2]을 든 사나이가 입김을 후후 불어넣는 모습을 나는 어둠 속에서 똑바로 바라보았다. 그러나 보이는 것이라고는 그의 입술과 성냥의 푸른 끝 부분뿐이었다. 그것들조차 보였나 싶으면 금세 어둠 속으로 사라졌다. 이 오두막 안에서는 당연한 일이지만 부싯깃이 눅눅했기 때문에 불꽃은 차례로 꺼져 갔다.

사나이는 서두르는 기색도 없이 몇 번이고 부싯돌과 부시를 부딪쳤다. 불꽃이 밝게 튀기는 가운데 그의 손과 얼굴 한쪽이 보이고, 그가 탁자 앞에 앉아서 그 위로 몸을 굽히는 것을 알 수 있었다. 그러나 그 이상은 알 수 없었다. 이윽고 사나이의 시퍼런 입술이 다시 부싯깃에 입김을 불어넣었다. 불길이 타올랐다. 그 불빛에 비친 사람은 올릭이었다.

그곳에서 누구를 만날 거라고 예측했었는지는 기억나지 않는다. 그러나 올릭일 거라고는 전혀 상상도 하지 못했다. 그의 모습을 본 순간, 내가 정말로 위험에 빠졌음을 깨닫고 그에게서 눈을 뗄 수가 없었다.

올릭은 불붙은 성냥으로 아주 조심스럽게 촛불을 켠 다음, 성냥을 떨어뜨리고 발로 비벼 껐다. 그러고는 내 얼굴이 똑똑히 보이도록, 탁자 위로 몸을 구부려 자기에게서 멀찌감치 초를 밀어 놓고는 팔짱을 끼고 앉아 나를 바라보았다. 나는 내가 벽에서 몇 인치 떨어진, 다락방으로 올라가는 튼튼한 사다리에 묶여 있다는 사실을 깨달았다.

잠시 서로 노려본 뒤에 그가 말했다. "드디어 잡았다."

"이 밧줄을 풀어라. 나를 놔줘!"

---

[1] 마른 나무나 낡은 천 등 불이 붙기 쉬운 물건.
[2] 그 무렵 마찰로 불을 붙이는 성냥은 아직 없었고, 불에 가져다 대어 불을 붙였음.

"아아! 놔주고말고. 한 방 먹여서 별나라든 달나라든 날려 보내주마. 때가 되면 말이야."

"왜 나를 이리로 불러냈지?"

"그것도 몰라?" 그가 험악한 표정을 지으며 말했다.

"왜 어둠 속에서 나를 공격한 거지?"

"그야 나 혼자서 다 해야 했으니까. 두 사람보다는 한 사람이 비밀을 잘 지키는 법이거든. 오, 너는 내 원수야. 그럼, 내 원수지!"

탁자에 팔짱을 끼고 앉아 기쁜 듯이 나를 향해 고개를 끄덕이며 내 꼴사나운 모습을 즐기는 그에게서 소름 끼치는 악의가 느껴졌다. 잠자코 보고 있으려니, 그가 옆구리에 손을 찔러 넣더니 총대가 놋쇠로 된 권총을 꺼냈다.

"이게 뭔지 아냐?" 나를 겨누는 자세로 그가 물었다. "이걸 전에 어디서 보았는지 기억해? 어때, 말해 봐, 이 늑대 새끼야!"

"그래, 기억한다."

"네놈 덕분에 난 그곳에서 잘렸어."

"하지만 그럴 수밖에 없었어!"

"네놈 때문에 잘렸다고. 그걸로 충분해! 다른 이유는 필요 없지. 그런데다 넌 건방지게 남의 사랑을 방해했어!"

"내가 언제!"

"내가 언제? 웃기지도 않군. 넌 언제나 그녀에게 늙은 올릭이라며 험담을 늘어놓았잖아."

"그건 네가 자초한 일이야. 네가 스스로 씨앗을 뿌리지 않았다면 나도 아무런 해를 끼치지 못했을 거야."

"거짓말. 넌 나를 이 마을에서 쫓아내기 위해서라면 돈을 쏟아 붓고 아무리 고생을 해도 상관없잖아?" 그것은 내가 마지막으로 비디와 만났을 때 그녀에게 했던 말이었다. "한 가지 가르쳐 줄까. 나를 이 마을에서 쫓아낼 거라면, 오늘처럼 그럴 가치가 있는 날은 없을 거다. 아무렴, 네놈 전 재산의 스무 배를 몽땅 쏟아 부어도 좋을걸!" 그가 나를 향해 그 육중한 손을 휘두르며 호랑이처럼 으르렁댔을 때, 확실히 그 말은 진심이라고 느꼈다.

"대체 나를 어쩔 셈이지?"

"나는!" 그는 주먹으로 탁자를 쾅 내리치면서 그 반동으로 더 힘차게 벌떡 일어났다. "네놈의 목숨을 가져갈 생각이다!"

올릭은 나를 노려보며 천천히 주먹을 풀더니—나를 보고 있자니 군침이 돌기라도 하듯—그 손으로 입을 훔치고는 다시 앉았다.

"너는 애송이였을 때부터 언제나 이 늙은 올릭을 방해했어. 오늘 밤을 끝으로 내 눈앞에서 사라져 줘야겠다. 죽는 거다 이 말이야, 너는."

나는 무덤이 코앞까지 다가왔음을 느꼈다. 덫에 걸린 나는 탈출할 기회를 찾으려고 주위를 필사적으로 둘러보았다. 그러나 아무것도 없었다.

"그뿐만이 아니다." 올릭은 다시 탁자 위로 팔짱을 끼었다. "네 옷과 뼈도 깨끗이 없애 버릴 거다. 네놈 시체를 이 석회 가마 안에다 처넣을 거야. 너 정도 몸집이면 둘이라도 가볍게 운반할 수 있지. 모두들 네가 어떻게 되었는지 이리저리 머리를 굴리겠지만, 누구도 이런 실상은 알지 못할 거다."

내 머리는 엄청난 속도로 회전하며, 그런 식으로 죽은 뒤에 어떤 일이 벌어질지를 상상했다. 에스텔라 아버지는 내가 자기를 버렸다고 생각하고 체포되어 나를 비난하며 죽을 것이다. 허버트조차 내가 미스 해비샴네 집 대문 앞에 잠시밖에 있지 않았다는 사실과 내가 남겨 놓은 쪽지를 비교하고서 내 행동에 의문을 품을 것이다. 조와 비디는 그날 밤 내가 얼마나 후회했는지를 결코 알지 못할 것이다. 내가 어떤 일을 당했는지, 얼마나 성실하려고 애썼는지, 어떤 고통을 겪었는지, 아무도 모를 것이다. 눈앞에 닥친 죽음은 두려웠다. 그러나 더 두려웠던 건 내가 죽은 뒤 오해받은 채로 모두의 기억에 남는 것이었다. 내 생각은 점점 앞서 나아가, 에스텔라 자식들이며 그 자식의 자식 등 아직 태어나지도 않은 사람들에게 내가 경멸당하는 모습까지 상상했다. 그러는 동안에도 올릭은 계속 지껄여댔다.

"이 늑대 새끼야! 짐승을 잡아 죽이듯이 네놈 숨통을 끊어 주고 말 테다. 그러려고 너를 붙잡아 매어놓은 건데, 그 전에 네놈 상판대기를 천천히 감상한 뒤에 흠씬 두들겨 패줄 거다. 너는 내 원수니까!"

다시 소리를 질러 살려달라는 도움을 요청할까 하는 생각이 내 뇌리를 스쳤다. 그러나 이 한적하고 외딴곳에서는 도움을 받을 희망이 없다는 사실을 나만큼 잘 아는 사람도 없을 터였다. 결국, 올릭이 만족스럽게 나를 바라보는 동안,

그를 경멸하고 증오하는 마음이 내 입을 굳게 닫게 하고 버팀목이 되어 주었다. 무슨 일이 있어도 절대로 목숨만은 구걸하지 말고 마지막까지 사소한 반항이나마 하다가 죽자고 결심했다. 죽음을 코앞에 두고 있자니 다른 모든 사람에 대해 온화한 마음이 들기는 했지만—하느님께 겸허히 용서를 구하기는 했지만—소중한 사람들에게 작별을 하지도 못했고, 내 행동을 설명하거나 내 못난 잘못에 동정을 바랄 수도 없다고 생각하니 숙연한 기분이 들긴 했지만—이렇게 된 이상 만에 하나 올릭을 죽일 수 있다면, 나는 내 목숨과 바꿔서라도 반드시 그렇게 했을 것이다.

올릭은 술을 마시고 있었다. 눈은 벌겋게 충혈되었다. 예전에는 목에 고기나 술병을 걸고 다녔지만, 지금은 양철 병이 매달려 있었다. 그는 그 병을 입에 대고 독한 술을 마셔댔다. 지독한 알코올 냄새를 풍기면서 그의 얼굴이 벌게지는 것이 보였다.

"늑대 새끼!" 올릭은 다시 팔짱을 끼며 소리쳤다. "늙은 올릭이 한마디 해 주마. 네 잔소리쟁이 누나를 죽인 것은 바로 너다!"

올릭이 주저하듯 느릿느릿 말을 끝마치기 전에 내 머리는 다시 엄청난 속도로 회전했다. 누나가 습격을 당하고 병을 얻어 죽음에 이르기까지의 과정이 차례대로 스쳐 지나갔다.

"범인은 너잖아, 이 악당!" 내가 말했다.

"아니, 그건 네가 한 짓이다. 너 때문에 그렇게 된 거야." 올릭은 그렇게 대답하고 총을 들더니, 나와 그 사이의 공기를 가르듯이 허공에 총대를 휘둘렀다. "오늘 밤 네놈에게 했던 것같이 나는 그 여자 뒤로 다가갔어. 그리고 힘껏 때렸지! 죽은 줄로만 알고 그대로 내버려 두었다. 여기처럼 그 근처에 석회 가마가 있었더라면 그 여자는 더는 살아남지 못했겠지. 하지만 그건 늙은 올릭이 한 짓이 아니다. 네가 한 짓이지. 너는 총애를 받았지만, 늙은 올릭은 괴롭힘 당하고 얻어맞았다. 괴롭힘을 당하고 얻어맞았어. 그렇지? 지금 너는 그 대가를 치르는 거다. 그건 네가 한 짓이다. 그 대가를 치르는 거란 말이야."

그는 다시 술을 들이켜고 더욱 난폭해졌다. 병을 기울이는 속도로 봐서 술이 얼마 안 남았다는 것을 알 수 있었다. 나를 끝장내기 위해, 그 병에 든 술로 자신을 부추기는 게 분명했다. 병 속의 한 방울이 내 목숨의 한 방울이었다. 조금

"죽는 거다, 너는."

전 경고를 주려는 유령처럼 피어올랐던 증기 속으로 내가 녹아 없어지고 나면, 올릭은 누나를 습격했던 때처럼 재빨리 읍내로 나가 구부정한 모습으로 걷다가 술집에서 술을 마시는 걸 남에게 목격당할 속셈인 것이다. 나는 그가 읍내로 나가는 장면이며 그가 있는 길모퉁이를 순간적으로 떠올리고, 읍내의 불빛과 활기를 쓸쓸한 늪지대와 그곳을 기어가듯 뒤덮은 뿌연 증기와 비교했다. 이제 나는 그 증기의 일부가 되기 직전이었다.

올릭이 몇 마디인가를 지껄이는 동안에 나는 내 인생을 몇 년이고 돌이켜볼 수 있었다. 그의 입에서 나온 말은 단순한 언어에 그치지 않고 환영이 되었다. 흥분 때문에 필요 이상으로 빠르게 회전하는 머릿속에서 어떤 장소를 떠올리면 그것은 어느새 뚜렷하게 눈앞에 펼쳐졌으며, 누군가를 떠올리면 금세 그 얼굴이 눈에 아른거렸다. 이 영상들이 얼마나 선명했는지 아무리 설명을 거듭해도 결코 과장이 아닐 것이다. 그래도 나는 내내 그에게 온 신경을 집중했다. 당장에라도 덮쳐오려는 호랑이에게 주의를 기울이지 않는 사람이 어디 있겠는가. 나는 그의 손가락의 사소한 움직임 하나까지도 놓치지 않았다.

올릭은 다시 한 모금 술을 마시고 의자에서 일어나더니 탁자를 밀쳤다. 그러고서 초를 집더니, 살의가 가득한 손으로 촛불 위에 차양을 만들고 내 얼굴이 잘 보이도록 앞에 서서 즐거운 듯이 나를 바라보았다.

"늑대 새끼야! 한 가지 더 가르쳐 주마. 그날 밤 너는 계단에서 내 발에 걸려 넘어졌던 거다."

등불이 꺼진 계단, 수위가 든 등불이 벽에다 그려냈던 육중한 난간 그림자, 두 번 다시 볼 수 없을 내 방, 반쯤 열린 문, 닫힌 문, 그리고 방에 있는 모든 가구가 순식간에 눈앞에 떠올랐다.

"늙은 올릭이 왜 또 거기에 있었느냐고? 조금 더 가르쳐줄까. 나는 너와 그 여자에게 보기 좋게 쫓겨나는 바람에 이 마을에서 편히 살 수 없게 되었다. 그래서 새 친구와 새 주인을 찾아냈지. 내게는 편지를 쓰고 싶을 때 대신 써 주는 친구가 있다. 내 편지를 써 준단 말이야, 이 늑대 새끼! 그는 글씨체를 50가지나 마음대로 바꿔 쓸 수 있지. 한 가지 글씨체밖에 못 쓰는 별 볼 일 없는 네 놈과는 차원이 다르지. 네가 네 누나 장례식 때문에 이 마을로 돌아왔을 때, 나는 무슨 일이 있어도 네놈 목숨을 빼앗겠다고 결심했다. 너를 확실하게 없앨 방법이 떠오르지 않아서 네놈의 거동을 낱낱이 조사했지. 늙은 올릭은 '어떻게 해서든지 네놈을 붙잡고야 말겠다!' 마음속으로 이렇게 다짐했다. 그랬는데 너를 찾던 중에 '프로비스 삼촌'을 발견한 거다!"

밀 폰드 뱅크, 친크스 분지, 올드 그린 코퍼 로프워크—그 장소들이 내 눈앞에 선명하게 나타났다! 방 안에 있는 프로비스, 이미 쓸 일이 없어진 커튼 신호, 아름다운 클라라, 어머니같이 푸근한 윔플 부인, 누워 있는 발리 영감. 그리고 이 모든 것이 순식간에 사라졌다. 내 생명이 급류를 타고 바다로 흘러들어 가는 것처럼.

"네놈에게 삼촌이 있다고! 정말 이상한 이야기가 아니냐. 나는 가저리 대장간에서 너를 어렸을 때부터 알았다. 너는 정말로 쪼그맸어. 마음만 먹었으면 이 검지와 엄지로 모가지를 잡고 집어던져 죽일 수도 있었겠지. 실제로 일요일에 네놈이 숲 속을 어슬렁거릴 때면 정말로 그럴까 생각했던 적이 한두 번이 아니었다. 어쨌든 그 무렵에도 네놈에게 삼촌 따위는 없었다. 그런데 늙은 올릭의 귀에 들어온 바로는, 그 프로비스 삼촌인지 뭔지가 옛날에 족쇄를 차고 있었다는 게 아니냐. 아주 오래전에 늙은 올릭은 줄칼로 잘린 그 족쇄를 늪에서 주워 줄곧 숨겨 두었었지. 그걸로 네놈 누나를 황소 쳐 죽이듯이 때려눕힌 거다. 흐흐흐, 지금부터 너를 같은 꼴로 만들어 주마……. 어떠냐……? 늙은 올릭의 귀에 들어왔다니까, 그 말이."

이렇게 격렬하게 따져 물으면서 올릭은 촛불을 내 얼굴 가까이 들이밀었다. 나는 그만 불길에서 얼굴을 돌렸다.

그는 똑같은 짓을 한 번 더 반복하더니 웃으면서 큰 소리로 말했다. "아아! 불에 덴 아이는 불을 무서워하는 법이지. 늙은 올릭은 네가 불에 덴 것도 안다. 그뿐만 아니라 늙은 올릭은 네가 프로비스를 국외로 데리고 나가려는 것도 알아. 늙은 올릭은 네놈이 놓는 수쯤은 훤히 꿰뚫고 있기 때문에, 오늘 밤에 오리라는 것도 알았지! 이 늑대 새끼야! 조금만 더 가르쳐 주겠다. 이게 마지막이다. 잘 들어라, 네놈에게 나라는 상대가 있듯이 프로비스에게도 만만치 않은 상대가 있다. 프로비스도 조카가 죽은 뒤에는 조심하는 게 좋을 거야! 사랑하는 조카의 옷 한 조각, 뼈 하나라도 발견하지 못한다면 그놈도 조심하는 게 좋겠지! 매그위치—그래, 나는 놈의 이름도 안다!—이 나라에서 매그위치를 살려둘 수는 없지. 아니, 살려둘 수 없다는 사람들이 있다. 그들은 놈이 다른 나라에서 살았을 때도 놈을 따라다니며 확실한 정보를 쥐고 있었지. 놈이 몰래 빠져나와 자기들을 위험에 빠뜨리는 일이 없도록 말이야. 별 볼 일 없는 네놈과는 달리 50가지 글씨체를 쓰는 사람들이 혹시 그들일지도 모르지. 매그위치 놈은 콤피슨과 교수대를 조심하는 게 좋을 거다!"

올릭은 다시 촛불을 내게 들이대더니 얼굴과 머리카락을 그슬리게 했다. 순간 나는 앞이 보이지 않았다. 이어서 그는 탁자 위에 초를 다시 올리고 그 억센 등짝을 내게 돌렸다. 나는 그가 다시 앞으로 돌아서기 전에, 조와 비디와 허버트를 생각하며 마음속으로 기도를 올렸다.

탁자와 맞은편 벽 사이에는 몇십 인치쯤 틈이 있었다. 이 틈 안으로 올릭은 평소처럼 몸을 앞으로 수그린 채 왔다 갔다 했다. 손을 양옆으로 축 늘어뜨리고 나를 노려보는 그 모습은 여태까지보다 강해 보였다. 이젠 희망 따위는 없었다. 마음속은 바쁘게 움직였는데, 생각보다 나타났다가 사라지는 이런저런 영상들이 놀라운 힘을 지니고 있었다. 그럼에도, 그가 곧 나를 흔적도 없이 없애 버릴 셈이 아니라면 지금 같은 말을 할 리가 없다는 건 분명히 이해할 수 있었다.

올릭이 우뚝 멈추더니 병에서 코르크 마개를 뽑아 던졌다. 마개는 가벼웠으나 저울추 같은 소리를 내며 마룻바닥으로 떨어졌다. 그는 조금씩 병을 기울여 천천히 술을 마셨다. 이제는 나를 보고 있지 않았다. 마지막 술 몇 방울을 손바닥에 떨어뜨려 핥았다. 그러고는 갑자기 무시무시한 고함을 지르고 격렬하게 술병을 던져 버리더니 허리를 숙였다. 그러자 그의 손에 쥐어진 길고 묵직한 자루가 달린 돌망치가 보였다.

내 결심은 약해지지 않았다. 헛된 애걸 따위는 하지 않고, 목청껏 소리를 지르며 젖 먹던 힘을 짜내어 저항했다. 머리와 발밖에 움직일 수 없었지만, 할 수 있는 한 온 힘을 다했다. 나에게 그런 힘이 있는 줄은 미처 깨닫지 못했다. 그때, 내 목소리에 호응하는 외침이 들리더니 문이 벌컥 열리며 빛이 들어왔다. 사람들이 우르르 들어오고, 고함소리와 물건들이 우당탕 부딪치는 소리가 들렸다. 그리고 세찬 물줄기가 터져나오듯이, 몸싸움을 벌이는 사람들 틈에서 올릭이 빠져나와 탁자를 뛰어넘어 어둠 속으로 내빼는 것이 보였다.

한참 멍하니 있다 정신을 차려보니, 나는 같은 장소에서 밧줄이 풀린 채 누군가의 무릎을 베고 누워 있다는 사실을 깨달았다. 의식이 또렷해지자, 나는 벽에 기대어 놓은 사다리를 바라보고 있었다. 시선은 줄곧 거기에 고정되어 있었지만, 보고 있다는 걸 자각한 것은 한참 지나서였다. 머리가 돌기 시작하자, 의식을 잃었을 때와 똑같은 장소에 있다는 사실을 비로소 알 수 있었다.

처음에는 내 머리가 누구의 무릎 위에 놓여 있는지조차 알아보지 않고 그저 사다리만 쳐다보며 누워 있었다. 그때 사다리와 나 사이에 웬 얼굴이 끼어들었다. 트래브 씨네 소년의 얼굴이었다!

"괜찮은 것 같습니다!" 트래브네 소년이 차분한 목소리로 말했다. "하지만 안색이 무척 창백해요!"

이 말을 듣고, 내 머리를 무릎에 올려놓고 있던 사람이 얼굴을 들여다보았다. 나를 받쳐 주던 사람은······.

"허버트잖아! 맙소사!"

"침착해. 가만히 있어, 헨델. 갑자기 움직이면 안 돼."

"세상에, 스타톱도 있네!" 내 위로 몸을 숙인 그의 얼굴이 보였으므로 나는 소리를 질렀다.

"그가 도와주기로 한 우리 계획을 떠올려 봐. 그리고 침착하게 조용히 있어."

이 말에 나는 튕기듯 일어났다. 그러나 팔이 욱신거려서 금세 처음 자세로 돌아오고 말았다. "허버트, 계획했던 시간이 아직 지나진 않았겠지? 오늘이 며칠이지? 내가 여기에 얼마나 있었던 거야?" 나는 그곳에 아주 오랫동안 있었다는 이상하고 강력한 불안에 사로잡혀 있었다. 만 하루? 만 이틀? 아니면 더 오래?

"아직 지나지 않았어. 아직 월요일 밤이야."

"아, 다행이다!"

"화요일, 그러니까 내일은 하루종일 푹 쉬도록 해." 허버트가 말했다. "하지만 신음이 절로 나오지, 헨델? 많이 아프니? 일어설 수 있겠어?"

"응, 걱정하지 마. 걸을 수 있어. 팔이 욱신욱신 쑤시는 것 말고는 괜찮아."

그들은 내 옷소매를 걷어 올리고 응급 처치를 해 주었다. 팔은 몹시 부어오르고 염증을 일으켜, 닿는 것도 참을 수가 없을 정도였다. 그들은 읍내에서 상처에 바를 차가운 소독약을 구할 때까지 견딜 수 있도록 손수건을 찢어 새 붕대를 만들고 조심스럽게 내 팔을 다시 팔걸이에 걸어주었다. 잠시 뒤에 우리는 이 어둡고 텅 빈 수문지기 집을 나와 채석장을 지나 마을로 돌아갔다. 트래브 씨네 소년—소년이라고는 해도 지금은 키가 훌쩍 큰 청년이었지만—이 등불을 들고 앞장섰다. 문틈으로 보이던 것이 바로 이 등불의 불빛이었다. 달은 마지막으로 보았을 때보다 두 시간은 더 넘게 높이 떠 있었고, 비는 부슬부슬 계속 내렸으나 밤하늘은 밝아져 있었다. 석회 가마 옆을 지나자, 희뿌연 증기가 우리에게서 멀어져갔다. 나는 조금 전에 마음으로 기도를 올렸듯이, 이번에는 감사 기도를 입 속으로 중얼거렸다.

어떻게 나를 구하러 오게 되었는지 말해 달라고 허버트를 졸랐지만, 처음에 그는 안정을 취해야 한다며 딱 잘라 거절했다. 그래도 끈질기게 졸라댄 끝에 알아낸 것은 다음과 같다. 나는 허둥대느라, 올릭에게서 받은 편지를 펴놓은 채로 방에 떨어뜨렸던 것이다. 내가 떠난 바로 뒤, 우리집으로 오는 중이던 스타톱과 마주친 허버트는 그와 함께 돌아와서 편지를 발견했다. 편지의 어조를 보고 그는 불안감을 느꼈고, 그 편지와 내가 급히 쓴 쪽지의 내용이 일치하지 않자 불안감은 더욱 커졌다. 15분 동안 곰곰이 생각한 뒤에도 걱정은 가라앉기는커녕 더욱 심해졌다. 그는 함께가기를 자처한 스타톱과 같이 다음 마차 시간을 묻기 위해 역마차 사무실로 갔다. 그러나 오후 승합 마차는 이미 떠난 뒤였다. 이렇게 일이 뜻대로 되지 않자, 막연한 불안감은 확실한 공포로 바뀌었다. 그는 우편마차를 잡아 타고 내 뒤를 쫓아왔다. 하지만 푸른 멧돼지에 도착하면 나를 만나거나 내 행방을 찾을 줄 알았는데, 막상 도착하고 보니 예상이 빗나갔다. 미스 해비샴네 저택에 가 보았으나, 그곳에서 단서를 놓쳤다. 저녁식사도 할 겸 늪지대를 안내해 줄 사람도 찾으러 푸른 멧돼지로 돌아갔더니(마침 내가 다른 여관 주인에게서 내 출세에 대한 소문을 듣고 있을 무렵이었다), 입구에 무리지어 있던 사람 중에 우연히 트래브 씨네 소년이 있었다. 그는 여전히, 늘 부르지도 않은 곳에 나타나는 습관에 충실했던 것이다. 우연히 그는 내가 미스 해비샴네 저택에서 여관 쪽으로 걸어가는 장면을 목격했었다. 그리하여 그들은 소년의 안내로 수문지기 오두막으로 향했다. 그러나 그들은 내가 지나가지 않은, 읍내에서 이어지는 다른 길을 지나갔다. 걸어가면서 허버트는 어쩌면 내가 정말로 프로비스의 안전에 관한 볼일로 이곳까지 온 게 아닐까 그런 생각을 했다. 그러자 방해하면 안 된다는 생각이 불현듯 들었다. 그는 스타톱과 안내인을 채석장 끄트머리에 남겨 두고, 오두막 안을 살펴보려 그 주위를 두세 번 혼자 맴돌았다. 낮고 거친 목소리가 아주 작게 들릴 뿐이었으므로(내가 바쁘게 머리를 굴리고 있을 때였다) 그는 내가 그곳에 없다는 생각을 하기 시작했다. 그때 별안간 내가 소리를 질렀고, 그는 그 소리에 반응하여 오두막으로 쳐들어왔다. 곧 나머지 두 사람도 그 뒤를 쫓아 들어왔던 것이다.

오두막 안에서 일어났던 일을 허버트에게 털어놓자, 그는 시간은 늦었지만 곧바로 읍내 치안판사를 찾아가 체포 영장을 발부해야 한다고 주장했다. 그러나 나는 그랬다가는 우리 세 사람이 그곳에 부득이 오래 머물러야 하거나 아예 돌아가지 못할지도 모르고, 그렇게 되면 프로비스에게 치명적인 결과를 가져올지도 모른다는 생각을 이미 했었다. 그것은 부정할 수 없는 가능성이었으므로 우리는 그날 밤 올릭을 추적하는 일은 단념했다. 일을 서두르는 것은 현명한 방법이 아니었으므로, 트래브 씨네 소년에게는 별일 아니라고 말해 두었다. 자기가 끼어드는 바람에 내가 석회 가마에서 재가 되지 않았다는 사실을 알았다면 틀림없이 그는 크게 실망했을 것이다. 그가 사악한 성격이어서가 아니라, 그는 활력이 남아돌아서 남을 희생해서라도 일단 지루함을 달래고 흥분을 추구하는 성격이었던 것이다. 그와 헤어질 때 나는 그에게 2기니를 주고(그는 만족하는 것 같았다), 여태껏 그를 좋지 않게 생각해서 미안하다고 사과했다(거기에 대해서는 아무런 반응도 보이지 않았다).

수요일이 코앞으로 닥쳐온 데다 그날 밤의 모험이 마을에 퍼지기 전에 떠나는 게 좋을 것 같아서 우리는 곧장 우편마차를 타고 런던으로 돌아가기로 했다. 허버트가 내 팔에 바를 커다란 약병을 구해왔으므로 그것을 밤새 상처에 덧바르며, 여행하는 동안 겨우 고통을 견딜 수 있었다. 템플에 도착했을 때는 동이 틀 무렵이었다. 나는 곧장 침대로 가서 하루를 꼬박 잤다.

누워 있으면서도, 몸 상태가 안 좋아 내일 도움이 되지 못하면 어쩌나 하는 걱정에 시달렸다. 그 걱정만으로 몸져누운대도 이상하지 않을 정도였다. 다음 날 힘을 내야 한다는 비상한 긴장감이 없었더라면, 누적된 정신적 피로도 한몫하여 나는 틀림없이 쓰러졌을 것이다. 이 '다음 날'을 나는 극도의 불안감으로 기다렸다. 그 엄청나게 커다란 의미가 있는 하루가 어떻게 끝날지, 불과 몇 시간 뒤 일인데도 전혀 짐작이 가지 않았다.

그날 프로비스와의 만남을 삼간 것은 지극히 신중을 기하기 위해서였다. 그러나 불안감은 더욱더 커졌다. 발소리나 다른 어떤 소리가 들릴 때마다 흠칫 놀랐다. 그의 은신처가 발각되어 체포되었다고 심부름꾼이 알리러 오는 소리로 들렸기 때문이었다. 나는 나 자신을 설득하기로 했다―그는 이미 붙잡혔다, 지금 느끼는 감정은 단순한 공포나 예감이 아니다, 이미 일은 벌어졌으며 나는 신기하게도 그 사실을 알고 있다 등등. 나쁜 소식 없이 시간이 흐르고 저녁이 되어 주위가 어두워지자, 내일 아침이 오기 전에 몸 상태가 나빠져 아무것도 할 수 없으리라는 거대한 공포의 그림자가 나를 완전히 사로잡았다. 팔과 머리가 타는 듯이 아파서 정신이 이상해질 것만 같았다. 나는 정신의 끈을 놓지 않기 위해, 숫자를 세어보기도 하고, 기억나는 산문이며 운문을 외었다. 그러다가 지치면 깜빡 잠이 들거나 망각의 구렁텅이로 가라앉곤 했다. 하지만 그 뒤 곧바로 퍼뜩 정신을 차리고서 속으로 중얼거리는 것이었다. "아아! 이러다 미치고 말겠어!"

허버트와 스타톱은 내가 종일 쉴 수 있게 해줬다. 팔의 붕대를 자주 갈아 주었고, 열을 내려 주는 음료수도 갖다주었다. 잠들 때마다, 수문지기 오두막에서 그랬던 것처럼, 시간이 훌쩍 지나 그를 구할 기회를 놓쳤다는 생각과 함께 눈이 떠졌다. 자정쯤에는 침대를 빠져나와 허버트를 부르러 가기도 했다. 24시간 잠만 자다 수요일을 놓쳐 버렸다는 생각이 들었기 때문이다. 진정되지 않는 내 마음의 마지막 몸부림이었다. 그러고 나서는 깊이 잠들었다.

창밖을 보자, 먼동이 트며 수요일 아침이 시작되고 있었다. 다리 위에 켜진 깜박거리는 불빛은 이미 창백하게 꺼져가고, 떠오르는 태양은 지평선에 떠 있는 불의 늪지대처럼 보였다. 아직 캄캄하고 신비스러운 강에 걸린 다리는 차가운 잿빛으로 변했고, 그 꼭대기는 이글거리는 햇살을 받아 군데군데 따스한 기운을 띠었다. 빽빽이 밀집된 집들 지붕 사이로 교회당 첨탑이 유난히 갠 하늘에 삐죽삐죽 솟은 풍경을 감상하는 사이에 해가 떠올랐다. 장막이 벗겨진 듯이, 강물이 온통 반짝거리기 시작했다. 내 몸에서도 장막이 벗겨졌는지, 힘차고 건강한 기운이 솟아올랐다.

허버트는 자기 침대에서, 우리의 오랜 친구 스타톱은 소파에서 자고 있었다. 나는 아직 다른 사람의 도움을 빌리지 않고는 옷을 갈아입을 수 없었지만, 아직 약하게 타고 있는 난롯불을 일으키고 그들을 위해 커피를 준비했다. 이윽고 그들도 힘차고 건강하게 일어났다. 우리는 창문을 열고, 살을 에는 듯한 바람을 맞으며, 밀물이 차오르는 강을 바라보았다.

허버트가 명랑하게 말했다. "9시에는 물이 빠질 거야. 밀 폰드 뱅크에 계신 손님, 완벽하게 준비를 마치고 우리를 기다리세요!"

제54장

햇살은 따갑지만 바람은 차가웠다. 3월에 흔히 있는, 햇살이 비치는 곳은 여름이고 그늘진 곳은 겨울인 날이었다. 우리는 선원들이 입는 두꺼운 외투를 준비했다. 나는 가방 하나를 들었다. 내 소지품 중에서 이 가방에 들어갈 필수품만 몇 가지 챙겼다. 앞으로 어디로 갈지, 무엇을 할지, 언제 돌아올지 전혀 알수 없었다. 하지만 그런 물음에 고민할 여유는 없었다. 프로비스의 안전을 생각하느라 머리가 꽉 찼기 때문이다. 문간에 서서 뒤를 돌아보며, 다음 번에 이 방을 볼 때(과연 그런 기회가 있다면) 내 신상은 어떻게 변해 있을까 하고 생각을 한 것은 아주 잠깐이었다.

우리는 템플 앞 선착장까지 어슬렁어슬렁 걸어가서, 강에 나갈지 아직 결정하지 않았다는 듯이 주변을 서성거렸다. 물론 보트는 완벽하게 준비되어 있었다. 템플 계단에 서식하는 양서류 두세 종류만이 드문드문 있을 뿐 아무도 없는 그곳에서 우리는 일부러 잠시 주저하는 모습을 보인 뒤 보트에 올라타고, 출항을 위해 밧줄을 끌렀다. 허버트가 뱃머리에 앉고, 나는 키를 잡았다. 시각은 8시 반. 거의 만조였다.

우리의 계획은 이랬다. 조수는 9시에 빠지기 시작해서 3시까지 계속된다. 우리는 그동안 그 물살을 타고, 그다음에는 밀물을 거슬러, 어두워질 때까지 계속 노를 젓는다. 그러면 우리는 켄트와 에식스 사이에 있는 그레이브센드 하류, 즉 강의 굽이와 그 사이가 넓어진 지점에 가 있을 것이다. 그 주변은 강이 넓고 오가는 배도 거의 없으며, 강가에 사는 사람도 적고 외딴 선술집이 드문드문 있을 뿐이다. 그중 하나를 휴식처로 골라 밤새 조용히 보낸다. 함부르크행기선과 로테르담행 기선은 목요일 아침 9시쯤에 런던을 떠난다. 우리는 그날 아침 어디에 있는가에 따라서 기선의 도착 시각을 예측하고, 처음으로 우리 앞을 지나가는 배에 태워 달라고 부탁한다. 사정상 그 배에 탈 수 없다면, 다음 배를 기대한다. 우리는 미리 여러 배들의 색깔과 형태를 조사해 두었기 때문이다.

드디어 계획을 실행에 옮긴다고 생각하니 긴장에서 풀려난 기분이 들었다. 불과 몇 시간 전에 내가 어떤 상태에 있었는지 믿기가 어려웠다. 상쾌한 공기와 햇빛, 강물의 움직임, 그리고 강물 그 자체 덕분에 나는 새로운 희망을 품고 새로운 활력을 얻었다(강은 우리를 동정하여 기운과 용기를 북돋워 주며 함께 힘껏 달려 주었다). 보트 안에서 내가 거의 도움이 안 되는 것은 분했지만, 이 두 친구보다 훌륭한 뱃사공은 그리 많지 않았다. 그들은 착실하게 노를 저었고, 그 속도를 하루내내 유지했다.

그즈음 템스강을 통과하는 기선은 지금보다 훨씬 적고, 뱃사공이 노를 젓는 나룻배는 지금보다 훨씬 많았다. 거룻배, 상선, 석탄운송정의 수는 지금과 비슷했지만, 증기선은 큰 것이든 작은 것이든 지금의 10분의 1, 또는 20분의 1 수준이었다. 아직 이른 아침이었으나 그날은 많은 조정 경주용 배가 오가고, 수많은 거룻배가 썰물을 타고 하류로 이동하고 있었다. 거룻배를 타고 다리와 다리 사이를 지나기란 지금과 비교하면 훨씬 쉽고 흔한 일이었다. 우리는 수많은 소형배와 나룻배 사이를 빠르게 헤쳐갔다.

우리는 곧 옛 런던 브리지를 통과했다. 이어서, 굴을 실어 나르는 배며 네덜란드 어선이 나란히 닻을 내린 빌링스게이트 시장,[1] 런던탑과 '반역자의 대문'[2]을 지나자 정박한 수많은 배가 보였다. 하선 작업을 하는 리스, 애버딘, 글래스고 기선들 옆을 지날 때에는 그 배들이 강물 위로 우뚝 솟은 것처럼 보였다. 석탄운송선이 수십 척이나 있었다. 수부가 갑판 위에 놓인 발판에서 뛰어내리면 그 반동으로 석탄이 들려 올라갔다가 밑에서 기다리는 거룻배의 뱃전으로 떨어졌다. 내일 로테르담으로 떠나는 기선이 정박해 있었으므로 우리는 눈여겨봐 두었다. 우리는 그 뱃머리 아래로 지나갔다. 보트 뒤쪽에 앉아 있던 나는 방망이질하는 가슴을 안고 밀 폰드 뱅크와 밀 폰드 선착장을 바라보았다.

"그가 있니?" 허버트가 물었다.

"아직 없어."

"그래, 우리를 볼 때까지 나오지 않기로 되어 있으니까. 그의 신호가 보이니?"

---

1) 당시 런던의 최대 어시장.

2) Traitor's Gate. 정치범은 이 문을 지나 템스강에서 런던탑으로 이송되었음.

"아니, 여기서는 잘 안 보여. 잠깐, 저건가……? 좋아, 보였다! 둘 다 노를 저어! 천천히, 허버트. 노를 올려!"

보트가 선착장 계단에 툭 가서 닿고 그가 올라타자마자 우리는 다시 노를 젓기 시작했다. 항해용 망토와 검은색 캔버스 가방을 든 그는 아주 유능한 항해 길잡이처럼 보였다.

"핍, 잘 있었냐!" 그가 손을 내 어깨에 얹고서 앉았다. "넌 의리 있고 착한 아이다. 잘해냈어. 고맙다, 고마워!"

다시 우리는 줄지어 정박한 배들 사이를 빠져나와, 다 헤진 두꺼운 대마 밧줄이며 녹슨 닻줄이며 위아래로 흔들리는 부표를 피하고, 둥둥 떠 다니는 깨진 바구니를 한순간 가라앉히고, 파도 사이를 노니는 나무 파편이며 대팻밥을 퍼뜨리고, 떠다니는 석탄 조각 사이를 헤치고, 많은 존들이 그러는 것처럼 허공에다 대고 연설을 늘어놓는 선덜랜드의 '존'[3] 선수상이며 꽉 조여 맨 가슴을 드러내고 눈이 2인치쯤 튀어나온 '야머스의 벳시' 선수상 아래를 지났다. 조선소에서 들려오는 요란한 망치질 소리, 목재소에서 나는 시끄러운 톱질 소리, 알 수 없는 곳에서 들려오는 엔진 부딪히는 소리, 구멍 난 배에서 나는 펌프질 소리, 닻을 감아 올리는 감개 소리 등으로 시끄러운 와중에도 수많은 배가 바다를 향해 나아가고, 선원들이 뱃전 너머에서 알 수 없는 말로 뭐라고 외치면 거룻배 뱃사공이 거기에 응해 뭐라고 외치는 사이를 빠져나갔다. 이윽고 물 위의 장해물이 뜸해졌다. 여기까지 오면 배의 수습 수부들이 뱃전에 매달아 놓은 완충재를 푼다. 그것을 매단 채 거친 파도에서 낚시할 필요는 이제 없다.[4] 차곡차곡 접혀 있던 돛도 활짝 펼쳐져 바람을 받게 된다.

계단에서 프로비스를 태웠을 때도, 그 뒤에도, 나는 우리를 의심하는 사람이 없는지 눈을 번득였다. 다행히 그런 기색은 없었다. 우리를 감시하거나 미행하는 배는 확실히 없었다. 그런 배가 있었다면 바로 보트를 기슭에 대고 상대가 지나갈 때까지 기다리던지, 상대의 목적을 분명히 확인했을 것이다. 그러나 우리는 아무런 방해도 받지 않고 순조롭게 노를 저어 나갔다.

항해용 망토를 입은 프로비스는 앞서 말했듯이 주변 풍경에 완벽히 녹아들

---

3) 세례 요한(영어 이름으로 존)이나 당시의 정치가인 존 러셀을 빗댄 것으로 보임.
4) '거친 파도에서 낚시하다'란 '혼란을 틈타 이익을 꾀한다'는 뜻의 속담.

어 있었다. 놀랍게도 (아마도 지금까지의 인생 경험에서 오는 것일 테지만) 그는 우리 가운데서 가장 태연했다. 무관심했다는 건 아니다. 그는 자기의 신사 핍이 외국에서도 가장 신사답다는 것을 보고 싶다고 말했었다. 내가 아는 그는 자포자기하거나 단념하는 성격이 아니었으며, 위험에 어설프게 대응하는 사람도 아니었다. 위험이 닥치면 그에 정면으로 맞서는 사나이였다. 그러나 위험이란 늘 예기치 못한 순간에 오는 법이다.

"얘야 핍, 날이면 날마다 사방이 벽으로 둘러싸인 채 꼼짝 못하고 지내다가 이렇게 네 옆에 앉아 담배를 피우는 기분이 어떤 건지 안다면, 너는 분명히 나를 부러워할 거다. 하지만 그런 기분은 결코 모르겠지."

"자유로운 몸이 된 기쁨은 알 것 같아요." 내가 대답했다.

"흠." 그는 진지한 얼굴로 고개를 가로저었다. "하지만 나만큼은 모를걸. 나만큼 알려면 감방에 갇혀 봐야 한다. 어이쿠, 품위 없는 말은 하지 않으마."

그가 한 가지 생각에 사로잡혀 그것만을 위해 자신의 자유와 목숨마저 위험에 드러낸 것은 이치에 맞지 않다는 생각이 들었다. 그러나 남이야 어떻든, 곰곰이 생각해 보면, 그에게 위험이 따르지 않는 자유 따위는 그의 일상과는 너무도 거리가 먼 것이다. 이 추측은 빗나가지 않은 것 같았다. 그가 잠시 담배를 피운 뒤 이런 말을 했기 때문이다.

"얘야 핍, 나는 말이다, 저쪽 지구 반대편에 있을 때 늘 이쪽을 꿈꿨단다. 돈은 모았지만, 저쪽에서 지내던 나날은 얼마나 따분했는지 모른다. 매그위치를 모르는 사람이 없고, 매그위치가 무엇을 하든 아무도 신경 쓰지 않았지. 여기서는 그러지 못하지만. 적어도 내가 어디서 왔는지 안다면 그러지 못할 거라는 뜻이다."

"모든 게 계획대로 된다면, 몇 시간 뒤 완전히 안전하고 자유로운 몸이 될 거예요."

"으음." 그는 길게 한숨을 내쉬었다. "그랬으면 좋겠구나."

"그렇게 되지 않을 것 같으세요?"

그는 뱃전 너머로 손을 뻗어 물에 담그고, 전에 본 적 있는 그 온화한 표정을 지으며 웃었다.

"으음, 글쎄, 그럴 것 같구나, 핍. 지금처럼 조용하고 마음이 편한 건 처음이다.

하지만 보트가 시원하게 쓱쓱 잘 나가서 그런지, 아까 담배를 피우며 이런 생각을 했단다—이렇게 강물을 만져도 그 밑바닥까지는 볼 수 없지. 그와 같은 이치로, 우리는 몇 시간 앞일조차 내다볼 수 없다고 말이야. 시간의 흐름도 강물의 흐름과 같아서 멈출 수가 없지. 게다가 보렴, 물은 내 손가락 사이로 빠져나가지 않느냐, 이렇게!" 그렇게 말하며 그는 물이 뚝뚝 떨어지는 손을 들어 올렸다.

"얼굴은 안 보고 말만 들었으면 완전히 풀이 죽은 줄 알겠어요."

"천만에, 절대로 그렇지 않다! 보트가 조용히 나아가고, 뱃머리에 닿는 잔물결이 일요일에 울려퍼지는 교회 종소리 같으니까 그런 말이 나온 거지. 조금 나이를 먹은 탓인지도 모르고."

그는 편안한 얼굴로 다시 파이프를 물고서, 이미 영국을 탈출한 것처럼 느긋하고 만족스럽게 앉아 있었다. 그러나 공포심이 없을 수는 없는지, 내 충고에는 즉시 따랐다. 맥주를 사 오려고 보트를 기슭에 댔을 때 그가 내리려 했으므로 나는 보트에 남아 있는 편이 좋겠다고 말했다. 그러자 그는 "그러냐, 핍?" 하더니 다시 얌전하게 앉았다.

강바람이 싸늘하게 느껴졌다. 그러나 날씨는 화창했으며, 햇볕은 기분 좋을 만큼 따스했다. 조수가 세차게 흘렀으므로 되도록 그 흐름을 타고자 우리는 착실하게 노를 저어 쓱쓱 나아갔다. 조류가 약해짐에 따라 강둑의 숲이며 언덕이 아주 조금씩 보이지 않게 되고, 진흙투성이 강기슭 사이에서 보트의 위치가 점점 낮아졌다. 그레이브센드를 지나서까지도 썰물이 계속되었다. 우리의 승객은 망토로 몸을 단단히 감싸고 있었으므로 나는 일부러 세관 보트 바로 옆을 지났다. 그 뒤에는 흐름을 타고 두 척의 이민선 옆으로 가서 붙거나, 군인들이 앞갑판에서 내려다보는 커다란 수송선 뱃머리 아래로 들어가거나 했다. 이윽고 조수가 약해졌다. 정박한 배들이 방향을 바꾸기 시작했다. 모든 배가 상류를 향하자, 밀물을 타고 깊은 곳으로 가려는 배들이 함대를 이루어 이쪽으로 몰려왔다. 우리는 보트를 기슭에 가까이에 댔다. 얕은 여울과 강바닥 진흙을 조심스럽게 피하면서, 가능한 한 차오르는 조수의 힘이 닿지 않는 길을 골랐다.

조수의 흐름에 보트를 맡긴 채 몇 분씩 쉬엄쉬엄 노를 저어 온 덕분에 두 사공은 기운이 넘쳤으므로, 완전히 체력을 회복하기에는 15분 휴식으로도 충분했다. 우리는 미끈거리는 자갈이 있는 모래밭에 상륙하여, 실어 두었던 식량으로 배를 채웠다. 주위를 둘러보자 그곳은 고향의 늪지대를 연상시키는 곳이었다.[5] 평탄하고 단조로운 땅에 어슴푸레한 지평선, 강물이 굽이굽이 흐름을 바꾸고 수면에 떠 있는 커다란 부표도 둥실둥실 흐름을 바꾸었지만, 다른 모든 것들은 좌초된 채 가만히 있는 것 같았다. 이제 함대의 마지막 배가 우리가 마지막으로 돌았던 굽이를 돌아 사라지고 녹색 선체에 갈색 돛을 올리고 짐을 실은 마지막 거룻배도 그 뒤를 따랐다. 어린아이가 난생처음 만든 형편없는 보트 모형같이 생긴 바닥짐 운반선 몇 척이 진흙 속에 정박해 있고, 다 드러난 쇠다리로 떠받쳐진 왜소하고 키 작은 모래톱 등대가 지팡이와 목발을 짚은 모습으로 볼썽사납게 진흙 속에 버티고 서 있었다. 미끈거리는 말뚝과 바위, 그리고 붉은 지표며 수위 표시판이 진흙에서 튀어나와 있고, 오래된 잔교와 지붕 없는 건물은 진흙 속에 파묻혀 있을 뿐이었다.

우리는 다시 출발하여 갈 수 있는 데까지 나아갔다. 전보다 훨씬 힘든 행로였다. 그러나 허버트와 스타톱은 해가 저물 때까지 열심히 노를 젓고 또 저었다. 그때쯤에는 강물이 조금 불어 보트에서 강기슭 위가 보였다. 기슭 위에 바로 태양이 있고, 시뻘건 노을이 순식간에 검은빛으로 변해갔다. 평탄한 늪지대와 저 멀리 언덕이 보였는데, 언덕과 우리 사이에는 눈앞에 보이는 고독한 갈매기 말고 다른 생물은 없어 보였다.

밤의 장막이 빠른 속도로 내려오고 있었으며, 보름을 지난 달은 아직 바로 뜨지 않았으므로, 우리는 앞으로의 행동을 의논했다. 매우 짧은 회의였다. 유일한 길은 처음으로 눈에 띈 한적해 보이는 여관에서 숨죽이고 있는 것 말고 없었다. 두 사람은 다시 노를 잡았고, 나는 눈을 부릅뜨고 집처럼 보이는 것을 찾았다. 이렇게 우리는 거의 말없이 4, 5마일을 단조롭게 노 저어 나아갔다. 몹시 추워져서, 조리실 화덕에서 연기를 피워 올리는 석탄선과 마주 지나쳤을 때는 그것이 안락한 집처럼 보였다. 이 무렵 이미 밤하늘은 완전히 캄캄해졌다. 아침까지 이 어둠이 계속되는 것이다. 우리 보트를 비춰 주는 어슴푸레한 불빛은 하늘에서 비춰온다기보다 노가 물에 비친 별을 치고 지날 때마다 강에서 솟구쳐 오르는 것처럼 느껴졌다.

---

5) 핍의 고향에 있는 늪지대는 이곳에서 템스강을 끼고 맞은편에 위치.

이 암담한 순간에 분명히 우리 모두는 쫓기고 있다는 생각에 사로잡혀 있었다. 밀물이 거세지자 파도가 불규칙한 간격으로 기슭을 때렸다. 그 소리가 들릴 때마다 반드시 우리 가운데 누군가가 흠칫 놀라며 그쪽을 바라봤다. 군데군데에서 물살이 기슭을 깎으며 조그만 웅덩이를 만들었다. 우리는 그런 곳을 수상하게 생각하며 눈여겨보았다. 가끔 우리 가운데 하나가 낮은 목소리로 "저 물결무늬는 뭐지!"라든가 "저기 보이는 게 보트인가?" 말했다. 그러고는 죽은 듯한 침묵이 이어졌다. 노가 크러치[6]와 마찰하면 왜 그렇게 큰 소음이 나는지 나는 조마조마했다.

마침내 불빛과 지붕이 보이자 우리는 바로 둑에 배를 댔다. 이 둑은 가까운 곳에서 주운 돌을 쌓아 만든 것이었다. 나는 모두를 보트에 남기고 혼자 뭍에 내려, 불빛이 선술집 창문에서 새어나오는 것을 확인했다. 꽤 지저분한 가게였다. 밀수업자들과 관계있을 것이 뻔했다. 그러나 부엌에는 커다란 난로가 있었으며, 달걀과 베이컨 그리고 여러 종류의 술도 있었다. 2인용 침실은 두 개였다. 주인이 "누추한 방입니다만." 그러면서 우리에게 양해를 구했다. 그와 그의 부인 말고는 이웃의 잡일을 도맡아 하는 반백의 허드레꾼뿐이었다. 이 사나이는 최저 수위점을 나타내는 팻말처럼 온통 진흙을 뒤집어쓰고 있었다.

나는 그 사나이를 데리고 보트로 돌아왔다. 모두가 배에서 내렸다. 노, 키, 갈고리 장대와 그밖의 것들을 꺼내고, 보트는 뭍으로 끌어올려 두었다. 부엌 불 옆에서 훌륭한 저녁식사를 한 뒤 침실을 나누었다. 허버트와 스타톱이 한 방을 쓰고, 나와 우리의 승객이 다른 한 방을 쓰기로 했다. 두 방 모두 (공기가 들어오면 치명적이라는 듯이) 철저하게 공기를 차단해 두었고, 침대 밑에는 그 가족의 것이라고는 믿을 수 없을 만큼 많은 양의 더러운 옷가지며 모자 상자가 처박혀 있었다. 그럼에도 우리는 만족스러웠다. 이보다 더 외진 곳은 찾을 수 없을 것 같았기 때문이다.

식사를 마친 뒤 난롯가에서 쉬고 있는데, 물에 퉁퉁 불은 구두를 신고 방구석에 앉아 있던 허드레꾼이(우리가 베이컨과 달걀을 먹을 때, 그는 그 구두가 며칠 전 강가로 밀려온 익사체에서 벗겨 낸 흥미로운 유품이라며 자랑해 보였다) 네 사람이

---

6) 보트의 뱃전에 붙어 있는, 노를 받치는 U자 모양의 쇠붙이.

젓는 대형 보트가 밀물을 타고 상류로 올라가는 것을 보았느냐고 물었다. 나는 보지 못했다고 대답했다. 그러자 그는 그 보트가 하류로 내려간 모양이라면서, 하지만 이 여관을 나갈 때는 위쪽으로 간다고 말했다고 했다.

그가 말을 이었다. "뭐, 이유가 있어서 생각을 바꿔 다시 아래로 내려간 거 겠지."

"사공이 넷이었다고 했죠?"

"그래. 그리고 두 명이 더 탔었지."

"이곳에서 보트를 세웠었나요?"

"2갤런은 들어가고도 남을 통을 가지고 와서 맥주를 담아 갔지. 거기에 오줌 이라도 갈길 걸 그랬어. 설사약을 넣던가."

"왜요?"

"그럴 만하니까 그렇지." 사나이는 진흙을 잔뜩 삼킨 사람처럼 걸죽한 목소 리로 지껄였다.

"이 사람 말은," 그때 주인이 끼어들었다. 그는 눈이 흐리멍덩하고 소심한 사 나이로 툭하면 상념에 잠겼으며, 이 허드레꾼에게 크게 의지하는 것 같았다. "그들이 겉보기와는 다른 사람들이라는 거예요."

"나한테도 내 나름의 생각이 있다고." 사나이가 대꾸했다.

"그들이 세관원이라고 생각한댔나?"

"그래."

"아닐걸."

"과연 그럴까!"

그 대답에 깊은 함축과 자기 견해에 대한 강한 자신감을 내비치면서, 사나이 는 퉁퉁 불은 구두 한 짝을 벗고 속을 들여다본 뒤 자갈 몇 개를 부엌 바닥에 툭툭 털어내고 다시 신었다. 그는 '자기는 언제나 옳으니까 뭘 해도 괜찮은 허 드레꾼'이라는 듯이 당당했다.

"그럼 자넨 그들이 단추를 어쨌다고 말할 셈이지?"[7] 주인이 쭈뼛거리며 가만 히 물었다.

---

7) 세관원들은 주로 반짝이는 단추를 달고 다녔음.

"단추를 어쨌냐고? 배 밖으로 버렸을 게 뻔하잖아. 아니면 삼켰던가. 땅에 묻고 거기서 떡잎이 나오기를 기다릴 셈인지도 모르지. 어쨌든 단추는 없애 버린 거라고!"

"잘난 척하기는." 주인이 연민을 자아내는 우울한 어조로 나무랐다.

"세관원들은 사정이 여의치 않을 때 단추를 어떻게 처치해야 할지 안다고." 허드레꾼은 잔뜩 경멸스럽다는 듯한 얼굴로 말했다. "네 사람이 노를 젓고 두 명을 더 태운 대형 보트가 조수를 타고 상류로 올라갔다 하류로 다시 내려왔다 한다면 세관과 관계된 사람일 게 뻔하잖아!" 이렇게 말하더니 그는 모멸감을 숨김없이 그대로 드러내며 나가버렸다. 대답할 사람이 없어지자 주인은 이 화제를 끝내려 했다.

이 대화를 듣고 우리는 불안해졌다. 특히 내가 더했다. 집 주위에서 부는 스산한 바람과 기슭을 때리는 물소리를 듣고 있자니, 갇혀 있는 우리에게 위험이 닥쳐오는 듯한 기분에 휩싸였다. 이 정도로 주의를 끄는 심상치 않은 보트가 왔다 갔다 했다는 것은 쉽게 떨칠 수 없는 불길한 일이었다. 프로비스에게 잠자리에 들도록 권유한 뒤, 나는 두 친구와 함께 밖으로 나가(이때쯤에는 스타톱도 사정을 알고 있었다) 기선이 오는 시간, 다시 말해 오후 1시까지 이 여관에 머물 것인지 아침 일찍 이곳을 나갈지를 다시 의논했다. 우리 의견은 기선이 오기 한 시간 전쯤까지 이곳에 있다가, 배가 지나가는 길목으로 나가 조류를 타면서 기다리자는 의견으로 기울었다. 이렇게 정한 뒤 우리는 여관으로 돌아가 잠자리에 들었다.

나는 거의 옷을 입은 채로 누워서 몇 시간쯤 푹 잤다. 눈을 떴을 때는 바람이 강해져 '배(Ship)'라고 쓰인 여관 간판이 삐거덕거리며 탕탕 큰 소리를 내고 있었다. 프로비스는 곤히 잠들어 있었으므로 나는 살며시 일어나 창밖을 내다보았다. 창은 우리가 보트를 끌어다 놓은 둑길을 내려다보는 위치에 있었다. 구름에 가린 달빛에 눈이 익숙해지자, 웬 사나이 두 명이 보트를 들여다보는 게 보였다. 그들은 다른 것에는 눈길도 주지 않은 채 창 밑을 지나쳐, 선착장으로 가지 않고(그 주변에는 인적이 없었다) 늪지대를 지나 노어 모래톱[8] 쪽으로 걸어

---

8) 템스강 하구 중앙.

한없는 함축과 자신감

갔다.

순간적으로 허버트를 깨워서 두 사람이 사라지는 모습을 보여줄까 생각했다. 그러나 그의 방으로 뛰어들기 전에 다시 생각해 보니(그의 방은 내 방과 붙어 있었으며 집의 뒤쪽에 있었다), 그와 스타톱은 나보다 힘든 하루를 보낸 뒤라 지쳐 있을 게 아닌가 싶었다. 단념하고 창가로 돌아오니, 아직 두 사람이 늪지대를 걸어가는 모습이 보였다. 그러나 나는 흐린 빛 속에서 그들을 놓치고 말았다. 그러자 갑자기 몸이 추워지기 시작했으므로 침대로 돌아와 그 일을 생각하다가 다시 잠이 들었다.

우리는 일찍 일어났다. 아침식사 전 모두가 이리저리 거닐고 있을 때, 나는 내가 본 것을 이야기해 두는 편이 좋으리라 생각했다. 여전히 우리의 승객은 가장 태평했다. "놈들은 틀림없이 세관원일 거야. 그러니까 우리하고는 관계없어." 그가 조용히 말했다. 나는 그 말이 옳다고 나 자신을 타이르려 했다. 확실히 가능성 높은 이야기였기 때문이다. 그러나 나는 그에게 방에서 내다보이는, 곶처럼 튀어나온 조금 먼 곳까지 나와 함께 가 있다가 정오에 그곳에서, 또는 되도록 그 근처에서 보트를 타는 것이 어떻겠냐고 제안했다. 모두 현명한 예방책이라고 인정했으므로, 나와 프로비스는 여관에 알리지 않은 채 아침식사를 하고는 곧 출발했다.

그는 파이프 담배를 피우면서 걷다가 가끔 멈춰 서서 내 어깨를 두드렸다. 위험한 처지에 있는 사람이 그가 아니라 나이고, 그런 나를 그가 위로하는 듯한 모습이었다. 우리는 거의 말하지 않았다. 약속 지점이 가까워져 오자 나는 그에게 망을 보고 올 테니 어딘가 숨어 있으라고 말했다. 전날 밤 두 사나이가 걸어간 쪽도 그 방향이었기 때문이다. 그는 순순히 내 말대로 했고, 나는 혼자서 걸어갔다. 물에 떠 있는 보트는 없었다. 근처 기슭으로 끌어올려진 보트도 없었으며, 사람이 상륙한 흔적도 없었다(밀물이 차올라 발자국이 물 밑으로 감춰졌을 가능성은 있었지만).

나는 숨어서 빼꼼히 내다보는 그에게 모자를 흔들어, 나오라고 신호했다. 우리는 다시 함께 그곳에서 나머지 두 사람을 기다렸다. 외투를 몸에 둘둘 감고 강기슭에 드러누웠다가, 몸을 덥히려고 주변을 거닐고 있으려니 보트가 나타났다. 우리는 아무 문제없이 배에 올라타, 기선이 지나가는 길로 노를 저어 나아갔다. 12시 50분부터는, 증기를 기다릴 태세를 갖추었다.

연기가 보인 것은 1시 30분이었다. 얼마 안 있어 다른 기선의 연기도 보였다. 둘 다 전속력으로 달려오고 있었으므로, 우리 둘은 가방을 들고 허버트와 스타톱에게 작별인사를 했다. 모두 진심으로 악수를 나누었으며, 허버트와 내 눈에는 눈물이 글썽거렸다. 그때, 네 사람이 노 젓는 대형 보트가 얼마 떨어지지 않은 앞쪽 강기슭에서 튀어나와 우리 쪽으로 노를 저어 오기 시작했다.

강이 구불구불한 탓에, 앞쪽 기선과 우리 사이에는 꽤 거리가 있었지만 이제 기선은 완전히 모습을 드러내고 다가왔다. 나는 허버트와 스타톱에게 우리가 기다린다는 사실을 기선에 알릴 수 있도록 조수를 타고 앞으로 나아가라고 지시했다. 프로비스에게는 망토를 단단히 뒤집어쓴 채 가만히 앉아 있으라고 말했다. 그는 유쾌하게 "맡겨 둬라, 핍" 하고 대답하더니 동상처럼 움직이지 않았다. 한편, 네 사람이 뛰어난 솜씨로 노를 젓는 보트는 저만치 앞으로 나가 우리가 오기를 기다리다가 옆으로 배를 바싹 붙였다. 그리고 노가 닿지 않을 만큼의 거리를 유지하면서 우리와 딱 붙어 움직였다. 우리가 노 젓기를 멈추면 그들도 노 젓기를 멈추고, 우리가 노를 젓기 시작하면 그들도 노를 젓기 시작했다. 앉아 있는 두 사람 중 하나는 키를 잡은 채, 노 젓는 이들과 마찬가지로 우리를 주의 깊게 바라보았다. 나머지 한 사람은 프로비스처럼 외투로 단단히 몸을 감싼 채 잔뜩 옴츠러든 모습으로, 우리를 보고 있는 키잡이에게 이따금 무슨 지시를 속삭였다. 양쪽 보트에는 완벽한 침묵이 이어졌다.

몇 분 뒤 스타톱이 어느 기선이 먼저 오는지를 알아보고, 마주 앉은 나에게 낮은 소리로 "함부르크"라고 속삭였다. 기선은 꽤 빠른 속도로 다가왔고 기선의 외륜(外輪)[9]이 내는 소리가 점점 크게 들려왔다. 배 그림자가 우리를 완전히 덮는가 싶은 순간, 네 명이 젓는 보트에서 누군가가 우리를 소리쳐 불러 내가 대꾸했다.

그러자 키잡이가 외쳤다. "거기 귀국한 유형수가 있다. 외투로 몸을 감싼 그 남자 말이야. 에이벨 매그위치, 또는 프로비스. 그를 체포한다. 얌전히 있어. 너희들도 체포에 협력해라."

---

9) 증기선 양쪽 허리에 물레방아처럼 돌아가도록 설치한 바퀴.

노잡이들에게 지시를 내리는 소리는 들리지 않았지만, 순간 그는 보트를 밀착해 왔다. 그들은 재빨리 노를 한 번 크게 젓고 거둬들이더니 앞으로 비스듬히 나와 우리 보트의 뱃전을 붙잡았다. 너무나도 순식간이어서 우리는 무슨 일이 일어났는지 알지도 못했다. 그 바람에 기선 위에서는 엄청난 소란이 일어났다. 우리를 부르는 소리와 외륜을 멈추라는 명령이 들렸다. 외륜은 확실히 멈췄지만, 그대로 우리와 충돌할 것만 같았다. 그 순간 그 키잡이가 프로비스 쪽으로 손을 뻗고, 두 보트가 조수에 떠밀려 빙글빙글 돌고, 기선 선원들이 모두 미친 듯이 앞 갑판으로 달려나오는 것이 보였다. 그와 동시에 프로비스가 벌떡 일어나더니 자기를 체포하려는 사나이 손을 빠져나가, 대형 보트 안에서 몸을 웅크린 사나이 목덜미에서 외투를 잡아 벗겼다. 이에, 옛날 그 죄수의 얼굴이 그곳에 나타났다. 그리고 그 얼굴이 새하얗게 질리며, 공포로 가득 차는 것이 보였다(나는 그 표정을 절대로 잊지 못할 것이다). 기선 위에서 큰 고함소리와 함께 첨벙 하는 커다란 물소리가 들리더니 발밑에서 보트가 가라앉는 것이 느껴졌다.

한순간이었지만 나는 수많은 어살에 부딪히고, 수많은 섬광을 본 듯한 느낌이 들었다. 그 순간이 지나자 네 명이 젓는 대형 보트로 끌어 올려졌다. 허버트와 스타톱도 거기에 있었다. 우리 보트는 사라졌으며, 두 죄인도 사라지고 없었다.

기선 위에서 들려오는 외침과 성난 기적 소리가 울리는 가운데 기선은 계속 움직여 나갔으며, 우리도 계속 움직였다. 처음에 나는 어디가 하늘이고 어디가 강인지, 어디가 어느 쪽 기슭인지 전혀 알 수 없었다. 그러나 대형 보트의 선원들은 재빨리 자세를 가다듬더니 힘차고 빠르게 노를 저어 앞으로 나아갔다. 그런 뒤 노를 내놓은 채 젓기를 잠시 멈추고, 모두 말없이 뒤쪽 수면을 빤히 바라보았다. 이윽고 그곳에 검은 물체가 떠오르더니 조류를 타고 이쪽으로 밀려왔다. 아무도 입을 열지 않았지만, 키잡이가 손을 들자 노잡이들은 그 검은 물체와 똑바로 마주 보도록 보트를 돌렸다. 가까워지자, 그 물체가 헤엄쳐 오는 매그위치임을 알 수 있었다. 다만 몹시 부자연스럽게 헤엄치고 있었다. 그는 보트로 끌어 올려져 곧 손목과 발목에 수갑이 채워졌다.

대형 보트는 위치를 바꾸지 않았다. 모두 다시 잠자코 수면을 열심히 바라보았다. 그러나 그때 로테르담행 기선이 무슨 일이 일어났는지 모른 채 전속력으로 달려왔다. 우리가 큰 목소리로 신호하자 배는 멈추려고 했지만, 간신히 멈췄을 때는 두 기선 모두 저 멀리에 떠 있고 우리는 출렁이는 강물 위를 오르락내리락하고 있었다. 모든 것이 잠잠해지고 두 기선이 보이지 않게 된 뒤에도 감시는 계속되었다. 그러나 이제 모두 희망이 없다는 걸 깨달았다.

마침내 우리는 단념하고, 조금 전 뒤로했던 여관으로 강기슭을 노 저어 갔다. 여관 주인은 적잖이 놀라며 우리를 맞아 주었다. 가슴에 심한 상처를 입고 머리가 깊게 찢어진 매그위치—그는 이제 프로비스가 아니었다—를 이곳에서 조금 편히 쉬게 할 수가 있었다.

그는 내게 기선의 용골 아래로 잠수했다가 물 밖으로 나올 때 머리를 세게 부딪힌 것 같다고 말했다. 가슴의 상처는 경관 보트 뱃전에 부딪혔을 때 생겼다(그는 이 상처 때문에 몹시 숨쉬기 괴로워했다). 도대체 콤피슨을 어쩌려던 셈이었는지 그 자신도 알 수 없었지만, 어쨌든 정체를 확인하려고 외투에 손을 뻗었더니 상대가 겁을 먹고 벌떡 일어나 물러섰으며 그 바람에 두 사람이 함께 강물에 빠졌다. 그리고 그 순간을 노린 경찰이 매그위치를 잡아당기는 바람에 우리 보트가 균형을 잃고 뒤집어졌다. 한편 그가 귓속말로 가르쳐준 바로는, 두 사람은 서로 상대를 필사적으로 붙잡은 채 가라앉아 물속에서 격투를 벌였으며, 그는 상대에게 주먹을 한 방 먹이고 물 위로 솟구쳐 헤엄쳤다.

이 이야기를 의심할 이유는 전혀 없었다. 보트의 키를 잡고 있던 경관도 두 사람이 물에 빠진 경위에 대해 같은 설명을 했다.

죄수의 옷이 젖었으니 이 여관에 있는 여벌을 사서 그것으로 갈아입도록 허락해 달라고 경관에게 말하자 흔쾌히 승낙해 주었다. 다만 그는 죄수의 소지품은 모조리 압수하겠다고 했다. 그래서 한때 내 수중에 있었던 매그위치의 지갑은 경관 손에 넘어갔다. 또한, 그는 내게 죄수를 따라 런던까지 함께 가도 좋다고 허락해 주었지만 내 두 친구에게는 동행을 허락하지 않았다.

'배' 여관의 허드레꾼에게는 콤피슨이 빠진 위치를 알려주고, 시체가 떠오를 만한 곳을 수색하라고 지시했다. 익사자가 양말을 신은 채였다는 말을 듣자, 시체 수색에 대한 허드레꾼의 관심은 매우 높아졌다. 그가 옷을 완전히 갖춰 입는 데는 시체가 열두 구도 넘게 필요할 것으로 보였다. 따라서 그가 입은 것들은 모두 낡은 정도가 달랐다.

우리는 조수의 방향이 바뀔 때까지 여관에 머물렀다. 그런 뒤 매그위치는 경관 보트로 옮겨졌다. 허버트와 스타톱은 되도록 빨리 육로를 이용해 런던으로 돌아가기로 했다. 그들과 슬픈 작별인사를 나눈 뒤 나는 매그위치 옆에 앉았다. 그가 살아 있는 한, 그곳이 내가 있을 자리로 느껴졌다.

이제 그를 혐오하는 마음은 내게서 완전히 사라져 버렸다. 세상에 홀로 내몰려 상처 입고 수갑을 찬 채로 내 손을 꼭 쥔 그는 내게 은혜를 베풀려던 사람이자, 오랜 세월 꾸준히 내게 커다란 애정과 깊은 감사와 너그러움을 품어온 사람이었다. 조에게 매몰찬 짓을 한 나보다는 그가 훨씬 훌륭한 사람이었다.

시간이 흐르면서 그의 호흡은 점점 고통스러워져 갔다. 그는 가끔 통증을 참지 못하고 신음 소리까지 냈다. 그가 편안한 자세로 있을 수 있도록 나는 멀쩡한 팔로 팔베개를 해 주려고 몇 번이나 시도해 보았다. 그러나 나는 끔찍한 말이지만, 그의 심한 상처를 진심으로 슬퍼하지는 않았다. 의심할 여지 없이 차라리 죽는 편이 그에게 가장 좋은 길이라 생각했기 때문이다. 그가 누구인지 증언할 수 있는, 또는 기꺼이 증언할 사람이 더 남아 있으리란 사실은 분명했고, 그가 자비로운 재판을 받을 가능성도 없었다. 법정에서 최악의 인생을 선고받은 뒤 탈주했다가 체포되고, 종신 유형지에서 도망쳐 귀국한 끝에 다시금 체포되었으며, 끝내 그의 체포를 도와준 사람의 죽음을 초래하기도 했으니까.

보트는 우리가 어제 뒤로한 저물어가는 석양 쪽으로 나아갔다. 우리의 희망의 물결이 역류하는 듯이 보였다. 나는 "당신이 나를 위해 돌아와 준 것을 생각하면 너무나도 슬퍼요"라고 말했다.

"나는 위험을 무릅쓰고 이렇게 한 것에 매우 만족한단다, 핍. 너도 만났고. 너는 나 없이도 신사가 될 수 있었을 거야."

아니다. 그렇지 않다. 이렇게 그와 함께 있는 동안 곰곰이 생각해 보았지만, 그건 불가능했다. 내 의도가 어떻든, 이제야 웨믹이 한 말의 뜻을 알 것만 같다. 그가 유죄판결을 받으면 그의 재산은 모두 국고로 환수되는 것이었다.

"핍, 일은 이렇게 됐지만, 훌륭한 신사가 나와 관련이 있다고 생각해서는 안 된다. 그러니 나를 만나러 올 때는 웨믹과 함께 우연히 들른 것처럼 행동해라. 다음에 내가 법정에 설 때(그때가 마지막이겠지), 내가 보이는 곳에 앉아 주렴. 그게 내 유일한 바람이다."

"나는 절대로 당신 곁을 떠나지 않을 거예요. 신께 맹세해요. 당신이 내게 진실했던 것처럼 저도 당신에게 진실할 수 있게 해주세요!"

내 손을 잡은 그의 손이 떨렸다. 그는 보트 바닥에 누운 채 고개를 돌렸다. 그의 목에서 예전의 그 거친 소리가 들렸다. 이제 온화해진 그처럼 그 소리도 부드럽게 느껴졌다. 그가 그 말을 꺼낸 것은 고마운 일이었다. 그렇지 않았더라면, 나를 부자로 만들겠다는 꿈이 깨진 사실을 그에게 알릴 필요가 없음을 뒤늦게 깨닫고 후회했을 게 뻔하니까.

제55장

　그는 그 다음날 경찰재판소로 옮겨졌다. 당장 재판에 회부되는 절차를 밟았어도 이상하지 않았지만, 먼저 신분을 증명할 필요가 있었다. 이 때문에, 그가 예전에 탈주했던 감옥선에서 근무했던 늙은 간수를 불러냈다. 아무도 그의 신분을 의심하지 않았다. 그러나 증인석에 서야 할 콤피슨은 죽어 파도에 떠내려갔고, 런던 교도소 직원 가운데 필요한 증언을 할 수 있는 사람은 한 명도 없었던 것이다. 런던에 도착한 그날 밤 나는 곧바로 재거스 씨네 집을 방문해 그의 도움을 청했다. 그는 붙잡힌 매그위치에게 불리한 사실은 아무것도 인정하지 않겠노라고 말해 주었다. 단지 그것 말고 할 수 있는 일은 아무것도 없었다. 그가 말하길, 이 사건은 증인만 출석하면 5분 만에 끝나 버릴 문제이며, 재소를 면하기란 불가능했다.

　재산이 어떻게 되었는지 그에게 알리지 않겠다는 계획을 재거스 씨에게 말하자, 그는 "왜 그게 내 손가락 사이로 빠져나가게 가만히 있었느냐"며 몹시 화를 내고 언짢아했다. 그리고 조만간 탄원서를 내서 조금이라도 회수할 수 있는지 노력해야 한다고 덧붙였다. 단, 몰수되지 않은 사례는 수없이 많지만, 이 경우에는 그럴 가능성이 없다는 사실을 숨기지 않았다. 그 점은 잘 이해하고 있었다. 나는 그 죄인과 혈연관계도 아니었고, 법적으로도 전혀 얽힌 사이가 아니었다. 체포되기 전에 그는 내게 재산을 양도한다는 취지의 증서나 편지도 쓰지 않았다. 이제 와서 그런 것을 작성해 봐야 뒤늦은 일이다. 내게는 재산 소유권을 주장할 근거가 전혀 없었다. 결국, 그런 근거를 마련하려는 헛되고 불쾌한 노력은 하지 않기로 마음먹었고, 그 뒤에도 그 결심을 꺾지 않았다.

　익사한 밀고자는 이 몰수 재산 중 일부를 보상금으로 받으리라 기대했으며, 매그위치의 재산 상태를 정확하게 알고 있었을 것으로 추정되었다. 사고 현장에서 수 마일이나 떨어진 곳에서 발견된 그의 시체는 호주머니 내용물로 신원이 겨우 확인될 정도로 심하게 부패해 있었다. 그가 가지고 있던 지갑 안에는 접힌 메모쪽지가 들어 있었는데, 거기에는 뉴사우스웨일즈 어느 은행 이름과 상당한 예금액, 그리고 꽤 가치 있는 토지 몇 군데에 대한 자세한 기록이 적혀 있었다. 이 정보는 매그위치가 내게 물려주려던 재산들을 적어 교도소에서 재 거스 씨에게 건넨 목록 그대로였다. 안타깝게도, 그의 무식이 마침내 제값을 한 셈이다. 재거스 씨의 도움만 있으면 내가 확실하게 재산을 물려받을 수 있으 리라고 그는 믿어 의심치 않았던 것이다.

검찰은 감옥선에서 증인이 도착하기를 기다렸다. 사흘 뒤 그 증인이 나타나 자, 사건은 단숨에 마무리됐다. 매그위치는 한 달 앞으로 다가온 재판을 받기 위해 교도소에 수감되었다.

내 인생 어두운 시기의 어느 날 저녁, 허버트가 몹시 풀죽은 표정으로 돌아 왔다.

"헨델, 곧 너와 작별인사를 해야겠어."

그의 동업자가 미리 이야기를 해 주었으므로, 나는 그가 생각하는 것만큼은 놀라지 않았다.

"만일 내가 카이로로 떠나는 것을 연기한다면 회사로서는 큰 기회를 놓치게 될 거야. 그래서 꼭 가야만 해. 네가 나를 가장 필요로 할 시기라 서운하지만."

"허버트, 나는 언제나 네가 필요해. 너는 늘 내 친구이니까. 곁에 있어 주기를 바라는 마음은 예나 지금이나 마찬가지야."

"너는 지금 무척 외롭겠지?"

"그런 걸 생각할 여유가 없어. 알잖아, 나는 시간이 허락되는 한 언제나 그와 함께 있을 거야. 가능하면 하루 종일 함께 있고 싶을 정도야. 그와 떨어져 있을 때도 그 사람만 생각한단다."

매그위치가 처한 상황이 너무나도 비참하게 느껴져 우리는 그보다 구체적인 말은 입에 담을 수 없었다.

"헨델, 우리가 헤어질 걸 핑계 삼아—이별이 바로 코앞이란다—네 이야기 좀 하고 싶어. 장래에 대해서는 생각해 봤니?"

"아니, 두려워서 생각할 수가 없어."

"그래도 생각해야지. 헨델, 생각해야만 한다고. 어때, 친구로서 우리 앞날에 대해 몇 마디 나눠 보지 않을래?"

"좋아."

"헨델, 우리 회사 지점에서 필요한 것은……."

허버트가 나를 배려해 말끝을 흐렸으므로 나는 "사무원이지?" 말했다.

"응, 사무원이 필요해. 하지만 이 사무원이란, 네가 아는 사람도 선례를 남겼듯이, 결국에는 공동경영자가 될 수도 있는 자리야. 그래서 말인데 헨델…… 간단히 말하자면, 우리 회사로 오지 않을래?"

사업상 거래할 때 진지한 얼굴로 서두를 시작하듯이 "그래서 말인데 헨델"이라고 말한 뒤 갑자기 말투를 바꾸고는 그 정직한 손을 내밀면서 학생처럼 말하는 허버트의 태도는 매력 있고 따뜻하며 친근감으로 넘쳤다.

"이 문제에 대해서는 클라라와 여러 번 상담했어. 오늘 저녁에도 눈물을 글썽거리며 이러는 거야—우리집에 와서 함께 산다면, 네 행복을 위해, 그리고 남편의 친구는 자기 친구이기도 하단 걸 납득시키기 위해, 열심히 노력하겠다며 전해 달라고. 우리 셋은 틀림없이 잘해 나갈 수 있을 거야, 헨델!"

나는 그와 클라라가 진심으로 고마웠지만, 아직은 그 친절한 제안에 응할 마음이 없다고 말했다. 첫째, 지금은 그 문제를 곰곰이 생각할 여유가 없었기 때문이다. 그리고 둘째…… 그렇다, 둘째. 이 황당한 이야기의 결말에 밝혀질, 내 마음 깊은 곳에 어렴풋이 문제가 남아 있었기 때문이다.

"저, 허버트, 네 사업에 지장이 없다면 그 대답을 얼마간 보류해도 될까……?"

"얼마든지! 6개월이든, 1년이든!"

"그렇게 오래 걸리진 않을 거야. 고작해야 두세 달이야."

우리가 이렇게 결정하고 악수하자 허버트는 매우 기뻐하며, 이제 용기 내서 고백컨대 아마 이번 주말에는 출발할 거라고 말했다.

"그럼 클라라는?"

"그녀는 아버지가 살아 계신 한 자식으로서 의무를 다할 거야. 하지만 이제 머지않았어. 웜플 부인이 '곧'이라고 말했는걸."

"냉정한 말은 하고 싶지 않지만, 그분에게는 차라리 그게 나을지 몰라."

"유감스럽지만 그 말이 맞아. 그렇게 되면 나는 그녀 곁으로 돌아올 생각이야. 그리고 둘이서 가장 가까운 교회로 가는 거야. 알겠니 헨델, 다행히도 그녀는 가문과는 아무 관계도 없어. 귀족 명부 따위는 만져본 적도 없고, 할아버지가 어떤 사람이었는지 전혀 모르는 사람이야. 우리 어머니 자식으로 태어난 나에게는 그게 얼마나 다행인지 몰라!"

그 주 토요일에 나는 허버트와 헤어졌다. 항구로 가는 우편마차에 올라탄 그는 밝은 희망에 차 있었지만, 나와 떨어지는 게 슬프고 섭섭한 것 같았다. 나는 클라라에게 편지를 쓰려고 커피 하우스로 들어가, 그가 그녀에 대한 사랑을 수없이 입에 담으며 떠났다고 말했다. 그런 뒤에 집으로 돌아왔다―그렇게 부를 수 있다면. 이제 그것은 내게 집이 아니었다. 이제 어디에도 내 집은 없었다.

계단에서 웨믹과 마주쳤다. 그는 아무도 없는 방문을 두드린 뒤 내려오던 참이었다. 도주 계획이 실패로 끝나고 나서 단둘이 만나기는 처음이었다. 그는 실패에 대해서 설명하려고 개인적이고 사적인 관계로 찾아온 것이었다.

"죽은 콤피슨은 지난번 '거래'에 대해 조금씩 정보를 캐내어 어림짐작한 겁니다. 저는 곤란한 지경에 빠진 그의 수하들 입에서―그들 가운데 누군가는 꼭 그런 형편에 놓여 있지요―정보를 얻었습니다. 안 듣는 체하면서 듣고 있으려니, 콤피슨이 런던에 없다는 것 아니겠습니까. 저는 지금이야말로 절호의 시기라고 판단했지요. 이제 와서 생각하면, 놈이 교활하게도 자기 부하들에게 거짓 정보를 흘렸던 거예요. 저를 나무라지 마세요, 핍 씨. 최대한 당신에게 도움이 되려고 했던 거니까요."

"그건 당신만큼이나 잘 알지요. 친구로서 거기까지 신경 써 주셔서 고마워요."

"고맙습니다, 정말 고마워요. 하지만 어처구니없는 실수를 하고 말았어요." 웨믹은 머리를 긁적였다. "이렇게 낙심하기도 오랜만입니다. 저로서는 그토록 많은 유동자산이 사라졌다고 생각하면…… 맙소사, 참 안타깝지요!"

"내가 걱정하는 건 그 자산의 가엾은 주인이에요."

"그야 그렇겠지요. 물론 당신이 그를 동정하는 데에는 전혀 반대하지 않습니다. 그를 그곳에서 빼낼 수 있다면 거금 5파운드라도 내놓을 겁니다. 하지만 제 생각은 이렇습니다. 콤피슨은 그가 돌아오기를 기다렸다가 그를 경찰에 넘기기로 마음먹었고, 콤피슨이 그렇게 결심한 이상 그가 무사할 가능성은 없었을 겁니다. 하지만 유동자산은 틀림없이 무사할 수 있었죠. 이것이 그 자산과 그 주인의 차이입니다. 이해하시겠습니까?"

월워스로 돌아가기 전에 우리집에서 그로그[1]라도 한 잔 하는 게 어떻겠냐고 권하자, 그러겠노라는 대답이 돌아왔다. 얌전하게 그로그를 홀짝이던 웨믹이 갑자기 안절부절못하더니 불쑥 이런 말을 꺼냈다.

"핍 씨, 제가 월요일에 휴가를 낼까 하는데 어떻게 생각하십니까?"

"그래요? 최근 1년 사이에는 한 번도 그런 일이 없었잖아요."

"최근 12년이라는 표현이 옳겠지요. 네, 휴가를 얻을 겁니다. 그리고 그날 산책을 할 겁니다. 그래서 말인데 핍 씨, 저와 함께 산책하지 않으시겠습니까?"

지금의 나는 좋은 산책 동무가 되지 못할 거라고 거절하려고 하자 웨믹이 앞질러 말했다.

"당신 사정은 압니다. 기분이 내키지 않는다는 것도 알고요. 모두 이해하고 드리는 말씀인데, 제 소원을 들어주신다면 정말 고맙겠습니다. 시간은 그리 오래 걸리지 않을 거고, 이른 아침 산책을 하려 해요. 그러니까 아침식사 시간까지 넣어서 8시부터 12시까지라면 어떻습니까? 무리라는 건 알지만, 어떻게 안 될까요?"

그는 지금껏 수없이 나를 위해 발 벗고 나서 준 사람이므로, 그 정도는 아주 사소한 보답이었다. 그래서 나는 그래 보겠다, 아니 그렇게 하겠다고 말했다. 그가 매우 기뻐했으므로 나도 기뻤다. 그의 특별 요청으로 나는 월요일 아침 8시 반에 성을 방문하기로 약속하고 헤어졌다.

월요일 아침, 약속 시각에 딱 맞춰 성 대문에서 종을 울리자 웨믹이 직접 맞이해 주었다. 그는 평소보다 긴장해 있었으며, 그날따라 반질거리는 모자를 쓰고 있는 게 눈에 띄었다. 집 안으로 들어가자, 럼주를 탄 우유가 든 유리잔 두 개와 비스킷 두 개가 준비되어 있었다. 어르신은 종달새와 함께 일어났는지, 멀리 배경처럼 보이는 그의 방을 들여다보니 침대는 비어 있었다.

럼주와 비스킷으로 기운을 돋움으로써 산책 준비를 마치고 이제 출발하려는데, 웨믹이 낚싯대를 어깨에 걸쳐 멨으므로 나는 놀라고 말았다. "설마 낚시하러 가는 건 아니겠죠?" 묻자, 그는 "아닙니다. 하지만 전 낚싯대를 들고 걷는 걸 좋아하거든요." 대답했다.

---

1) 럼주에 물을 탄 것.

나는 이상하다고 생각했지만 그 이상은 아무것도 묻지 않고 출발했다. 캠버웰 그린을 향해 걷다가 그 근처에 이르자 웨믹이 갑자기 말했다. "어이쿠! 이런 곳에 교회가 다 있다니!"

교회가 있는 것은 당연했다. 전혀 놀랄 일이 아니었다. 그러나 나는 또다시 놀라고 말았다. 그가 기발한 생각이라도 떠올랐다는 듯이 "안으로 들어갑시다!" 했기 때문이다.

웨믹은 입구에 낚싯대를 세워 두고 우리는 안으로 들어가 주위를 둘러보았다. 그는 외투 호주머니에 손을 쑤셔 넣고, 종이로 싼 무언가를 꺼내려고 했다. "어이쿠! 이런 곳에 장갑이 있었네! 그럼 껴 볼까요?"

새끼 염소 가죽으로 만든 흰 장갑이었다. 그의 우편함처럼 생긴 입이 한일자로 길게 벌어졌으므로 나는 더욱 이상하다는 생각이 들기 시작했다. 그때 어르신이 옆문에서 한 숙녀를 데리고 들어오는 것을 보는 순간, 그 짐작은 확신으로 변했다.

"어이쿠! 미스 스키핀스군요! 그럼 결혼식을 올릴까요?"

그 얌전한 아가씨는 평소와 같은 복장이었는데, 거기에 와서 초록색 새끼 염소 가죽 장갑을 흰색으로 바꿔 꼈다. 어르신도 히멘[2]의 제단에 어울리는 의식을 준비하느라 여념이 없었다. 그러나 노신사가 장갑을 끼는 데 몹시 애를 먹었으므로, 웨믹이 그의 등을 기둥에 기대게 하고 나는 기둥 뒤로 돌아가 장갑을 당겼다. 노신사가 엉뚱한 방향으로 당겨져 넘어지지 않도록, 그의 반대편 허리에 손을 감고서 몸을 지탱했다. 이 기발한 작업 덕분에 어르신의 장갑은 훌륭하게 끼워졌다.

목사와 교회 서기가 나타나고, 우리는 운명을 결정할 제단 앞에 나란히 섰다. 모든 게 아무 준비 없이 이루어지고 있다는 연기를 계속하면서 웨믹은 "어이쿠! 이런 곳에 반지가 다 있네!" 말하며 조끼 호주머니에서 반지를 꺼냈다.

나는 신랑의 보증인, 아니 들러리 노릇을 했다. 미스 스키핀스의 들러리는 갓난아기가 쓰는 것처럼 부드러운 모자를 쓴 자그마한 절름발이 좌석 안내인이었다. 신부를 신랑에게 인도하는 신부아버지 역할은 어르신이 맡았는데, 이

---

2) 그리스 신화. 결혼의 신.

것이 무심결에 목사의 감정을 크게 상하게 하고 말았다. 사건은 이랬다. 목사가 "이 남자를 짝지어 주기 위해 이 여인을 인도하는 사람은 누구입니까?"라고 묻자, 결혼식이 어디까지 진행됐는지 이해하지 못한 노신사는 기분 좋게 싱글벙글 웃으며 십계명을 외웠다. 목사는 다시 "이 남자를 짝지어 주기 위해 이 여인을 인도하는 사람은 누구입니까?" 물었다. 노신사는 황공하게도 여전히 무의식 상태에 있었으므로, 신랑은 평소 목소리로 "아버지, 누가 신부를 인도하는지 아시죠?" 대답을 재촉했다. 그러자 노신사는 우렁찬 목소리로, "접니다!"가 아니라 "아주 좋다, 존, 아주 좋아!" 대답했다. 목사가 어두운 표정으로 잠시 식을 중단했으므로, 순간 나는 그날 결혼식을 무사히 마칠 수 있을지 걱정스러웠다.

그러나 식은 무사히 끝났다. 웨믹은 교회에서 나오기 전에 세례반 뚜껑을 열어 그 안에 흰 장갑을 넣고서 다시 뚜껑을 덮었다. 미래에 대해 더 신중한 신부는 흰 장갑을 호주머니에 넣고 도로 초록색 장갑을 꼈다. "자, 핍 씨." 웨믹은 의기양양하게 낚싯대를 어깨에 둘러메고 교회를 나왔다. "누가 이것을 결혼식이라고 하겠습니까?"

1마일쯤 떨어진, 캠버웰 그린 너머 언덕에 있는 산뜻하고 조그만 여관에 아침식사가 준비되어 있었다. 엄숙한 의식을 치른 뒤에 기분 전환하라고 방에는 바가텔[3]이 놓여 있었다. 웨믹이 그녀 허리에 팔을 감았을 때, 벽 쪽 등받이 높은 의자에 앉은 신부가 그 팔을 뿌리치지 않고, 상자에 든 첼로처럼 그에게 안긴 모습을 보는 것은 즐거웠다.

훌륭한 아침식사였다. 누가 식탁 위에 있는 음식을 사양하려 들면 웨믹은 "계약에 따라 준비된 것들이니 마음껏 드세요!" 말했다. 나는 신랑 신부를 위해 건배하고, 늙은 아버지와 성을 위해 건배하고, 헤어질 때는 신랑을 축복하며 되도록 유쾌하게 보이려 애썼다.

웨믹은 문까지 나를 배웅해 주었다. 나는 다시 그와 악수를 나누고는 그의 행복을 빌었다.

"고마워요!" 웨믹이 두 손을 비비면서 답례했다. "그녀는 닭을 돌보는 데 천재

---

3) 핀 볼의 전신 같은 것으로, 당구대처럼 생긴 게임기.

랍니다. 언제 우리집 달걀을 드셔 보세요. 그러면 무슨 말인지 아실 겁니다. 저, 핍 씨." 그가 내 이름을 부르며 작은 목소리로 덧붙였다. "이건 완전히 월워스적인 마음에서 한 일이니까 그 점을 잘 이해해 주세요."

"알아요. 리틀 브리튼에서는 비밀이잖아요."

웨믹이 고개를 끄떡였다. "당신이 지난번에 그런 말씀을 하신 뒤라 재거스 선생에게는 말하지 않는 편이 좋을 것 같아요. 제 머리가 좀 이상해졌다고 생각하실지도 모르니까요."

제56장

매그위치는 수용된 날부터 재판이 열리기까지 줄곧 아픈 상태로 갇혀 있었다. 갈비뼈가 두 대 부러지고 한쪽 폐가 다친 탓에 숨 쉴 때마다 많은 고통과 어려움을 겪어야 했다. 고통은 나날이 더 심해졌다. 그 상처 때문에, 들릴락 말락 가냘픈 소리로 말할 수밖에 없었다. 그래서 그는 거의 입을 열지 않았다. 그러나 늘 내 목소리를 듣고 싶어 했다. 그리하여, 그가 꼭 들어야 할 소식을 말해주고 읽어주는 것이 내 인생에서 가장 중요한 책무가 되었다.

일반 감옥에 있기에는 병세가 심각해졌으므로 그는 얼마 뒤에 병동으로 옮겨졌다. 이 덕분에, 감옥이라면 그럴 수 없었겠지만, 나는 그의 곁에 있을 수가 있었다. 그런 상태가 아니었다면 그는 쇠사슬을 차고 있었을 것이다. 낙인찍힌 탈옥수로 알려졌기 때문이다(내가 모르는 소문이 그밖에도 여럿 있었다).

나는 그를 날마다 만났지만, 늘 잠시뿐이었다. 자연히 떨어져 있는 시간이 길었으므로, 다음번 면회 때면 그의 얼굴에 나타난 사소한 변화도 쉽게 알아챘다. 하지만 단 한 차례도 좋은 변화를 읽은 적이 없었다. 교도소에 갇힌 뒤로 그는 수척해졌으며, 날이 갈수록 조금씩 나빠지고 쇠약해져갔다.

그는 지친 사람처럼 온순해져 체념의 기색을 보였다. 더 나은 환경에서 태어났더라면 더 나은 사람이 되었을 텐데—그의 태도나 속삭임에서 새어 나오는 몇 마디 말로 판단하건대, 그는 가끔 그런 생각을 하는 것 같았다. 그러나 결코 그 생각을 내비침으로써 자기 자신을 정당화하거나 과거를 왜곡하려고 하지는 않았다.

내가 곁에 있을 때, 그를 간호하던 한두 사람이 그의 나쁜 평판에 대해 이야기한 적이 몇 번인가 있었다. 그럴 때마다 그는 희미하게 미소를 띠며, 믿는다는 표정으로 나를 바라보았다—아주 먼 옛날 내가 어린애였을 때도 내가 그의 내면에서 구원의 여지를 발견했을 거라고 확신하는 것처럼. 그밖의 모든 것을 그는 언제나 겸허하게 뉘우치며, 불평 한마디 하지 않았다.

법정이 열리자 재거스 씨는 다음 개정일까지 재판을 연기해 달라고 탄원해주었다. 그 탄원서는 그때까지 그가 살지 못하리라는 보증하에 작성된 것이었지만, 기각되고 말았다. 재판은 곧이어 열렸다. 그는 피고석에 앉혀졌다. 나는 피고석 바깥쪽에 서서, 그가 내민 손을 쥔 채로 그의 곁을 지켰지만, 아무도 이의를 제기하지 않았다.

재판은 매우 짧고 분명했다. 지금은 부지런한 습관을 들이고 법에 따라 훌륭하게 행동하게 되었다는 둥 그를 위한 변론이 총동원되었지만, 유형지에서 불법으로 돌아와 현재 판사와 배심원의 눈앞에 있다는 사실은 부정할 길이 없었다. 이 때문에 그를 재판하면서 유죄 말고는 다른 선고를 내리기란 불가능했다.

그 시기에 나 자신이 몸소 끔찍한 경험을 하여 안 사실인데, 그즈음엔 재판 마지막 날에 형을 선고하고, 사형 선고로 끝을 맺는 관습이 있었다. 이 글을 쓰는 지금도 생생하게 눈앞에 떠오르는 그 잊기 어려운 기억이 없다면, 형을 선고받기 위해 남녀 서른두 명이 판사 앞에 주르륵 세워졌다는 사실을 도저히 믿을 수 없었을 것이다. 이 서른두 명 중 맨 앞에 그가 있었다. 그는 서 있으면 숨을 쉬지 못할 정도였으므로 앉아 있었다.

법정 유리창에 떨어진 4월의 빗방울이 4월의 햇빛을 받아 반짝이는 모습에 이르기까지, 다시금 그때의 광경이 선명하게 되살아난다. 나는 다시 피고석 바깥에서 그의 손을 꼭 쥐고 서 있다. 피고석에 갇힌 남녀 서른두 명 중에는 반항적인 사람, 공포에 질린 사람, 훌쩍거리며 흐느끼는 사람, 손으로 얼굴을 가린 사람, 우울하게 주위를 둘러보는 사람이 있다. 고함을 지르는 여자 죄수들도 있지만, 곧 제지당하고 침묵이 뒤따른다. 굵은 사슬이며 꽃다발을 든 배석 재판관, 그밖에 불필요한 공무원이며 직원, 정리, 넓은 방청석을 가득 메운 방청인(연극 관객이라고 해야 할까)들은 판사와 죄수 서른두 명이 엄숙하게 마주 보는 모습을 지켜본다. 판사가 피고들에게 말한다. 판사 말로는, 그 앞에 있는 비참한 사람 가운데 특별한 설교를 받을 대상으로서 선택되어야 할 사람은, 거의 유년시절부터 법을 어긴 죄인이자 거듭 형벌을 받고 수감된 뒤 장기 유형을 선고받았으나 폭력을 행사해 대담하게도 탈주했다가 종신형에 처해진 사나이다.

이 절망적인 사나이는 범죄 장소에서 멀리 떠나 자신의 잘못을 몸소 느끼며 평온하고 정직한 삶을 살았다. 그러나 어떤 결정적인 순간에, 그가 오랫동안 사회에 해악을 끼치는 원인이 되었던 악한 성품과 정열에 다시 몸을 내맡기고서 휴식과 후회의 땅을 뒤로하고 금단의 고국으로 돌아왔다. 이윽고 본국에서 그를 고발하는 자가 나타났고, 그는 한동안 법의 손을 피했지만 마침내는 국외로 도주를 꾀하다가 체포되었다. 그때 체포자에게 반항하다가, 그의 범죄 이력을 모조리 아는 고발자를 죽음에 이르게 하고 말았다. 그것이 의도된 것인지 본능에 따라 작동한 완력에서 비롯된 것인지는 그 자신만이 안다. 영구 추방된 고국으로 되돌아온 죄에 대한 형벌은 죽음이며, 이 사나이의 죄는 악질이므로 그는 사형에 굴복할 각오를 해야 한다.

햇빛이 유리창에 맺힌 반짝이는 빗방울을 통해 법정의 커다란 창으로 비쳐 들어 와 판사와 서른두 명 사이에 두꺼운 빛줄기를 만들었다. 양측이 그 광선으로 연결되어 있었으므로, 몇몇 방청인은 판사나 피고나 속절없는 존재이자, 전지전능한 신의 재판 앞에서는 동등한 존재라고 새삼 생각했을지도 모른다. 피고 프로비스는 잠시 일어서서 그 빛줄기 안에 얼굴을 뚜렷이 드러내고는 "재판장님, 저는 하느님에게서 사형 선고를 받았습니다.[1] 그렇지만 재판장님의 선고에 따르겠습니다." 말하고는 다시 앉았다. 잠시 적막이 흐른 뒤, 판사가 나머지 피고들의 죄질을 설명한 다음 전원에게 정식으로 형을 선고해 나갔다. 부축 없이는 퇴정하지 못하는 사람이 있는가 하면, 수척한 얼굴을 들고 용기를 드러내며 걸어나가는 사람도 있었다. 몇 명은 방청석을 향해 고개를 끄덕였고, 몇 명은 악수했다. 다른 피고들은 주변에 널린 감미로운 약초[2]를 뜯어 씹으며 나갔다. 매그위치는 부축을 받아야 자리에서 일어날 수 있는 데다 천천히 걸어야 했기 때문에 맨 마지막으로 퇴정했다. 다른 피고들이 퇴정하고, 방청인들이 (교회에서 그러듯이 옷매무새를 매만지며) 일어서서는 범죄자들 가운데 그 누구보다 우리 두 사람을 손가락질하는 동안 그는 내 손을 꽉 쥐고 있었다.

나는 시 재판관 보고서가 작성되기 전에 그가 죽지 않기를 간절히 바라며 기도했다. 그가 살아남을 때를 대비해 그날 밤 내무장관에게 탄원서를 썼다.

---

1) 로마서 2장 2절 참조.
2) 소독을 하거나 악취를 없앨 목적으로 가져다 놓은 것.

나는 그를 잘 알고 있으며 그는 나를 위해 귀국한 것이라고, 최대한 열의가 담긴 동정심을 불러일으키는 문장으로 썼다. 다 쓴 뒤 우체통에 넣은 다음, 이번에는 자비로울 것 같은 유력자들에게 탄원서를 쓰고 국왕 폐하 앞으로도 한통 썼다. 그가 형을 선고받은 뒤로 며칠 동안 나는 의자에서 깜빡 잠들 때 말고는 쉴 틈 없이 청원서 쓰기에 전념했다. 청원서를 모두 부치자 이번에는 그 서류들이 도착할 목적지 근처에 있지 않고서는 마음이 안정되지 않았다. 내가 가까이에 있으면 그가 구제받을 가능성과 희망이 커질 것 같은 기분이 들었기 때문이다. 이렇게 나는 비이성적인 초조함과 마음의 고통 속에서 밤거리를 배회하거나 탄원서가 도착할 관청 주위를 어슬렁거렸다. 큰문이 굳게 닫힌 저택이며 가로등이 길게 늘어선 뿌연 런던 서쪽의 스산한 밤거리는 그즈음의 기억 탓에 지금까지도 내게 우울한 곳으로 남아 있다.

그는 더 엄중하게 감금되었고, 매일 면회 시간이 짧아졌다. 그에게 독약을 갖다준다는 의심을 받았으므로(또는 의심받는다고 상상했으므로), 나는 그의 침대 옆에 앉기 전에 내 몸수색을 하라고 요구했다. 또한 늘 그곳을 지키는 간수에게, 내 방문 목적이 아주 단순한 것임을 이해시키기 위해서라면 뭐든지 하겠노라고 말했다. 아무도 그나 나에게 까다롭게 구는 사람은 없었다. 그들은 하는 수 없이 의무를 이행했지만, 가혹하게 하지는 않았다. 간수는 언제나 그가 전보다 나빠졌다고 말했다. 그 병실을 함께 쓰는 다른 병자나, 간호사로서 그들을 돌보는 죄수도(그들도 범죄자였지만, 주님의 인도하심으로 자비로운 봉사를 했다!) 언제나 그와 똑같은 보고를 해 주었다.

평온한 표정으로 흰 천장을 쳐다보는 그의 얼굴에서 나날이 생기가 사라졌다. 내가 뭐라고 말을 걸면 순간 표정이 밝아졌다가 다시 본디대로 돌아오는 일이 점점 잦아졌다. 가끔 그는 거의, 또는 전혀 말을 하지 못했다. 그럴 때면 내손을 살며시 눌러 대답했으므로, 나는 그가 무슨 말을 하려는지 이해할 수 있게 되었다.

병실을 들락거린 지 열흘쯤 되었을 때, 여태까지 없었던 커다란 변화를 목격했다. 그의 눈이 문을 향하고 있다가, 내가 병실에 들어서자 밝게 빛났다.

내가 침대 옆에 앉자 그가 말했다. "아아, 핍. 오늘은 네가 늦는 줄 알았다. 하긴 그럴 리 없는 줄은 알았지만."

"지금이 꼭 제시간인데요. 밖에서 문이 열릴 때까지 기다렸거든요."

"언제나 문이 열리기 전부터 기다려 주는구나?"

"네, 한순간도 헛되이 보내고 싶지 않으니까요."

"고맙다, 핍. 신의 축복이 있기를! 너는 한 번도 나를 저버리지 않았어."

나는 잠자코 그의 손을 눌렀다. 한때 그를 저버리려 했던 것을 잊을 수 없었기 때문이다.

"게다가 가장 기쁜 것은, 내가 바깥세상에서 떵떵거리며 살 때보다 이렇게 된 뒤 네가 나와 편하게 함께 있어 준다는 사실이란다."

그는 몹시 괴롭게 숨 쉬면서 똑바로 누웠다. 내게 애정을 가지고 있었지만 아무리 애를 써도 그의 얼굴은 생기를 잃은 채였고, 흰 천장을 올려다보는 침착한 표정은 얇은 막으로 덮인 것처럼 보였다.

"오늘은 고통이 더 심한가요?"

"불평은 하지 않겠다, 핍."

"정말로 불평하는 법이 없군요."

그것이 그의 마지막 말이었다. 그는 미소 지으며 내 손을 눌렀다. 손을 들어 자기 가슴 위에 얹어 달라는 뜻이었다. 내 손을 그의 가슴에 얹자 그는 다시 미소 짓고 두 손을 내 손 위에 올려놓았다.

그러는 사이에 면회 시간이 끝났다. 그러나 뒤를 돌아보자, 어느새 옆에 와서 있던 교도소장이 "아직 가지 않아도 좋네." 말해 주었다. 나는 진심으로 고맙다며 말하고, "그의 귀가 들린다면 말을 걸어도 괜찮습니까?" 물었다.

소장은 한 걸음 물러서더니, 간수에게도 물러나 있으라고 신호했다. 그들은 소리도 없이 움직였으나, 천장을 올려다보던 매그위치의 평온한 얼굴에서 얇은 막이 벗겨지더니 그는 애정을 가득 담아 나를 쳐다보았다.

"매그위치, 마침내 당신에게 알릴 때가 왔네요. 내 말이 무슨 뜻인지 아시겠어요?"

그가 살며시 내 손을 눌렀다.

"당신에게는 옛날에 아이가 있었지요? 사랑했지만, 잃어버린 아이가."

그가 조금 더 세게 손을 눌렀다.

"그 애는 죽지 않았어요. 능력 있는 친구를 만났거든요. 지금도 살아 있어요.

아주 품위 있는 숙녀로, 매우 아름답습니다. 저는 그녀를 사랑해요!"

그는 마지막 가냘픈 힘을 짜내어—내가 그에게 응해 도와주지 않았너라면 거의 힘이 느껴지지 않았겠지만—내 손을 자기 입술로 가져갔다. 그러고는 내 손을 살포시 자기 가슴 위에 얹고, 두 손을 그 위에 올렸다. 흰 천장을 올려다보는 평온한 표정이 되돌아왔다가 사라졌다. 그의 머리가 조용히 가슴팍으로 떨어졌다.

나는 그와 함께 읽었던 책을 생각하고, 신전으로 기도를 올리러 갔던 두 사나이에 대한 어느 구절을 떠올렸다. 그리고 그의 침대 옆에서 할 수 있는 이보다 적절한 말은 없음을 알았다. "오 신이시여, 죄인인 그에게 자비를 베푸소서!"[3]

---

3) 누가복음 18장 13절 참조.

제57장

　이렇게 해서 혼자가 되었으므로, 계약이 끝나는 대로 템플의 방을 비워 주겠으며, 그때까지는 방을 빌리겠노라는 뜻을 집주인에게 알렸다. 그리고 바로 세를 놓는다는 광고를 유리창에 붙였다. 빚이 불어나 거의 무일푼이 되어, 내 재정 상황을 진지하게 걱정하기 시작했기 때문이다. 아니 더 정확하게는 '내 건강이 몹시 심각한 상태라는 것 이상의 사실을 분명하게 인식할 만한 체력과 집중력이 있었다면 걱정했을 것'이라는 표현이 옳을 것이다. 이제까지는 긴장이 이어진 탓에 병을 물리칠 수가 있었다. 그러나 병을 완전히 물리친 것이 아니라 마침내 그 병의 먹이가 되어가고 있음을 깨달았다. 다른 것은 거의 인식하지 못했으며, 신경 쓰지도 않았다.

　나는 이틀을 내리 잤다. 소파든 마룻바닥이든, 누울 수 있는 곳이면 어디든 상관없었다. 머리는 무거웠으며, 팔다리는 쑤셨다. 아무런 의지도 없었고, 아무런 기력도 솟아나지 않았다. 그러던 어느 날, 공포와 불안으로 소용돌이치는 몹시 길게 느껴진 밤이 지나고 아침이 되어 침대에서 일어나 지난 밤 일을 떠올리려는데 도무지 생각이 나지 않았다.

　과연 나는 정말로 한밤중에 가든 코트로 내려가, 그곳에 보트가 있다고 착각하고서는 그것을 찾아다녔을까? 어느새 침대를 빠져나와 정신이 들고 보니 계단이었으므로 깜짝 놀랐다. 그런 일이 정말로 두세 번이나 있었을까? 나는 정말로 그가 계단을 올라오는데 등불이 꺼졌다고 믿고서 등을 켜러 갔을까? 누군가가 미친 듯이 떠들고 신음하는 소리에 형언할 수 없을 만큼 괴로워하면서, 그것이 혹시 내가 낸 소리가 아닐까 하고 어렴풋이 생각했던 것이 진짜일까? 이 방 어두운 한구석에 닫힌 문이 있고, "그 안에서 미스 해비샴이 불타고 있다!" 누군가가 반복해서 외쳤던 것이 정말로 있었던 일일까? 나는 그날 아침 침대에 누워, 이런 물음들에 대답하려고 생각을 정리하려 애썼다. 그러나 그 물음들과 나 사이에 석회 가마의 증기가 끼어들어 모든 것을 혼란에 빠뜨렸다. 그런데, 이 증기 너머에서 두 사람이 나를 내려다보고 있었다.

"뭐야!" 내가 놀라서 물었다. "당신들 누구야!"

"사실은," 한 사람이 몸을 숙여 내 어깨에 손을 올리면서 말했다. "압류하러 왔습니다. 물론 빠른 시일 안에 정리해 주시리라 생각하지만요."

"빚이 얼만데요?"

"123파운드 15실링 6펜스입니다. 보석상에 지급할 액수죠."

"어떻게 해야 하지요?"

"저희 쪽으로 가시지요.[1] 아주 멋진 곳이랍니다."

나는 일어나서 옷을 입으려고 했다. 그러나 다음번에 두 사람을 보았을 때, 그들은 침대에서 조금 떨어진 곳에 서서 나를 바라보고 있었다. 나는 아직도 침대에 누워 있었다.

"지금 보시는 바와 같이 내 상태가 이렇습니다. 함께 가고 싶지만, 그럴 수 없는 게 사실이에요. 여기에서 나를 데리고 나갔다간 도중에 죽고 말 거예요."

그들이 대답했는지, 투덜거렸는지, 내가 생각하는 것보다 내 상태가 나았다고 설득을 하려고 했는지, 그때 일은 대부분이 가느다란 실로 기억에 연결되어 있을 뿐이어서 그들이 어떻게 했는지는 기억나지 않는다. 다만, 나를 데리고 나가기를 포기한 것만은 분명하다.

나는 열병에 시달렸고, 사람들은 나를 피했다. 대단히 고통스러웠다. 이따금 정신을 잃었다. 그 순간이 영원히 이어지는 것처럼 느껴졌다. 그리고 내가 터무니없는 존재가 되어 버린 것 같았다. 이를테면 나는 집 벽의 한 개 벽돌이 되어, 건축업자가 끼워 넣은 눈앞이 어질어질할 만큼 높은 벽에서 빼내 달라고 탄원했다. 또는 집채만 한 엔진 피스톤에 달린 강철 회전축이 되어 깊은 구덩이 위에서 커다란 소리를 내며 회전하는 동시에, 엔진을 멈추고 내가 있는 부분을 망치로 두들겨 떼어 달라며 본디 내 모습을 요구했다. 지금 돌이켜 보면, 그런 망상은 병중에 경험한 것이었고 당시에도 얼마간은 알고 있었다. 나는 때때로 실제 사람과 격투를 벌였다. 그들을 살인자라고 믿었기 때문이다. 그러나 상대

---

1) 집행관이 관리하는 채무자 유치장.

가 내게 선의를 품고 있다는 사실을 문득 깨닫고는 녹초가 되어 그들 품에 안겨 침대에 뉘어졌다. 그것도 처음부터 알고 있었다. 그러나 증세가 아주 심해지면, 그들의 얼굴이 온갖 괴상한 모습으로 변했다가 크게 부풀어 오른 것과, 그리고 늦든 빠르든 그들 모두가 마지막에는 어김없이 조와 비슷한 모습으로 바뀌는 놀라운 성질을 보인 건 무엇보다도 똑똑히 기억했다.

고비를 넘기고 나자, 다른 형상은 모두 변했으나 이 형상만은 변하지 않는다는 사실을 나는 뚜렷하게 깨달았다. 누가 내 곁에 오더라도 그 사람은 결국 조가 되었다. 밤에 눈을 뜨면, 침대 옆 안락의자에 조가 있었다. 낮에 눈을 뜨면, 햇빛가리개를 내리고 활짝 열어젖힌 창문 옆에 앉아 파이프를 문 조가 보였다. 내가 시원한 음료수를 부탁하면, 그것을 전해주는 다정한 손은 조의 손이었다. 음료를 마신 뒤 다시 베개에 머리를 묻은 나를 희망에 찬 부드러운 눈으로 들여다보는 것은 조의 얼굴이었다.

마침내 어느 날 나는 용기를 내어 물었다. "진짜 조야?"

그러자 귀에 익은 다정한 목소리가 대답했다. "즉, 말하자면, 그렇단다, 핍."

"아아, 조, 가슴이 찢어지는 것 같아! 부탁이니 화를 내며 나를 봐! 날 때려! 배은망덕한 놈이라고 욕해! 제발 그렇게 친절하게 굴지 마!"

내가 그를 알아보자 조는 기쁜 나머지 베개에 뉘인 내 머리에 자기 머리를 비비고 내 목에 팔을 둘렀다.

"핍, 너와 나는 친구잖아. 네가 마차에 탈 수 있을 만큼 회복된다면 정말이지 얼마나 기쁘겠니!"

조는 이렇게 말하고 창가로 가더니 나를 등진 채 눈물을 훔쳤다. 나는 몹시 쇠약해진 탓에 일어나 그에게 다가갈 수가 없었으므로, 침대에 누운 채 참회의 말을 중얼거렸다. "하느님, 그를 축복하소서! 이 마음 착한 그리스도인을 축복하소서!"

조가 내 옆으로 되돌아왔을 때, 그의 두 눈은 빨개져 있었다. 나는 그의 손을 잡았다. 우리는 행복했다.

"조, 얼마나 지난 거야?"

"네가 얼마나 오랫동안 병을 앓았느냐는 뜻이냐, 핍?"

"응, 조."

압류

"벌써 5월도 끝이란다. 내일이면 유월 초하루야."

"그동안 줄곧 여기에 와 있었던 거야?"

"그래. 네가 병이 났다는 편지를 받고서 나는 비디에게 말했단다. 그 편지를 가지고 온 집배원은 전에는 총각이었는데 지금은 결혼했어. 구두 밑창이 닳도록 싸돌아다니는 것치고는 월급이 짜지. 하지만 그는 돈에는 관심이 없어. 그의 진심에서 우러나오는 바람은 결혼하는……."

"조의 목소리를 들으니 정말로 기뻐! 그런데, 말을 끊어서 미안하지만, 조가 비디에게 했다는 말이 뭐야?"

"그건 말이다, 아는 사람도 없는 곳에서 네가 괜찮을까 하는 거였지. 너와 난 친구잖냐. 그러니까, 이럴 때 내가 이리로 온다 해도, 그, 환영받지 못할 일은 없을 거라고 말했지. 비디는 곧장 너에게 가 보라더구나. 말하자면 그게," 조는 재판관이 사건 요지를 설명하는 투로 말했다. "비디가 한 말이다. 당장 가 보라고." 그러고는 잠시 진지하게 생각한 뒤에 덧붙였다. "그러니까, 비디가 사용한 단어는 '당장'이었어. 이렇게 말한다고 해서 턱없는 거짓말이 되지는 않을 거다."

여기서 조는 말을 끊었다. 그러고는 내게 한 번에 조금씩만 말하는 편이 좋으며, 식욕이 있든 없든 정해진 시간에 조금씩 영양분을 섭취하고, 모든 지시에 따르라고 말했다. 나는 그의 손에 입 맞추고 조용히 누웠다. 그는 비디에게 내 애정 어린 안부인사가 담긴 편지를 쓸 준비를 했다.

비디는 조에게 글쓰기를 가르친 모양이었다. 자랑스레 편지를 쓰기 시작하는 그를 쇠약한 몸으로 침대에서 바라보고 있노라니 기뻐서 다시 눈물이 나왔다. 내가 누운 침대는 커튼을 젖힌 채 응접실로 옮겨져 있었다. 그곳이 가장 넓고 통풍이 잘되는 방이었기 때문이다. 양탄자도 말끔히 치워져 방은 상쾌하며 청결한 상태를 유지하고 있었다. 조는 방구석으로 밀려난, 작은 병 몇 개가 놓인 내 책상에 앉아 글쓰기에 열중했다. 먼저, 커다란 연장궤에서 고르듯이 펜통에서 펜 한 자루를 고르고, 쇠지레나 큰 망치라도 휘두르려는 사람처럼 소매를 걷어 올렸다. 편지를 쓰기 전에 왼쪽 팔꿈치로 책상을 단단히 누르고, 오른발을 뒤로 쭉 내뻗었다. 그리고 막상 쓰기 시작하자, 위에서 아래로 펜을 움직일 때면 선이 1피트는 그어질 시간이 걸리고, 아래에서 위로 움직일 때면 펜이 잉크를 요란하게 튀기는 소리가 들렸다. 이상하게도 그는 잉크병이 자기 반대편에 있다고 생각하고서 아무것도 없는 곳에 펜을 찍고는 매우 흡족해했다. 가끔 철자법이 어려운 부분에서 막히는 듯했지만, 전체적으로는 순조로웠다. 서명이 끝나자 두 집게손가락을 이마에 대고 (그 바람에 편지지에서 이마로 마지막 잉크 얼룩을 묻히고는) 일어나 책상 주위를 맴돌며, 그 위에 놓인 자기 노력의 산물을 여러 각도에서 바라보면서 흐뭇해했다.

나는 말할 기운이 있었다 하더라도 너무 많이 해서 조를 걱정시키면 안 되었기에, 미스 해비샴에 대해 묻는 것은 다음 날로 미뤘다. 이튿날, 그녀가 회복되었냐고 묻자 조는 고개를 가로저었다.

"죽었어?"

"흠, 그건 말이다, 핍." 조는 나무라는 투로 에둘러 대답했다. "그렇게까지는 말하지 않겠다. 그건 너무 극단적인 표현이니까. 하지만 그 사람은 이미……."

"살아 있지 않아?"

"그게 가까운 표현이구나. 그래, 살아 있지 않아."

"오래됐어?"

"네가 병에 걸린 뒤, 그래, 대충 말하자면 이래저래 일주일쯤 되려나." 조는 여전히 내 건강을 염려해서 뭐든 조금씩 말하려 했다.

"그런데 조, 미스 해비샴의 재산은 어떻게 됐는지 들었어?"

"응, 그건 말이다, 핍. 대부분은 에스텔라가 물려받았다. 하지만 그 사고가 일어나기 하루 이틀 전에 자기 손으로 유언장을 보충해 두었다는구나. 거금 4천 파운드를 매슈 포켓 씨에게 물려준다고 말이다. 핍, 어째서 4천 파운드란 거금을 그 사람에게 물려주었을 것 같니? '당사자 매슈에 대한 핍의 보고에 근거하여'라는구나. 그렇게 쓰여 있더라고 비디가 말해 주었다." 그러고서 조는 은혜라도 입었다는 말투로 딱딱한 그 문구를 되풀이했다. "'당사자 매슈에 대한 핍의 보고'로 거금 4천 파운드라니!"

4천 파운드라는 액수가 우리나라 관습상 어떻게 여겨지는지를 조가 누구에게 설명 들었는지 알 수는 없었지만, 어쨌든 '거금'이라고 하면 큰 액수로 생각되는 모양인지 조는 무척 기쁜 듯이 그 단어를 반복했다.

그것은 정말이지 기쁜 소식이었다. 그로써 내가 했던 유일한 선행이 완성되었기 때문이다. 이어서, 다른 친척에게는 무엇을 남겼느냐고 물어보았다.

"미스 사라 포켓은 담즙증[2] 치료약을 살 수 있도록 연간 25파운드를 받게 됐단다. 미스 조지아나는 현금 20파운드를 받았어. 무슨 부인이더라…… 혹이 달린 동물 이름이 뭐지, 핍?"

"카멜(낙타) 말이야?" 어째서 그런 것이 알고 싶은지 의아해하면서 나는 대답했다.

"카멜 부인(나는 그것이 카밀라를 가리키는 말임을 겨우 깨달았다)한테는 5파운드. 밤중에 자다가 깼을 때 낙심하지 않도록 골풀 양초를 사라는 거지."

이것들이 정확한 정보임은 분명했으며, 조의 정보는 믿을 만하다고 판단되었다. "자, 너는 아직 체력이 회복되지 않았으니까 오늘은 한 가지만 더 알려 주고 끝내마. 바로 올릭 녀석이 남의 집에 쳐들어갔다는 소식이다."

"누구네 집을?"

"그가 거드름쟁이가 아니라고는 말 못하지." 조가 변명하듯이 말했다. "하지만 영국인 집은 성과도 같지 않으냐. 그렇다면 전쟁 때가 아닌 이상 성에 쳐들어가선 안 되지. 게다가 그는 나쁜 점은 많아도 마음속은 진정한 잡곡상이자 종묘상이었으니까."

"펌블추크네 집에 쳐들어간 거로군?"

"그래, 핍. 현금 상자랑 금고를 들고 나갔지. 포도주도 마시고 음식도 먹고. 얼굴을 후려치고 코를 잡아당기고, 침대 기둥에 잡아매고서 열 번이나 주먹질을 했단다. 마지막에는 소리를 내지 못하도록 입을 일년초로 틀어막았지. 하지만 그는 올릭의 얼굴을 알고 있었어. 그래서 올릭은 지금 읍 교도소에 갇혀 있지."

이런 식으로 우리는 마음껏 이야기할 수 있게 되었다. 체력이 회복되는 데는 시간이 걸렸으나 천천히 그리고 착실히 회복되었으며, 그동안 조는 계속 내 곁에 있어 주었다. 나는 다시 어린 핍으로 돌아간 느낌이었다.

조의 상냥함은 가려운 곳을 긁어 주는 손과 같아서, 그의 보살핌을 받노라면 나는 어린애로 돌아간 듯했다. 조가 앉아서 이야기하는 모습은 예전의 소박함과 믿음으로 가득했으며, 여전히 부드럽게 나를 감쌌다. 그 그리운 부엌을 떠난 뒤 내 인생은 얼마 전까지 맹위를 떨쳤던 열병에서 비롯된 악몽 가운데 하

---

2) 담즙증은 까다로운 성격을 뜻하기도 함.

나에 지나지 않는다는 생각마저 들 정도였다. 조는 이곳에 오자마자 세탁부를 해고하고 대신 집안일을 도맡을 똑 부러지는 부인을 고용한 뒤, 나머지 일은 모두 자기가 맡아 해 주었다. 이 일 처리에 대해 그는 이렇게 말했다. "정말이란다, 핍. 내가 봤는데, 글쎄 그 세탁부가 맥주통에서 맥주를 빼내듯이 예비 침대에서 깃털을 빼내더라니까. 그걸 양동이에 담아서 팔려고 했던 거야. 그다음엔 네가 누워 있는 침대에서도 깃털을 뽑아낼 작정이었을 거야. 석탄도 수프 냄비나 채소 그릇에 조금씩 담고, 포도주며 위스키는 네 부츠에 담아서 빼돌릴 여자였어."

우리는, 예전에 내 수습 생활이 시작되기를 고대했듯이, 내가 마차에 오르게 될 날을 기대했다. 이윽고 그날이 와서 지붕 없는 마차가 미들 템플 레인으로 들어오자, 조는 나를 외투에 잘 감싼 다음 안고서 계단을 내려가 마차에 태워 주었다. 그가 그 놀랍도록 따뜻한 인간미를 어린 내게 듬뿍 나누어 주었던 옛날로 돌아간 듯한 느낌이었다.

조는 내 옆에 앉았다. 우리는 함께 교외로 나갔다. 거기에는 이미 나무며 풀들이 초여름답게 풍성한 녹음을 이루고, 달콤한 여름 향기가 대지를 잔뜩 채우고 있었다. 그날은 마침 일요일이었다. 주위의 아름다운 풍경을 보면서, 내가 침대에서 열병에 시달려 괴로워하는 동안 그 아름다움이 얼마나 풍성해지고 조그만 야생화들이 어떻게 자랐는가를, 또 새들의 지저귐이 태양과 별들 아래에서 나날이 얼마나 강해졌는가를 생각했다. 그때 문득 망상에 시달리던 괴로운 기억이 되살아나자 그것만으로도 평온했던 마음이 요동쳤다. 그러나 교회 종소리를 들으며, 주위에 가득한 아름다움을 조금 더 감상하고 있으려니 내가 아직 충분히 감사하고 있지 않다는 생각이 들었다―감사한 마음을 품을 만한 체력조차 없었다―그래서 나는, 먼 옛날 조가 어린 나를 박람회인지 어딘지 데려가 주었던 날 기쁨에 지쳤을 때처럼, 머리를 조의 어깨에 기댔다.

얼마쯤 지나자 마음이 안정되었다. 우리는 옛 포대 자리의 풀밭에 누워서 이야기를 나누던 때처럼 이야기했다. 조는 그때와 다름없었다. 어린 내 눈에 비쳤던 그가 지금 내 눈앞에 있었다. 여전히 아무런 욕심 없고 성실하며, 올바른 조가.

템플로 돌아와 그가 매우 가뿐하게 나를 들쳐 안고서 마당을 가로질러 계단을 오르자, 그가 나를 업고서 늪지대까지 갔었던 그 사건 많은 크리스마스가 생각났다. 우리는 아직 내 상황이 어떻게 변했는지에 대해서는 이야기하지 않았었다. 그가 최근의 내 사정을 어디까지 아는지도 알 수 없었다. 나는 이제 완전히 자신감을 잃고 그를 전적으로 의지했으므로, 그가 아무 말도 꺼내지 않는데 내가 먼저 그 문제를 입에 담을 용기조차 없었다.

그날 저녁 고심 끝에, 창가에 앉아 파이프를 피우고 있는 그에게 물어보았다. "조, 내 은인이 누군지 알아?"

"미스 해비샴이 아니라는 건 들었다."

"그 사람이 누구라는 건 못 들었어?"

"글쎄! 쾌활한 세 뱃사공에서 내게 지폐 2파운드를 주었던 남자에게 그 돈을 건넨 사람이라고 들었다."

"맞아."

"놀랍구나!" 조가 침착하게 말했다.

"그 사람이 죽었다는 소식도 들었어?" 나는 주저하며 물었다.

"응? 누구 말이냐? 지폐를 주라고 부탁한 사람 말이냐, 핍?"

"응."

"음." 조는 잠시 생각한 뒤, 내 눈을 피하듯이 창가를 바라보며 대답했다. "확실하지는 않다만, 뭐 그렇게 돼 버렸다는 소문을 들은 기억은 있구나."

"그가 어떤 사람이었는지는 들었어?"

"아니, 핍."

"듣고 싶다면, 조……." 그렇게 말한 순간, 조가 일어나서 내가 앉은 소파로 다가왔다.

"핍," 조가 나에게 몸을 굽히며 말했다. "우리는 좋은 친구지, 핍?"

나는 부끄러워서 차마 그렇다고는 대답할 수 없었다.

"응, 그렇다면 됐어." 조는 내 대답을 이미 들은 것처럼 말했다. "됐어. 그 문제는 서로 이해한 걸로 하자. 그렇다면 왜 우리 사이에 전혀 불필요한 주제를 말해야 하니? 일부러 그런 쓸데없는 화제를 꺼내지 않아도 우리에게는 이야깃거리가 얼마든지 있는데. 그렇지 않니, 응? 네 누나가 얼마나 사나웠던지 기억해보렴! 회초리 기억나지?"

"물론이지."

"얘야, 핍. 나는 너와 회초리를 갈라놓으려고 무진 애를 썼다. 하지만 생각처럼은 되지 않았어. 왜였는 줄 아니? 네 누나가 네게 화풀이하려 들 때," 조는 그가 즐겨 쓰는 그 토론하는 말투가 되었다. "내가 끼어들면 나한테도 화풀이를 했겠지. 하지만 그건 문제가 아니었단다. 문제는 내가 그렇게 했으면 네 누나가 너를 더 엄하게 대했으리라는 거지. 난 그걸 알았어. 어린애가 호되게 벌 받는 걸 말리지 않은 것은, 수염이 잡아 당겨지거나 한두 번 떼밀리는 게 싫어서가 아니었다. 그런 것쯤은 네 누나가 하고 싶은 대로 놔둬도 상관없었어. 하지만 남자가 수염이 잡아 당겨지거나 몸이 떼밀릴 때마다 어린애가 그만큼 더 심한 벌을 받게 된다면, 마땅히 그 남자는 자기 자신에게 말하겠지. '내가 끼어들어서 무슨 이익이 있느냐? 오히려 해가 될 뿐이다. 어디에도 이점은 없다. 이점이 있다면 가르쳐다오'라고."

"그다음에는 그 사람이 뭐라고 말했어?" 조는 내가 말하기를 기다렸으므로 나는 그렇게 물었다.

"'내 생각이 옳을까?'라고."

"아아, 조, 그 사람은 언제나 옳아."

"흠, 그렇다면 너는 지금 한 말에 따라 행동해야 한다. 그 남자가 늘 옳다면 (하지만 사실은 틀릴 때가 더 많았겠지), 그가 이렇게 말하는 것도 옳을 거다. 어렸을 때 네가 작은 비밀을 네 가슴속에만 묻어 두었다고 치자. 그건 아마도 조 가저리가 너와 회초리를 떼어놓으려고 해도 마음처럼 되지 않는다는 사실을 네가 알고 있기 때문이었겠지. 그러니까 우리 사이에 그런 건 복잡하게 생각하지 말기로 하자. 아무래도 불필요한 이야기는 더 이상 하지 말자는 거다. 비디는 내가 런던으로 오기 전에 나 때문에 불안해서(나는 단연코 머리가 나쁘잖니), 이런 식으로 생각하라고 일러 주었단다. 이런 식으로 생각하고 이런 식으로 말하라더구나. 나는 그 두 가지를 모두 했다. 따라서," 조는 자신의 논리적인 이야기 전개에 대단히 흐뭇해했다. "네 친구로서 이렇게 말하겠다. 무리해서는 안 된다는 거다. 저녁을 든든히 먹고, 포도주에 물을 타서 마셔야 한다. 그리고 푹 자고."

이 화제를 끝내 버린 조의 배려와, 그 밑바탕을 마련해준 비디의 상냥한 마음 씀씀이와 친절은(비디는 여성 특유의 지혜로 재빨리 내 마음을 읽은 것이다) 내 마음에 강한 인상을 주었다. 그러나 늪지대의 안개가 햇빛을 받았을 때처럼 그 막대한 재산이 완전히 사라지는 바람에 이제 내가 얼마나 가난해졌는지 조가 아는지 모르는지는 알 수 없었다.

조에게 느끼는 문제는 한 가지 더 있었다. 처음에는 몰랐지만, 곧 이해되기 시작하다가 결국 내게 슬픔을 준 문제였다. 내 체력과 건강이 회복됨에 따라 조가 낯선 사람처럼 대하기 시작한 것이다. 병으로 몸이 약해져 그에게 완전히 의지하게 되었을 때, 조는 예전으로 돌아가 어린 시절처럼 나를 "애야, 핍"이라고 불러 주었다. 그것은 내 귀에 음악처럼 들렸다. 나도 옛날 말투로 되돌아갔다. 그가 나를 그렇게 만든 것이 고맙고 행복했다. 그러나 내가 그 습관을 유지하는데 반해 조는 아주 조금씩 거기에서 멀어져갔다. 처음에는 이상하게 느껴졌지만, 이윽고 그 원인이 내게 있음을 알게 되었다. 모두 내 잘못이었던 것이다.

아아! 나는 조가 내 우정을 의심할 원인을 만들지 않았던가? 출세하자마자 그에게 차가워지고, 그를 멀리하고 싶어 한다고 생각할 이유를 주지 않았던가? 내 체력이 회복되어갈수록 그가 내 마음을 붙드는 힘은 약해져 갈 것이므로, 내가 떠나기 전에 자기가 먼저 손을 놓고 떠나는 편이 좋을 거라며 순진한 조가 생각할 근거를 주지 않았던가?

조의 팔에 의지해 템플 정원을 세 번째인가 네 번째로 산책했을 때, 나는 그의 마음에서 이러한 변화가 일어나는 것을 확실히 보았다. 우리는 강을 바라보면서, 밝고 따사로운 햇볕 속에 앉아 있었다. 그러다가 의자에서 일어나면서 내가 문득 이렇게 말했다.

"이것 봐, 조! 이제 힘차게 걸을 수 있어. 혼자서 방까지 걸어갈 테니 보고 있어."

"무리하지 마라, 핍. 하지만 당신이 그렇게 회복된 걸 보니 기쁘군요."

이런 식으로 정중한 말투가 섞인 것이 신경에 거슬렸다. 그러나 어떻게 내가 그것을 비난하겠는가! 나는 마당께 문까지 가서, 실제보다 피곤한 척하며 조에게 팔을 빌려달라고 청했다. 그러나 그는 생각에 잠긴 듯한 표정이었다.

나도 생각에 잠겼다. 조의 이러한 변화를 막으려면 어떻게 해야 좋을까, 그것은 후회스러운 내 마음을 크게 괴롭히는 문제였다. 내가 지금 어떤 처지에 있으며 얼마나 몰락했는지, 부끄러워서 조에게 말할 수가 없었다―이 점은 숨기지 않겠다. 다만, 그런 마음이 아주 불순한 것은 아니었다고 생각하고 싶다. 그는 분명히 자기가 가진 얼마 안 되는 저금을 털어서 나를 돕고 싶었을 것이다. 그러나 그래서는 안 되었으며, 나는 그가 그러도록 내버려 두어서는 안 되었다.

그날 밤은 우리 둘 다 생각에 빠졌다. 잠자리에 들기 전 나는 다음 날은 아무 말도 하지 말자고 다짐했다. 다음 날은 일요일이었다. 새 인생은 새 주부터 시작하자고 생각한 것이다. 월요일 아침에 이 변화에 대해 조와 이야기하자. 마지막 신중함마저 떨쳐 버리고, 그에게 내 속마음(즉, 지금까지 모른 척해왔던 두 번째 문제)을 솔직하게 털어놓자. 그리고 왜 내가 허버트가 있는 국외로 가지 않았는지 이야기하자. 그러면 조의 태도 변화도 사라질 것이다. 이심전심이라고, 이렇게 내 마음이 개운해지자 조의 마음도 개운해지고, 그도 어떤 결의를 굳힌 것 같았다.

일요일은 그렇게 조용히 지나갔다. 우리는 마차를 타고 교외로 나가 들판을 산책했다.

"병을 앓아서 다행이야, 조."

"핍, 당신은 거의 회복되었어요."

"잊기 어려운 경험이었어."

"나에게도 그랬어요."

"이번에 함께 보낸 시간은 내 마음에 영원히 남을 거야, 조. 한동안 잊고 살았지만, 옛 추억 때문에 이번 일은 절대로 잊지 못할 거야."

"핍," 조는 난처하고 조금 당황한 기색을 보였다. "우리는 무척 즐거운 시간을 함께했어요. 그 기억은 그것대로 사라지지 않고 남을 겁니다."

밤이 되어 내가 침대로 들어갔을 때, 조가 침실로 찾아왔다. 회복 기간 내내 그것이 그의 일과였다. 아침만큼 몸이 가뿐하냐고 그가 물었다.

"응, 조. 괜찮아."

"그럼 계속 좋아지고 있구나."

"응, 조. 차츰차츰 나아지고 있어."

조는 그 커다랗고 착한 손으로 침대보를 다독거리면서 쉰 목소리로(내 귀에는 그렇게 들렸다) 말했다. "잘 자렴!"

이튿날 아침에 눈을 뜨자 기분이 상쾌했다. 체력도 더 강해진 것 같아, 곧바로 조에게 모든 것을 고백하기로 마음을 굳혔다. 아침식사 전에 말할 생각이었다. 얼른 옷을 갈아입고 그의 방으로 가서 놀래켜 주리라. 아침 일찍 일어난 것은 그날이 처음이었던 것이다. 나는 조의 방으로 갔다. 그는 그곳에 없었다. 그만이 아니라 그의 짐도 없었다.

아침식사를 하는 방으로 급히 가 보니, 식탁 위에 편지가 놓여 있었다. 거기에는 짤막하게 이렇게 쓰여 있었다.

너도 완전히 회복했고, 더 이상 너를 방해하기 싫어서 나는 돌아가기로 했다. 이제 너 혼자 있는 편이 좋을 거다.
추신. 우리는 평생 좋은 친구다.

그 편지에는 압류와 관련된 빚의 총액과 수수료 영수증이 들어 있었다. 그때까지 나는 채권자가 강제집행을 잠시 단념하고 내가 완전히 회복할 때까지 기다리는 줄로 착각했었다. 조가 그 빚을 대신 갚았으리라고는 꿈에도 생각하지 않았다. 그러나 조는 그 빚을 다 갚아 주었다. 영수증은 조의 이름으로 되어 있었다.

이렇게 된 이상 그의 뒤를 쫓아 그리운 대장간으로 가서 그에게 모든 것을 고백하며, 참회하는 마음으로 그의 지나친 친절에 항의하고, 어렴풋이 마음에 걸리던 것에서 시작해 이제는 확고한 목적이 된 그 '두 번째 문제'에 매듭을 짓는 수밖에 없지 않은가?

이 확고한 목적이란 비디를 만나서, 내가 얼마나 겸손해지고 깊이 반성하며 돌아왔는가를 보여주고, 한때 내가 희망했던 모든 것을 잃었다고 고백하고, 내가 처음으로 비참함을 느꼈던 그날 둘이서 마음을 터놓고 이야기 나누었던 옛날을 상기시키는 일이었다. 그런 뒤 그녀에게 이렇게 말하는 것이다. "비디, 넌 나를 좋아해 주었지. 그날로부터, 내 방랑하는 마음은 네 곁에 있을 때가 가장 평온하고 행복했어. 너와 떨어져 지낸 기간도 포함해서 말이야. 그때의 반만큼이라도 나를 좋아해 준다면, 많이 모자라고 실망스러운 행동을 받아줄 수 있다면, 어린애를 용서하듯이 나를 받아들여 줄 마음이 있다면(실제로 나는 어린애처럼 기가 꺾여서, 타일러 주는 목소리와 위로해 주는 손이 필요해), 나는 내가 예전보다는 네게 어울리는 사람이 되었다고 생각해―많이는 아니고 조금이지만. 내가 조와 함께 대장간에서 일할지, 가까운 곳에서 다른 일을 찾을지, 먼 곳으로 갈지는 모두 너에게 달렸어. 실은 제안받은 일자리가 있는데, 네 대답을 들을 때까지 결정을 보류해뒀어. 비디, 네가 이 세상을 우리 둘이서 헤쳐나가자고 말해 준다면, 틀림없이 이 세상은 내게 지금보다 좋은 곳이 될 거고, 나 자신도 세상에서 지금보다 좋은 사람이 될 거야. 그리고 나는 네게 이 세상이 지금보다 좋은 곳이 되도록 온 힘을 다할 거야."

이것이 바로 내 목적이었다. 이 목적을 실행에 옮기기 위해 나는 사흘간 더 회복한 뒤에 고향으로 돌아갔다. 이제 내가 그렇게 하려고 얼마나 서둘렀는지를 이야기하는 것만 남았다.

제58장

내가 행운의 정점에서 참혹하게 굴러떨어졌다는 소문은 내가 도착하기 전이미 고향에 쫙 퍼져 있었다. 푸른 멧돼지에도 그 소식이 전해진 탓인지 주인의 태도는 돌변했다. 내게 재산이 굴러들어 왔을 때는 내 비위를 맞추려고 안달이었지만, 재산을 잃자 아주 쌀쌀맞게 대했다.

나는 저녁때 도착했다. 지금까지 수차례나 편하게 오가던 여행길인데도 이번에는 몹시 피곤했다. 항상 묵던 방은 다른 사람이 쓰고 있어 안내해 줄 수 없다며(재산을 상속 받을지도 모를 손님이 들어간 것이리라), 안마당 안쪽, 역마차와 비둘기 둥지 사이에 있는 몹시 누추한 방을 내주었다. 그러나 나는 그 방에서도 푸른 멧돼지의 가장 좋은 방에서 묵을 때처럼 단잠을 잤다. 가장 좋은 침실에서 잤을 때만큼이나 개운한 꿈도 꾸었다.

이튿날 이른 아침, 식사가 준비되는 동안 나는 새티스 저택 주변을 산책했다. 그 대문에는 인쇄된 광고지가 붙어 있었다. 다음 주에 가구와 장식품들을 경매에 부친다는 내용이었다. 유리창에 드리워진 양탄자에도 같은 내용이 붙어 있었다. 본채는 해체되어 중고 건축 자재로 팔릴 예정이었다. 양조장에는 비뚤비뚤한 회반죽 글씨로 "경매품 제1호", 오랜 세월 닫혀 있던 본채의 부속 건물에는 "경매품 제2호"라고 쓰여 있었다. 다른 부속 건물에도 저마다 숫자가 쓰여 있었다. 벽에 글씨를 쓰기 위해 떼어 낸 담쟁이덩굴은 땅에 수북이 떨어져이미 시들시들했다. 나는 열린 문 틈으로 살며시 들어갔다. 저택과 아무 관계도 없는 사람이었기에 불안스레 주위를 둘러보노라니, 경매품 목록 작성을 위해 경매인의 사무원이 술통 위를 걸어 다니며 그 수를 헤아리는 모습이 보였다. 손에 펜을 든 그 남자는 휠체어를 책상 대신 쓰고 있었다. 예전에 내가 올드 클렘 곡조에 맞춰 수없이 밀었던 그 의자였다.

아침을 먹으러 푸른 멧돼지의 커피룸으로 돌아오자, 펌블추크 씨가 여관 주인과 이야기를 나누고 있었다(얼마 전 밤에 일어났던 불의의 사건은 그의 용모를 더 낫게 만들어 주지는 않았다). 나를 기다리던 그가 이렇게 말을 붙여 왔다.

"이런, 자네의 몰락한 모습을 보게 되어 유감이네. 하지만 이것도 당연하다면 당연한 일이지! 당연하다면 당연한 일이었어!"

그는 놀랍게도 너그러움을 보이며 손을 내밀어 왔다. 나는 병에서 회복된 지 얼마 안 되어 싸울 기력도 없었으므로 그 손을 잡았다.

"윌리엄," 펌블추크 씨가 웨이터에게 말했다. "머핀을 가져와. 그런데 세상에, 이렇게 될 줄이야! 이렇게 될 줄이야!"

나는 벌레 씹은 표정으로 아침 식탁에 앉았다. 그는 나를 덮칠 것처럼 내 옆에 바싹 붙어 서서, 마지막까지 친절하게 대하기로 마음먹은 은인 행세를 하며 —내가 찻주전자에 손을 대기도 전에—차를 따라 주었다.

"윌리엄, 소금을." 펌블추크 씨가 슬픔에 잠긴 목소리로 명령하고는 내게 말했다. "행복했던 시절에는 차에 설탕을 넣었었지? 우유는? 그것도 넣었었지? 설탕과 우유 모두 넣었었군. 윌리엄, 물냉이를 가져와."

"고맙습니다만 저는 물냉이를 안 먹습니다." 나는 쌀쌀맞게 대꾸했다.

"안 먹는다고?" 펌블추크 씨는 그 대답을 예상했다는 듯이, 그리고 물냉이를 먹지 않는 것과 내 몰락이 잘 맞아떨어진다는 듯이, 몇 번이고 한숨을 내쉬며 고개를 끄덕거렸다. "흠. 이 땅의 소박한 산물을 말이야. 이봐, 필요 없어. 안 가져와도 돼, 윌리엄."

나는 아침식사를 계속했다. 그는 내 옆에 바싹 붙어 서서, 여전히 생선처럼 흐리멍덩한 눈으로 주위를 둘러보며 씩씩 숨을 내쉬었다.

"뼈와 가죽만 남았군!" 펌블추크 씨는 큰 소리로 혼잣말했다. "예전에 내 축복을 받으며 이곳을 떠났을 때, 내가 바쁜 꿀벌[1]처럼 모은 보잘것없는 식량을 대접했을 때는 그토록 토실토실했었는데!"

이 말을 듣자, 내게 재산이 생긴 것을 알았을 때 "괜찮겠습니까?" 말하며 비굴하게 손을 내밀던 예전의 비굴함과, 퉁퉁한 다섯 손가락을 내미는 지금의 거만한 동정심이 놀랍도록 비교되는 것을 새삼 느꼈다.

---

1) 이작 워츠의 교훈시(1715)에 '바쁜 꿀벌'이 꿀을 저장하는 모습을 배우라고 주장하는 구절이 있음.

"흠!" 그가 내게 버터 바른 빵을 건네면서 말했다. "그래, 이제 조제프네로 가겠지?"

"참나, 내가 어디로 가든 당신하고 무슨 상관이죠? 찻주전자에서 손을 치우세요!" 나는 나도 모르게 울화를 터트리고 말았다.

이것은 최대 실수였다. 펌블추크가 기다리던 절호의 기회를 준 셈이었기 때문이다.

"그래." 그는 문제의 찻주전자를 내려놓고 식탁에서 한두 걸음 물러나, 문간에 있는 주인과 웨이터에게까지 들리도록 목소리를 높였다. "손을 치우도록 하지. 자네가 옳네. 이번만큼은 자네가 옳아. 자네 식사를 신경 쓴 나머지, 방탕을 거듭한 끝에 쇠약해지고 피폐해진 자네의 몸이 조상 대대로 내려오는 건전한 자양분의 은혜를 받아들이기를 바랐던 이 미천한 내가 어리석었어. 그런데," 이 대목에서 펌블추크는 주인과 웨이터를 돌아보고 내게 팔을 쭉 뻗어 나를 손가락질했다. "이 사내의 행복했던 어린 시절에 함께 놀아 준 사람이 바로 이 미천한 나일세! 믿을 수 없다고 말하지 말게! 이 사내가 그 아이일세!"

두 사람이 뭐라고 낮게 중얼거렸다. 웨이터는 감명을 받은 모양이었다.

"미천한 내가 이 애를 마차에 태워 주었소. 이 애 누나가 이 애를 손수 기르는 과정을 미천한 내가 지켜보았소. 이 애 누나는 결혼해서 미천한 나의 조카가 되었지. 그녀의 이름은 그녀의 어머니와 똑같이 조지아나 마리아였다오. 너, 아니라고 할 수 있으면 해 봐라!"

웨이터는 내가 부정하지 못하리라고 확신하고서, 그 때문에 내 죄가 더 무거우리라고 굳게 믿는 것 같았다.

펌블추크가 옛날처럼 나를 향해 고개를 갸우뚱하며 말했다. "너는 조제프네로 가겠지. 네가 어디를 가든지 내가 무슨 상관이냐고 물었지? 그렇다면 말해 주지. 너는 조제프네로 가는 거다."

웨이터는 공손하면서도 '대꾸할 말이 있거든 어디 해 봐라'는 듯한 헛기침을 했다.

"알겠느냐, 조제프한테 이렇게 전해라." 미덕이라는 이름으로 엄청나게 합리적이며 결정적으로 옳은 말을 한다는 듯한 실로 참을 수 없는 말투였다. "여기 우리 마을의 존경을 한몸에 받는 명사, 푸른 멧돼지의 스콰이어스 씨가 계신다.

윌리엄도 있지. 내 기억이 틀림없다면, 자네 아버지 이름이 포트킨스지?"

"맞습니다." 윌리엄이 대답했다.

"이 두 사람이 증인이 되어 줄 거다. 넌 조제프한테 가서 이렇게 말할 거다. '조제프, 나는 오늘 어린 시절 은인이며 내게 행운을 안겨준 분을 만났어요. 누군지는 말할 수 없어요. 어쨌든 마을에서는 다들 그렇게 부르죠. 오늘 그분을 만난 거예요.'"

"여긴 그런 사람 없는데요."

"그 말도 할 거다. 네가 그렇게 말했다고 하면 조제프도 기절초풍하겠지."

"착각도 정도껏 하세요. 나는 조를 가장 잘 압니다."

"너는 이렇게 말할 거다." 펌블추크가 계속 말했다. "'조제프, 나는 그분을 만났어요. 그분은 당신이나 제게 전혀 악의가 없답니다. 그분은 매부의 성격을 잘 아세요. 조제프 당신이 얼마나 무지하고 고집이 센지를요. 그리고 그분은 내 성격도 잘 아세요. 내가 얼마나 배은망덕한지를요. 그래요, 조제프.'" 여기서 그는 나를 돌아보며 고개와 손을 크게 흔들었다. "'그분은 제가 고마움을 느끼는 인간적인 마음이 전혀 없다는 사실을 아세요. 그분은 누구보다도 그 점을 잘 아시죠. 조제프, 당신은 몰라요. 알 기회가 없었으니까요. 하지만 그분은 아시죠.'"

그가 허풍쟁이 바보인 줄은 알았지만, 얼굴을 맞대고 그런 말을 할 줄은 몰랐다!

"너는 이렇게 말할 거다. '조제프, 그분이 이런 말씀을 하셨어요—이 젊은이가 몰락한 것은 천벌을 받은 것이다. 천벌은 보면 안다. 내 눈에는 천벌을 내리는 하느님의 손가락이 똑똑히 보였다. 그 손가락이 가리키는 곳에는 〈어린 시절의 은인이자 행운을 안겨준 사람의 은혜를 망각한 대가〉라고 쓰여 있다. 하지만 나는 내가 한 일을 후회하지 않는다. 전혀 후회하지 않는다. 그건 선행이었다. 친절한 행위였다. 자애로 가득한 행위였다. 기회가 있다면 다시 한번 더 그렇게 하고 싶다—그분은 이렇게 말씀하셨어요.'"

"그 사람이 다시 해도 좋다는 그 선행 나부랭이가 대체 어떤 건지 확실히 말하지 않는 게 유감이네요." 나는 먹는 둥 마는 둥 식사를 끝마치며 경멸을 가득 담아 쏘아붙였다.

"푸른 멧돼지의 스콰이어스 씨!" 그가 여관 주인에게 말했다. "그리고 윌리엄! 여러분이 그러고 싶으시다면, 마을 어딘가에서 '그건 선행이었다. 친절한 행위였다. 자애로 가득한 행위였다. 기회가 있다면 나는 다시 똑같은 일을 하고 싶다'고 말씀하셔도 미천한 저는 조금도 반대할 마음이 없습니다."

그렇게 말하더니 이 사기꾼은 거드름을 피우며 두 사람과 악수하고 여관에서 나가 버렸다. 전혀 분명하지 않은 그 '행위'의 미덕에는 어이가 없다기보다 놀랍기까지 했다. 그가 나간 지 얼마 안 되어 나도 푸른 멧돼지에서 나왔다. 번화가를 걷고 있으려니, 그가 몇몇 사람을 상대로 자기 가게 문간에서 장황하게 이야기를 늘어놓는 것이 보였다(아까와 같은 이야기를 하는 게 틀림없었다). 사람들은 길 반대쪽을 걸어가는 나에게 곱지 않은 시선을 던졌다.

그러나 그 덕분에, 비디와 조를 만나러 가는 것이 그만큼 더 즐겁게 느껴졌다. 그들의 넓은 마음은 이 뻔뻔스러운 위선자와 대비되어 (그런 일이 가능하다면) 전보다 더 밝게 빛났다. 아직 하체에 힘이 없었으므로, 나는 그들을 향해 천천히 걸어갔다. 그러나 두 사람에게 가까이 갈수록 마음은 편안해지고, 오만과 거짓은 점점 뒤쪽으로 멀어지는 것 같았다.

상쾌한 6월 날씨였다. 하늘은 푸르고, 종달새는 덜 여문 보리밭 위로 높이 날아갔다. 그 시골 풍경이 그때만큼 아름답고 한가로워 보인 적은 없었다. 길을 걸으며, 앞으로 이곳에서 보낼 인생의 다양한 즐거운 광경이며 곁에서 나를 이끌어줄 사람—그녀의 소박한 신념과 총명한 집안일 솜씨는 이미 증명된 바였다—에게서 받을 좋은 영향에 대해 생각했다. 그러는 사이에 가슴속에서 따뜻한 정이 솟아올랐다. 시골로 돌아온 덕분에 마음이 온화해지고, 그 심경 변화 때문에, 오랫동안 먼 나라를 여행한 뒤 맨발로 고향을 찾아 돌아가는 나그네가 된 기분이 들었다.

비디가 선생으로 일하는 학교는 본 적이 없었다. 조용한 길을 걷고 싶어서 오솔길을 빙 돌아 마을로 들어가니 그 학교 앞을 지나게 되었다. 공교롭게도 그날은 휴일이었다. 아이들은 한 명도 없고, 비디의 집도 닫혀 있었다. 그녀와 만나기 전에, 바쁘게 일상을 보내는 그녀의 모습을 보고 싶었는데 그 희망은 깨져 버렸다.

대장간은 그곳에서 매우 가까웠다. 달콤한 향기를 내며 푸른 싹을 틔우는 참피나무 아래를 지나 조의 망치 소리를 들으려고 귀를 기울이며 걸었다. 그러나 소리가 들리고도 남을 곳까지 와도 그 소리는 들리지 않았다. 들었다 싶으면 환청이었고, 아무리 더 걸어도 주변은 고요하기만 했다. 참피나무도, 흰 산사나무도, 밤나무도 있었다. 멈춰 서서 귀를 기울이면 나뭇잎이 사락사락 우는 소리가 아름답게 울려 퍼졌다. 그러나 한여름의 바람은 조의 망치 소리를 실어오지 않았다.

까닭은 알 수 없었지만, 나는 대장간을 보기가 두려워졌다. 마침내 대장간 건물이 보였다. 그곳은 닫혀 있었다. 이글거리는 불길도, 반짝거리며 튀는 불똥도, 풀무가 내는 굉음도 없었다. 모든 것이 닫힌 채 고요했다.

그러나 집 안에는 인기척이 있었다. 특별 응접실도 사용되는 것 같았다. 열린 창에는 흰 커튼이 펄럭이고, 꽃이 화려하게 장식되어 있었다. 나는 꽃 너머로 안을 들여다보려고 창문에 바싹 다가갔다. 그때, 팔짱을 낀 조와 비디가 눈앞에 나타났다. 처음에 비디는 유령이라도 본 사람처럼 비명을 질렀다. 그러나 다음 순간 나는 그녀를 껴안았다. 나는 그녀를 보고 울었고, 그녀는 나를 보고 울었다. 내가 운 것은 그녀가 무척 밝고 건강했기 때문이고, 그녀가 운 것은 내가 무척 야위고 핼쑥해졌기 때문이었다.

"비디, 아주 멋지게 입었는데!"

"그래, 핍."

"조도."

"내 오랜 친구 핍, 그렇단다."

나는 두 사람을 번갈아 바라보았다. 그러자······.

"오늘 내 결혼식이 있었거든." 비디가 행복에 벅차서 말했다. "나, 조와 결혼했어!"

두 사람은 나를 부엌으로 데리고 갔다. 나는 그리운 전나무 식탁에 머리를 얹었다. 비디는 내 손을 들어올려 입 맞추었고, 조는 격려하듯이 내 어깨에 손을 얹었다. "아직 체력이 약해서 충격이 컸나 봐." 조의 말에 이어 비디가 말했다. "생각이 모자랐어요. 하지만 조, 나는 너무 행복했던걸요." 두 사람은 나를 만나 매우 기뻐하고 뿌듯해했다. 내 방문에 몹시 감동하며, 우연히 내가 들러서 그날의 행복이 완성된 것에 매우 즐거워했다.

먼저 내 머리에 떠오른 것은, 이렇게 마지막으로 좌절된 꿈에 대해 조에게 고백하지 않기를 잘했다는 감사의 마음이었다. 그가 나를 간호해 주는 동안 대체 몇 번이나 그 말을 하려고 했었던가. 조가 한 시간만 더 런던에 남아 있었더라면 그 사실을 알았을 테고, 만일 그랬다면 돌이킬 수 없는 사태가 벌어졌을 것이 아닌가!

"비디, 정말로 세상에서 가장 훌륭한 남편을 찾았구나. 조가 간호하는 모습을 봤더라면 분명히…… 아니, 지금보다 조를 더 사랑하기는 어렵겠지."

"응, 그럴 수 없을 거야." 비디가 대답했다.

"그리고 조는 세상에서 가장 훌륭한 아내를 맞이했어. 비디는 분명히 조를 행복하게 해줄 거야. 착하고 고결하며, 내가 사랑하는 조에게 어울리는 행복을!"

조는 입술을 떨며 나를 바라보다가 소매를 눈으로 가져갔다.

"두 사람 모두 오늘은 교회에 가서 온 인류와 '사랑과 자비로 맺어졌겠지.[2] 그러니까, 지금까지 내게 주었던 큰 은혜에 전혀 보답하지 않은 내 자그마한 감사를 받아 주었으면 해. 실은 한 시간 안에 이곳을 떠나야 해. 바로 외국으로 떠날 거거든. 조가 빚을 대신 갚아준 덕분에 나는 채무자 유치장에 들어가지 않게 되었어. 열심히 일해서 그만한 돈을 벌어 조에게 갚을 때까지 결코 쉴 수야 없지. 하지만 조, 비디, 그 액수의 천 배를 갚는다 해도 빚은 조금도 줄어들지 않을 거야. 빚을 없앨 수 있다해도 내 맘은 바뀌지 않을 거야. 부디 그 점만은 알아주었으면 해!"

이 말을 듣고 그들은 눈물을 글썽이며, 더는 말하지 말라고 간청했다.

"아니, 말해야 해. 두 사람에게 귀여운 자식이 많이 생기기를 기도할게. 그리고 그 가운데 한 아이가 겨울밤 이 난롯가에 앉아 있는 모습을 보거든, 이제 다시는 그곳에 앉을 일 없는 다른 아이를 떠올려 주었으면 해. 조, 부탁이니 그 애에게 내가 매정한 사람이었다고는 말하지 말아 줘. 비디, 부탁이니 그 애에게 내가 비열하고 불성실한 사람이었다고는 말하지 말아 줘. 다만, 매부와 비디가

---

2) 국교회 성찬식 때 쓰는 문구.

착하고 정직한 사람들이기에 내가 두 사람을 존경했노라고, 그리고 그런 두 사람의 아이인 만큼 너는 나보다 훨씬 더 훌륭한 사람이 될 게 틀림없다며 내가 말했노라고 전해 줘.”

“나는 그런 말은 하지 않을 거다, 핍.” 조가 소매로 눈가를 닦으며 대답했다. “비디도 안 할 거고. 아무도 그런 말은 안 할 거야.”

“마지막으로 부탁이 있어. 두 사람 모두 나를 용서한다고 말해 줘! 따뜻한 마음속에서는 이미 그렇게 말해 주었다는 걸 알아. 하지만 그 말이 듣고 싶어. 그 말을 간직한 채 출발할 수 있을 테니까. 그리고 언젠가 두 사람이 나를 새로이 보고 믿게 되리라 생각할 수 있을 테니까.”

“오, 사랑하는 내 오랜 친구, 핍. 내가 너를 용서했다는 건 하느님께서 아신다. 뭔가 용서할 게 있다면 말이야.”

“아멘! 내 마음도 하느님께서 아셔!” 비디도 그렇게 말해 주었다.

“그럼 위층에 있는 그리운 내 방으로 가서 잠시 혼자 쉴게. 그런 다음 다 같이 뭘 좀 먹고, 이정표까지만 함께 가서 거기서 작별하자.”

나는 가진 것을 모두 팔아 최대한 마련한 돈으로 채권자에게 빚을 갚았다. 그들은 내가 빚을 다 갚을 때까지 넉넉한 시간을 주었다. 그런 뒤에 나는 허버트와 합류했다. 한 달도 되지 않아 영국을 떠났고, 두 달도 되지 않아 클라리커 상사의 사무원이 되었다. 그리고 넉 달도 되지 않아 처음으로 단독 업무를 맡게 되었다. 밀 폰드 뱅크의 응접실 천장 대들보가 빌 발리의 신음으로 흔들리기를 멈추고 조용해졌기 때문이다. 허버트는 클라라와 결혼하러 귀국하고, 나는 그가 그녀를 데리고 돌아올 때까지 동방지점의 총책임자가 되었다.

여러 해가 지나고 나는 회사의 공동경영자가 되었다. 허버트 부부와 함께 살며 검소하게 생활하면서 빚을 갚고, 비디와 조하고는 끊임없이 편지를 주고받았다. 내가 회사에서 세 번째로 높은 자리에 오르자, 클라리커는 그 동안의 내 계획을 허버트에게 밝혔다. 그가 공동경영자가 된 경위가 오랫동안 그의 양심을 괴롭혀 왔으며, 이제 더는 참을 수 없다는 것이었다. 그의 이야기를 들은 허버트는 놀라기도 했지만 감동하기도 했다. 그러나 이 비밀 때문에 우리의 우정이 변하는 일은 전혀 없었다. 우리 회사는 큰 규모도 아니었고, 대단한 수익을 올리는 회사도 아니었음을 밝혀 두겠다. 커다란 거래는 하지 않았지만 평판은 좋았으며, 성실하게 일해서 돈을 벌고 순조롭게 경영해 나갔다. 허버트의 의욕과 쾌활하고 부지런한 성격이 회사의 성공에 크게 이바지했으므로, 나는 한때 그를 왜 세상살이에 알맞지 않은 사람이라고 생각했었는지 이따금 의아해했다. 그러다가 어느 날, 세상살이에 알맞지 않았던 것은 그가 아니라 나였음을 마침내 깨달았다.

제59장

　11년 동안 나는 동쪽에서 때때로 모습을 그려 보기는 했지만 조와 비디를 만나지 못했다. 그러던 어느 12월 저녁, 해가 지고 한두 시간쯤 지났을 무렵 나는 그리운 옛집 부엌문 빗장에 가만히 손을 댔다. 아주 조용히 그것을 움직여, 아무에게도 들키지 않게 집 안을 들여다보았다. 옛날과 똑같은 부엌 난롯가 자리에서, 흰머리는 조금 늘었지만 여전히 건강해 보이는 건장한 조가 파이프를 물고 있었다. 그리고 조의 다리를 울타리 삼아, 내가 자주 앉던 작은 안락의자에 앉아 구석에서 불을 바라보는 사람은—어린 나였다!

　"우리는 네 이름을 따서 이 애 이름을 핍이라고 지었다." 내가 아이 옆에 놓인 다른 안락의자에 앉자(나는 그 아이의 머리카락을 흩뜨리지 않았다), 조가 기뻐하며 말해 주었다. "조금은 너를 닮았으면 해서 말이야. 정말로 우리는 아주 닮았다고 생각한단다."

　나도 그렇게 생각했다. 이튿날 아침 나는 그 아이와 함께 산책하러 나갔고, 우리는 서로 완벽하게 이해하는 사이가 되어 여러 이야기를 나누었다. 나는 그 아이를 교회 묘지로 데리고 가서 묘석 위에 앉혔다. 아이는 그 위에 앉아서 내게 어느 것이 이 교구인이었던 고(故) 필립 피립의 비석이며 어느 것이 위 사람의 아내 조지아나의 것인지를 가르쳐 주었다.

　저녁식사 뒤 나는 어린 딸을 무릎에 앉혀 재우는 비디에게 졸랐다. "비디, 조만간 핍을 내게 보내 줘. 아니, 맡아 키울 수 있게 해 줘."

　"안 돼." 비디가 부드럽게 대답했다. "너도 결혼해야지."

　"허버트와 클라라도 그렇게 말하지만, 나는 결혼하지 않아. 그들 집에 정착한 이상 그런 일은 없을 거야. 이미 노총각이 되었는걸."

　비디는 자기 아이를 바라보고, 그 조그만 손을 그녀의 입술에 갖다 대었다. 그리고 아이를 어루만졌던 그 보드라운 착한 손을 내 입술에 댔다. 그 동작과,

비디의 결혼반지가 지그시 입술을 누르는 데는 무언가 많은 이야기가 담겨 있었다.

"핍, 너 이젠 그 여자 때문에 괴로워하지 않지?"

"그럼……. 그런 것 같아, 비디!"

"오랜 친구로서 묻겠는데, 이제 그 여자를 완전히 잊은 거니?"

"비디, 나는 내 인생에서 가장 소중했던 것들은 모두 기억해. 아무리 보잘것 없는 것이라도 좀처럼 잊지 않아. 하지만 내가 가련한 꿈이라고 불렀던 것은 이미 사라졌어. 완전히."

그러나 그렇게 말하면서도 나는 그녀를 위해 그날 밤 혼자 몰래 그 낡은 저택이 있던 자리에 가 볼 생각이었다. 그렇다, 에스텔라를 위해.

그녀를 구박하고 허영과 탐욕, 잔혹함과 비열함으로 똘똘 뭉친 악명 높은 남편과 헤어진 뒤에, 그녀가 몹시 불행한 인생을 보낸다는 소문은 들었다. 그가 말을 학대하다가 일어난 사고로 죽었다는 소식도 들었다. 그 뒤 그녀는 2년 전쯤에 그 멍에에서 풀려났는데, 그 뒤 아마도 재혼했으리라.

조의 집에서는 저녁식사 시간이 일렀으므로, 비디와 서둘러 대화를 마무리하지 않아도 어둠이 내리기 전에 정든 옛 장소를 찾아갈 여유는 넉넉했다. 그러나 길을 걷다 서성거리고 옛 일을 돌이키게 해 주는 이런저런 것들마저 들여다보는 바람에 그곳에 이르렀을 때는 해가 막 넘어가고 난 뒤였다.

이제는 본채와 양조장은 물론이고 어떤 건물도 없었다. 있는 거라고는 오래된 정원 담벼락뿐이었다. 말끔히 치워진 공간에는 허술한 울타리가 쳐져 있다. 그 울타리를 넘겨다보자, 오래된 담쟁이덩굴이 고요한 폐허의 낮은 둔덕에 새로 뿌리를 내리고 다시 푸른빛으로 자라고 있었다. 울타리에 달린 나무문이 열려 있었으므로 나는 그 문을 밀고 안으로 들어갔다. 차가운 은빛 안개가 해질녘 하늘을 뒤덮고, 달은 아직 그것을 걷어낼 만큼 높이 뜨지 않았다. 그러나 별들이 안개 너머에서 빛나고 달도 떠올라 주위는 어둡지 않았다. 한때 본채며 양조장이며 나무문이며 술통이 있었던 곳을 알아볼 수 있었다. 그 터를 바라보며 황폐한 정원의 산책길을 눈으로 더듬고 있노라니, 그곳에 웬 사람 그림자가 보였다. 가까이 다가가자 그 그림자가 내 기척을 알아챈 듯했다. 그리고 이쪽으로 걸어오다가 발을 멈추었다. 더 가까이 간 나는 그것이 여인의 그림자임을 알

그리운 부엌

았다. 더 다가가자 상대는 발길을 돌리려다 말고, 내가 가까이 오기를 기다렸다. 그러고는 매우 놀라워하면서 내 이름을 불렀다.

"에스텔라!" 나는 소리 질렀다.

"나는 많이 변했어. 다른 사람처럼 보이지?"

확실히 그녀의 싱그러운 아름다움은 사라지고 없었다. 그러나 형용할 수 없는 위엄과 매력은 남아 있었다. 그 신비로운 힘은 전에도 보아 알고 있었다. 그러나 예전에는 자존심으로 가득했던 눈에 어린 서글프고 온화한 빛은 낯선 느낌을 주었다. 그리고 예전에는 무감각했던 손에서 친밀한 감촉을 처음으로 느꼈다. 우리는 가까운 벤치에 앉았다. "오랫동안 만나지 못했는데, 우리가 처음 만났던 장소에서 이렇게 다시 만나다니 참 신기하다, 에스텔라! 이곳에 자주 오니?"

"그 뒤로는 처음이야."

"나도."

달이 떠오르고 있었다. 나는 흰 천장을 올려다보던, 지금은 죽은 사람의 얼굴을 떠올렸다. 달이 솟아올랐다. 내가 이 세상에서 마지막으로 그에게 말을 건넸을 때, 그가 내 손을 꼭 쥐고 지그시 누르던 그 감촉이 떠올랐다.

그 뒤에 이어진 침묵을 깬 것은 에스텔라였다.

"이곳으로 돌아오려고 몇 번이나 생각했었어. 하지만 이래저래 사정이 있어서 그럴 수 없었지. 불쌍하게도 이렇게 황폐해지다니!"

이제 한 줄기 달빛이 은색 안개를 조용히 비추었다. 그런 다음 그녀의 눈에서 흘러내린 눈물을 비추었다. 내가 보는 줄도 모른 채 그녀는 눈물을 삼키면서 조용히 말했다.

"왜 이곳이 이렇게 변해 버렸는지, 둘러보면서 이상하다고 생각했지?"

"응."

"이 땅은 내 거야. 내가 포기하지 않은 유일한 재산이지. 다른 것은 조금씩 떠나보내야 했어. 하지만 이 땅만큼은 간직했지. 비참한 세월 가운데서도 내가 죽어도 포기하지 않았던 유일한 재산이야."

"다시 집을 지을 생각이니?"

"응, 이제야 겨우. 더 모습이 변하기 전에 눈에 담아 두려고 찾아왔지. 그런데 넌?" 나그네가 듣기에는 반가운, 매우 궁금하다는 말투로 그녀가 말했다. "아직도 외국에 나가 사니?"

"응."

"사업은 잘되지?"

"넉넉한 생활을 하기 위해 열심히 일하고 있어. 그러니까, 잘되고 있다는 얘기야."

"가끔 네 생각을 했어."

"정말?"

"요즘에는 특히. 난 길고 괴로운 시간 동안, 가치를 알아보지 못한 탓에 내던져 버린 것을 되돌아보지 않으려고 애써왔어. 하지만 그것을 떠올리는 것이 내 의무에 어긋나지 않게 되고부터는 줄곧 마음속에 소중하게 간직해 두었단다."

"나는 늘 너를 마음속에 소중히 간직해 왔어." 나는 대답했다. 그 뒤 다시 침묵이 이어졌다. 이번에도 그녀가 먼저 입을 열었다.

"나도 그냥 이곳에 작별인사를 하러 온 거야. 너와 작별인사를 하게 될 줄은 생각지도 못했어. 이렇게 우연히 만나서 참으로 기뻐."

"다시 헤어지는 게 기뻐? 나한테는 이별이 가슴 아픈데. 나한테는 예전에 너와 헤어졌던 기억이 내내 슬프고 아픈 추억이었어."

"하지만 네가 말했잖아." 에스텔라는 진지하게 말했다. "'신께서 너를 축복하시기를! 신께서 너를 용서해 주시기를!' 그때 그 말을 할 수 있었다면 지금도 주저 없이 그렇게 말할 수 있을 거야. 몸소 고통을 당한 덕분에, 어떤 가르침을 받은 것보다도 확실히 네 마음을 이해하게 됐어. 나는 뒤틀리고 부서져 버렸어. 하지만 그로 인해 전보다는 괜찮은 사람이 된 것 같아. 옛날처럼 다정하고 친절하게 대해 주렴. 우리는 친구라고 말해 줘."

"우리는 친구야." 그녀가 벤치에서 일어났으므로 나도 일어나 그녀에게 몸을 굽히며 말했다.

"떨어져 있어도 계속 친구로 지낼 거야." 에스텔라가 말했다.

우리는 손을 잡고 함께 폐허를 떠났다. 오랜 옛날 처음으로 대장간을 뒤로했던 아침에 안개가 환하게 걷혔듯이 그날 밤도 안개가 맑게 개어 있었다. 그렇게 눈앞에 펼쳐진 고요한 달빛 속에, 이제 그녀와 다시 헤어지리라는 그림자는 어디에도 없었다.

위대한 기대의 인생서사

《위대한 유산》(1860~1861)은 디킨스의 최고 걸작이자 19세기 유럽을 대표하는 문학 작품이다. 강약 있는 줄거리와 다양한 등장인물, 박진감에 유머까지, 이만큼 재미있는 읽을거리는 좀처럼 찾아보기 어렵다.

《위대한 유산》은 《장사가 아닌 목적으로 여행하는 사람》이라는 수필로 시작되었다. 그것이 "매우 훌륭하고 참신하며 그로테스크한 착상으로 자랐기에" 다음 소설에 쓰려고 떼어 두었다고 한다. 《위대한 유산》은 매우 섬세한 이해심으로 묘사된 핍이라는 인물의 이야기이다. 자아를 잃고 방황하던 어린 핍은 뜻밖의 재산이 들어올 거라는 기대감에 현혹되어 천한 친구들과 자신의 비천한 태생을 부정한다. 그러나 자아를 찾는 굴욕적인 여행을 하던 중, 기대했던 '위대한 유산'을 둘러싼 추악한 진상을 알게 된다. 《데이비드 코퍼필드》처럼 일인칭으로 쓰인 이 소설은 디킨스의 심리를 날카롭게 되짚어 보게 해주며, 무엇보다 당시 그의 마음을 괴롭혔던 후회와 실망—원대한 포부와 야심을 품고 인생길에 나선 사람이라면 누구나 깨닫는—을 다루고 있다.

《위대한 유산》은 간행과 동시에 걸작이라는 평을 받으며 대서양 양쪽에서 대성공을 거두었다. 영국에서는 〈일 년 내내〉의 연재가 끝나자마자 세 권으로 나뉘어 간행되었다. 디킨스로서는 보기 드문 발행 방식이었지만, 독자들에게는 평판이 좋았다. 미국에서는 《하퍼스 위클리》에 연재된 뒤 다양한 형태의 단행본이 출판되었다. 미국 화가가 삽화를 그린 것도 몇 권이나 된다. 1860년대에는 국내외를 가리지 않고 디킨스의 독자가 급속히 늘었다. 다양한 독자층을 염두에 둔 디킨스와 출판사가 기존에 나와 있던 작품을 다양한 형태로 새로 내놓은 덕분이었다. '피플판[1]'과 '찰스 디킨스판[2]'은 영어권 전역에서 대대로 광고되

---

1) 철도역 구내 서점용으로 기획된 것.
2) 다소 수정되고 저자의 새로운 서문이 붙은 것.

었다. 유럽에서 디킨스의 작품은 독일 '타우흐니츠 영미 작가 총서'에 선정되어 널리 읽혔다. 번역서도 많이 나왔다. 특히 프랑스에서는, 디킨스가 자랑스레 말했듯이 어느 역에서나 그의 책을 찾을 수 있었다. 미국 잡지에는 단편 하나 당 천 파운드를 당당히 요구하게 되었으며, 멀리 오스트레일리아에서도 낭독회 요청이 들어왔다.

찰스 디킨스(1812~1870)

《위대한 유산》은 '부정한 돈'에 대한 정치 동화이자, 기억과 글쓰기에 대한 탐험인 동시에 불안정한 정체성에 대한 불안한 묘사이다.

구체적으로 밝혀지지 않은 미래에 핍은 템스강의 늪지대에서 사나운 누이와 온순한 대장장이 매형과 함께 살았던 어린 시절, 그리고 양친의 무덤가에서 탈옥수 매그위치와 만났던 것이 그의 운명에 미친 영향을 뒤돌아본다. 후에 핍은 정체불명의 막대한 재산을 물려받는데, 자신에게 이러한 부를 준 사람이 미스 해비샴일 것이라고 착각한다. 미스 해비샴은 결혼식 직전에 약혼자에게 버림받아, 아직도 그 순간에 못박혀 사는 괴상한 노처녀이다. 그러나 디킨스는 천지를 뒤집어놓는다. 마치 에셔[3]의 그림처럼.

1850년대 사회적인 작품들과 달리 디킨스가 단시간에 짧은 분량으로 쓴 《위대한 유산》은 빠른 전개로 인한 이점을 많이 보았다. 빅토리아 시대 작가들은 '허구적 자서전'을 선호했는데, 이 작품은 자기 자신을 허구적 인물로 창조하는 주인공에 대해 이야기하고 있다. 핍은 회한에 사로잡혀 자신의 과거를 종이 위에 털어놓으면서, 글을 쓰는 행위만이 오직 그의 부서진 정체성을 유지하는 것처럼 보이기도 한다. 이상적인 자서전이란 재발견인지도 모른다. 그러나 《위대한 유산》은 한결같은 삶을 살아가는 것도, 과거의 대가를 치르는 것도 핍으로

---

3) 1898~1972, 네덜란드의 화가.

서는 불가능하다는 사실을 극적으로 부각한다.

1

찰스 디킨스(1812~1870)는 영국 남부 해안도시 포츠머스에서 태어나 다섯 살부터 열 살까지 채텀에서 행복한 어린 시절을 보냈다. 이 소설에 등장하는 펌블추크네 가게나 미스 해비샴의 새티스 저택이 있는 마을은 로체스터로 추정되는데, 채텀은 로체스터 동쪽에 이웃한 마을이다. 그 뒤 디킨스는 해군 경리국에서 근무하는 아버지를 따라 런던으로 이사했고, 그때부터 줄곧 그곳에서 살았다. 1855년에는 로체스터 근교에 있는 갯즈 힐 플레이스를 사들여 1860년 10월부터 그곳에서 살기 시작했다. 그리고 자신의 저택에서 내려다보이는, 어린 시절부터 익숙한 땅을 《위대한 유산》의 무대로 택했다. 예를 들어, 첫머리에 등장하는 교회는 클링 교회를 모델로 한 것이다. 이 교회에는 특이하게도 마름모꼴 석관이 있었는데, 디킨스는 방문객들에게 자주 그것을 보여 주었다고 한다. 좋은 친구이자 그의 전기를 쓴 존 포스터는 디킨스가 이 교회에서 "차기작 첫머리에 이곳을 등장시킬 생각"이라 말했다고 기록했다(과장이라고 여겨질까 봐 그랬는지, 실제로 석관은 열세 개이지만 작품에서는 다섯 개로 나온다). 다만 핍의 교회가 있는 무대는 클링 남서쪽에 있는 로어 하이엄에 더 가까워 보인다. 그곳에는 디킨스가 예배하러 다녔던 그의 교구 교회가 있다.

2

1860년 1월부터 디킨스는 자기가 소유하고 편집하는 주간지 〈일 년 내내〉에 《장사가 아닌 목적으로 여행하는 사람》이라는 제목으로 수필을 연재하기 시작한다. 이 중 몇 편은 다분히 자전적·회고적 내용이었다. 그중 한 편인 〈외국 여행〉(1860년 4월)에 흥미로운 일화가 소개되어 있다. 어느 날 마차를 타고 가던 디킨스는 "그레이브센드와 로체스터 중간쯤"에서 "실로 기묘한 소년"을 태워 준다. 이 아이는 "언덕 위에서 마차를 세우고, 거기에 있는 저택을 천천히 감상하게 해 달라"고 말한다.

"넌 저 저택이 좋으냐?" 내가 물었다.

"네, 아주 좋아요! 지금보다 더 어렸을 때, 제게 가장 큰 상은 저 저택을 구경하러 데리고 가 주는 것이었어요. 이제는 아홉 살이니까 혼자서 보러 다녀요. 제가 저 저택을 너무 좋아하니까 아버지는 제가 아주 어렸을 때부터 자주 이렇게 말씀하셨어요. '끈기 있게 열심히 일하면 언젠가 저 큰 집에서 살수 있는 신분이 될지도 모른다'고요. 하지만 그런 일이 일어날리 없잖아요!"

기묘한 소년은 그렇게 말하더니 가만히 한숨을 내쉬고, 진지한 눈빛으로 창밖의 저택을 바라보았다.

나는 이 기묘한 소년의 말에

켄트 주 로체스터 중심가 1902년 무렵. 로체스터는 디킨스 소설 곳곳에 자주 등장한다. 이 소설의 펌블추크네 가게가 있는 마을 모델도 이곳으로 추정된다.

놀랐다. 그것은 내 저택이었기 때문이다. 게다가 그 아이의 말이 진실이라고 믿을 어떤 이유가 있었기 때문이다.

이 '이유'란 디킨스가 어느 편지에서 했던 말에 드러나 있다.

이 저택에는 줄곧 불가사의한 흥미를 품고 있었다. 나는 어린 시절을 이 부근에서 보냈는데, 그 무렵 그 저택을 가장 아름다운 집이라고 생각했었다(……). 불쌍한 아버지는 나를 데려와서 이 집을 구경시켜 주며 "네가 똑똑한 어른이 되면 저 집이나 저 집과 비슷한 저택의 주인이 될지도 모른다"고 말씀하시곤 했던 것이다.

다시 말해, 이 '기묘한 소년'은 디킨스 자신의 체험을 그대로 되풀이하고 있는 것이었다. 그와 소년의 우연한 만남이 실제 사건인지(카이로에서 돌아온 핍이 가저리네 부엌에서 어린 자신을 만나는 사건처럼) 공상의 산물인지 알 수 없지만, 어느 쪽이든 이 글은 소년의 꿈을 큰 틀로 하는 《위대한 유산》의 시작과 관계가 있어 보인다. 더 명확한 태동은 1860년 9월 디킨스가 포스터에게 보낸 편지에 언급되어 있다. 이 편지에서 그는 "《장사가 아닌 목적으로 여행하는 사람》을 위해 스케치를 하고 있으려니 독창적이고 그로테스크한 좋은 생각이 떠올랐다. 그 생각은 수필이 아니라 다른 소설에 써야 할 것 같다. 이미 기묘하고 유머 넘치는 소설의 구상이 보이기 시작했다"고 썼다. 그러고 나서 바로 집필을 시작한 것으로 보인다.

그는 이 소설을 다달이 여러 권으로 나누어 발행하는 형식으로 출판할 예정이었다. 그러나 유감스럽게도 마음먹은 대로 되지 않았다. 8월부터 〈일 년 내내〉에 연재를 시작했던 찰스 리버의 소설 《말 위의 하루》가 혹평을 받아 잡지 판매 부수가 급격히 줄어들었기 때문이다. 디킨스는 이 위기에 대처하려면 자신의 소설을 연재하는 수밖에 없다고 생각했다. 연재소설은 1859년에 창간된 〈일 년 내내〉의 핵심 코너로, 프랑스 혁명을 무대로 한 《두 도시 이야기》의 디킨스와 《백의의 여인》의 윌키 콜린스의 대성공을 이은 사람이 (지금은 잊혀졌지만, 당시는 아일랜드 작가로 유명했던) 리버였다. 10월 4일, 디킨스는 포스터에게 급히 편지를 보내, "〈일 년 내내〉에 싣기로 한 소설의 제목을 Great Expectations라고 지었네. 좋은 제목 아닌가?" 자랑했다.[4]

디킨스는 결국 1년 반 동안 20회에 걸쳐 쓰려던 소설을 예정의 절반 길이로 줄여 8개월짜리 주간 연재로 바꾸었다. 1836년에 걸작 코미디 《피크위크 페이퍼스》로 소설가로서 데뷔한 이래 그는 당시 모든 작가처럼 연재소설을 써 왔다. 즉, 그 시점에 이미 20년이 넘는 연재 경력을 자랑하는 베스트셀러 작가였지만, 그는 주간이라는 형태를 싫어했다. 무엇보다 매주 20쪽 남짓을 써야 했기 때문이다. 이런 중압감도 중압감이지만, 이야기를 짧은 단편으로 나누어 쓰는 일은 디킨스에게 자유로운 상상력의 비상을 방해하는 것 같았다. 처음으로 주간 형

---

4) 이 제목은 '위대한 기대'와 '막대한 재산을 받을 가능성'이라는 이중 의미인데, 한국에서는 '위대한 유산'으로 통용된다.

식의 《어려운 시절》을 집필했을 때는 "갑갑해서 죽을 것과 같다"고 하소연했고, 《두 도시 이야기》 때는 "감질나게 쓰려니 미칠 것 같다"면서 투덜댔다. 《위대한 유산》의 결말이 보이기 시작했을 무렵에는 포스터에게 "한 주 한 주 계획을 세워 집필하는 어려움은 경험해 보지 않은 사람은 상상도 못할 것"이라고 말했다.

어쨌거나 디킨스는 이 곤경을 훌륭히 넘겼다. 작품은 큰 호평을 받았고, 잡지는 순식간에 상승 기류를 탔다. 결과적으로 이 소설은 《황폐한 집》이나 《리틀 도릿》과 같은 디킨스의 중편 사회소설의 절반 길이로, 군더더기 없는 완성도를 보인다. 띄엄띄엄 쓰였다고는 믿기지 않는 긴밀한 구성에는 경탄을 금할 수 없다.

3

이 소설을 쓸 때 디킨스는 반복을 피하고자 같은 일인칭으로 쓰인 《데이비드 코퍼필드》를 다시 읽고, 포스터에게 보내는 편지(1860년 10월)에 "자네가 믿지 못할 만큼 감동했다"고 고백했다. 대체 디킨스는 왜 이렇게까지 감동했을까? 첫 번째는 데이비드가 마지막으로 얻은 행복한 가정을 이 무렵 디킨스는 가지고 있지 않았기 때문이다. 《위대한 유산》의 집필을 마친 이듬해인 1862년 6월 포스터에게 보내는 편지에 다음과 같은 구절이 있다(여기서 기술되는 디킨스의 성격이 소년 핍과 맞아떨어진다는 점에 주목했으면 한다―그는 누나 손에 자라서 '감수성이 예민한' 성격이었다(본문에서)고 말한다.)

내 소년 시절에 대해 아는 내용을 가끔 떠올리고 자문해 보게. 그즈음 형성된―그리고 행복한 시기에는 사라진―성격의 일부가 최근 5년 사이에 다시 나타났다고 해도 이상하지 않을 걸세. 그 무렵 겪었던 잊을 수 없는 불행이 누더기를 입고 배불리 먹지도 못했던 어린이의 내성적이며 감수성 예민한 성격을 낳았고, 그것이 최근 겪은 잊기 어려운 5년 사이에 되살아난 것일세.

여기서 디킨스가 말하는 소년 시절의 불행이란, 채텀에서 런던으로 이사 온 뒤 빚더미에 오른 아버지가 채무자 유치장에 갇힌 탓에 1년 남짓 동안 구두약 공장에서 일해야 했던 열두 살 때의 경험을 가리킨다. 중류 계급인 디킨스가 노동자로 전락한 이때의 굴욕은 그에게 결정적인 의미를 지녔다(엄밀히는 하층 중류 계급이지만, 그것과 노동자 계급의 차이는 매우 크다). 그는 함께 일하는 아이들에게서 '도련님'이라고 불리며 한 단계 높은 신분을 유지했다고 한다. 이 수치와 굴욕에 대해 디킨스는 포스터 말고는 누구에게도 말하지 않았으며, 구두약 공장 일화는 그가 죽은 뒤에 포스터가 전기를 통해 처음으로 세상에 공개했다. 《데이비드 코퍼필드》에는 이때의 경험이 형태를 조금 바꾸어 삽입되어 있다(그래서 이 소설을 다시 읽고 '감동한' 것이리라). 《위대한 유산》에도 런던에 온 조가 구두약 창고를 찾아가는 대목이 있다. 독자가 그것을 작가와 연결 짓는 일은 절대로 없으리라는 자신감 때문인지, 강박신경증 때문에 그렇게 하지 않고는 못 배겼기 때문인지, 디킨스는 이렇게 자신의 일급비밀을 작품 안에 몰래 집어넣었다.

어쨌든 5년 사이에 이러한 소년 시절을 연상케 하는 불행을 경험했다고 디킨스는 말한다. 독자의 편의를 위해, 이 5년 동안 일어난 사건을 연표로 정리하자면 이렇다.

1857 엘렌 터넌과 만남
1858 자작 공개 낭독 개시. 아내 캐서린과 별거.
1859 새 주간지 〈일 년 내내〉 창간. 《두 도시 이야기》 집필.
1860 〈일 년 내내〉에 《장사가 아닌 목적으로 여행하는 사람》 연재 개시. 《위대한 유산》 연재 개시.
1861 《위대한 유산》 완결.

디킨스는 당시 열일곱 살의 여배우 엘렌 터넌과 만나게 되었는데, 그 때문에 오랜 동반자였던 아내와 별거에 들어간다. 디킨스가 터넌과의 관계를 교묘하게 은폐했기 때문에 자세한 내용은 밝혀져 있지 않다. 육체관계를 맺은 애인이었는지 그저 숭배의 대상이었는지 (보통 후자 쪽 가능성은 생각하기 어렵지만, 디킨스는 평범한 사람이 아니었으므로 그 가능성을 완전히 부정할 수는 없다) 어느 쪽이든 위의 편지에서도 짐작되듯이, 1862년경에는 그녀와의 관계도 행복하지 않았던 것으로 보인다(에스텔라에게서 터넌의 모습을 읽으려는 비평가도 있다). 게다가 경제 사정도 불안했다. 대가족을 부양해야 한 데다, 아내의 집과 터넌과의 비밀 거주지를 함께 유지해야 했으며, 갯즈 힐을 사들이느라 많은 돈이 들었던 것이다(이 비용을 충당하려고 공개 낭독을 계획하기도 했다). 따라서 경제 사정에 직접 영향을 주는 〈일 년 내내〉의 판매는 심각한 문제였다. 무리해서라도 스스로 곤경을 헤쳐 나가려고 나선 것도 이런 사정 때문이다.

디킨스는 당대 최고의 인기 작가였으므로 자연히 수입도 엄청났다.

《위대한 유산》(1860) 표지

그러나 늘 사치를 즐기고 지출도 많았기에, 생활비 걱정에서 벗어난 적은 거의 없었다. 지금 문제가 된 이 5년처럼 경제적으로 불안감이 높아지면, 다시 노동자로 전락했다가 끝내는 길거리로 나앉을지도 모른다는 두려움이 그를 사로잡았다.

나는 배불리 먹지도 못한 채 길거리를 정처 없이 헤매던 때를 기억한다. 신의 가호가 없었더라면, 누가 아무리 극진히 보살펴 주었다고 해도 어린 나는 쉽사리 도둑이나 거지가 되었을 것이다.

포스터가 쓴 전기에서 디킨스가 고백하는 이 소년 시절의 공포는 죽을 때까지 그를 떠나지 않았다. 이 심리는 초기 작품인 《올리버 트위스트》(1837~1839)와 중기 작품인 《데이비드 코퍼필드》(1849~1850)를 거쳐 원숙기의 《위대한 유산》에도 나타나 있다. 다만, 이 소설의 제목을 붙이는 방식이 앞의 두 작품과 달리 개인의 이름이 아니라는 점에 주목해야 한다. 이 제목에서는 더 폭넓게 하나의 사회, 또는 한 세대를 그리려는 의도가 느껴진다. 요컨대, '신사'가 되려는 '위대한 희망'에 사로잡힌 사회이다.

4

핍은 신사가 되고 싶다 말하고, 매그위치는 자신의 꿈을 대신 이뤄 줄 '내 신사'를 만들어낸다. 도대체 신사(젠틀맨)란 무엇일까? 이때 '젠틀'이란 본디 '고귀한 출생'이라는 뜻이며, 젠틀맨이란 기본적으로는 일할 필요가 없는 귀족·지주 계급을 가리킨다. 시대가 변해 이제 직업을 가진 사람일지라도 국교회 성직자, 법정 변호사, 내과 의사, 군대 사관 등은 신사로 인정받게 되었다. 특히 산업혁명 이후 중류 계층의 세력이 늘어남에 따라 그 정의는 탄력적으로 확장되기 시작했다―19세기 중엽은 '신사란 무엇인가'라는 문제가 가장 진지하게 논의된 시기였다.

그 좋은 예가 새뮤얼 스마일스의 《자조론》이다. 이 책은 1859년, 그러니까 《위대한 유산》이 쓰이기 불과 1년 전에 출판되었다. 증기기관차를 발명한 스티븐슨 등 자조 정신에 따라 노력하고 입신하여 이름을 날리고 성공한 인물의 간단한 전기를 엮은 책이다. 스마일스는 스티븐슨을 이상적인 인물로 규정하고, 그의 '끈기의 미덕(perseverance)'을 찬양했다("끈기 있게 열심히 일하면 언젠가 저 집에서 살 수 있는 신분이 된다"고 말했던 '기묘한 소년'의 아버지도 이 단어를 사용했다).

여기서 주목할 것은 〈인격―진정한 신사〉라는 제목이 붙은 마지막 장에서 스마일스가 기존과는 전혀 다른 신사상을 제시했다는 것이다. 일부러 '진정한'이라는 수식어를 붙인 것은 그 의사 표시이다. 그의 결론은 "부나 지위는 진정한 신사의 자격과 반드시 관계있는 것이 아니다. 가난한 사람도 그 정신과 일상생활에서 진정한 신사가 될 수 있다. 정직하고 성실하고 청렴하고 강직하며 예의바르고 온화하며 용기 있고 자존심 있게 자조 정신을 소유할 수가 있다. 다시 말해, 진정한 신사가 될 수 있다"는 것이다. 결국, 사회적 지위나 실질적인 성공보다도 정신적 가치가 중요하며, "너그러움(gentleness)이야말로 신사의 시금석"이다.

스마일스의 정의는 '진정한 신사의 마음 없이는 진정한 신사의 예법을 갖출 수 없다'는 포켓 씨의 생각과 들어맞는다. 조를 '마음 착한 그리스도인'이라고 부르는 핍도 스마일스에 동의하는 것처럼 보인다. 그렇지만 마지막에 핍은 마을에 남아 조와 함께 사는 길을 선택하지 않는다. 이 사실은 디킨스 자신의 모호성을 시사한다. 그는 《허영의 시장》으로 유명한 동시대 작가 새커리와는 달리, 신사의 생태를 완벽히 파악하고 안에서 그리는 것이 아니라 하층 중류 계급을 주 영역으로 삼고 신사를 곁에서 보는 작가였다. 새커리는 퍼블릭 스쿨과도 옥스브리지와도 연관이 없는 디킨스를 신사로 여기지 않았다.

《위대한 유산》 삽화
웨딩드레스 차림의 미스 해비샴을 겁에 질린 채 바라보는 핍. 마커스 스톤 작.

앞에서 자작 공개 낭독을 언급했는데, 포스터는 이에 강하게 반대했다. 자선사업이라면 모를까 돈을 벌기 위해 무대에 오르는 것은 배우나 다를 바 없고, 결코 신사가 할 짓이 아니라는 것이 그 근거였다. 디킨스는 스마일스처럼 인습적 신사상에 반발심을 느꼈으며, 자신은 자조 정신을 살려 성공한 사람이라는 자부심을 품고 있었다. 그 때문에 포스터나 새커리와 충돌하기도 했다(특히 글 쓰는 일을 신사에게 어울리는 직업이라 여기지 않는 새커리의 태도를 혐오했다). 한편으로는 자신이 유서 깊은 가문의 신사라는 사실을 드러내고 싶어서 전혀 근거 없는 디킨스 가문의 문장 따위를 주장하기도 했다(그의 조부모는 귀족 저택의 하인이었다—물론 아무도 모르는 비밀이었지만). 디킨스는 본능적으로 유한계급을 꺼렸지만, 아울러 자신도 거기에 끼고 싶다는 욕망에 사로잡혀 있었던 것이다.

"술집에서 맥주를 팔아 먹고살면 신사로 인정받지 못하지만, 술집에 맥주를 팔아 먹고살면 신사"라고 표현했듯이, 신사에 관련된 사항뿐만 아니라 영국 사회의 미묘한 계급 구조는 쉽사리 알기 어렵다. 그러나 이는 풍속소설을 이해하는 데 아주 중요한 문제이다. 조가 '기니'라는 화폐 단위에 익숙하지 않은 점도 꽤 재미있지만, 특히 디킨스의 펜이 재치를 발하는 곳은 미스 해비샴이 "놀아 보라"고 말하자, 핍이 저도 모르게 펌블추크의 마차 흉내를 내려고 생각한 대목이다. 이는 단순히 어린아이의 기발한 발상으로 여겨 웃고 넘길 장면이 아니다. 제6장에서 강조했듯이, 마차는 지위를 나타내는 중요한 상징이었다. 자가용 마차를 소유했다는 것은 펌블추크가 거들먹거리는 커다란 요인이 되는 것이다. 이런 인상이 머리에 박혀 있던 핍이 새티스 저택에서 뭔가 해 보라는 말을 들었을 때, 이 낡았지만 훌륭한 저택에 어울리는 것으로서 지극히 자연스레 머리에 떠오른 것이 펌블추크의 마차였던 셈이다.

5

《위대한 유산》은 핍의 회상록이라는 형태를 취한다. 그럼 그 회상은 어느 시점에서 언제를 되돌아본 것일까? 제5장에서 집으로 찾아온 군인이 "국왕 폐하"라는 단어를 쓴 것에서 알 수 있듯이, 이야기는 빅토리아 여왕 즉위(1837) 이전에 막을 연다. 그밖에 "옛 런던 브리지" 등으로 미루어 보아 핍은 약 1800년에 출생했으며(따라서 첫머리에 등장하는 교회 장면은 1807년 무렵), 1861년 뉴게이트 교도소 폭동 사건을 언급(제32장)한 것으로 보아 그는 디킨스가 이 이야기를 쓴 시점에서 50여 년 전 과거를 회상한다고 추정된다(이 시차는 커다란 의미를 지닌다. 범죄를 다루는 대목에서 두드러지게 드러나듯이, 핍은 아직 꽤 야만스러운 시대에 자랐다. 1860년대 사람들은 자신들의 번영이 그런 야만스러운 시대 바로 뒤에 완성되었음을 알고 있었다. 앞 이야기와 관련지어 말하자면, 디킨스는 이러한 기억을 환기시킴으로써, 빅토리아 왕조의 신사를 지향하는 사고방식이 단순히 상류층을 우러르는 계급의식일 뿐만 아니라 한 세대 전에는 '관대한' 사람이 되고자 하는 욕망이기도 했음을 시사했다고 할 수 있다).

핍이 과거를 되돌아보는 이야기인 만큼, 되돌아보는 주체, 다시 말해 화자로서 핍은 중요한 역할을 맡고 있다. 그는 과거 자신의 어리석음을 알고 그것을 독자에게 과감히 보여 준다. 조나 비디에게 몇 번인가 꼴사납게 굴지만, 본인이 그 추함을 절실히 의식하기에 독자는 그에게 동정심을 잃지 않고 읽어나가게 된다. 그는 자기 스스로를 "자신을 속이는 사기꾼"이라고 부른다. 독자는 거기까지 아는 사람을 비난할 마음이 들지 않는다. 물론 반성도 도가 지나치면 지루해지므로 적당히 유머를 섞는 등 디킨스는 그 둘을 적절히 조화시킬 줄 알았다. 논리상으로는 '화자인 핍은 잘 이해하고 있었다'라고 표현해야겠지만, 실제 우리는 배후에 있는 디킨스라는 존재를 무심히 지나칠 수 없다. 가끔 그는 핍의 어깨너머로 얼굴을 내밀고 기발한 비유를 선보인다. 옷을 차려입은 조를 "민망하게도 고해성사 할 때 입는 정장을 입고"라고 묘사하는 발상은 핍이 하기에는 힘들 것이다. 제21장에 나오는 바너드 여관 묘사도 그렇다.

음악계가 디킨스에게 경의를 표하기 위해 바친 희곡 〈리틀 엠리〉 포스터　원터 바텀 작곡 〈미코바 춤곡〉 그리고 《데이비드 코퍼필드》를 희곡화한 엔드류 할리데이 작품. 1869년, 올림픽 극장 개막.

6

《위대한 유산》에는 다양한 반복과 대조가 쓰였다. 핍은 다시 눈앞에 나타난 매그위치에게 심부름꾼을 통해 받은 돈을 돌려주려고 한다. 옛날에 그가 받은 돈은 꼬깃꼬깃한 낡은 지폐였지만, 이때 그가 내민 것은 자못 졸부다운 빳빳한 새 지폐이다. 어린 핍은 탈주범이 먹는 모습을 보고 동정했지만, 런던의 핍은 그가 먹는 모습에 혐오감을 느낀다. 매그위치는 콤피슨과 "짐승처럼" 싸우며, 핍도 허버트와 "늑대나 다른 짐승의 새끼처럼" 싸운다—올릭도 그를 "늑대 자식"이라고 부르는 점에 주목하자. 핍과 허버트의 싸움을 본 에스텔라는 핍에게 상으로 입맞춤을 허락하고, 조와 올릭의 싸움을 본 조 부인은 실신해서 조에게 안긴다(둘 다 성적 흥분을 암시한다). 핍이 조 부인의 바늘을 삼키고 포켓 집안의 갓난아기도 똑같은 위험에 처하듯이, 부주의한 육아는 노동자 가정만의 문제가 아니었다. 매그위치가 익명으로 핍에게 은혜를 베풀듯이, 핍도 익명으로 허버트에게 은혜를 베푼다(두 사람 모두 '위대한 기대'를 가슴에 품은 젊은이이다).

이런 식으로 이 소설의 재미있는 부분을 꼽아 나가자면 끝이 없으므로, 특히 정교한 두 장면만을 들어 해설해 보고자 한다. 첫째, 핍이 미스 해비샴이 목매다는 환상을 보는 장면이다. 새티스 저택을 찾아간 핍은 그녀를 보자마자 죽은 사람을 떠올린다. 그 뒤 그녀가 목매다는 장면을 상상하는 것은 핍에게 죽음은 목을 매다는 것과 강하게 연결되어 있기 때문이다. 이는 그가 누나에게 범죄자처럼 취급받은 데서 말미암은 것이리라. 미스 해비샴의 환상에 이르는 과정에는 '목매다는' 모티프가 다양하고도 꼼꼼하게 배치되어 있다. 묘지를 떠난 매그위치가 교수대에서 목매달아 자살할 사람처럼 생각되어 핍은 그날 밤 교수대에 목이 매달리는 꿈을 꾼다. 식량을 훔치러 갔을 때는 부엌에 매달려 있던 토끼가 그에게 윙크하고, 바지 엉덩이가 젖은 웹슬 씨는 그것이 증거가 되어 교수형에 처할 거라고 상상한다.

둘째, "누나를 때린 것은 너"라고 말하는 올릭과 대면하는 장면이다. 이 장면을 《카라마조프 형제들》(1879~1880)의 진범 스메르자코프가 이완에게 "아버지 표도르를 죽인 것은 너"라고 말하는 장면과 비교하면 재미있다. 도스토옙스키는 디킨스에게 많은 영향을 받은 것으로 보인다.[5] 《위대한 유산》도 읽었을 가능성이 높다. 그렇다면 이 장면에서 큰 자극을 받았을 것이 분명하다. 단, 주인공의 잠재된 욕망을 제3자가 대신한다는 점은 공통적이지만, 이완이 스메르자코프에게 그런 말을 듣고 죄의식을 느낀 데 반해 핍은 조금도 그렇지 않았다. 조지 반웰의 영향을 받아 누나의 상처에 책임을 느꼈던 일을 잊은 것일까? 오히려 그 무신경함은 끔찍한 진실에 대한 핍의 억압이 그만큼 강했음을 시사하는 것 아닐까?

위의 두 가지보다 더 흥미로운 것은 이 소설의 결말을 둘러싼 문제이다. 사실 디킨스는 전혀 다른 결말을 준비했었다. 제59장의 이야기는 이렇게 전개될 예정이었다.

그로부터 2년쯤 뒤, 나는 그녀와 만났다. 그녀를 구박하고, 허영과 탐욕, 잔혹함과 비열함으로 똘똘 뭉친 악명 높은 남편과 헤어진 뒤에 그녀가 몹시

---

5) 《학대받은 사람들》의 넬리는 《골동품 가게》의 넬을 본뜬 인물이다.

불행한 인생을 보낸다는 소문은 들었다. 그는 말을 학대하다가 일어난 사고로 죽고, 그녀가 재혼했다는 소식도 들었다. 결혼 상대는 슈롭셔에 사는 의사로, 드러믈을 치료할 때 그가 아내에게 폭력을 휘두르는 것을 보고는 자신이 받을 불이익은 개의치 않고 용감하게 끼어들었다고 한다. 그는 부유하지 않아서 두 사람은 그녀의 재산으로 살아간다는 소문이었다.

나는 다시 영국으로 돌아왔다. 어린 핍을 데리고 런던 피커딜리를 걷는데 웬 하인이 달려오더니, "마님께서 하실 말씀이 있다는데 잠시 저쪽에 있는 마차로 함께 가 주시겠습니까?" 말했다. 그 마님은 작은 마차의 마부석에 있었다. 그녀와 나는 서글프게 서로 오래도록 바라보았다.

"나 많이 변했지? 하지만 너도 에스텔라와 악수하고 싶을 것 같아서. 그 귀여운 아이를 안아 올려 내게 입 맞추게 해 주렴!"(그녀는 핍을 내 아이라고 착각한 모양이다).

만나길 잘했다고 나는 나중에 생각했다. 고통은 미스 해비샴의 가르침보다 강해서, 그것을 통해 그녀는 예전 내 마음을 이해할 수 있게 되었다—그 사실이 그녀의 표정과 목소리와 손에 또렷이 나타나 있었다.'

이 결말을 완성하고 얼마 안 있어 디킨스는 그가 존경해 마지않는 소설가 에드워드 불워 리튼을 방문했다. 《폼페이 최후의 날》의 작가라고 하면 알 만한 독자도 있겠지만, 오늘날에는 거의 잊혀진 리튼은 그즈음 대단한 인기 작가였다. 스마일스도 《자조론》에서 그의 근면함을 칭송하고, 영국 작가 가운데 좋은 작품을 이토록 많이 쓴 사람은 없다고 단언했다. 리튼의 역량을 믿었던 디킨스는 《위대한 유산》을 뒤이어 〈일 년 내내〉에 실을 연재소설을 그에게 의뢰했다. 그런 그가 결말을 보고 불만을 드러내자 디킨스는 결말을 지금처럼 바꿨다. 두 소설가 사이에 구체적으로 어떤 이야기가 오갔는지는 확실하지 않다. 디킨스가 포스터에게 "리튼이 수긍할 만한 이유를 들었으므로 최대한 아름다운 문장으로 다듬어 결과적으로 더 받아들이기 쉬운 결말로 만들었다"고 보고하는 편지가 남아 있을 따름이다.

이에 대해서는 지금까지 디킨스를 연구했던 사람들이 다양한 의견을 내놓았다. 그 가운데 '디킨스가 리튼의 말을 듣고 해피엔드로 변경했다'는 것은 단순한 주장이며, 현재 결말은 절대로 행복하지 않다는 의견이 있다. 핍은 에스텔라와 맺어질지도 모르지만 그 또한 그의 '가련한 꿈'의 연속이 아닌가, 에스텔라는 친구인 채로 떨어져 지내자고 말하고 있지 않은가 하는 것이다. 그러나 이러한 의견은 소설 전체가 아니라 결말 부분만 본 데서 비롯된 것이다. 앞서 살펴보았듯이, 이 소설은 장년이 된 핍 씨의 회상록이기 때문이다. 그가 계속 꿈꾸는 상태에서 회상록을 썼다고는 상상하기 어렵다.

7

여러 비평가가 이 작품에 많은 의견을 내고 있다. 그중에서도 디킨스 해설의 최고봉으로 꼽히는 G.K. 체스터턴의 의견을 간단히 소개하겠다.

이 책은 인간의 나약함, 인간이 서서히 비열하게 타락해가는 모습을 연구한 소설이다. 이 소설에서는 인간의 가장 추악한 잘못은 가장 저지르기 쉬운 잘못이라는 도덕상의 역설이 엿보인다. 새커리라는 비판적인 작가의 본질적 정신이 "허영의 시장"이라는 말로 표현된다면, 디킨스의 정신은 "위대한 기대"로 표현될 것이다. 요컨대, 기대감으로 가득한 긍정적인 정신이다. 이런 의미에서 디킨스의 모든 소설을 "위대한 기대"라고 부를 수 있지만, 유일하게 그 이름이 붙은 소설에서는 오히려 기대가 실현되지 않는다. 만년에 쓰인 이 작품에는 디킨스답지 않게 온화한 모순, 또는 비애가 감돈다.

매우 활력 넘치는 작가인 디킨스에게 냉소적이라는 말은 잘 어울리지 않지만, 이 작품에는 그 단어를 적용할 수 있다. 본디 이 작품은 청년의 날카로운 냉소가 아니라 노년의 부드러운 비아냥이다. 이것은 디킨스의 작품 중에서 새커리적이라 할 수 있는 유일한 작품이며, 초기 작품에서 뚜렷이 나타나는 건전하고 착한 디킨스적 영웅이 완전히 모습을 감추었다는 점에서, "영웅 없는 소설"이라는 부제가 달린 《허영의 시장》과 비슷하다. 다만, 새커리는 인간의 나약함은 그릴 수 있었을지 몰라도, 트래브네 소년이 지니는 생명력을 그려낼 수는 없었을 것이다. 이러한 인물을 창조해내는 힘이야말로 디킨스 고유의 필력의 위대함이다.

찰스 디킨스 연보

1812년	2월 7일 영국 햄프셔 주 포츠머스 마일 엔드에서 출생.
1817년(5세)	채텀으로 이사. 그곳에서 윌리엄 자일스의 학교를 통학.
1822년(10세)	아버지 존 디킨스의 런던 전근으로 가족은 런던 북부 캠든 타운의 베이엄 거리 16번지에 거주.
1824년(12세)	워렌 구두약 공장에 억지로 일하러 감. 아버지는 빚 때문에 체포되어 3월부터 5월 25일까지 마샬시 채무자 감옥에 수감.
1825년(13세)	구두약 공장을 그만두고 웰링턴 하우스 아카데미에서 공부 시작.
1827년(15세)	엘리스 앤드 블랙모어 변호사 사무실에서 하급서기관으로 근무 시작.
1829년(18세)	속기를 독학하고 민법박사회관 기록담당이 됨.
1830년(19세)	첫 사랑 마리아 비드넬과 만남. 그러나 비드넬의 부모가 두 사람의 교제를 반대하고 비드넬을 파리에 있는 학교로 유학보내면서 첫 사랑은 끝이 남.
1831년(20세)	〈미러 오브 팔러먼트〉 기자가 되어 저널리스트 경력 시작.
1833년(21세)	첫 작품인 〈포플러 가로수길에서의 저녁식사〉가 〈먼슬리 매거진〉 12월호에 실림.
1834년(22세)	〈모닝 크로니클〉 기자가 됨.
1836년(24세)	2월 8일 《보즈의 스케치집》(제1집) 출판. 3월 31일 《피크위크 페이퍼스》의 월간 분책 제1호 발행됨. 4월 2일 캐서린 호가스와 결혼. 12월 집필에 전념하기 위해 〈모닝 크로니클〉 퇴직. 그해 겨울 포스터를 알게 됨.
1837년(25세)	디킨스가 편집장이 된 월간지 〈벤틀리 미셀러니〉 창간호가 1월

11일 출판됨. 제2호부터 24회에 걸쳐 《올리버 트위스트》 연재. 1월 6일 첫 아이 찰스 출생. 4월 다우티 거리 48번지로 이사. 5월 7일 처제 메리 호가스 죽음.

1838년(26세) 3월 6일 둘째 아이 메리(메이미) 출생. 3월 끝무렵 《니콜라스 니클비》 분책 제1호 출판.

1839년(27세) 〈벤틀리 미셀러니〉 편집장 사임. 10월 《니콜라스 니클비》 단행본 출판. 그 바로 뒤 둘째 딸 케이트 출생. 데본셔 테라스 1번지로 이사. 유복한 귀부인 안젤라 버데트 쿠츠를 알게 됨.

1840년(28세) 4월 4일 주간지 〈마스터 험프리의 시계〉 창간. 4월 25일 호부터 《골동품 가게》 연재.

1841년(29세) 〈마스터 험프리의 시계〉 2월 13일호부터 42회에 걸쳐 《바나비 러지》 연재. 넷째 아이 월터 출생.

1842년(30세) 1월 캐서린과 6개월 여정의 미국 여행길에 오름. 10월 《미국 기행》 출판. 12월 《마틴 처즐위트》 월간 분책(전20권) 간행 개시.

1843년(31세) 12월 19일 첫 번째 '크리스마스 북' 《크리스마스 캐럴》 출판.

1844년(32세) 다섯째 아이 프랜시스 출생. 채프먼 앤드 홀 출판사와 결별하고, 모든 출판물을 브래드버리 앤드 에반스에 위임. 7월 처자식과 처제 조지나를 데리고 제노바로 향함. 12월 16일 두 번째 '크리스마스 북' 《종소리》 출판.

1845년(33세) 가족과 함께 이탈리아를 여행하고 7월 런던으로 돌아옴. 9월 연출가 겸 배우로 희극 〈10인 10색〉 상연. 10월 여섯째 아이 알프레드 출생. 12월 20일 세 번째 '크리스마스 북' 《난롯가의 귀뚜라미》 출판.

1846년(34세) 1월부터 2월까지 〈데일리 뉴스〉 편집장 역임. 《이탈리아 정경》 출판. 다시 유럽 대륙으로. 9월 《돔비와 아들》 월간 분책(전 20권) 간행 개시. 12월 19일 네 번째 '크리스마스 북' 《인생의 싸움》 출판.

1847년(35세) 파리에서 돌아옴. 일곱째 아이 시드니 출생. 미스 쿠츠가 생각해낸 '집 없는 여자들의 집' 우라니아 코티지 개설지원에 주력하는 한편으로는 작품들의 보급판 출판 개시.

1848년(36세) 여름 동안, 아마추어 극단을 이끌고 순회공연. 9월 누나 패니 사망. 12월 '크리스마스 북' 마지막 작품인 《유령에 시달리는 사나이》 출판.

1849년(37세) 여덟째 아이 헨리(해리) 출생. 4월 자서전 작품 《데이비드 코퍼필드》 분책 간행 시작.

1850년(38세) 3월 27일 주간지 〈가정의 말〉 간행. 아홉째 아이 도라 출생.

1851년(39세) 아버지 존 디킨스와 어린 딸 도라 죽음. 문학예술조합 자금 조달을 위해 연출가 겸 배우로 불워 리튼의 극 〈겉보기만큼 나쁘지는 않다〉를 상연. 태비스톡 하우스로 이사.

1852년(40세) 2월 《황폐한 집》 월간 분책 간행 개시. 열 번째 아이 에드워드(프론) 출생.

1853년(41세) 불로뉴에서 여름을 보냄. 버밍엄에서 열린 첫 공개낭독회에서 《크리스마스 캐럴》 낭독.

1854년(42세) 〈가정의 말〉에 《어려운 시절》 연재 시작.

1855년(43세) 마리아 비드넬과 다시 만남. 10월 가족을 데리고 파리로 가서 반년 동안 체류. 12월 《리틀 도릿》 월간 분책 간행 개시.

1857년(45세) 넓은 대지가 딸린 저택 갯즈 힐 플레이스 구입. 콜린스 극 〈얼어붙은 바다〉 연출과 출연을 맡음. 이 극의 맨체스터 공연에 출연한 젊은 배우 엘렌 터넌과 알게 되어 사랑에 빠짐.

1858년(46세) 봄에 런던에서 첫 공개낭독회를 엶. 팔찌 선물 사건으로 터넌과의 도적 사랑을 아내 캐서린이 눈치 챔. 5월 캐서린과 별거, 〈가정의 말〉에 그에 대한 설명 게재. 8월부터 11월에 걸쳐 처음으로 지방순회 낭독 공연.

1859년(47세) 4월 30일 주간지 〈일 년 내내〉 창간하고 《두 도시 이야기》 연재 시작. 가을에 두 번째 지방순회 낭독 공연.

1860년(48세) 〈일 년 내내〉에 에세이 《장사가 아닌 목적으로 여행하는 사람》 연재 시작. 12월부터 《위대한 유산》도 연재 시작.

1861년(49세) 《위대한 유산》을 3권 책으로 간행. 10월 세 번째 지방순회 낭독 공연.

1862년(50세)   자주 프랑스 방문(~1863). 9월 어머니 죽음.

1863년(51세)   12월 아들 월터 죽음.

1864년(52세)   5월《우리 서로의 친구》월간 분책(전20권) 간행 개시.

1865년(53세)   6월 9일 터넌과 터넌의 어머니와 함께 파리에서 돌아오던 중 스테이플허스트에서 열차 탈선사고를 당함. 11월《우리 서로의 친구》2권 책으로 간행됨.

1866년(54세)   런던에서의 낭독 공연과 네 번째 지방순회 낭독 공연.

1867년(55세)   11월 보스턴 도착. 미국에서의 순회낭독 공연 시작.

1868년(56세)   4월 영국으로 돌아옴. 건강이 나빠졌음에도 10월 6일부터 잉글랜드와 스코틀랜드, 아일랜드를 순회하는 이별 낭독 공연 시작.

1869년(57세)   4월 22일, 랭커셔 프레스턴에서의 낭독 공연 도중에 현기증과 뇌졸중 발작으로 쓰러지면서 남은 공연일정을 모두 취소하고 돌아와 유작인《에드윈 드루드의 비밀》집필작업을 시작.

1870년(58세)   의사의 동의를 얻어 1월 11일부터 3월 15일까지 모두 열두 차례 낭독 공연. 4월《에드윈 드루드의 비밀》제1분책 간행(전12권 예정이 6호까지의 미완으로 끝남). 5월 2일 영국 왕세자 부부가 참석한 모임에서의 마지막 낭독 공연. 6월 9일 뇌졸중으로 세상을 떠남.

옮긴이 한명남(韓明男)

중앙대학교 영문학과 및 대학원 영문학석사. 미국 피츠버그대학교 교환교수. 중앙대학교
외국어대학장 역임. 지은책《셰익스피어와 햄릿》논문《오스카 와일드의 유미주의》《아
서밀러의 사회극 연구》《유진 오닐의 고해와 화해》옮긴책 셔우드 앤더슨《와인즈버그,
오하이오》와일드《도리언 그레이의 초상》《살로메》《백조의 노래》등이 있다.

세계문학전집069
Charles John Huffam Dickens
GREAT EXPECTATIONS
위대한 유산
찰스 디킨스/한명남 옮김
동서문화창업60주년특별출판
1판 1쇄 발행/2016. 11. 30
1판 2쇄 발행/2022. 6. 30
발행인 고윤주
발행처 동서문화사
창업 1956. 12. 12. 등록 16–3799
서울 중구 마른내로 144(쌍림동)
☎ 546–0331~2 Fax. 545–0331
www.dongsuhbook.com
✳

사업자등록번호 211–87–75330
ISBN 978–89–497–1534–6 04800
ISBN 978–89–497–1515–5 (세트)